EL
ÚLTIMO REY

LA ÚLTIMA ALIANZA II

Jessica Galera andreu
jessi-ga.wixsite.com/fantepika

.

Dedicado a todos aquellos que perseveran en la lucha por alcanzar sus sueños. Que se levantan cada mañana dispuestos a batallar contra el mundo y a hacer de cada día de su vida, hasta el último, una pelea constante por alcanzar sus anhelos

Nota de la autora

Esta fue la primera novela que escribí allá por 2005 y que se publicó bajo sello editorial en 2009. Diez años después y tras haber estado publicada en regimen de autoedición durante un tiempo, me apetecía pulirla un poco (diez años dan para mucho).

La trama se ha respetado en su totalidad y la mayor parte de la novela también, pero había pasajes que me pedían un cambio y en eso me he puesto.

Estoy convencida de que si escribiera hoy la novela desde cero sería dfierente en muchos aspectos; creo, humildemnte, que mejor. Pero no me disgusta la idea de que el lector pueda conocer los comienzos y la evolución experimentados en este largo y fascinante camino que es el de la literatura. Así, solo puedo desear que aquel que desee adentrarse en esta historia, la disfrute.

Gracias de antemano.

Jessica.

PARTE 3

LOS ÚLTIMOS VESTIGIOS

CAPÍTULO 1

Los pasos de su caballo barrían las hojas secas, que se amontonaban a uno y otro lado del camino, como una otoñal alfombra que borraba los viejos trazados de los aún más antiguos senderos. El viento del norte sacudía las copas de los árboles, desprendiendo aún más y convirtiendo la fina llovizna en un oblicuo trazado que le rasgaba la piel, acentuando su ya marcada sensación de frío. Cada una de las exhalaciones de su respiración se veía envuelta en una nubecilla de vaho, que desaparecía al instante. Se ajustó la capa y frotó sus manos mientras observaba a uno y otro lado.

Tras varios días de viaje, la posibilidad de haberse extraviado había llegado a convertirse en un fundado temor. Llevaba varias jornadas sin atisbar la menor señal que le hablase de la cercanía de su destino y la continua necesidad de abandonar los viejos senderos para avanzar entre la espesura, bien hubiera podido despistarlo. Sin embargo, aquella tarde, todos sus miedos se disiparon cuando al fin la tuvo frente a sí: Ászaron. Nunca había estado allí, pero no podía tratarse de ninguna otra. Las altas torres del legendario castillo sobresalían, imponentes y altivas, por encima de la espesa arboleda, y una parte de la muralla se vislumbraba también entre las copas de los árboles.

Ezhan sonrió mientras se mordía el labio inferior y azuzaba a su montura para llegar lo antes posible. Deseaba poder pasear entre las calles de aquel noble reino del que todo el mundo hablaba, y deseaba, también, tomar debido descanso en la posada que Dolfang le indicase, tras varias jornadas de arduo viaje que le habían dejado la espalda molida. Había sabido racionar bien las provisiones con las que los nigromantes le obsequiasen al partir, pero las continuas vueltas, pasos andados y desandados para evitar a los dragnars, amenazaban con dejarlo sin nada que comer.

Avanzaba sobre el grácil galope del valar que lo había acompañado desde el Inframundo, cuando este se detuvo súbitamente. Ezhan guardó silencio y escrutó el entorno, pues si algo había aprendido de aquel animal era que su sentido del peligro era algo a tener en cuenta y que a eso le debía, en buena parte, la fortuna de haber podido evitar indeseados encuentros con los dragnars.

El viento que se colaba entre las ramas de los árboles le dificultó la audición pero al fin pudo escucharlo con algo más de claridad: las espadas chocando advertían de una pelea a escasos metros.

Bajó de su montura y desenvainó su acero despacio, acercándose con sigilo y siguiendo el sonido que el viento arrastraba hasta allí. Si se trataba de dragnars —pensó para sí— no deberían suponer un excesivo peligro, habida cuenta de la escasa distancia a la que se encontraba Ászaron y del nutrido y valeroso ejército que aquella noble ciudad poseía. Sin embargo, al llegar comprobó que el origen de aquel choque de aceros se encontraba en un hombre y una mujer.

Ezhan bajó la espada y observó con el ceño fruncido, tratando de hacerse una idea de la situación: ¿Una ladrona? ¿Una bandolera? Lo único que parecía claro era que su oponente era un regio soldado de Ászaron, distinguido de forma inconfundible por su atuendo.

La muchacha perdió la espada y cayó al suelo, trastabillándose. Sus ojos negros se fijaron en los del hombre que se encontraba ahora en una situación de superioridad y aunque Ezhan sabía que probablemente aquella mujer no debía estar tramando nada bueno al ser la oponente de un soldado, algo en su interior le solicitó intervenir. Sujetó con fuerza la empuñadura de su arma y dio un paso al frente; tan solo uno antes de percibir la fría hoja de otra espada posándose sobre su cuello, acompañada de la voz desconocida de una mujer.

—Os aconsejo que no hagáis ningún movimiento —le advirtió.

—Esa mujer necesita ayuda —respondió él, sin osar moverse.

—Antes que ella la necesitaréis vos, creedme. Y ahora soltad la espada.

Ezhan volteó su cuello, confuso y topó con los ojos verdes de una bonita muchacha. Su cabello rubio se recogía en una trenza y sus severas facciones le advirtieron de lo poco conveniente de subestimarla. Así las cosas, el muchacho dejó caer su arma y devolvió su atención a la escena que se estaba desarrollando en el claro, al otro lado de la espesura en la que él mismo y aquella desconocida que lo mantenía amenazado, se ocultaban.

De forma inesperada, la mujer que había perdido la espada sacó un puñal de su cinturón y lo clavó en el hombro del soldado, que cayó herido al suelo. Una patada en el rostro dejó al hombre inconsciente y puso punto y final a la pelea antes de que ella empezase a correr.

—¡Eirien! —gritó entonces—. ¡Vámonos!

13

—¡Voy! —respondió la muchacha que amenazaba aún a Ezhan—. No os mováis y todo acabará aquí.

Se apartó, reculando y sin perder de vista al muchacho, que se mantuvo clavado en su sitio mientras la joven, que respondía al nombre de Eirien, corrió hacia la frondosidad.

—Espera —exclamó Ezhan, confuso aún por la situación—, me dirijo a Ászaron y...

—Si os dirigís a Ászaron, es mejor que no os vean con nosotras.

—¿No sois ászara?

—Andad con cuidado y no os fiéis de nadie. Especialmente de mercaderes y soldados —zanjó antes de perderse, esta vez sí, bosque a través.

Ezhan recogió su espada y regresó sobre sus pasos, mientras envainaba y de nuevo y observó al soldado, que trataba de incorporarse al tiempo que se llevaba las manos a la cabeza, tras la fuerte patada que aquella mujer le había asestado.

—¿Os encontráis bien? —le preguntó él, alertando al hombre.

—¿Quién eres? —exclamó el soldado, receloso.

—Mi nombre es Ezhan. Viajo hacia Ászaron —respondió mientras le tendía una mano—. ¿Quiénes eran esas mujeres?

—Bandidas, putas, traidoras de Ászaron. Se ocultan en las montañas y asaltan a los caminantes que pasan por las cercanías. Están contra el gobernador y contra Ászaron.

—Me he topado con una de ellas y no me ha robado nada; tampoco me ha hecho daño, aunque ha podido. Y en cuanto a vos... también podría haberos matado.

—Soy un soldado de Ászaron. Saben que no estoy solo y no han querido arriesgarse. Has tenido suerte, muchacho. Debes andar con cuidado.

El hombre se llevó la mano a su sangrante hombro, mientras otros dos soldados más llegaron caminando.

—Neomar, ¿dónde diablos estabas?

—¿Estás bien? —añadió el otro.

—Sí, es solo un corte.

—Han vuelto a escapar —habló el más alto de los recién llegados.

—Ya caerán. Son pocos, cada vez menos. Es solo cuestión de tiempo.

—Y vos, ¿quién sois? —preguntó el más bajo. Su pelo rizado se arremolinaba sobre su cabeza y apenas permitía verle los ojos.

—Mi nombre es Ezhan y he llegado desde Ayión Me dirijo a Ászaron.

—¡Ayión! —exclamó Neomar—. Es un viaje largo el que te ha traído hasta aquí, muchacho. Es casi un milagro que hayas llegado sano y salvo. Los caminos están plagados de dragnars, y aquí, además, debes tener cuidado con esta gente. Vamos, te acompañaremos a Ászaron.

Ezhan volvió a montar sobre su valar, que se había acercado despacio y de forma discreta y, escoltado por los tres soldados, tardó apenas unos pocos minutos en alcanzar el empedrado camino que lo llevó, directamente, hasta la ciudad amurallada.

Y al fin la tuvo frente a sí, solemne y majestuosa. Dos enormes portones mantenían sus hojas abiertas en un símbolo de bienvenida. Las rocas de la muralla y los propios portones presentaban multitud de golpes, arañazos y hendiduras que, lejos de restarle magnificencia a la noble Ászaron, no hacían sino potenciar aquel halo de admiración que todos volcaban sobre la ciudad de plata, pues aquellas eran las cicatrices de un valeroso guerrero, ducho en mil batallas y en pie, a pesar de todas ellas.

Cruzó el umbral de aquellos regios portones entre los saludos cómplices de los soldados que lo acompañaban y de aquellos otros que montaban guardia en el acceso principal a Ászaron.

—Hasta aquí, muchacho —se despidió entonces Neomar—. Somos soldados, no guías.

Las risas de los otros dos hombres se perdieron entre la algarabía mientras los tres se alejaban, dejándolo solo entre el gentío. Por un momento, a Ezhan le pareció imposible que pudiera haber tantísima gente allí, sumida cada persona en un ir y venir frenético, ocupados en sus propias labores y ajenos, totalmente, a quien se le cruzaba a apenas dos metros. Tan distinto todo a su pequeña y familiar Ayión.

Ni siquiera había llegado a retomar la marcha cuando lo vio y quedó fascinado ante la visión que se le presentaba: el Arco de Plata cruzaba desde un extremo de la calle hasta el otro, un mágico monumento a través del que habían desfilado los más honorables ejércitos de la vieja ciudad, bendecido por los mismísimos dioses, según contaban las viejas leyendas y mucho más hermoso de lo que le mostrasen las visiones del pantano de Thion. Ahora, sólo una piedra más sobre las cabezas de los ászaros, que iban y venían sin prestarle la más mínima atención.

Desmontó del valar y mientras colocaba bien las riendas del animal, un fuerte empujón le recordó que Ászaron no era una ciudad amable ni hospitalaria, donde un extranjero pudiera convertirse en el centro de atención, tal y como ocurría en Ayión.

—Disculpad, mi señor —exclamó el hombre que lo había empujado—. No sois de aquí, ¿cierto?

—No... —respondió él, dubitativo.

—Debéis andar con cuidado. La ciudad es peligrosa, y más cuando se trata de un extranjero. ¿Dónde pensáis hospedaros?

—Me dirijo a la Posada del Rey. ¿Podéis indicarme dóonde queda?

—¿La Posada del Rey? Buena elección. Es un lugar acogedor y... seguro. Seguid por aquel callejón —añadió, señalando el lugar—. Al final, voltead a mano derecha y continuad todo recto. Enseguida encontraréis la posada; no tiene pérdida. Que tengáis un buen día, mi señor.

El hombre se alejó lentamente sin dejar de mirar a Ezhan. Tal vez había juzgado con demasiada premura la indiferencia con la que pasaban los viajeros; no parecía ser tal. La actitud de aquel hombre, trajo a su memoria las palabras de aquella muchacha con la que había topado al llegar, previniéndole sobre confiar en la gente de la ciudad. Fijó su atención en el oscuro callejón que le habían indicado y atisbó a alguien oculto entre las sombras, acechando.

De pronto un niño topó con sus piernas, atrayendo su atención. El chiquillo lo miró, mudo y pálido por el susto.

—Hola —lo saludó Ezhan, tratando de tranquilizarlo—, ¿cómo te llamas?

—Me... me llamo Galmer, mi señor.

—Debes andar con más cuidado.

—Lo... lo siento.

Ezhan se agachó frente al muchacho y sonrió.

—De acuerdo —concluyó él—. Estoy dispuesto a olvidar esto si...

—¿Si qué?

—Si me indicas dónde queda la Posada del Rey.

El niño sonrió, feliz de poder ayudarlo.

—Eso lo sé. Tenéis que seguir el mercado hasta el final de la plaza. Allí encontraréis un establo. Justo delante esta la posada.

Ezhan asintió mientras revolvía el pelo del chiquillo y se incorporaba, buscando de nuevo entre las sombras del callejón, donde aparentemente ya no había nada ni nadie.

—Muchas gracias. Me has sido de gran ayuda.

El pequeño asintió y se perdió entre el gentío, corriendo. Ezhan siguió sus instrucciones y, en poco tiempo estuvo en la Posada del Rey, un lugar más bien pequeño aunque cálido y acogedor.

—Buenas tardes —saludó al entrar—. Estoy buscando una habitación para hospedarme.

El posadero lo escrutó de arriba a abajo.

—¿Pensáis pasar muchos días aquí?

—Aún no lo sé.

—Comprobaré si tengo alguna habitación disponible. La verdad es que la posada está bastante llena y...

—Vengo de parte de Kronar —lo interrumpió Ezhan, siguiendo las instrucciones que Dolfang le había dado.

—¿Kronar? ¿Por qué no lo dijisteis antes? Siempre hay lugar en mi posada para un amigo de Kronar.

Después de instalarse, cenó algo en la taberna y durmió durante toda la noche. Las emociones habían sido muchas y muy diversas, suficientes para haberlo mantenido despierto e incapaz de pegar ojo pero el cansancio y la fatiga vencieron el pulso.

✶✶✶✶✶

Al despertar se sintió totalmente renovado y lleno de energía. Después de tomar un gran desayuno en la posada, salió a la calle y lo vio todo de un distinto color. Lo que el día anterior le había resultado abrumador y caótico, le parecía ahora bullicioso y alegre. La gente iba y venía atareada en sus quehaceres; los niños jugaban con espadas de madera a emular épicos combates y los mercaderes mostraban sus mejores artículos.

Ezhan permanecía sentado en un pequeño banco de piedra, mientras observaba todo a su alrededor, y de pronto, volvió a preguntarse qué lo había llevado hasta allí. Las visiones del guardián del pantano habían señalado Ászaron como punto de partida pero ¿para qué? ¿acaso para encontrarse a sí mismo y a su familia? ¿sus orígenes? Mientras observaba los rostros cruzándose ante él, no podía evitar pensar en si cualquiera de aquellos hombres podría saber algo o ser alguien cercano a él, pero ¿cómo saber quién? ¿cómo determinar el siguiente paso a dar? En numerosas ocasiones estuvo tentado de utilizar los dones de los nigromantes para tal fin, pero enseguida recordaba las advertencias sobre el peligroso uso de la magia negra a la ligera y acababa desechando tal alternativa.

Unos gritos lejanos lo pusieron en alerta y desviaron su atención hacia el extremo sur de la calle que ascendía en una ligera pendiente: dos soldados custodiaban a un reo, cuyo rostro cubrían bajo un raído pedazo de tela sucio.

—¡Yo soy el hijo del rey! —gritaba, revolviéndose—. ¡Soy el hijo del rey y pagaréis por todo!

Su cuerpo se retorcía en brazos de aquellos soldados, tratando inútilmente de zafarse. Caía contra el suelo y volvían a alzarlo, se dejaba arrastrar y después, volvía a poner en liza una exacerbada resistencia. En uno de sus múltiples intentos por liberarse de las cuerdas que lo ataban, el esclavo perdió el retal de tela que había mantenido oculto su rostro y Ezhan pudo verlo con nítida claridad: debía ser un muchacho de apenas veinte años, con multitud de heridas en la cara, causadas, seguramente, por los continuos golpes de aquellos soldados. Su cabello rubio se le adhería a la cara, fruto del sudor, la sangre y la suciedad.

—Yo soy... —volvió a gritar.

—¡Cállate, bastardo! —lo interrumpió uno de sus captores. El otro le propinó un fuerte puñetazo que le hizo doblar las rodillas y caer de bruces al suelo. Después, volvieron a colocarle la tela sobre la cabeza, más apretada esta vez, y de nuevo, emprendieron el camino, alejándose de allí, ya en un novedoso silencio.

Ezhan se puso en pie al reconocer el rostro de Neomar, que cerraba aquella improvisada procesión, a unos poco metros.

—¿Quién es ese hombre? —preguntó.

—¡Ah, eres tú! —lo reconoció el soldado, sin detenerse. Ezhan caminaba a su lado—. No es más que un loco. Innumerables han sido los jóvenes que se han presentado diciendo que son los hijos de Séldar de Ászaron. Solo buscan salir de la pobreza en la que siempre han vivido y gobernar aquí como reyes. Nada detiene su codicia.

—Pero Ászaron no tiene rey.

—No, no tiene, pero algunos necios piensan que de aparecer el hijo del último rey, el gobernador debería cederle su lugar. ¡Estúpidos! Zeol es un buen líder. Logró hacer resurgir a la ciudad de sus cenizas y colocarla de nuevo en la cima del mundo. A él se lo debemos todo, pero muchos siguen esperando el retorno del rey.

—¿Y adónde llevan a ese muchacho?

—Nadie escucha las voces de estos locos, pero inquietan y no gustan. ¡Vamos, largo de aquí! —le gritó a un grupo de chiquillos que los seguían—. Pasará algún tiempo en la prisión hasta que jure lealtad al gobernador.

—¿Cuánto tiempo?

—Eso deberá elegirlo él. Cuanto más tarde, peor.

—Pero ¿cómo...?

—Haces demasiadas preguntas, muchacho—. Neomar se detuvo—. ¿Qué es lo que estás buscando realmente aquí?

Ezhan tardó unos segundos en reaccionar.

—Desde luego no un trono —concluyó—. Sólo busco a unos... familiares.

Neomar le dedicó una larga mirada y después, sus pasos se perdieron detrás de la violenta comitiva.

—Lo torturarán hasta que se someta al juramento de lealtad —intervino de pronto la voz de un anciano. Ezhan le miró y lo vio sentado sobre un banco de piedra, igual al que él mismo había ocupado pocos minutos antes—. No es el primero. Probablemente no será el último.

—Todo cuanto les ocurre en esas prisiones lo tienen bien merecido —respondió otro viejo, acercándose—. El gobernador ha convertido Ászaron en lo que fuera antaño, una ciudad próspera y sin rival en la batalla. Esos locos solo quieren riqueza y poder. No debe jugarse con la vida de los ászaros, y quien lo hace recibe su justo castigo.

—Algún día el verdadero hijo del rey Séldar reclamará su trono y se le torturará como un vulgar usurpador más, si es que no lo ha hecho ya.

—Séldar no tuvo ningún hijo y, si lo hubiese tenido, estaría muerto desde hace mucho tiempo.

—Séldar tuvo un hijo y estoy convencido de que ese joven vive. Así lo dicen las profecías de los magos y...

—Deberías estar en la montaña con esa escoria de la Alianza.

—Esa escoria de la Alianza, como tú los llamas, te ha defendido durante largos años de los dragnars y...

—El único que nos ha defendido, a ti, a mí y a todos los ászaros, ha sido nuestro valiente ejército. Muchacho, no escuches a este viejo; está perdiendo la cabeza. Es mejor que cierres la boca, Garlad, o los soldados no dudarán en matarte a ti también —concluyó el anciano mientras se marchaba.

Ezhan se sentó al lado de Garlad.

—¿Quiénes son los de la Alianza? —le preguntó.

—Néder y sus hombres. Antaño Néder fue un glorioso capitán de los ejércitos de Ászaron, hasta que el gobernador ascendió al poder y lo desterró.

—¿Bajo qué pena? ¿Qué delito había cometido?

—A decir verdad, el rey Séldar ya los había desterrado mucho antes. Néder y sus hombres partieron una noche en busca de Seizan, el menor de los hijos del rey Valian. Este les dio su permiso, pero por aquel entonces el rey ya era Séldar, que no dudó en decretarlos traidores. Con esa misma excusa, Zeol los mantuvo en el exilio y lejos, así, de él y de las gentes de Ászaron. Desde que la Alianza se

21

quebrase, Néder y sus hombres no han dejado de buscar al hijo del último rey, pues solo él será capaz de volver a prender las llamas de la Alianza Sagrada, bajo cuya protección, el elegido, que ha de ser el propio hijo del rey, comandará a los ejércitos de Askgarth hacia la victoria el día de la Batalla Final.

Ezhan permaneció pensativo durante unos segundos. Por un momento tuvo la sensación de estar escuchando un cuento, pero muchos de los sucesos que el viejo había referido le resultaban conocidos.

—Es extraño que alguien te escuche en lo que a ese asunto se refiere —observó Garlad—, pues los ászaros lo han enterrado todo en el olvido. ¿Cuál es tu nombre, muchacho?

—Mi nombre es Ezhan, mi señor.

—¡Ezhan! Nombre de reyes —observó—. Te llamas igual que le hijo de Garadon, el rey ászaro que forjó el juramento con Iraïl y Gildar. No eres de por aquí, ¿cierto?

—No, no lo soy. Llegué ayer a Ászaron desde Ayión.

—¿Ayión? Eso queda muy lejos de aquí. ¿Qué asunto te ha traído tan lejos de tu hogar?

—Estoy buscando a alguien.

—Tal vez pueda ayudarte. Ászaron es una ciudad grande, pero los años que pesan sobre mis espaldas hacen que conozca a mucha gente y, también tengo contactos que.... ¿Bueno, a quién buscas exactamente?

—Temo que mi búsqueda es mucho más complicada que un simple nombre. Digamos que estoy aquí por una visión.

—¡Vaya! Sí que es una búsqueda difícil. Siento, entonces, no poder ayudarte, muchacho. En cualquier caso, cuentas con mi amistad.

—Os lo agradezco, mi señor. No parece poco.

—No lo es, te lo aseguro.

El anciano se incorporó penosamente y se alejó despacio, manteniendo prisionera la atención de Ezhan durante algunos minutos.

El resto del día transcurrió con normalidad. Ezhan se dedicó a explorar hasta los más recónditos rincones de la majestuosa urbe, intentando averiguar si su madre podía haber llegado hasta allí, pero aquello era como dar palos de ciego en la nada en una gran ciudad que no se caracterizaba precisamente por su hospitalidad.

Al llegar la noche, cayó rendido sobre su lecho y el profundo sueño no tardó en vencerlo, tal y como ya le sucediera la noche anterior. Pronto una mezcla de imágenes y sonidos invadieron sus sueños. Una sucesión de caras, lugares y voces entre las que solo distinguía una: la voz de Yara, que parecía hablarle desde las lejanas tierras de Dóngur. «Los dioses están contigo» le susurraba. «Te muestran tu destino a cada paso que das». «Hoy lo has visto».

Abrió los ojos de forma repentina y clavó su mirada en el techo de madera. Extendió el brazo sobre la fría sábana y de pronto, la presencia de Yara se le hizo más que necesaria a su lado, sus besos, su abrazo, su respiración agitada contra su boca. Se llevó la mano a la frente y temió que cada tregua fuese a arrastrar a su lado la imperiosa necesidad de aquella joven que ni siquiera debía recordar ya su nombre. La rápida precipitación de los acontecimientos no le había dado un respiro hasta entonces, pero el primero de ellos, lo hundía de lleno en el recuerdo de la nigromante. ¿Sería siempre así? —se preguntó, sentándose sobre la cama—. ¿Cuánto tardaría él en olvidarla?

Reacio a seguir torturándose en la imagen de la muchacha, se levantó y observó a través de la ventana, mientras se ponía la camisa. La luna brillaba en lo alto del firmamento y las calles estaban casi desiertas. Solo algunos centinelas que montaban guardia en las altas torres de la ciudad rompían la armonía y la quietud de la que se gozaba en aquellos momentos. Todo estaba en calma, pero a Ezhan una extraña inquietud le encogía el estómago. Salió de la habitación y bajó las escaleras de la posada silenciosamente. Solo el crujido de la vieja madera a cada uno de sus pasos rompía un silencio tenso y extraño; normal, quizás en una aldea pequeña como Ayión, pero no en la grandiosa Ászaron.

Abandonó la posada y caminó por las silenciosas calles, tratando de sacudirse el frío que empezaba a calarle a medida que avanzaba sin tener muy claro hacia dónde. Guiándose más por instinto que por cualquier otra razón, el muchacho dejó atrás el imponente Arco de Piedra que tantas sensaciones despertaba en él por causas desconocidas para sí mismo, y llegó hasta el acceso norte de la ciudad, donde los portones principales se habían cerrado a cal y canto, tal y como debía suceder siempre al caer la noche. Una voz lo sobresaltó.

—¿No puedes dormir, muchacho?

Alzó la mirada hasta la torre de vigilancia que se apostaba junto a la muralla y reparó en la presencia de un soldado. Ezhan guardó silencio.

—Puedes estar tranquilo —añadió el hombre—. Cada vez se avistan más dragnars ahí fuera, pero los muros de esta ciudad son sólidos y resistentes. No caerán así como así. Las rocas con la que está fabri...

Las palabras murieron en su boca al caer desplomado desde lo alto del torreón, atravesado por una flecha de considerable tamaño. Ezhan lo miró, perplejo y retrocedió.

—¡Dragnars! —gritó otra voz lejana.— ¡Se acerca una tropa de dragnars! ¡Todos a sus puestos!

La corneta retumbó en el eco de la noche, poniendo a todos sobre aviso. Ezhan corrió a buscar a su caballo y su espada, decidido a ayudar en aquel inesperado y repentino ataque. En el alocado trayecto de regreso a la posada, se cruzó con numerosos soldados que corrían a obedecer a sus superiores, ocupando sus posiciones en la muralla. Uno de ellos, lo sujetó del brazo, reteniéndolo:

—¿Qué estás haciendo en la calle, muchacho? ¡Refúgiate en tu casa! ¡Rápido! ¡Que nadie salga de sus casas! —gritó—. ¡Manteneos en vuestros hogares y nada os ocurrirá!

Un escuadrón de soldados a caballo estuvo a punto de echársele encima pero él logró eludirlos y continuó corriendo hasta llegar a la posada, donde su propietario cerraba ya las puertas.

—¡Un momento! —gritó—. ¡Dadme mi caballo!

—¡Pero, señor! Los soldados nos han dado órdenes de cerrar todo y refugiarnos. ¿Adónde queréis ir ahora?

—¡Dadme mi caballo ahora mismo! —insistió Ezhan.

El posadero no osó rebatir al joven y alistó su montura mientras él buscaba su espada en la habitación.

—Estás loco si pretendes luchar —le advirtió el posadero, cuando regresó—. Deberías meterte en tu cuarto y dejar que sean los soldados quienes lo hagan. No hay ejército más valeroso sobre la tierra de Askgarth que el de Ászaron, créeme.

Ezhan montó sobre su valar sin prestar atención a las palabras del posadero, que sólo pudo santiguarse cuando lo vio salir a toda prisa del establo.

Una vez fuera, se unió a la marcha de los soldados que cabalgaban hacia el acceso norte, donde pudo comprobar que uno de los portones estaba abierto, permitiendo así la salida de los hombres a caballo.

Una sombra en la oscuridad se acercó a toda prisa:

—¡Capitán! —gritó—. Los dragnars están a una media hora de la arboleda.

—¿Media hora? —exclamo el interpelado—. Algunas de sus flechas han atravesado ya nuestras murallas. ¿Qué clase de vigilancias lleváis a cabo?

—Un pequeño escuadrón se adelantó —se excusó el soldado—. Mis hombres los han abatido. Intentaban entrar por el acceso Oeste.

—¡Malditos sean! ¡Preparaos para la batalla! Debemos esperarlos más allá de la arboleda o de lo contrario pondremos en peligro a la ciudad. ¡Tenemos media hora! ¡Rápido!

Los soldados cabalgaron con premura hacia el bosque. Ezhan se había mezclado entre ellos aprovechando el tumulto producido y nadie se dio cuenta ni reparó en él. Avanzaron a toda prisa y en unos pocos minutos habían atravesado la extensa arboleda, tras la cual se posicionaron: los lanceros delante; los arqueros, en último término y por delante, la caballería.

Muchas eran las leyendas envueltas en elogio que protagonizaban los valerosos ejércitos de Ászaron pero Ezhan pudo comprobar aquella noche buena parte del por qué. En apenas unos pocos minutos, los capitanes organizaron a sus hombres y, decididos y sin dudarlo, se habían lanzado a la batalla. En aquel lugar esperaban con la serenidad dibujada en sus rostros. La muerte podía esperarlos agazapada en cualquier mínimo movimiento pero aquellos hombres parecían ajenos a eso. Sus miradas, clavadas al frente; sus respiraciones, sosegadas; sus manos, firmes en la sujeción de sus armas y estandartes.

—¡No son demasiados! —exclamó el capitán, abriéndose paso—. Parece tratarse de una tropa de reconocimiento. No deben ser más de un centenar, así que no debería costarnos deshacernos de ellos. Cuando... —De pronto el capitán se fijó en el distinto atuendo de Ezhan—. ¿Quién sois y qué estáis haciendo aquí?

—Mi nombre es Ezhan y quiero luchar.

—Hijo, no eres ningún soldado. Admiro tu valor pero te ordeno que regreses inmediatamente a Ászaron. Deberás hacerlo solo, pues no puedo enviar a ninguno de mis...

—¡No voy a regresar, señor! No pertenezco al ejército pero sé luchar.

—Desobedecer a un capitán de Ászaron tiene un castigo que estoy seguro no querrás probar. Vuelve a la ciudad. Ahora. ¡Muchachos! —le gritó al resto— ¡Preparaos para la batalla!

Los soldados esperaban la llegada de los dragnars bajo una calma tensa que se prolongaba ya más de lo que cualquier corazón, por aguerrido que fuese, podía estar dispuesto a soportar. En pocos minutos, sin embargo, los lejanos fulgores de las antorchas fueron acercándose lentamente hasta que un escuadrón de dragnars se detuvo a varios metros de ellos. La tensión era más que palpable en el frío aire de la noche. Y la dura batalla no tardó en comenzar. Pronto las espadas ászaras y las dragnars rompieron el silencio con sus cruces, sus sonidos metálicos y los gritos de furia y dolor. El vasto mundo quedó reducido a aquel páramo entre árboles donde una nueva sacudida le recordaba a Askgarth que el despertar de los dragnars había dejado de ser una latente promesa para convertirse en una temible realidad.

Ezhan corría entre el tumulto, sesgando tantas vidas enemigas como la espada y el instinto le daban. El capitán del ejército ászaro le había impedido luchar pero de ningún modo habría accedido a retirarse al cobijo de las murallas de Ászaron mientras otros peleaban por él. Las pequeñas heridas sufridas le indicaban que aquellas hojas no debían estar envenenadas, pues no dolían más que cualquier otra, algo que agradeció profundamente. Sabía que nunca olvidaría el calvario vivido en Ayión tras un corte que casi le cuesta la vida y que le hizo sentir el dolor en una magnitud que nunca hubiera podido imaginar. No podía negar que le asustaba volver a ver repetida aquella situación pero su determinación era más fuerte que aquel miedo que detestaba sentir.

Ezhan se detuvo al ver que el capitán que le había ordenado regresar caía derribado desde su caballo, perdiendo también su espada. El hombre se puso rápidamente en pie, pero el dragnar que lo había hecho caer se abalanzó sobre él con voracidad. Él esquivaba los múltiples ataques, tratando en balde de recuperar su acero.

Mientras, Ezhan intentaba abrirse paso y llegar hasta él pero los rivales se cruzaban en su camino continuamente, reteniéndolo. Sesgada la vida del último dragnar que se le había cruzado, no obstante, el muchacho fue incapaz de moverse: una lanza proyectada desde la lejanía ensartaba parte de la armadura del capitán en un árbol, dejando su brazo clavado y al borde de una amenazante muerte; una muerte que se aproximaba a él en forma de dragnar. A paso lento y cadencioso, con la sonrisa dibujada en sus labios, este llegó frente a él, espada en mano.

Ezhan corrió hasta allí y se interpuso entre el hombre y el dragnar, que lo miró, sonriendo.

—Un aldeano —murmuró—. Te defiende un aldeano. Muchachito, hay algo que debes aprender: nunca te interpongas entre un dragnar y su víctima. Lo pagarás caro.

—Márchate, chico —balbuceó el soldado.

Pero Ezhan ya no escuchaba ninguna voz más allá de la férrea determinación que nacía dentro de él mismo y que lo apremiaba a luchar. Ni las provocaciones del dragnar ni las advertencias del capitán ászaro ejercían ya ningún tipo de influencia en él. Por eso corrió hacia su enemigo, blandiendo la espada en su mano y golpeándolo con toda la furia que había logrado conglomerar. Porque en sus apenas veintidós años había vivido aquella situación demasiadas veces ya: la lucha, el miedo y el horror; la sangre y las vidas perdiéndose por causas que ni unos ni otros debían conocer ya.

Empujado por una novedosa ira, apenas necesitó de un par de movimientos más para atravesar el abdomen del dragnar y extraer después la hoja de su espada, ensangrentada. Se volvió, furioso y observó la atónita mirada del capitán.

Ezhan clavó su espada en la tierra y sujetó la lanza que mantenía el sangrante brazo del soldado ensartado.

—¿Preparado? —preguntó sin más.

El hombre asintió y el seco tirón del muchacho lo liberó, haciéndolo caer de rodillas, mareado y envuelto en un grito de dolor.

—Gracias... —murmuró el hombre.

Ezhan asintió y recuperó rápidamente su espada para volver a una lucha que no concedía tregua. Se prolongó todavía durante varios minutos más; minutos en los que los gritos decrecieron, los choques de espada disminuyeron y poco a poco, el silencio regresó de un modo distinto, sin la tensión inicial, sin el regio orgullo en el pecho de muchos de aquellos que ahora yacían tendidos en el suelo, con la mirada vacía y clavada en el cielo cambiante.

El alba despuntaba ya en el lejano horizonte cuando empezaron a apilar los cadáveres para prenderles fuego ante las devastadas miradas de sus compañeros. La tristeza y el cansancio se dibujaba en sus semblantes con la misma intensidad.

El regreso a la ciudad discurrió en medio de una sensación extraña: tras la arboleda no había quedado ni un solo dragnar con vida pero, como de costumbre, el precio de aquella nimia victoria había vuelto a ser demasiado elevado.

A pesar de lo temprano que era, la gente ya vagaba por las calles de Ászaron, cubriéndola de murmullos y lamentos que anunciaban otro día aciago para la ciudad; uno más y en las últimas fechas empezaban a ser ya demasiados.

Los soldados fueron llegando poco a poco a la plaza de los mercaderes y, por primera vez en su vida, Ezhan sintió el honor y la satisfacción de aquellos ejércitos de los que tantas hazañas había leído al desfilar bajo el imponente Arco de Plata tras la dura batalla; una percepción —eso sí— empañada por un halo de tristeza y desolación. Se preguntó entonces si las llegadas los ejércitos del rey Valian o el príncipe Seizan, de quienes tantas hazañas había escuchado— se producirían también así. Después de tanta muerte, ¿había cabida para el orgullo?

Los soldados tomaban asiento en los grandes bancos de piedra, mientras las mujeres y los curanderos revisaban sus heridas. Ezhan no sufría ninguna especialmente grave, por lo que se mantuvo al margen, sentado en el suelo mientras paseaba las manos por su rostro sucio. Se sentía exhausto y somnoliento. Sin embargo, lo que más le inquietaba era la normalidad que estaba empezando a conferirle a situaciones como la vivida aquella noche. Ya no había dolor en su corazón ni tristeza en su alma. Sólo había sido una batalla más; más hombres muertos, más familias destrozadas. Pensar en la posibilidad de ser capaz de acostumbrarse a eso le hizo sentir escalofríos.

Alzó la mirada cuando, de pronto, cuatro soldados a caballo se abrieron paso entre la multitud, custodiando a un quinto jinete de llamativo aspecto: era un hombre de mediana edad, cabello plateado y vestimenta negra que cubría una capa de un rojo chillón . Con un rictus de visible gravedad, bajó de su caballo y caminó hasta el capitán al que Ezhan había ayudado y que no había vuelto a ver hasta ese momento.

—Arazan —exclamó.

—Mi señor.

—¿Qué ha ocurrido?

—Dragnars, mi señor. Se avistaron durante la noche a pocas millas del bosque. Un pequeño escuadrón, incluso, llegó hasta las murallas de la ciudad.

—¿Cómo es posible que pudieran acercarse tanto sin que nos percatásemos? Quiero hablar con los vigías.

—Llegaron por el flanco Oeste. El acceso es complicado por ese lado de las murallas. Además las montañas nos ofrecen cobijo por ahí. Generalmente nuestros vigías custodian la cara Sur y la Este, mi señor. No esperábamos un ataque por el Oeste.

—Estamos hablando de dragnars, Arazan. No buscarán el acceso más fácil, sino cualquier lugar por el que puedan entrar. El error cometido es inadmisible. No podemos descuidar ningún flanco.

—No, mi señor. Vigilaremos los cuatro lados de Ászaron, señor gobernador.

—¿Cuántas bajas ha habido?

—Sesenta y siete, mi señor. Eran pocos y estaban disgregados pero...

—¿Cuantos soldados te has llevado?

—Algo más de un centenar.

—Cada vez se ven más dragnars y con mayor frecuencia. Me preocupa la situación.

—Los dragnars se recomponen, mi señor. Atacan poblaciones, matan a sus habitantes y saquean todo cuanto pueden. No es algo aislado que esté ocurriendo solo en Ászaron.

—No me importa lo que ocurra en otros lugares. Manteneos alerta y no descuidéis ningún flanco.

El hombre volvió a subir sobre su caballo y, de nuevo custodiado por sus soldados, regresó por donde había venido.

El capitán paseó su mirada por la plaza hasta que, de forma casual, se encontró con los ojos verdes de Ezhan. Suspiró y se acercó despacio, agachándose a su lado. Desde ahí él pudo observar que su hombro aún sangraba aunque lo había envuelto con un jirón de ropa que ya estaba completamente calado.

—¿Estás bien, muchacho? —le preguntó.

—Estoy bien, señor.

—¿Has pensado en formar parte del ejército? En estos tiempos difíciles una mano como la tuya no se desprecia así como así.

—No ha sido el objetivo de alistarme lo que me ha traído hasta Ászaron.

—Tal vez no, pero ya que estás aquí... Formar parte del ejército es una de las maneras más honorables y dignas de ganarse la vida. Piénsalo y házmelo saber si te decides.

Arazan se puso en pie de nuevo y apenas había dado un par de pasos cuando se volvió:

—Y gracias de nuevo.

—No tenéis nada que agradecerme —zanjó él.

Ezhan permaneció pensativo durante unos segundos. Desde que era muy pequeño había soñado con formar parte de un gran ejército y llegar a ser algún día un importante capitán. Ahora se le presentaba la oportunidad de entrar a formar parte de uno de los más poderosos y grandes que había sobre la tierra de Askgarth. Innumerables eran las historias y leyendas que se contaban sobre el ejército de Ászaron y sus valientes soldados. Se decía de ellos que nunca habían perdido una batalla y que cuando Iraïl y Gildar sucumbieron a la invasión de los dragnars, ellos fueron los únicos que resistieron y que osaron llevar a sus filas hasta más allá de la puerta negra en Ódeon. Ellos derrotaron a los dragnars en sus propia casa y fueron capaces de restablecer la paz en Askgarth; una paz que había durado poco más de veinte años.

De pronto el sonido de un cristal que se quebraba sacó a Ezhan de sus pensamientos. Al alzar la mirada se encontró de frente con Livia, que había dejado caer una pequeña botella de vidrio. La joven permanecía de pie entre la multitud de soldados heridos y aquellos que los sanaban, con su mirada fija en Ezhan. Se acercó lentamente y se dejó caer de rodillas frente a él, sin poder dar crédito aún a lo que veía.

—Livia...

—¡Ezhan! —exclamó emocionada. Incapaz de contenerse, lo abrazó con fuerza, haciéndolo reprimir alguna que otra mueca de dolor—. ¿Qué... qué estás haciendo aquí? ¡Por todos los dioses! ¡Te han herido! —añadió, apartándose.

—Estoy bien.

—Deja que yo me encargue de esos cortes. ¿Cuándo has llegado?

—Hace apenas dos días.

—Creí que debías ir hasta Cahdras.

—Y hasta allí llegué pero... bueno, es una larga historia.

—¿Has sabido algo más? ¿Has encontrado a tu padre ya?

—No.

—Ven a casa, ¿dónde te estás hospedando?

—Tranquila, Livia —dijo él poniéndose en pie—, estoy bien. Me estoy hospedando en una posada.

—Pero en casa estarías mejor y no deberías pagar nada...

—¿Cómo... cómo está Zeldir? ¿Pudo entrar en los ejércitos tal y como ansiaba? —preguntó él, tratando de desviar la conversación.

El silencio por respuesta en ella, le hizo a Ezhan temer lo peor. Nunca había sido amigo de Zeldir, pero tampoco podía desearle ningún mal.

—Livia...

—Sí. Logró acceder al ejército de Ászaron —respondió al fin—. Logró cumplir su sueño.

—¿Y entonces qué ocurre? Lo dices de un modo...

—¿Vendrás a verlo?

Ezhan sonrió con amargura.

—No creo que Zeldir necesite de una visita mía ni tampoco que me eche en falta.

—Tal vez sí la necesite....

El joven la miró, desconcertado.

—¿Vas a contarme qué pasa?

*****

Livia abrió la puerta de una modesta casita situada en la zona Este de la ciudad y Ezhan entró tras ella.

—¡Zeldir! —gritó la joven.

La casa no era demasiado grande, pero estaba perfectamente limpia y ordenada, bien amueblada y de aspecto acogedor. Un pequeño caldero ardía en la chimenea y el embriagador olor a sopa caliente no tardó en tentar a Ezhan.

—Pasa todo el día encerrado en su alcoba —le explicó Livia, mientras llamaba a la puerta de una habitación que se mantenía cerrada a cal y canto. A pesar de no recibir respuesta alguna, abrió.

Ezhan se mantuvo a cierta distancia y solo pudo escuchar la voz ronca de Zeldir, que salía desde la oscuridad de aquel cuarto.

—Sal de aquí —le ordenó a Livia.

Ella entró haciendo oídos sordos y corrió las cortinas de par en par, permitiendo la embestida del sol matinal.

—Hay alguien que ha venido a verte.

Zeldir se levantó repentinamente y, arrastrando los pasos, empujó a Livia por el brazo" hasta el salón.

—¡He dicho que te largues de aquí! —gritó—. ¡No quiero ver a nadie!

Ezhan se plantó frente a él a toda prisa y apartó a Zeldir, empujándolo y haciéndolo caer al suelo.

—¡Déjala!

Hasta ese momento no había sabido por qué Zeldir no quería ver a nadie y por qué se mantenía encerrado en su habitación durante largas horas, tal y como la propia Livia le había explicado. En aquel momento pudo averiguarlo:

34

el muchacho había perdido su pierna derecha y se mantenía en pie gracias a una vieja muleta de madera que permanecía tirada en el suelo, junto a él.

Una gran cicatriz cruzaba su rostro, justo por debajo del ojo y hasta el inicio de su oreja.

—¡Largaos de aquí! —gritó de nuevo el muchacho, henchido de ira y rabia—. ¡Fuera de aquí! —repitió, mientras lanzaba una de sus muletas contra los dos.

—¡Zeldir, basta!

—¡Ezhan, vámonos! —zanjó Livia, tomando al muchacho de la mano. Cerró la puerta y salió de la casa, envuelta en llanto, mientras Ezhan la seguía, impactado aún por la escena con la que se había encontrado.

—Cálmate, Livi —le pidió, colocando sus manos sobre sus hombros.

—Así es siempre —le explicó ella—, así día tras día, tras día... Ya no puedo más. Gracias a los dioses que estás aquí.

—¿Qué le ocurrió?

—Fue en una batalla contra los dragnars. Zeldir logró entrar en el ejército de Ászaron. Hizo méritos más que suficientes pero al poco tiempo, un encontronazo con un capitán dragnar le ocasionó lo que hoy has visto. Tenía una pierna muy malherida, el curandero hizo todo lo posible por salvársela pero no hacía más que ocasionarle altas fiebres y fuertes dolores, así que hubo que decidir entre su pierna o su vida. Se negó rotundamente a que se la cortasen. Dijo que prefería morir antes que vivir sin poder luchar, pero las altas fiebres lo dejaron inconsciente y el curandero decidió amputar su pierna sin su consentimiento. Puedes imaginar cuál fue su reacción cuando recuperó la consciencia.

—Zeldir siempre ha sido aguerrido y orgulloso —respondió Ezhan— pero también es fuerte; lo superará.

—No estoy tan segura. Hace varias semanas que esto ocurrió y desde entonces se ha encerrado en su habitación y no ha vuelto a ver la luz del sol. Ayúdalo, Ezhan. Tienes que hablar con él y hacerle reaccionar.

—Livi, soy el menos indicado para eso. Nuestra relación nunca ha sido cordial, y que yo le vea así, no hará más que minar su orgullo.

—Precisamente por la relación que siempre habéis mantenido, al tenerte frente a él, no querrá que lo veas vencido. Tal vez ese orgullo del que hablas le haga alzarse. ¿Qué perdemos con intentarlo? Sé que Zeldir no se ha portado bien contigo, pero ahora las cosas son muy distintas.

—Livia —interrumpió de pronto la voz severa de un hombre.

La muchacha reculó un par de pasos y se situó al lado del recién llegado, un hombre de aspecto distinguido y soberbia mirada.

—¿Qué estás haciendo aquí?

—Geralt —respondió ella—. Vine a ver a Zeldir y, casualmente, me encontré con Ezhan. Ezhan, te presento a... a mi marido, Geralt —concluyó con voz temblorosa.

El hombre le tendió la mano y Ezhan le correspondió sin dejar de mirarlo fijamente a los ojos, que le devolvían un aparente desafío, mezclado con un mal disimulado desprecio.

—Él se crió conmigo, en Ayión —le explicó Livia—. Es como... es como mi hermano...

—Un placer —respondió Ezhan.

—Sí, debo decir lo mismo —respondió él—. Livia, acabamos de sufrir un ataque dragnar y estoy cansado de decirte que te mantengas en casa en situaciones así. Sabes de sobra que tu... amigo no quiere ver a nadie y debemos respetarlo. Tu... hermana —le explicó a Ezhan, remarcando la palabra— es algo testaruda y no atiende a razones. Supongo que ya la conoces. Márchate inmediatamente —le ordenó a ella—. Después hablaremos.

Livia le dedicó una fugaz mirada a Ezhan y corrió sin pronunciar palabra.

—¡Livi! —gritó Ezhan—. ¿Estás bien?

—Sí.

Geralt se colocó frente al muchacho, rompiéndole el campo de visión a través del que Livia se perdía.

—Disculpa... Ezhan. Entenderás que no me gusta que mi esposa vaya caminando por la ciudad cuando hemos sufrido un ataque dragnar. Si me disculpas...

Ezhan lo vio alejarse y no pudo evitar preguntarse cómo de sincera había sido Livia con él, respecto a su relación con su ¿marido? Aún le sorprendía lo rápidamente que se habían transformado las cosas desde el día en que se marchase de Ayión: primero, la desgracia se había cebado con Zeldir, un muchacho joven, con toda la vida por delante y condicionado para siempre; por otro lado, Livia, que en apenas unos pocos meses se había convertido en la esposa de un ászaro, aparentemente miembro distinguido del ejército y cuyo trato hacia ella le hacía dudar seriamente.

Se volvió y vaciló sobre la necesidad de entablar una conversación con Zeldir, algo que finalmente acabó desechando. Quizás un día esta tuviera que llevarse a cabo pero no en aquel momento, cuando su presencia había cogido inadvertido al propio Zeldir, incomodándole como no podía ser de otro modo.

Anduvo a través de la calleja que descendía hacia la plaza y escuchó lo que parecía una arenga del capitán, el mismo hombre que le había ofrecido un puesto entre aquel regio ejército:

—¡Muchachos! —gritó, consiguiendo de inmediato un solemne silencio—. En primer lugar quiero felicitaros por la brillante victoria lograda esta noche. —Los rostros desolados se tornaron en sonrisas abiertas y cabezas asintiendo, satisfechas—. En segundo lugar, quiero que dediquemos un sentido pensamiento a los que han caído luchando por Ászaron y por el gobernador.—El silencio se alzó de nuevo, sentido, como un soldado obediente—. Algunos nos abandonan para siempre, pero otros jóvenes valientes vendrán a unirse a nuestras filas. Es el caso de estos muchachos —explicó, señalando a unos jóvenes que parecían haberse alistado ese mismo día, en ese mismo momento—. Mañana harán el juramento de lealtad que los unirá para siempre a nuestro ejército ¡Brindemos en su honor! ¡Lo celebraremos por todo lo alto!

De nuevo, la algarabía, las risas y los aplausos, que esta vez sirvieron como punto y final a una mañana extraña y de contrastes: primero, la desolación por la enésima batalla, las muertes, las pérdidas. Después, la satisfacción por la victoria obtenida y, por último, la esperanza depositada en las nuevas generaciones de soldados. Sin embargo, el cielo aún se teñía de un rosado suave que indicaba lo temprano del día.

La gente empezó a retirarse, despacio, despejando así la plaza de los mercaderes. Pero Ezhan se mantenía inmóvil, tratando de digerir todo cuanto había ocurrido desde su llegada a Ászaron.

—Deberías marcharte tú también —le dijo entonces una voz—. Es demasiado temprano y por el momento aquí no hay nada que celebrar.

Ezhan reparó en la presencia de un joven que vestía el uniforme del ejército pero que, lejos de expresar el mismo júbilo que sus compañeros, mostraba un rictus serio, enfadado y casi amargado.

—Lárgate a tu casa o te expondrás a que te aprese —volvió a decir el muchacho—. Las gentes que caminan a estas horas por las calles no suelen traer nada bueno. Lárgate.

—¿A estas horas? —exclamó Ezhan, incrédulo—. Acabamos de llegar de un enfrentamiento contra los dragnars.

El joven por fin le miró.

—Tú no eres un soldado.

—Aun así he luchado y salvado a tu capitán, dicho sea de paso, de modo que relájate un poco.

El joven le dedicó una furibunda mirada y desapareció, aparentemente contenido en la necesidad de decir algo más.

—¡Eh tú! —gritó entonces otra voz, acercándose a Ezhan. Otro soldado—. Tú eres el muchacho al que el capitán le ha propuesto hoy entrar en el ejército, ¿verdad? El que le salvó la vida. ¿Por qué no has venido con los demás muchachos? Arazan te esperaba ¡Vamos, ven!

—Ha sido una noche larga —respondió—, preferiría irme a descansar. Además, le dije a tu capitán que no era mi intención alistarme.

—¿No vas a quedarte en Ászaron?

—Tal vez no.

—Entiendo. Por cierto, mi nombre es Deorban. Es un honor.

—Lo mismo digo. Deorban, ¿quién es ese muchacho? —preguntó, señalándole con la cabeza al joven con el que apenas había cruzado unas pocas y tirantes palabras hacía sólo unos segundos.

—¿Arel? Es un joven poco sociable pero agradecerás tenerle a tu lado en combate. Que esto quede entre nosotros —añadió con secretismo—, es hijo de Néder y la verdad es que no le enorgullece demasiado, lógicamente.

—¿Néder? He oído ese nombre antes...

—Sí, ex—capitán de los ejércitos de Ászaron. Fue desterrado por el rey Séldar por huir con sus hombres, y el gobernador ratificó el destierro. Como entenderás ese no es un motivo de orgullo para ningún hijo. Ahora su padre vive en las montañas, escondido del ejército y conspirando contra el gobernador. ¿Qué te parece?

—Pertenece a la Alianza, ¿no es así?

Deorban le miró, entornando los ojos.

—La Orden de la Alianza, sí. Me sorprende que hayas oído hablar a alguien de eso, pues es un tema prohibido en Ászaron.

—Algo he oído. ¿A qué se dedican exactamente?

—A buscar por todo Askgarth al presunto hijo de Séldar. Se rumorea que el rey tuvo un vástago y que su regreso es necesario para que la Alianza vuelva a forjarse. Tiene que ver con algunas profecías de hechiceros. Se prevé, según ellas, que la paz en Askgarth no será definitiva hasta que se cumpla lo que en ellas se dice.

—¿Y tú lo crees?

—Yo lo único que sé, muchacho, es que todo aquello con lo que contamos para establecer la paz en Askgarth son nuestras espadas y nuestros escudos. Todo lo demás es aire.

Deorban dio un par de pasos, observando las calles que ya empezaban a quedarse vacías de nuevo.

—Mi último consejo —dijo, volteándose de nuevo— es que no hables demasiado sobre este tema. Las prisiones están llenas de gente que lo ha hecho. Hablar sobre otro tipo de gobierno se considera conspiración contra el gobernador y su castigo es claro. Lucha con lo que tienes y no te preocupes por lo demás.

CAPÍTULO 2

Al atardecer, Ezhan caminaba a través de las empedradas calles de la ciudad. Había conseguido dormir durante un buen rato y, al despertar, tuvo la sensación de que lo vivido la noche anterior había sido sólo un sueño. Nada en el ambiente delataba dolor, intranquilidad o cualquiera de las nefastas consecuencias que pudiera dejar tras de sí el ataque de los dragnars. O casi nada: la plaza de los mercaderes, que apenas unas pocas horas antes se había convertido en la particular zona de sanación para los heridos, se ataviaba en aquel momento con sus mejores galas en lo que parecía ser un acto oficial del ejército: el capitán y algunos muchachos de los que deseaban alistase recibían al gobernador, que solía asistir para conocer a los nuevos reclutas.

—Hoy es un gran día para todos vosotros —dijo Zeol, ataviado de nuevo con su llamativa capa roja—. Entráis a formar parte del ejército más fuerte y poderoso de todos cuantos existen sobre la faz de Askgarth; el único ejército que no sucumbió durante la última guerra, cuando incluso los poderosos élars y los aguerridos óhrdits cayeron frente a las espadas dragnars. Espero sepáis estar a la altura y luchar por Ászaron y por mí con coraje y honor.

Los nuevos soldados recitaron las palabras que, durante siglos, todos habían pronunciado al entrar a formar parte del ejército de Ászaron.

—Ezhan... —Livia se abrió paso entre la multitud que se agolpaba para asistir al acto de ingreso en el ejército.

—Livi, hola.

—Quería hablar contigo esta mañana pero... me resultó imposible y bueno... siento no haberte dicho lo de...

—Livi, no tienes que darme ningún tipo de explicación. Si eres feliz con él, me alegraré. ¿Lo eres?

Livia se llevó la mano a la frente y Ezhan la sujetó con suavidad, deslizándose ambos entre el gentío para poder charlar más tranquilamente.

—Livi —insistió él.

—Sabes que yo quería dejar Ayión contigo y la única razón que me llevó a acompañar a Zeldir fue tu negativa ante eso. Pero necesitaba salir de allí y... Al llegar aquí con Zeldir, él se alistó y yo... Todo iba bien al principio. Estábamos en Ászaron, tierra de oportunidades, una ciudad segura y Zeldir había cumplido su sueño. Pero cuando le ocurrió aquello todo cambió. Se sumió en una profunda tristeza y me arrastró a ella. Hasta que no pude soportarlo más. Poco tiempo después de llegar a Ászaron, Geralt se interesó por mí, pero mi corazón estaba ocupado. Cuando la situación con Zeldir se hizo insostenible, acepté la proposición de matrimonio de Geralt. No lo amo. ¿Cómo puedo ser feliz si no lo amo?

—¿Y por qué no lo dejas, entonces?

—¿Para qué? Con él, al menos estoy segura. Tengo un hogar y alguien que se preocupa por mí. A su modo... Geralt me quiere. Tan solo habría una cosa que podría hacerme dejarle, Ezhan. Una persona.

Él guardó silencio y bajó la cabeza, mientras apoyaba la cadera en el muro bajo que circundaba la plaza.

—Ezhan –La voz de Geralt volvió a sobresaltarlos, como ya había sucedido aquella misma madrugada. Esta vez el hombre ni siquiera le prestó la menor atención a su esposa—, he sabido que anoche luchaste contra los dragnars y que Arazan te ofreció un lugar en el ejército.

—Sabrás, pues, cuál fue mi respuesta.

—Sí, es una pena, pero es tu decisión. Al menos podrías venir a cenar a mi casa esta noche. No soy el gobernador pero represento una de las máximas autoridades en el ejército; sería como una especie de agradecimiento extraoficial. Estoy convencido de que nunca en tu vida habrás visto tantos ricos manjares sobre una mesa, teniendo en cuenta la pobre aldea en la que habitabas y la vida que en ella llevabas.

Ezhan percibió el malestar en el gesto de Livia al escuchar aquellas palabras.

—No, gracias. Ászaron no tiene nada que agradecerme, ni tampoco su ejército.

Ezhan rebasó a Geralt y se coloco frente a Livia.

—Si hay algo que no sea como debería ser —le dijo en un tono de voz apenas audible—, dímelo.

Después, la besó en la frente y se marchó, perdiéndose su figura entre la multitud.

*****

A última hora del día, ya con la noche asomando desde el Este, los soldados desfilaban de regreso al bosque para relevar a aquellos que durante el día habían vigilado las cercanías de Ászaron para poder advertir con el mayor margen de tiempo posible en caso de que se avistasen dragnars.

Ezhan montaba mezclándose con ellos sobre su negro corcel, que había despertado la admiración de todos por su robusta complexión y su majestuosidad. No obstante nadie reparó en su raza distinta, ya que los valars eran desconocidos para los habitantes de Askgarth; al menos para la mayoría.

—¡Muchacho! —Arazan avanzó en su caballo blanco, situándose a su lado—. Puedo dar fe mejor que nadie de tu excelente habilidad con la espada, pero no eres un soldado y te está terminantemente prohibido acompañarnos. Además, no vamos a luchar, de modo que regresa.

—Yo sólo...

—Será mejor que obedezcas al capitán —irrumpió la voz de un hombre—. Lo dice por tu bien.

Ezhan se volvió y comprobó que se trataba de Geralt, el esposo de Livia.

La noche estaba nublada y amenazaba tormenta, pero todo estaba tranquilo y solo los sonidos de algunos animalillos y el cercano riachuelo transformaban el silencio en una melodiosa sinfonía.

—¡Bandoleros! ¡Bandoleros de la Alianza! —gritó una voz a lo lejos.

Ezhan, jaló las riendas de su montura y, junto al resto, cabalgó, espada en mano, hasta la arboleda desde donde había llegado la voz de alarma.

—¡Hacia el Este! —gritaba alguien—. ¡No los dejéis escapar! ¡Escapan por la montaña hacia el Este! ¡Cogedlos!

Ezhan continuó cabalgando, algo más rezagado, en la dirección indicada y al llegar al bosque que los demás ya habían dejado atrás, se detuvo, atónito ante una novedosa escena: Frente a él se encontraba Arel, aquel muchacho al que había conocido el día anterior y que apenas le dirigiera la palabra, sólo para amenazarle de una posible e injusta detención. Junto a él había una mujer. Ezhan la observó con atención y la reconoció al instante: era la misma joven con la que se había topado a su llegada a

Ászaron. Los dos repararon en su presencia pero no efectuaron el más mínimo movimiento. Sus expresiones eran nerviosas y dubitativas, como si se hubieran visto sorprendidos en un inesperado encuentro.

Ezhan bajó de su caballo y se mantuvo alerta a pesar de lo extraño de aquello. ¿Por qué no luchaban si eran enemigos declarados? Él, un soldado y ella, una bandolera.

De pronto la joven propinó un fuerte golpe a Arel, que cayó inconsciente al suelo. Ezhan corrió a su lado mientras la joven montaba sobre su caballo.

—¡Llévatelo! —le ordenó.

—¿Quién eres?

—Pregúntaselo a él cuando despierte.

—Los soldados te buscan. No tengo ninguna razón para dejarte marchar.

—¿Y entonces por qué lo haces?

Ezhan fue incapaz de proporcionarle una respuesta y ante su más absoluta indolencia, la muchacha desapareció, dejándolo sumido en una fuerte confusión; una confusión que trató de ocultar cuando un soldado llegó hasta allí y bajó rápidamente de su montura.

—¿Qué le ha pasado?

—Un golpe. Sólo un golpe... —musitó.

—¡Malditos sean! ¿Dónde está?

—Ha huido. Lo siento pero no he podido atraparlo.

Arel abrió los ojos, dolorido y mareado. Trató de incorporarse sin llegar a lograrlo.

—Arel, ¿estás bien? —le preguntó el recién llegado.

El muchacho clavó sus ojos oscuros en Ezhan y se mostró dubitativo al hablar:

—Sí, estoy... estoy bien.

—¡Dragnars! —gritó una voz desde la espesura del bosque—. ¡Un escuadrón de dragnars!

Ezhan se incorporó de nuevo y montó sobre su caballo con la intención de regresar al lugar en el que se encontraba el grueso del ejército. Cuando le restaban apenas unas pocas millas, sin embargo, algo le detuvo: Zeldir montaba a caballo blandiendo su espada frente a un hombre que, con toda seguridad, pertenecía a ese grupo de bandoleros, ya que no podía reconocerle como un soldado.

—¡Zeldir! —gritó Ezhan.

Al escucharlo, el joven le miró y aquel gesto lo aprovechó su adversario para atacarle, propinándole un fuerte golpe con la espada que lo hizo caer al suelo. Lo buscó de nuevo para seguir golpeándolo y entonces Ezhan recordó un sencillo conjuro nigromante de los que Danar le había enseñado y a través del cual lograría empujar a su rival y apartarlo de allí. No le agradaba utilizar la nigromancia así como así pero en aquel momento no había alternativa, pues por mucho que corriese, no lograría llegar a tiempo. Al hacer uso del conjuro, extendiendo la mano, el hombre que luchaba contra Zeldir cayó desplomado sobre el suelo como si alguien le hubiera atado una pesada cadena al cuello. Asustado y desconcertado por lo que fuese que había sucedido, miró a uno y otro lado de manera frenética al tiempo que reculaba y acababa huyendo de allí.

Zeldir, que permanecía sentado en el suelo, le dedicó a Ezhan una mirada idéntica.

—¿Qué... qué ha sido eso? —preguntó con el ceño fruncido—. ¿Qué ha ocurrido?

—Es una larga historia —respondió Ezhan, acerándose a él—. ¿Estás bien?

—¡Aléjate de mí! ¡Lárgate de aquí!

—¡Zeldir, cálmate, maldita sea!

—Eso que has hecho es magia oscura. Magia negra. Admítelo.

—¿Por qué estás aquí? —preguntó Ezhan, ignorando las cuestiones de Zeldir, en las que deseaba que no ahondase más—. Livia me dijo que ya no perteneces al ejército.

—¿Y acaso tú sí?

Un soldado llegó corriendo, entre la arboleda y se detuvo al verlos allí.

—Hemos capturado a uno de ellos. Nos vamos.

—¿A quién? —preguntó Zeldir.

—No nos ha dicho su nombre. Ya hablará —respondió el soldado, mientras observaba a Zeldir y a Ezhan. Ninguno de los dos portaba el uniforme oficial, a pesar de lo cual el hombre no dijo nada.

En apenas unos pocos minutos se habían reunido a la salida del bosque. Arazan, el capitán, montaba a caballo mientras custodiaba a un hombre cuyas muñecas, maniatadas, se ligaban a un cabo de cuerda. Sus ojos estaban vendados y su boca, amordazada.

—Bien, muchachos; regresamos —concluyó—, y esta vez no con las manos vacías.

—¡Aguardad! —gritó Zeldir, para sorpresa de todos. El joven apareció cabalgando de entre las sombras, que se alzaban en el claro, desdibujando el entorno y confiriéndole un aspecto inquietante. El castillo de Ászaron se alzaba al fondo, como una mole de piedra, serena y vigilante.

—¿Qué estás haciendo aquí? —quiso saber Arazan—. Ya no perteneces al ejército.

—¿Y qué puedo hacer, si no luchar como lo hiciera mi padre antaño? —respondió él, orgulloso.

El capitán negó con al cabeza, espetándole con la mirada un mudo reprochce

—Ese no será el único reo que llevéis hoy a las prisiones —continuó Zeldir, mientras observaba a Ezhan, que había llegado más calmadamente tras él—. Ese hombre ha hecho uso de magia oscura.

Los rumores y cruces de miradas se sucedieron entre los soldados, mientras Ezhan observaba desde su montura, sin decir nada.

—¡Llevaos al bandolero! —exclamó Arazan, con dureza—. No quiero que sea testigo de nada de lo que se pueda hablar aquí. Regresad.

Una vez el prisionero fue llevado a Ászaron y el grueso del ejército hubo regresado a la ciudad, Arazan continuó:

—¿Qué demonios estás diciendo?

—Ha intentado matarme mediante un extraño hechizo. ¿No os dais cuenta? Es peligroso que esos asquerosos miembros de la Alianza empiecen a contar con la ayuda de brujos y hechiceros.

Ezhan negaba con la cabeza, incrédulo ante todo cuanto estaba escuchando. No debía sorprenderle que Zeldir llevase a cabo cualquier tipo de actuación en su contra pero aquello, que podía llevarle a la muerte, le parecía demasiado.

—¿Tienes algo que decir, muchacho? —preguntó un soldado.

—No está diciendo la verdad.

—A pesar de que también ha desobedecido una orden mía —recalcó Arazan—, este muchacho luchó a favor nuestro ayer mismo contra los dragnars, y me salvó la vida.

—Luchó contra los dragnars; también La Órden de la Alianza lo hace. ¿Qué prueba eso? —preguntó Zeldir.

—Si lo que dice él es cierto, no podemos arriesgarnos, capitán. Lo mejor será que lo llevemos a las prisiones y nos aseguremos de cómo son realmente las cosas. Si es inocente, será libre antes del alba.

Arazan permaneció pensativo durante unos segundos, sin apartar la mirada de los ojos claros de Ezhan, que no expresaban nada

—Detenedlo —concluyó el capitán ászaro.

*****

Al llegar a las prisiones, uno de los solados maniató a Ezhan con los brazos en alto a un elevado poste que fijaba el centro del patio principal en el acceso a los calabozos y, tras dedicarle una severa mirada, se perdió a través de la puerta que conducía al interior. La gente que caminaba por la calle podía verle sin dificultad, a través de la berja metálica que lo separaba de ellos. Según había podido saber, era habitual que los reos quedasen expuestos ante los habitantes de la ciudad con frecuencia como medida ejemplarizante y para crear conciencia de lo que quebrantar las leyes ászaras podía acabar significando.

Ezhan se acercó hasta el enrejado el escaso margen que sus ligaduras le permitían, tratando de hallar alguna, disuadiéndolo de cualquier idea. La voz del joven a sus espaldas le hizo volverse.

—No te lo aconsejo –dijo el muchacho, tomando asiento sobre un pequeño banco de piedra con sendos grilletes a cada extremo—. Si intentas algo, no habrás dado ni cuatro pasos antes de caer muerto al suelo.

Ezhan guardó silencio.

—No eres un soldado. No podías estar allí —añadió de nuevo el recién llegado.

—No creo que sea eso lo que me tiene aquí.

—Lo que dice ese muchacho... ¿Es cierto? ¿eres un hechicero?

Ezhan rió mientrs negaba con la cabeza.

—No, no soy ningún maldito hechicero.

Arel apartó la mirada y la paseó a través del patio, como si tratase de asegurarse de que allí no había nadie más.

—¿Por qué no has dicho nada? —le preguntó aún sin mirarle.

—¿Nada sobre qué?

—Lo sabes perfectamente.

49

—¿Quién es esa chica?

Arel suspiró.

—Mi hermana.

Ezhan alzó una ceja, sorprendido ante aquella revelación. Sin embargo fue Arel el que continuó hablando:

—Soy un soldado de Ászaron y sé que debería detenerla, a ella y a mi padre pero... A ella no puedo. La matarán, con toda la razón del mundo, pero... no puedo hacerlo.

El joven ocultó su rostro entre sus manos, tratando de guardarse su lamento.

—Te entiendo perfectamente.

—¿Cómo vas a entenderme? ¿Es tu padre un traidor desterrado del ejército? ¿Es tu hermana una traidora desterrada de su ciudad? ¿Son tus familiares cabecillas de una rebelión que va contra aquello por lo que tú darías la vida?

—No, pero conocí a tu hermana el primer día en que llegué a Ászaron. Lejos de hacerme daño, sólo me previno. No me pareció una mala persona.

Arel guardaba silencio.

—Vine a Ászaron en busca de mi padre —prosiguió Ezhan—. Nunca lo he conocido. Las únicas referencias que tengo son una carta según la cual no debo sentirme muy orgulloso de él. De hecho vine buscando venganza. He oído hablar de la Orden de la Alianza; algunos se refieren a ellos con admiración.

—¿Cómo te atreves a decir eso? —exclamó Arel, poniéndose en pie—. La Orden de la Alianza conspira contra el gobernador.

—Por lo que sé, esa gente solo quiere que se restablezca la Alianza que durante tanto tiempo mantuvo a salvo a los pueblos de Askgarth. Nada más.

—Si piensas así, no importa si lo que ese muchacho dice es cierto o no. Mereces estar en las prisiones. La Orden de la Alianza es nuestra mayor amenaza.

—La mayor amenaza que sufrimos son los dragnars y esta se agravará mientras aquellos que podéis luchar contra ellos os matáis entre vosotros.

—No sabes lo que dices —zanjó Arel, antes de marcharse.

Ezhan vio perderse su figura de regreso a las mazmorras a las que a él mismo llevarían.

—Muchacho...

Ezhan se volvió y necesitó unos segundos para reconocer a Garlad, el anciano con el que había hablado días antes sobre el destino de aquellos jóvenes que llegaban hasta Ászaron afirmando ser hijos del rey Séldar. El anciano aferraba sus viejas y cansadas manos a los barrotes, mientras le observaba desde el otro lado.

—Muchacho, ¿qué es lo que ha ocurrido? ¿Por qué razón te llevan preso?

—Es una larga historia, señor, pero no soy culpable.

—No lo dudo, hijo. Como tanta otra gente que pierde su vida en las lúgubres prisiones.

Un soldado se acercó a Ezhan y, sin mediar palabra, le arrancó la camisa, pues era costumbre registrar a los prisioneros antes de que entrasen en las cárceles para asegurarse de que no poseían ningún objeto con el que pudieran atentar contra algún soldado o tratar huir. A pesar del frío que empezaba a arreciar por aquellas tierras, Ezhan se vio desprovisto de camisa, botas y pantalón, acentuándose así las miradas que ya lo escrutaban con curiosidad y desprecio.

El soldado desapareció de nuevo, perdiéndose tras los muros de las prisiones y dejando al muchacho allí, junto a Garlad, que no se había movido de su sitio. El viejo entornó sus ojillos con esfuerzo y frunció el ceño, observándole.

—No puedo creer esto —farfullaba Ezhan, ajeno a lo que fuese que había despertado el interés de Garlad.

—Muchacho —exclamó este—. Acércate.

Ezhan le miró, confuso.

—¿Qué ocurre? —preguntó.

—Acércate —insistió el viejo—. Vamos, ven aquí, deprisa.

Ezhan se aproximó lo más que sus cortas ligaduras le daban.

—¿Qué queréis? No puedo...

El anciano dio un seco tirón del colgante que llevaba y lo ocultó en su bolsillo sin dar más explicaciones.

—¿Qué demonios estáis haciendo? —bramó Ezhan, sorprendido—. Devolvedme eso ahora mismos si no...

—¿De dónde lo has sacado? — lo interrumpió Garlad —. ¿De dónde?

—Lo tengo desde que era niño. ¡Devolvédmelo inmediatamente!

—¿Pero cómo lo has conseguido? ¡Debiste encontrarlo en algún lugar o alguien debió dártelo! ¡Dime dónde fue! No pudo surgir de la nada.

Ezhan lo miraba, desconcertado. El modo en el que se lo había arrancado del cuello le había hecho pensar que pretendía robárselo pero a pesar de tenerlo en su poder, el hombre no se había movido de su lado.

—Alguien me recogió en el bosque bosque de Gilran durante la huida de la última guerra —le explicó a Garlad —. Apenas debía tener unas horas de vida. Me encontraron junto al medallón y una carta de mi madre.

—¿Quién es tu madre?

—No... no llegué a conocerla. Pero ¿a qué viene todo esto?

—¿No sabes cómo se llamaba? —continuó apremiándolo el viejo.

—A día de hoy ya no estoy seguro de nada, pero según tengo entendido su nombre era Lisbeth.

—¡Por todos los dioses de Askgarth juntos! —murmuró el viejo, echándose las manos a la cabeza—.¡No puede ser! ¡No es posible!

Ezhan había empezado a temblar como consecuencia del crudo frío que azotaba Ászaron aquella mañana, y el misterio que Garlad le estaba concediendo a toda aquella situación, no hacía sino acentuar la sensación de frío que lo recorría de arria a abajo.

—Muchacho, hay que buscar a Néder en las montañas y mostrarle este medallón... —murmuró el anciano, aproximándose más a él.—. No estoy seguro de poder... Soy viejo y la montaña es escarpada, pero esto vale la pena... Tengo que hacerlo. Hoy mismo... Lo intentaré.

—¿Qué es lo que pasa? ¿No es el tal Néder el líder de los bandoleros?

—¡Hazme caso, te lo ruego! Es muy importante que sigas mis instrucciones al pie de la letra: Si alguien reconoce este medallón, te garantizo que no verás la luz del día nunca más; te matarán enseguida. Por el momento es más seguro que lo guarde yo. Sin embargo esta misma noche te lo haré llegar de vuelta. Tengo contactos en las prisiones y... Tan pronto lo recuperes, será necesario que hables con Valdrik inmediatamente.

Ezhan le miraba con el ceño fruncido y totalmente desconcertado.

—¿Valdrik? —preguntó.

—Es el miembro de la Alianza que detuvieron anoche. No sé cómo pero tienes que hablar con él; es muy importante, muchacho. Él sabrá explicártelo todo: quién eres, de dónde vienes y qué es este medallón. No creas nada de lo que has oído a los detractores de la Orden de la Alianza; hazme caso, muchacho. Ahora debo marcharme. Si me ven contigo y descubren quién eres me matarán.

—Aguardad un momento —exclamó Ezhan.

—Ahora no hay tiempo para eso. Debemos buscar una forma de que llegues a Valdrik... Está también en esta prisión pero será prácticamente imposible que os reúnan...

—Me hospedo en la Posada del Rey —respondió Ezhan, algo más sereno. No tenía ni idea de lo que estaba ocurriendo pero fuese lo que fuera, lo averiguaría actuando y no avasallando a aquel anciano con mil preguntas—. Allí tengo las pocas cosas que conforman mi equipaje. Hacedme llegar una pequeña bolsa de color rojizo que guardo en un cajón y no tendré ningún problema para llegar hasta ese tal Valdrik.

—¡Basta! ¡Lárgate, anciano! No puedes hablar con un prisionero o ¿acaso quieres ser tú el siguiente? —gritó un soldado.

Garlad se alejó lo más deprisa que le permitieron sus viejas y cansadas pierna, mientras Ezhan era conducido a través de un lúgubre y sucio pasadizo. A ambos extremos del mismo, celdas rebosando de gente, hombres, mujeres e incluso niños, resignados a su cruel destino.

Ezhan caminaba con su ropa entre las manos, después de que los soldados se hubieran asegurado de que no ocultaba nada más. Lo empujaron al interior de una angosta y maloliente celda y allí, tomó asiento, incapaz de despejar su mente de las palabras y el tono que Garlad había utilizado al descubrir su medallón.

¿Acaso podía ser cierto que estaba a punto de averiguar quién era? Miles de preguntas bombardeaban su mente pero mucho se temía que no tendría más remedio que esperar.

*****

Al anochecer, un soldado llegó prendiendo las escasas teas que se situaban en el estrecho pasadizo.

—¡Despertaos, ratas asquerosas! Hoy tendréis comida. El gobernador no quiere que sus prisiones se queden vacías —exclamó con su vozarrón.

El soldado se aparató, mientras un hombre de aspecto demacrado y raídos ropajes, desfilaba, celda por celda, con una pequeña cacerola y unos sucios cuencos, sirviendo una especie de pasta amarillenta a quienes lo solicitaban. Ezhan sintió asco al verlo, pero los demás presos clamaban a gritos por una sola cucharada. Supuso que en el ímpetu que cada uno ponía por hacerse con aquello quedaría patente el tiempo que llevaba allí. El hombre se arrodilló ante su celda y le ofreció a Ezhan aquella especie de papilla pastosa.

—No, gracias. No quiero...

Guardó silencio al topar con los ojillos grises de aquel pobre desgraciado que, por un momento, trazó algo parecido a una sonrisa en sus labios.

—¡Vamos! Ya está bien —gritó el soldado que se había mantenido a un lado—. Has tardado mucho, viejo inútil. Con que hayan comido unos cuantos será suficiente. Ahora sal de aquí.

Ezhan observó su plato, asqueado y cuando se disponía a apartarlo, comprobó que algo asomaba entre la pasta. Sus ojos escrutaron entre la penumbra, asegurándose de que nadie lo veía y entonces, introdujo sus dedos en la pegajosa masa, y sonrió al tocar su medallón, así como la bolsita que Garlad le había hecho llegar.

Con toda la discreción de la que fue capaz, se colgó de nuevo el medallón, ocultándolo bajo la camisa rota y gateó hasta el fondo de la celda, donde se hizo con el saquito en el que se trazaba el nombre de Volmark. El don del nigromante hacía que durante un breve espacio de tiempo, ocurriese todo aquello que su propietario desease, así que el joven deseó ser trasladado a otra celda, en concreto la contigua a la del tal Valdrik, miembro de La

Órden de la Alianza que había sido capturado aquella misma noche.

Como no tenía muy clara la forma de utilizar el don nigromante, Ezhan se echó un poco del fino polvo que lo formaba en la mano y se atrevió, con reticencias, a tragarse el resto. Se sentía como si hubiera engullido un puñado de arena pero en aquel momento su única preocupación era no empezar a tosear y llamar demasiado la atención de los guardias. Pocos minutos más tarde, uno de ellos entró por la puerta, para sorpresa de los demás prisioneros. Llegó hasta la celda de Ezhan y la abrió, apartándose:

—Sígueme —le ordenó.

El muchacho se puso en pie y caminó junto al guardia hacia la parte más profunda de las prisiones, donde el ambiente era, si cabía, más tétrico y deprimente que en su anterior ubicación. El crujido de las llaves al abrir las cerraduras era lo único que quebraba el silencio de la noche y la soledad de las cárceles ászaras. En aquella zona, apenas había presos y Ezhan sólo se encontró con un par de ojos que lo escrutaron en la negrura. Parecía evidente que hasta allí sólo llegaban los reos a los que los soldados pretendían mantener apartados de los demás, miembros de La Orden de la Alianza y demás alborotadores, pensó para sí.

El soldado lo empujó al interior de una de aquellas celda y desapareció, después, a través de los pasillos.

—¡Vaya! ¡Qué trasnochador! —observó una voz.

Ezhan fijó su mirada en el punto desde el que le había llegado y trató de acostumbrar su vista a la mayor oscuridad que reinaba allí. Apenas logró distinguir un bulto sentado en el otro extremo de la celda contigua a la suya.

—¿Eres Valdrik? —inquirió sin más rodeos.

—¿Te conozco? —preguntó el otro, sin alterarse.

—No creo. Pero tal vez sí conozcas esto. ¿Qué es?

Ezhan pasó el brazo entre los barrotes que separaban las dos celdas y mantuvo con firmeza el medallón, mostrándoselo sin reparos a Valdrik, que ni siquiera se movió.

—¿Qué es qué?

—Me dijeron que lo reconocerías.

Valdrik aún tardó unos segundos en reaccionar. Gateó sobre el frío suelo de la angosta celda y llegó hasta la contigua, donde Ezhan le mostraba el colgante. Lo sujetó con una mano llena de suciedad y sangre y alzó la mirada, con los ojos como platos.

—¿De dónde has sacado esto? ¿Cómo ha llegado a ti?

—Lo tengo desde que era niño. Alguien me encontró tras última guerra, con él y una carta de mi madre, Lisbeth.

Valdrik necesitó unos segundos más para volver a hablar. Pestañeó un par de veces y Ezhan pudo escrutar su rostro con más calma: estaba lleno de mugre y su barba espesa, empezaba a motearse de algunas canas. El cabello desgreñado le tapaba unos ojos oscuros y vivos, a pesar de todo.

—¿Estás diciendo la verdad?

—¿Qué demonios es este medallón? ¿Qué significa?

—¿En serio no lo sabes? ¿Cómo sabes entonces que es importante? ¿Por qué me preguntas por él a mí?

—Un anciano me sugirió que hablase contigo mientras él trataba de encontrar al tal Néder. Dime qué demonios es eso —exclamó, ya más alterado.

—Es el Ászar. ¡Por todos los dioses! Eres la viva imagen de... —añadió, mientras le sujetaba la cara—. No puedo creer que esto esté pasando... —murmuró con lágrimas en los ojos—. Esa medalla es el Ászar, el medallón del rey. Durante años ha pasado de generación en generación, de padre a hijo, de rey a heredero... Eres el hijo del último rey de Ászaron. El heredero al trono.

—¿Qué demonios estás diciendo? Puede... puede ser un medallón igual pero...

—No. El medallón fue forjado por los magos de la Cima de Odín hace cientos de años. La magia lo acompaña y no hay otro igual.

—Pero que yo lo lleve no... no puede ser...

Ezhan no lograba salir de su asombro. ¿Sabría Naya algo de todo aquello? La enfermedad apenas le había permitido hablar el día que la mujer se decidió a entregarle aquel colgante pero él había tenido la impresión de que aún había muchas cosas que quedaron por decir. Ni siquiera en aquella misiva que le había escrito con más calma le había revelado nada, aunque sí había señalado que si era quien decía ser, aquel medallón lo llevaría a su destino. ¿Acaso podía ser ese? ¿El trono de Ászaron?

—¿Quién más sabe de la existencia de ese colgante? —le preguntó Valdrik, sacándolo de sus ensoñaciones.

—No... no lo sé... Naya lo conocía… Ella está muerta. Y Garlad, el anciano que me lo dijo. s

La puerta de las prisiones se abrió de inmediato con un fuerte chasquido.

—Ahí, señor. Es él.

—¡Maldito estúpido! ¿Por qué lo traes hasta aquí? ¿Quién te lo ha ordenado?

—Nadie... yo... no sé qué me pasó. No lo recuerdo, señor...

—¡Te garantizo que esto no quedará así! ¡Pagarás este error con la vida! ¡Ahora ve a buscar las llaves y llévalo de nuevo a su sitio!

El iracundo rostro del recién llegado se plantó frente a la celda de Ezhan, que se mantenía sentado en el suelo y con el medallón oculto entre sus ropas.

—El gobernador quiere verte mañana por la mañana, así que estate preparado.

Ezhan buscó a Valdrik con la mirada.

—Eso tiene un lado bueno y uno malo —murmuró este, cuando el guardia se hubo marchado este—. El malo es que me da muy mala espina que ese malnacido quiera verte; no es habitual. El bueno es que debes aprovecharlo par huir y buscar a Néder en la montaña.

—Pero ese anciano me dijo que él...

—Ese hombre debe estar ya muerto.

Ezhan quiso protestar, renegar ante aquella idea pero las palabras se habían atrincherado en su garganta ante la posibilidad que Valdrik le estaba describiendo.

—No conoces a los soldados de esta ciudad. Si el gobernador quiere verte es porque sospecha algo o porque ha descubierto algo. Habrán seguido e interrogado a todo aquel que pudiera conocerte o pueda haber hablado contigo, y no te sorprendas si los han matado. Pero tú no puedes morir, amigo mío. Tú no.

El rostro de Livia también desfiló por su mente, temiendo que también ella hubiera podido correr la misma suerte. Sin embargo, se obligó a calmarse a sí mismo, pues aunque posible, no tenía certezas de que aquello hubiera ocurrido.

—Toma —zanjó Ezhan, ofreciéndole el Ászar a Valdrik—. Si es cierto que sospechan algo y si van a llevarme frente al gobernador, me registrarán. Conseguiré llegar hasta Néder y te liberaré, a ti y a los que están aquí por lo mismo que tú. Devuélvemelo entonces.

Valdrik asintió, satisfecho ante la determinación que mostraba aquel muchacho y visiblemente emocionado ante la posibilidad de haber logrado encontrar a quien llevaban tanto tiempo buscando.

El guardia regresó poco después y arrastró a Ezhan de regreso a la celda que había ocupado hasta entonces.

*****

Por la mañana Ezhan y Arazan entraron en la enorme sala que antaño exhibiera los regios tronos de Ászaron, ahora relegados al fondo en pos de un llamativo sillón rojo con motivos dorados que le servía al gobernador para pasar las horas muertas allí sentado, observando la vida en Ászaron desde el enorme ventanal que se abría en la pared Sur. El hombre discutía con su consejero mientras el propio Arazan y Ezhan aguardaban.

—Ya nos solicitaron ayuda el pasado mes y se la negamos, mi señor —le explicaba el soldado—, Yo creo que...

—No me importa lo que creas, Sian —respondió el gobernador—. No enviaremos ni un soldado para salvaguardar la paz en otras tierras. Bastante tenemos con lo nuestro. Bien sabes que los dragnars se dejan ver cada vez con más frecuencia. El otro día, sin ir más lejos, casi nos sorprenden dentro de nuestra propia ciudad. Ni hablar, no enviaremos a nadie.

—Bien, señor. Por último, queda el tema del reparto económico con el barrio Oeste. Hace unas tres semanas que no se destina ninguna partida para ellos y han empezado a mostrar su disconformidad.

—¿Barrio Oeste? ¿Qué tipo de gente habita allí?

—Familias humildes, mi señor. Granjeros y pastores en su mayoría.

—Estoy cansado, Sian, márchate. Ya trataremos ese tema otro día.

—Pero, mi señor...

—Tengo asuntos más importantes que atender. Mi leal ejército me está esperando —añadió, sonriéndole a Arazan—. Márchate y no me hagas repetírtelo.

El consejero se marchó y Arazan avanzó un paso, saludando a su señor con una reverencia.

—Arazan, no he dejado de pensar en el ataque de los dragnars desde la pasada mañana. Se acercaron demasiado y eso me preocupa.

—Lo lamento, mi señor. No estuvimos atentos al flanco Oeste de la ciudad y eso puso a nuestra gente en peligro.

—Sí, además dentro de dos semanas se cumplirán diecinueve años de mi gobierno y no quiero que ningún ataque arruine las festividades. Por eso quería hablar contigo. Quiero que ampliéis el radio de vigilancia en el bosque. Tampoco quiero que los bandoleros arruinen la fiesta, así que he pensado en la conveniencia de la pronta ejecución del prisionero capturado ayer. De lo contrario, aquellos rebeldes podrían intentar un rescate y qué mejor momento que cuando todos estemos pendientes de la celebración. Matadlo al alba.

—Sí, mi señor —respondió Arazan, con un hilo de voz.

—Y bien, ¿este es el muchacho que detuvisteis ayer? ¿Cuál es tu nombre, joven?

—Me llamo Ezhan... —respondió, con recelo.

—Ezhan... Cuentan cosas extrañas sobre ti... ¿Qué te trajo aÁszaron?

—Estoy buscando a un familiar —respondió secamente, después de un breve silencio.

—Entiendo. ¿Y cómo va tu búsqueda?

—He sabido que ese familiar ha fallecido —mintió—y, por tanto, nada me retiene en Ászaron. Solicito mi libertad, ya que nada he hecho para estar preso, y poder así marcharme de regreso a mi hogar.

El gobernador lo miró duramente.

—Marcharte de regreso a tu hogar... Me temo que eso no será tan fácil. Al contrario de lo que aseguras, se te acusa de cosas muy serias, muchacho.

—¿De veras?

—Se te acusa de hacer uso de una magia poderosa y oscura. Supongo que en tu aldea, sea cual sea, los hechiceros acaban también en el mismo sitio, es decir, la hoguera.

—No soy ningún hechicero.

—De todos modos... no es eso lo que más me preocupa de ti... No sé quién eres realmente, pero para hacer tan poco tiempo que estás aquí, tienes mucha gente dispuesta a ayudarte.

Ezhan buscó a Arazan con la mirada y al no hallar respuesta alguna en ella, volvió a fijarla sobre el gobernador.

—Durante... su tortura, tu amigo se negó a desvelar nada acerca de ti, pero aseguró que el momento que tanto había esperado se acercaba y que el elegido llegaría muy pronto; que no le importaba morir por eso.

Ezhan se había quedado helado ante las palabras del gobernador. Sintió sus piernas tornándose en gelatina y el pulso tan disparado que hubiera podido ser capaz de hacer saltar las ligaduras que mantenían sus muñecas maniatadas.

—No es que crea en ninguna de esas estupideces, pero el hecho de que unos cuantos locos vayan proclamándolo por mi ciudad, inquieta a mis paisanos y eso no nos conviene. Tal vez tú sepas decirme por qué tu amigo Garlad decía eso.

—¿Lo habéis matado? —preguntó el muchacho, haciendo de tripas corazón.

—Matar... Nunca me ha gustado ese término. Digamos que nadie volverá a torturarlo nunca más.

—Lo pagaréis muy caro.

Zeol le miró, sonriendo.

—¿Estás amenazando al gobernador?

—Vos no sois más que un vulgar usurpador.

—¡Arazan! —gritó el hombre con los ojos henchidos de ira—, llevadlo a las prisiones y dadle un escarmiento; después ejecutadlo, al anochecer. Al tal Valdrik reservadlo para el inicio de mis celebraciones, pero a este matadle hoy mismo; lejos y con total discreción.

—Sí, señor.

Arazan sujetó a Ezhan y, a empujones, lo arrastró hasta la puerta del castillo, donde otros dos soldados aguardaban.

—Traed mi caballo —ordenó el capitán—. No he llegado a conocerte demasiado —le dijo a Ezhan, mientras aguardaba— pero parecías un buen chico. No sé cómo has podido meterte en este lío. Primero me salvas la vida y luego...

—Tampoco yo os conocía a vos, pero parecíais un hombre sensato.

Arazan guardó silencio y se guardó un suspiro.

—¡Llevadlo a las prisiones! —gritó.

Avanzó a largas zancadas hasta su caballo, dejando a Ezhan en manos de los dos hombres que lo habían estado esperando fuera.

*****

Caminaba tras los caballos, mientras uno de los jinetes sostenía el cabo de cuerda que le rodeaba las muñecas y la cintura. Un movimiento en falso, tratando de escapar y el caballo lo arrastraría por toda Ászaron, recordándole lo poco conveniente de, tan siquiera, intentarlo.

La gente le observaba entre los sempiternos rumores y habladurías, mientras algunos se atrevían, incluso a escupirle o lanzarle piedras.

—¡Ezhan! —gritó de pronto la voz de Livia.

—Lo lamento, mi señora —se interpuso un soldado—; está terminantemente prohibido hablar con los prisioneros.

—Soy la esposa de uno los máximos responsables del ejército. Conozco a este hombre y quiero cruzar con él dos palabras. Tendrás serios problemas si no me lo permites.

—También los tendré si os lo permito —respondió el hombre.

—Os garantizo que no habrá comparación posible, soldado.

El hombre miró a su compañero, que cabalgaba algo más adelantado y que se limitó a encogerse de hombros ante la determinación de aquella mujer.

—De acuerdo, os lo permitiré. Pero en un lugar más apartado, lejos de las miradas de todos —murmuró. La joven asintió—. ¡Vamos! —gritó de nuevo el soldado.

Al llegar al patio posterior de las prisiones, ataron de nuevo a Ezhan a uno de los múltiples grilletes se anclaban en las paredes de roca, esta vez, con unas gruesas cadenas que se enlazaban a sus muñecas.

—¡Podéis marcharos! —gritó el soldado a sus subordinados—. Solo tenéis dos minutos, mi señora. No me arriesgaré a más.

Livia emergió de entre las sombras, cubriendo su castaña cabeza con un pañuelo que trataba de concederle mayor misterio a su identidad. Visiblemente alterada, la joven le propinó un sonoro bofetón a Ezhan, ante la atenta mirada del soldado, que se alejaba despacio.

—¿Cómo te atreves a traicionar Ászaron de esta forma? —le recriminó.

Cuando el guardia desapareció, la muchacha acarició su rostro, en la misma mejilla que acababa de golpear.

—¡Por todos los dioses, Ezhan! ¿Qué está pasando?

—Livi, es una historia muy larga y cuanto menos sepas mejor pero...

—¡Deja ya de mantenerme al margen de tu vida! —gritó, empujándolo—. Sé que van a ejecutarte esta misma noche y no estoy dispuesta a mirar hacia otro lado. Sé que un hombre ha muerto por ti.

—¿Por qué demonios sabes todo eso?

—Fui a ver a Zeldir y me dijo que te habías marchado de Ászaron pero no podía creer que te hubieras ido sin decir nada, así que fui hasta la Posada del Rey para ver si aún estabas allí. Al llegar, los soldados custodiaban el lugar, prohibiéndole la entrada a todo el mundo, así que accedí a través de una ventana por establos y lo escuché todo. Estaban en una habitación; aquel hombre gritaba de una forma espantosa. Debían estar torturándole. Oí tu nombre varias veces. Los soldados le exigían que les contase quién eras, pero él no accedía. Solo decía que el tiempo de oscuridad de Ászaron llegaba a su fin, que el elegido regresaría pronto y que valía la pena morir por ello. ¿Por qué un hombre que no te conoce está dispuesto a morir por ti, Ezhan? ¿Eres tú ese elegido del que hablaban?

—Soy el hijo del último rey que gobernó en Ászaron, Livia.

—¿Qué?

—Solo te cuento esto porque me lo estás pidiendo, y porque quiero que sepas que no he cometido ningún delito por el que puedan estar condenándome, pero entiende también que el hecho de conocerlo te pone en un grave peligro.

Ella asintió.

—Debes marcharte, Livi.

—No voy a dejarte aquí...

—No voy a quedarme aquí... —respondió él.

Cerró los ojos y un vientecillo extraño le revolvió el cabello sobre la frente, haciendo caer las cadenas al suelo. Acarició sus propias muñecas, doloridas y enrojecidas.

—¿Cómo... cómo has hecho...?

—Nigromancia. Una larga historia.

—¿Nigromancia?

—Livi, sería conveniente que desaparecieras pero si no vas a hacerlo, necesito tu ayuda. Debo liberar a un hombre de las prisiones y para eso necesito desviar la atención de los guardias que custodian la entrada. Los que haya dentro son cosa mía.

Ella le dedicó una larga mirada y por un instante, Ezhan temió que todas las explicaciones y evidencias que se estaban derrumbando sobre Livia, acabasen por hacerla huir. Sin embargo, no fue así:

—Te ayudaré.

Él le dedicó una débil sonrisa.

—Gracias.

—Ezhan... —añadió la joven, sujetándolo de la mano—, ¿volveremos a vernos?

—Estoy convencido de que sí.

Livia lo abrazó con fuerza y él correspondió a pesar de las prisas que lo apremiaban, pues si los guardias lo descubrían allí, liberado de las cadenas y con la plena intención de marcharse, sus planes se verían frustrados.

—Livi, ¿te ha puesto una mano encima? —preguntó.

Ella se apartó despacio y negó con la cabeza.

—Sé que es frío, superficial y clasista. Pero como te dije, a su manera, Geralt me quiere.

—Da la sensación de que le tengas miedo

—Despreocúpate, de veras. Estoy y estaré bien.

—De acuerdo... Dame unos segundos y grita.

El muchacho la besó en la frente y le dedicó una larga mirada, antes de perderse entre las sombras para saltar el muro que circundaba el patio posterior.

—¡Se escapa! —gritó Livia, segundos después—. ¡El prisionero se escapa!

Los guardias acudieron inmediatamente hacia allí y al comprobar que el reo había huido, las órdenes de captura se propagaron a voz en grito de forma inmediata. Ezhan aprovechó el caos y la confusión reinantes para entrar con poca dificultad en las cárceles y llegar hasta la celda de Valdrik tras una frenética carrera. Casi le sorprendió no topar con nadie dentro, aunque supuso que las urgencias estaban fuera y que, además, era prácticamente imposible salir de aquellas celdas.

—¡Muchacho!—exclamó Valdrik, incorporándose—. ¿Cómo has conseguido escapar?

De nuevo la brisa que lo había envuelto, apenas perceptible, hizo acto de presencia para hacer crujir la cerradura y permitir así que la puerta cediera sin la menor dificultad. Valdrik lo miró, atónito pero sin atreverse a decir nada. En aquel momento había demasiado en juego.

—¡Vamos, debemos marcharnos ya! —le apremió Ezhan.

—¡Vuelven los guardias! —gritó Valdrik

Hasta tres soldados se encontraron en el camino de salida, sin que ello supusiera mayor dificultad para ellos. Al llegar al exterior, Ezhan sonrió al ver al valar, aguardando, como si el animal pudiera haber sido consciente del plan urdido por él mismo de manera improvisada. Montó sobre él y ayudó a Valdrik a hacer lo propio detrás para después, abandonar el lugar hacia los viejos barrios de Energad. Las casas presentaban allí un aspecto siniestro y abandonado, y las pocas personas con las que toparon, los cubrieron de recelo y severidad. No era difícil imaginar que nadie en su sano juicio osaría perderse por aquel lugar.

Sin detenerse, lograron alcanzar el acceso lateral para abandonar Ászaron. Aquella era una imponente ciudad con vigilancia en prácticamente todo su perímetro y el mayor y más valeroso ejército de Askgarth pero eso no había impedido que dos fugitivos escapasen a través de uno de los barrios más pobres y conflictivos; aquel tipo de gente no preocupaba a nadie.

El avance a través de la loma de la montaña se hizo farragoso y cansado pero el terreno era bastante escarpado y se hacía necesario alejarse aún más. El barullo en Ászaron podía escucharse desde allí y dejaba a la claras que ni el gobernador ni los soldados se rendirían tan fácilmente en la búsqueda del reo, máxime cuando a esta se le uniese también la huida de un miembro de La Orden de la Alianza, nada menos.

—Para —lo apremió entonces Valdrik.

Ezhan detuvo al corcel, tirando de sus riendas y le dedicó una confusa mirada al hombre, mientras desmontaba.

—¿Qué pasa?

—Estoy herido —respondió este, dejándose caer de rodillas en el suelo. Se echó la mano al costado sangrante y resopló, cerrando los ojos—. Necesito descansar. Ir a caballo me mata.

—¿Estás loco? Me están buscando como desesperados; cuando vean que tampoco estás tú, intensificarán la vigilancia y...

—No te preocupes, muchacho. El camino por el que hemos venido es muy poco conocido para esos soldados. De ascender a la montaña lo harán por el viejo sendero que conducía hasta Kraion, un viejo poblado abandonado. Conozco estas tierras como la palma de mi mano. Aquí estamos a salvo.

Ezhan desmontó del valar, inquieto ante el hecho de permanecer allí pero confiado en las palabras de Valdrik. Caminó unos pocos pasos y se agachó a su lado, tratando de sacudirse el frío que traía consigo el viento cortante. Hubiera deseado prender una buena fogata pero sabía que en aquel momento y en las circunstancias en las que se encontraba, aquello sería una insensatez.

—Valdrik —dijo de pronto el hombre—. Soy Valdrik. Sé que alguien te lo dijo, pero no me había presentado como es debido.

Ezhan sonrió sin ganas.

—La situación no ha sido la más idónea para presentaciones. Yo soy Ezhan.

—¿Quién te puso ese nombre?

—No lo sé.

—Es el mismo nombre que...

—El hijo del rey que forjó la Alianza —lo interrumpió
—. Lo sé. Garlad me lo dijo.

—Garlad es...

—Era. El hombre que me puso al corriente de todo —
concluyó—. Tenías razón. Está muerto.

CAPÍTULO 3

Arazan permanecía pensativo en la sala principal de los barracones, allí donde los soldados se reunían cuando debían trazar la estrategia para cualquier asalto o batalla. Cerró los ojos e inspiró profundamente, agotado. Aquella noche no había podido pegar ojo para recorrer, palmo por palmo, los bosques que circundaban Ászaorn en busca de aquel muchacho que lo había engañado de forma vergonzosa. Le había salvado la vida y eso siempre se lo debería pero se trataba de un vulgar hechicero, alguien que, para más inri, parecía conspirar contra el gobernador o al menos, eso le habían asegurado los soldados que llegaron hasta la Posada del Rey para obtener información de su compinche, un pobre viejo con la lengua demasiado larga, aunque en aquella ocasión no hubiera querido utilizarla demasiado.

Arazhan se puso en pie y paseó para tratar de calmar su nerviosismo. Apenas faltaban un par de horas para la ejecución pero, a pesar de tratarse de un experimentado y veterano soldado, aquellos días solían generarle las peores sensaciones, al menos en el tipo de ejecución que debía llevarse a cabo aquella mañana.

Dos golpes en el marco de la puerta de acceso, llamaron entonces su atención.

—Adelante. Supongo que no lo habéis encontrado.

—No, no lo hemos encontrado.

El capitán se llevó los dedos al puente de la nariz y asintió.

—De acuerdo. Dime al menos que todo está listo para la ejecución de Valdrik. Va a ser lo único que aplaque la ira del gobernador cuando se entere de lo sucedido.

—Me temo que hay un problema, capitán. Otro.

—¿Qué ocurre?

—El... el prisionero, el miembro de la Orden de la Alianza... ha huido también.

—¿Cómo es eso de que ha huido? —preguntó, colocándose frente al soldado.

—Uno... uno de... uno de nuestros soldados afirma que ese joven lo liberó, señor. El muchacho que os salvó, el hechicero.

—¡No puede ser cierto! ¿Cómo demonios habéis permitido que ocurra? ¡El gobernador va a matarnos! ¡Hay una ejecución programada en la plaza y él va a presenciarla!

—Lo lamento, mi capitán pero… ¿cómo íbamos a sospechar que ese muchacho pudiera entrar tan fácilmente en las prisiones y liberar a otro reo?

—¡Dijisteis que era un hechicero! —bramó, fuera de sí.

Arazan se dejó caer sobre la banqueta de madera y se llevó las manos a la cara.

—Ensillad mi caballo, rápido.

*****

El gobernador terminaba de engalanarse para los inicios de los festejos por su aniversario al frente de la todopoderosa Ászaron, una ciudad que había sabido alzarse milagrosamente bien tras el ataque sufrido hacía ya casi 20 años, una ciudad que, además, le debía mucho a su gobernador o al menos así lo pensaba él.

—Mi señor —lo interrumpió un sirviente—, el capitán Arazan solicita un encuentro con vos. Afirma que se trata de algo extremadamente urgente y grave.

Cuando el gobernador llegó hasta allí, Arazan lo esperaba con un rictus que inquietó a Zeol.

—Descansa, capitán —le dijo, mientras tomaba asiento en su particular trono—. ¿Qué es lo que ocurre? Mi criado me ha dicho que se trataba de algo extremadamente grave. ¿No puedes dejar que disfrute de este día de ejecución sin que otras preocupaciones ensombrezcan mi ánimo? Sabes que hoy empiezan los festejos por el decimonoveno aniversario de mi mandato, y la ejecución de un miembro de la Alianza es la mejor manera de inaugurarlas, así que espero que tus noticias no enturbien nada de eso. Por cierto, ¿habéis ejecutado ya al hechicero de medio pelo?

—Señor gobernador, hay problemas graves y me temo que...

El hombre cerró los ojos e inspiró profundamente.

—¿Qué es lo que ha pasado?

—El muchacho escapó ayer. Desconocemos cómo pero... esta misma noche ha liberado al preso y han desaparecido. Los dos. Tengo a mis hombres buscándolos sin descanso pero hasta el momento no han hallado nada. Su caballo tampoco está. No quisimos deciros nada anoche porque confiábamos en dar con ellos pero... por el momento, nada.

—Arazan, ¿a qué clase de basura alistas en tus ejércitos? ¿Cómo esa rata asquerosa ha podido entrar en tus prisiones sin que ni uno solo de tus hombres haya hecho nada y salir tan tranquilamente con el malnacido de la Alianza?

—El muchacho luchó con nosotros antes de que todo esto ocurriera. Gozaba de una gran destreza y valor, os lo aseguro. Incluso había llegado a ofrecerle un lugar en el ejército. Además, si es un hechicero, él...

—¡Se ha reído de ti, maldito estúpido! —gritó Zeol, fuera de sí—. Eres el capitán del ejército más glorioso de Askgarth, ¿cómo demonios ha podido huir él y liberar a otro reo?

—Lo lamento, mi señor. Ha sido un grave error.

—Se ha burlado de todos vosotros delante de vuestras propias narices. Ha liberado a un preso sin ningún tipo de esfuerzo, y siendo una vulgar basura traidora le propusiste entrar en el ejército. ¿Crees que esta noticia no va a volar en Askgarth?

—Lo siento, mi señor. Buscaremos a ese hombre por todo el continente si es necesario y lo mataremos. Informaremos a los ciudadanos de que la ejecución se suspende momentáneamente por...

—No —respondió tajantemente. Volvió a ponerse en pie y caminó hasta la ventana, desde donde observó el bullicio que empezaba a despertar—. Hay una ejecución programada para esta mañana y se va a llevar a cabo.

—Pero, mi señor, el preso ha huido…

—Entonces mata a otro. Hazle pasar por un miembro de la Orden y mátalo a él. Las cárceles están llenas de basura inmunda a la que nadie quiere.

—Mi señor, no hay nadie condenado a muerte en estos momentos. Los que esperaban sentencia de muerte fueron ejecutados ayer. Ahora solo hay vulgares ladrones a los que se tiene un tiempo en prisión, se tortura y después se libera; charlatanes... La mayoría de ellos han robado por hambre. Son unos pobres diablos.

—Arazan, no me he puesto mis mejores galas para nada. Ya que estoy vestido y engalanado, acudiremos a una ejecución. Pero mira, por ser tú mi más leal capitán voy a dejarte escoger: puedes matar a uno de esos pobres diablos de los que hablas o a uno de los soldados que ha permitido la huida de los reos. Diremos a todos que hemos descubierto una traición en el ejército y que eso es mucho más grave, así que aplazamos la ejecución del miembro de la Alianza hasta que tus eficientes hombres lo encuentren. Tú mismo, Arazan, sorpréndeme cuando llegue a la plaza. Yahora retírate.

El hombre se marchó sin pronunciar una sola palabra más. Si la sola ejecución ya lo había hecho amanecer con el estómago del revés, el rumbo que habían tomado los acontecimientos, acababa de destrozarlo del todo.

—¿Qué dice el gobernador, mi señor? —preguntó un soldado al verle llegar.

—¿Quién ha entrado últimamente en las prisiones? —quiso saber él, sin tan siquiera mirar al hombre con el que hablaba.

—¿Qué queréis decir, señor?

—¿Qué nuevos detenidos hay en las prisiones cuyo delito no conozcan las gentes de Ászaron?

Arazhan caminaba, seguido a duras penas por su soldado, que se mostraba confuso.

—En el último día solo han entrado un chiquillo de unos dieciséis años, un mercader y un anciano.

—¿De qué están acusados?

—El chiquillo llevaba tiempo robando comida en el mercado. Nos costó atraparlo, pero lo logramos. El mercader tenía una forma bastante particular de obtener sus mercancías; las robaba en las poblaciones de los alrededores y las vendía a muy alto precio aquí. Al anciano le gustaba demasiado hablar sobre los viejos tiempos de Ászaron y lo bien que se vivía antes. Desestabilizaba a las gentes de la ciudad. Se lo acusó de conspiración, mi señor.

—¿Nadie más?

—Los delitos y condenas del resto de presos son públicos, mi señor. Vos me preguntasteis por aquellos...

—Está bien.

—Insisto, capitán, ¿ocurre algo?

—Entre nosotros, Veladir: Hay una ejecución programada para hoy y el gobernador no quiere suspenderla. ¿Entiendes?

El soldado guardó un largo silencio.

—Sí, mi señor, lo entiendo.

—Que preparen al anciano —ordenó él—. Cuando llegue a las prisiones, quiero hablar con él.

—A duras penas se mantiene en pie, capitán, es posible...

—Traedme al anciano —repitió con calma.

*****

Cuando Arazan vio llegar al pobre viejo, arrastras entre los brazos de dos soldados, sintió que el nudo en la garganta se le apretaba. El anciano apenas podía mantenerse en pie; estaba sucio y sus ropajes, raídos.

La piel se le pegaba a los huesos y sus pequeños ojos, cuyo color costaba distinguir, se mostraban, pese a todo, limpios y puros.

Arazan carraspeó y se acercó a él.

—¿Qué edad tienes, anciano?

—Mis cansados ojos han visto pasar 86 inviernos.

—¿Sabes que se te acusa de conspiración contra el gobernador y contra Ászaron?

—Hay pocas cosas a las que ame más que a Ászaron. Jamás conspiraría contra ella.

—¿Pero sí contra el gobernador?

—Mi señor —interrumpió uno de los soldados que lo sostenía—, con todos mis respetos, nadie creerá que este hombre es un miembro de la Orden de la Alianza y muchos menos que lo capturamos cuando vino aquí a luchar contra nosotros. Ni siquiera se aguanta en pie.

—Tienes razón —aceptó, llevándose la mano a la frente—. Tiene que ser... tiene que ser creíble. ¿Qué hay del mercader?

—Todos en Ászaron lo conocen. Vendía mercancías robadas, pero saben de sobra que no es un miembro de la Alianza.

Arazan cerró los ojos y maldijo para sus adentros. En numerosas ocasiones le costaba sobremanera cumplir con la voluntad del gobernador, pues muchas veces ésta topaba de frente con el sentido de la justicia que él mismo tenía establecido. Esa vez debía buscar un culpable entre todos aquellos presos, a sabiendas de que ninguno de ellos merecía tal castigo.

De inicio había pensado en el anciano, tratando de convencerse de que ya había vivido suficiente, mientras que los otros eran dos hombres jóvenes, especialmente el muchacho, pero ante todo, debían callarse bocas en Ászaron y cumplir las órdenes del gobernador.

—Llevaos a este anciano y... traedme al chiquillo.

—¡Señor! —gritó el viejo, mientras lo arrastraban de regreso a las prisiones. Arazan lo escuchó.—. Las principales señas que identificaban a Ászaron eran la libertad y la justicia. Conspiraría contra cualquiera que atentase contra eso.

—¡Cállate, rata asquerosa! —le ordenó un soldado, al tiempo que le propinaba un fuerte golpe en la cara.

El capitán clavó su mirada en el suelo, agradeciendo la llegada de otros dos soldados, sujetando con fuerza a un joven que oponía una fiera resistencia.

—¡Soltadme, malnacidos!

El muchacho sangraba abundantemente y su rostro era un mapa de golpes y dolor.

—Aquí esta, mi señor. Su nombre es Zingar.

El chiquillo alzó la barbilla con soberbia y trató de contener las ganas de llorar por la rabia y la impotencia.

—¿De qué se te acusa? —le preguntó.

—De intentar dar a mi familia todo aquello cuanto tu gobernador nos niega.

Uno de los soldados le dio un fuerte bofetón.

—Habla con más respeto, muchacho; estás frente al capitán de los ejércitos —le recomendó después.

—Tienes edad para trabajar o para hacer algo de mayor provecho que andar por ahí robando —añadió Arazan.

—¡No hay lugar en Ászaron para la gente como yo! Ni trabajando ni haciendo algo de mayor provecho, como tú dices.

Otro golpe volvió a silenciarlo.

—La gente como tú —murmuró Arazan—, vagos, rufianes y sin escrúpulos. ¿Así es tu gente?

—No, señor. Pobre, poco importante y con principios.

—¿Con principios? Tus principios no te impiden robar.

—Mis principios no me impiden hacer todo cuanto esté en mi mano para que mi madre, mis cinco hermanos y yo podamos comer. Lo que sí me impiden es venderme al mejor postor o renunciar a todo aquello en cuanto creo.

En esta ocasión fueron tres los golpes que, no sólo le hicieron guardar silencio, sino también doblar las rodillas y caer de bruces al suelo. Sujetándolo del cabello con fuerza, uno de los soldados volvió a ponerlo en pie.

—¿A qué te refieres, chico? —preguntó Arazan.

—Mi padre fue soldado y mi madre asegura que jamás vivieron rodeados de los lujos o comodidades que ahora ostenta el ejército.

Uno de los soldados hizo ademán de golpearle, pero Arazan alzó la mano para que se detuviera y continuó escuchando al joven.

—Sus hombres y él murieron luchando por defender a la colonia de exiliados que se refugió en Veldenar. Cayeron luchando por los más pobres porque, ante todo y sobretodo, eran hijos de Ászaron. Ahora las casas de esas personas no son más que barracas abandonadas porque el gobernador y su ejército de acomodados jamás se tomaron la molestia de ir en busca de aquella gente y traerla de nuevo a su hogar. Puedes engañar a quienes viven bien con esta mentira pero no puedes tapar el sol con un dedo. Sabes tan bien como yo que Ászaron ha dejado de ser una ciudad justa.

Arazan desvió la mirada, incapaz de sostenérsela a aquel altivo muchacho al que ni los golpes ni las amenazas lograban hacer callar.

—¡Lleváoslo! —ordenó

Entre palos y más golpes arrastraron al muchacho de regreso a su celda.

—Señor... —murmuró uno de los soldados con timidez.

—El único que nos sirve es ese chico pero... ¿cómo vamos a ahorcarlo? ¡Es solo un niño!

—¡Capitán! —interrumpió otro soldado—. Hay otro hombre, un joven de unos veinte años. Llegó proclamando que era el hijo del rey, una clara muestra de conspiración contra el gobernador. Sería perfecto.

—Traedlo —murmuró Arazan con aire abatido.

Los soldados regresaron poco después con un muchacho rubio, de ojos verdes y mirada soberbia. Numerosas heridas surcaban también su rostro.

—¿Cuál es tu nombre? —le preguntó el capitán, tratando de recomponerse.

El muchacho le dedicó una dura mirada pero no respondió.

—La acusación que pesa sobre ti podría costarte muy cara. Yo en tu lugar aprovecharía el poco tiempo que pudiera quedarme para intentar defenderme.

—¿Serviría de algo? Estoy sentenciado desde que nací.

Arazan frunció el ceño.

—¿Eso crees?

—Ser el hijo del rey es un delito en esta ciudad.

—¿Piensas mantenerte en tu absurda postura?

—Hasta que me matéis o hasta que os vea arrodillados frente a mí, rindiéndome pleitesía y pidiéndome perdón.

Uno de los soldados le propinó un fuerte golpe en el estómago y el muchacho cayó de rodillas.

—Dime, ¿por qué insistes en autoproclamarte hijo del rey?

—Yo no niego la realidad por miedo a sus consecuencias, como haces tú —respondió el joven con dificultad.

Otro fuerte golpe lo dejó sin apenas aliento.

—¡Lleváoslo! —concluyó Arazan, exhausto. Casi había de contener las ganas de vomitar.

—Capitán —interrumpió otro de sus hombres—, el señor gobernador pasa en su carruaje frente a las prisiones y solicita vuestra presencia de inmediato..

Sin mediar respuesta, Arazan caminó hasta el elegante carruaje en cuyo interior viajaba el gobernador, rumbo a la plaza.

—¿Y bien? ¿Has solucionado ya nuestro pequeño contratiempo?

—Mi señor, no hay nadie creíble —murmuró, sin estar demasiado convencido de cuál era la razón por la que no condenaba al último muchacho, un candidato perfecto que, probablemente, más tarde o más temprano, acabaría pendiendo de una soga.

—¿Y qué propones entonces, capitán?

—Mi señor, una virtud admirada por la gente de esta ciudad es la benevolencia. Demostrad la vuestra y os adorarán aún más. Aprovechemos que hoy se inician los festejos por vuestro mandato como excusa para obsequiar a ese reo con un día más de vida. Mis hombres dedicarán toda la jornada a buscar a los prófugos y os juro que los encontrarán. Ejecutadlos mañana.

El gobernador restó pensativo durante unos segundos.

—Arazan, tienes hasta mañana a primera hora para encontrar a esas dos repugnantes ratas de la Alianza. Si para entonces no los has encontrado, mataremos a un de tus soldados, si es preciso.

—Sí, mi señor —respondió Arazan con gesto compungido.

*****

Ezhan y Valdrik habían retomado la marcha, montados sobre el lomo del valar, que ascendía sin dificultad alguna a través de la pedregosa loma de la montaña.

—Ya falta poco —murmuró un dolorido VAldrik—. Un último esfuerzo y podremos comer al cobijo de la Orden de la Alianza. Allí no correremos peligro.

—Ászaron parece misteriosamente tranquila. Supongo que ya se han dado cuenta de la huida de los dos pero no se divisan más soldados que ayer por el bosque.

—La ejecución de un miembro de la Alianza es algo muy celebrado en Ászaron. Con la importancia que deben haberle dado, imagino que habrán estado ocupados buscando una buena excusa para cancelarla, pero no creo que tarden en venir en nuestra búsqueda.

Aceleraron el paso con la tranquilidad ya de saberse a salvo y cerca de lo que Valdrik había denominado 'terreno de la Alianza'. Los soldados de Ászaron y buena parte de sus ciudadanos, no guardaban buena consideración de aquella gente pero Ezhan no podía negar una enorme curiosidad por conocerlos y por conocer, también, sus verdaderas motivaciones.

El poco tiempo que había vivido en Aszaron, a la que tanto había anhelado llegar, le había dado para cerciorarse de que nada era como él pensaba: la represión y la censura pendían sobre las cabezas de los ászaros, amenazantes; los castigos caían con pasmosa facilidad sobre sus gentes y en el gobernador, de quien todo el mundo hablaba auténticas maravillas, sólo había visto a un hombre frío y poco preocupado por la verdadera situación de los más

81

desfavorecidos. Así las cosas, su confianza en la gente que conformaba La Orden de la Alianza parecía ver motivos para fortificarse. O al menos así lo sentía él; así quería sentirlo. Supuso que el hecho de que pudieran ayudarlo con el colgante y con su origen también tenía mucho peso en la confianza que deseaba poder depositar en ellos.

—Estamos en territorio de la Orden de la Alianza —dijo Valdrik, interrumpiendo sus pensamientos—. Puedes considerarte a salvo.

Las cascadas del Duna descendían con fuerza en aquel punto de la montaña y para sorpresa de Ezhan, la gruesa cortina de agua no era sólo uno de los mayores saltos del río en aquel punto, sino también el acceso al refugio de La Orden de la Alianza.

Desmontaron y enfilaron un angosto sendero que discurría junto a la montaña.

—Increíble —murmuró Ezhan, ante la sonrisa satisfecha de Valdrik. Se detuvo, asombrado, al llegar y poder verla: en la majestuosa montaña que coronaba las tierras de Ászaron, los miembros de la conocida Alianza habían construido una aldea, con casitas de madera, infinitamente más pequeña que las de la noble ciudad.

—Tiene poco que ver con Ászaron —le explicó Valdrik mientras caminaban— pero este es el único lugar que mantiene viva su esencia. Aquí no hay mercados; salimos a cazar o a recoger frutos para poder subsistir; el agua, la tomamos del caudal del Duna. Llevamos una vida sencilla y nada ostentosa, pero tenemos todo lo necesario para sobrevivir sin tener que doblegarnos al yugo de lo que entre unos y otros han convertido a Ászaron. Además los miembros de la Orden de la Alianza hemos viajado prácticamente toda nuestra vida, por lo que no nos habíamos establecido en lugar alguno hasta hace relativamente poco.

Valdrik aceleró el paso y fue en busca de dos hombres que salían a recibirlo, entre incrédulos y sonrientes.

—¡Es Valdrik! —exclamó uno de ellos—. ¡Está vivo!

—¿Con quién vienes?

Los abrazos, preguntas y palmadas en la espalda se combinaban con las recelosas miradas de curiosidad que se posaban sobre Ezhan, algo más apartado.

Un hombre alto, de semblante maduro y cabello canoso se abrió paso entre la multitud. Vestía con el uniforme del ejército, aunque con un escudo que parecía distinto. Algunos hombres más caminaban a su lado.

—¡Valdrik! —exclamó mientras abrazaba al hombre.

—Néder.

—Creí que no volveríamos a verte —le dijo ya apartándose—. Zeol sacó a todo su ejército de la ciudad durante la noche y prácticamente no nos dejó ninguna vía libre para poder llegar hasta ti.

—Ahora que lo dices, había pocos soldados durante la noche por las calles de la ciudad.

—¿Cómo has podido escapar?

—No lo habría logrado sin su ayuda, Néder —respondió él, mientras se hacía a un lado, convirtiendo a Ezhan en el centro de atención.

Néder miró a Valdrik, confuso. No era habitual que nadie llevase gente hasta allí y él, no sólo traía consigo a un muchacho, sino que aseguraba deberle la libertad y, de paso, la vida.

—¿Cuál es tu nombre?

—Me llamo Ezhan, señor. He oído mucho hablar de vos y es para mí un honor conoceros finalmente en persona.

—¿Eres ászaro? Tu rostro me es...

—Familiar —interrumpió Valdrik—. Hay motivos para ello. Por favor, Ezhan, muéstraselo.

Incómodo por la cantidad de miradas que se posaban sobre él, Ezhan extrajo, de entre su camisa, el medallón que había portado consigo desde que Naya se lo entregase hacía escasos meses. Valdrik se lo había devuelto durante el camino de ascenso hasta allí, después de que él mismo se lo entregase en las prisiones para mantenerlo a salvo de su encuentro con el gobernador. Los murmullos estallaron repentinamente, acompañando a ojos incrédulos, emocionados, impactados.

—¡El Ászar!

—Es el hijo de Séldar, Néder. No puede ser de otra manera. Su madre se llamaba Lisbeth. Es el hijo de Séldar y Lisbeth.

Néder avanzó unos pasos.

—¿De dónde has sacado este medallón?

—Lo tiene desde que era un niño —intervino Valdrik, incapaz de contenerse—. ¿Te das cuenta, Néder? Lo encontraron con él en el bosque de Gilran. Allí se produjo la emboscada dragnar durante la huida del refugio de Arkos.

—¿Quién te encontró en el bosque?

—Un élar me salvó la vida y antes de morir pidió que su esposa se encargase de mí.

Néder se mostraba receloso. Durante toda su vida había deseado dar con aquel muchacho, si es que realmente era quien decía ser pero aquel encuentro era algo demasiado importante como para darlo por sentado tan fácilmente. Necesitaba pruebas y evidencias; todas, aunque alguna sirviera para desmoronar la emoción que había empezado a construirse dentro de sí.

—¿Y por qué has venido a Ászaron? —preguntó.

—Buscaba a mi padre para... vengar a mi madre. Ella me lo pedía en una carta que tengo desde niño.

—¿Podría leer esa carta?

—Me temo que ya no la tengo... La dejé en la posada, con el resto de mi equipaje.

—¿Qué importa la carta, Néder? —exclamó Valdrik—. Lleva el Ászar; sabes perfectamente todo lo que concierne al medallón. Busca a su propietario.

Néder sonrió, mientras negaba con la cabeza ante los empujones entusiasmados de Valdrik.

—Es que... —murmuró, riendo— me cuesta creer que...

—¡Ászaros de corazón! —gritó Valdrik, dirigiéndose a todos y colocándose al lado de Ezhan—. ¡Nuestra búsqueda ha terminado! ¡Largos años hemos dedicado a intentar encontrar al único que puede recomponer la Alianza! ¡Nos ha costado muchas vidas y muchos momentos de desesperanza, pero por fin los dioses de Ászaron lo han traído hasta nosotros! ¡Ezhan, sobrino de Seizan y nieto de Valian, últimos hombres de valor y honor, por fin ha llegado!

La algarabía estalló entre la gente, que abrazaba a Ezhan como si lo conocieran desde siempre y es que, de un modo u otro, sentían que lo hacían.

—¡Esta noche celebraremos una fiesta en vuestro honor, majestad! —gritó alguien entre la multitud.

Ezhan no lograba articular palabra. Sacudido por unos y por otros en abrazos que hubieran podido desmontar al más regio soldado, escuchar gritos de 'majestad' en alusión a él, le resultaba tan impactante como increíble. En mil ocasiones se había hecho distintas hipótesis de la identidad de su padre. Imaginar que pudiera estar hablando del último rey de Ászaron era algo que jamas hubiese hecho.

—Vamos, muchacho —exclamó Néder, echándole el brazo por encima del hombro—, te hospedarás en mi casa. ¡Tenemos tantas cosas de las que hablar! Esta noche habrá una celebración en tu honor y hasta entonces podrás descansar.

Caminaron hasta una cercana casa de madera, como todas las demás entre continuos saludos a los que Ezhan correspondía con tímidas sonrisas.

La casa era humilde y modesta, aunque muy acogedora. Un cálido fuego chisporroteaba en la chimenea y un delicioso olor provenía desde alguna parte.

—¡Eirien! —gritó Néder.

Una joven apareció pocos segundos más tarde, atendiendo a la llamada del hombre; una joven a la que Ezhan reconoció de inmediato: se trataba de la muchacha con la que topase el día de su llegada a Ászaron, la hermana de Arel.

—¿¡Tú!? —exclamó ella.

Néder se volvió y la miró, sorprendido.

—¿Cómo? ¿Vosotros ya os conocíais?

—¿Qué está haciendo este...?

Al aproximarse, enfurecida, reparó en el medallón que colgaba del cuello de Ezhan, que siempre había tratado de ocultar bajo sus ropajes, más a él mismo que al resto del mundo y que ahora, sin embargo, mostraba con más incertidumbre que orgullo.

Eirien enmudeció.

—Tú eres....

—Me encontré con ella el primer día que llegué a Ászaron —la interrumpió Ezhan.

La joven apartó la mirada, avergonzada y temerosa en parte de que el muchacho pudiera llegar a explicarle a Néder todo lo que sucedió aquella tarde en la que ella misma había colocado una espada sobre el cuello de él. Pero Ezhan guardó silencio, mientras la miraba.

—También nos encontramos el otro día –añadió Eirien — en Ászaron, cuando vi a Arel.

A Néder se le ensombreció el rostro.

—¿Eres el hijo de Séldar? —preguntó ella con resolución.

—La verdad es que conozco muy poco acerca de mi padre. Realmente conozco muy poco acerca de mí.

—No es momento de hablar. Disculpa a mi hija, Ezhan; es muy curiosa. Ahora es momento de descansar. Esta noche tenemos algo muy importante que celebrar.

*****

Livia observaba por la ventana el revuelo en que se encontraba sumida la ciudad con la búsqueda de Ezhan y Valdrik cuando Geralt llegó.

—Menudo alboroto ha armado tu amiguito.

—Ezhan es inocente. Me alegro de que haya huido.

—¿Cómo puedes decir eso? Las acusaciones que pesan sobre él son muy graves. Se le acusa de utilizar magia negra y de luchar al lado de la Alianza.

—Eso es totalmente absurdo. Le conozco desde que era un crío y decir que es un hechicero es ridículo. Y en cuanto a lo de la Alianza, tú mismo dijiste que Ezhan salvó al capitán Arazan, mientras luchaban contra ellos. Cae por su propio peso.

—¿Y qué interés iba a existir entonces en detenerlo?

—Lo... lo ignoro, pero conozco a Ezhan. Él es... es como un hermano para mí. He crecido con él y te digo y te repito que todo aquello de cuanto se le acusa es totalmente absurdo.

—Quizás no lo conozcas tanto como crees.. Al fin y al cabo fue Zeldir quien lo acusó de todo eso. Él también es tu gran amigo, ¿no?

—¿Zeldir? —exclamó Livia, incrédula.

—Sí. Él aseguró el otro día que ese tal Ezhan había intentado matarlo haciendo uso de la magia oscura, aprovechando un ataque de la Alianza y los dragnars.

Livia abandonó rápidamente la casa, arrastrada por una ira que no quería ver contenida.

*****

Cuando Ezhan despertó, la luz del día ya no entraba por la pequeña ventana y sí lo hacía el plateado rayo de la luna. Se levantó, dolorido aún y al asomarse, pudo ver la fiesta que estaban preparando en su honor.

Las antorchas ancladas en la tierra, iluminaban la pequeña explanada conformando un círculo alrededor del cual algunos habían empezado ya a bailar. Los más ricos manjares y bebidas se habían dispuesto para alegrar la noche a los ya felices miembros de la Orden de la Alianza que, tras largos y arduos años de búsqueda, habían hallado al elegido, al nieto de Valian, por cuyas venas corría la sangre de Séldar; la sangre de Seizan. Él. Pensar en sí mismo asociado a aquellos grandiosos nombres de los que tanto había oído hablar le parecía aún irreal, un sueño. Aunque también conocía de las voces que aludían a Séldar, un nombre algo más relegado en las bocas de aquella gente aunque de una dudosa importancia: su padre.

Salió de la habitación y, al no encontrarse a nadie en el interior de la casa, llegó hasta fuera, respirando el aire frío de la noche. Pronto los crudos inviernos ászaros llegarían hasta allí y, según había oído, las nevadas impedirían el paso al cortar los caminos. ¿Cómo se las ingeniaría aquella gente para subsistir, viendo delimitada su zona de caza y recolección?

Se detuvo, frotando sus manos y entonces reparó en ella: Eirien estaba de pie, de espaldas a él, con los brazos cruzados y observando cómo se ultimaban los preparativos. Ezhan se situó a su lado y su presencia sobresaltó a la joven.

—Hola —la saludó.

—Os agradezco que no le dijeseis nada a mi padre —murmuró sin mirarlo.

—No tiene mayor importancia. Y no pases ahora a hablarme como si fuera un dios. ¿Os agradezco?

Ella sonrió mientras sus miradas, esta vez sí, se encontraban. Eirien era una muchacha realmente bella, con un largo cabello dorado y unos preciosos ojos verdes. Casi se sintió sobrecogido por la intensidad con la que ella también lo miraba a él y, por un momento, tuvo la impresión de que había querido decirle algo.

Néder se acercó en aquel momento, interrumpiendo la deliciosa tensión que se había alzado entre los dos.

—¿Has podido descansar? —le preguntó, mientras le echaba un brazo por encima del hombro.

—La verdad es que lo necesitaba. Agradezco tu hospitalidad.

—Nosotros te debemos mucho más, te lo garantizo, Ezhan.

—No sé qué esperáis de mí —respondió él, tímidamente— pero aún no me debéis nada.

—Por lo pronto, has salvado la vida a Valdrik. Lejos de la soga, todo quedará para él en un par de heridas remendadas.

Golpeó su espalda un par de veces y lo empujó ligeramente hasta el centro del círculo que habían formado con las antorchas, mientras Eirien se mantenía inmóvil en su sitio. Néder se volvió y requirió la atención de todos los allí presentes.

—¡Miembros de la Alianza! ¡Hijos de Ászaron! —gritó ante las sonrisas nerviosas de todos—. Larga y agotadora ha sido nuestra búsqueda pero aquello que se escribe en las profecías de los magos no es algo que deba desecharse así como así. Finalmente ha sido él, Ezhan, nieto de Valian y sobrino de Seizan, quien ha llegado hasta nosotros, justo cuando la sombra y las tinieblas oscurecen de nuevo nuestras esperanzas de paz. Él es el elegido, aquel que volverá a prender las llamas de la Alianza y que nos liderará en el camino hacia la derrota de los dragnars y la paz de Askgarth. ¡Disfrutemos de esta noche de alegría!

Los vítores y la algarabía no tardaron en hacerse oír. La felicidad embargaba los corazones de todos aquellos que durante tanto tiempo habían permanecido en la sombra. Todos ellos habían sido desterrados de Ászaron y olvidados por aquellos que se suponía eran sus hermanos, los ászaros.

Eirien y otras muchachas bailaban y saltaban alrededor de la gran hoguera que habían prendido algo más apartada y donde muchos acudían a espantar el frío de la noche. Algunos otros habían organizado pequeños torneos a espada; otros, bebían alegremente. Cada uno disfrutaba de la fiesta como mejor sabía.

—¡Ezhan! —gritó uno de los hombres—. ¡Ven aquí! ¡Demuéstranos qué sabes hacer con el acero, muchacho!

—¡Sí, ven a luchar con nosotros!

Ezhan sonrió y accedió a tomar parte en la divertida contienda. No tardó en mostrar su gran destreza con la espada y en vencer a numerosos oponentes, honrados incluso de caer ante él.

Eriak se acercó a Néder con recelo. Las sombras se dibujaban en su rostro, confiriéndole un aire misterioso y enigmático que su actitud se encargaba de potenciar.

—Cometes un grave error, Néder.

—¿A qué te refieres?

—No sabes nada de ese muchacho. Se presenta aquí diciendo que es el hijo de Séldar. Trae el Ászar al cuello y eso te basta para creer ciegamente en él. Deberías asegurarte antes de proclamar a todos que él es el elegido, el nieto de Valian.

—Entiendo tu recelo, Eriak, pero no puede ser de otra manera. Mi propio corazón me lo dice. Es él.

—No confío en ese muchacho. Mira su caballo.

Néder observó al imponente animal, que yacía tranquilamente inmóvil en el cerco donde pastaban los demás caballos.

—No es un caballo común. Permanece estático y no ha probado ni un bocado de la fresca hierba que los demás no pueden dejar de comer. Su envergadura es mayor que la de los otros caballos. Me atrevo a decir que es un valar, la raza de caballos...

—La raza de caballos nigromante —concluyó Néder.

—En efecto. ¿Y de dónde, sino de Dóngur puede haber sacado a ese animal. ¿Por qué los nigromantes permiten su paso al Inframundo? ¿Por qué el conoce el paradero exacto del Pantano de Thion? ¿Por qué conoce las palabras para invocar al guardián? Hay demasiadas cosas extrañas en todo esto. No me inspira confianza y según contó Valdrik, en Ászaron lo habían acusado de hechicería.

—Sí, las acusaciones de Ászaron son algo a tener muy en cuenta, ¿verdad, Eriak?

—No, ciertamente pero...

—¿Y qué me dices del Ászar? El medallón de los reyes siempre encuentra la manera de regresar a su dueño. Ese joven asegura que lo encontraron con él y una carta de su madre, Lisbeth, para más señas. Desconocía lo que el Ászar era, así que no tiene motivo para mentirnos.

—Aun así, Néder. Hay demasiadas cosas extrañas.

—Ezhan no es un muchacho más. Es alguien especial, y ojalá tengas razón respecto a su presunta amistad con los nigromantes, pues sabes que nos hará mucha falta en un futuro no muy lejano. Así lo contempla la vieja profecía.

—Aun así, deberías hablar con él, cerciorarte. Y ser cauto. Nos hemos llevado demasiados golpes.

—Habrá tiempo para hablar más largo y tendido, si algo te preocupa. Por esta noche, disfruta.

*****

Ezhan observaba el oscuro horizonte algo alejado de los demás. El frío viento de la noche, mecía su cabello y refrescaba su piel, acalorada tras participar en varias de aquellas disputas que, de forma jocosa, llevaban a cabo algunos de los miembros de La Orden de la Alianza.

El muchacho volvió la cabeza y sonrió al observar la fiesta que seguía en todo su auge, las bromas entre los asistentes, las risas y los bailes. Todo aquello en honor a él.

—Eres el homenajeado —le dijo una voz desde el otro lado—. No es correcto que te marches de tu propia fiesta, ¿lo sabías?

—Eirien... —la saludó él, sin levantarse—. No es mi intención hacer un desaire; sólo es que... todo esto ha ocurrido tan de repente... Apenas logro asimilarlo.

La joven tomó asiento a su lado y cerró los ojos mientras colocaba su mano sobre el esternón, ahuecando la camisa para que el aire pasease sobre su sudor. Ezhan se sorprendió a sí mismo, mirándola embobado.

—¿Qué ocurrió con mi hermano? —preguntó ella sin más. Abrió los ojos de nuevo y Ezhan devolvió la vista al frente.

—Arel está bien.

—¿Le contaste algo a alguien?

—Nadie sabe lo que ocurrió allí aquel día.

—¿Y por qué? Es decir, sabías que era un soldado de Ászaron y conocías su obligación.

—Tu hermano está en una posición difícil. ¿Por qué no pertenece a la Orden de la Alianza?

—Al concluir la Gran Guerra, el gobernador ratificó el destierro de los soldados leales a Seizan. Un tiempo después, tras enterarse de la muerte de mi madre, mi padre regresó a buscarnos. Pero mi abuelo materno le salió al paso. Le acusó de ser un traidor, un desertor, y trató de impedir que nos llevase a Arel y a mí con él. A pesar de eso, yo decidí marcharme con mi padre. Mi hermano entonces era muy pequeño y se quedó allí. Imagino que durante años creció con el firme convencimiento de que mi padre era un desertor, un traidor de Ászaron.

—Y eso os llevó a bandos opuestos. ¿Por qué decidiste marcharte con tu padre?

—Mi padre lo ha sido todo para mí. Un ejemplo a seguir. Mi abuelo nunca le soportó. Le culpaba de la muerte de mi madre y mi otro hermano.

—Lo siento mucho.

Eirien volvió a mirarlo y sonrió.

—El altercado con Arel, el altercado conmigo... Te debo dos buenas por no haberte ido de la lengua.

Ezhan le devolvió la sonrisa.

—No era necesario irse de la lengua y tampoco lo es que tú me lo agradezcas.

—¡Muchachos! —interrumpió Néder—, ¿qué os aparta de la fiesta? ¿Acaso no estáis disfrutando?

—¡Claro que sí, padre! —exclamó ella, incorporándose.

También Ezhan regresó con ellos y la fiesta se prolongó durante varias horas más, hasta la madrugada. Después las fogatas se apagaron y la oscuridad envolvió al pequeño asentamiento de la Alianza.

CAPÍTULO 4

Livia entró sin llamar y encontró a Zeldir sentado en una silla, mirando el fuego de la chimenea, en total silencio.

—¿Qué estás haciendo aquí? —murmuró sin alterarse—. ¡Márchate!

—¿Qué demonios te ocurre, Zeldir? —gritó ella, dando por imposible la contención de una ira que había tratado de aplacar. Él, sin embargo, guardó silencio—. Cada vez que creo que ya has tocado fondo, que nada más horrible puede esperarse de ti, te superas.

—Livia, no tengo tiempo para escuchar sandeces.

—¡Pues vas a escucharme!

El grito de la joven le hizo alzar la mirada al fin.

—Me mientes diciéndome que Ezhan se ha marchado de Ászaron, cuando lo habías acusado de haber intentado matarte y de hacer uso de hechicería. Lo mandaste a una condena de muerte, Zeldir.

—¡No mentí, Livia! Usó la magia; yo estaba allí. Te dije que se había marchado para evitarte el disgusto y la vergüenza...

—¡Eso es mentira! Es más posible que Ezhan estuviera ayudándote a ti, antes que a la Alianza. ¿Qué diablos te pasa con él? ¿Por qué ese odio que nunca termina? Le matarías sin dudar si pudieras y no entiendo por qué.

Zeldir permaneció mudo.

—Pues voy a decirte algo, maldito estúpido: tus artimañas no van a servirte de nada. Ezhan ha escapado y, cuando ocupe el lugar que le corresponde, te garantizo que lo único que podrá librarte de que pagues todas y cada una de tus canalladas será la lástima que le inspiras al ver en lo que te has convertido.

Zeldir se puso en pie, sin dejar de mirar a la muchacha.

—¿Ha... ha descubierto quién es?

Livia frunció el ceño.

—¿Qué quieres decir? ¿Qué es lo que sabes tú?

Zeldir sonrió mientras le daba la espalda.

—Siempre lo he sabido todo. Mi madre hospedó al príncipe Seizan tiempo atrás, cuando todos lo creían muerto. Él le había regalado ese medallón. El ejército de la ciudad se lo llevó para entregárselo a su legítimo propietario. Sé que era un importante hombre de Ászaron, así que deduzco que debe haber encontrado a su padre.

Livia sonrió.

—¿Un importante hombre de Ászaron? —repitió.

Zeldir se volteó de nuevo, apoyado sobre sus muletas.

—Ezhan es el hijo el rey Séldar, Zeldir. El heredero al trono.

El muchacho reculó un par de pasos y fijó sus ojos claros en la moribunda llama de la chimenea.

—Ese medallón del que hablas es el Ászar, el colgante del rey. Toda tu lamentable y patética vida serás solo un despojo del ejército mientras que él ocupará el trono de Ászaron. ¿Qué te parece?

—Livia...

—¡Vete al diablo!

Sabía que había sido cruel con Zeldir, pero él no había vacilado lo más mínimo en enviar a Ezhan a una muerte segura. Podía entender, hasta cierto punto, el odio que le dirigía al muchacho al hacerlo responsable de la muerte de su padre, pero habían crecido juntos, habían vivido juntos y aquella circunstancia debería de haber sido suficiente, cuanto menos, para no desearle ningún mal a Ezhan.

*****

A pesar del cansancio por lo vivido la noche anterior, Ezhan fue incapaz de dormir por más tiempo. Poco a poco sentía que recobraba las fuerzas y que el cuerpo, que le había dolido en su totalidad prácticamente desde que llegase a Ászaron, se aliviaba poco a poco. Sin embargo, los nervios en su estómago seguían recordándole todo lo vivido en los últimos días: los ataques dragnars, su estancia en las prisiones, la situación en la que la ciudad vivía sumida, la muerte de Garlad y, cómo no, su propia posición en todo aquello. Hijo de un rey. Aún trataba de digerir la realidad, preguntándose con un inusitado temor qué esperaría la gente de él, siendo las cosas así.

Caminó entre el asentamiento desierto, sacudiéndose el frescor matinal. Sólo una figura recortada contra la creciente luz del nuevo día permanecía allí de pie, inmóvil y pensativa con las manos apoyadas sobre el cerco que mantenía a los caballos encerrados. Néder se volvió al oírlo llegar y le sonrió con timidez.

—¿Tan temprano y ya en pie? ¿Hay algo que te quite el sueño?

—No podía dormir más. Todo me quita el sueño.

—Es un precioso ejemplar —volvió a decir Néder, señalando con la cabeza al valar.

Ezhan se apoyó también sobre la cerca y colocó su barbilla sobre sus propias manos, guardando silencio.

—Ezhan, encontrarte ha sido algo muy importante para nosotros pero es solo el primer paso de un largo camino. Debemos saber si estás dispuesto a recorrerlo con nosotros.

—¿Qué es exactamente lo que esperáis de mí?

—Hace más de tres siglos, la supervivencia de Askgarth se estableció a través de una Alianza entre hombres, élars y óhrdits que, a partir de ese momento, deberían luchar unidos. Su símbolo era una llama que debía arder permanentemente en Iraïl, Ászaron y Gildar, los reinos elegidos. Lo único capaz de extinguir ese fuego sería la traición de una de ellas hacia los demás. Y esa traición llegó... de manos de tu padre. Tu abuelo, el rey Valian, tenía toda su confianza depositada en el menor de sus hijos, tu tío, el príncipe Seizan. Esa situación humillaba a tu padre, así que un buen día traicionó a su hermano y lo abandonó a su suerte durante una dura batalla. Todos en Ászaron le dimos por muerto y, como no podía ser de otra manera, Séldar ascendió al trono. Cuando descubrimos la verdad ya era demasiado tarde. Milagrosamente mi ejército y yo, desterrados de Ászaron, nos reencontramos con Seizan en Iraïl. —Néder hablaba con aire melancólico—. Los élars recurrieron a la Alianza y Séldar negó la ayuda de sus ejércitos. Ese fue el final de la Alianza. Lo único que impidió la destrucción de Askgarth fue el valor en la lucha que Seizan infundió a sus hombres, en unión con los élars y óhrdits durante la batalla en Ódeon. No fue un golpe definitivo para los dragnars, pero sí los debilitó considerablemente.

—¿Y qué puedo hacer yo después de todo eso?

—Nurn, uno de los magos de la Cima de Odín, nos dijo que era posible que la profecía contemplase la traición de Séldar pero, aun así, la esperanza debía mantenerse intacta y la paz definitiva era posible en Askgarth. Solo el heredero legítimo al trono podría volver a prender las llamas de la Alianza.

—¿Y por qué el heredero al trono de Ászaron y no el de Iraïl o Gildar?

—Porque el error lo cometió Ászaron y nosotros debemos repararlo y recuperar así nuestro honor. No va a ser una tarea fácil, muchacho. Muchos han perdido la fe en la Alianza y hacer que la recuperen va a costar más de lo que creemos.

—No sé qué podría hacer yo para que recuperen esa fe. Me parece una misión demasiado grande para mí.

—Si tú no lo consigues, nadie lo hará, Ezhan. Ser el elegido no es fácil, pero llegado el momento sabrás qué pasos debes dar.

—¿Y si no soy quien crees? ¿Qué ocurriría si yo no soy el elegido?

Néder no respondió y mantuvo su mirada fija en el valar.

—¿Sabes? —dijo al fin—. Te escucho hablar y me parece estar oyendo a Seizan. Antes de conocer que tanto su esposa como su hermano esperaban un hijo, creímos con todas nuestras fuerzas que él era el elegido; no podía ser nadie más. A pesar de su enorme valor, también él albergó esas mismas dudas que ahora te ocupan a ti —añadió, mirándolo—. Posiblemente él era quien más dudaba de ser en verdad el elegido pero, ¿sabes?, la seguridad y la esperanza que infundió a sus soldados, el hecho de creer que él era la persona de la que hablaba la profecía nos llevaron a luchar en Ódeon y a lograr así una paz que, si bien no ha sido definitiva, sí nos ha dado una tregua de veinte años. Ser el elegido no te otorga, probablemente, mayores habilidades, pero sí nos da esperanza. ¿Qué perdemos por intentarlo?

—Me he pasado toda la vida queriendo parecerme lo menos posible a mi padre, aun sin saber quién era. Pero esta misión me parece tan grande... ¿Cómo voy a lograr que los pueblos de Askgarth se unan bajo una misma bandera?

—Tus pasos te llevarán a ese logro. No te plantees cómo. Ezhan, es necesario que partamos a Gildar de inmediato. Ellos nunca han tenido su trono vacío y hemos de confiar en que eso les haga ser conscientes de la importancia de la Alianza.

—De acuerdo. Supongo que si algo puedo hacer, es intentarlo.

Néder sonrió.

*****

En las últimas semanas se había acostumbrado tanto a los sinsabores de la guerra y a todo tipo de embrollos que la paz que se respiraba en la montaña estaba empezando a hacérsele tediosa y aburrida. Paseaba con las manos metidas en los bolsillos hasta que vio cómo Eirien y algunos otros miembros de la Alianza alistaban sus caballos.

—¿Vais a alguna parte? —preguntó.

—Vamos a cazar dragnars —respondió la muchacha—. ¿Nos acompañas?

—¡Néder! —gritó de pronto una nueva voz—. ¡Néder!

Los preparativos para la cacería se detuvieron y todos fijaron su atención en el recién llegado, que bajó de su caballo con expresión grave y presurosa.

—Galdeor, ¿qué es lo que ocurre? —le preguntó Néder, abriéndose paso entre los demás—. ¿Por qué esos gritos?

—Néder, vengo de Ászaron. Mi hermano me ha dicho que mañana matarán a un muchacho para reemplazar la que iba a ser la ejecución de Valdrik.

—¿Qué estás diciendo? —exclamó Néder de nuevo—. ¿Qué tiene que ver ese muchacho?

—El gobernador prometió a los ciudadanos una ejecución y piensa dársela sea como sea. Hay noticias de que Arazan ha conseguido ganar algunas horas para iniciar una intensa búsqueda. No pararán hasta dar con Valdrik y con aquel que lo ayudó a huir para ahorcarlos mañana en la plaza. Si no los encuentran, ejecutarán a ese muchacho.

Eirien avanzó unos pasos pasos y colocó su mano sobre el hombro de Néder.

—Padre... —murmuró.

—Néder —interrumpió uno de los allí presentes—, ahora que hemos encontrado al elegido no podemos perder más tiempo. Debemos partir cuanto antes.

—No podemos permitir que ejecuten a ese muchacho —exclamó Eirien, indignada.

—El gobernador ha ejecutado a muchos inocentes desde que ocupó el poder —repuso Eriak—. No podemos estar en todas partes. La paz de Askgarth debe estar por encima de la vida de ese joven.

—Podría tratarse de tu hijo —respondió ella—. ¿Pensarías igual?

—La paz de toda nuestra tierra bien vale el sacrificio de una vida —intervino una mujer—. Se han perdido muchas en pos de ese objetivo. Los dragnars atacan sin descanso. ¡Todos lo habéis visto! No podemos perder más tiempo. No podemos arriesgar nuestras vidas por salvar a ese muchacho. Todo el ejército debe estar en las calles y bosques, buscándonos. Si acudimos allí, estaremos entrando en una ratonera.

Néder alzó la mirada y buscó a Ezhan, que se mantenía en un segundo plano, mudo.

—Ese muchacho no tiene la culpa de nada —intervino aquel que había llegado dando aviso.

—¡Como tantos otros! —añadió otra voz—. Basta de sentimentalismos, por todos los dioses. Ese muchacho estará condenado a muerte de igual manera si no salvamos Askgarth.

Ezhan se abrió paso entre la multitud.

—Yo iré —zanjó—. Traed mi caballo, por favor.

101

Eirien esbozó una leve sonrisa.

—Tú menos que nadie debes arriesgarte, muchacho — replicó Néder.

—Ese chico está condenado porque Valdrik y yo huimos. Me siento responsable por su vida.

—Si vas allí, te matarán.

—Si realmente es el elegido —intervino Eriak, que continuaba haciendo latente su desconfianza—, su vida no debería correr ningún peligro, pues la profecía de los magos no prevé su muerte. Sería absurdo.

—No es absurdo salvar una vida que va a ser injustamente condenada —intervino Eirien, resuelta.

—Cuando se supone que tu destino es salvar a toda la tierra de Askgarth de la temible amenaza que lleva azotándonos más de trescientos años, morir por salvar a un reo más de la horca no parece muy honorable — exclamó Eriak.

—Él tiene razón —interrumpió Ezhan, que ya había montado sobre el corcel que alguien le había traído—. Si realmente soy quien creéis, no debéis temer. Si no lo soy, ninguna esperanza de triunfo podréis albergar en mí. Tomad esto como una prueba.

—Tú solo no podrás, Ezhan —dijo Eirien.

—Allí donde una poderosa fuerza fracasa, alguien que pueda pasar inadvertido tal vez pueda tener éxito. Confía en mí, Eirien.

El joven azuzó las riendas de su caballo y abandonó el cerco, cabalgando.

—¡Padre! ¿No vas a enviar a nadie con él?

—Somos pocos y no deberíamos exponernos por...

Eirien montó sobre su caballo, con expresión furiosa y mascullando maldiciones.

—¡Eirien! —gritó Néder.

También Valdrik siguió el ejemplo de la muchacha.

—¡Valdrik! —exclamó Eriak.

—Ese muchacho va a morir porque yo huí. No lo permitiré, Néder, o al menos intentaré impedirlo.

Uno de los allí presentes dio un paso al frente.

—Si ese muchacho es el elegido que tanto tiempo llevamos esperando, no podemos exponerlo a entrar en Ászaron con tu hija y Valdrik —concluyó otro hombre—. Caerán sin ninguna duda. Ser el elegido no le hace inmortal. Debemos proteger su vida, Néder.

*****

El sol empezaba a buscar refugio tras las altas montañas de Ászaron, aparentemente capaz de presagiar el peligro que se aproximaba.,

Ezhan, Eirien y Valdrik cabalgaron a toda prisa hasta llegar a la pedregosa loma de la montaña, por donde se hacía imposible continuar avanzando al mismo ritmo. Aminoraron la marcha y extremaron la cautela al divisar de cerca los muros de Ászaron, en cuya periferia podían distinguirse, también a numerosos soldados. Sus voces, arrastradas por el viento, llegaban con cierta nitidez hasta la zona desde la que los tres avanzaban.

—Hemos registrado todo el bosque, mi señor. No hay rastro de los fugitivos.

Arazan alzó su mirada hacia la montaña.

—Es evidente que han huido bajo el amparo de la Alianza. Deberemos ascender hasta la cima si es preciso, y encontrarlos. Demasiado tiempo hemos permitido que vivan pertrechados allí arriba, llegando hasta Ászaron para llevar a cabo sus tropelías. ¡Tomad el camino y no volváis sin ellos! ¡Encontrarlos tiene una suculenta recompensa, muchachos!

Otro de los capitanes se acercó a Arazan.

—No entiendo por qué nos tomamos tantas molestias en encontrar a esos bandidos de la Alianza. Creí que teníamos a alguien a quien llevar a la horca ya.

—Se trata de un muchacho de veinte años.

—¿Y?

—¡Apenas ha vivido! Y su único delito es querer mejorar su nivel de vida. Si le hubieras...

—Si fuésemos tan benevolentes con todos, Ászaron sería un paraíso de vandalismo.

—¿Y acaso no lo es? —preguntó Arazan pensativo.

Zarmer hizo oídos sordos y siguió al resto de soldados.

Mientras tanto, agazapados en su escondite, Ezhan, Eirien y Valdrik observaron cómo los soldados tomaban el camino de ascenso hacia la montaña.

—Va a ser imposible que no nos vean si siguen acercándose —dijo Valdrik.

—¿Son rápidos vuestros caballos? —preguntó Ezhan.

Eirien le miró, confusa.

—Necesito que distraigáis a los soldados y los alejéis de ahí, hacia el Sur. Entraré por el acceso Oeste, por el mismo lugar por el que huimos, Valdrik, pero necesito que me despejéis el camino hasta allí.

—¡Pero qué estas diciendo! —exclamó este—. No podrás entrar tan tranquilamente en las prisiones Ahora más que nunca estarán vigiladas y...

—Sé lo que tengo que hacer, no te preocupes. Confía en mí. Haced lo que os pido —les dijo dirigiéndose a los dos.

Valdrik negó con la cabeza pero se encontró rápidamente con la resuelta mirada de Eirien

—Será mejor que cada uno vaya por un lado distinto, Valdrik —dijo la joven—, así los separaremos y haremos que sean más numerosos los soldados que nos sigan a cada uno.

—¿Estáis seguros de esto? —quiso cerciorarse Valdrik.

—Totalmente —zanjó Ezhan.

—¡Vamos, pues! —añadió Eirien.

—¡Ezhan! —lo llamó ella, agarrándolo de la camisa—. ¡Ten cuidado!

—Descuida.

Valdrik y la hija de Néder se perdieron en el bosque que quedaba frente a la ciudad para poder así escapar rápidamente de los soldados, ya que estando los dos solos, no iba a resultarles sencillo distraerlos y huir, si no fijaban una distancia suficiente para no ser capturados.

Ezhan, por su parte, aguardaba a que Eirien y Valdrik llegasen hasta abajo para dar inicio a su parte de la misión. Había tratado de evitarlo tanto como fuese posible pero en aquel momento, hacer uso de la nigromancia se hacía más que necesario; con ella, pasaría inadvertido mediante uno de los conjuros más eficaces para ello, aquel que permitía tomar la forma corpórea de otra persona. Con la ayuda de Néder y algunos miembros más de la Orden de la Alianza, tal vez habría posibilidades de entrar en Ászaron, llegar hasta las prisiones y liberar a ese joven sin tener que hacer uso de la nigromancia, pero estando solo en la ciudad, no tenía otra elección y las enseñanzas de Danar se presentaban como esenciales.

Mientras tanto, en la plaza se ultimaban los preparativos para la inminente ejecución. Una gran multitud de personas se había congregado para asistir al primer acto de las celebraciones por el decimonoveno aniversario de mandato del gobernador. Muchos de los allí presentes observaban la escena con desaprobación y pena, pero eran muy pocos los que osaban rebelarse contra el gobernador y el ejército, pues sabían que lo mismo les esperaría a ellos si lo hacían. Otros, sin embargo, aguardaban con gran alegría y nerviosismo.

Desde que Ászaron había dejado de ser un reino y Zeol había ascendido al poder, muchos se habían rendido a las palabras de este, cuando aseguraba que la profecía había sido solo el invento de unos cuantos para que sus hombres llevasen a cabo las batallas de otros.

Muchos de los recursos que tiempo atrás se destinaban a toda la ciudad, pasaron a ser tan solo para unos pocos, lo cual mejoró el nivel de vida de aquellos que sabían favorecer al gobernador y que recibían, por tanto, el mismo pago. Las voces de los demás, importaban poco; cada vez menos y finalmente, nada.

Arazan llegó hasta allí y observó la horca con preocupación, mientras el gobernador hacía su aparición entre vítores y aplausos.

—Capitán, todo está listo —le informó un soldado.

—Imagino que Felmar y sus hombres tampoco han encontrado a...

El soldado negó con la cabeza.

—No, capitán, pero el muchacho está preparado. El gobernador tendrá su ejecución.

Dos guardias llevaron hasta allí a aquel joven, amordazado y maniatado, para situarlo frente a todos los ciudadanos. El muchacho no pudo evitar sentir que el corazón se le detenía. Estaba a punto de morir delante de todas aquellas personas y nadie haría nada para ayudarlo Había llegado a Ászaron hacía unos pocos días y ni tan siquiera se habían dignado a escucharlo; mucho menos a juzgarlo. Sintió las miradas de odio y satisfacción de unos cuantos y las lamentaciones de otros. Cada vez que un joven llegaba al cadalso, muchos no podían dejar de preguntarse si ese muchacho podría ser el hijo del último rey.

Eirien y Valdrik desfilaron cabalgando a toda velocidad frente a los soldados que custodiaban aún las afueras, una clara provocación que no tardó en obtener respuesta cuando estos dieron la voz de alarma, dando inicio a una frenética persecución. Al entrar al cobjio de la arboleda, los dos se separaron y cada uno de ellos arrastró a un buen grupo de soldados tras de sí.

Apenas fueron dos o tres los que quedaron en las puertas de la ciudad, así que Ezhan azuzó a su caballo y descendió a toda velocidad por la colina. Cuando llegó hasta el acceso principal de la ciudad, desmontó del valar y desenvainó la espada, ocultándose de los soldados. Después, se aproximó sigilosamente tras el que estaba más retrasado y le arrastró hacia sí, dándole un fuerte golpe en la cabeza para quitárselo del medio Los otros dos se volvieron, sobresaltados.

—¡Finn! —exclamó uno de ellos—. ¿Dónde...?

Ezhan reapareció rápidamente transformado en el soldado al que acababa de dejar inconsciente, gracias a aquel sencillo hechizo nigromante que Danar le había enseñado.

—Estoy aquí —respondió mientras salía de entre la maleza.

—¿Qué ha pasado? —le preguntó el otro soldado.

—Nada... creí haber escuchado un ruido por ahí pero... todo está bien.

Aquel sortilegio podía durarle a un nigromante tanto tiempo como él quisiera, pero Ezhan solo podía lograr mantener su efecto unos diez o quince minutos, por lo que debía darse prisa.

—Las cosas parecen tranquilas por aquí, así que... iré a echar un vistazo en la ciudad.

Los dos soldados que estaban con él cruzaron una mirada dudosa. Algo en él resultaba diferente y extraño pero acabaron encogiéndose de hombros y retomando la vigilancia del acceso Norte.

El muchacho corrió a través de toda la ciudad sin ningún tipo de problema, hasta que hubo llegado a la multitudinaria plaza.

—¡Ciudadanos de Ászaron! —gritaba el gobernador, situado frente al próximo ejecutado—. Durante muchos años los dragnars nos han dado paz pero no así los miembros de la Alianza, que, lejos de respetar nuestros deseos de enterrar la guerra para siempre, han matado a muchos de nuestros soldados e incluso a muchos de nuestros honrados ciudadanos. Ászaron ya no es una ciudad segura pero, me cueste lo que me cueste, la Orden de la Alianza caerá y volveremos a respirar tranquilos. Os lo juro.

Los aplausos y los vítores interrumpieron el discurso de Zeol. Ezhan se abrió paso entre la multitud y no le costó localizar al joven que iba a ser ejecutado, pues continuaba amordazado y maniatado para que no pudiera decir ni hacer nada que inquietara al gobernador. La soga reposaba ya alrededor de su cuello.

—Hoy se inician los actos de celebración por mi decimonoveno aniversario de mandato —prosiguió Zeol — y la ejecución de este traidor que ayer intentó escapar de nuestras prisiones para seguir cometiendo actos vandálicos y conspirando contra mí y vuestra ciudad, serán el inicio perfecto. Un miembro menos en la Alianza.

Ezhan continuó abriéndose paso hasta llegar cerca del cadalso.

—Procedamos, pues, a su ejecución.

El verdugo avanzó unos pasos y se situó frente al gobernador, al que saludó con una reverencia. Acto seguido, activó la manivela para hacer desaparecer el suelo bajo los pies de aquel joven.

Las exclamaciones del público asistente no se hicieron esperar. Algunos no pudieron seguir mirando.

Rápidamente Ezhan corrió hasta situarse tras el cadalso que se había habilitado para la ejecución del muchacho y entonces extrajo una pequeña bolsa de piel. Vació unos polvos de color dorado sobre su mano y murmuró unas palabras en el idioma de Dóngur; después sopló el polvillo y una repentina tormenta de arena estalló en medio de la ciudad. Los gritos de horror se hicieron incesantes y la gran multitud que se había citado allí empezó a disgregarse. Nadie sabía qué estaba ocurriendo pero todos huían despavoridos en busca de refugio.

Aprovechando la ocasión y el caos, Ezhan, que ya había recuperado su aparincia habitual, subió al cadalso y cortó la cuerda que sujetaba al muchacho por el cuello. Este cayó al suelo y empezó a toser, retorciéndose e incapaz de incorporarse. Ezhan lo sujetó y, prácticamente arrastras logró sacarlo de allí. En apenas unos pocos segundos la tormenta había cesado pero no así la confusión, que continuaba latente en todos.

—¿Qué demonios ha ocurrido? —exclamaba el gobernador, al que los soldados habían cobijado en una pequeña posada.

—Jamás en mi vida había presenciado nada igual... —respondió Arazan, sin salir de su asombro.

—¡Mirad! —gritó un soldado—. ¡El reo no está! ¡Ha escapado!

Pronto las miradas se volvieron hacia la horca, cuya soga había sido cortada.

—¡Maldita sea! —gritó el gobernador.

—Señor, debéis tratar de calmar a la gente —le pidió un guardia.

—¿Y cómo demonios quieres que...?

—Decidles que ha sido obra de un mago. Un hechizo mal conjurado. Tenemos que buscar al preso y nos será imposible encontrarlo en medio de todo este caos.

—Tienes razón...

El gobernador regresó al cadalso visiblemente afectado, aunque tratando de aparentar tranquilidad. Alzó las manos al cielo, tratando de reclamar la atención de todos.

—¡Ászaros! —gritó—, cal... calmaos Debéis calmaros, por favor. Todo lo que ha ocurrido se debe únicamente al hechizo de un mago. Él... pretendía honrarnos con una lluvia de flores pero... se ha equivocado... ¡Hechiceros! —murmuró con una risa forzada—. No se lo toméis en cuenta... Él... está avergonzado y no osa dar la cara ahora pero... en fin...

La gente rió, no demasiado convencida. Muchos ya ni siquiera regresarían a la plaza, aunque sí otros tantos que ni siquiera habían tenido tiempo de huir.

—El reo ha aprovechado la confusión para escapar, de modo que es mejor que os resguardéis en vuestras casas; así facilitaréis las cosas a nuestros soldados, que lo capturarán nuevamente.

Ezhan y el muchacho permanecían agachados al resguardo de un pequeño callejón algo apartado de la plaza y sin perder de vista lo que allí sucedía.

El muchacho aflojó el nudo de la cuerda que aún rodeaba su cuello, respirando todavía con visible dificultad. Ezhan lo había liberado ya de las ligaduras de sus muñecas y la mordaza de su boca.

—¿Quién eres? —le preguntó el muchacho a Ezhan, con la voz ronca.

—Digamos que tú eras mi sustituto en la horca.

El joven frunció el ceño, confuso.

—¿Y por eso has venido a salvarme?

—Bueno... me sentía responsable. Mi nombre es Ezhan —le dijo tendiéndole la mano.

—Yo soy Aldan —respondió el joven con media sonrisa—. Te debo una, y gorda.

—Me bastará con que logremos salir de aquí con vida.

—¡Espera! No podemos irnos ya.

Ezhan lo miró, apartando por primera vez la vista del bullicio que seguía hirviendo en la plaza.

—¿Por qué no?

—En las prisiones hay un chiquillo. Sólo tiene dieciséis años. Su único delito ha sido robar para los suyos. Le prometí que... —Aldan rió—. Le prometí que saldría con vida de esto y que lo sacaría de allí. No puedo irme sin él.

Ezhan devolvió la mirada a su alrededor. El caos parecía calmarse poco a poco, pero los soldados seguían yendo y viniendo con gesto de preocupación.

—No podemos volver.

—Tú puedes marcharte. Yo no voy a irme sin él.

Ezhan lo miró y a pesar de no conocerlo, sabía que estaba diciendo la verdad. Resopló y devolvió la atención al caos mientras hablaba:

—No va a ser fácil llegar a las prisiones.

—He estado poco tiempo aquí pero conozco un camino. Sígueme.

Ezhan resopló, maldiciendo para sus adentros. Encontrar un modo de salir de allí ya se antojaba difícil pero haber de regresar a las prisiones, ya era tentar demasiado a la suerte. Sin embargo, se incorporó y corrió tras los pasos el muchacho de la forma más discreta posible. Corrieron sin demora a través de un sinfín inagotable de caminos que empezaron a asemejársele a Ezhan un laberinto en plena Ászaron; sin duda, aquel joven conocía la ciudad como la palma de su mano y, a través de trazados que él nunca hubiera sospechado, llegaron al fin hasta las prisiones. Allí dos soldados montaban guardia.

Aldan le miró.

—¿Qué tal puño tienes?

Ezhan sonrió.

—No se me da mal.

—¿Uno para cada uno, entonces?

—Vamos allá.

Sin pensarlo dos veces, se abalanzaron sobre ellos y de sendos puñetazos los dejaron inconscientes.

—Bien, chico —zanjó Aldan—. Muy bien...

Ezhan alzó una ceja, divertido.

—¿Chico?

Aldan sonrió y, sin más demora, entraron a través de los oscuros pasadizos sin encontrar resistencia alguna.

Allí, tomaron la determinación de separarse para encontrar a aquel muchacho lo antes posible.

Ezhan avanzaba, nervioso, entre los gritos de los presos que lo veían pasar. Algunos brazos trataban de retenerlo entre los barrotes de las angostas celdas sin llegar a conseguirlo. El muchacho caminó sin detenerse, tratando de obviar las voces y gestos de aquellos hombres y mujeres; no podía salvar a todos pero reparar en ellos le desgarraba el alma. Después de un avance que se le hizo eterno, llegó a una especie de subterráneo y topó, al fin, con la figura de un chiquillo que daba paseos nerviosos en la celda, como una bestia enjaulada. Al verlo llegar, lo miró con pose soberbia y orgullosa.

—¿Ya es mi turno? —preguntó—, ¡Pues adelante! Prefiero mil veces la muerte a seguir viendo aquello en lo que estáis convirtiendo la ciudad por la que mi padre dejó la vida.

Ezhan fue incapaz de ocultar un amago de sonrisa. Adivinó una inmensa rabia en las palabras de aquel chiquillo y un gran dolor en su corazón. Pero también un latente orgullo y un valor fuera de toda duda. Pensar que en aquel lugar corrompido y vendido al mejor postor, el aún quedaba gente como él, le otorgaba una grndiosa esperanza a su propia causa.

—¡Qué demonios estás mirando! ¡Mátame ya!

—Cálmate. No soy ningún soldado ni he venido a matarte.

Las lágrimas de rabia bañaban el rostro de aquel muchacho de almendrados ojos. Pero los sollozos que trataba de contener se extinguieron al escuchar a Ezhan.

—¿Cómo? ?Qué diablos ha ocurrido?

—Es una larga historia y ahora no hay tiempo. Mi nombre es Ezhan y he venido a sacarte de aquí. Alguien te lo prometió y...

—¿Está muerto? —preguntó temeroso el muchacho.

—No. También te prometió salir con vida de esto y... ha cumplido. Te está buscando y debemos darnos prisa.

—¿Eres un miembro de la Alianza? —preguntó el joven, esperanzado.

—Se puede decir que sí —respondió Ezhan mientras abría la celda y lo liberaba—. ¿Cuál es tu nombre? —le preguntó.

—Me llamo Zingar.

—Bien, Zingar. Escucha, dudo mucho que puedas quedarte en Ászaron; te matarán. En la calle hay tres caballos; al salir tomarás uno de ellos y nos seguirás. Yo te conduciré hasta el refugio de la Orden de la Alianza y permanecerás allí con...

—¡No puedo marcharme! Soy todo lo que tienen mi madre y mis cinco hermanos; no puedo abandonarles.

Ezhan le dedicó una larga mirada, mientras sus pensamientos se agolpaban en un sinfín inagotable de ideas. Sabía que cada minuto que pasase dentro de la ciudad complicaría más y más la huida. Los soldados estaban por todas partes y su cabeza tenía un precio demasiado suculento. Hasta que hubiera transcurrido un buen rato no podría volver a utilizar el hechizo para adoptar otra forma, ya que al no ser un nigromante, le costaba un enorme esfuerzo y mucha energía llevarlo a cabo. No obstante...

—Yo iré a buscar a tu familia y los sacaré de Ászaron. Dime cómo encontrarles.

—¡Yo quiero acompañarte! ¡Quiero ayudarte!

—Zingar, no tenemos tiempo que perder. Es necesario que salgamos de la ciudad cuanto antes! Me ayudarás mucho más poniéndote a salvo.

—¡Quiero ir a buscar a mi familia! —gritó el muchacho visiblemente alterado.

Ezhan lo sujetó por los brazos y trató de tranquilizarle.

—¡Escúchame!

—¡Suéltame, maldito seas!

El chiquillo empujó a Ezhan, estampándole contra la celda que quedaba frente a aquella que él había ocupado, y el Ászar asomó entonces entre sus ropas, clavando la atención de los ojos de Zingar sobre él. Ezhan se incorporó, molesto y guardó de nuevo el medallón lejos del alcance de las miradas curiosas.

—¿Es el auténtico? —preguntó el muchachito—. ¿Es el medallón del rey?

Ezhan tardó unos segundos en reaccionar, sorprendido por que aquel chiquillo tan joven hubiera reconocido el Ászar.

—Ahora no es momento de hablar de eso. Tenemos que salir cuanto antes de aquí. Los guardias vendrán enseguida y esta prisión es un laberinto sin salida.

—¿Eres...?

Ezhan sujeto al muchacho y lo arrastró, sacándolo de la celda.

—¡Vamos!

De nuevo, el pasillo de brazos extendidos y de gritos y lamentos quedó atrás hasta que hubieron alcanzado la planta superior. Pese a tratar de ignorar a todos cuantos chillaban a su alrededor, Ezhan se detuvo ante la figura de una mujer que permanecía sentada en el interior de una celda con el semblante ensombrecido y los ojos llorosos. La contigua, la ocupaba un anciano de esqueléticas extremidades que temblaba y canturreaba.

—¡Ezhan! —gritó Aldan, sacándolo de aquella pesadilla—, ¡No hay nadie en la salida! ¡Zingar! —exclamó, sonriente al ver al muchacho

—¡Estás vivo! —respondió él, mientras lo abrazaba.

Ezhan suspiro y dio media vuelta, de regreso a la celda desde la que había rescatado a Zingar.

—¿Adónde vas? —le preguntó Aldan.

—Vamos a sacarlos a todos de aquí.

Aldan frunció el ceño, confuso.

—¿Qué? No hay tiempo de sacarlos... ¡Ezhan! Maldito...

Zingar sonrió y corrió también, forzando tantas cerraduras como pudo y liberando a tantas personas como le fue posible. Aldan hizo lo mismo y en poco tiempo, las prisiones que se habían quedado vacías de guardias por dentro, se llenaron de renovadas esperanzas de libertad.

Ezhan regresó de nuevo hasta allí, saludado y envuelto en gratitud por muchos de los que aún podían valerse por su propio pie.

—¡No puedo creer que seas tú! —murmuró Zingar—. Mi padre me habló tantas veces del día en que el hijo del rey llegaría de nuevo a Ászaron...

Aldan se aproximó.

—Ya está listo. Vámonos antes de que...

—¡Aldan! —exclamó el muchacho—, ¿Sabes quién es? Es...

—¡Tenemos que salir de aquí cuanto antes! —zanjó Ezhan.

—Te debemos mucho —le dijo entonces Aldan—. Cuando recupere mi lugar en esta ciudad, tendrás tu recompensa.

Ezhan lo miró sin decir nada.

Los presos liberados corrían hacia la salida. Aldan los siguió, rápidamente y tratando de cerciorarse de que nadie llegaba hasta allí para ofrecerles resistencia.

—Ezhan —le llamó entonces Zingar, algo más rezagado—, Aldan afirma que él es el hijo de Séldar pero tú tienes el Ászar. Entonces...

—Este no es momento de hablar de eso, Zingar. Hay que salir de aquí. Después llegará el momento de encontrar respuestas. ¡Vamos!

Zingar ayudó al anciano de delgadas piernas a ponerse en pie, mientras el propio Ezhan cargaba con la mujer, que ni siquiera tenía fuerzas para sostenerse, y los llevaban lejos de aquel cautiverio infame que habían sufrido por causas totalmente injustificadas.

Ya de nuevo en el exterior, constataron que la huida de los presos había multiplicado el revuelo y los soldados los perseguían, tratando de devolverlos a las prisiones. Algunos huían; otros luchaban.

Aunque Ezhan y Aldan, seguidos de Zingar, habían tratado de huir lo más rápidamente posible sin detenerse en luchas que prolongasen allí su estancia y continuasen exponiéndolos, les había resultado imposible no blandir sus espadas y pelear. Ezhan recibió un golpe en la espalda que lo hizo caer al suelo y topar con el furibundo rostro de un soldado:

—Va a costarte muy caro lo que...

Cayó desplomado al suelo, junto a Ezhan, cuando el decidido acero de alguien lo atravesó desde su espalda. Estaba seguro de que debía ser Aldan pero sus ojos se encontraron con la verdes esmeraldas de Eirien.

—Mira que odio hacer las cosas a traición pero, chico... hay prisa.

Le tendió la mano a Ezhan, sonriendo y este le devolvió el gesto, incorporándose.

—¿Por qué habéis entrado? Sólo teníais que distraerlos y no...

—¡Debemos salir de aquí cuanto antes! —lo interrumpió la joven.

—¿Qué pasará con toda esta gente? —exclamó Ezhan.

—Pueden aprovechar la confusión para huir. No podemos salvar a todo el mundo, Ezhan. Solo estamos tú, Valdrik y yo . No podemos exponerte más.

Ezhan buscó a Zingar entre la multitud; no podían salvar a todo el mundo, tal y como la joven había dicho pero salvarlo a él, después de conocerlo y ver la determinación en sus ojos orgullosos, se le hacía ya una cuestión personal.

—¡Ezhan! —gritó Valdrik, algo más apartado—. ¡Nos vamos!

—Demasiado tarde —murmuró Eirien.

Ezhan alzó la cabeza y comprobó que un numeroso grupo de soldados acababa de llegar a la ciudad, accediendo desde la puerta Norte. Con toda seguridad, aquellos que habían seguido a Valdrik y Eirien habían regresado, tras no hallarlos en el bosque. Arazan los encabezaba y también Arel cabalgaba con ellos.

Aldan blandió la espada con más fuerza y lo que habían tratado de evitar acabó por desencadenarse: sus espadas se cruzaron con la de los soldados ászaros y aunque en un primer momento trataron de afrontar la situación con la mayor rapidez posible para acabar huyendo, pronto comprendieron que no había escapatoria posible y que aquello se atisbaba como un inesperado final.

Los ojos de Ezhan y Eirien se encontraron, llorosos los de ella; incrédulos los de él. Pero el grito de Valdrik desvió sus miradas hasta topar con una salvadora escena: Néder, seguido por todos sus hombres, llegó cabalgando a toda prisa, equilibrando ligeramente la situación.

Eirien había desmontado de su caballo y, fatigada por la lucha, trataba de atisbar un nuevo objetivo. Sólo uno, pues los enemigos eran tan numerosos que ni siquiera sabía por dónde seguir. No obstante, alguien la arrastró del brazo, alejándola de allí. Los iracundos ojos de su hermano le dirigieron aquella rabia que le dolía tanto como cualquier hoja atravesándole el estómago.

—¿Cuando demonios os vais a rendir? —exclamó él, empujándola—. ¡¿Cuándo?!

—Jamás —respondió ella con soberbia.

—¡Eirien, por todos los dioses, reacciona! De mi padre puedo esperar cualquier cosa, desertó cuando...

Antes de poder terminar de hablar se encontró con la espada de su hermana frente a su cara.

—Cuida tus palabras al hablar de mi padre, soldado.

Ezhan dobló la esquina en aquel momento, consciente de que la joven había desaparecido. Pero cuando se encontró con los dos hermanos frente a frente fue incapaz de mover un solo músculo.

—¡Sois unos malditos traidores! —gritó de nuevo el muchacho—. ¿Cómo puedes no darte cuenta de eso?

—¿Nosotros somos los traidores, Arel? ¿Estás seguro? ¡Maldita sea, mira a tu alrededor! ¿Dónde están los dueños de estas casas? ¿Por qué tu glorioso ejército no fue a buscarlos tras la guerra? ¿Por qué de las prisiones acaban de salir tantas mujeres y tantos niños? ¿Por qué ibais a ejecutar a un muchacho inocente?

Arel abrió la boca, incapaz de responder.

Ezhan no alcanzaba a imaginar lo que cualquiera de ellos podía estar sintiendo en aquel momento, frente a frente, en bandos opuestos, con ideales tan contrarios. Le sobresaltó la punta de una flecha junto a su cabeza y, al voltearse, comprobó que Aldan apuntaba a Arel con su arco. Ezhan bajó su brazo.

—Es su hermano —le aclaró al otro joven—. Será mejor que nos marchemos.

Aldan los miró sin decir nada y después, siguió los pasos de Ezhan, de regreso a la lucha.

—Sabes perfectamente que mi padre y yo seguimos siendo leales a Ászaron —continuó diciendo Eirien— pero no a quienes os habéis hecho con el poder permitiendo que la injusticia campe a sus anchas. Habéis hecho que Ászaron pierda sus señas de identidad. No hay mayor traición que la vuestra, Arel.

—¡Cállate!

Eirien alzó entonces la mirada, fijándola en un punto por encima del hombro de su hermano. Habiendo reparado en ello, Arel se volvió y topó con la figura de su padre, que presentaba múltiples heridas en su rostro.

—Arel, hijo —murmuró Néder.

—Yo no soy tu hijo. ¡Yo no soy tu hijo! —gritó mientras caía de rodillas al suelo, llorando de rabia—. ¡No quiero ser tu hijo, maldito traidor!

—Arel, basta —exclamó su hermana.

—Eirien —dijo entonces Néder—, debemos marcharnos. El muchacho está a salvo pero la situación se complica, hay que salir de aquí.

Néder dio media vuelta y se marchó, conteniendo en su corazón aquellas ganas de abrazar a su hijo que le afloraban cada vez que lo tenía enfrente, una situación que sólo podía darse durante un enfrentamiento con el ejército de Ászaron.

Eirien le tendió la mano a su hermano, que la ignoró y se puso en pie por sí solo.

—No regreséis nunca más a Ászaron, porque si vuelvo a veros no titubearé en cumplir con mi deber. No quiero ser como vosotros, no quiero ser un sucio traidor.

—El rey de Ászaron ha aparecido, Arel. El hijo de Séldar se ha dado a conocer y pronto liberaremos a nuestra ciudad del yugo al que la habéis sometido. La profecía de los magos se cumple, y ni vuestro asqueroso gobernador será capaz de detenerlo.

Arel se quedó helado ante las palabras de Eirien, que se marchó tras su padre.

—Eso... eso es mentira –murmuró él, atónito.

Eirien se volvió para mirarlo.

—El Ászar cuelga de su cuello —añadió—. El medallón del rey le ha acompañado desde su niñez. Hemos encontrado al elegido.

Arel se volvió y pudo ver sólo la figura de su hermana corriendo y mezclándose entre la multitud que aún luchaba en la plaza.

—¡Vámonos! ¡Retirada! —gritaba Néder desde su caballo.

Muchos soldados habían sido derrotados, pero el ejército de la noble ciudad era más numeroso que los efectivos con los que contaba la Orden de la Alianza, por lo que la batalla estaba perdida si la prolongaban durante más tiempo.

Néder y sus hombres huyeron, pero a diferencia de otras ocasiones, esta vez no lo hicieron hacia las montañas, sino que se introdujeron en la espesa arboleda con el objetivo de alejarse lo máximo posible de Ászaron.

CAPÍTULO 5

Yara permanecía nerviosa. Sentía que los pasos designados en la profecía de los magos estaban empezando a desarrollarse y que Dóngur permanecía impasible ante eso. Su insistencia en ese extremo le había costado varias disputas con Zor, y con Volmark, especialmente.

Al igual que ya se diera sobre la vasta Askgarth, Dolfang continuaba siendo allí su confidente y mentor. Con él perfeccionaba la magia nigromante que estaba aprendiendo en la escuela de nigromancia y con él, se desahogaba también.

Aquel día, llevaba ya un buen rato observando el horizonte, donde se encontraba la imponente Montaña de los Avatares.

—Hoy está especialmente activa —observó Dolfang—. Varias almas indignas han debido poblarla.

—La guerra ha empezado. Las piezas del tablero se mueven y mientras tanto Dóngur no hace nada.

—No es nuestra guerra —respondió él.

Su voz estuvo teñida de duda y Yara supuso que el tiempo que había vivido lejos del Inframundo le había afectado tanto como a ella; mezclarse con humanos, élars y óhrdits hacía imposible echar mano de la indiferencia, por más que el pueblo de Dongur lo solicitase.

Resopló, harta de escuchar esas mismas palabras en bocas de otros tantos.

—¿Cómo podemos pretender que hombres, élars y óhrdits nos vean como parte de su mundo si nosotros mismos no lo hacemos?

—Los nigromantes no pretendemos que los demás nos vean como parte de Askgarth. Hace tiempo que eso dejó de importarnos.

—¿Entonces por qué la indignación por el destierro? ¿No es de eso de lo que los acusamos? Nos exigieron regresar al Inframundo, cerraron la puerta, se olvidaron de nosotros.

Dolfang guardó silencio.

—Vrigar derrotará a todos los pueblos de Askgarth y nos dejará solos —añadió Yara—. Después será nuestro turno.

—Vrigar no puede entrar en el Inframundo —irrumpió de pronto la voz de Zor—. El guardián jamás lo juzgaría digno de ello.

Dolfang hizo una reverencia y se marchó.

—Veo que sigues con lo mismo.

—La recomposición de la antigua Alianza ha empezado. Sabes perfectamente que los nigromantes tenemos un papel asignado en esta historia. ¿Lo llevarás a cabo o serás tú esta vez quien los traicione?

El bofetón le hizo girar la cara y apretó los puños, tragándose el orgullo.

—Mide tus palabras. Los nigromantes siempre hemos sido leales a todo aquello por cuanto hemos jurado lealtad, cosa que no pueden decir los hombres. Ellos son los culpables de la situación que hoy les toca vivir a todos en Askgarth.

La joven guardaba silencio, dedicándole a a su padre una mirada cargada de furia.

—Estoy cansado de oírte hablar de lo mismo.

—¿Y qué vas a hacer? ¿Prohibirme hablar de ello como haces con tu pueblo?

Isia llegó en aquel momento y se detuvo, escuchando las determinantes palabras de Yara:

—Sometes a tu gente a una tiranía desmesurada en la que incluso hablar es castigado. ¿Dónde esta la nobleza de un pueblo así, de un señor así?

—¡Cállate! —gritó Zor, cuyos ojos desprendían fuego.

—Tal vez lo que la gente en Askgarth cuenta de nosotros no sea tan injusto.

—Yara... —musitaba Zor entre dientes, tratando de contenerse.

—¿Cómo van a vernos los demás si a mis ojos, que soy una nigromante, el pueblo de Dóngur es un pueblo egoísta, cobarde y orgulloso?

Zor alzó otra vez la mano con la intención de descargarla de nuevo sobre su hija, pero Yara hizo uso de la nigromancia y el primer rey del Inframundo salió proyectado hacia atrás, como si se tratase de un simple muñeco.

Isia avanzó unos pocos pasos, haciendo evidente su presencia allí. Yara la vio y se marchó a toda prisa, temiendo un escarmiento mayor.

—Tu hija es muy poderosa —murmuró, mientras Zor se incorporaba—. Incluso a mí me da miedo pensar hasta dónde puede llegar su ira. Parece mentira que sea hija de una mortal; ni siquiera ha llegado hasta el quinto nivel.

—Yara está perdiendo el norte. Su actitud será castigada. No me importa que sea mi hija. La disciplina es fundamental en un nigromante.

Los tres restantes señores de Dóngur llegaron en aquel momento, como convocados a una oportuna reunión.

—¿Qué le ocurre a Yara? —preguntó Endya—. Desprende un aura aterradora.

—Zor, ¿estás bien? —preguntó Dyras.

El señor del Inframundo se marchó sin mediar palabra.

—¿Qué ha ocurrido, Isia? —quiso saber Endya.

—Yara y Zor han discutido. Ha hecho volar a Zor más de cinco metros sin tocarlo siquiera.

—¿Yara? —preguntó Endya.

—Desde el primer momento en el que la vi, supe que la fuerza interior de esa muchacha es algo extraordinario, y eso sin contar con que su larga estancia en Askgarth ha hecho que aun no la haya desarrollado por completo —dijo Dyras.

—Esa misma estancia puede haberle hecho un daño irreparable — intervino Volmark—. Nunca verá a los hombres como nosotros. Tal vez hubiera sido mejor que no hubiera regresado nunca.

—Volmark —murmuró Isia.

—¿Acaso no estoy en lo cierto? Yara es como Vrigar.

—¿Qué diablos estás diciendo? —exclamó furioso Dyras.

—Nigromantes con todo el poder y la fuerza de nuestro linaje pero unidos a otra raza que puede enfrentarlos a la nuestra. A nadie le gustaría tener a un nigromante como enemigo, ni siquiera a nosotros mismos.

—Entonces será mejor que cierres la boca o Zor será tu peor enemigo —concluyó Dyras antes de marcharse.

*****

Isia buscó a Yara por toda la fortaleza y finalmente la halló en los establos, ensillando a un valar.

—¿Vas a alguna parte?

La joven no respondió.

—No deberías buscar problemas con tu padre. Ni siquiera tú eres más fuerte que él.

De nuevo, el silencio por respuesta.

—¿Todo esto es por la guerra en Askgarth o... por Ezhan?

Esta vez la joven sí fijó su mirada en Isia.

—Por la guerra —respondió secamente.

Isia sonrió.

—Nada podrás hacer tú en ningún caso.

—Hay algo que sí puedo hacer: intentarlo.

—¿Intentar qué? Yara...

—Me marcho a Askgarth, Isia, y nadie podrá impedirlo.

—Has perdido completamente la razón. No puedes ascender al mundo de...

—El pueblo de Dóngur tiene que estar y estará.

—Zor no te lo perdonará jamás. No es el momento.

Yara continuó con sus preparativos.

—Volmark tenía razón. Eres como Vrigar.

Las palabras de Isia se clavaron en el corazón de la muchacha como una certera flecha y así se lo hicieron saber sus dolidos ojos grises.

—Lamento que lo veas así —respondió la joven, montando ya sobre su valar.

—Si te marchas de Dóngur, no volverás a entrar al Inframundo.

—Eso no lo decidirás tú —respondió con dureza.

Yara partió a toda velocidad de los establos de la fortaleza nigromante. Al llegar a la salida, la joven se topó con su padre y se detuvo, dedicándole una significativa mirada. Después, se alejó.

—¿Permitirás que se marche? —le preguntó Isia.

Zor no respondió y se alejó lentamente.

—¡El trono debe ser ocupado! —exclamó Isia; Zor se detuvo—. El lugar de Vrigar debe ser ocupado y sabes que solo pueden hacerlo ella o...

—¡Yara no ascenderá al trono de Dóngur! Ya lo estás viendo; acaba de partir hacia Ászaron con el firme propósito de luchar. Si la convierto en reina y ella toma parte en la guerra, pondrá fin a la neutralidad nigromante. Ahora es sólo una chiquilla haciendo el imbécil. Nada que los dragnars puedan tomarse en serio.

—¿Entonces...?

—No hay ninguna prisa en suplir a Vrigar.

—Aun así, es tu hija. Legítima heredera al trono... Es peligroso, Zor. Jugamos en el filo de la navaja.

*****

Néder y sus hombres habían cabalgado durante dos días sin prácticamente descanso hasta que por fin cruzaron el río Duna y encontraron un lugar lo suficientemente alejado y oculto para parar. Allí trataron las heridas de todos los que habían luchado valientemente contra los soldados, comieron y reposaron.

Ezhan se acercó a Néder, que permanecía pensativo tras la situación vivida en Ászaron. Eirien los observaba mientras ayudaba a curar a los heridos.

—Tu hija me ha contado lo ocurrido con Arel. ¿Estás bien? —le preguntó.

El hombre asintió y sonrió.

—No te preocupes, muchacho. La palabra «traidor» es la que más he escuchado en los últimos años. Mi hijo no tiene la culpa; solo entiende lo que le han explicado. Por cierto... ¿qué es lo que ocurrió en Ászaron? Se habla de una tormenta de arena, pero eso es imposible en aquellas tierras.

—Es... un sencillo hechizo que un mago me enseñó para distraer la atención.

Néder asintió con una sonrisa.

—¿Dónde está Néder? —gritaba una voz entre la multitud.

El capitán se puso en pie y frente a él apareció aquel muchacho al que Ezhan liberase en las prisiones.

—Yo soy Néder, ¿qué quieres?

—Mi nombre es Aldan, señor, soy el hijo de Séldar de Ászaron.

La sorpresa se reflejó en los rostros de todos, que no lograban entender nada. Ezhan también se puso en pie y pronto se formó un círculo de curiosos alrededor de ellos.

—¿Pero qué estás diciendo? —exclamó Néder.

—Lo que oís. Llegué a Ászaron hace unas semanas y reclamé mi lugar en el trono, pero tan solo logré que me detuvieran. Vine buscándoos, señor.

—¡Tú no puedes ser el hijo de Séldar! —volvió a decir Néder.

—Mi padre tiene razón —intervino Eirien, abriéndose paso entre la multitud que se agolpaba alrededor de la escena—. Él es el hijo del rey de Ászaron — añadió tomando a Ezhan de la mano.

Aldan lo escrutó, asombrado.

—¿Él? ¿De dónde habéis sacado semejante locura? Yo soy el hijo de Séldar y tengo pruebas.

—¿De qué pruebas estás hablando, muchacho? — preguntó Valdrik.

—Mi madre, Lisbeth, les habló mucho al respecto a mi tía y a mi prima antes de morir. Ellas me han contado todo cuanto sé sobre mi padre.

Ezhan abrió la boca, incapaz de mediar palabra.

—¿Sarah y Beldreth? —preguntó.

Aldan lo miró, atónito.

—¿Las conoces?

Eirien intervino:

—La madre de Ezhan le hablaba de ellas en una carta, ¿no es cierto?

Ezhan la miró pero fue incapaz de decir nada, perdido como el resto en aquella inesperada confusión.

—¿Qué esta ocurriendo aquí? —preguntó otro hombre. — ¿Séldar tuvo dos hijos?

—¡Claro que no! —exclamó Aldan—. Este hombre, sea quien sea, está mintiendo. Ászaron está llena de gente que ansía ocupar el trono y...

—Ezhan tiene el Ászar en su poder —intervino Eirien—. Esa es una prueba más poderosa que cualquiera de las que tú dices tener pero no muestras.

—Eirien, cálmate —le pidió Néder.

—¿Eso es así? —quiso saber Aldan.

Ezhan continuó mudo pero sacó el Ászar y se lo mostró al muchacho, que se quedó asombrado ante la visión del legendario medallón.

—¿De dónde lo has sacado?

—Siempre lo he tenido... —murmuró pensativo—. O al menos, eso me... dijeron —se interrumpió, confuso.

—Desconozco si ese medallón es realmente el Ászar o si es una vulgar imitación pero, en cualquier caso, yo no os estoy mintiendo. ¡Soy el hijo de Séldar! Y él no es más que un vulgar impostor.

Las miradas confusas y los murmullos dejaban patente la nula incapacidad de los allí presentes para entender lo que estaba sucediendo.

—¡Por todos los dioses, tenéis que creerme! —insistió Aldan—. Soy hijo de Séldar y Lisbeth. Mi madre se lo contó a mi tía antes de morir y ella me lo hizo saber cuando yo tenía dieciocho años. Quiso que me preparase, que aprendiera a luchar y que viniera a Ászaron a reclamar mi lugar y el de mi madre. El de toda mi familia.

—¿Y por qué Ezhan conoce a tu tía y a tu prima? —preguntó alguien.

—¿Y por qué tiene el medallón del rey? —insistió otro.

—¡No lo sé! —gritó él, dedicándole una dura mirada a Ezhan.

—¿Y qué me decís de la posibilidad de que Séldar hubiera tenido dos hijos? —preguntó otra voz.

—¿Dos hijos? —repitió sorprendido Néder.

—¡Eso no es posible! —gritó Aldan—. Séldar estaba con mi madre y poco después estalló la guerra. No es posible que...

—Tú no conocías a Séldar. Hubiera podido estar perfectamente con todas las sirvientas de palacio e incluso...

—¡Aunque así fuera! Antes de morir solo me reconoció a mí. Solo a mí me consideraba su hijo.

—¿Cómo sabes eso? —le preguntó Néder.

—Algunos ászaros fijaron su hogar en Cahdras tras la guerra. El nombre de Séldar nunca dejó de sonar en las bocas de los aldeanos. Hace apenas tres años que sé que el rey de Ászaron era mi padre, pero he oído hablar de él desde que era solo un chiquillo. ¡Así que este hombre no es más que un impostor! No puede ser de otra manera.

—Aldan, ¿conoces las propiedades del Ászar? —preguntó Valdrik con serenidad.

—He oído que una especie de poder lo hace buscar a su dueño, pero eso no es más que un mito, una leyenda. Solo es un medallón. Penderá del cuello de cualquiera que se lo ponga.

—Lo único cierto —quiso zanjar Néder— es que los pasos de Ezhan y los tuyos deben ir por el mismo camino y que este concluirá con el encendido de las llamas de la Alianza. Solo el verdadero y legítimo heredero al trono de Ászaron será capaz de hacerlo. Por el momento todos vamos tras un objetivo común.

—Mi objetivo es recuperar mi lugar en el trono y devolverles a mi madre, mi tía y mi prima la dignidad y el honor de que les privaron en el pasado.

—Si realmente eres quien dices ser —respondió Néder — lo lograrás, pero antes debemos conseguir que las demás razas hagan frente común con nosotros. Sin paz, no tendrás lugar en el que posar tu trasero real.

El muchacho asintió y guardó silencio, pero no apartó ni por un instante la mirada de Ezhan.

Néder se dirigió a todos:

—¡Acamparemos aquí esta noche y partiremos al alba! ¡Descansad!

Ezhan se alejó ante la dura mirada de Aldan, que tomó camino en dirección opuesta, tomando asiento frente al sereno curso del río Duna.

Eirien siguió a Ezhan, mientras este se quitaba el Ászar y lo observaba, pensativo.

—Sin duda es el auténtico —le dijo—. A pesar de los numerosos reyes por los que ha pasado, su brillo permanece intacto.

Ezhan suspiró.

—Cada vez que creo encontrar un punto de referencia sobre mi pasado, ocurre algo que lo rompe todo. Empiezo a estar harto de toda esta basura.

—Ezhan, el Ászar nunca permanece tanto tiempo alejado de su propietario. Si ese medallón ha estado siempre contigo es porque es contigo con quien debe estar. Estoy segura de que eres el hijo de Séldar.

—¿Y cómo explicas lo de ese muchacho?

—Durante muchos años han sido numerosos los jóvenes que han llegado a Ászaron afirmando ser los hijos de Séldar, como él mismo ha dicho. Un trono vacío es algo muy tentador para algunos. Eso no es garantía de nada, Ezhan. Debes tener fe en ti mismo.

—Parecía sincero.

La joven sonrió.

—Todos lo parecen. Muchos de esos muchachos son hijos de soldados que sirvieron en el ejército durante el reinado de Valian o del propio Séldar. Saben muchas cosas que hoy utilizan en su favor. Algunos incluso creen firmemente ser los herederos al trono. Sus madres los convencen de ello con el objetivo de convertirlos en reyes.

Tras unos segundos, Ezhan resopló:

—¿Sabes? Tal vez sea preferible que él sea el hijo de Séldar. —La joven lo miró, confusa—. La responsabilidad del elegido es muy grande; tal vez demasiado.

—Ezhan —exclamó, mientras le sujetaba la cara con ambas manos—. Es normal que tengas dudas. Unir a las razas de Askgarth no fue fácil en el pasado y con toda seguridad tampoco lo será ahora. Viejas rencillas nos separan, pero debemos confiar en que los reyes de Iraïl, Gildar y... todos sepan anteponer la paz de Askgarth a sus intereses o su orgullo.

—¿Por qué tienes tanta fe en mí?

La joven lo miró fijamente y sonrió.

—Todos tenemos fe en ti.

Ezhan sujetó las manos de la muchacha y las apartó con delicadeza, sin soltarlas.

—¿Por qué la tienes tú?

—Digamos que... un presentimiento, una corazonada. Estoy absolutamente convencida de que eres aquel a quien tanto hemos esperado.

Ezhan sonrió mientras observaba las manos de ambos, sujetas.

—Y dime —preguntó la joven—, ¿siempre has vivido en Ayión?

Ezhan asintió.

—¿Y qué te condujo hasta Ászaron?

—Un presentimiento —respondió, mientras le guiñaba un ojo—. Será mejor que regresemos con los demás y durmamos. Mañana temprano deberemos partir.

Eirien asintió pero aún tardaron unos segundos en ser capaces de desenlazar sus miradas y también sus manos para regresar junto a Néder y los demás.

*****

Por la mañana temprano retomaron el camino hacia la senda de Grisal, donde deberían desviarse hacia la encrucijada de Itsur, sendero directo hasta la mágica tierra de los óhrdits.

Durante el avance, Aldan adelantó su caballo hasta situarse al lado del valar de Ezhan.

—¿Puedo preguntarte algo?

—Adelante —le respondió él sin mirarlo.

—¿De qué conoces a mi tía y a mi prima Sarah?

—Estuve en Cahdras antes de venir aquí. Una carta que siempre tuve en mi poder me indicaba que debía ir allí.

—Una carta de Lisbeth, mi madre.

Ezhan asintió sin demasiado convencimiento y con la mirada perdida.

—¿Puedo verla?

—Ya no la tengo. La perdí en Ászaron. Sólo me hablaba de la cobardía de mi padre, y de mi prima y tía como únicos familiares con vida.

— No sé como pudo llegar esa carta a tus manos. Nada de esto tiene sentido.

—No, no lo tiene porque cuando estuve en Cahdras, Sarah me dijo que Lisbeth no había tenido ningún hijo.

Aldan le dedicó una fugaz mirada y después dirigió sus ojos al frente, suspirando.

—¿Qué sabías de ella?

—Nada. Una mujer se hizo cargo de mí. Fue su marido quien me encontró en el bosque. Con la carta, el medallón y algunas pertenencias más.

—No sé como pudo ocurrir todo esto ni quién eres, pero te advierto que no voy a permitir que usurpes mi lugar. Te agradezco que me salvaras la vida pero eso no significa que vaya a cederte mi lugar en el trono.

132

—No pretendo ocupar un lugar que no sea el mío. Llegué a Ászaron buscando mis orígenes, fueran cuales fuesen. Pero en cualquier caso, tú no tienes más pruebas que yo de la identidad que te adjudicas.

—Si no buscas el trono, ¿por qué dices ser hijo de Seldar? ¿Acaso Lisbeth te lo confirmaba en esa carta?

—No pero Valdrik creyó que yo debía serlo al llevar el Ászar. Yo ni siquiera sabía qué significaba este medallón. No me interesa ese maldito trono más que la verdad.

—No me importa lo que digas. Tú no eres el hijo del rey —zanjó con rabia, adelantando de nuevo los pasos de su caballo para dejarlo atrás.

Néder cabalgaba algo más adelantado, abriendo la marcha de sus hombres. Eriak lo hacía a su lado, sobre su caballo.

—¿Quién crees que sea realmente el hijo de Séldar? —preguntó este último.

—No tengo ninguna duda. El Ászar no se equivoca. Siempre pende del cuello de quien debe. Ezhan es el nieto de Valian.

—Seizan lo había perdido a su muerte. Cualquiera pudo adjudicárselo.

—Sí pero de un modo u otro, el Ászar llega a su propietario. Lo sabes tan bien como yo.

—Y si lo tienes tan claro, ¿por qué permites que persista la duda entre todos?

—Provocar un enfrentamiento entre ambos solo haría que todos se posicionaran de un lado u otro. La división dentro de la Alianza es lo último que necesitamos. Se supone que nosotros debemos unir a las razas de Askgarth. Será difícil que lo logremos si ni nosotros mismos permanecemos juntos. ¿No te parece?

—Sí, pero mucha de esta gente daría su vida por el elegido; no por alguien que podría serlo... o quizás no.

—Dejemos que los acontecimientos sigan su curso, Eriak.

El silencio de este último puso punto y final a la conversación. Entonces fue Valdrik el que llegó hasta allí y habló:

—¿No crees que deberíamos empezar por Iraïl, Néder? —le preguntó—. Los élars siempre han sido más... comprensivos. Entenderán de la importancia de recuperar la antigua Alianza y, además, su trono ya ha sido ocupado, al parecer.

—El reino de Gildar es el más cercano a Ászaron, amigo mío —respondió Néder—. Los óhrdits son el único pueblo cuyo trono no ha estado vacío ni un solo día. Tengamos la esperanza de que su saga ininterrumpida reconozca la necesidad de que la Alianza se forje de nuevo.

Néder volvió la cabeza hacia atrás por un momento y observó a Ezhan.

—¿Se encuentra bien el muchacho?

—Sí. —respondió Valdrik.

—¿Le preocupa que ese otro joven, Aldan, pueda arrebatarte el trono?

—No, no creo. Llegó a Ászaron buscando a su familia y supongo que creyó haberla encontrado. Ahora ese otro chico reclama la posición que creía suya y se siente de nuevo perdido y confuso.

—La única forma de averiguar toda la verdad es que logremos convencer a las demás razas y que podamos hacernos con el gobierno de Ászaron. Eso tampoco va a ser tarea fácil.

Valdrik asintió.

—¡Alto todos! —gritó Néder.— Estamos a apenas una semana de Gildar pero la noche se aproxima y será mejor que nos detengamos a descansar. Partiremos al alba y llegaremos hacia el mediodía al lago Darial, cuyo fin fija la frontera entre la tierra de los hombres y la de los óhrdits. ¡Acampemos aquí!

Ászaron continuaba sumida en el caos tras la huida de los reos, ya no sólo de los últimos que habían capturado, entre los que se encontraba un miembro de la Orden de la Alianza, listo para su inminente ejecución, sino de todos. Las cárceles estaban prácticamente vacías y aquello había motivado la ira del gobernador, que permanecía inmóvil, con la vista clavada en el trono. Ni siquiera se volvió cuando alguien llegó hasta allí, uno de sus sirvientes, con la cabeza gacha y el rostro descompuesto:

—Mi señor...

—¡Márchate! —gritó el gobernador—. ¡No quiero ver a nadie!

—Pero mi señor...

—¡¿Es que estás sordo?! —gritó, ahora sí, volteándose—. ¡Soldados, matad a este inútil! ¡Lo quiero ejecutado mañana a primera hora!

—Mi señor, solo... solo quería deciros... el capitán Arazan desea hablar con vos...

—¡Señor! —intervino Arazan—. Solicito una audiencia con vos y libero de toda responsabilidad a este hombre.

—¡Arazan, si no me traes novedades, márchate! Estoy cansado de veros entrar por esa puerta para decirme que no habéis encontrado nada.

—Señor, no hemos encontrado a Néder y los suyos pero sí tenemos novedades al respecto.

—Pasa —exclamó, sentándose en el trono y escondiendo la cara entre sus manos.

—Señor, hay noticias de que la Orden de la Alianza ha partido de Ászaron. Algunos campesinos de las afueras los vieron pasar hace más de una semana, el mismo tiempo transcurrido desde el ataque.

—¿Marchado? ¿Adónde? ¿Por qué?

—Lo ignoro, señor.

—Yo sé por qué han partido, señor.

Arazan se volvió y vio tras de sí a Arel.

—¿Quién eres tú? —quiso saber el gobernador.

—Mi nombre es Arel, mi señor. Sirvo en el ejército desde hace dos años.

—¿Y dices saber por qué esos traidores se han marchado de su escondrijo?

—Así es. Creen... creen haber encontrado al hijo de Séldar.

El gobernador se puso en pie y escrutó al muchacho con mayor atención. Arazan lo observaba de idéntico modo.

—¿Qué demonios estás diciendo? —exclamó Zeol.

—Pude... escuchar a dos de los traidores hablando entre ellos el día en que liberaron a todo el mundo. Afirmaban haber hallado al heredero al trono de Ászaron.

—Buscadlos... —murmuraba el gobernador con la mirada perdida—, buscadlos y matadlos a todos. Sacad al ejército al completo si es necesario...

—Señor, no podemos hacer eso —intervino Arazan—. Sabéis que los dragnars nos atacan con frecuencia; cada vez con más.

—Si hablan con élars y óhrdits, vendrán todos juntos a hacerse con mi poder, ¿no os dais cuenta?

—Con vuestro permiso, mi señor —intervino Arel—, no creo que logren convencer ni a élars ni mucho menos a óhrdits. Además les haría falta también convencer a los nigromantes, según señala esa profecía por la que se guían. Eso va a ser imposible. No tenéis por qué temer.

—¿Cómo sabes tanto acerca de eso?

—Uno... uno de esos traidores era amigo... era amigo de mi padre, señor.

Arazan lo observaba, en silencio.

—¿Dónde está tu padre? —pregunto el gobernador.

El joven permaneció pensativo durante unos pocos segundos.

—Mi padre murió, mi señor, defendiendo a Ászaron de los dragnars en la última Gran Guerra.

El hombre asintió.

—¡Marchaos y dejadme pensar! —exclamó—. Debo saber qué hacer, debo actuar con precaución.

—Mi señor —volvió a decirle Arazan.

—¡Marchaos! —zanjó el gobernador.

Capitán y soldado abandonaron la sala del trono y cruzaron el enorme pasillo sin dirigirse la palabra; no hasta que se encontraron en la escalera de acceso al jardín principal, ya fuera del castillo. Arazan quedó ligeramente rezagado, mientras Arel bajaba los peldaños.

—¿De modo que Néder murió en la última Gran Guerra?

—Ojalá hubiera sido tal y como lo he contado, capitán.

—¡Arel!

—Hubiera preferido mil veces que mi padre muriese en la guerra defendiendo a Ászaron a que sobreviviera para convertirse en el cabecilla de un grupo de traidores.

El silencio se hizo durante unos segundos, hasta que el capitán habló de nuevo.

—¿Cómo es eso de que han hallado al heredero al trono?

—Mi... mi hermana me lo dijo. Creen que lo han encontrado...

—¿Y por qué está tan segura? ¿Por qué lo están todos?

—Por lo que Eirien me contó, ese hombre lleva el Ászar en su cuello.

—¿El Ászar? —exclamó Arazan, sorprendido.

—El medallón del rey —confirmó Arel, asintiendo.

—Entonces...

—Capitán, aunque ese muchacho fuese quien ellos afirman, cosa que dudo mucho, no tienen ninguna posibilidad de que la profecía de los magos se cumpla. Es posible que en el reino de Iraïl sean escuchados pero no lograrán nada con los óhrdits. Son orgullosos y guardan rencor por el abandono que sufrieron cuando Gildar cayó en la última Gran Guerra. Respecto a los nigromantes, sobran los argumentos. Nadie sabe dónde encontrar la puerta de acceso al Inframundo y, aunque alguien lograse encontrarla, ellos jamás accederán a ayudarlos. Se dice que es uno de ellos quien conduce a los dragnars.

—Sí, supongo que tienes razón.

*****

El gobernador permanecía sentado en el trono del rey, pensativo y preocupado por la situación acontecida. Durante varios años había deseado que la Orden de la Alianza, única amenaza para su mandato, desapareciese para siempre. Y ahora, por fin parecían haber abandonado su escondite, pero lejos de lo que creyera inicialmente, esta situación no lo tranquilizaba

Tal y como Arel dijese, era prácticamente imposible que la profecía de los magos pudiera cumplirse. Posiblemente los élars podrían tener tanto interés como los miembros de la Alianza en que esta fuese forjada de nuevo, pero la cosa no iba a ser nada sencilla con el resto de las razas. Los óhrdits eran criaturas hurañas, encerradas en sí mismas y muy orgullosas. Durante el estallido de la última Gran Guerra, acudieron a la llamada de los élars y, defendiendo Iraïl, descuidaron su propio reino, que sucumbió con poca resistencia ante la llegada de los dragnars. El rey de los óhrdits murió en Ódeon y con la caída de este, su hijo Gaiar ascendió al trono. Este cortó toda relación con los hombres y los élars al hacerlos culpables de la situación de devastación en que se encontraba Gildar, y de la muerte de su padre.

Desde entonces los óhrdits no habían vuelto a mantener trato con nadie, e iba a ser muy difícil que esa situación variase.

Con respecto a los humanos, tal vez la Orden de la Alianza tuviese el firme propósito de forjar de nuevo las llamas de la unión pero era Ászaron quien debía aceptar esa posibilidad y en estos momentos era Zeol quien representaba el poder en la noble ciudad de los hombres. El ejército estaba de su lado y Néder nada podría hacer.

Por último estaban los nigromantes. Ellos no formaron parte de la primera Alianza, pero en las escrituras de los magos se hablaba de que todos sin excepción deberían, finalmente, formar parte de aquella unión definitiva para derrotar a los dragnars.

Sin embargo, y a pesar de los numerosos rumores que existían al respecto, nadie conocía con exactitud el paradero del Pantano de Thion. Nadie conocía las palabras exactas para convocar al guardián del Inframundo y por último, teniendo en cuenta cuál había sido la relación entre hombres y nigromantes en los últimos años, ¿cómo iba considerar el guardián merecedores a los humanos de entrar en Dóngur?

Aun así, aunque todos esos obstáculos fueran superados, ¿cómo iban Zor y el resto de señores del Inframundo a acceder a formar parte de la Alianza con todas aquellas razas que les acusaron de traición en el pasado? La propia Isia se había presentado en un concilio de la Cima de Odín para negar tajantemente cualquier tipo de participación de los nigromantes, en uno u otro bando, en la inminente guerra. Así lo explicaban los viejos libros de las bibliotecas ászaras.

No, no podía existir ninguna posibilidad de que la profecía de los magos se cumpliera. Además, se decía que el líder de los dragnars era un nigromante, Vrigar, el que antaño fuera segundo señor de Dóngur. ¿Por qué iban los nigromantes a aceptar ir contra uno de los suyos? ¿No estarían Vrigar y los demás señores de Dóngur formando parte de un mismo plan para conquistar Askgarth?

Aquel sinfín de pensamientos tranquilizó al gobernador, que no creyó necesario que sus ejércitos abandonasen Ászaron para ir en busca de Néder y los suyos. Además, la guerra estaba cada vez más cerca y en la Orden de la Alianza no eran más de 500 hombres.

Con toda seguridad, más tarde o más temprano, sufrirían algún tipo de ataque o emboscada dragnar y sucumbirían sin necesidad de tener que sacrificar a ninguno de sus soldados.

*****

La noche transcurría con tranquilidad. La mayoría de los hombres de Néder ya dormía, aunque algunos rezagados permanecían sentados al candor de la plateada luz de la luna, que en su disco completo ofrecía una iluminación más que considerable en el claro del bosque.

Eirien observaba el horizonte con cierto recelo, acurrucada en su capa. El lugar en el que habían acampado era una extensa explanada, pero a unos pocos metros se alzaba una espesa arboleda, en la que podía ocultarse cualquier peligro.

La joven se despojó de la capa, pese al frío que arreciaba por la noche y buscó su espada entre sus enseres. Se incorporó y caminó con discreción hacia el pequeño bosque, pues sentía que necesitaba eliminar la inquietud que la atenazaba y le impedía tomar debido descanso.

El silencio reinaba en aquel lugar y solo algunos pequeños animalillos se dejaban oír, junto al sordo zarandeo de las copas de los árboles. Soplaba una brisa fresca y el silbido del viento se colaba entre las ramas, acrecentando el nerviosismo de la hija de Néder. La muchacha llegó hasta una especie de camino mal trazado, más allá del cual creía distinguir el repetitivo golpeo de unos pasos lejanos, acercándose. Tras una tensa espera, no le costó distinguir a dos dragnars, que caminaban de forma relajada, pero sin dejar de observar atentamente cada rincón de espesura.

Eirien contuvo la respiración y extrajo el arco que llevaba cruzado en su pecho y una flecha de la aljaba que le colgaba en la espalda. Apuntó y descargó un certero disparo que atravesó el pecho de uno de los dragnars, derribándolo al instante. El otro que lo acompañaba se puso en guardia de inmediato y topó con la joven, abandonando ya su escondite mientras dejaba caer el arco al suelo y desenvainaba su espada.

Bajó a través del pequeño terraplén que la apartaba del camino y no tardó en verse enzarzada en una intensa pelea contra el dragnar. Este descargó su espada contra ella, que a duras penas logró detenerla, cruzando la suya propia, que sintió temblar. Entonces fue ella quien atacó. Sin que el dragnar se percatase, la joven se hizo con la daga que guardaba en su cinturón y desgarró el costado de su oponente, que se echó mano a la herida, apenas un veloz gesto que ella aprovechó en uno más rápido todavía para decapitar al dragnar sin titubear. Apenas tuvo tiempo para celebrar el triunfo antes de poder distinguir a dos dragnars más, corriendo a través del camino. Dos dragnars que, para más inri, no iban solos: una extraña criatura de más de dos metros de altura y desfigurado rostro caminaba a paso lento y pesado detrás de ellos.

Eirien se vio sorprendida ante aquel ser que no había visto nunca pero aun así se preparó para el combate. No obstante, el que adelantó sus pasos para enfrentarse a ella, no fue aquel monstruo, sino uno de los dragnars. Eirien logró repeler sus violentos ataques, esquivándolos con gran agilidad, mientras trataba de mantenerse lo más alejada posible de este; sabía que sola y agotada como se encontraba, había pocas esperanzas de poder derrotarlo. Además había tres enemigos más que en cualquier momento podían entrar en combate y entonces sí que no tendría ninguna posibilidad.

La muchacha recuperó el arco que había dejado caer al suelo y, sin tiempo a que el dragnar pudiera reaccionar, disparó una flecha que impactó contra su hombro pero lejos de ofrecer muestra de dolor alguno, el dragnar avanzó lentamente hacia Eirien. Ella continuó recargando y disparando una flecha tras otra, hasta que su adversario cayó al suelo, muerto. Pero para entonces, ya había otro buscándola. Aún pudo disparar dos flechas más antes de quedarse sin y dejar caer al suelo el arco, ya inútil. La lucha estaba resultando dura y Eirien se sentía cada vez más exhausta. Tras un continuo intercambio de golpes con la espada, atisbó la que podría ser su última oportunidad y, con un rápido movimiento, hundió el acero en el costado del dragnar, que la miró sorprendido. Sin más dilación, la muchacha recuperó una flecha del suelo y la hundió con rabia en el cuello de su contrincante, que gritó dolorido y cayó desplomado, sin vida.

El último de ellos avanzó unos pocos pasos, mientras Eirien retrocedía. Quiso dar media vuelta y marcharse pero el dragnar fue más rápido que ella y la sujetó del cabello, haciéndola caer. Después, sus dedos se cerraron en torno al frágil cuello de la joven, alzándola.

—Me alegra ver que aún queda algún valiente por estas tierras. Conquistar este continente sin encontrar resistencia no es un plan demasiado tentador pero, ¿sabes?, estoy empezando a aburrirme y...

La muchacha apenas podía respirar, mientras sus manos trataban, en vano, de liberarse del agarre del dragnar, algo que sólo logró cuando la hoja de una espada atravesó el cuerpo de este, quedando a escasos centímetros del suyo propio. Cayó de rodillas al suelo, junto al cadáver del dragnar y empezó a toser, tratando de recuperarse de la sensación de ahogo.

Eirien alzó la mirada y topó con los ojos color miel de Aldan.

—¡Márchate de aquí! —exclamó.

La ayudó a ponerse en pie y la empujó para dar inicio a su particular lucha: Aldan peleaba contra el monstruo que acompañaba a los dragnars, mientras Eirien reculaba, dubitativa. Se sentía agotada pero no podía dejar a aquel muchacho que acababa de salvarla allí solo.

El joven recibió un fuerte golpe que le hizo dar de bruces contra un árbol. El monstruo parecía gozar de una increíble fuerza y no daba tregua en el combate.

—¡Dame tu arco! —le gritó a Aldan.

Este apenas logró voltearse un segundo y, aguantando como pudo las embestidas de aquella bestia, se deshizo de su aljaba y su arco, lanzándolo cerca de Eirian, que lo recogió todo al instante, dando inicio a una certera procesión de descargas.

—Ten cuidado, preciosa —exclamó Aldan, mientras luchaba—. No sé cómo vas de puntería pero... no quisiera acabar como un colador —concluyó con dificultad.

Eirien sonrió con pocas ganas.

—Muévete tanto como te dé la gana. Ni te rozaré.

Aldan repelía tanto como podía los continuos ataques de aquel monstruo, mientras le atacaba también con su espada. El joven demostraba poseer gran soltura en el combate y destreza en el dominio de la espada, pero esta vez la lucha no estaba resultando en absoluto sencilla.

A Eirien se le acabaron de nuevo las flechas y por muchas que aquel monstruo llevase clavadas en su cuerpo, era capaz de seguir moviéndose y peleando. La muchacha mascullaba maldiciones, impotente ante las situación. Sin embargo, un certero movimiento de Aldan sirvió para darle la estocada definitiva a aquella bestia, para sorpresa de la propia Eirien. El gigante cayó desplomado al suelo y Aldan lo hizo a su lado, de rodillas.

Eirien corrió hasta allí y se agachó a su lado, incapaz de apartar la mirada del monstruo, para tratar de cerciorarse, sin concederle lugar a la duda, de que realmente estaba muerto, extremo que pudo constatar.

—No puedo creerlo... —murmuró. Después, fijó sus ojos claros en Aldan—. ¿Estás bien?

El muchacho respiraba de forma entrecortada, consecuencia del cansancio que lo abrazaba.

—Estás herido —observó Eirien, en alusión a un arañazo que se le abría a la altura de la clavícula.

—Sólo es un corte.

La joven se arrancó un jirón de su camisa y taponó la herida con cuidado.

—Tienen que curártelo —dijo—. No parece grave pero estás perdiendo sangre y...

—¿Cómo se te ocurre alejarte del campamento sola? —le preguntó Aldan.

—No me gusta el lugar que mi padre ha elegido para que acampemos. Y supongo que la razón es obvia. Es una explanada demasiado grande y no tenemos con qué protegernos si sufrimos un ataque. Además este bosque... cualquiera puede esconderse en él sin ser visto. Solo quise asegurarme de que no había nadie por aquí. ¿Acaso me estabas siguiendo?

—¿Y para qué iba a seguirte?

—¿Y qué hacías aquí entonces?

—Digamos que pensé lo mismo que tú. No me gusta el sitio.

Ella lo miró sin responder.

—Cuatro dragnars tú sola —volvió a decir Aldan—. Impresionante.

—Hubieran sido cinco si no hubieras aparecido. Y el monstruo cuenta como mitad mío. Soy yo quien lo ha acribillado a flechas, teniendo que evitar tu culo inquieto continuamente.

Aldan espetó una carcajada. Su rostro estaba lleno de heridas pero a pesar de eso, la risa se le antojó a Eirien limpia y sincera.

—Si yo no hubiera llegado —respondió él—, hubieses sido pasto de aquel dragnar y por tanto, no hubieras llegado a cazar a tu medio monstruo. Concédeme lo mío al menos, ya que yo he elogiado tus virtudes con el arco y la espada.

Eirien exhibió una sonrisa ladeada.

—Supongo que te debo una.

—Y yo supongo que es bueno escuchar algo más aparte de que soy un mentiroso, un usurpador y un ambicioso sin escrúpulos. Gracias.

—Yo no he dicho nada de eso.

—No has titubeado ni un segundo en creer que el tal Ezhan es el verdadero heredero al trono de Ászaron y que yo solo quiero ocupar un lugar de poder en toda esta historia. ¿Me equivoco?

—Estás muy pendiente de mí y de mi opinión, ¿no? ¿Tanto te importa?

Aldan le dedicó una larga mirada.

—No estoy mintiendo —respondió—. No sé por qué Ezhan tiene el Ászar ni por qué tiene una carta de mi madre, pero nada de lo que yo conté es incierto. Y si lo fuera, yo habría vivido engañado durante toda mi vida.

Las miradas se prolongaron durante unos segundos, hasta que finalmente, Eirien se puso en pie y le tendió la mano a Aldan, que la aceptó para incorporarse.

—Será mejor que regresemos con los demás y los pongamos sobre aviso. Esos dragnars no estarán solos.

CAPÍTULO 6

—Estamos a unos pocos días de Gildar —observó Valdrik—, pero si avanzamos durante la noche podemos llegar pronto al lago. Si debemos luchar, lucharemos, pero si podemos eludir la batalla, en estos momentos es lo más sensato.

Aldan permanecía sentado en el suelo, algo más apartado, mientras sanaban el arañazo que aquel monstruo le había causado debajo del cuello. Eirien lo observaba, en silencio, al igual que el propio Ezhan.

Néder permanecía pensativo y, tras escuchar todo lo que su hija le había explicado y las distintas sugerencias de sus hombres, tomó al fin una determinación:

—¡Nos marchamos! Trataremos de llegar lo antes posible a Gildar.

—¿¡En qué estás pensando, Néder?! —le reprochó Eriak—. Sabes que marchar en la oscuridad es tan peligroso como afrontar una batalla de igual a igual contra los dragnars.

—Es una noche clara; la luna brilla con intensidad. Si los dioses de Ászaron están a nuestro favor, debemos aprovecharlo. Si tan peligroso es lo uno como lo otro, lo mejor será que nos pongamos a salvo lo antes posible.

Los hombres recogieron el improvisado campamento y se pusieron en marcha.

*****

Yara acababa de abandonar la extensión de los pantanos y el misterioso bosque; todo ello sin apenas detenerse a descansar, pues la noche se había convertido en una buena aliada desde que la nigromancia que había aprendido a marchas forzadas —hasta el décimo nivel— le había servido para poder ver en la oscuridad con nítida claridad. Las sombras de los negros árboles, sin embargo, se alzaban amenazantes y los sonidos de pequeños animales nocturnos rompían el sepulcral silencio.

Por momentos, maldijo su propia decisión de no llevarse a ningún valar pero el orgullo se había impuesto sobre ella en el momento de su marcha, cuando decidió partir de Dongur sin deberle nada a los nigromantes y sin tomar de ellos nada que luego pudieran echarle en cara.

Tenía claro el trazado a seguir si quería llegar hasta Ászaron pero el camino era largo y estaba plagado de peligros, lo cual ralentizaba su ya de por si fatigoso avance. Por momentos, Yara se detenía y se planteaba por qué dirigirse a Ászaron, por qué no a cualquier otro sitio. En otros momentos, en cambio, se sentía ridícula por tratar de estar engañándose a ella misma; allí no había nadie con quien debiera cubrir apariencias. Echaba de menos a Ezhan con una necesidad desgarradora. La imagen de su rostro, sus ojos verdes y la sonrisa jocosa en sus labios se había tatuado en la memoria de la nigromante con una intensidad abrumadora. Aquello que tanto temía había acabado por explotarle en la cara y en el corazón. No sabía qué haría una vez lo tuviera frente a sí,

148

qué le diría o qué esperar, incluso, de ella misma pero lo que tenía claro es que necesitaba encontrarlo.

En la tercera noche de viaje, un vivo resplandor llamó su atención. Dubitativa ante la necesidad de pararse a comprobar de qué se trataba o no, acabó introduciéndose en la espesa vegetación, tras la cual pudo observar cómo las rojas y virulentas llamas se alzaban devorándolo todo a su alrededor. Avanzó, con cautela un poco más y se encontró con lo que antes debía haber sido una remota aldea, pasto ahora de las llamas, devastada y totalmente calcinada. Los cuerpos sin vida de muchos de sus habitantes yacían esparcidos por el suelo, soterrados bajo un velo de silencio, inquietante y espectral. Sólo el crepitar del fuego lo interrumpía como un viperino susurro.

Yara anduvo entre las ruinas de las casas, sorteando los cuerpos, y vigilante, ante la posibilidad de que, quien fuese que había ocasionado aquello, aún estuviera cerca. Mientras caminaba, murmuraba unas palabras en la lengua de Dongur, pues la muerte de la que se surtían los nigromantes para llevar a cabo su magia, latía en el aire, facilitándole la tarea. La tormenta estalló repentina, furiosa y fugaz. Apenas unos pocos minutos más tarde, un viento gélido arrastró los negros nubarrones, proporcionándole a aquel lugar una atmósfera renovada y fresca, donde el olor a lluvia se mezclaba con el de madera calcinada.

Yara se había detenido pero un crujido tras de ella llamó su atención y, sin moverse del sitio, desenvainó silenciosamente su espada. Después caminó con sigilo y cautela hacia el lugar desde el que había escuchado aquel chasquido sordo. Apartó uno de los viejos tablones sueltos entre los que había creído oírlo y un animalillo salió huyendo al tiempo que la sobresaltaba.

La nigromante maldijo para sus adentros y bajó la espada, mientras seguía observándolo todo con suma atención.

A pesar de haber descubierto que aquello que la había inquietado no suponía mayor peligro, algo dentro de ella seguía advirtiéndole. Y pronto, tuvo la razón frente a sí: una difusa sombra fue acercándose entre la neblina que empezaba a alzarse desde la tierra húmeda. Yara aferró con más fuerza la empuñadura de su espada y se puso en guardia.

—¿Quién eres? —preguntó con serenidad.

Un muchacho joven de no más de 15 o 16 años, llegó hasta ella. Su cabello, de un castaño claro, contrastaba con el negro de sus ojos y su piel pálida.

—Mi nombre es Arsen. No eres de por aquí, ¿cierto?

Ella negó con la cabeza mientras observaba el entorno.

—¿Tú sí?

—No. Acabo de llegar.

—¿Estas solo? ¿Y tus padres?

El muchacho rió

—Mis padres... —murmuró—. Muertos.

El muchacho la observaba con disimulado interés, mientras ella paseaba su mirada por entre la desolación.

—Soy Yara —musitó después.

—¿Y puedo saber hacia dónde te diriges? —preguntó el muchacho, mientras se agachaba en el suelo, tanteando un montón de ceniza mojada.

—Voy a Ászaron.

—Llegar hasta Ászaron te llevará tiempo.

—No más de una semana por los viejos caminos Nunca he estado allí, pero he estudiado numerosos mapas y libros. No debería demorarme más de ese tiempo.

—Los viejos caminos están cortados. Todas las aldeas que hay a su paso están siendo atacadas. Los dragnars saben que el camino más directo a Ászaron es el que sigue el curso del Duna y se cuidan de tenerlo bien vigilado.

Yara parpadeó.

—¿Cómo sabes todo eso?

—Supongo que si no lo supiera, estaría muerto, así que lo sé —respondió, resuelto—. Solo te queda el paso de las Montañas de Cristal.

—¿Las Montañas de Cristal?

—Se alzan, imponentes, al norte de Ászaron, justo por detrás de la ciudad. También son conocidas como las Montañas del Caos. Se cuenta que el frío es eterno en aquellas tierras. En el más crudo invierno ni siquiera los dragnars osarían ascender a su cumbre. Su trayecto es algo más largo que el del viejo camino del río, pero ahora mismo es más seguro.

—No conozco esa ruta.

—Me ofrezco a ser tu guía. Conozco la montaña como la palma de mi mano. Es cierto que el invierno no abandona jamás sus tierras pero sólo en sus cumbres más elevadas. Con suerte podremos haber completado el camino en menos de dos semanas.

—No quisiera apartarte de tu ruta. Sabré...

—Tranquila —la interrumpió Arsen—. No tengo un rumbo fijo; simplemente voy a donde mis pasos errantes me llevan. No me apartas de ningún camino.

*****

Néder y sus hombres habían dejado atrás las cristalinas aguas del lago, cruzando así la frontera entre el mundo de los hombres y el de los óhrdits. El calor arreciaba en el lugar, habida cuenta de la cantidad de volcanes en actividad que se ubicaban allí y de cuyo fuego los óhrdits hacían buen uso para forjar las espadas, escudos y armas, en general, más codiciadas de Askghart; no en vano, los miembros de la raza de Gildar eran conocidos como 'los hijos del fuego'.

151

Al atardecer, avanzaron lentamente, sin bajar la guardia en ningún momento, ignorantes de si los dragnars habrían llegado también hasta la tierra de los óhrdits.

Una sombra en el cielo les hizo alzar la mirada para observar, con total claridad, la oscura sombra de un ser alado que poseía una gran velocidad.

—¿Qué es eso? —preguntó Aldan.

—¿Creéis que pueda ser el águila de algún mago? —intervino Valdrik.

—No parece un águila —respondió Néder.

—Un dragón —murmuró Ezhan, atrayendo la atención de todos y tornando los gestos curiosos en aterradas expresiones.

—¡Deja de decir sandeces! —le recriminó Eriak—. Los dragones se extinguieron hace varios años. No quedó ninguno vivo sobre la tierra de Askgarth.

La sombra se alejó tras las altas montañas del horizonte, dejando a los miembros de la Alianza sumidos en un mar de dudas y confusión.

—No me gusta esto —dijo de pronto Néder—. La Selva de Yoth no está lejos de aquí. Su espesa vegetación nos pondrá a salvo.

—¿A salvo de qué? —preguntó Aldan.

—¡Corred! —gritó Néder—. ¡Hacia la Selva de Yoth!

No hizo falta insistir ni tampoco las explicaciones, pues un nutrido escuadrón de dragnars emergió de entre la densa vegetación de la zona, dispuesto a no dejar títere con cabeza. Su paso era más lento que el de los miembros de la Alianza pero Néder no tardó en darse cuenta de que huir sería absurdo. Gildar estaba todavía a unos pocos días y sabía que los dragnars no iban a concederles tregua. Sus hombres no podían llegar hasta la ciudad de los óhrdits sin detenerse, habida cuenta también de que los caballos estaban exhaustos. Si, por otro lado, optaban por entrar en la selva, su velocidad de avance se reduciría considerablemente y entablar una batalla allí, con garantías de victoria, se haría prácticamente imposible, de modo que la idea inicial de huir quedó relegada en pos de una mucho más arriesgada: Néder alzó el brazo, indicándole a los suyos que se detuvieran.

—¡Preparaos para la batalla! —gritó—. No podemos eludirla.

El nerviosismo era más que evidente en el corazón de los hombres y mujeres de la Alianza pero las conclusiones que habían llegado a la cabeza de Néder también los ocupaban a ellos.

Pronto los dragnars se lanzaron sobre los miembros de la Alianza, tiñendo la clara noche de sangre y destrucción.

Ezhan había acabado con varios dragnars, sufriendo, no obstante, algunas heridas que afortunadamente no se habían producido con hojas de Ódeon.

Aldan también acabó con muchas de ellas, e incluso Eirien, a quien su padre había ordenado mantenerse alejada del frente de batalla, se adelantó aprovechando el desorden de reinante e hizo sucumbir a un numeroso grupo de siervos de Vrigar.

La batalla se prolongaría aún de forma considerable, pues acabar con los gigantes que acompañaban a los dragnars estaba exigiendo mucho tiempo y también muchas vidas. Tal y como Eirien y Aldan se los habían descrito, aquellas criaturas abominables gozaban de una gran fuerza pero, a pesar de su tamaño se movían con cierta agilidad. Nunca antes Néder y los suyos habían visto nada igual y aquella no era sino otra señal más de que esta vez, la guerra trataría de ser definitiva en Askgarth; no una nueva embestida para minar la moral; no una nueva batalla para recomponerse después. Esta vez trataría de lograr la destrucción de aquel vasto mundo a través de la denominada Batalla Final.

Néder alzó la mirada y topó con más dragnars que llegaban en apoyo al primer grupo. Por un momento, sintió que el alma se le caía a los pies. Observó a su gente, luchando con valentía y arrojo, y la endeble idea de rendirse trató de tomar forma en su mente sin llegar a conseguirlo.

—¡Ezhan —gritó al muchacho, mientras corría entre el caos—. Ezhan, tienes que irte de aquí! ¡Aldan y tú tenéis que marcharos! Si sucumbís vosotros, todas nuestras esperanzas se esfumarán.

—No pienso huir y abandonar a estos hombres, Néder. Esta también es mi lucha

—No es momento para heroicidades, Ezhan aún no. Vienen más dragnars y necesitamos que os larguéis de aquí ahora mismo. Márchate y dirígete hacia la ciudad de los óhrdits. ¿Me oyes?

Ezhan observó a su alrededor y aún necesitó de un fuerte empujón de Néder para obedecerlo. Reculó, despacio y buscó entre los guerreros a Aldan. Néder lo seguía, tratando de asegurarse de que los dos acabasen haciendo lo que les había indicado.

Ezhan se detuvo al encontrar a Aldan, que acababa de decapitar a un dragnar. El muchacho alzó la cabeza y lo miró, con la respiración acelerada por el esfuerzo y el cansancio.

—Tenemos... tenemos que irnos.

—¿Cómo? —preguntó Aldan.

—¡Ezhan y tú debéis alejaros de este mar de sangre! —intervino Néder—. Debéis dirigiros a la tierra de los óhrdits y poneros a salvo. Sea quien sea el heredero al trono, no debe morir.

—No voy a irme de aquí.

—Sí vas a irte —exclamó Néder.

—No, no voy a hacerlo.

—Escucha, muchacho —gritó el hombre, tomándolo por la pechera—: Otro batallón de dragnars se aproxima por el Oeste. No tenemos ninguna posibilidad. Debemos separarnos y reencontrarnos en Gildar; solo así podremos salir de esta. Dirigíos directamente hasta la ciudad de los óhrdits y hablad con Gaiar, su rey. Quiero que llevéis también a Eirien; no voy a exponerla más.

—Pero...

—Pero nada —gritó Néder, fuera de sí—. Largaos ahora mismo.

—¡No voy a...!

El puñetazo de Ezhan le cerró la boca a Aldan, haciéndolo caer inconsciente y sorprendió enormemente a Néder.

—La sutileza no es tu fuerte, ¿no? —exclamó el hombre, mientras cargaba con el muchacho.

Ezhan sujetó las riendas de un caballo que pululaba por el campo de batalla, asustado y en un abrir y cerrar de ojos, él y Néder colocaron el cuerpo de Aldan sobre sus lomos. Ezhan montó con él y, tras dedicarle una última mirada a Néder, le hizo un gesto con la cabeza, despidiéndose.

—Escucha —añadió el capitán de la Alianza—, una veintena de mis hombres irá con vosotros.

—Todos hacen falta aquí —respondió Ezhan.

—No podemos arriesgarnos a que el elegido caiga en una emboscada o sufra un ataque sorpresa y no tenga ningún tipo de ayuda. Veinte son pocos pero tampoco tenemos demasiada elección. Introducíos en la Selva de Yoth y no la abandonéis bajo ningún concepto; su cobijo os será de gran ayuda. Os llevará un par de días recorrer su extensión. A la salida deberéis buscar la entrada a la cueva de Rodiack, primer rey de los óhrdits. Su camino subterráneo os conducirá prácticamente a la entrada de Gildar.

—De acuerdo.

—Ezhan —añadió Néder—, no esperéis una calurosa recibida por parte de los óhrdits.

—Cuento con ello —respondió él.

—No obstante es un asunto de vital importancia que logréis hablar con Gaiar, el rey de Gildar. Cuéntale todo y... confiemos en que salga bien. Esperadnos allí durante tres días; si transcurrido ese tiempo no hemos llegado, partid de inmediato rumbo a Iraïl. Con los élars debería resultaros más sencillo.

—Si no nos encontramos en Gildar, ¿dónde volveremos a vernos?

Néder miró a su alrededor. Sus hombres continuaban luchando contra los dragnars y sus gigantes, y la certeza de éxito era tan inexistente como la paz en Askgarth. El hombre cerró los ojos, incapaz de ofrecerle al muchacho una respuesta alentadora.

—Néder —lo llamó Ezhan—, pase lo que pase lucharemos por la Alianza hasta el final.

Él asintió con la cabeza, interiormente agradecido por la resolución del muchacho.

Ezhan alzó la mirada hacia el campo de batalla, donde los hombres de Néder peleaban sin descanso. Muchos de ellos estaban heridos, pero ninguno cejaba en su empeño de derrotar a aquellos monstruosos seres ni a los temibles dragnars. Él iba a alejarse de allí mientras que aquellos soldados, los verdaderos hijos de Ászaron, perdían sus vidas para ayudarlo, un sacrificio que bien valía el mayor esfuerzo posible a ojos de todos ellos.

—¡Marchaos, vamos! —lo apremió Néder.

Antes de hacerlo, el muchacho extrajo algo de su bolsillo, una pequeña ampolla que le entregó a Néder, lanzándosela al vuelo.

—¿Qué es esto? —preguntó él, visiblemente apremiado por regresar la lucha.

—Aplica este ungüento en las heridas más profundas de tus hombres y en las tuyas propias. No importa su gravedad, todas sanarán.

Néder asintió sin mostrarse demasiado convencido.

—¡Marchaos! —gritó.

Cabalgando a toda velocidad, Ezhan, Aldan, Eirien y la veintena de hombres que los acompañaban se alejaron del lugar donde la batalla parecía eterna. Eirien apretaba los dientes, furiosa pero obediente. La marcha le había costado la enésima discusión con su padre a incluso un inesperado bofetón, gesto que le había dolido más que si una espada dragnar la atravesase de lado a lado. Pero Néder sabía que si no se mostraba radical, su hija no accedería a marcharse y dejarlo allí.

✳✳✳✳✳

Avanzaron durante un buen trecho, más lentamente a través de la espesura, sin apartar los ojos de los altos árboles o el cercano horizonte. Sin embargo, alejarse de aquel mar de sangre en el que se estaba convirtiendo la selva de Yoth más atrás, no les hizo ganar en serenidad, pues estaban seguros de que los habían seguido.

—Somos muy pocos y no tardarán en darnos alcance— observó Eirien—. ¿Cómo vamos a afrontar esto?

—La espesura puede ser un punto a nuestro favor. Si sabemos...

—No, Ezhan —lo interrumpió un hombre de aspecto corpulento y espesa barba negra. Ashmer se llamaba, según tenía entendido—. Ya has oído a Néder. Es urgente que los dos lleguéis a Gildar. Los dos.

—¿Y vosotros?

—Lo importante ahora es que lleguéis Aldan y tú. Nosotros los entretendremos. Deteneos lo imprescindible y llegad pronto a Gildar.

—¡Pero apenas sois veinte!

—Como tú bien decías, aprovecharemos los escondrijos que nos ofrece la selva para luchar. Estamos acostumbrados a enfrentar batallas así.

—Pero Ashmer...

—Ezhan, es responsabilidad mía que salgáis de aquí sanos y salvos y no permitiré que pongas en peligro la

157

Alianza. Su forja es lo más importante en este momento. Si tan solo uno de nosotros consigue sobrevivir para poder llevarla a cabo, concluiremos en que nuestra lucha ha sido un éxito, una victoria completa. Si muere el elegido, una sola muerte, nada habrá servido.

—Tiene razón, Ezhan —intervino otro hombre, más joven, de cabello castaño y desgreñado—. Debéis llegar a la ciudad de los óhrdits.

—Eirien, tú irás con ellos —le ordenó Ashmer—; le he prometido a tu padre que te pondría a salvo.

—No pienso irme. Es necesario que Ezhan y Aldan se pongan a salvo, pero mi vida no vale más que la de cualquiera de vosotros.

—Eirien, no...

—No pienso marcharme, Ashmer. –concluyó.

El hombre inspiró profundamente. Tal y como él mismo había dicho, la promesa de poner a salvo a la hija de Néder había salido de sus labios antes de marcharse pero a la joven no le faltaba razón: ¿Por qué su vida iba a resultar más valiosa que la de cualquier otro joven, también hijo de alguien?

—Eirien —la llamó Ezhan. Ella se volvió sobre su caballo—. ¿Estás segura?

—Totalmente.

Él la miró durante unos segundos y asintió. Apenas la conocía pero sabía que nada podría hacerla cambiar de opinión en su firme intención de regresar.

—Encontrad la manera de volver con Néder —le sugirió Ezhan—, así los heridos no correrán peligro.

—¿Qué quieres decir?

—Hazme caso. Y ten cuidado.

Con un nudo en la garganta, Ezhan azuzó las riendas de su caballo y emprendió una frenética cabalgada. Lamentó haber perdido al valar en aquel campo de batalla, pues el avance resultaría mucho más sencillo y rápido con él pero en el momento en el que Néder estableció que Aldan y él debían marcharse, no hubo tiempo para buscar al animal.

Las primeras estrellas empezaban a poblar el firmamento, y Ezhan tuvo que buscar cobijo, pues la gran densidad de la vegetación hacía prácticamente imposible que la luz de la luna traspases su negro umbral y los dejase ver. La oscuridad iba en aumento y los sonidos de la noche empezaron a hacerse inquietantes al desconocerse su procedencia y la clase de criaturas que habitaban aquellas tierras desconocidas. Hubiera deseado prolongar más el avance pero le resultó imposible y decidió buscar cobijo en el hueco en el enorme tronco de retorcidas ramas. Con esfuerzo, bajó a un inconsciente Aldan y lo arrastró hasta ponerlo a resguardo.

*****

Los hombres de Néder estaban ya exhaustos. Una intensa lluvia les caía encima y la batalla parecía no tener fin. Hasta que algo sucedió: Los dragnars recularon y bajaron sus espadas, como si abrieran paso a alguien.

—¿Qué les ocurre? —preguntó Eriak, con la voz entrecortada.

—No lo sé... —respondió Néder.

Una nueva sombra se sumó a las de la creciente noche. Un jinete sobre un caballo negro, que avanzaba lentamente, ocultando su faz bajo una capucha oscura. Al encontrarse frente a Néder, bajó de su caballo y dejó su rostro al descubierto.

—¡Vrigar! —exclamó este, atónito.

Sólo lo había visto una vez en su vida: frente a las negras puertas de Ódeon en aquel día aciago, con Seizan frente a frente, cuando todos pensaron encontrarse ante la tan temida Batalla Final. Sólo una vez en su vida pero le resultaría imposible olvidar aquel rostro, aquellas facciones que, desde una fría indiferencia, desprendían el más nítido odio hacia cualquier raza de Askgarth. Sus ojos mostraban un extraño brillo que heló la sangre a todos los allí presentes. Su cara estaba marcada por varias cicatrices. Su gesto era duro y severo pero había en su boca un amago de sonrisa. Su cabello era largo y de un color morado; su estatura, bastante más elevada que la de un hombre normal.

Caminó con paso lento hasta situarse frente a Néder. En medio de un pesado silencio, quebrado sólo por la lluvia cayendo sobre la tierra herida, alzó su mirada y observó el entorno.

—Néder de Ászaron —murmuró una voz grave y ronca—. Resulta curioso. Nunca hemos estado así, frente a frente. A pesar de ello, tú sabes perfectamente quién soy yo y yo sé perfectamente quién eres tú.

Néder empuñaba con fuerza su espada y un vaivén nervioso hacía oscilar su cuerpo.

—Aunque eso no cambiará el rumbo que han tomado las cosas debo reconoceros que gozáis de mi total admiración. Apenas sois unos 200 hombres, pero sois los únicos que estáis oponiendo una verdadera resistencia.

—Tal vez ahora seamos solo 200, pero pronto toda Askgarth luchará contra tu ejército de inmundos dragnars.

—¿Toda Askgarth dices?

—Todos, incluido tu propio pueblo, al que traicionaste de forma cobarde.

—¡Vaya, Néder! Últimamente tanto tú como yo estamos escuchando muy a menudo la palabra «traidor», ¿no te parece?

—Hay mucha diferencia entre tú y yo.

—Posiblemente. Tú luchas contra Ászaron; yo tengo prohibido hacer daño a ningún nigromante.

—Yo lucho contra aquellos que están destrozando a la verdadera Ászaron.

—Eso es conmovedor, Néder, pero, al fin y al cabo, una ciudad la conforman los que viven en ella. De todos modos no estoy aquí para hablar de eso.

—Entonces luchemos y terminemos con esto de una vez por todas, para bien o para mal.

—Me sorprende tu egocentrismo, Néder. Tu muerte no acabaría con nada porque estoy seguro de que tú no eres el hijo de Séldar. ¿Dónde está el muchacho?

Néder rió.

—¿En serio crees que voy a decírtelo?

—Sé que lo harás. Iba contigo. ¿Dónde está?

Dos dragnars llegaron por la retaguardia con un soldado como rehén.

—Sé que se has sacrificado muchas vidas en la estúpida idea de volver a forjar la Alianza, pero estoy seguro de que no querrás que ocurra lo mismo con esta.

Al despojar al soldado del yelmo que le protegía en combate, quedó al descubierto el rostro amordazado y golpeado de Eirien.

Néder trató de dar un paso al frente para acercarse pero Valdirk lo retuvo. Ambos hubieron de apartar la mirada cuando la cabeza de Asher y otros tantos soldados más cayeron frente a sus pies.

—El muchacho no estaba con ellos —le explicó uno de los dragnars que acababa de llegar.

—Vaya... —murmuró Vrigar, satisfecho.

—¿Vale la vida de tu hija la información que te solicito? Sé que el elegido no está aquí. Dime dónde está o hacia adónde se dirige y te devolveré a tu niñita.

Eirien negaba con la cabeza.

—A ella no la necesitas para nada. ¡Suéltala!

—Solo te estoy pidiendo una pequeña información a cambio de la vida de tu hija, Néder. ¿No te parece un intercambio justo? ¿Dónde está el elegido?

—No lo sé.

—Néder, no me decepciones así. Puedo esperar esa respuesta en cualquier otro pero ¿en ti? ¿Qué estará pensando esta niñita de su padre?

—¡No te estoy mintiendo! ¡No tenemos la certeza absoluta de que alguno sea el elegido!

—Sabes que podría leer tu mente.

—No, si no lo permito. A pesar de tu naturaleza repulsiva, incluso la magia de los nigromantes es respetable y respetuosa.

Vrigar estalló en carcajadas.

—Veo que te has informado acerca de los nigromantes, pero no lo suficiente. Muchacha, pídele a tu padre que nos diga lo que queremos saber y acabaremos de una vez por todas. Ya que a él no le importa tu vida, imagino que a ti sí.

El nigromante se acercó hasta la muchacha y arrancó la mordaza de su boca.

—¡No le digas nada, padre!

—¡Eirien!

—¡No le digas nada, tú no eres un traidor como él! Mi vida no vale nada si la Alianza no llega a consumarse.

En aquel momento, Valdrik se abalanzó sobre el nigromante tratando de atacarlo por sorpresa pero Vrigar pudo esquivarlo, haciendo uso de su magia; también a Néder, que respondió de igual manera, arrojándose sobre él. La magia de Dóngur repelió todos y cada uno de los ataques que los hombres de Néder dirigían hacia el nigromante; ataques a los que pronto se sumaron las defensas dragnars, dando así inicio a la batalla, que sólo había vivido una tregua.

Néder corrió en busca de su hija y logró dar con ella, abriéndose paso entre el tumulto. La sujetó del brazo y la arrastró, empujándola tras unos matorrales para deshacer las ligaduras que mantenían sus manos prisioneras.

—¿Estás bien? ¿Te han hecho algo?

—Estoy bien, padre.

Valdrik llegó hasta allí en aquel momento con numerosas heridas en su rostro.

—Néder —exclamó—. Hay que apresar al nigromante, es nuestra oportunidad. ¡Vamos!

Néder asintió y se incorporó, dedicándole una última mirada a su hija, que también se había puesto en pie. Sabía que sería tan inútil como injusto solicitarle que se mantuviera al margen, de modo que únicamente le dio un beso en la frente y corrió hacia la lucha.

Vrigar había visto multiplicados los ataques sobre sí mismo pero no parecía presentar mayor dificultad para mantener a raya a los hombres de Néder hasta que la inesperada llegada de Eirien lo pilló por sorpresa. La joven se abalanzó sobre él, haciéndolo caer al suelo

—Estoy empezando a cansarme de...

Eirien tomó un puñado de barro y se lo echó en la cara al nigromante. Mientras se ponía en pie, Néder y Valdrik sostuvieron sendos extremos de un mismo cabo de cuerda y se apresuraron a ligarlo, junto al cuerpo del propio Vrigar, al tronco de un enorme árbol. Néder colocó la hoja de su espada en el cuello del nigromante y hubo de hacer verdaderos esfuerzos para contenerse.

—Si uno solo de tus dragnars se acerca, lo lamentará.

Vrigar sonreía pero los dragnars se detuvieron.

—Resulta muy divertido luchar contra todos vosotros pero empiezo a estar cansado. Os he dado la oportunidad de evitar vuestras muertes, pero no habéis sabido aprovecharla.

—¡Cállate! ¡No estas en situación de...!

Las ligaduras se rompieron y Vrigar se paseó el antebrazo por la frente, ante las incrédulas miradas de los hombres y los gestos indolentes de los dragnars.

—Voy a averiguar dónde esta ese muchacho, tarde o temprano, con o sin vuestra ayuda, pero a ti, Néder, te va a pesar mucho no habérmelo dicho. ¡Nos vamos! —les gritó a los dragnars.

Sin que ni uno solo de los hombres osase efectuar el menor movimiento, Vrigar montó sobre su caballo y lanzó una inquisitiva mirada a Eirien; de su mano se desprendió un haz de luz azulada, que impactó contra la joven, dejándola ligeramente aturdida.

—¡Eirien! —gritó Néder, mientras corría hacia su lado.

—Es... estoy bien, padre. No ha sido nada.

Eriak se aproximó, desconfiado, mientras los dragnars se marchaban de allí.

—No me fío, Néder —observó el hombre.

—¿Estás segura de que no sientes nada extraño?

—No, en serio; cálmate. Estoy bien.

La joven se puso en pie y se apartó de allí, tratando de dispensar ayuda a los heridos.

—Lo has visto igual que yo —insistió Eriak. Valdrik se acercó también hasta allí—. Vrigar ha debido aplicar sobre ella algún tipo de hechizo nigromante y no sabemos en qué puede derivar esto.

*****

Aldan empezó a despertar, aún dolorido y desubicado. Se echó la mano a la cabeza y resopló, tratando de recuperar la plena conciencia de lo que había sucedido.

Ezhan afilaba una daga a su lado, con serenidad.

—¿Qué... qué ha ocurrido? ¿Dónde estamos?

—A salvo, por el momento.

—Espera... —murmuró Aldan—. Ahora lo recuerdo todo. ¡Me golpeaste!

Aldan se puso en pie con dificultad y gateó hasta el exterior del recoveco en el que se habían guarecido para comprobar, únicamente que la noche había caído de lleno sobre la espesa selva y la lluvia cesaba lentamente.

Ezhan salió también.

—¡Maldita sea! —gritó Aldan dando una fuerte patada en el suelo.

—Te sugiero que te calmes. Es necesario que lleguemos a Gildar lo antes posible y que hablemos con su rey.

—¡Allí nos necesitaban! —volvió a gritar Aldan.

—Toda batalla debe llevarnos a una meta final: la Alianza. Es importante que hablemos con los óhrdits y empecemos a ampliar nuestra lista de aliados; de lo contrario, nuestra derrota será solo cuestión de tiempo. Vamos de batalla en batalla; así no resolveremos nada.

Aldan sujetó a Ezhan por la pechera y lo empujó. Después desenvainó su espada y apuntó directamente sobre su cara.

—No eres más que un maldito cobarde. Puede que tu lugar esté en ese hueco, escondido y rezando a los dioses de Askgarth para que los dragnars no te encuentren. Pero mi lugar está en el frente de batalla, luchando al lado de los míos. Yo soy el hijo de Séldar, heredero al trono de Ászaron, pero eso no me impide exponerme a la muerte. El honor esta por encima de todo. Lo entenderías si fueras hijo de reyes.

Ezhan desenvainó también su espada y, con un rápido movimiento, despojó a Aldan de la suya.

—¡El honor no es una condición exclusiva de los reyes y sus hijos! ¡Y el honor no nos salvará de morir en manos de los dragnars si nos dedicamos solo a disminuir el número de nuestros efectivos en lugar de ampliarlos! Lo importante ahora no es ganar una batalla tras otra, sino hacer que las llamas de la Alianza brillen en todas las almenaras. ¡Maldita sea, Aldan! Tu belicismo no nos salvará.

Aldan dio media vuelta, furibundo, mientras oteaba la oscuridad del bosque.

—Escucha, es tan importante que Néder y los suyos logren mantener a raya a los dragnars como que nosotros lleguemos a Gildar lo antes posible.

El muchacho asintió, tratando de entrar en razón, pues sabía que, en buena parte, Ezhan tenía razón. Si se limitaban a afrontar la lucha con cada escuadrón de dragnars que encontrasen, lo único que lograrían sería acabar reducidos a cenizas.

—Está bien. Pues vamos allá.

—En esta noche oscura será difícil que logremos avanzar.

—¡No podemos perder más tiempo!

—Si nos iluminamos con algo, llamaremos la atención.

—¡No voy a quedarme aquí sentado, durmiendo plácidamente!

Ezhan suspiró, hastiado por la testarudez de Aldan.

—De acuerdo —cedió al fin.

Cerró los ojos y murmuró unas palabras que Aldan no alcanzó a entender. Un fulgor anaranjado se prendió en la palma de su mano y empezó a cobrar intensidad poco a poco, ante la asombrada mirada del otro joven.

—¿Cómo... demonios has hecho eso?

—Solo es un... un hechizo —respondió Ezhan, mientras montaba sobre su caballo—. Un mago me lo enseñó.

—No es discreción lo que hemos de buscar ahora, sino premura —lo interrumpió Aldan—. ¿Dónde está mi caballo?

—Me temo que no...

—¿NO hay más caballos?

—Ibas inconsciente; no podías montar solo y no... no cogí ningún otro.

—Por los dioses —masculló Aldan, negando con la cabeza—. ¿Tengo que viajar agarrado a tu cintura?

—Puedes hacerlo agarrado al culo del caballo si lo prefieres. No voy a enfadarme por que me des la espalda.

—Entonces, yo iré delante.

—¿Cómo demonios puedes ser tan infantil?

—Delante —repitió Aldan.

*****

Néder observaba a su hija mientras esta ayudaba a los heridos, aplicándoles el hungüento que Ezhan les entregase antes de marcharse, rumbo al reino de los óhrdits. La voz de Eriak lo distrajo de sus pensamientos:

—¡Vamos, capitán! Deberíamos reanudar la marcha, ¿no crees?

Néder tardó unos segundos en responder, mientras caminaba para preparar a su caballo.

—Seguid vosotros —ordenó—. Yo voy a regresar con Eirien. Mi hija está en peligro.

—¿Cómo? —exclamó Eriak, incrédulo—. ¿Qué locura estás diciendo?

—¡No permitiré que mi hija sucumba bajo el oscuro hechizo de Vrigar! Asegura sentirse bien pero estoy convencido de que le hizo algo. Lo viste igual que yo. Buscaré una bruja y...

—Néder, la Alianza está en juego. Ahora mismo debe ser nuestra prioridad.

—¡Es mi hija! —gritó Néder

La exclamación del hombre llamó la atención de aquellos que estaban más cerca.

—Tu hija está bien, Néder, ya lo ves —respondió Eriak.

—Néder —intervino Valdrik, acercándose—, ¿te dice algo el nombre de Geznar?

—Tu hijo —murmuró él.

El hombre asintió.

—Mi hijo murió en una batalla como la que hemos afrontado hoy. Mira a tu alrededor. Muchos de estos hombres han perdido a sus hijos o a sus padres; sin embargo nada de eso los ha hecho retroceder. La Alianza está por encima de todo y lo saben; tú también lo sabes. Todo adoramos a Eirien; está con nosotros desde que era solo una chiquilla, pero la Alianza está en juego. —Néder bajó la mirada y Valdrik continuó—: Vrigar no matará a Eirien; sabe que es importante para nosotros y mientras la mantenga viva, tendrá con qué amenazarnos. Además, ella afirma estar bien. No sé; tal vez no haya sido lo que estamos pensando.

Néder se llevó las manos a la cara y suspiró.

—¿Y bien? —preguntó Eriak.

Néder aún necesitó unos segundos más para responder:

—Pondremos rumbo a Gildar.

—¡Ya lo habéis oído, muchachos! —gritó Eriak—. ¡Preparaos para el viaje!

—Confiemos en que las relaciones con los óhrdits no estén tan deterioradas como se dice —murmuró Valdrik.

CAPÍTULO 7

Por fin habían dejado atrás la densidad de la selva y ahora debían encontrar la entrada subterránea que conducía directamente hasta la ciudad de Gildar. El reino de los óhrdits quedaba aún a una considerable distancia y pensar en el hecho de cubrirla bajo tierra, casi hacía sentir mareos a Ezhan, que se detuvo observando un raído mapa que alguno de los hombres de Néder había llevado en las alforjas del caballo con el que ellos habían llegado hasta allí.

—La entrada debería estar por aquí —dijo con poco convencimiento.

—Pues más vale que la encontremos rápido —respondió Aldan—. Esto no me gusta nada; estamos demasiado expuestos.

El muchacho oteaba el entorno, tratando de hallar algún signo de presencia enemiga, mientras Ezhan inspeccionaba el suelo, buscando el acceso al laberinto subterráneo de los óhrdits.

Aldan se volvió y lo miró.

—No puedo creer que lo hayan camuflado de esta manera. Qué clase de... ¡¡¡aaaaaaaah!!!! —gritó mientras caía al agujero que, de forma repentina, se había abierto en la tierra.

—¿Estás bien? —le preguntó Ezhan sonriendo.

—Perfectamente —respondió Aldan, con ironía.

El joven se puso en pie y se sacudió el polvo mientras se hacía a un lado para que Ezhan pudiera dejar caer las provisiones que el caballo, fuese de quien fuera, había llevado consigo, pues aquel sería el momento de continuar sin él.

Avanzaron lentamente por la oscuridad de la larga cueva, alumbrados únicamente por la luz de una antorcha que habían encontrado anclada justo al principio de la gruta. Ezhan había vuelto a hacer uso de la magia para prenderla y aunque aquello avivaba el recelo de Aldan, el muchacho optó por no efectuar preguntas; lo importante en aquel momento era llegar al reino de los óhrdits. Ya habría tiempo después para aclaraciones.

—El aire es asfixiante —observó Ezhan, que avanzaba abriendo la marcha.

—Parece que los óhrdits no utilizan demasiado este pasadizo —respondió Aldan—. ¿Por qué será?

—No lo sé, pero no tenemos más opción que avanzar a través de él.

—¿Cuánto nos llevará recorrerlo?

—Según Néder, no debería llevarnos más de un par de días.

—Un par de días aquí metidos... Genial.

*****

Yara y Arsen habían dado con un par de caballos en una recóndita aldea cerca de las montañas, logrando así

170

cargar con algunas provisiones que pudieran servirles para el largo camino que aún les quedaba por delante.

Cuando hubieron abandonado el valle de Vlissar, que fijaba la frontera entre los límites de Ruyadan y las conocidas comoTierras Llana, Arsen se detuvo y oteó el horizonte.

—¿Qué ocurre? — preguntó Yara.

—Nada... Solo que... hacía mucho tiempo que no pasaba por aquí —respondió él algo nervioso

—Está completamente arrasado —añadió ella, colocándose a su lado—. Los dragnars no dejan títere con cabeza. Si no les importa nuestras vidas, ¿qué puede importarles un bosque?

Arsen guardó silencio mientras Yara retomaba la marcha.

*****

Después de dos días de intensa oscuridad, por fin vislumbraron los rayos del sol penetrando a través de lo que debía ser la salida, que estaba ligeramente cubierta por la hojarasca y la maleza. Ezhan la apartó y, con la ayuda de Aldan, abandonó al fin la larga galería, llenando sus pulmones de aire puro y fresco. Después, le tendió la mano a Aldan y lo ayudó a regresar a la superficie.

Desde allí, pudieron distinguir también las altas murallas de Gildan, que se erguían majestuosas algo más adelante. Un imponente volcán situado a pocas millas, coronaba de forma temeraria el reino óhrdit.

—Malditos chalados —murmuró Aldan—. ¿Cómo se les ocurre colocar la ciudad a los pies de un volcán?

—Es su elemento; no puede dañarlos, según tengo entendido —respondió Ezhan mientras cubría de nuevo el acceso subterráneo con maleza y hojarasca.

Se volvió al detectar un pequeño pinchazo en su espalda y se encontró, no sólo con la grave mirada de Aldan, sino con las espadas óhrdits apuntándolos a ambos.

—¡Alzad las manos y no intentéis nada extraño o no dudaremos en rebanaros el pescuezo!

—¿Por qué demonios no me avisas? —preguntó Ezhan.

—Porque hace cinco segundos no estaban ahí.

—¿Y desde dónde han llegado? —exclamó Ezhan, molesto—. ¿Desde la nada?

—Dímelo tú, que eres el que hace cosas raras sin...

—¡Basta! —gritó uno de los óhrdits, molesto.

Ni Ezhan ni Aldan se atrevieron a moverse mientras escrutaban a los recién llegados. Eran considerablemente más altos que ellos, dejándolos aproximadamente la altura de sus pechos, y mucho más robustos y fornidos. Sus armaduras eran de un brillante plateado, y sus ojos de llamativos colores los miraban con recelo y desconfianza.

Les ataron y obligaron a avanzar rumbo a la ciudad, que abrió sus puertas al escuchar el grito de uno de los soldados.

—Escuchad —intervino Ezhan—, esto es ridículo. Se trata de un error —intentó decir Ezhan.

—¡Cállate, humano! —gritó un óhrdit mientras le empujaba

—¡Estúpidos óhrdits! —exclamó Aldan.

Otro de los soldados le propinó un fuerte golpe que dio con su cuerpo en el suelo. Ezhan reaccionó, propinándole una patada al óhrdit en el estómago, sin causarle prácticamente dolor y, antes de los jóvenes pudieran efectuar otro movimiento más, una docena de lanzas y espadas apuntaban ya hacia sus rostros.

Los óhrdits los obligaron a incorporarse y los condujeron, bajo recelosas miradas de la gente de Gildar, hasta las prisiones del palacio del rey.

Pronto se encontraron en una lúgubre celda de apenas unos pocos metros cuadrados. El olor a humedad inundaba el ambiente y solo un poco de luz, procedente de un ventanuco, situado en el otro extremo de la mazmorra, hacía que la oscuridad no fuera absoluta. Allí, los soldados óhrdits los empujaron y cerraron, amenazando con un cautiverio de tiempo incierto en un momento en el que este valía oro.

—¡Escuchad —insistió Ezhan—, es asunto de suma urgencia que hablemos con Gaiar, vuestro rey .

Dos de los soldados que habían quedado allí, los observaron sin modificar sus respectivas expresiones, duras y severas.

—Vuestra ciudad está en peligro —gritó Ezhan, exasperado—. ¡Dos batallones de dragnars se dirigían hacía aquí hace poco más de cuatro días. ¡Por todos los dioses, debéis estar preparados!

De nuevo, el silencio fue la respuesta.

—¡Déjalo! —exclamó Aldan, mientras tomaba asiento sobre le frío suelo, con la espalda apoyada sobre la pared de roca—. Su inteligencia es inversamente proporcional al tamaño de sus músculos y ya ves que sus brazos hacen dos de nosotros. Resumido: son imbéciles.

Pero lejos de calmarse, Ezhan sólo sentía que su furia iba en aumento. Incapaz de controlarse, le asestó una fuerte patada al enrejado que hizo vibrar los barrotes. No obstante, al silencio y la oscuridad, le sumaron también la soledad cuando los soldados desaparecieron puerta a través.

—Néder me lo advirtió —murmuró Ezhan con resignación. Sujeto a los barrotes de la prisión, mantenía su frente entre dos de ellos—. Me dijo que el recibimiento de los óhrdits no iba a ser bueno pero esto...

—Él y sus hombres, luchando contra dos centenares de dragnars y nosotros aquí encerrados sin poder hacer nada —gritó Aldan, furibundo.

173

El joven ocultó su rostro entre sus manos y permaneció sentado, sin dejar de mover la pierna.

—¡Tenemos que salir de aquí! —exclamó Ezhan, mientras tanteaba la roca de la prisión—. Debe haber alguna manera.¡Vamos, Aldan! Tenemos que encontrar alguna forma de...

—Esos son, capitán —lo interrumpió una voz grave y profunda.

—¡Humanos! —exclamó el recién llegado. Un óhrdit de elevada estatura y sobrecogedor aspecto—. Esto sí que es todo un acontecimiento. ¿Qué trae a dos inmundicias de la raza de Ászaron hasta nuestras tierras?

Aldan y Ezhan intercambiaron una confusa mirada y, finamente, fue este último quien habló:

—Necesitamos hablar con vuestro rey. El asunto que nos trae aquí es muy urgente y no hay tiempo que perder. ¡Corréis peligro!

—¿En serio? Déjame adivinar: dragnars. Muchacho, llevamos luchando contra ellos siglos. Llegas un poco tarde a ponernos sobre aviso.

—Gildar cayó porque sois un pueblo de mequetrefes cabezas huecas —añadió Aldan, poniéndose en pie.

—Aldan.... —murmuró Ezhan.

—¡Abrid esa puerta y sacadlo! —gritó el óhrdit con los ojos inundados de ira.

—Capitán, no es prudente que abramos esa puerta para nada. Podrían intentar algo.

—Escuchad —insistió Ezhan—: Solo queremos hablar con el rey. Venimos de parte de Néder. Dos escuadrones de dragnars se dirigían hacia aquí hace menos de una semana.

—Nuestro rey tiene otra teoría al respecto. Él cree que os dirigíais hasta aquí con oscuras intenciones. Probablemente os topasteis con un batallón de dragnars y huisteis pidiendo ayuda a Gildar.

—¿Crees que él y yo vinimos a conquistar Gildar? —inquirió Aldan con ironía—. ¡Por todos los dioses! Esto debe tratarse de una burla, ¿no es cierto?

—Posiblemente matasen a los demás —elucubraba el ohrdit—. Tal vez ni siquiera exista el batallón de dragnars.

—¿Y qué demonios nos ha traído hasta aquí entonces? —gritó Aldan de nuevo—. ¿Venir a gozar de vuestra hospitalidad?

—¡Maldita sea! ¡Dejadnos hablar con Gaiar! —bramó también Ezhan—. No tiene sentido que nos retengáis aquí. Si vuestro rey no quiere escucharnos, nos marcharemos y no volveréis a saber de nosotros.

El soldado estalló en carcajadas.

—Nadie se adentra en nuestros dominios sin la autorización del rey, y menos un humano.

—Es absurdo —concluyó Aldan, sentándose de nuevo, nervioso.

—Si no nos permitís hablar con vuestro rey os arrepentiréis muy pronto y cuando él conozca lo que nos estáis impidiendo contarle, jamás os lo perdonará.

—¿Me estás amenazando?

—Tomadlo como os venga en gana —concluyó.

Ezhan se apartó de la puerta y tomó asiento al fondo de la celda, junto a Aldan.

La cínica sonrisa del capitán ohrdit no inmutó a ninguno de los dos.

—Dos humanos, prisioneros —dijo este—, todo un regalo para la vista. Sin embargo, lamento deciros que no os pudriréis aquí dentro. Muriel, la hija mayor del rey cumple dieciocho años mañana. Al anochecer se celebrará su fiesta y, como obsequio, su padre le permitirá que elija para vosotros la muerte que más le plazca. Intentad caerle en gracia y no os hará agonizar demasiado. Buenas tardes.

Aldan rió mientras negaba con la cabeza, incrédulo.

—¿Qué diablos te hace tanta gracia? —exclamó Ezhan, molesto.

—Siempre pensé que moriría antes de cumplir los treinta, pero imaginaba que sería en el campo de batalla, luchando, empuñando una espada. Nunca pensé que mi muerte sería el regalo de cumpleaños de una... princesa óhrdit. Por todos los dioses, es tan lamentable... Espero que esto no llegue hasta Cahdras. Seré el hazmerreír de la taberna durante los próximos 50 siglos.

—Puedes resignarte si quieres, pero yo no pienso hacerlo. El esfuerzo de Néder y los suyos bien vale que les correspondamos de igual manera.

—Seamos realistas. No existe forma de salir de aquí. Desde el principio la recuperación de la Alianza ha sido una causa perdida. Demasiadas diferencias entre las razas.

—No puedo creer que te rindas.

—Dosis de realidad.

Ezhan lo miró, en silencio.

*****

Atrás quedaban los desiertos de las Tierras Llanas. El calor había empezado a disiparse paulatinamente a medida que la noche transcurría y un viento frío soplaba sobre sus rostros magullados. La silueta de la montaña se erguía como una mole gigantesca, recortada en el cielo de la noche. Llegar hasta el Paso de Ondim no se presumía sencillo pero, habida cuenta de que la gran mayoría de los caminos habituales estaban cortados o tomados por los dragnars, no quedaría más opción que hacerlo.

—El acenso es duro y escabroso —anunció Arsen—. Las condiciones climatológicas no son las mejores allí.

Yara asintió sin decir nada. Y del mismo modo, apenas hubo palabras durante el ascenso a través de la escarpada loma de la montaña. Un duro trayecto y unas temperaturas límite, tal y como habían previsto, los acompañaron durante el viaje y los forzaron a descansar dos días después de iniciar tan arduo camino.

La noche había extendido ya su negrura sobre Askgarth y la luz de una cálida fogata les devolvía el calor perdido.

En ningún otro lugar hubiera sido prudente prender un fuego que delatase su posición pero el acceso a través de la montaña era tan peculiar que lo permitía. Era improbable que pudieran encontrar dragnars por allí, centrados como estaban estos en la conquista de aldeas y reinos.

—Incluso en la cercanía de la primavera, la montaña se antoja violenta —observó Arsen. —Si mal no recuerdo, estamos a punto de encontrar el paso que nos llevará al lado Sur. Allí el frío no será tan severo. Confío que en dos o tres jornadas habremos llegado.

Cuando el joven alzó la mirada pudo comprobar que Yara no estaba prestándole atención. La muchacha oteaba el entorno con aparente nerviosismo.

—¿Ocurre algo? —quiso saber Arsen.

—No —respondió ella, tras un largo silencio.

El fuego seguía chisporroteando al cuidado de Arsen, que lo azuzaba continuamente para que no se extinguiese. Su crepitar era lo único que podía escucharse en el silencio de la noche o al menos, así era para Arsen. Yara continuaba mostrándose nerviosa e inquieta. Se puso en pie y paseó su glacial mirada a través de las sombras que cubrían la noche como fantasmas.

—Aléjate de aquí —murmuró al fin, mientras se ponía en pie.

—¿Cómo? ¿Por qué?

La nigromante le propinó una patada al suelo y un puñado de tierra salió disparado hasta apagar el fuego. El acero de su espada se deslizó a través de la vaina que se le ajustaba en la espada y, ya acero en mano, reculó despacio, sin bajar la guardia.

177

Arsen se movía despacio, observándola a ella y escrutando también el negro entorno sin lograr distinguir nada, hasta que un enorme bulto de color negro se abalanzó sobre Yara, que logró zafarse y evitar el golpe. Sólo después del repentino ataque inicial, tanto el muchacho como la nigromante fueron capaces de confirmar que se trataba de un enorme oso de pelaje oscuro.

Arsen blandió también su arma y regresó sobre sus pasos en apoyo de Yara. Ella acertó a rozar al oso con la hoja y a asestarle una dura patada en el costado que lo hizo gruñir con ganas. Trató de repetir la acometida pero entonces sucedió algo extraño: el oso reculó y empezó a modificar su morfología; primero, perdió su extenso pelaje y su cuerpo se alzó sobre las patas posteriores, transformándose en un ser humano, un hombre de corpulento aspecto que se mantuvo agachado durante unos segundos, tratando de recuperarse del corto pero intenso combate.

—¿Quién demonios eres tú? —exigió saber Arsen.

El hombre se alzó, desnudo, y se pasó la mano por la mejilla, donde un pequeño hilillo de sangre resbalaba hasta su cuello.

—Habéis aprendido bien, mi señora —se limitó a decir.

Yara frunció el ceño pero no relajó su actitud.

—Eres un nigromante —murmuró entonces Arsen.

—Veo que, a pesar de tu juventud, reconoces a la raza de Dóngur —respondió el hombre, sonriendo. Avanzó un par de pasos y observó a Arsen, como si fuera un animalillo sin importancia—. Extraño en cualquiera que habite sobre la tierra de Askgarth. Llevamos mucho sin pasearnos por aquí.

—¿Te envía mi padre? —preguntó Yara, secamente.

—Mi nombre es Riley —se presentó él—. Y sí, Zor me envía a acompañaros.

La muchacha enfundó su espada y sonrió mientras negaba con la cabeza.

—No puedo creerlo... ¿Por quién me toma? ¿Por una inútil? Ni siquiera puedo imaginar cómo...

Alzó la cabeza y enmudeció al encontrarse con la daga que voló hasta clavarse en el árbol que se situaba a su lado.

—¿Qué diablos estás haciendo? —exclamó, furiosa—. ¿Seguro que eres un nigromante?

Riley sonrió.

—No deberíais juzgar con tanta premura si alguien es amigo o enemigo. Podríais equivocaros y vuestro error podría ser fatal.

—Vete al infierno.

—Ya estoy en él —concluyó él, sonriendo—. Pero el señor del Inframundo me ha pedido que cuide de su hija mientras esta siga empecinada en dar tumbos por Askgarth.

Arsen le dedicó una mirada incrédula a Yara, que había relajado su actitud y caminaba de regreso hasta la fogata que acababa de apagar.

—¿Hija de... Zor? ¿Eres la hija de Zor?

La nigromante guardó silencio mientras trataba de recuperar, inútilmente, los pedazos de carne que habían dejado caer al alertarse.

—Lleváis varios días viajando juntos —añadió Riley—. Sin embargo veo que ninguno de los dos os habíais presentado formalmente.

—Ser un nigromante no es algo de lo que pueda presumirse por estas tierras —respondió ella, mientras le lanzaba una camisa rota y una armilla de piel.

—¿En serio pretendéis que me ponga esto?

—Por ahora es lo que hay y si no quieres ir desnudo por Askgarth, me temo que no te quedará otra opción.

—No me importa ir desnudo por Askgarth.

—No en mi compañía, desde luego.

—¿Y qué os importa lo que piensen los demás?

—¡Me importa lo que pienso yo! —exclamó, incorporándose.

Riley examinó la ropa que Yara le había entregado y aunque era considerablemente ancha, sabía que no le iría bien

—¿Tampoco tú te ves en condiciones de proclamar la raza a la que perteneces? —le preguntó después a Arsen.

—¿A qué te refieres? —intervino Yara desconcertada —. Él no es un nigromante.

Riley había caminado hasta el árbol en el que mantenía clavada la daga que proyectase contra Yara y, sin más dilación, volvió a lanzarla, esta vez en la dirección donde se encontraba Arsen, que ni siquiera acertó a verla pasar.

—Mucho deben haber cambiado las cosas si los de tu raza ya no son capaces de defenderse de eso.

—¿Qué significa todo esto? —insistió Yara—. ¿A qué raza perteneces? ¿Acaso no eres humano?

Arsen desclavó la daga, con un visible enfado y la dejó caer al suelo.

—¡Vamos! —lo azuzó Riley—. Sabes que nosotros somos neutrales en la guerra. No temas.

—¿Todos? —inquirió Arsen, captando la atención de Yara—. Me desterraron de Ódeon —confesó al fin el muchacho—. Soy un dragnar.

*****

Los rayos rojizos del sol se derramaban oblicuamente sobre el oscuro suelo de las mazmorras indicando que estaba ya atardeciendo en las vastas colinas óhrdits.

Aldan continuaba adormilado, su espalda apoyada contra la pared, mientras Ezhan examinaba cada rincón de la inmunda celda en busca de la más mínima esperanza de huida: una roca suelta, algo con lo que poder forzar la cerradura, lo que fuese.

Un crujido seco lo interrumpió y le hizo abandonar su cometido al tiempo que Aldan abría los ojos sin inmutarse demasiado.

Dos soldados óhrdits permanecían en la oscura entrada, flanqueando a una muchacha que se acercó a la celda con paso firme y pose altanera. Era varios centímetros más alta que Ezhan y sus fuertes brazos le hicieron pensar que podría destrozarlos con apenas dos dedos. La seguía otra joven, aparentemente de menos edad, menos corpulenta y con mirada recelosa.

—¿Así que vosotros sois mi regalo de cumpleaños? —exclamó la primera de ellas.

—La princesa... —murmuró Ezhan.

—Es evidente.

—Majestad —intervino Ezhan, acercándose a la celda —, necesitamos hablar con el rey. No es solo el asunto de los dragnars el que nos trae hasta aquí, sino uno de mucha mayor importancia para vuestro propio pueblo.

—¿Sí? ¿Y desde cuándo nuestro pueblo preocupa tanto a los humanos?

—Se trata de algo que nos afecta a todos. Permitidnos hablar con Gaiar, por favor.

—Mi padre no tiene tiempo para sandeces.

—¡Maldita sea! —gritó el joven, propinando un fuerte golpe a los barrotes de la celda.

Las dos óhrdits retrocedieron, sobresaltadas.

—Os sugiero que os calméis —exclamó la que había hablado.

—No insistas más, Ezhan —le sugirió Aldan, manteniendo su pose indolente—. Realmente me sorprende que las profecías de los magos necesiten de este pueblo para restablecer la Alianza.

—¡Tu afilada lengua va a costarte muy cara, humano!

—Lo imagino; la verdad tiene muy pocos amigos.

181

—¡Pagarás muy cara tu osadía!

—Escuchad —interrumpió Ezhan, antes de que la discusión pasase a mayores—: La antigua Alianza ha empezado a restablecerse y es necesario que los óhrdits...

—¿La antigua Alianza? ¿Restablecerla? La primera ya costó demasiada sangre a nuestro pueblo. Mi abuelo, el rey Glindar, murió en Ódeon, luchando para que vuestra ciudad no cayera. Muchas cosas han cambiado desde entonces.

—Sí —intervino Aldan, incorporándose al fin—, tu abuelo murió luchando por Ászaron en pos de un juramento que un antepasado tuyo forjó con hombres y élars. Hoy nos encerráis como a perros en lúgubres prisiones. Efectivamente muchas cosas han cambiado.

La joven guardó silencio durante unos segundos, absorta, hasta que finalmente fue capaz de reunir las palabras que conformasen su respuesta:

—¡Vuestro pueblo rompió ese juramento! —gritó, indignada.

—¡Y hoy es el vuestro el que impide reparar el error cometido! —gritó Aldan entonces—. ¡Maldita sea, dejadnos salir de aquí!

Ezhan resopló, mientras su mirada buscaba a la joven que se mantenía en silencio, oculta tras la corpulenta figura de la hija del rey. La joven solo alzaba sus ojos claros en contadas ocasiones para examinar a Aldan con una mal disimulada atención.

—Pronto conoceréis el destino que os deparo —zanjó la princesa—. Por lo pronto... traedles algo de comer— ordenó dirigiéndose a los soldados—. Bueno, mejor no – concluyó mientras se marchaba.

Aldan negó con la cabeza mientras regresaba al fondo de la celda y se apoyaba de nuevo sobre la fría pared.

—Esa muchacha que acompañaba a la hija del rey... — le dijo Ezhan, sin moverse de su sitio.

—¿Qué ocurre con ella?

—No dejaba de mirarte —añadió Ezhan, sonriendo.

Aldan alzó la cabeza, que tenía apoyada contra la pared y miró fijamente a Ezhan.

—¿Te estás burlando de mí? Néder y sus hombres están luchando y muriendo en el bosque, mientras nosotros estamos aquí encerrados, resignados a...

—¿Quién habla de resignarse? —lo interrumpió Ezhan, acercándose a Aldan—. Que esa joven tenga el más mínimo interés en ti, significa que alguien aquí puede estar dispuesto a ayudarte; a ayudarnos. Deberíamos aprovecharlo, ¿no crees?

El hueco chasquido de una cerradura volvió a ponerles en alerta, aunque ninguno de los dos se movió de su sitio. Un soldado reapareció y prendió una de las antorchas que se situaban en la pared, dotando al lugar de un cálido resplandor ahora que la noche se acercaba ya y que la oscuridad lo engulliría todo a su alrededor.

El soldado lanzó dos pedazos de pan cerca de la celda y los miró con desdén.

—La princesa ha cambiado de opinión y se ha apiadado de vosotros —dijo el ohrdit con una irónica sonrisa.

El soldado óhrdit se volvió para marcharse pero antes de dar un paso hacia la salida, se cuadró al ver aparecer a la joven que había acompañado a la princesa.

—Mi señora... —masculló el hombre.

—Esperadme fuera. Deseo hablar con los presos.

—Pero majestad...

—¿No me has oído?

El soldado obedeció a regañadientes y dejó sola a la muchacha, que observaba a Ezhan y Aldan con recelo y desconfianza.

—¡Lena! —gritó, alzando la voz por primera vez.

Otra joven llegó de forma apresurada, portando con ella una bandeja con dos suculentos cuencos de caldo, sendos pedazos de carne y un poco de agua. Sin lugar a dudas y, a juzgar por su atuendo, debía tratarse de una sirvienta, que depositó aquel delicioso manjar junto a la celda y desapareció de forma apresurada, no sin antes saludar a la muchacha que permanecía inmóvil y en silencio frente a la angosta jaula.

—Tomad ese caldo —les sugirió—. Durante la madrugada el frío penetra hasta lo más profundo de la piel.

—¿Quién sois? —preguntó Aldan

—Mi nombre es Fiorel. Soy la hija menor del rey.

—¿Venís a comunicarnos nuestra sentencia? ¿Cuál es? ¿Envenenamiento?

—No hay nada extraño en ese caldo —respondió ella, acercándose con timidez—. Desechadlo si desconfiáis.

—¿Por qué lo hacéis? —intervino Ezhan.

—No lo sé... Me... parece injusto el trato que se os ha dispensado y... bueno...

Las continuas miradas a Aldan y el rubor dibujado en sus níveas mejillas evidenciaban lo que Ezhan le había sugerido ya.

—¿Vas a ayudarnos? —le preguntó el propio Aldan.

—No deberíais provocar a mi hermana. Muriel es la heredera al trono de Gildar y mi padre ha tratado de ver en ella el varón que nunca tuvo. Es tan aguerrida como cualquiera de vosotros y el rey ha puesto en sus manos vuestros destinos.

—¿Y qué tenemos que perder? —exclamó Aldan, molesto—. Mientras nos encerráis aquí, nuestros compañeros mueren luchando más allá de la Selva de Yoth.

—Escuchad —volvió a decir Ezhan—: solo necesitamos hacerle llegar un mensaje al rey. Vos sois su hija y os será fácil acceder a él.

—No sé qué es exactamente lo que queréis.

—La Alianza debe restablecerse —prosiguió él—. Ha llegado el momento y Gildar debe tomar parte.

—La Alianza también necesita de vuestro pueblo, de Iraïl y... Antes de exigir a nuestro rey deberíais encontrar al vuestro.

Aldan y Ezhan cruzaron una muda mirada.

—El hijo de Séldar ha sido hallado —respondió Ezhan.

Fiorel frunció el ceño, confusa.

—¿El rey de Ászaron?

Un ensordecedor estruendo hizo temblar el suelo en que se encontraban, interrumpiendo abruptamente la conversación.

—¡Dragnars! —se escuchó en la lejanía.

—Ya están aquí —murmuró Aldan, irguiéndose.

—¡Tenéis que hablar con vuestro padre! ¡Rápido! —la apremió Ezhan.

Ella asintió, sin atreverse a reponer nada más y corrió de regreso a la salida.

—¡Fiorel! —gritó Aldan

La princesa se detuvo, volviéndose.

—¡Sacadnos de aquí! ¡Por favor!

—¡Os ayudaré, mi señor! A los dos —apostilló, ruborizada.

Gildar se había tornado en un caos. Los óhrdits corrían de un lugar al otro, aterrados ante el ataque de los dragnars, mientras los soldados se apresuraban a sellar los portones de acceso a la ciudad.

—¡Majestad! —gritó uno de ellos—. ¡Os llevaré hasta el refugio más cercano! Debéis poneros a cubierto.

—¡No! —gritó Fiorel—. ¡Quiero ir a palacio; debo hablar con mi padre!

—Ahora no es posible —repuso el soldado—. Los dragnars están aquí.

Pero la joven no atendió a razones y, dejando al soldado con la palabra en la boca, sorteó a la enloquecida multitud y al resto del ejército, cuyos integrantes se apresuraban a ocupar sus puestos, hasta que hubo llegado al castillo. Sin descanso y resollando, subió la escalera y logró llegar hasta la planta primera, cruzar el largo pasillo que la separaba de su destino y acceder a la enorme sala, donde el soberano de Gildar hablaba con sus capitanes.

—¡Fiorel! —exclamó el rey, volviéndose al verla llegar—. ¿Qué significa esto? Nos están atacando y tú...

—¡Necesito hablar con vos, padre! ¡Es un asunto de extrema importancia!

—Pero hija, ahora no...

—¡Se trata de la Alianza! —gritó mientras el rey llamaba a sus soldados.

Gaiar la miró, inmóvil y mudo durante unos segundos

—¿Qué sabes tú sobre la Alianza? —inquirió sin demora.

—Más de lo que os habéis molestado en explicarme. Esos hombres que están prisioneros...

—¿Has hablado con ellos? ¡Fiorel, es peligroso! ¡Nada tienes que hacer tú en las prisiones! ¿¡Cuántas...!?

—¿Vas a escucharme de una maldita vez? —gritó ella, furibunda.

El rey frunció el ceño, sorprendido por la determinación con que le hablaba su hija.

—Afirman que el heredero de Ászaron ha sido hallado. Teniendo en cuenta que Iraïl ha recuperado a su reina, todo parece listo para la forja de la Alianza de nuevo.

—¿El heredero de Ászaron? Pero... ¿quién...?

—Lo ignoro, pero el caso es que ellos vinieron a buscar nuestra ayuda, tu ayuda como rey de Gildar. Nos avisaron sobre el ataque dragnar y no los escuchamos.

Un nuevo impacto estalló cerca del lugar en el que padre e hija hablaban, inquietando a los soldados que aguardaban órdenes de su rey.

—Majestad... —murmuró uno de ellos.

El rey se apartó de Fiorel y le dio la espalda mientras caminaba, murmurando pensamientos ininteligibles.

—Padre —insistió ella, al verlo tan ausente.

—Hay que ponerse a buen recaudo, Fiorel —determinó el rey finalmente—. Ve hacia el refugio del castillo y no...

—¡No! —interrumpió ella, furiosa—. Antes debemos liberar a esos hombres. ¡Han venido a ayudarnos y allí encerrados no tendrán ninguna posibilidad!

—¡Fiorel! —intervino de pronto la voz de Muriel—. ¡Has perdido la razón! ¿Cómo pretendes que liberemos a esos humanos?

—¡Han venido a ayudarnos! ¡No han cometido ningún delito y sin embargo se les ha encerrado como bestias sin ninguna opción de defensa! ¡Si Gildar es un pueblo justo, no deberían estar allí! ¡Morirán!

—¡Basta, Fiorel! —masculló Muriel.

—¡Basta a las dos! —gritó el rey, imponiendo su autoridad—. Quiero que os dirijáis ahora mismo hacia el refugio y que dejéis a los soldados hacer su trabajo.

—¡Pero padre…!

—Es una orden—zanjó Gaiar.

El repentino ataque de los dragnars estaba sacudiendo a la ciudad de Gildar con inusitada violencia. Cada lanzamiento de catapulta hacía temblar los cimientos de la firme roca óhrdit como si de un potente terremoto se tratase. Ni siquiera las mazmorras se estaban librando del desastre. La sólida roca estaba empezando a ceder, derumbándose poco a poco sobre las cabezas de Ezhan y Aldan con cada nuevo impacto recibido.

Un fragmento del techo se desplomó, partiendo en dos la parte superior de la puerta.

Ezhan trató de cerciorarse de si aquella coyuntura podía ser aprovechada para huir.

—¡Tenemos que salir de aquí! —exclamó.

—El techo va a desplomarse en cualquier momento —observó Aldan, inquieto.

De pronto un soldado entró con paso apresurado en las mazmorras.

—El... rey me ha dado órdenes de que os libere pero...

187

—¡¿Y a qué estas esperando?! —gritó Aldan

—No puedo entrar ahí. El techo va a desplomarse.

Nervioso ante la precaria situación que presentaban las estructuras de las prisiones, el ohrdit se limitó a lanzar las llaves lo más cerca posible de la celda y correr, de regreso al exterior.

—¡Malditos hijo de....! —gritó Aldan, encolerizado.

Ezhan extendió el brazo a través de las rejas pero las llaves quedaban a escasos centímetros de sus dedos. Cerró los ojos y trató de recordar algún hechizo nigromante para atraer objetos con la mente y dio gracias, interiormente por la gran cantidad de utilidades que existían en la nigromancia.

—*Tarael dubotnae kai bo* —murmuró.

El grueso manojo de llaves se acercó, como si alguna especie de hilillo invisible hubiera estado sujeto a ellas desde la mano de Ezhan. Aldan tragó saliva, inquieto pero guardó silencio, decidido a no despejar dudas en aquel momento. No era la primera vez que veía a Ezhan poner en uso algún tipo de extraño poder pero si en aquel instante, aquello les servía para huir, él no podía más que estarle agradecido.

Ezhan introdujo la llave en la cerradura y esta crujió, indicando que la libertad era una opción tangible con el mero hecho de empujar aquel amasijo de hierro en el que había quedado convertida la puerta. Sin embargo, el hecho de que esta se hubiera partido, dificultaba enormemente la maniobra al tiempo que acrecentaba el temor de Ezhan y Aldan ante un posible desprendimiento del techo.

—De acuerdo —zanjó Aldan—. Un empujón a la puerta y corremos. Sin mirar atrás. Hasta la salida.

—Si esto se nos cae encima, no habrá tiempo ni de pensar.

—Pues no pienses. Sólo corre. Una, dos... tres.

Ezhan cerró los ojos y se echó a la carrera junto a Aldan; la puerta cedió con el empujón de los muchachos, que atravesaron la ruinosa mazmorra hasta la salida, atestiguando, apenas unos pocos segundos después, cómo el techo cedía, aplastándolo todo bajo su peso.

—¡Vamos! —le apremió Aldan, sin tiempo que perder.

Cuando llegaron al exterior, los dragnars habían logrado abrir ya una pequeña brecha en la sólida muralla de Gildar y algunos de ellos campaban por la regia ciudad de fuego, pese los grandes esfuerzos de los óhrdits para contenerlos fuera. Encontrar una espada no resultó difícil para Aldan y Ezhan, pues eran incontables las que estaban esparcidas por el suelo, como consecuencia del inesperado ataque dragnar.

No tardaron en unirse a la pelea y tratar de minimizar el efecto de sus enemigos en el reino óhrdit.

El rey luchaba en la primera línea, cuando de pronto una de aquellas gigantescas criaturas que Aldan ya había visto en el bosque, se detuvo frente a él. Gaiar se dispuso a asestarle un fuerte golpe con su mandoble, pero el enorme ser lo detuvo como si de una pequeña astilla se tratase. El gigante intentó dar la réplica al rey, cuya escasa resistencia apenas dio para que su cuerpo saliera proyectado, golpeándose duramente contra el suelo. Sin concederle tregua alguna, la bestia lo agarró por la pierna, dejándolo suspendido en el aire y lanzándolo de nuevo con fuerza contra la muralla. El óhrdit quiso incorporarse sin llegar a lograrlo, pues había sufrido una fuerte conmoción. Aldan corrió en su ayuda y clavó su espada en el costado de su enorme oponente, llegando a desgarrar su gruesa piel, sin que esto inmutase en exceso al monstruo. Se revolvió, furioso y buscó a Aldan, que logró escabullirse sin sufrir daño alguno.

Rápidamente Ezhan acudió en su auxilio, aunque sus insistentes estocadas parecían no hacer mella en el gigante, pues aquella mole no mostraba tener ningún punto débil. A pesar del cansancio, Ezhan persistía en su objetivo hasta que, por fin, el frío acero se hundió en el costado de la colosal criatura, provocando la emisión de un escalofriante alarido, que precedió al desplome de la bestia.

—¿Estás bien? —preguntó Ezhan, respirando de forma agitada.

Aldan asintió y se puso rápidamente en pie para continuar luchando, pues los dragnars aún campaban por las tierras óhrdits, sembrando el caos.

—¡El volcán! —gritó de pronto una voz entre la multitud—. ¡Estamos salvados!

Ezhan y Aldan observaron la chimenea del enorme volcán que flanqueaba la cara sur de Gildar. Una densa humareda se alzaba, imponente, al cielo, advirtiendo de una inminente explosión.

—¡Corred! —los apremió el rey—. Tenéis que poneros a salvo. ¡Rápido!

Ezhan y Aldan obedecieron y corrieron hacia el castillo sin volver la vista atrás. Ezhan sujetaba a Aldan, tirando de su brazo con fuerza, pues a pesar de la velocidad que el muchacho había imprimido a su carrera, esta no se presumía suficiente para escapar de la implacable lava, toda vez que su rodilla sangraba de forma considerable.

—¡Vamos, vamos, vamos! —gritaba Ezhan, furioso.

Cuando al fin alcanzaron la pétrea construcción, subieron por la escalinata hasta encontrarse en el patio de entrada. La roja y ardiente lava había empezado ya a cubrir cada rincón de Gildar, provocando que los dragnars y sus gigantes sucumbieran a su merced, envueltos en gritos de horror que ponían los pelos de punta. Los óhrdits, sin embargo, caminaban entre la lava como si lo hicieran sobre la nieve.

—¿Cómo es posible que ese volcán...? —murmuró Aldan, incrédulo—. ¿Cómo podéis vivir con un volcán activo sobre vuestras cabezas? —exclamó.

De todos era sabido que Gildar se hallaba a los pies de los imponentes volcanes de Cynn pero verlo, atestiguarlo en primera persona, era algo muy distinto.

—El Erain nos protege desde tiempos inmemoriales —respondió Gaiar, mientras observaba, impasible, el inesperado naufragio de su reino—. Somos hijos del fuego.

—Es una locura —volvió a decir Aldan, incapaz de apartar su mirada de la lava y de los óhrdits que caminaban entre ella.

—Vamos —respondió el rey—. Tenemos mucho de qué hablar.

Apenas habían accedido al interior del castillo, cuando los elevados portones de la amplia sala se abrieron de par en par, permitiendo la entrada a Muriel, la hija mayor del rey, que era apenas unos pocos centímetros más baja que su padre e igual de imponente.

—¡Padre! —Se detuvo, petrificada, al encontrarse con Aldan y Ezhan allí—. ¿Qué significa esto?

Fiorel, algo más baja, corrió tras su hermana y esbozó una leve sonrisa al topar con el mismo panorama.

—Padre, ¿estáis bien? —preguntó, sujetando al soberano de Gildar del rostro.

—Sí, estoy bien. Afortunadamente... estos huma... estos muchachos me ayudaron...

—¿Te ayudaron? —exclamó la primogénita del rey—. Ni siquiera deberían estar vivos.

—¡Muriel, basta! —exclamó Fiorel.

—¡No! No voy a callarme. Se supone que estos dos humanos eran nuestros prisioneros y estaban condenados a morir. Y de repente se han convertido en unos héroes que han salvado la vida del rey de Gildar. ¡Espero una explicación, padre!

—Pues creo haber sido suficientemente claro al respecto, Muriel —respondió el rey secamente—. No lamento que continúen con vida, pues como te digo, han

191

salvado la mía. Además, ¿Desde cuándo el rey debe dar explicaciones a nadie? Aldan y Ezhan fueron detenidos por conspiración contra Gildar y su rey. —El primero de ellos negó con la cabeza, incapaz de contener una sonrisa irónica—. Pero me han salvado la vida, así que creo que queda más que demostrado que no venían a atentar contra mí.

—¡Pero...!

—¡No quiero oír ni una palabra más! —zanjó Gaiar—. Cuando la lava se enfríe, quiero que limpiéis la ceniza —les dijo a sus soldados—. Id a comprobar los daños sufridos y reparad de inmediato la grieta en la muralla.

—¡Sí, majestad! —respondió el soldado.

—¡Y ahora marchaos! Deseo hablar con estos muchachos.

Fiorel caminó hacia la puerta, dubitativa al comprobar que su hermana se mantenía firme e inmóvil en su sitio. Sin embargo, la mirada del rey fue una muda advertencia y aunque la soberbia de Muriel se mantuvo intacta, la joven desapareció pasillo a través.

Gaiar suspiró y se llevó la mano a la frente en un aparente gesto de hastío. Sus fuertes brazos estaban cubiertos de heridas y golpes, al igual que su rostro y el resto de su cuerpo, lo cual le confería al soberano ohrdit un aspecto aún más sobrecogedor. Su cabello oscuro se apelmazaba en sangre seca hasta sus hombros.

—Ante todo quiero agradeceros que me hayáis salvado la vida. Las diferencias que nos separan no me privan de otorgaros lo que es vuestro y reconocer vuestros méritos.

—No hemos venido a haceros daño, sino todo lo contrario —respondió Ezhan.

—Lo que ocurre es que no nos disteis oportunidad de decíroslo —apostilló Aldan.

—No es momento de reproches —lo interrumpió de nuevo Ezhan—. Lo que nos ha traído hasta aquí es un asunto de suma importancia. La antigua Alianza ha empezado a recomponerse y necesitamos saber que contaremos con el apoyo de los óhrdits y con el cumplimiento de la parte que os toca en la profecía de los magos.

—¿Qué os hace pensar que la Alianza se recompone?

—Los tronos elegidos están de nuevo ocupados y los ejércitos de Vrigar vuelven a asediar nuestras ciudades.

—Sí... —musitó el rey, mirando a través de la amplia ventana—, de eso podemos dar fe nosotros.

—¿Y bien? —preguntó Aldan, visiblemente impaciente.

—¿Qué hay del rey de Ászaron? ¿Quién es? ¿Dónde está? Me parece incierto que después de tantos años de intensa búsqueda por parte de Néder y lo suyos, hayan conseguido encontrarlo.

Ezhan observó a Aldan, que se mantenía inmóvil y en silencio.

—Una historia confusa hace que Ezhan y yo no sepamos cuál de los dos es el verdadero hijo de Séldar —respondió, para sorpresa del propio Ezhan.

Aldan se había mostrado convencido en todo momento de su propia identidad y la de su padre; de camino a Gildar, tras marcharse de Ászaron le había asegurado que lucharía por mantener su posición y no le permitiría, ni a él ni a nadie, tratar de usurpar un trono que sentía plenamente suyo. Sin embargo, aquella era la primera vez que admitía la posibilidad de que Ezhan pudiera ser el dueño de todo aquello que siempre había defendido como propio.

Gaiar paseaba su mirada de uno a otro.

—¿Desconocéis quién de los dos es el hijo de Séldar?

—Sí, pero lo importante es que es uno de nosotros. Por tanto ambos debemos llegar hasta Ászaron una vez que hayamos hablado con los élars. El fuego de la Alianza nos revelará la verdad —concluyó Ezhan.

193

—¿Podemos contar con Gildar? —intervino entonces Aldan.

—Debo pensarlo...

—¡No hay tiempo para pensarlo! —gritó Aldan, alterado. Ezhan colocó la mano en su hombro y trató de calmarlo.

—Majestad, Néder y sus hombres se quedaron más allá de la Selva de Yoth, luchando contra los mismos dragnars que hoy os han atacado —le explicó al rey—aes. Desconocemos la suerte que corrieron, pero arriesgaban su vida para que nosotros pudiéramos llegar hasta aquí. Los dragnars atacan Gildar, Ászaron, Cahdras, Ayión y cientos de aldeas y ciudades más. Debemos dejar de lado nuestro orgullo y anteponer la paz de Askgarth.

El rey continuaba guardando silencio.

—Es inútil —concluyó Aldan, con desánimo—. No lograremos nada en Gildar.

Tratando de sacar fuerzas de flaqueza, abandonó la sala y caminó a través del largo pasillo en dirección a la calle. Esperaba que la lava se enfriase pronto y poder marcharse rápidamente de allí, pues el tiempo había hecho una mella irreversible en los óhrdits y aquello resultaba más que vidente.

Apenas había dado unos pocos pasos cuando, topó con el iracundo rostro de Muriel, detenida en el pasillo contiguo.

—No creas ni por un momento que os debemos algo —le advirtió la joven.

—¿Qué demonios te tiene tan sumamente amargada?

—Mucho cuidado, humano, estás hablando con la hija del rey: la heredera al trono de Gildar.

—Y tú estas hablando con el hijo del rey de Ászaron y heredero a su trono, ¿y qué?

Muriel abrió la boca pero las palabras se le agolparon sin llegar a salir.

—¡Vaya! —exclamó Aldan, acercándose más a ella, que le sacaba prácticamente un palmo—. ¿Te he dejado sin palabras? Esto sí que es un acontecimiento.

—¡Estas mintiendo!

—¡Y tú eres preciosa —exclamó él, apartándose de nuevo—. ¿Ves? ¡Ahora sí he mentido!

—Eres un maldito hijo de...

—Piensa lo que te dé la gana. No me apetece en absoluto perder el tiempo intentando convencer a una cría testaruda como tú.

*****

—La Alianza supuso mucha sangre y destrucción para mi pueblo, Ezhan. Entiende que no sea fácil para mí. Forjar la Alianza convierte a las ciudades elegidas en los blancos predilectos de los dragnars.

La voz del rey le llegó a Muriel envuelta en el eco que abrazaba aquella enorme sala, reverberando con insistencia a través de los pasillos. La princesa pegó su espalda a la pared y se mantuvo en silencio, mientras escuchaba la conversación entre Ezhan y su padre.

—Es el único arma que tenemos para luchar contra ellos —insistió el muchacho—. Muchos óhrdits, hombres y élars pelearon y murieron por esa Alianza.

El rey seguía mudo.

—Majestad, entiendo que no sea una decisión fácil para vos, pero observad lo que acaba de ocurrir. No importa si Gildar forma parte o no de la Alianza; forma parte de Askgarth y eso es suficiente para convertiros en blanco de los dragnars. Sin la unión no tenemos ninguna oportunidad.

El rey alzó la mirada que había mantenido clavada en el suelo.

—Tú eres el hijo de Séldar, ¿verdad?

Ezhan comprobó que los ojos de Gaiar se habían fijado en el medallón que pendía de su cuello, un colgante que había tratado de mantener oculto entre su ropa, concediéndole una necesaria discreción pero que había asomado tras la dura batalla contra los dragnars.

—Reconozco ese medallón aunque jamás lo vi antes. —El rey le mostró un colgante similar pero fácilmente distinguible del de Ezhan—. Este es el Gild. Todos los reinos elegidos poseen uno. Sin duda alguna es el Ászar, el medallón del rey. Aquel que busca a su portador. ¿Qué te hace dudar de quien eres?

—Aldan tiene argumentos como para que podamos pensar que él es el hijo de Séldar. En cualquier caso, como os dije antes, el fuego nos revelará la verdad, pero antes de eso nos queda un largo camino por delante, camino que empieza en Gildar y que no podremos recorrer sin vuestra ayuda. Por favor.

Las reticencias de Gaiar eran más que evidentes pero, al parecer, el Ászar había logrado un efecto del que no habían sido capaces sus palabras ni las de Aldan.

—Está bien —concluyó el rey óhrdit—. Es evidente que Gildar ya es blanco de los dragnars, así que nada tenemos que perder. Gaiar pondrá toda su voluntad, como en su día hiciera su padre, en luchar por la paz definitiva. Él creía firmemente en la Alianza y yo lo haré también, aunque solo sea en su honor.

Ezhan sonrió, aliviado.

—¿Cuál es el siguiente paso? —le preguntó el rey.

—Iraïl es nuestro siguiente destino. Néder nos indicó que no lo esperásemos si no llegaba en tres días, aunque estoy seguro de que el mismo escuadrón de dragnars que ha asediado vuestra ciudad es el que luchaba contra ellos, así que algo me dice que es mejor que actuemos cuanto antes.

—Lamento haberos hecho perder tiempo en las prisiones.

—Luchad a nuestro lado y para nosotros será suficiente.

CAPÍTULO 8

Despertó de pronto y observó a Riley, que aún dormía plácidamente. Arsen, sin embargo, no estaba con ellos. Yara se incorporó y distinguió su figura algo más apartada, sentada en el suelo y con aire pensativo. La nigromante suspiró y se acercó a él, tomando asiento a su lado, aunque sin mirarlo.

—¿Por qué no me dijiste quién eres? —le preguntó ella.

—No me lo preguntaste.

Yara sonrió.

—Sabía que eras una nigromante —añadió el dragnar—, así que conociendo vuestra imparcialidad en esta guerra no hubiera tenido problema en hacerlo, pero pronto me di cuenta de que tú sí habías tomado partido por un bando, y no precisamente por el mío.

—Pero aun así me ayudaste, ¿o no?

—Iba a ayudarte a llegar a Ászaron, pero a cambio de algo, por supuesto.

—¿A cambio de qué?

—De que me ayudes a llegar a Dóngur, a encontrar sus negras puertas y a invocar al guardián.

Yara lo miró por primera vez y guardó silencio.

—¿Para qué quieres llegar hasta allí?

—Quisiera que liberases el alma de un dragón muerto; una hembra.

La nigromante alzó una ceja, confusa ante la inesperada petición del dragnar.

—¿Liberar el alma de un dragón hembra? ¿Para qué?

—Durante los inicios del mandato de Vrigar todos los dragones fueron aniquilados; todos menos uno. El más majestuoso de ellos habita aún en Ódeon, pero necesitamos de una hembra para recuperar a la especie o, de lo contrario, se extinguirán para siempre.

—Lo que me pides es imposible. Me concedes más poder del que realmente tengo.

—Los dragones nos ayudaron en la guerra —insistió Arsen—, pero antes de que los hombres derribasen al primero de ellos, nunca habían hecho daño a nadie. Para nosotros los dragnars, los dragones no son simples mascotas. Hombres, élars, nigromantes..., todos estáis dispuestos a sacrificar caballos, earas o valars durante la batalla, pero nosotros no sacrificamos a los dragones. Ellos lucharon a nuestro lado por orden de Vrigar; de no ser así, nunca los habríamos expuesto. Son la esencia de nuestro pueblo y no merecían semejante final. No lo merecen.

—Probablemente tengas razón, pero yo no....

—Ahora me dirás que, como nigromante que eres, te mantienes al margen en la guerra, ¿no es así?

Yara entornó los ojos.

—¡Oh, claro! Lo olvidaba, ya has tomado partido. Por el bando contrario —repitió Arsen, incorporándose. Yara lo imitó—. ¿Cómo ibas a ayudarme a recuperar a una raza de nobles animales, cuando el adversario requiere a los tuyos para volver a forjar una Alianza que nos destruya?

La ayuda que ellos te solicitan es mucho más noble que la mía.

—¿Por qué me haces responsable del destino de la guerra? Además, yo ni siquiera...

—¡Olvídalo!

Yara siguió a Arsen cuando este anduvo, alejándose más de allí.

—¿Por qué te desterraron de Ódeon?

Arsen continuó andando e hizo oídos sordos pero Yara lo sujetó del brazo, obligándole a detenerse, aunque el muchacho ni siquiera se dio la vuelta.

—No creo que eso importe.

—Si no me importase, no preguntaría.

El dragnar suspiró y guardó silencio durante unos segundos, antes de volver a hablar:

—Mi hermano Noreth era el Señor de los dragnars —empezó a explicar él, con la mirada perdida.—. Cuando el ejército de Vrigar se quedó solo frente a las puertas de Ódeon, no nos costó demasiado derrotarlos. Capturamos a tu pariente, pues no era solo un soldado, sino el segundo señor de Dóngur. Cuando estaba encerrado en las prisiones Vrigar desafió a mi hermano... y le venció. Le mató —añadió, clavando sus ojos en Yara—. En Ódeon tenemos una ley que establece que un dragnar es dueño de lo que mata. Esa ley existe desde hace muchísimo tiempo. Vrigar hizo alusión a ella para ocupar el trono de mi pueblo. Había matado al rey, así que el nigromante se sintió en pleno derecho de alzarse como soberano de Ódeon. Mi hermana Leith, heredera por sucesión al trono, lo aceptó y renunció a ocupar el lugar que le correspondía por derecho. Alegó que la ley era sagrada y debía cumplirse. Ella dio por sentado que si mi hermano Noreth había aceptado el desafío del nigromante, también habría establecido que el vencedor reinase entre los dragnars. A pesar de lo que había hecho Vrigar, Leith creyó que podía resultarnos beneficioso que un nigromante ocupase nuestro trono, pues demostró ser más poderoso que un dragnar. También pensó que los vuestros se unirían a nosotros en la guerra y que lograríamos así un importante aliado. Pero se equivocó. Zor estableció la neutralidad de los nigromantes y, lejos de aliarse con Vrigar, le consideró un traidor. Yo me negué a servir al nigromante, al asesino de mi hermano, así que mi hermana me desterró

—Tu hermana fue muy dura contigo —respondió Yara tras escuchar atentamente la explicación.

—Lo usual hubiera sido que me hubiera matado. En lugar de eso me desterró. No puedo quejarme.

—Es sorprendente que ella se posicionase del lado de aquel que mató a vuestro hermano.

—Su sentido del deber es muy estricto. Para Leith una ley es sagrada e inquebrantable.

—¿Y qué opina tu pueblo? ¿También anteponen su sentido del deber? ¿Aceptaron de buen grado como soberano al asesino de su rey?

Arsen había dado la espalda a Yara durante toda la explicación pero, llegado a aquel punto, se volvió y la miró.

—El pueblo de Ódeon tiene miedo —respondió finalmente—. Mi hermano Noreth era muy impulsivo pero era un rey justo y noble con los suyos. Vrigar no tiene nada que ver con él. El nigromante impone su tiranía sobre los dragnars y, con el paso de los años, mi gente se dio cuenta de que nosotros solo somos un instrumento para llevar a cabo su particular guerra.

—Así pues... ¿los dragnars no están de acuerdo con el mandato de Vrigar?

—El nigromante ha pisoteado muchas de nuestras señas de identidad, empezando por los dragones. Él los utilizó en la guerra hasta que se extinguieron. Noreth jamás lo habría hecho. No te quepa duda de que los míos se rebelarían si se atreviesen.

—En el fondo, pues, élars, hombres, óhrdits y tú mismo tenéis un objetivo común: Vrigar. Todos ansiáis matarlo y la Alianza a la que hacías referencia es la única oportunidad para lograrlo. Sabes que las demás razas necesitan a los nigromantes y a los dragnars, incluso, aunque muy pocos conocen esto último. Necesitan un representante legítimo de cada trono; es lo que dice la profecía. Tú eres hermano del que fuera rey de Ódeon. Tal vez...

—Lo que estás insinuando supone una traición a los míos. No serviré a Vrigar pero él no inició la guerra. Las causas de nuestra lucha me parecen justas y que no esté de acuerdo con su mandato no significa que vaya a entregar a los míos. No apoyaré a la Alianza como representante del trono de Ódeon.

—Él no inició la guerra —murmuró la nigromante—. ¿Y quién lo hizo? ¿Por qué lucháis? Ni siquiera...

—Ohrdits y humanos derribaron a Raistak, el primer dragón. Créeme, aunque muchos lo hayan olvidado, en el corazón y la memoria de los dragnars, la causa de todo esto sigue muy latente. Y ahora será mejor que descanses —añadió el dragnar—. Es hora de que cada uno siga su propio camino...

—¿Adónde irás? —preguntó ella.

—Seguiré buscando las puertas del Inframundo. Lucharé hasta el final por el retorno de los dragones y si no lo consigo... ¿qué más da? Soy un dragnar, enemigo de todas las razas de Askgarth pero, al mismo tiempo, soy un desterrado en mi pueblo. Mi cabeza tiene precio allí.

*****

Aunque había tratado de mantenerse despierta, Yara había acabado por sucumbir a un reparador sueño. Desde que partiese de Dongur apenas había logrado pegar ojo con un mínimo de calma y, aunque no le agradase reconocerlo, la presencia de Riley la ayudaba a ese respecto. Odiaba que su padre la considerase tan incapaz como para haber enviado a alguien a cuidar de ella pero en un recóndito rincón de sí misma admitía una nimia gratitud. Sin embargo, abrir los ojos al nuevo día la puso frente a la situación que había tratado de evitar la noche anterior:

—¿Dónde es está Arsen? —preguntó, acercándose a Riley—. Esperaba que hubiera recapacitado. Sólo no llegará a ninguna parte.

—Él es libre de ir adonde le plazca, y para mí, francamente, es un estorbo.

—Es un crío, Riley. Además, él me ayudó a llegar hasta aquí y lo hubiera hecho hasta llegar a Ászaron. Sólo quería que yo le guiase hasta el pantano de Thion.

—No me importan sus intenciones; no ayudaremos a hombres, ni a élars, ni a óhrdits... ni a dragnars —aclaró, fijando sus ojos, de un curioso tono violáceo, sobre los de Yara—. No pensaréis en ir a buscarlo, ¿no?

La nigromante, sin embargo, no se entretuvo en responder. Sin perder más tiempo, montó sobre su caballo y cabalgó de regreso sobre sus pasos, siguiendo el trazado por el que atisbaba las huellas de Arsen, unas huellas que aún estaban frescas y que se confirmaron poco tiempo después con los cuerpos sin vida de dos dragnars. Alzó la vista, inquieta y consciente de que aquellos dos no debían andar solos. Unos temores que no tardaron en verse refrendados cuando, montaña abajo, ascendiendo a través de la pedregosa loma, divisó a un nutrido grupo de dragnars. Por un instante vaciló: ¿Por qué Arsen había seguido avanzando en esa dirección pese a la presencia enemiga? ¿Acaso era posible que no los hubiera visto? Fuese como fuera, Yara sabía que continuar en aquella dirección era peligroso pero también sabía que no podía abandonar a Arsen allí, pues haber dado con un representante del trono más complejo del que hablaban las profecías era un golpe de suerte que no debía desechar.

Arsen se había mostrado reacio a ayudar a la Alianza pero si antes era ella quien le echaba una mano a él, tal vez el dragnar acabase por resconsiderarlo.

—Mi señora... —insistía Riley, siguiéndola a regañadientes a lomos de su valar.

De nuevo, Yara hizo caso omiso a su llamada y continuó cabalgando de regreso. Otro cuerpo sin vida le advirtió de que algunos dragnars debían haberse adelantado al resto del escuadrón, probablemente con el objetivo de examinar el terreno y adelantarse a hipotéticos contratiempos pero topar con Arsen no había supuesto peligro sólo para ellos.

Yara escrutó el entorno con vehemencia y no tardó en encontrar a Arsen tendido en el saliente de la falda de la montaña, en un tramo de difícil acceso. Su rostro, golpeado y magullado, evidenciaba la lucha que debía haber llevado a cabo, con aquellos cuyos cuerpos la nigromante había ido encontrando.

Yara dio un salto y desmontó de su caballo.

—¡Arsen! —gritó, sin moverse de su sitio—. ¡Arsen! ¿Puedes oírme?

Comprobó que el joven estaba consciente, aunque a duras penas podía articular un solo músculo.

Ella buscó a su alrededor, tratando de encontrar el modo de bajar hasta allí y rescatar al dragnar pero el sinuoso terreno no ofrecía demasiadas posibilidades al respecto. La muchacha descendió un trecho, tratando de soportar el fuerte viento que soplaba en la cima, mientras Riley la observaba con inquietud aunque algo apartado y en silencio.

—¿Adónde vas? —logró preguntar Arsen. Su voz se perdió entre el eco persistente de la montaña pero Yara se mostraba ajena a todo lo que no fuese reunir la máxima concentración para llegar hasta él. Estaba cerca pero le resultaría imposible seguir avanzado sin precipitarse a un aterrador vacío cuyo fin la vista no alcanzaba a ver, de modo que Yara se agachó, ya cerca del lugar en le que Arsen permanecía herido y extendió su brazo:

—¡Dame la mano! —gritó—. Necesito un esfuerzo por tu parte. ¡Vamos!

Riley resopló y se esforzó por mantenerse inmóvil. No le importaba lo más mínimo la suerte de aquel dragnar pero Zor, su señor, lo había enviado para cuidar a su hija y si esta acababa despeñándose por la ladera de una montaña en el firme y absurdo objetivo de salvar la vida de un dragnar, el primer rey de Dongur no se lo tomaría demasiado bien; máxime cuando ese 'sencillo' gesto podía suponer la ruptura de la neutralidad en la guerra, aunque por lo que tenía entendido, Yara no se había privado de participar en ella y por lo visto, con los dos bandos.

—¡Lárgate! —gritó Arsen—. Se acerca por lo menos un centenar más de dragnars, así que deja de exponerte inútilmente y vete.

—No lo haré sin ti, de modo que dame tu maldita mano.

Arsen trató de incorporarse, consciente de que la testaruda nigromante no se marcharía así como así. Yara gateó, intentando acercarse más hasta el final del precipicio. Sus dedos se rozaron y, con esfuerzo, la muchacha logró asir la muñeca del dragnar, aferrándolo con fuerza. Sin embargo, podía sentir cómo su cuerpo cedía por el peso de Arsen. Cuando estaba a punto de caer, extrajo una daga de su cinturón y la clavó en la dura tierra, atravesando la capa de nieve y manteniendo la posición aunque incapaz de hallar una salida.

Riley chasqueó la lengua y se acercó, con cuidado hasta lograr alcanzar el brazo de Yara. Apenas había llegado cuando la primera flecha enemiga surcó el aire, perdiéndose tras del nigromante. La joven lo miró, con los ojos como platos y después, buscó con la vista al grupo de dragnars que ascendía por la montaña y que ya los habían visto.

—¡Suéltame y lárgate! —insistió Arsen.

—Ya lo has oído —intervino Riley—. Suéltalo.

—¡No! —respondió Yara.

Arsen se sacudió, tratando de que la resistencia de la nigromante tocase a su fin y poder verse libre de un agarre que, en aquel momento le impedía resbalar loma abajo y asumir una caída desastrosa. El viento cortante le helaba las manos a Yara, que además, había de soportar las heridas que el dragnar le efectuaba en su afán por que lo soltase.

—¡Estate quieto, maldito imbécil! —farfulló ella.

Otra flecha surcó el aire y, esta vez, se clavó directamente en el hombro de Riley, que se mantuvo firme en la sujeción de Yara a pesar de ello.

—¡Suéltalo! —gritó, furioso.

La nigromante le lanzó una mirada iracunda a su congénere, dejándole claro que aquella no era una opción que estuviese dispuesta a contemplar.

—Si quieres que lo deje caer, tendrás que soltarme tú a mí —gritó.

La resolución en los ojos de Yara le dejó claro a Riley que no estaba simplemente desafiándolo. Decía la verdad. El nigromante gritó al tiempo que efectuaba un esfuerzo titánico tirando del brazo de Yara y elevándolos a los dos desde la caída de la montaña. En unos pocos segundos, tanto ella como Arsen estuvieron de nuevo pisando suelo firme bajo sus pies.

—¿Estás bien? —le preguntó ella al dragnar.

Este sólo acertó a asentir.

—¡Tenemos que irnos! —exclamó Riley, incorporándose—. Si os empeñáis en ayudarle, nos atacarán.

Las monturas aguardaban bajo una calma tensa y, atisbando ya a los primeros dragnars del grupo que ascendía por la montaña, Yara montó sobre uno de los corceles con Arsen tras de ella, mientras que Riley lo hizo a lomos del valar. Cabalgaron durante toda la noche, sin descanso, hasta que el alba empezó a despuntar por el horizonte cuando llegaban, por fin, a la parte más frondosa de la árida montaña. La temperatura había ascendido de manera notable y el viento helado había quedado atrás, concediéndoles una prolongada tregua.

Yara permanecía sentada en el suelo, con la mirada clavada en el dragnar, que aún no había abierto la boca y que tomaba asiento también frente a ella, con la cabeza agachada. La nigromante apartó los ojos de él y los fijó en su particular escolta: Riley descargaba alguna cosas de las alforjas del caballo, todavía con la flecha clavada en su hombro, aunque sin ofrecer el más mínimo síntoma de dolor.

Las palabras de Arsen recuperaron la atención de la joven.

—¿Por qué demonios no me soltaste?

—Porque no devuelvo favores dejando morir —sentenció ella con sequedad.

Arsen suspiró y se puso en pie; caminó hacia Riley y se detuvo, tragando saliva al ver la enorme flecha que se le clavaba en la parte superior del brazo, provocando un hilillo de sangre que le resbalaba a través de su fibrosa extremidad.

—Comeremos algo y descansaremos —concluyó este, sin tan siquiera mirarlo—. Después partiremos de inmediato. Los dragnars nos pisan los talones y el Paso de Ondim está ya cerca. En un par de días estaremos en las fronteras de Ászaron.

—Yo no voy a Ászaron —sentenció Arsen.

—Tú puedes ir a donde te apetezca —respondió Riley, en idéntico tono—. Traerte con nosotros solo nos ocasiona problemas, así que por mí, márchate cuanto antes.

—¡Oh, claro! Vosotros sois imparciales. ¡Es increíble la indiferencia con la que los nigromantes vivís esta caótica situación! Todos morimos luchando por algo y vosotros os sentáis a mirar.

—¿Te parece que nos estamos sentando a mirar? —preguntó Yara, acercándose.

Arsen le dedicó una larga mirada y se apartó de allí, dejándose caer junto a un árbol, al cobijo de la frondosa arboleda. Yara se disponía a hablarle a Riley cuando el gesto de este al sacarse la flecha con un seco tirón la dejó muda. Sin efectuar el menor aspaviento, el nigromante taponó la herida con un largo jirón de tela que enrolló alrededor de su brazo.

—Desengañaos, mi señora —le dijo aún, atareado en sus quehaceres y sin mirarla—. Nadie aprecia a nuestra raza. Ni siquiera vuestro amigo.

—Arsen tiene razón. No habla de nosotros, sino de los nigromantes en general. Estamos en medio de un fuego cruzado y no hacemos absolutamente nada. Las cosas no deberían ser así.

—No os lamentéis por lo que debería ser o por lo que no se ha hecho. Es pasado; no tiene solución.

—Todo parece tan fácil para ti...

—Los hombres, los élars, los óhrdits... los dragnars... hacen que las cosas más sencillas parezcan complicadas. Olvidar lo pasado, vivir el presente, afrontar el futuro. Nada más.

—Olvidar el pasado... —musitó la joven con la mirada perdida—; entonces, ¿por qué no olvidamos la ofensa de los hombres, los élars y los óhrdits y los ayudamos a recomponer la Alianza para vencer a Vrigar?

—Hay errores que no tienen solución. En su momento sólo exigimos una rectificación, algo tan sencillo. Pero las demás razas son orgullosas.

—¿Y la nuestra no, Riley?

—No confundáis el orgullo con la dignidad, señora. La acusación de traición es muy grave. Más aún cuando lo único que hizo nuestro pueblo fue acudir en la ayuda de aquellos que no podían ni tan siquiera afrontar la guerra. Comed y partamos cuanto antes.

Yara volvió la cabeza, buscando de nuevo a un ausente Arsen.

—¿No vendrás con nosotros a Ászaron? —le preguntó.

—Nada he perdido allí.

—Creí que ibas a acompañarme.

—Ya no necesitas guía. Vas muy bien acompañada. Además tu amigo te servirá de más ayuda que yo; a él no le busca nadie. A mí me persiguen todos.

—Mira, en eso tiene razón —farfulló Riley.

—¡No puedes marcharte así! —exclamó ella, acercándose a él—. Escucha, cuando todo esto termine te llevaré hasta Dóngur y una vez allí podrás hablar con mi padre. Lo dejaré todo en sus manos y...

—¡No puedo esperar! —gritó él, atrayendo la atención de Riley—. Escucha, la Alianza es el arma que ayudará a hombres, élars y óhrdits; y aunque no me guste, los dragones son el arma que ayudará a los dragnars. Tu misión es incompatible con la mía, así que olvídate de mí.

—No puedes irte otra vez.

Pero Arsen no dijo nada y Yara observó su figura perdiéndose a través del horizonte, mientras Riley se acercaba a ella.

—El dragnar tiene razón. Cuanto mayor sea la amistad que trabéis con él, más os costará posicionaros en esta guerra de la que, por otro lado, deberíais manteneros al margen. Lo mejor es que lo dejéis marchar y os olvidéis de él. Llegaremos a Ászaron en un par de días. Espero que encontréis allí a vuestro amigo, habléis con él y regresemos pronto a Dóngur. Las cosas empiezan a ponerse feas por aquí.

—¿Qué amigo? —preguntó ella, sorprendida.

Riley sonrió sin llegar a responder.

—No le deis más vueltas a este asunto, mi señora. No merece la pena.

—¿Por qué los nigromantes tienen un papel tan importante dentro de esta guerra, tanto para un bando como para el otro? —preguntó ella, tratando de desviar la atención sobre el incómodo tema que Riley había expuesto sobre la mesa, aludiendo a Ezhan.

—¿Qué importa eso? —preguntó él, con desidia.

—¿Hay algo que importe a los nigromantes?

Riley miró a Yara y se mantuvo inmóvil, descargando en el suelo, los utensilios que había sacado de las alforjas del caballo.

—Comprender las profecías de los magos es muy difícil. Esas mismas fijan que para que hombres, élars y óhrdits venzan, necesitan de los nigromantes y de los dragnars. Lo mismo ocurre para el otro bando. Es extraño que quienes luchan por una causa necesiten la ayuda de sus adversarios para vencer, ¿no os parece?

Yara suspiró.

—Cuando huimos esta tarde teníamos a los dragnars pisándonos los talones —concluyó la nigromante—. En cualquier momento aparecerán por aquí; es mejor que nos marchemos y aprovechemos la noche para avanzar.

—No corremos ningún peligro. Vrigar no atentará contra su pueblo. Esta tarde, los dragnars atacaron a vuestro amigo y, colateralmente, a nosotros. Imagino que no se percataron de que éramos nigromantes. Sin el tal Arsen estamos a salvo.

—La situación de Arsen es incluso más complicada que la de la mayoría de nosotros. Debe luchar contra aquellos que su pueblo estableció como enemigos, pero también debe luchar contra los suyos. Puede decirse que está absolutamente solo en Askgarth.

—Él ha elegido su camino.

—Espero que pronto esté lejos de aquí y... a salvo.

—No creo que vaya a poder llegar muy lejos —concluyó él, recogiendo de nuevo sus enseres.

—¿Por qué no?

—El Paso de Ondim es un viejo puente cuya estructura se debilita a pasos agigantados en los últimos tiempos. Me sorprendería que aún existiera. Es el único modo de atravesar el caudaloso río que cruza el valle entre las montañas.

—¿Y por qué lo dices ahora?

—Nadie me lo preguntó antes. Y ahora, avivaré el fuego para que podamos comer algo caliente sin que...

—¡Vámonos! —lo interrumpió ella. Pateando la tierra con vehemencia la echó sobre las tenues llamas de la fogata, extinguiéndolas por completo—. ¡Hay que ayudarle a cruzar el paso! Si topase con más dragnars estará en una ratonera sin salida.

Riley dedicó una suplicante mirada al cielo.

—Quién me mandaría a decir nada... —murmuró para sí.

—Puedes volver a Dóngur, si quieres —le dijo ella, al ver su expresión—. Yo no te pedí que vinieras.

—No aspiro a que Zor me rebane el pescuezo todavía. Vamos —suspiró.

*****

Al anochecer, Arsen llegó cerca del Paso de Ondim, un largo puente de madera, bastante corroído por el transcurso del tiempo y las inclemencias meteorológicas que la montaña sufría en invierno. Al Oeste, aún quedaban los vestigios de lo que antaño fuera el poblado de guerreros que migrara por las primeras guerras de clanes que asolaron Askgarth en tiempos remotos. Nunca regresaron a su primer establecimiento y según se decía de ellos, aquel pueblo de nómadas representó a los primeros guerreros de Ászaron, cuna de grandes luchadores y honorables reyes.

Arsen se detuvo y observó el puente colgante que debería dejar atrás, un acceso, en apariencia, extremadamente inestable. El viento que soplaba en lo alto de la montaña no era demasiado fuerte pero, aun así, sí resultaba suficiente para hacer oscilar la vieja estructura, que se movía en un continuo vaivén, emitiendo sus maderas un inquietante crujido. Apenas había logrado poner un pie sobre el puente cuando una voz lejana y conocida llamó a su atención. La voz de Yara.

El raudo cabalgar del caballo sobre el que montaba la llevó hasta él en un abrir y cerrar de ojos, seguida de cerca por Riley y su valar.

—Gracias a los dioses que te encuentro —exclamó Yara.

—No puedo creerlo —farfulló Arsen—. ¿Me estáis siguiendo?

—Para tu información, este es el único camino por el que podemos pasar para llegar a Ászaron. Teníamos intención de avanzar durante la noche, ¿cierto Riley?

—Si, claro... —respondió el nigromante.

—Ya... —musitó Arsen, negando con la cabeza—. Había oído de la testarudez ohrdit pero no de la nigromante.

—Te sorprendería... —masculló Riley de nuevo.

Yara desmontó de su caballo y se acercó despacio hasta el puente, observando el panorama con preocupación.

—Deberíamos cruzar de uno en uno. El puente no parece demasiado estable —comentó ella, ignorando aquel amago e conversación—. ¿No podemos utilizar la nigromancia para cruzar de alguna forma más segura?

—Lejos de Dóngur, la única forma de que nosotros podamos utilizar la nigromancia es a través de alguna muerte. ¿Algún voluntario? —preguntó irónicamente.

—Está bien —respondió Yara—, yo cruzaré primero.

213

—Tened cuidado.

La altura que se imaginaba bajo el puente y que ni siquiera alcanzaba a verse desde allí, debía ser realmente aterradora. Un espeso manto de nubes de vapor flotaba bajo la madera ocultando la caída existente. Solo el leve y lejano sonido del agua del río que cruzaba podía distinguirse en un rumor lejano.

Yara tragó saliva y, sujeta a las viejas cuerdas que formaban el único asidero del puente anduvo unos quince metros aproximadamente. Lo hizo con una mezcla de determinación y duda hasta que, finalmente logró alcanzar el otro extremo y volver a encontrarse en tierra firme.

—Hora de despedir a estas dos preciosuras —dijo entonces Riley. Con premura, vació las alforjas de los caballos y cargó el contenido más importante en un par de bolsas de tela, una de las cuales se colgó a la espalda, cargando con la otra a Arsen.

—Esto pesa como un muerto —se quejó el dragnar.

—No querrás que nos quedemos sin víveres, ¿no?

—No pero...

—Cruza.

—¡Tú, primero! —exclamó Arsen, mientras se acomodaba su improvisado equipaje a la espalda.

Riley entornó los ojos.

—No sé lo que dejaré tras de mí y te advierto de que no voy a preocuparme demasiado, así que...

—¡Riley! —gritó Yara.

Su mueca fue una muda advertencia que el nigromante acató, guardando silencio y poniéndose en marcha. Sujeto a los cabos de cuerda que discurrían a modo de balaustrada, Riley colocó su pie sobre la vieja madera y trató de calibrar su resistencia. Era evidente que no aguantaría mucho más pero se hacía necesario que, al menos lograse sostenerse unos pocos minutos, por lo que el nigromante avanzó con pasos cortos y conteniendo casi la respiración. Pese a la tranquilidad con la que avanzaba,

Riley fue consciente de que las cuerdas empezaban a deshilacharse hasta que las del costado derecho terminaron cediendo, dejando el puente ligeramente inclinado, un desequilibrio que Riley pudo solventar nivelando su cuerpo hacia el otro lado.

La prueba de fuego, sin embargo, llegaría al tener que sortear un agujero que dividía el puente. Yara lo había saltado sin problemas, merced de la ligereza de su cuerpo pero para Riley sería otra cosa. Podría salvarlo con un largo salto, pero el impacto que produciría su caída podría partir el puente en dos.

De pronto, el sonido de unos gritos lejanos les puso sobre aviso

—No... —murmuró Riley, cerrando los ojos—. Ahora no.

—Dragnars —exclamó Yara, dándole credibilidad a los temores del nigromante.

Lejos de perder la calma, sin embargo, este echó mano a un curioso objeto que guardaba en su cinturón, un círculo dentado del que colgaba un pequeño cabo de fina cuerda pero férrea resistencia.

—¡Apartaos, mi señora! —gritó.

Yara se hizo a un lado y el nigromante lanzó el objeto, envolviendo el cabo alrededor del tronco de un grueso árbol al que quedó anclado. Acto seguido, Riley dio un salto lateral, abandonando la estructura del puente y sujetándose al cabo como si de una improvisada liana se tratase. Sus pies impactaron contra la firme roca de la montaña, que trepó con suma facilidad hasta llegar junto a Yara. Mientras, Arsen había empezado ya a cruzar el puente a paso lento y muy inseguro, pues los gritos de los dragnars se escuchaban cada vez más cerca.

—¡Vamos, Arsen! No mires abajo —lo apremiaba Yara.

Los viejos y castigados tablones del puente no dejaban de crujir a cada paso de Arsen, una complicada situación

215

que se agravó aún más con la pronta aparición de una oscura figura sobre las escarpadas rocas de acceso al lugar.

Riley suspiró y observó a Yara de reojo pero esta no apartaba su mirada de Arsen. Para el nigromante lo más sensato era huir y ponerse a salvo, pero sabía que la terquedad de la hija de Zor y la amistad que había establecido con aquel dragnar no le permitirían abandonarlo allí ante una muerte segura, de modo que sin necesidad de cruzar ni una palabra con la joven nigromante, Riley sacó su daga y la lanzó con gran fuerza. A pesar de la distancia, el arma atravesó el pecho de uno de los dragnars que ya asomaban en la lejanía, cayendo desplomado al suelo. Sin embargo, el resto no podía andar demasiado lejos. El nigromante enredó en su mano el cabo que hacía sólo unos segundos había atado al grueso árbol al que seguía sujeto.

Yara dio un respingo cuando el puente se partió en dos al tiempo que Riley saltaba al vacío, agarrando sin vacilación a Arsen, que caía, ahogado en un grito.

La nigromante tomó su arco y empezó a disparar hábilmente a los dragnars que asomaban través de la colina que llevaba al Paso de Ondim. No obstante, en poco tiempo, el grueso del escuadrón llegó hasta allí, haciendo necesario algo más que unas cuantas flechas.

—¡Suéltame! —gritaba Arsen—. No podrás soportar por mucho tiempo el peso de los dos.

A pesar de considerarlo, por momentos como una tentación, Riley hizo oídos sordos a las palabras del dragnar y, con un esfuerzo titánico, logró elevar a Arsen hasta situarlo a su misma altura y permitir así que pudiera aferrarse a la misma cuerda en la que él se estaba sujetando.

—¡Aguanta! —lo apremió el nigromante.

Las flechas volaban sobre sus cabezas y pronto una de ellas alcanzó a Arsen en la espalda, aunque el dragnar continuó aferrado a la cuerda, sin poder disimular el dolor.

Riley trepó por segunda vez el tramo de montaña que lo separaba del lugar en el que Yara seguía disparando descargas que, sin bien no eran capaces de contener a todos sus enemigos, sí estaba sirviendo para acabar con unos cuantos. Una vez arriba, Riley tiró del cabo de cuerda del que él mismo había estado colgado y en el que continuaba aferrado Arsen, que en apenas unos pocos segundos estuvo junto a los dos nigromantes.

—¡Vámonos! —gritó Riley.

Con la ayuda de Yara, Arsen logró ponerse en pie pero fue incapaz de dar un paso cuando su sudoroso rostro topó con el de su hermana al otro lado del ya inexistente Paso de Ondim. Leith lo miró con una frialdad aterradora mientras Yara lo empujaba para hacerlo correr. Al fin pusieron tierra de por medio y la lluvia de flechas dragnar ya no pudo alcanzarlos.

*****

El frío había desaparecido por completo al alcanzar la cara sur de la montaña, cuyo descenso los llevaría directamente a Ászaron. Era última hora de la tarde pero el sol aún brillaba y en su calidez, aprovecharon para efectuar la primera parada tras la huida de los dragnars. El valle era pequeño y las aguas del Duna lo surcaban en una zona de fuerte caudal.

Arsen permanecía tumbado boca abajo, con la flecha aún clavada en la parte posterior de su hombro, mientras Yara trataba de ayudarlo.

—Arsen, tienes que aguantar —le pidió Yara—, solo es una flecha y podemos extraértela, ¿de acuerdo? Riley ha ido a asegurarse de que todo está en calma y no...

217

La joven se interrumpió cuandio vio reaparecer al nigromante con paso indolente. Se puso en pie y corrió a hacia él.

—Despejado —sentenció—. De momento.

—Riley, por todos los dioses, tenemos que ayudarlo o no aguantará demasiado tiempo más —le exigió ella.

—Estamos cerca de Ászaron —respondió el nigromante, con despreocupación—. Si mañana descendemos durante todo el día, llegaremos, aunque sin caballos puede que...

—No aguantará tanto tiempo. Hay que sacarle la flecha.

—¿No hemos hecho ya suficiente por él? —preguntó molesto—. Ignoro qué es lo que ha dado con sus huesos lejos de Ódeon pero sea lo que sea, le concede cierta facilidad para meterse en líos; líos que nos arrastran a nosotros y que han estado a punto de matarnos.

—Mi padre te envió para cuidarme, ¿no?

—A vos, no al dragnar.

—Si a él le pasa algo, yo voy a estar de muy mal humor, Riley.

—¡Por todos los dioses! —exclamó el nigromante, incorporándose. Caminó junto a Arsen y se dejó caer de rodillas, observando con detenimiento la herida del dragnar.

—No es una flecha de cabeza abierta. Su punta es recta. Esto va a dolerte un poco pero Yara ordena... —añadió, mirándola a los ojos— y yo obedezco.

Un seco tirón sin apartar la mirada de la joven nigromante, hizo que Arsen emitiese un escalofriante grito. La sangre empezó a brotar a través de la herida, mientras Riley tomaba un pequeño frasco, cuyo contenido aplicó sobre la herida que, de modo increíble, se cerró en pocos segundos. El rictus aliviado fue una evidencia en el rostro de Arsen, que se puso boca arriba aún sin incorporarse, con el rostro perlado en sudor y la respiración acelerada.

—El don de Endya... —murmuró Yara.

Riley se incorporó, alejándose de nuevo.

—Podemos pasar la noche aquí, si así lo queréis, mi señora. El Paso de Ondim está roto y los dragnars tardarán en rodear el tramo de montaña que ha de traerlos hasta aquí. Desde el camino a Ászaron todo está despejado.

—¿Dices que mañana podremos estar allí? —preguntó la nigromante, mientras Arsen se incorporaba hasta quedar sentado en el suelo.

—Si viajamos todo el día sin detenernos, al anochecer podemos estar en la... noble ciudad humana.

—Me has salvado la vida —intervino Arsen, aún sin mirar a Riley.

—Sí, eso parece —respondió este.

—No negaré que no siento ninguna simpatía por ti, pero siempre he reconocido aquello que debo.

—No necesito que me agradezcas nada. Lo he hecho sólo por ella.

—Aun así, gracias.

Riley asintió sin decir nada.

*****

Antes de partir de Gildar, Ezhan y Aldan habían visitado sus famosas y extraordinarias forjas, situadas a los pies del imponente Erain, el volcán bajo el que se situaba también la tierra de los óhrdits. Sus armas se fabricaban de un extraño material difícil de encontrar en otros lugares de Askgarth, un liviano acero que los hijos del dios del fuego les habían regalado en forma de daga como muestra de agradecimiento hacia los dos muchachos.

219

Al anochecer del segundo día de viaje que debía conducirlos hasta Iraïl, se detuvieron a descansar. Aldan comía algo sentado frente a las vivas llamas de una pequeña fogata, junto a algunos soldados de Gildar, que los acompañarían hasta las tierras élars.

Algo más apartado, Ezhan hacía lo mismo junto al rey, cuyo rostro de preocupación era más que evidente.

—¿Estáis bien? —preguntó el muchacho.

—Me parece estar viviendo la misma situación que antaño viviera mi padre. Abandonamos Gildar sin saber si... Buena parte del ejército ha venido conmigo. Si mi ciudad sufre un ataque... Además, mis hijas están allí.

—Que vos y vuestro ejército esté allí no garantiza nada. Estáis haciendo lo correcto, majestad. Es arriesgado, pero si la Alianza no vuelve a forjarse, podréis estar seguros de que no volveréis a ver una piedra en pie en Gildar.

—Sí, supongo que tienes razón pero no puedo evitar pensar que aquella vez en que nuestro reino cayó, la situación era similar a esta. Demasiado.

Ezhan guardó silencio y fijó su mirada en la viva llama que proyectaba diversas sombras en la oscuridad de la noche.

—Bueno, muchacho —zanjó el rey, poniéndose en pie —, será mejor que descansemos. Nos esperan tiempos muy duros.

—Buenas noches.

Aldan observó a Ezhan, mientras este jugueteaba con una bolsa pequeña de la que extrajo tres ampollas con distinto color en los líquidos que contenían. Ezhan se había visto en la obligación de hacer uso de dos de los dones nigromantes: aquel que le había permitido salir ileso de las prisiones ászaras tras ser conducido junto a Valdrik y el que le entregase a Néder para curar a sus hombres en el enfrentamiento con los dragnars. Hasta ese momento no había tenido tiempo de pensarlo, pero ahora no podía evitar preguntarse si los hijos de Dóngur considerarían que había hecho un buen uso de ellos. Ahora le quedaban tres: el del conocimiento del pasado, regalo de Dyras; el del conocimiento del futuro, regalo de Isia y el de la resurrección, regalo del primer señor del Inframundo.

Cuando Aldan se sentó a su lado, Ezhan guardó rápidamente la bolsa, en un gesto que no pasó inadvertido para el otro joven.

—El rey parece preocupado —observó Aldan.

—Sí —respondió Ezhan—. Piensa que tal vez los dragnars puedan atacar Gildar en su ausencia.

—Hay soldados allí.

—No serán suficientes si sufren un ataque.

—Probablemente tampoco nosotros seamos suficientes. Ya lo has visto. Las máquinas de guerra de los dragnars son cada vez más destructivas; las bestias que los acompañan, cada vez más fuertes. Vrigar está creando un verdadero ejército y, aun forjando la Alianza, va a costarnos mucho derrotarlo.

Ezhan guardó silencio.

—¿Qué tienes en esa bolsa? —le preguntó Aldan sin rodeos.

—Nada... —respondió Ezhan, algo sorprendido por la pregunta—. Son solo algunos objetos personales.

CAPÍTULO 9

A buen ritmo y sin detenerse, en apenas unas pocas horas habían llegado al curso del Sirith, primera señal inequívoca de que su camino hacia Iraïl era el correcto. Sin embargo, el reino élar aún quedaba lejos.

—Deberemos cruzar con mucho cuidado... y respeto —sugirió Gaiar, con los ojos fijos en las cristalinas aguas del Sirith.

—¿Respeto? —preguntó Aldan, confuso—. Sólo es agua.

—No, no sólo es agua. El Sirith tiene alma; tiene vida... y siente —repuso el rey—. Los élars se la otorgaron hace miles de años. Si enfadamos al río, puede hacérnoslo pagar muy caro.

Ezhan y Aldan cruzaron sendas mirada aunque ninguno de los dos dijo nada. En aquel punto, el río era bastante amplio y aunque sus aguas no tenían demasiada fuerza, las advertencias del rey óhrdit resultaban suficientes para inquietar a todos.

—Esto no me gusta —alertó Ezhan, oteando a lo alto de las colinas.

—¿Y qué pretendes que hagamos? —preguntó Aldan—. No hay otro camino.

—Esas colinas podrían estar infestadas de dragnars. Si nos metemos en el río estaremos a su merced.

—No lo creo. Estarían demasiado lejos.

Gaiar se introdujo en el agua con lentitud, alzando las manos, mientras el líquido elemento le cubría apenas hasta las caderas.

—¡Esperad! —exclamó Ezhan, cuando los soldados ya habían empezado a seguir a su rey—. Tengo un mal presentimiento —le anunció a Aldan.

Este lo observaba con el ceño fruncido y a pesar de que Ezhan fuese incapaz de otorgarle una mayor credibilidad a sus impresiones, Aldan se mantuvo también inmóvil.

De pronto, una certera flecha se clavó en uno de los óhrdits que cruzaba el río, haciendo estallar el caos y confirmando los peores presagios de Ezhan. Algunos soldados trataron de avanzar con mayor rapidez, mientras que otros intentaron recular para abandonar las cálidas aguas del Sirith.

Las colinas del horizonte no tardaron en teñirse del plateado de las armaduras dragnars y nuevas andanadas de flechas llovieron desde la lejanía.

Ezhan y Aldan observaban con impotencia el caos que se había desencadenado en tan solo un momento.

—¿Cómo pueden alcanzarnos sus flechas a tan larga distancia? —preguntó Aldan, maldiciendo.

—Ahí tienes la respuesta —murmuró Ezhan.

No fueron pocos los dragnars que aparecieron desde la frondosa vegetación que circundaba el curso del Sirith. Las flechas que caían del cielo como una letal lluvia no eran las de aquellos que se apostaban en las colinas, sino las de unos enemigos bastante más cercanos.

—¡Mierda! —masculló Ezhan.

—¡Llevaos al rey! —gritaba, agonizante uno de los capitanes.

Los dragnarse se zambulleron también en las aguas de río, mientras Ezhan y Aldan trataban de ayudar a los óhrdits a cruzar. No podían luchar contra tantos enemigos y, conscientes de las urgencias que apremiaban, trataron de ayudar a cuantos pudieron y correr hasta Iraïl, segunda parada en la lucha por recomponer la antigua Alianza. De pronto, una gruesa flecha se clavó en la pierna del rey óhrdit que, desobedeciendo todas las recomendaciones de sus consejeros, había participado activamente en el rescate de muchos de sus hombres.

Ezhan se lanzó a buscarlo y trató de que desistiera en su obstinada labor.

—¡Marchaos! —gritó este, zafándose—. Hace falta mucho más que una maldita flecha para acabar conmigo.

—No lo pidáis muy alto —respondió Aldan.

—Mi hija mayor acudirá a Iraïl y forjará la Alianza con vosotros, si algo me ocurriese. No pienso abandonar a mi gente.

Ezhan enmudeció pero aunque su voz no halló las palabras para tratar de convencer al soberano de Gildar, su cuerpo sí reaccionó, tratando de arrastrarlo hasta la orilla cuando una nueva flecha se le clavó en el pecho. Sin embargo, algo extraño empezó a desencadenarse: El suelo tembló como si la tierra bajo sus pies se estuviese resquebrajando. El nivel del río empezó a aumentar considerablemente, complicando el intento de huida de los óhrdits y también el ataque dragnar. La furia del agua se mostró en toda su magnitud. El Sirith luchaba por expulsar de allí a todos aquellos que habían osado mancillar su pureza con sangre y destrucción.

Los dragnars observaban estupefactos la avalancha de agua y cólera que se cernía sobre ellos, mientras Ezhan y Aldan luchaban con todas sus fuerzas para llegar a la orilla. En medio del horror y la confusión, Ezhan percibió cómo alguien se aferraba a su brazo y enseguida pudo comprobar que se trataba de un dragnar. El joven le propinó un fuerte puñetazo a este, que no hizo que lo soltase.

—¡Llévate al rey! —le gritó a Aldan—. ¡Rápido, maldita sea!

Aldan tiró de Gaiar, herido y logró arrastrarlo hasta la orilla sin apartar la atención de Ezhan, que luchaba contra aquel que lo había atacado. Mientras trataba de inmovilizarlo con una mano, con la otra buscó la daga en su cinturón y consiguió herir al dragnar, que sin embargo, le asestó un fuerte puñetazo en la cara, provocándole una sangrante herida; una lucha que se habría prolongado más de no ser por la furia del Sirith. La embestida del río llegó hasta allí arrastrando todo lo que encontró en su camino.

Aldan y los óhrdits asistían atónitos a tan devastadora visión: las aguas del río se desbordaban mientras una creciente ola arrasaba con todo a su paso; un inesperado maremoto que apenas duró unos pocos segundos. Después, el nivel del río volvió a su cauce habitual, sereno y cristalino.

Aldan avanzó un par de pasos y escrutó el entorno, buscando algún rastro de Ezhan pero ¿cómo iba a haber podido sobrevivir a algo así? Los cadáveres de los dragnars emergían poco a poco y con cada cuerpo, Aldan ahogaba su propio sobresalto. El rey se incorporó cojeando y tratando de taponar la herida en el pecho con su sangrante mano.

—Lo lamento, muchacho —le dijo a Aldan, mientras colocaba su mano sobre el hombro del joven—. Espero sinceramente que tú fueras el hijo del rey de Ászaron, pues de lo contrario habremos perdido toda esperanza. ¡Sanad a los heridos y reorganizaos! —gritó entonces dirigiéndose a los soldados.

Aldan permaneció un rato más con la mirada fija en las claras aguas del río y avanzó unos pocos pasos hasta introducirse en ellas

—Muchacho, sal de ahí —le sugirió un soldado—. Ya ha visto cómo se las gasta este río.

Pero Aldan hizo caso omiso y se arrodilló en una zona de escasa profundidad, atraído por el brillo de un objeto que le resultaba claramente familiar: el Ászar

Aldan lo sujetó y lo observó con detenimiento, recordando aquello que se contaba de él: el medallón siempre encontraba la forma de llegar hasta su legítimo propietario. Ezhan lo había llevado durante mucho tiempo, pero ahora lo tenía él. Sin embargo, y sin comprender muy bien por qué, Aldan no sintió alegría al hallar aquella pieza que podía confirmarle que él era realmente el heredero al trono de Ászaron, sino que su corazón estaba embargado por la tristeza y la incertidumbre. Dirigiendo una última mirada al agua, colgó el medallón en su cuello y lo introdujo entre sus ropas mojadas.

—¡Aldan! —lo llamó el rey—. ¿Ocurre algo?

Sin tan siquiera volverse, el joven respondió:

—No, nada...

*****

El rey observaba pensativo el agua del que habían extraído numerosos cuerpos que ahora reposaban apilados, unos junto a otros. Esperaban recibir una honorable sepultura como guerreros que habían entregado su vida en pos de una causa que ellos mismos jamás verían cumplida.

—Majestad —le saludó uno de sus capitanes—, ¿qué vamos a hacer con ellos?

Tras unos segundos de silencio, el rey respondió:

—Quemadlos. El fuego es el elemento de nuestro pueblo.

El soldado hizo una mueca de disconformidad.

—Cuando un óhrdit muere —dijo—, su cuerpo es arrojado al fuego de la montaña de Cynn pero... ¿quemarlos en una hoguera en medio del bosque?

—No podemos regresar a Gildar, Troin. No tenemos otra opción. Que el fuego hermano les dé la sepultura que se merecen.

El soldado asintió.

*****

Néder y sus hombres llegaron a Gildar por el camino habitual. El ataque sufrido por parte de Vrigar y los suyos le había hecho pensar que el nigromante no se centraría en ellos, sino en encontrar al elegido. Los miembros de la Alianza pensaron que el hecho de dirigirse a la ciudad de los óhrdits haría creer a Vrigar que el elegido podía encontrarse en cualquier lugar, excepto allí, pues ese movimiento hubiera resultado demasiado predecible, de modo que extremar la cautela utilizando el paso subterráneo se hizo innecesario.

Cuando llegaron frente a la puerta, no tardaron en percibir las señales de la batalla que se había librado hacía tan solo unos pocos días, y Néder y los suyos temieron lo peor.

—¡Alto ahí! —gritó un óhrdit desde lo alto de la muralla. El resto del ejército asomó apuntándolos con sus arcos y flechas.

—¡Somos amigos de Gildar, óhrdit! —gritó Néder—. Nos urge hablar con tu rey.

—¿Quiénes sois?

—Mi nombre es Néder y vengo de Ászaron. Estoy seguro de que Gaiar me reconocerá.

—¡Ya hemos tenido suficientes problemas, humano! Será mejor que os marchéis.

—¡No nos iremos de aquí sin hablar con Gaiar! —intervino Valdrik.

El óhrdit lo miró largamente y se retiró de la muralla sin decir nada.

—Con este recibimiento, no quiero ni imaginar el que les habrán dispensado a esos dos muchachos —volvió a decir Valdrik.

—Los óhrdits no tienen un trato fácil —respondió Néder.

—¿Y bien, qué propones entonces? —preguntó Eriak.

Antes de que Néder pudiera articular respuesta alguna, el gran portón cedió ligeramente y el capitán óhrdit que les había hablado desde lo alto, salió seguido de cuatro soldados más.

—¿Sois amigos de los humanos que estuvieron aquí?

—Se trata de dos muchachos, ¿no es así? —quiso saber Néder.

El óhrdit asintió.

—Veníamos todos juntos, pero sufrimos un ataque dragnar poco antes de llegar a la Selva de Yoth. Los enviamos porque era de extrema urgencia que llegasen y hablasen con vuestro rey.

—Los humanos hablaron con Gaiar y partieron hace poco más de un día.

—¿Poco más de un día? —exclamó Valdrik—. Nos estuvieron esperando, Néder.

—No debí haberle pedido a Ezhan que aguardasen.

—No hubieran podido partir antes. Estaban... eran nuestros prisioneros.

—¿Qué? —preguntó Néder—. Prisioneros, ¿por qué?

—Invadieron nuestras tierras y utilizaron el paso subterráneo —respondió el capitán con soberbia.

—¡Maldita sea! —gritó uno de los soldados de Néder—, podéis haberles hecho perder un tiempo crucial.

—¿Qué está ocurriendo aquí? —interrumpió Muriel, la hija mayor del rey.

—Majestad, os ruego que regreséis tras el cobijo de la muralla. Estar aquí fuera es peligroso.

—¿Por qué últimamente llegan tantos humanos a nuestras tierras?

—Necesitábamos hablar con vuestro padre, pero afortunadamente nuestros amigos pudieron hacerlo ya.

—Sí, desconozco con qué embrujos o falacias enredaron a mi padre para que abandonase su ciudad en plena guerra, dejándonos sólo con parte del ejército, pero así es.

Néder y sus hombres se miraron sin saber bien qué decir.

—Así, pues, ya podéis partir.

Un óhrdit llegó a toda prisa

—¡Capitán! ¡Dragnars! ¡Regresa una tropa de dragnars!

—Definitivamente los dioses de Gildar nos han abandonado —respondió el capitán—. ¿Cuántos son?

—Más que nosotros, mi señor.

—Nosotros podemos luchar a vuestro lado —respondió Néder, bajando del caballo.

—¡No! —gritó Muriel—, no necesitamos la ayuda de los humanos. Nuestras murallas son altas y fuertes. Resistirán.

—Pero majestad, la ayuda de estos hombres sería...

—¡No quiero oír hablar más del asunto!

—Antaño, el error que quebró la Alianza fue cometido por Séldar, rey de nuestra ciudad —intervino Néder—. Andad con cuidado para que vuestro nombre no ocupe el dudoso honor de condenar por segunda vez a Askgarth. Si Gildar cae, con él caerá la almenara que ha de dar hospicio a las llamas de la salvación.

—¡Solo traéis destrucción a mi pueblo! ¡Desde que los humanos han llegado no hemos tenido un momento de paz!

—Ni la tendréis solo porque miréis hacia otro lado.

La conversación se dio por concluida cuando los primeros dragnars empezaron a apostarse frente a las murallas de Gildar.

—Por todos los dioses... —murmuró el soldado, aterrado.

—Néder, si no quieren nuestra ayuda, vámonos antes de que sea tarde y lleguen más—lo apremió Eriak.

—¿Y bien? —preguntó el capitán a Muriel.

La muchacha seguía muda, observando con inusitado terror la amenaza latente que se cernía sobre Gildar.

—¡Cerrad las puertas y lleváosla! —gritó Néder, tomando el control de una situación que no admitía más vacilación.

*****

La larga batalla se había prolongado hasta el anochecer. Los dragnars habían tratado de trepar a través de la sólida muralla ohrdit ante la imposibilidad de quebrarla.

Enterados de que buena parte del ejército de Gildar había partido, los dragnars dieron por sentado que el reino de Gaiar ofrecería poca resistencia pero la presencia de Néder y los suyos era algo con lo que no habían contado y, que a la postre, había resultado determinante en la derrota dragnar. Ninguno de los miembros de la Alianza había resultado gravemente herido, aunque la hija de Néder sí había necesitado cuidados óhrdits al sufrir el corte de una espada dragnar en su costado.

Valdrik se sentó a su lado, mientras Néder observaba a su hija, sumida en un profundo y reparador sueño.

—Tiene mejor color —observó el hombre—. Se recuperará.

—No es la herida lo que me preocupa, Valdrik. Sé que está en buenas manos y que Eirien es fuerte.

—¿Y entonces?

—La nigromancia de Vrigar. Estoy totalmente convencido de que le hizo algo, a pesar de que Eriak y los demás crean que no.

Valdrik suspiró.

—¿Qué haremos ahora? —preguntó.

—No creo que los dragnars vuelvan a atacar Gildar, al menos por el momento. La tierra de los óhrdits no les obsesiona. Los élars son bastante más peligrosos y también los hombres.

—¿Y entonces por qué crees que han atacado Gildar con esa insistencia? Es el tercer ataque en pocos días por estas tierras según dicen sus soldados.

—¿Tercero?

—Sí y solo han pasado dos días desde el último.

—Aldan y Ezhan estaban aquí, por tanto.

—En efecto.

—Caballeros —interrumpió una voz de mujer—, mi nombre es Fiorel y soy la hija menor del rey. Me concederíais un gran honor si accedieseis a tomar reposo en el castillo de mi padre, por favor.

—Muchas gracias, majestad —respondió Néder— pero debemos partir cuanto antes.

—¿Qué le ha ocurrido a esa joven? ¿Está bien?

—Sí... Fue herida pero evoluciona favorablemente. No es un corte profundo.

—Entonces es mejor que descanse un poco más, ¿no os parece? Además, tampoco estaría mal que antes de partir repusierais un poco de fuerzas. Sé que estos días no han sido terribles solo para nosotros, sino también para vosotros. Por favor.

—Está bien —cedió Néder—. Pasaremos aquí esta noche y mañana partiremos.

*****

Los soldados tomaban debido descanso en los cuarteles del ejército de Gildar, mientras Néder charlaba con la princesa Fiorel, que de igual manera, le había invitado a ocupar una de las habitaciones del castillo, algo que él había rehusado.

—He sabido que mi hermana no os dispensó una bienvenida muy calurosa y quisiera disculparme por ella. Vos conoceréis tan bien como yo de las diferencias existentes entre nuestras razas. Ella ha crecido con esa percepción y... ahora se encuentra con que aquellos a quienes le enseñaron a considerar enemigos, tienen que ser sus aliados.

—Es comprensible, aunque confío en que sepamos olvidar eso, pues va a hacernos mucha falta; ahora más que nunca.

—Mi padre es un hombre sensato. Me consta que a vuestros hombres les costó, pero lograron convencerlo de la necesidad de volver a forjar la Alianza.

Néder guardó silencio.

—Imagino que ya sabréis que estuvieron presos —continuó ella.

—Sí, uno de vuestros soldados me informó al respecto.

—Temo que el tiempo que se les hizo perder pueda pasar factura.

—Confiemos en que no, majestad. De todas formas yo les pedí que me esperasen . Fue una insensatez por mi parte.

—¿Desconocéis realmente quién de los dos es el hijo de Séldar de Ászaron?

—La historia de Aldan ha sembrado dudas entre la mayoría, pero para mí está claro. El Ászar no pende en el cuello de cualquiera durante mucho tiempo y ha estado junto a Ezhan durante años.

La princesa asintió.

—Debo confesaros que temo por el futuro inmediato de Gildar. Mi padre ha partido con buena parte del ejército. Vos nos habéis sido de extraordinaria ayuda, pero ahora que partís...

—No debéis preocuparos, majestad. Los tronos de Gildar e Iraïl están ocupados. Solo el de Ászaron sigue vacío, y los dragnars pondrán todo su empeño en que esto siga así. Su principal interés está en encontrar al elegido de las profecías. Saben que nosotros viajábamos con él y el hecho de que os hayan atacado es sencillamente porque nosotros estábamos cerca de Gildar y ahora estamos en vuestras tierras. Tan pronto como nos machemos, arrastraremos a los dragnars detrás de nosotros.

—Entiendo.

*****

Cuando Néder regresó a los cuarteles, encontró a Eirien despierta y pensativa.

—No sé qué me ocurre —dijo ella sin más, después de que Néder se sentase a su lado—; a veces siento un fuerte dolor en el pecho y en la cabeza... Todo se nubla a mi alrededor.

El hombre no respondió.

—Vrigar me ha hecho algo, ¿verdad?

—Es probable, Eirien, pero debemos estar tranquilos. Nuestros pasos nos llevarán a Iraïl. Los élars sabrán qué hacer. Son criaturas sabias y poderosas

CAPÍTULO 10

Tal y como los hombres de Gaiar predijesen, al atardecer del segundo día tras lo acontecido en el río, pisaban ya las tierras de los hijos del agua. Habían avanzado a través del verde y frondoso bosque sin topar con más dificultades en forma de dragnars pero, a pesar de ello, una extraña sensación inquietaba el corazón de Aldan.

—No me gusta este sitio —observó el muchacho. —Los élars siempre con su misterio...

Una fuerte ráfaga de viento se alzó en respuesta a aquellas palabras, acrecentando el sentir del joven.

—Será mejor que mantengamos la boca cerrada —sugirió el rey Gaiar.

A pesar de permanecer con los cinco sentidos puestos en todos y cada uno de los puntos del bosque, fueron incapaces de percibir la presencia de los élars, que se plantaron frente a ellos, apuntándolos con sus flechas. No iban montados sobre earas y su sigilo había sido más que considerable.

—No os mováis —les sugirieron.

—Soy Gaiar de Gildar —respondió el ohrdit con calma —, y estos son mis soldados. Venimos a hablar con la reina de Iraïl.

—¿Y el humano?

—Mi nombre es Aldan —respondió con soberbia.

—¿Se supone que eso debería decirnos algo?

—Ese es un asunto que trataré con tu reina, no contigo.

—No entrareis en Iraïl sin identificaros.

—Soy el hijo de Séldar y heredero al trono de Ászaron. ¿Te quedas más tranquilo?

Los propios óhrdits, al igual que los élars, se miraron con sorpresa ante la seguridad aplastante en las palabras de Aldan, que rápidamente mostró el Ászar.

—¿Cómo ha llegado eso a tus manos? —quiso saber Gaiar.

—Era su destino —respondió el joven—. ¿Nos permitiréis el paso ahora?

—Acompañadnos —respondió el élar, tras una leve vacilación.

Caminaron a través de una larga senda hasta hallarse frente a las majestuosas puertas de Iraïl, que se alzaban, níveas e imponentes, ante ellos. Atrás quedó el arco de nácar que los dejó ante la fascinante visión del reino élar, todo un espectáculo para la vista. Las suaves cascadas que rodeaban la ciudad se deslizaban desde lo alto de las montañas que custodiaban el reino. Dos riachuelos canalizaban el agua de todas ellas alrededor de las casas y construcciones. Se trataba de sendos afluentes del Sirith.

—No podréis pasar todos —dijo entonces una voz, despertándolos de su ensoñación—. Solo dos representantes; uno por cada raza.

Aldan y Gaiar los siguieron, mientras los demás tomaban debido descanso bajo el deleite de Iraïl. En silencio, anduvieron sobre el blanco enlosado que conformaba el camino hacia un imponente castillo de blanca fachada en cuyo patio aguardaron tras las indicaciones de los soldados élars que los habían conducido hasta allí.

Apenas unos pocos minutos después, la reina Aley de Iraïl hizo su aparición: de larga y oscura melena, sus ojos azules se mostraban vivaces en un rostro rosado y de suaves facciones. Sus labios, gruesos y bien definidos, colmaron la atención de Aldan durante unos pocos segundos. Vestía envuelta en finas pieles que apenas le cubrían lo necesario, dejando al descubierto la multitud de líneas tatuadas que danzaban sobre sus brazos, cuello y piernas; también sobre su abdomen y fu estrecha cintura

—Bienvenidos a Iraïl —los saludó la hermosa élar—. Imagino cuáles son los asuntos que os traen hasta aquí. El fuego madre del que han de partir las llamas de la Alianza se ha reavivado en los últimos tiempos. Sin embargo un trono continúa vacío.

—El trono de Ászaron será ocupado tan pronto como podamos regresar allí —respondió Aldan, desprovisto del tono altanero que lo había caracterizado en todas y cada una de las ocasiones en las que había hecho ostentación de su rol frente a alguien.

—¿Podamos? ¿Quiénes?

—Espero que Néder y sus hombres, miembros de la Orden de la Alianza, sobreviviesen a la batalla en la Selva de Yoth y puedan llegar hasta aquí. De lo contrario...

—Imagino que vos sois el heredero al trono de Ászaron, ¿no es así? — preguntó la élar.

—Así es, mi señora.

—Y dime...

—Aldan.

—Aldan —continuó ella—, ¿cómo piensas recuperar el trono de los hombres? El ejército es leal al gobernador. Provocar una guerra en Ászaron antes de afrontar la definitiva podría ser peligroso.

—Temo que no quede otra opción. Ya estuve allí y el mayor tiempo posible lo pasé en las prisiones hasta que... hasta que logré huir.

—Además de la recuperación del trono de Ászaron —prosiguió la reina Aley— queda otro problema de vital importancia: los nigromantes. —Gaiar retrocedió al escuchar el nombre de la raza de Dongur—. La profecía los contempla en su desarrollo.

—Sí —respondió Gaiar— pero la primera vez que la Alianza se forjó, ellos no participaron y sin embargo...

—También la profecía contemplaba eso —lo interrumpió la reina élar—. Y dime, Aldan, ¿estás seguro de que tú eres el heredero al trono de Ászaron? He oído mucho sobre los jóvenes que se presentan allí en busca de...

Aldan extrajo el Ászar de entre su camisa y se lo mostró a ella, que lo observó con una mezcla de admiración y secreto regocijo.

—Ezhan lo llevó durante mucho tiempo —explicó Gaiar—, pero si lo que dicen del Ászar es cierto, es de imaginar que el medallón solo esperaba a...

—¿Ezhan? —interrumpió Aley—. ¿Quién es?

—El Sirith lo arrastró —confirmó Aldan, visiblemente conmovido—. Un amigo.

—¿Qué le ocurrió? —La voz de otro élar irrumpió en la conversación, alertando a uno de los guardias de la reina, que hizo ademán de moverse para invitarlo a abandonar el lugar pero Aley alzó la mano, indicándole que se mantuviera inmóvil.

—Ezhan sucumbió en las aguas del Sirith. Una inmensa ola lo arrastró a él y a los dragnars. El medallón se desprendió de su cuello —explicó Aldan.

—¿Conoces acaso a ese joven, Davnir? —preguntó Aley.

—Nos conocimos en Ayión —respondió él, tratando de atar cabos. Nada le indicaba que se tratase de la misma persona con la que había crecido en aquella remota aldea perdida del mundo pero algo en su corazón le indicaba que así era.

—Yo estaba encerrado en las prisiones por reclamar lo que era mío —volvió a decir Aldan, con la mirada clavada en el suelo—. Iban a ahorcarme y él me salvó la vida en Ászaron. Alguien le dijo que podía tratarse del hijo del rey, pero...

—¿Qué más sabes de él? —insistió Davnir, tratando de corroborar la identidad de aquel joven—, ¿Qué mas te contó?

—Supe que había llegado procedente de una aldea, en busca de alguien.

—¿Desde Ayión? —preguntó Davnir.

—¡Sí, eso es! Había llegado desde Ayión; antes estuvo en Cahdras. Eso es todo cuanto sé de él.

Davnir reculó un par de pasos ante la atenta mirada de Aley.

—No es posible —murmuró el élar—. Ezhan... Disculpadme.

—¿Ocurre algo? —preguntó Gaiar.

—Le conocía... —respondió Ale—. Davnir creció en Ayión

—Lo lamento —volvió a decir Aldan—. Conocí poco tiempo a Ezhan pero demostró ser un gran guerrero y un gran hombre; sé que hubiera sido un digno rey de Ászaron —concluyó el muchacho.

Aley asintió.

—¡Yader! —llamó a uno de sus soldados—, acompaña a Aldan y Gaiar, así como al resto del ejército a un lugar donde puedan reposar, y llevadles algo de comer. Después decidiremos qué pasos seguir.

Davnir permanecía en silencio con la mirada fija en el frondoso bosque que se extendía frente a su ventana. Las lágrimas llevaban ya un buen rato pugnando por encontrar su trazado sobre sus mejillas.

—Davnir...

La suave voz de Aley ni siquiera lo sobresaltó.

—Me hablaste de ese muchacho en más de una ocasión, de modo que no me resulta difícil entender tu dolor.

—¿Cómo ha podido encontrar la muerte? Durante toda su vida su única obsesión fue encontrar sus orígenes y vengar a su madre. ¿Cómo eso le ha podido llevar a la muerte?

—Ya has oído a ese muchacho, Aldan. Llegaron a pensar que Ezhan era el heredero al trono de Ászaron.

—¡Ezhan, heredero al trono de los hombres! —exclamó sonriendo. Su mirada se encontró con la de Aley por primera vez.

—Finalmente no fue así.

—¿Sería posible recuperar el cuerpo de Ezhan? —preguntó el élar—. Me gustaría enterrarlo con todos los honores.

—Tus hombres te seguirían hasta donde tú se lo pidieras, Davnir pero hacer eso supondría seguir el curso del río hasta su desembocadura en el Mar de los Augurios. No podemos.

—Majestad, por favor. Si tengo que ir a buscar los restos de Ezhan yo mismo, así lo haré, pero no permitiré que su cuerpo quede a la merced de las aguas del Sirith y que se pudra en cualquier rincón.

—Majestad... —murmuró ella—. No me llames de ese modo, Davnir. Desde el día en el que regresaste a Iraïl te has convertido en mi más leal soldado, en mi mejor consejero; en mi más aguerrido general. Pero te pido que reconsideres tu actitud: Sufrimos un ataque hace dos semanas; los dragnars campan a sus anchas por las tierras de Askgarth. La Alianza parece recomponerse y debemos centrarnos en ello. Ezhan ha muerto como lo han hecho muchos otros.

—Pero...

—Recuerda todas las cosas hermosas que viviste con él. No importa dónde esté su cuerpo. Su alma está en un lugar muy lejano, a salvo de todo el sufrimiento y destrucción. Eso debe reconfortarte.

*****

Después de un día de descenso por la colina de la imponente Montaña de Cristal, llegaron por fin a la frontera que delimitaba el inicio de la tierra de los hombres.

—Bien, pues ha sido un placer gozar de vuestra compañía, pero es el momento de emprender un nuevo camino.

Yara lo miró, sorprendida y confusa.

—¿Cómo? —exclamó—. ¿Te vas?

—¿Otra vez? —añadió Riley.

—Como te dije, nada he perdido en Ászaron y nada debo buscar allí. Tú vienes hasta aquí persiguiendo tus intereses y yo debo perseguir los míos.

—Arsen, tú solo no tendrás ninguna posibilidad.

—No tengo otra cosa por la que luchar, sino por hallar la puerta al Inframundo.

—Pero...

—¿Por qué no dejáis que se marche? —intervino Riley, molesto—; os lo dije en una ocasión y os lo vuelvo a repetir hoy: nosotros somos nigromantes y no corremos ningún peligro, pero él es un dragnar. Hombres, élars y óhrdits irán a por él. Sin embargo, también es un traidor en Ódeon, por lo que también los suyos lo matarán si lo encuentran. Nos estamos exponiendo de manera absurda. Y me niego a tener que recorrer Askgarth para salvarlo de los mil líos en los que se mete. Ya nos debe dos gordas. Que se vaya y que lo o haga de forma definitiva.

—Escucha a tu amigo —respondió Arsen—; parece más sensato que tú.

Yara tomó a Riley del brazo y lo apartó de allí.

—Escucha, lejos de correr peligro nosotros, el hecho de que Arsen nos acompañe lo pone a salvo a él.

—¿A salvo a él? —exclamó el nigromante—. Hemos estado a punto de morir dos veces durante el recorrido por las montañas. Creedme, no...

—¡Arsen es la única oportunidad que tenemos de que todo esto termine! De forjar la Alianza, de derrotar a Vrigar, de firmar la paz con los dragnars y de que todo vuelva a ser como lo era antes de la guerra o quizás aún mejor.

Riley reculó un paso con el ceño fruncido y los labios entreabiertos mientras Arsen se alejaba.

—¿De qué demonios estáis hablando? ¿Todo eso pretendéis llevar a cabo? Zor nos mataría y no me apetece lo más mínimo pasar ni medio día en la montaña de los Avatares, alimentando al resto de nigromantes mientras yo me pudro sin...

—Entonces vuelve a Dongur. Dile a mi padre que soy un caso perdido, que lo has intentado y que no se puede. Te libero de toda responsabilidad conmigo.

—¿Por qué queréis hacer todo eso? ¿Por qué os importa la Alianza, la Guerra, los hombres...?

—Porque estoy enamorada de uno —gritó ella.

Riley la miró, mudo, aunque la sonrisa no tardó en abrirse paso en sus labios.

—Así que es eso...

—Sí, es eso, por si quieres saberlo. Me lo he negado como una imbécil desde el primer día; he tratado de recular, de desterrar lo que me pasa pero no se puede. Y mi maldito orgullo sólo me ha servido para perderle.

—Algo a lo que, por supuesto, no os resignaréis.

—No sin luchar. Puede que ahora lo encuentre y sea él quien no quiera saber nada más de mí pero después de todo lo que le he hecho pasar, creo que merece, incluso, la oportunidad de mandarme al diablo.

Riley suspiró y miró fugazmente a Arsen.

—Sabéis que Zor no tomará parte en esto.

—La profecía es clara y sé que, llegado el momento, mi padre tomará partido. Mientras su mente siga sumida en la oscuridad, me corresponde a mí esta lucha. Tú también sabes que la Alianza es necesaria y debe ser forjada. Yo soy hija de un señor de Dóngur y tal vez eso baste para representar a los nigromantes, pero si no es Arsen, no contaremos con ningún otro dragnar. Si se ha cruzado en nuestro camino, no es por pura casualidad, Riley.

La nigromante avanzó a largas zancadas hasta situarse junto a Arsen.

—No puedes marcharte —le dijo.

—Puedo, debo y quiero. Quedaré eternamente agradecido con los tuyos, Yara, y si algún día logro encontrar el Pantano de Thion y traspasar el umbral del Inframundo, así se lo haré saber a tu padre.

—Arsen, te prometo que yo misma te llevaré ante mi padre si no nos abandonas ahora.

El dragnar la miró fijamente.

—¿Y por qué demonios quieres que os acompañe? No voy a tomar partido en una Alianza contra los míos. Te lo dije y te lo repito.

—La Alianza no es contra los dragnars, Arsen, sino contra Vrigar. ¿Cuántos años llevamos luchando? ¿Cuánto hace que empezó la guerra? —El muchacho no respondió —. Hace tanto tiempo que ninguno de los que la empezó vive ya. Estamos luchando por inercia, por orgullo. La guerra perdió su sentido hace mucho tiempo. Los problemas que nos ocupan ahora deben resolverse de otra manera. Sabes que la única forma de alzarte en el trono bajo las leyes de tu pueblo es que tú mismo mates a Vrigar y sabes que nunca lo conseguirás solo. Los dragnars son un pueblo de honor. Vrigar está en el trono amparándose en una ley de Ódeon y ningún dragnar la quebrantará jamás. Tu propia hermana optó por tu destierro antes que luchar por un trono que ella ya no considera suyo. No puedes contar con la ayuda de los tuyos.

—Yara...

—Danos una oportunidad, Arsen. No me respondas ahora, solo piénsalo. Acompáñanos mientras tanto y estarás a salvo. Tienes mi palabra de que te llevaré a Dóngur y te ayudaré a cruzar las puertas del Inframundo. Podrás hablar con mi padre y pedirle lo que desees, pero ayúdanos tú también.

El dragnar buscó a Riley con la mirada, arrastrado por la curiosidad sobre si el nigromante estaría de acuerdo con Yara.

—Siempre es preferible un dragnar a un humano —concluyó él.

—Está bien. Pero me comprometo a acompañaros única y exclusivamente para velar por mis intereses. No puedo prometerte nada más.

—Suficiente —zanjó la muchacha.

El Arco de Plata los recibía bajo una fina llovizna después de abandonar, por fin, el pesado y complicado paso de la montaña. A pesar de lo desapercibidos que solían pasar los extranjeros en Ászaron, la distinta apariencia de Yara y, sobre todo de Riley, atraían las miradas curiosas de los ászaros. Sin embargo, ambos estaban seguros de que los humanos los confundirían con élars, pues nadie debía haber visto jamás a un nigromante en la noble ciudad y, por supuesto, tampoco imaginarían que estos continuaban andando por los caminos de Askgarth.

Después de un largo peregrinaje por las calles atestadas de Ászaron, Yara, Riley y Arsen buscaron habitaciones en una posada en la que poder tomar debido descanso. Encontrar a Ezhan en aquel lugar no se presumía tarea sencilla y lo que ambos tenían claro era que necesitaban descansar tras la dura travesía por las montañas.

—Estamos buscando hospedaje —pidió Riley al llegar la posada.

El propietario los escrutó de arriba a abajo.

—¿Cuánto tiempo vais a quedaros?

—Aun no lo sabemos —respondió el nigromante—. Dos, quizás tres días.

—Habéis tenido suerte; tengo tres de las mejores habitaciones disponibles para vosotros. Todo cuanto podamos ofrecer es poco para los majestuosos élars y quienes los acompañan. Subid las escaleras y tomad las tres habitaciones que están al fondo del pasillo, a mano derecha. También tenemos lugar en los establos para vuestros earas y caballos. Si me lo permitís yo mismo...

—No traemos caballos ni earas —interrumpió Riley, mientras abandonaba ya la posada.

Arsen se disponía a seguirlo pero se detuvo frente a la puerta cuando Yara empezó a hablar con el hombre.

—Posadero —empezó la nigromante—, estoy buscando a un joven que posiblemente ha estado por aquí. Su nombre es Ezhan. Sé que se dirigía a Ászaron y posiblemente se hospedase aquí.

—¿Ezhan? —preguntó el hombre, confuso—. No... no sé... no me suena el nombre, mi señora. Y ahora, disculpadme, tengo mucho trabajo que hacer.

—Está mintiendo —dijo Arsen secamente.

Yara lo miró.

—Lo sé, pero ¿por qué?

—Disculpad, señora —interrumpió de pronto la voz de un extraño ser, una especie de duende que apenas le llegaba a Yara las rodillas—. He oído que preguntabais por Ezhan.

Yara lo miró, incapaz de desproveerse de cierto aire de menosprecio. Se contaban cosas extrañas sobre los duendes, en cuya existencia muy pocos creían.

—¿Lo conoces? —intervino Arsen, menos reacio al trato con aquella criatura—. ¿Sabes quién es?

—¡Como para no saberlo! Acercaos —les susurró, mientras examinaba la posada a ambos lados, tratando de confirmar la existencia de una necesaria intimidad—. Ese muchacho estuvo hospedándose aquí un par de días. Luchó con el ejército de Ászaron aunque nunca accedió a alistarse oficialmente.

—¿Con el ejército? —exclamó Yara.

—Sí pero eso fue por muy breve tiempo. A los pocos días se marchó, liberando en su huida a un preso de extrema importancia para el gobernador, un miembro de la Orden de la Alianza y arruinándole una importante ejecución delante de sus narices.

—¿La Orden de la Alianza? —preguntó Yara—. ¿Qué es eso?

—Lo siento, mi señora, no puedo hablaros de eso. Es un tema muy...

Yara sujetó al duende por la pechera y lo alzó a varios centímetros del suelo.

—Escucha, imbécil, no tengo tiempo para tonterías. Ya que has empezado, termina.

El duendecillo hizo evidente su temor y empezó a temblar y balbucear.

—¡De acuerdo, de acuerdo! Pero soltadme, os lo ruego...

La nigromante lo dejó caer al suelo y después se agachó frente a él, amenazante.

—La... Orden de la Alianza —empezó a explicar él, con poca convicción— es todo lo que queda de la antigua legión de Seizan, el hermano del último rey de Ászaron. Desde la última Gran Guerra se han dedicado a buscar al sobrino de este, ya que, según las profecías de los magos, él debe ser el elegido que los ayude a forjar de nuevo la Alianza para acabar de una vez por todas con la guerra.

—¿Y qué tiene que ver Ezhan con todo eso? —exigió saber Yara.

—Lo ignoro. Después de su huida regresó con todos los miembros de la Orden y liberaron a todos aquellos que estaban acusados de traición o de conspiración contra el gobernador, o lo que es lo mismo, todos aquellos que proclaman abiertamente su deseo de restablecer la Alianza.

—No sé si estamos hablando del mismo Ezhan. La misión que lo traía hasta aquí no perseguía fines tan elevados.

—Os hablo de un muchacho de mediana estatura, ojos verdes, cabello claro... Venía de una aldea al sur de Askgarth, ¡Ayión! Sí, eso es.

—¿Dónde puedo encontrar a esa Orden de la Alianza?

—Lo lamento, mi señora. Hace unos pocos meses les habríais podido encontrar en algún lugar de la montaña que flanquea Ászaron por el Este, pero a partir del día en que ese muchacho se unió a ellos, abandonaron su refugio. Nada se ha vuelto a saber de Néder y los suyos.

Yara caminó con determinación hasta la puerta.

—¡Señora! —la llamó el duendecillo—. ¿Estáis aquí por algún tema relacionado con... la Alianza?

—¿Eres partidario de ella? —le preguntó Yara.

Aterrado ante la pregunta y la posibilidad de que alguien oyera su respuesta, el pequeño confidente huyó despavorido.

Yara observó la sala en la que se encontraban y sólo entonces reparó en que Arsen no estaba allí. Ni siquiera se había dado cuenta del momento en el que se había marchado pero sólo esperaba que no se hubiera arrepentido de acompañarla y hubiera huido. Sin embargo, en aquel momento únicamente lograba preguntarse qué relación podía existir entre Ezhan y aquellas personas a las que el duende había hecho alusión. ¿Por qué Ezhan habría luchado junto al ejército? ¿Habría encontrado el muchacho lo que andaba buscando? ¿Qué tendría él que ver con la Alianza?

Yara sabía que Ezhan debía albergar en su corazón algo muy especial, y que por eso Danar accedió a enseñarle los secretos de la nigromancia pero nada de aquello debía ligarlo a algo como la Alianza y su forja. ¿O tal vez sí?

*****

Arsen caminaba, con recelo y sigilo, tras los pasos del posadero, cuya sospechosa actitud dejaba claro que tramaba algo. Era evidente que el nombre de Ezhan no le resultaba desconocido y, habiéndole faltado tiempo para marcharse después de que le preguntasen por él, Arsen necesitaba corroborar qué planeaba aquel hombre. Salió por la puerta lateral de la posada, que quedaba justo al lado opuesto de los establos. Al posadero no le costó dar con un soldado, ya que estos transitaban continuamente por las calles de Ászaron.

—¡Arel! ¡Muchacho! —lo llamó—. Ven, hay algo que debes saber.

—¿Qué ocurre, posadero?

—Ven, quiero hablar contigo y no es algo que pueda contarte aquí, al alcance del oído de cualquiera.

Arel lo miró, extrañado y caminó junto al posadero, alejándose hasta un rincón más discreto. A pesar de ello, el oído de Arsen alcanzaba a oír, perfectamente, la conversación.

—Hoy han llegado a mi posada dos élars y un humano.

—Enhorabuena... Dime que no me estás haciendo perder el tiempo por...

—¿Quieres callarte y escucharme? Me han preguntado por ese tal Ezhan, el traidor que liberó a los presos y qué se unió a la Orden de la Alianza.

Arel arrugó el ceño.

—¿Qué relación tienen con él?

—No lo sé, pero es lo que deberíais averiguar. Es muy extraño ver a élars por aquí desde hace mucho tiempo. Un humano los acompaña.

Arel volteó la cabeza discretamente.

—Estarán aquí un par de días, como mucho —añadió el posadero—; es el tiempo que han alquilado las habitaciones, así que date prisa.

—Está bien. Si esos forasteros conocen al traidor, tendrán muchas explicaciones que darnos. Gracias, posadero.

Arsen caminó con paso firme hacia los establos, donde encontró a Yara y Riley hablando con rictus de visible preocupación.

—¿Dónde estabas? —le preguntó ella—. He podido hablar con el ayudante del posadero o lo que demonios fuera aquel duende y me ha contado algunas cosas sobre Ezhan —le explicaba a Riley.

El nigromante alzó la mano, solicitándole a Yara que guardase silencio, mientras observaba a Arsen.

—¿Qué ocurre? —le preguntó.

—He seguido al posadero y lo he escuchado hablar con un soldado. Quiere que nos sonsaque información para averiguar qué relación tenemos con ese tal Ezhan. ¿Quién es ese muchacho realmente? ¿Por qué tiene tanta relevancia en Ászaron?

—Hasta donde yo sé, Ezhan creció en Ayión —respondió Yara—. Debía llegar hasta Ászaron en busca de su padre y de su pasado pero a partir de ahí ignoro qué pudo ocurrir. El duende me dijo que luchó con el ejército de Ászaron y que después huyó junto a la Orden de la Alianza.

—La Orden de la Alianza... —murmuró Riley.

—Creo que deberíamos marcharnos de Ászaron. Aquí no encontraremos nada —añadió Arsen—. Sabemos que ese muchacho al que buscas no está aquí; incluso es posible que acabemos entre rejas.

—Huir de una prisión humana no supone ningún problema pero creo que Arsen tiene razón. Vuestro objetivo era encontrar al tal Ezhan y sabéis que aquí no está. Es absurdo intentar encontrarlo en la vastedad de Askgarth.

—¿Y qué propones? —le preguntó Yara.

—Regresar a Dóngur.

Yara caminó hacia la puerta de los establos y observó la actividad que había en las calles de Ászaron. La joven nigromante parecía inquieta. Riley se acercó y observó también el ir y venir de los ászaros.

—Sé que os inquieta conocer la suerte de ese joven, pero pensad: Vuestro objetivo era encontrarlo y una vez logrado, cumplir con vuestra palabra de llevar a Arsen a Dóngur. El dragnar no nos seguirá hasta el fin del mundo; tiene su misión y sus propios intereses. Si no cumplís con él, se cansará y se marchará por su lado. Además, ¿qué pretendéis ahora, que recorramos toda Askgarth en busca de ese muchacho? No sabemos dónde puede estar, y en el caso de que esté moviéndose de un lugar a otro, nos será imposible encontrarlo. Tal vez en Dóngur hallemos respuestas. Además sabéis que el muchacho está bien y no está solo.

Yara resopló y apoyó su cabeza sobre el marco de la puerta.

—Tienes razón. —Arsen los observaba, inmóvil y en silencio—. Está bien. Volvemos a casa. Te llevaremos a Dóngur —le dijo al dragnar.

*****

Emprendieron la marcha lentamente rumbo a Iraïl, donde probablemente encontrarían a Ezhan y Aldan.

Avanzaron durante tres jornadas sin sufrir altercado alguno y así las cosas, no tardaron en acampar frente al Sirith, cuyas leyendas conocían a la perfección.

—¡Descansaremos al resguardo del bosque y mañana cruzaremos el río! —gritó Néder—. No deberíamos tardar más de dos jornadas en llegar a Iraïl.

Los hombres se organizaron en pequeños grupos y aprovecharon para relajarse antes de emprender el último tramo hasta la ciudad de los élars.

Eirien se alejó del grueso de los hombres y se arrodilló frente al río, en cuyas claras aguas pudo observar su propio reflejo. Hundió las manos en su frescura y remojó su cara, tratando de despojarse de aquella extraña sensación que la perseguía desde aquel desagradable encuentro con Vrigar. Tragó saliva, inquieta, cuando su reflejo empezó a difuminarse y fueron otras las imágenes que lo sustituyeron: Ezhan se hundía en las aguas, solicitando ayuda con una mano que desaparecía despacio, engullida por el Sirith. Su nerviosismo fue en aumento cuando la imagen de su hermano Arel se materializó en las aguas, atravesando a Néder con su espada; una espada que, de pronto empuñaba Aldan. Ászaron amanecía devastada y en llamas, permaneciendo en pie sólo el trono, un trono ocupado por Vrigar.

Eirien sintió que el aire empezaba a faltarle en los pulmones y cuando trató de incorporarse, sus temblorosas piernas le fallaron y la hicieron caer de bruces al agua. Sus gritos pidiendo ayuda no tardaron en atraer la atención de los demás.

—¡Eirien! —gritó Néder, mientras corría a zambullirse en el río. A duras penas logró sujetarla y tirar de ella, con la ayuda de Valdrik y Eriak para llegar hasta la orilla—. ¿Estás bien? ¿Qué te ha ocurrido?

La joven tosía y temblaba. Estaba completamente congelada y aturdida, sin acertar, si quiera a responder.

—Debes tener cuidado, hija —Intervino Valdrik—; se cuentan cosas extrañas de estas aguas. Gozan de voluntad propia.

Néder la sujetó del rostro y la miró a los ojos.

—¡Eirien! —insistió.

—Estoy bien, padre —logró decir al fin ella—. He resbalado y... Valdrik tiene razón. El agua no...

—Vamos, te acompañaré al campamento —zanjó Néder, mientras la ayudaba a regresar, sosteniéndola.

Valdrik y Eriak los observaban en silencio, a diferencia del resto de hombres, que comentaban lo sucedido con preocupación.

—Esto no me gusta nada —dijo al fin Eriak—. Estoy absolutamente convencido de que Vrigar la ha maldecido o algo peor. Es probable que nos traicione.

—Eriak, estás hablando de Eirien. Ella no nos traicionaría.

—Ella no, pero empiezo a dudar que actúe por sí misma.

—Sea lo que sea lo que le ocurre, los élars sabrán ayudarnos.

—Sí, pero espero que no sea demasiado tarde.

*****

Por la noche Eirien seguía pensativa. Era evidente que algo extraño estaba ocurriendo y, de pronto, por primera vez en mucho tiempo, sintió miedo. La joven había luchado junto a su padre desde que tenía dieciséis años, pero siempre se había enfrentado a cosas que entendía y sabía derrotar. Ella tenía las armas y solo debía aprender a utilizarlas. Sin embargo esta vez la amenaza era muy distinta; se trataba de magia oscura, de nigromancia. Temía lo que esta magia podía llevarla a hacer y el control que pudiera llegar a ejercer sobre ella.

Néder tomó asiento a su lado.

—En dos días llegaremos a Iraïl y allí sabrán cómo ayudarte —le dijo, sin necesidad de que ella le transmitier nada.

—Pensadlo bien —respondió Eirien, sin mirarlo—. Vrigar ansía saber quién es el heredero de Ászaron. Es más que probable que la magia que aplicó sobre mí tuviera ese fin. Tal vez sus dragnars nos estén siguiendo y si eso es así ,es mejor que yo...

—Hija, estamos muy cerca. No te rindas. Iraïl está a dos días de camino como mucho. No permitiré que te alejes. Tú sola no tienes ninguna posibilidad. Tu lugar está aquí, con nosotros, con la Alianza. Eres fuerte y...

—No permitas que el hecho de que sea tu hija influya. Debemos tomar la decisión más acertada para la Alianza; no para mí, ni para ti. Además...

La joven se desvaneció ante su padre, que la sostuvo, evitando que cayera al suelo.

—¡Despertad! —le gritó Néder a sus hombres, con el cuerpo de su hija en brazos—. ¡Reiniciamos la marcha!

Los hombres despertaron sobresaltados, pues aún era noche cerrada en el cielo que el bosque permitía ver entre las hojas de sus frondosos árboles.

—¿Qué ocurre, Néder? —preguntó Eriak, inquieto.

—Mi hija no está bien y necesita la ayuda de los élars. Además, temo que la nigromancia que Vrigar aplicó sobre ella pueda ser peligrosa para todos. Cuanto antes lleguemos, mejor.

—¡Pero los hombres necesitan descansar! —protestó Eriak—.¡Hemos viajado durante tres días y...!

—Ya tendrán tiempo para hacerlo en Iraïl.

—Néder, sabemos que es tu hija pero...

—Eriak, no se trata solo de eso. Todos estamos en peligro mientras uno solo de nosotros, sea Eirien, tú o yo, seamos víctimas de la nigromancia.

—Néder tiene razón —intervino Valdrik—; será mejor que nos libremos de esto cuanto antes.

*****

Poco antes de la puesta de sol llegaron por fin a Iraïl. Néder contempló la imponente ciudad que se erguía, solemne y majestuosa, a unas pocas millas de distancia. Respiró, aliviado y trató de hacer a un lado su angustia por la situación de Eirien, que había efectuado todo el trayecto envuelta en una persistente fiebre y, de la que ya no dudaban, había sido víctima de la oscura nigromancia de Vrigar.

Se disponían ya a retomar la marcha cuando una certera flecha se clavó en la tierra a modo de advertencia. El sigilo de los élars les dio una particular bienvenida al reino de agua y en pocos segundos los hombres de la Alianza se vieron rodeados.

—¿Qué asuntos os traen hasta nuestras tierras? —preguntó uno de ellos, mientras sostenía el arco con el que apuntaba directamente a Néder.

—Venimos a hablar con tu reina. Es muy urgente.

—¿Quiénes sois? —insistió él.

—Por favor —suplicó Néder—, no hay tiempo que perder. Mi hija ha sido víctima de la nigromancia y necesita sanación.

—No habéis respondido —dijo de nuevo el élar, con exasperante calma.

—Mi nombre es Néder y soy capitán de la Orden de la Alianza.

—¿Néder? La reina Aley os espera —le informó el élar, bajando el amenazante arco.

El anuncio sorprendió al propio Néder y a los demás miembros de la Alianza que, sin embargo, celebraban el hecho de poder entrar en el reino de los élars sin mayores dificultades, pues el tiempo apremiaba.

Recorrieron la escasa distancia que los separaba de la conocida como Ciudad del Agua y pronto estuvieron bajo su cobijo. Los élars cuidaron de los caballos, cansados tras arduas jornadas de viaje, y ofrecieron cobijo a sus dueños que, por primera vez en mucho tiempo, desde la partida de Gildar, pudieron recostar sus huesos sobre blandos y cálidos lechos.

Néder se incorporó repentinamente al ver aparecer a la reina Aley. El hombre no había dejado de darle vueltas a la extraña situación de su hija y para ello, había buscado la soledad de los patios. Eirien estaba siendo sanada y Néder confiaba en la magia élar, tanto o más poderosa que la nigromante pero la preocupación era algo patente en su rostro.

—Bienvenido a Iraïl, Néder de Ászaron —lo saludó Aley—. Mucho he oído hablar sobre vos. Tenía deseos de conoceros.

—Lo mismo digo, majestad. Conocí a vuestro padre y luché a su lado. Su pérdida fue algo terrible para Askgarth pero confío en que dejó en vos a una digna sucesora.

—No os mentiré. Me ha costado reemprender la senda que inició mi padre. Crecí lejos del trono, pues los consejeros de la corte creyeron, durante mucho tiempo, que no era prudente ocupar aún ese lugar, convertirme en un objetivo dragnar. Pero la situación es ya ineludible.

—Celebro que estéis al día de todo, majestad. El asunto que nos atañe exige la máxima atención y dedicación.

—Así es, capitán. Los acontecimientos se han acelerado con el asunto del hijo de Séldar.

—¿Ha llegado hasta aquí? —preguntó Néder con ansia.

—Sí, el joven heredero llegó hará tan solo algunos días y decidió esperaros aquí. Gaiar lo acompañaba.

—Gracias al cielo —murmuró Néder—. Desearía hablar con él, si no tenéis inconveniente, majestad.

—No, claro que no. Uno de mis hombres ha ido a buscarlo. Debe estar a punto de...

—¡Néder! —exclamó entonces una voz.

Al volverse, este se encontró con Aldan, que se acercó a él con una sonrisa iluminándole su magullado rostro.

—¡Muchacho! No sabes cuánto me alegra volver a verte, sano y salvo.

Gaiar llegó también con paso sereno.

—Es un placer conocer al hijo de Glindar, majestad lo saludó Néder—. Vuestro padre mostró un extraordinario valor en batalla. Podéis estar muy orgulloso de él.

—Y lo estoy, capitán. Lo estoy.

—¿Dónde está Ezhan?

El silencio lanzó una respuesta muda pero igualmente elocuente. Néder los escrutó a todos, aguardando a que uno u otro confirmasen algo que desterrase los oscuros pensamientos que se cernían sobre él.

—¿Aldan? —preguntó al fin.

—Las aguas del Sirith le arrastraron a él y a los dragnars que nos atacaron —respondió el muchacho, con un hilo de voz.

—Entonces...

—La muerte de Ezhan es algo que todos lamentamos, capitán —intervino Aley—. Pero muchos otros han dejado la vida en pos de esta causa. Debemos ver el lado positivo.

—La Alianza... ya no es... —musitaba Néder con palabras entrecortadas.

—La Alianza aún es posible, Néder —lo interrumpió Aldan.

El hombre lo miró sin perder su gesto de desánimo. Aldan extrajo el Ászar y se lo mostró, sonriente.

—Según lo que me has contado, este medallón no ha podido llegar aquí por casualidad, ¿No es así? Ezhan murió en el río pero el Ászar se desprendió de su cuello y vino a mí. Yo soy el heredero al trono, Néder, y mientras yo viva habrá esperanza. Vengaremos la muerte de Ezhan y, cuando todo esto termine, recibirá un trato digno en Ászaron, te lo aseguro. A él le debo la vida y no olvido esas cosas.

Néder emprendió el paso en silencio y confuso.

CAPÍTULO 11

Néder había dado la noticia en los cuarteles y la confusión se adueñó de todos. Los intercambios de miradas y los rumores se extendieron rápidamente entre los soldados.

—No puedo entenderlo —se lamentaba él.

—No me parece algo tan difícil de comprender, Néder —intervino Eriak—. El Ászar ha esperado pacientemente para posarse en el cuello de Aldan. Él es el elegido y no Ezhan, como tú creías. Debemos dar gracias a los dioses por que ese muchacho esté vivo.

—No, Eriak. El Ászar no está tantos años colgando de un cuello que no es el del heredero al trono o el del propio rey. Ezhan tenía que ser el elegido.

—Néder, creer eso nos llevaría a un fracaso absoluto. Ezhan está muerto. Pensar que Aldan es el elegido nos otorga esperanza —dijo entonces Valdrik.

—¿Y de qué nos sirve eso si nos estamos engañando? ¡Ezhan no puede haber muerto!

—¡Néder, por todos los dioses! Estás obcecado en que ese joven sea el hijo de Séldar. ¿Por qué? ¿por qué no

Aldan? ¡Si tú quieres rendirte porque Ezhan haya muerto, hazlo! —gritó Eriak—; ¡Yo seguiré a Aldan porque creo en ese muchacho y en el Ászar!

—Eriak, cálmate —exclamó Valdrik—. Néder, ¿no crees que él pueda tener razón? Ezhan me salvó de la cárcel y se arriesgó mucho por nosotros. Demostró ser un hombre de honor, pero no más que otros de los que han muerto en esta guerra. Lo importante es la Alianza, y si Aldan está vivo y es el hijo de Séldar, nuestras esperanzas están intactas.

—¿Y si no lo es? ¿Y si Ezhan era el elegido? Valdrik, ese muchacho tuvo el Ászar toda su vida y jamás se desprendió de él. El Ászar es mágico pero es un medallón; que las aguas lo desprendieran de su cuello no significa que no debiera estar ahí.

—Néder...

—Una vez cometimos el error de dar por muerto al heredero al trono de Ászaron sin tener una prueba fehaciente de ello y nos equivocamos. No quisiera que eso volviera a ocurrir.

—Lo que sucedió con Seizan fue muy distinto —insistió Valdrik—. Solo Séldar lo vio y conociéndolo... Pero Ezhan no tenía enemigos; los óhrdits estaban allí y...

—No creeré en su muerte hasta que vea su cuerpo.

—¿Y qué piensas hacer? —gritó Eriak—. ¿Seguir el curso del Sirith hasta el mar? ¡Es completamente imposible!

*****

A pesar de ser ya noche cerrada, Néder permanecía despierto y nervioso. Una parte de sí mismo ansiaba ir en busca de Ezhan por alocado que pudiera resultar; otra parte le advertía de lo insensato de abandonar a sus hombres en ese momento. Los dragnars campaban a sus anchas por todo el continente y en cualquier momento los élars podrían sufrir un ataque para el que podrían necesitar refuerzos. Desde que llegasen a Iraïl, Néder no había tenido ocasión de hablar con la reina Aley acerca de cómo llegar hasta el más complicado de los destinos de la Alianza: Dóngur. Durante la forja de la primera, los magos de la Cima de Odin llamaron a los nigromantes para que asistieran al concilio allí celebrado.

Ahora, años más tarde, y dada la inexistente relación que había desde hacía siglos con los nigromantes, deberían ser ellos quienes fueran a buscarlos a su propia tierra pero lograr el «sí» de los hijos de Dongur no implicaba solo la dificultad de convencerlos, sino la de llegar hasta el Pantano de Thion y superar el temible juicio del guardián.

Los pensamientos de Néder se vieron interrumpidos con la llegada de Aldan. El muchacho lo observó con detenimiento y caminó hasta tomar asiento a su lado. Frente a ellos sólo la noche serena y una de las finas cascadas que acariciaban el reino de Iraïl.

Aldan suspiró.

—Néder, todos lamentamos la muerte de Ezhan, pero debemos mirar hacia el futuro.

—Si el elegido perece, Aldan, no habrá futuro.

—¿Ni tan siquiera existe en tu cabeza la posibilidad de que yo lo sea? —Sus ojos verdes buscaron los de Néder—. Todo cuanto os expliqué es cierto. Mi madre fue la esposa de Séldar y yo fui a Ászaron reclamando el trono. Ahora el Ászar está en mi poder. Vino a mí sin yo buscarlo. ¿Qué más necesitas?

—Entiende que no puedo obviar que Ezhan ha poseído el Ászar durante toda su vida.

—¡Pero ahora lo tengo yo! —gritó el joven.

Néder tomó a Aldan del brazo y lo obligó a levantarse, igual que hizo él mismo.

—¡Escucha, muchacho! Veamos cuánto tiempo permanece el Ászar en tu cuello y, si Ezhan ha muerto, rezaré a los dioses de Ászaron para que seas tú el elegido.

—Ezhan tuvo el Ászar y eso bastó para ti.

—Sin embargo veo que a ti solo te mueve la ambición, la soberbia, el poder. La sed de venganza.

—Te equivocas, Néder. No sabes cuánto.

El joven se zafó del agarre de Néder y se perdió de nuevo entre la oscuridad.

*****

Cuando Ezhan despertó, se encontró a las márgenes del Sirtih. Alzó la mirada y, mientras trataba de ubicarse, dio gracias a los dioses por haber detenido su avance en el río antes de llegar a las grandes cascadas que visualizaba algo más allá.

Su sien sangraba y en su rostro aún tenía restos de sangre seca. Sin fuerzas para moverse, se dejó caer de nuevo sobre la tierra mojada y fijó su vista en el azulado cielo de Askgarth. Las nubes se desplazaban lentamente, transportadas por el viento. Una luz cegadora lo obligó a cerrar los ojos y, aunque inicialmente pensó que se trataba del sol, pronto pudo constatar que no era así. Volvió la cabeza y sus ojos observaron la visión de una hermosa élar, que se acercaba, envuelta su figura en una especie de fulgor blanquecino, que le confería una apariencia aún más angelical. Sacó fuerzas de flaqueza y apoyó las manos sobre la tierra para poder sentarse y deleitarse en aquella visión con mayor claridad. La élar sonrió y se acercó a él tendiéndole la mano. Ezhan la tomó sin dudarlo y, para su sorpresa, le resultó mucho más sencillo de lo esperado incorporarse.

—Debes perseguir tu destino, Ezhan —murmuró una voz dulce y armoniosa.

—Ojalá supiera cuál es —respondió él, con voz entrecortada—. ¿Quién sois?

—En lo más profundo de tu corazón, lo sabes, aunque te dé miedo aceptarlo.

—Nada es seguro en mi vida. Todo se tuerce tarde o temprano.

—Si tú no consigues ver la luz en la oscuridad, nadie lo hará, y Askgarth caerá. Aunque no creas en ti mismo, tienes muchas cosas por las que luchar.

Ezhan guardó silencio.

—Vuelve a Iraïl y recupera lo que te he arrebatado. Era una prueba definitiva y la has superado.

—¿Quién sois? ¿Qué me habéis arrebatado? —quiso saber él. Percibió su propia desesperación en el timbre de su voz.

—En estos momentos soy la voz de tu corazón, la que te dice aquello que te niegas a escuchar, aquello que te asusta aceptar.

La mujer acarició el rostro de Ezhan y sonrió nuevamente.

—Todo sufrimiento obtiene su recompensa. No temas a la realidad, Ezhan, y acéptala.

Él continuó embelesado en la visión de aquella hermosa élar pero ya no se atrevió a articular palabra, mientras la observaba. Ella se arrodilló frente al río e introdujo las manos en las aguas frías hasta que, poco a poco, todo su cuerpo desapareció, fundiéndose con el suave caudal del Sirith.

—El alma del río —murmuró Ezhan para sí.

Volvió la cabeza sin moverse de su sitio y se sorprendió al topar con un earas de blanco pelaje y preciosa crin. El animal relinchó y efectuó un gesto con la cabeza, como si de algún modo lo saludase. Él sonrió y caminó despacio hasta acercarse a él para acariciarlo. Aún trataba de dar crédito a lo que acababa de vivir, mientras en su fuero interno se preguntaba si acaso sería él el elegido del que hablaba la profecía de los magos. ¿Y Aldan? —pensó para sí—.

Tratando de que aquella confusión no nublase sus pensamientos, montó sobre el regio earas y jaló las riendas siguiendo el curso del Sirith, de regreso a Iraïl.

*****

La noche amenazaba con alcanzarlo antes de su llegada al reino de los élars pero lo que había sido un avance admirable a lomos de aquel fantástico animal, varió entonces. El earas se detuvo, reacio a seguir avanzando a pesar de las indicaciones de Ezhan. Al muchacho no dejaba de admirarle la capacidad de los earas y los valars para tomar sus propias decisiones a pesar de la lealtad y la nobleza exhibida hacia élars y nigromantes respectivamente.

Ezhan oteó el entorno, tratando de escudriñar algo en la oscuridad. Si el earas se negaba a seguir sería por algo —se dijo a sí mismo—. Desmontó de su lomo y trató de calmarlo sin llegar a conseguirlo del todo.

Intranquilo, Ezhan caminó entre la oscuridad, guiado únicamente por el resplandor de la argentada luna, que se desparramaba en el valle como lluvia de plata. Observó a su alrededor, decidido a dar con lo que fuese que había provocado aquel estado en el earas y, después de un breve avance a través de la pequeña arboleda, no tardó en comprobar que se trataba de medio centenar de dragnars.

—Llevamos más de tres días merodeando por aquí, y nada —dijo uno de ellos—, ni una señal. Empiezo a estar harto.

—Pues deberemos continuar tantos días como hagan falta; ya oíste a Vrigar.

—¿Estás seguro de que esa magia funcionará?

—Él es el nigromante y asegura que la magia que empleó con esa mujer nos llevará hasta el elegido.

—¿Y cómo demonios se supone que nos conducirá hasta él?

—Simplemente dijo que nos llevaría. No hagas más preguntas y limítate a obedecer —respondió el otro de mala gana.

—Según escuché, Vrigar puede ver a través de los ojos de esa mujer —añadió un tercero—. Cuando ella esté frente al elegido, lo distinguirá con total claridad. Así Vrigar sabrá quién es.

—¿Quién demonios es esa mujer? —le preguntó su interlocutor.

—Es la hija del hombre que encabeza a esa basura de la Alianza. Llegaron a Iraïl hace pocos días.

—Entonces, tal vez el elegido no esté allí. De lo contrario ella nos lo habría indicado ya, ¿no crees?

—¡Basta! —volvió a gritar el que había hablado en primer término—. He dicho que no hagáis más preguntas

A esas alturas, Ezhan ya sentía su corazón disparado y el aluvión de ideas bombardeándole en la cabeza. Lo que había oído en boca de aquellos dragnars le exigía tal cantidad de movimientos que ni siquiera sabía por dónde empezar.

—¿Por qué demonios no atacamos Iraïl y terminamos de una maldita vez? —volvió a preguntar la voz de un dragnar—. Si el elegido está allí, lo matamos y listo.

—¡No seas imbécil! Somos muy pocos para atacar Iraïl. Podremos asaltar a los asquerosos élars cuando sepamos quién es el elegido; entraremos, lo atraparemos y nos marcharemos. Pero un ataque deliberado sería imposible. Esa zorra que ha colocado sus posaderas en el trono tiene recursos para respondernos.

—Vrigar ha mandado refuerzos. En tres o cuatro días habrán llegado y entonces podremos ir hasta allí.

—Creí que Vrigar quería vivo al elegido, al menos de momento.

—Precisamente. Si no hemos atacado Iraïl antes es porque Vrigar pensó que el elegido llegaría hasta allí con la Alianza, pero parece que eso no es así. Sea quien sea ese desgraciado no está allí. Ya lo habríamos detectado.

—No entiendo que un miserable humano pueda complicarnos tanto las cosas. En mi opinión Vrigar exagera.

—Ese miserable humano podría unir a todas las razas de Askgarth bajo un mismo estandarte y esa sería nuestra perdición. Tenemos capacidad para luchar contra los deshechos divididos en los que se han convertido las razas, pero no contra todos unidos.

Ezhan reculó despacio mientras las voces de los dragnars seguían tejiendo una conversación que ya le resultaba ajena. No importaba cuánto pudieran añadir, pues lo que sabía, exigía urgencias más que de sobra.

Corrió de regreso y montó al earas que, esta vez sí, retomó el camino a toda velocidad, como si el animal hubiera necesitado que Ezhan atestiguase todo cuanto acababa de oír antes de marcharse.

A juzgar por las palabras de los dragnars, Eirien había sido víctima de la nigromancia de Vrigar y, por esa razón, si el elegido se encontraba con ella, los dragnars conocerían su paradero y su identidad.

Ignoraba la suerte que había corrido Aldan en el ataque dragnar en el Sirith pero si el muchacho había logrado salir con vida y se reunía con Néder, cabía la posibilidad de que Eirien le revelase su identidad a Vrigar, entregándolo prácticamente al nigromante.

También era posible que si el elegido era él, la reunión entre Aldan y los miembros de la Orden de la Alianza no entrañase ningún peligro pero aquella era una duda que en aquel momento no admitía el lujo de concederse. No obstante lo que sí tenía claro era que, de ser él el elegido, su llegada a Iraïl podía poner a los élars en peligro, pues los dragnars desplegarían allí su potencial, arrastrándolo a él mismo frente a Vrigar.

Atormentado por la urgencia de sus pensamientos, se dedicó a cabalgar lo más rápidamente que el earas podía hacerlo, decidido a planear algo al llegar al paso del río.

Tardó mucho menos de lo esperado en regresar al punto en el que la batalla se desarrollase; allí apenas quedaban vestigios de lo vivido pero a él le resultaría imposible olvidar aquel paraje, donde casi perdía la vida. Una vez allí debía tomar una determinación acerca del modo de advertir a los élars.

*****

Néder caminó con determinación, acercándose a la reina Aley y Davnir, que conversaban con serenidad.

—Néder —exclamó el élar—, ¿ocurre algo?

—Mis hombres estaban heridos y les ha venido bien una tregua pero temo que no podemos dilatar más nuestra estancia aquí sin hablar sobre el tema que nos atañe y sin ponernos manos a la obra.

El gesto afable de Davnir se oscureció.

—Supongo que tenéis razón —respondió el élar, observando a la reina.

Ella asintió y desvió sus ojos claro hacia la figura de Aldan, que acababa de entrar en la sala, uniéndose a la improvisada reunión.

—Mandad llamar al rey Gaiar —ordenó Aley.

Uno de sus soldados asintió y desapareció al momento.

—A pesar de que muchos de vosotros no habíais ni nacido cuando la Alianza se quebró, todos hemos llegado a comprender la extrema importancia que tiene, y también todos sabíamos que llegaría el día de volver a forjarla —continuó hablando la reina élar—. Muchos de vosotros tal vez no sospechasteis siquiera que tendríais que tomar parte activa en ello, pero lo que importa ahora es que estamos aquí. No podemos ignorar la situación que vivimos. Los dragnars dieron una tregua de veinte años que hizo que muchos de nosotros les enterrásemos en el olvido. Ahora han vuelto recordándonos que siguen dispuestos a conquistar Askgarth. Élars y óhrdits han demostrado sobradamente que están dispuestos a hacer todo cuanto sea necesario. Lo que podemos esperar de los hombres y los nigromantes supone aún una incógnita.

Gaiar llegó en ese momento, saludándolos a todos con la cabeza para unirse a la reunión, de forma silenciosa.

—Los hombres han recuperado a su rey —intervino Aldan—. Solo queda recuperar el trono.

—Suponiendo que eso sea así —respondió Davnir—, no va a ser tarea fácil recuperar el trono de Ászaron. Su ejército es leal al gobernador. Vosotros sois solo unos cuantos.

—Si nos prestáis apoyo, podemos hacerlo —respondió de nuevo Aldan.

El silencio de Néder amenazaba con exasperarlo. El hombre había dedicado toda su vida a la forja de la Alianza y ahora actuaba como si aquello no tuviera nada que ver con él, convencido como estaba, según le había confesado, de que el elegido era Ezhan y no él.

—Aldan, en estos momentos no podemos enviar a nuestros soldados a conquistar Ászaron —dijo entonces Davnir—. Además, se supone que todos debemos luchar unidos. ¿Vais a empezar luchando contra vuestro propio pueblo?

—Arazan es un hombre sensato —intervino Valdrik—; si hablamos con él, tal vez logremos convencerlo. Es la máxima autoridad militar en Ászaron y todos le obedecerían. Solo es Zeol, el gobernador, quien nos estorba. Los demás solo obedecen órdenes.

—Arazan, un hombre un sensato —masculló Eriak—. ¿Hablamos del mismo que quería ahorcarte?

Valdrik ignoró aquel comentario.

—Tengo entendido que ese hombre también es leal al gobernador —añadió Davnir—; es más, si no he oído mal, es su mano derecha.

—Me parece muy arriesgado plantear una guerra abierta a Aszaron —intervino Néder, por vez primera—, más aún sin tener la seguridad de que Aldan sea el heredero. Hasta hace escasos días todos contábamos con la posibilidad de que Ezhan lo fuera.

Aley sonrió, satisfecha por el hecho de que el hombre hubiera dicho lo que realmente pensaba y sentía, pues tampoco ella era ajena a aquella posibilidad.

El silencio se alzó entre los demás como un incómodo muro.

—En ese caso... —volvió a decir Davnir—, deberemos aceptar que los dioses han dictado nuestro final y rendirnos ante nuestro nefasto destino.

—Néder, es imposible que Ezhan sobreviviese a aquello —dijo Valdrik—; debes confiar en Aldan. Él y Ezhan estuvieron juntos hasta el final.

—No desconfío de Aldan en absoluto. Ha demostrado un enorme valor y tiene argumentos para justificar que Séldar fuera su padre, pero también Ezhan. Equivocarnos en esto no sería una mera confusión; podríamos sentenciar a Askgarth.

—Néder, Ezhan ha muerto. Debemos aceptarlo y confiar en lo único...

—¡Maldita sea, Valdrik! —gritó Néder, apartándose—. En todo momento dudamos entre Ezhan y Aldan. Concluimos que la almenara nos desvelaría la verdad, y ahora, solo porque Ezhan ha desaparecido, todos parecemos tenerlo muy claro, ¿Y si no es así? ¿Y si Ezhan está malherido en cualquier rincón de estas tierras? Cometimos este mismo error con Seizan y lo pagamos muy caro. ¿Aquello no os sirvió de nada? No podemos ignorar el hecho de que Ezhan llevase el Ászar consigo durante más de veinte años.

—¡Basta! ¡Ahora soy yo quien...!

Aldan se echó la mano al Ászar pero su sorpresa fue mayúscula al no encontrarlo colgado de su cuello.

*****

Zingar paseaba con despreocupación por el campamento en el que los soldados descansaban. Había accedido a regañadientes a abandonar Ászaron y a su familia después de que Aldan y Ezhan lo sacasen de las prisiones, adonde había ido a parar por robar, pues el peligro de ser capturado de nuevo y ejecutado se multiplicaría si el gobernador llegaba a saber que había establecido amistad con ellos. Resopló, aburrido cuando de pronto algo atrajo su atención entre los camastros que se extendían en el suelo de los barracones. Después de asegurarse de que nadie lo veía, Zingar se arrodilló junto a la piltra de Aldan y sostuvo el Ászar entre sus manos: el brillante mineral del que estaba forjado y el peso de la historia que cubría una capa invisible de solemnidad. Tenía en su poder el mismo medallón que durante siglos los grandes reyes de Ászaron habían llevado a su cuello. Dudó durante unos segundos sobre lo conveniente de quedárselo para sí; sopesó las posibilidades que tendría de ser descubierto y aunque algo lo apremiaba a no meterse en líos, acabó por ocultar el Ászar bajo sus ropajes. Si lograba regresar a la ciudad de Ászaron después de haber vendido aquella reliquia, su familia no volvería a pasar penurias nunca más. Podrían huir lejos de allí y establecerse en cualquier gran reino sin miedo a represalias, sin miedo al hambre, al frío y a tantas inclemencias como había tenido que afrontar a su corta edad; él, su madre y sus hermanos.

Se incorporó despacio, dedicando recelosas miradas a los soldados que descansaban en aquella zona y se alejó con toda la discreción de la que fue capaz, tomando las riendas de su caballo.

—¿Vas a alguna parte, muchacho? —le preguntó uno de los hombres de Néder.

—Solo quiero dar un paseo —respondió él—. Llevamos ya dos días aquí y mi caballo empieza a inquietarse.

—Está bien, pero no te alejes demasiado. Es peligroso.

—¡No, tranquilo!

*****

Cuando Aldan llegó hasta allí, corriendo y alterado, Zingar ya había abandonado el campamento.

—¿Dónde está? —gritó Aldan, nervioso.

Se arrodilló sobre su camastro y revolvió las mantas, buscándolo.

—¿Qué ocurre, Aldan? —quiso saber uno de los soldados.

—¡El Ászar! La última vez que lo vi lo llevaba puesto y reposaba aquí. ¿Quién lo ha cogido?

—Cálmate, muchacho; nadie ha entrado ahí —repuso Eriak.

—Lo llevaba hace diez minutos. No está en el camino, no está en ninguna parte… Tiene que estar aquí, ¿o es que el medallón se ha ido andando a buscar a Ezhan? —gritó Aldan, incorporándose de nuevo.

Néder lo observaba, algo más rezagado, junto a Valdrik, la reina Aley, Davnir y el rey Gaiar.

—Un momento... —murmuró uno de los soldados—. ¿Y el muchacho?

—¿Qué muchacho? —preguntó ansioso Aldan.

—Zingar. Merodeaba por aquí hace tan solo un momento.

—¿Dónde está? —exigió saber Aldan.

—Llevaba a su caballo; dijo que quería ir a dar un paseo.

—¡Maldita sea!

Aldan corrió hacia los establos, buscando a su montura para cabalgar a toda prisa fuera de los límites de Iraïl, en dirección al río Sirith.

Eirien apareció en aquel momento, confusa y aturdida.

—¿Qué es lo que ocurre, padre? —preguntó, mientras los soldados regresaban a sus descansos y conversaciones, muchas de las cuales girarían en torno a lo sucedido.

—Aldan ha perdido el Ászar. Pero no debes preocuparte; eso es lo menos importante en estos momentos. Dime, hija ¿cómo estas?

—La fiebre ha remitido. Los remedios de los élars parecen preparados por los mismos dioses. Aun así, la reina afirma que la única forma de deshacerme de este conjuro es que un nigromante me libere de él.

Néder frunció el ceño.

—Debe haber otra forma, Eirien —dijo entonces.

La muchacha negó con la cabeza y abrazó a su padre, resignada a una cura que parecía utópica.

*****

Aldan cabalgó a toda prisa hasta el límite de la explanada de Verdh, que marcaba la salida de la tierra de los élars y el abandono, por tanto, del poder que los protegía.

Eriak y Valdrik lo siguieron hasta allí, confusos aún por la situación que se estaba viviendo y por la repentina huida de aquel muchacho, que se había mostrado en todo momento dispuesto a seguir con ellos, pese a las reticencias iniciales por abandonar a su familia en Ászaron.

—¿Cuando se ha marchado? —preguntó Aldan, oteando el entorno.

—Según los hombres que estaban en el campamento y que lo vieron coger su caballo, fue esta mañana, poco después del almuerzo —respondió Eriak.

—¡Maldita sea! —gritó él, dando una fuerte patada a la tierra.

—Tener ese medallón no te hará más rey, Aldan — volvió a decirle Eriak—. Debes procurar calmarte.

—Parece que poseer el Ászar es la mayor prueba para hijo del rey —se lamentó él.

—Llegado su momento, la verdad será revelada ante todos nosotros —le advirtió Valdrik—. Ahora es mejor que regresemos. No es seguro estar por aquí.

*****

Zingar se detuvo transcurrido un buen rato desde su marcha. Las dudas seguían martilleándolo por dentro pero no podía limitarse a huir y olvidarse de su familia. Sabía que era sensato hacerlo en un primer momento, después de haber huido de la cárcel ászara pero eternizar su marcha no haría si no condenar a su familia a una muerte segura. Su madre apenas podía mantener a sus cuatro hermanos pequeños y sin su ayuda, sólo sería cuestión de tiempo. Pero con el Ászar en su poder, las cosas cambiarían para siempre, aunque para ello hubiera tenido que traicionar y robar a aquel joven, Aldan, al que había conocido en las prisión y que le había jurado una libertad que Ezhan acabó pro concederle, con la ayuda del propio Aldan. Si al fin y al cabo cualquiera de ellos era realmente el hijo de Séldar, un medallón sería algo insignificante para él una vez retomase su lugar en el trono. O eso quería pensar.

—¡Zingar! —La voz de alguien, llamándolo, le hizo ponerse blanco y tensarse como una cuerda. Una voz que le resultaba familiar.

Cuando al fin se atrevió a voltearse, topó con la figura de Ezhan, montado sobre el lomo de un fascinante earas.

—No... no puede ser... —balbuceó el chiquillo—. Estás vivo...

—Eso creo... ¿qué haces aquí? ¿Dónde están los demás?

El chiquillo bajó la cabeza, tembloroso.

—Todos... todo están en Iraïl...

—¿Néder también? —preguntó Ezhan, esperanzado.

Zingar asintió.

—¿Estás bien? —insistió Ezhan al ver el rictus descompuesto que marcaba su rostro.

—Lo siento... —balbuceó él—. Lo siento mucho...

Sus manos temblorosas le entregaron algo a Ezhan, un jirón de ropa con algo envuelto. Confuso, el muchacho lo tomó y descubrió que se trataba del Ászar.

—¿Por qué lo tienes tú?

—Iba a... lo siento —insistió—. Iba a robarlo, venderlo y... mi familia... Lo siento, Ezhan. Pídele perdón a Aldan de mi parte.

Ezhan envolvió el Ászar de nuevo.

—Solo no llegarás a ninguna parte —le dijo.

—Despreocupaos de mi suerte. Probablemente merezca lo que pueda pasarme de camino a Ászaron. Y la Alianza no pierde nada conmigo.

—Zingar... Oye, te has equivocado pero... Creo que después de lo que has intentado hacer, nos debes algo a Aldan y a mí.

—Lo sé. Yo...

—Entonces salda tu deuda.

Zingar lo miró, con ojos llorosos.

—Necesito que hagas algo: vuelve a Iraïl y dile a Néder y Aldan que se reúnan conmigo aquí; yo no puedo llegar hasta allí. Y algo más: que Aldan y Eirien no se vean bajo ningún concepto.

El chiquillo lo escuchaba sin comprender.

—¿Qué está pasando? —quiso saber.

—Ahora no tengo tiempo de contarte nada, Zingar pero necesito que hagas eso por mí. Rápido.

*****

La paz en la que estaba sumido el campamento y la propia Iraïl se vio alterada por los gritos de alguien. Alertaba de la llegada de un caballo y un jinete que no tardaron en reconocer: Zingar.

Aldan llegó hasta allí, corriendo junto a Davnir y al comprobar de quién se trataba, se abrió paso entre todos, sujetando al chiquillo del brazo y obligándolo a bajar.

—¡¿Dónde está mi Ászar?!

Davnir intervino, separándolos.

—Cálmate y deja que hable.

Zingar bajó la mirada, avergonzado.

—Lo siento.... Yo... traté de robarlo. Quise venderlo...

—¡Eres un malnacido y un desagradecido! —gritó Aldan—. Debí haber dejado que te pudrieras en las prisiones.

—Basta —gritó Davnir de nuevo.

—Tienes razón pero...

—¡Devuélvemelo!

—No lo tengo. Lo tiene Ezhan.

—¿Ezhan? —exclamó Davnir, sonriendo.

Zingar asintió.

—Está vivo y aguarda en la explanada de Verdh. Me envía a deciros que Aldan y Néder deben acudir allí de inmediato para reunirse con él. De igual manera, debéis aseguraros de que Aldan y Eirien no se vean.

—¿Qué estupidez es esa? —intervino Eriak.

—Nigromancia —murmuró Zingar—. Ninguna estupidez.

—¿Y si se trata de una trampa? —preguntó de nuevo Eriak—. Este chiquillo pretendía robar el Ászar. ¿Por qué vamos a fiarnos de él?

—Ha regresado, ¿no? —respondió Néder—. Eso es lo que cuenta.

—¿Y por qué no viene el propio Ezhan? —intervino Valdrik por primera vez.

—Acudid hasta allí y él mismo os responderá.

—¡Preparad mi caballo! —ordenó Néder.

CAPÍTULO 12

Arsen, Riley y Yara preparaban los caballos que habían conseguido en Ászaron para su partida. Fuese lo que fuera que estaba sucediendo con Ezhan, nada los retendría allí más tiempo si él no estaba y, atendiendo a la sugerencia de Riley, Yara había aceptado llevar a Arsen hasta el Inframundo, si lo que realmente buscaba era el favor del dragnar para con la forja de la Alianza.

Cuando hubieron cargado el escaso equipaje que portaban en las alforjas, abandonaron el establo, cruzándose de inmediato con el posadero.

—¿Ya os marcháis? —preguntó, sorprendido.

—Sí, ¿algún problema? —espetó Yara.

—No, claro que no, aunque... pensé que os quedaríais un par de días...

—Pues ya ves que no —respondió secamente Riley.

—¿Ha sucedido algo? —insistió el posadero—. ¿Hay algo que no esté a vuestro gusto?

—¿Ocurre algo? —intervino Arel de pronto.

El muchacho se acercó y examinó a los tres visitantes del posadero con visible curiosidad.

—No ocurre nada —respondió Yara—; sencillamente nos vamos.

—¿Qué os trae por aquí? —preguntó de nuevo el muchacho.

—Creo que eso no es de vuestra incumbencia —respondió Arsen.

—Estamos en tiempos de guerra y no es habitual ver élars en esta zona. También es evidente que tú no eres de por aquí, así que mi obligación como soldado es velar por la seguridad de Ászaron e interesarme por los extraños que llegan a la ciudad.

—Nosotros no llegamos; nos marchamos —dijo de nuevo Yara—. Si somos peligrosos, no tenéis nada que temer.

—Me temo que no vais a poder marcharos tan fácilmente. Si os negáis a responder a un miembro de la autoridad de Ászaron, deberé llevaros a las prisiones.

—¿Acusados de qué? —exclamó Arsen.

—De desobediencia.

—¿Desde cuándo un ciudadano en esta ciudad está obligado a rendir cuentas de adónde va o de dónde viene? —preguntó Riley.

—Ya os lo he dicho, y no debo daros más explicaciones. Sois vosotros, los que...

—Escucha, solda....

—Arsen —interrumpió Yara—. Tiene razón. Además, este soldado únicamente cumple con su obligación; si él estima conveniente llevarnos a las prisiones, debemos obedecerlo y confiar en que esta situación se solucione lo antes posible.

Arsen y Riley miraron a Yara con extrañeza, pero algo en su expresión les instaba a seguirle la corriente, de modo que ninguno de los dos dijo nada cuando Arel los invitó a caminar, flanqueados por tres soldados más de camino a las prisiones. Una vez allí, los tres fueron encerrados en la misma lúgubre celda, rodeados de sombras y bultos agazapados, de murmullos y sobre todo, de una apestosa oscuridad.

—En cualquier momento vendrán a interrogaros —les anunció Arel—. Os aconsejo que no intentéis nada extraño.

—¡Fantástico! —exclamó Arsen cuando el soldado se alejó—. ¡Lo único que nos faltaba era acabar en estas prisiones inmundas!

—Escapar de una prisión ászara no es ningún problema, ya os lo dije —intervino Riley—, pero sí me gustaría saber qué diablos hacemos aquí.

—Ese hombre —respondió Yara—, el duende del posadero dijo que Ezhan había liberado a un preso y había huido con él. Tal vez aquí encontremos respuestas.

—Supongo que era de extrañar que accedieseis a regresar a Dongur tan fácilmente, ¿no? —preguntó Riley, resignado.

—Empiezas a conocerme —le confirmó Yara.

—Es extraño ver a élars por aquí —intervino de pronto una voz desconocida.

Los tres se volvieron para comprobar que se trataba de preso que ocupaba la celda contigua, un hombre de mediana edad y sucio rostro, como todos los que estaban allí; barba espesa y negra, arrugas y cicatrices surcándole cara y cuerpo a partes iguales y un vivo e inusitado brillo en sus ojos oscuros.

—Mi nombre es Lethard —les anunció.

—Pues felicidades —le respondió Riley, con acritud.

—Yo soy Yara, y ellos son Arsen y Riley —se presentó la nigromante.

—A todos los que estamos aquí encerrados se nos acusa de conspiración contra el actual gobierno de Ászaron. Que yo sepa, desde que la Alianza se quebró, los élars se han mantenido alejados de aquí. No entiendo qué

279

relación puede existir entre tu pueblo y aquellos que luchan por el regreso de las llamas sagradas.

Yara se acercó hasta la celda contigua y observó con suma atención a aquel desconocido.

—Hemos venido a Ászaron buscando un muchacho; su nombre es Ezhan.¿Habéis oído hablar de él?

—¡Ezhan! —exclamó el hombre—. Hasta hace escasos días, hubiera sido incapaz de ofreceros referencia alguna pero ahora... ¿quién en Ászaron no tiene ese nombre grabado a fuego en su memoria? Ese muchacho liberó a todos los que estaban acusados de conspiración y alta traición a Ászaron. Después se marchó con Néder y los demás miembros de la Orden de la Alianza.

—¿Quiénes son ellos? ¿Quiénes son esa Orden de la Alianza? —lo apremió Yara.

—Son los últimos hombres leales al rey Valian. Han dedicado toda su vida, desde la última Gran Guerra, a buscar al nieto de este; el elegido del que habla la profecía de los magos y el único que puede volver a encender las llamas de la Alianza. Como élar deberíais saberlo.

—¿Y qué tiene que ver Ezhan con todo eso? ¿Por qué iba a haberse marchado con ellos?

—Lo ignoro. Lo único que sé es que algunos afirman haberle visto hablando con Valdrik, otro miembro de la Alianza que estaba encarcelado y que iba a ser ejecutado al día siguiente. Ezhan le liberó a él y después regresó, a por todos los demás. Fue un día épico para los ászaros... —añadió con una sonrisa en los labios.

—¿Por qué regresó? —quiso saber Yara.

—No lo sé...

—¿Dónde puedo encontrar a ese tal Néder?

—Lo ignoro. La Orden de la Alianza tenía su refugio en lo alto de la montaña, pero se marcharon tras lo ocurrido y no han vuelto por aquí. O eso se dice.

Tras un breve silencio, el hombre continuó hablando:

—Ese es el destino que nos espera a todos los que estamos presos. Llevo aquí casi veinte años y he visto morir a más personas de las que puedo recordar.

—Todos los que entran aquí acusados de traición son ejecutados —intervino Riley—, pero después de veinte años como prisionero tú continúas vivo… ¿Por qué no te han matado?

El hombre bajó la mirada.

—Soy hermano del gobernador —respondió con pesadumbre—. Me avergüenza decirlo, pero es así. Mi hermano tomó el trono temporalmente; hasta que Ászaron se recuperase del ataque de los dragnars durante la Gran Guerra, y Néder y sus hombres encontrasen al hijo de Séldar, pero parece que Zeol le tomó gusto al trono. Tuvo miedo de que el heredero de Valian apareciera, y, antes de que eso pudiera ocurrir, desterró a Néder y los suyos amparándose en lo que antes había decretado el rey Séldar. Intenté hacerle entrar en razón —explicaba con la mirada perdida—, quise hacerle ver su error, y eso me costó la libertad. Llevo aquí casi veinte años y tengo asumido que aquí concluiré mi vida. A veces creo que sería mejor morir en la horca.

—¿Por qué no huiste cuando ese muchacho os liberó? —preguntó Arsen.

—¿Y qué podía hacer? ¿Huir hacia dónde? Llevo demasiado tiempo aquí encerrado. Ya ni siquiera sé qué hacer fuera de estos barrotes. Además sé que la guerra ya ha empezado. Ászaron caerá como los demás reinos de Askgarth. ¿Qué importa estar dentro o fuera? En ambos lugares puedo prestar el mismo servicio.

El hombre se sentó en el fondo de su lúgubre celda y clavó la mirada en el vacío.

—Creo que poca información más hallaremos aquí —murmuró Riley.

—¡Soldados! —gritó de pronto la voz de un hombre en la oscuridad—. Aquí hay un hombre muerto.

—Ocurre cada día —musitó de nuevo la voz de Lethard—; algunos llevan días sin comer, semanas sin beber. Aquellos que no mueren en la horca, lo hacen en la frialdad de sus celdas.

—Es hora de que nos vayamos —dijo Riley mientras separaba los barrotes de la celda sin ningún esfuerzo.

El nigromante salió en primer lugar y Arsen lo siguió. Yara fue la última en hacerlo y antes de abandonar el lugar, se detuvo frente a la celda de Lethard.

—Hay algo que podéis hacer fuera y no podréis hacer aquí: luchar. He oído muchas cosas sobre Ászaron y me consta que la palabra rendición no existe para sus hijos. Siempre hay esperanza. Es decisión vuestra hacer uso de ella.

Riley se acercó y abrió la puerta de su celda. Después, hizo lo mismo con el resto, liberando a sus ocupantes que, no obstante, no se atrevían a salir de allí ni a acercarse a los tres recién llegados.

—¿Qué haces? —preguntó Arsen, sonriendo.

—Una travesura. Vamos, mi señora.

Yara sonrió y avanzó tras los pasos de Riley y Arsen. Apenas habían avanzado unos pocos metros cuando un soldado ászaro les salió al paso. Yara sólo hubo de extender el brazo y un leve fogonazo de luz, hizo que el hombre se desplomase frente a ellos.

Ya en la calle, se movieron con más discreción pero sin bajar la guardia lo más mínimo. Riley se situó a su lado mientras ella caminaba a largas zancadas.

—Mi señora, lo más sensato es regresar a Dóngur —le dijo Riley a Yara, sin dejar de otear el entorno, que ya empezaba a alterarse con la huida de los primeros prisioneros—. Ya habéis oído a ese hombre. Ignora dónde están los miembros de la Alianza. Ese muchacho puede estar en cualquier parte.

Arsen la miraba en silencio, aguardando su respuesta.

—Está bien —zanjó ella—. Volvemos a Dóngur. Vamos a buscar a los caballos.

—¡Señora! —gritó la voz de Lethard, que corría tras ellos y que, por primera vez en mucho tiempo, volvía a ver la luz del sol.

—¡Yo iré a por los caballos! —dijo Riley con sorna—; no os demoréis, mi señora.

Arsen lo acompañó, mientras Yara aguardaba frente a aquel hombre que, a la luz, mostraba los mismos rasgos que ya había logrado distinguir en la oscuridad.

—¿En serio creéis que merece la pena luchar?

—Estoy absolutamente convencida de que sí, pero debemos ser nosotros quienes mantengamos la esperanza. Me ha bastado un instante de conversación con vos para darme cuenta de que sois un hombre valeroso. Defender vuestros ideales os ha costado algo tan preciado como la libertad; a vos y a muchos otros que han dado su vida por aquello en lo que creen. Sois ászaro, no podéis rendiros y sentaros a esperar; no está en vuestra sangre.

—Vos no sois ászara; sin embargo habláis con total admiración de nuestro pueblo.

—No, no lo soy, pero conocí bien a uno y sé de lo que hablo.

—Os referís a Ezhan, ¿no es así?

—Ászaron necesita a muchos hombres como vos —añadió ella sonriendo—. No os sentéis en vuestra celda a esperar.

—Lucharé, mi señora. Lucharé porque algo está cambiando.

Yara asintió y le dio la espalda, con la intención de seguir a Riley y Arsen pero las palabras de aquel hombre, la hicieron detenerse.

—Si el pueblo de Dóngur viene hasta nuestras tierras es porque algo está cambiando —concluyó Lethard, sonriendo.

Yara dio media vuelta y lo miró.

—He estado muchos años encarcelado, tiempo más que suficiente para leer sobre todo durante los primeros años, cuando mi hermano se compadecía trayéndome libros junto a la comida. Si Ászaron goza de vuestra admiración, dejad que os diga que el sentimiento es mutuo hacia vuestro pueblo.

Yara lo saludó con la cabeza y desapreció, buscando a sus dos compañeros de viaje.

*****

Néder detuvo su caballo frente a la solitaria figura de Ezhan, que aguardaba sentado sobre una roca. El viento soplaba con fuerza y la arena se alzaba, formando una fina cortina de tierra.

Aldan, Eriak y Davnir fueron los únicos que habían seguido a Néder hasta el lugar indicado y fue precisamente el último de ellos el que desmontó de su caballo y caminó hasta encontrarse con Ezhan, que ya se había puesto en pie, para fundirse en un sincero abrazo.

—Sabía que estabas vivo —le dijo Néder—. Lo sabía.

Aldan también se acercó hasta él, caminando.

—Es realmente un milagro. Definitivamente tienes el favor de los dioses de Ászaron, los de Askgarth al completo.

Ezhan sonrió y se abalanzó con ímpetu sobre Davnir, que a se aproximaba también para reunirse con ellos.

—Sabía que eres lo suficientemente testarudo como para no morir hasta haber llevado a cabo lo que te propongas —le dijo—. Me alegro mucho, hermano.

—Gracias.

Sólo Eriak se mantuvo sobre su caballo, inmóvil y receloso.

—Hay algo que debéis saber —añadió Ezhan, recuperando la gravedad en su rostro—. Cuando regresaba hasta el paso de Verdh, topé accidentalmente con un escuadrón de dragnars; eran pocos, no más de cincuenta. Hablaban de la magia que Vrigar aplicó sobre Eirien.

—Sí —le confirmó Néder—; fue en la batalla de la Selva de Yoth. El propio Vrigar estaba allí y le hizo algo extraño a mi hija antes de marcharse. No obstante, los élars la están tratando y parece que Eirien mejora.

—Néder, por lo que pude entender, esa magia hará que cuando ella esté frente al elegido, si es que no lo ha estado ya, revele a Vrigar su identidad. Ignoro por qué pero el nigromante quiere vivo al elegido y no sabe quién es.

Los cruces de miradas se sucedieron entre todos los allí presentes.

—Aldan, ¿has visto a Eirien? —le preguntó Néder.

—No desde que llegamos a Iraïl —respondió él, pensativo.

—Entonces si... el elegido, sea quien sea, se encuentra con Eirien... —intervino Davnir—, nuestra ciudad estará en peligro.

—La única razón por la que no han atacado Iraïl es porque quieren vivo al hijo de Séldar —siguió explicando Ezhan—. Como he dicho, son pocos y no atacarán, pero si Eirien no da señales de que el elegido esté en Iraïl, esperarán a que lleguen sus refuerzos y entonces sí lo harán; esta vez para devastar.

—Eso quiere decir que de una u otra forma, Iraïl será atacada —exclamó Davnir, alarmado.

—Escuchad —prosiguió Ezhan—, hay una forma de intentar evitar que los dragnars lleguen a Iraïl y seguir, además, el camino de la Alianza.

—¿Qué propones? —preguntó Davnir.

—Cabalgar hasta el Pantano de Thion y llegar a Dóngur.

Una mezcla de sorpresa y temor se reflejó en los rostros de todos.

—¿Qué locura estas diciendo? —intervino Eriak por primera vez. El hombre bajó de su caballo y se encaró con Ezhan.

—Si Eirien nos acompaña a Dóngur, Vrigar centrará allí su atención. No hay poblaciones cerca del bosque y del Pantano de Thion, por lo que nadie correrá peligro. El Inframundo también está a salvo, pues ni Vrigar ni ninguno de sus soldados logrará traspasar el umbral de la puerta a Dóngur.

—¿Pretendes que mi hija vaya hasta allí? —preguntó Néder, horrorizado.

—¿Conoces el paradero del pantano? —exclamó Aldan —. Muy pocos hombres lo conocen.

Ezhan tardó unos segundos en responder:

—La única manera de liberar a Eirien de la magia de Vrigar es que otro nigromante la ayude.

—¡Hablas de ellos como si les conocieras! —exclamó entonces Eriak—. ¿Qué te hace pensar que los élars no podrán curar a Eirien?

Davnir bajó la mirada y Ezhan se percató.

—Subestimas el poder de los nigromantes —añadió el muchacho.

—¿Y cuán grande es su poder? —inquirió Eriak otra vez.

—¡Basta! —estalló Néder—. Discutiremos ese tema más adelante; ahora lo importante es proteger Iraïl y la Alianza —zanjó.

—Si Eirien no os ve ni a ti ni a Aldan, Vrigar tampoco lo hará, ¿no es cierto? —preguntó Davnir.

—Así es. Vrigar verá al elegido a través de los ojos de Eirien.

—Davnir, deberías adelantarte de regreso a Iraïl y asegurarte de que mi hija no vea ni a Aldan ni a Ezhan.

—Volveré de inmediato; dadme un margen suficiente para que organice las cosas.

Néder asintió y el élar cabalgó a toda prisa de regreso a Iraïl.

Aldan se había alejado unos pocos metros, concediéndoles a Ezhan, Eriak y Néder una necesaria intimidad. El muchacho observó algunas de la cosas que Ezhan debía haber llevado consigo desde su partida en Ayión y que, milagrosamente, aún conservaba en las alforjas del earas. Zingar le había asegurado que Ezhan había recuperado el Ászar después de que él mismo tratarse de robarlo y acabara, finalmente, por devolvérselo pero a pesar de la certeza de lo que había sucedido con el medallon, la apremiante necesidad de volver a verlo en manos de Ezhan le hizo acercarse de forma discreta al caballo y hurgar entre sus alforjas, buscando entre los escasos enseres que el muchacho conservaba consigo. Allí pudo encontrar algo que ya había visto con anterioridad: unas pequeñas ampollas con líquidos de variopintos colores y extrañas etiquetas: «Resurrección», «Futuro», «Pasado»…

Aldan permaneció pensativo durante unos segundos, recordando las ocasiones en las que había visto a Ezhan llevar a cabo actos sin explicación aparente, algún tipo de magia que el muchacho había achacado al aprendizaje con algún hechicero. Aquello parecía mucho más.

Después de asegurarse de que Ezhan, Eriak y Néder continuaban discutiendo, vertió el líquido del Pasado sobre la tierra, formando un pequeño charco. Por un momento se sintió ridículo pero suspiró y susurró unas palabras para sí mismo:

—Quiero ver el pasado de Lisbeth, desde que le dio al rey Séldar la noticia de su embarazo hasta el día en que el hijo de ambos llegó a Ászaron.

De pronto, un fuerte destello iluminó todo el lugar. Ezhan y Néder corrieron hasta allí, alertados ante el improvisado fogonazo que había tenido lugar. Eriak se acercó más despacio y dubitativo.

—¿¡Qué es eso!? —exclamó Néder.

—¡Maldita sea, Aldan! —gritó Ezhan, al comprobar de qué se trataba.

El fulgor desapareció y el líquido se tornó transparente ante la sorprendida mirada de Aldan, que ni siquiera había sido capaz de ponerse en pie.

—¿Qué es lo que ha ocurrido? —preguntó Néder de nuevo—, ¿qué era esa luz?

De nuevo el líquido modificó su estado y color, tornándose más espeso y completamente negro. Unas nítidas imágenes empezaron a proyectarse en la superficie ante el silencio de Ezhan y Néder.

—Lisbeth... Séldar... —murmuró Eriak.

Las imágenes no emitían ningún tipo de sonido; variaban continuamente y su duración era muy efímera. En ellas pudieron ver a Lisbeth y Séldar discutiendo; después el estallido de la guerra en Ászaron; la huida y la evacuación de los habitantes de la ciudad hasta el refugio que, posteriormente, también fue asaltado. Pudieron ver a Lisbeth embarazada. La vieron llegar penosamente hasta Cahdras y hablar con su hermana y su sobrina. Finalmente la vieron morir. Contemplaron después a un niño pequeño que crecía con el paso del tiempo.

—¡Soy yo! —exclamó Aldan al reconocerse.

Las imágenes iban haciéndose cada vez más oscuras, hasta que Aldan se vio a sí mismo entrando en Ászaron y cayendo prisionero en las cárceles de la noble ciudad. Después, todo se oscureció alrededor del líquido, que recuperó otra vez su tonalidad transparente, devolviéndoles tan solo su propio reflejo.

—¿Qué era todo eso? —preguntó Néder.

—Eso era la respuesta a todo lo que buscábamos —respondió Aldan—. Acabáis de ver quién es el heredero al trono de Ászaron y nadie ha tenido que decíroslo. Una imagen habla por sí sola, y probablemente sea más creíble que cualquiera de nuestros testimonios.

—¿Qué era esa cosa? ¿Cómo es posible que nos haya mostrado todo eso? —insistió Néder.

—Seguramente Ezhan sepa explicárnoslo mejor —respondió Aldan.

—Has cometido un grave error —repuso Ezhan—. La nigromancia no debe usarse a la ligera.

—¿Nigromancia? —preguntó alarmado Eriak.

—Lo que Aldan ha utilizado es un don nigromante; el don de Dyras, quinto señor de Dóngur.

—¿Así que es cierto? —exclamó Aldan, incorporándose—. ¡Tienes amistad con los nigromantes! Lo sabía. Lo supe cada vez que te vi hacer cosas que ni siquiera sabías explicar.

—Las circunstancias me llevaron hasta allí —admitió Ezhan—, y tuve la oportunidad de conocer a los cinco señores del Inframundo. Sinceramente no me parecieron peores que cualquier otra raza de Askgarth, sino al contrario. Antes de partir me obsequiaron con sus cinco dones.

—Aquí solo hay tres —respondió Aldan.

—El don de controlar el futuro lo utilicé para sacar a Valdrik de las prisiones y, de paso, rescatarte a ti. Gracias a ese don pude entrar en Ászaron y llegar hasta los calabozos. El don de la sanación te lo di a ti, Néder. —El hombre asintió débilmente—. Para que pudieras sanar a tus hombres cuando Aldan y yo partimos a Gildar.

—¿Y si es un espía de Vrigar? —preguntó entonces Eriak—. Nadie tiene acceso a la nigromancia; nadie sabe dónde está Dongur y aunque los nigromantes juraron neutralidad, todo el mundo sabe que Vrigar es uno de ellos.

—¿Qué estás diciendo? —exclamó Néder, furioso.

—Tal vez no lo sea de forma voluntaria —respondió Eriak—. Puede que también él haya sido víctima de la nigromancia y ahora, su señor nos lo envíe para averiguar algo.

Las miradas del propio Eriak, Néder y Aldan se clavaron sobre él, como si de ese modo pudieran averiguar la verdad. ¿Podía ser Ezhan un siervo de Vrigar, ya fuese voluntaria o involuntariamente? ¿O aquella no era más que una idea ridícula?

—¿Todos creéis que soy un espía? —preguntó Ezhan, sorprendido. El silencio fue la única respuesta—. Entonces largaos. Regresad a Iraïl, haced lo que tengáis que hacer y olvidaos de mí.

—Si estuviéramos en lo cierto, no podríamos dejarte marchar así —sugirió Erik—. Correrá a avisar a los dragnars y en pocas horas Iraïl sufrirá las consecuencias.

—Las consecuencias las sufrirá de todos modos, puesto que os negáis a atender mi sugerencia. Tenéis que alejar al elegido de aquí y revelar su identidad lejos de Iraïl, centrar el foco de atención en los pantanos, lejos de cualquier vida. Néder...

El hombre lo miraba, en silencio, hasta que al fin habló:

—Atadlo y vendadle los ojos. Vendrá con nosotros a Iraïl.

—¿Y si no es un traidor? —preguntó entonces Aldan —. Hasta hace poco estabas prácticamente seguro de que era el elegido.

—¡Has visto lo mismo que yo! —gritó Eriak.

—¿Y qué si conoce a los nigromantes? ¡Eso no significa nada! —respondió Aldan.

—Por el momento vendrá con nosotros sin correr riesgos —zanjó Néder—. Después ya veremos.

Ezhan suspiró y negó con la cabeza, incrédulo ante la absurda sospecha que se había alzado sobre él por el hecho de poseer dones nigromantes y aunque una parte de si mismo lo comprendía, la otra se sentía dolida.

Aldan se acercó mientras Eriak maniataba las muñecas del joven sin que este opusiera la menor resistencia.

—Dejadnos solos un momento —pidió.

—Puede ser peligroso —murmuró el hombre. Pero la mirada de Aldan no dio lugar a más argumentos. Eriak suspiró, hastiado y se apartó de allí.

—¿Por qué no nos dijiste nada sobre estos artilugios nigromantes? Hubiéramos resuelto hace mucho las dudas existentes acerca del trono de Ászaron.

—La nigromancia es una magia muy poderosa que solo debe ser utilizada cuando no hay más opción, por una causa importante.

—¿Te parece poco importante encontrar al heredero al trono de Ászaron? ¿Al elegido del que hablan las profecías de los magos desde hace más de mil años?

—¡Existía otra forma de averiguarlo! Solo teníamos que estar frente a la almenara, Aldan, nada más. Utilizar la nigromancia sin conocerla puede ser muy peligroso y puede pagarse muy caro. Sabes tan bien como yo que hay que llegar hasta Dóngur.

—Se puede convocar a los nigromantes sin entrar en el Inframundo; así lo hicieron en el primer concilio.

—Y por eso los nigromantes no aceptaron. La ofensa que se les hizo fue grande, Aldan. Quieren que la disculpa sea igual, pero el orgullo de hombres, élars y óhrdits lleva demasiado tiempo retrasando las cosas. Y no es solo eso; Eirien no se recuperará si un nigromante no la trata.

—Los élars están sanándola.

—Los élars podrán aliviarla, pero no curarla. Solo Zor puede ser lo suficientemente poderoso como para eliminar la magia negra de Vrigar. Aldan, tienes que creerme.

—Se acabó —concluyó Eriak, acercándose de nuevo —. Tendréis tiempo para hablar pero no voy a exponerme más de manera inútil ni tampoco a la Alianza. Todos nuestros hombres están en Iraïl —zanjó mientras vendaba los ojos de Ezhan para que no pudiera ver nada que después fuese a referirle a Vrigar en caso de haber acabado convertido en un traidor.

—¿Es esto necesario? —preguntó Aldan a uno de los hombres que le ataban.

—Lo es. Vámonos.

—¡No dejes que Eirien te vea, Aldan, o será el fin de Iraïl! Habla con la reina Aley y dile todo cuanto te he contado.

Aldan montó sobre su caballo y sin mayor dilación, los cuatro pusieron rumbo a Iraïl.

*****

Néder llamó la puerta de la habitación en la que los élars habían estado cuidando a Eirien. El silencio al otro lado lo inquietó, así que el hombre hizo ceder la hoja de la puerta y accedió a su interior, sin llegar a encontrar a nadie allí.

—¿Eirien?

—Estoy aquí —respondió una voz que provenía del balcón.

Néder caminó hasta allí y encontró a su hija fuera, envuelta en el vientecillo glacial de la noche. Los altos techos del exterior del edificio cobijaban el balcón, impidiendo que el agua de la lluvia pudiera empaparla.

—Hija, ¿qué haces aquí? Es peligroso. Si Aldan pasase por...

Cuando ella se volvió, Néder se percató de que la joven tenía los ojos vendados.

—No te preocupes, padre. No arriesgaré a la Alianza.

El hombre suspiró mientras abrazaba con ternura a su hija.

—Sabes tan bien como yo que es lo más sensato —dijo ella—. ¿Dónde están Aldan y Ezhan?

—Hemos... podido averiguar que Aldan es el elegido y que Ezhan... Tal vez haya podido ser víctima de la nigromancia. No estamos seguros pero tenía en su poder unos extraños artilugios nigromantes y Eriak piensa que tal vez Vrigar lo haya convertido en un espía o algo así... Es algo que queremos descartar antes de...

—¿De dónde habéis sacado semejante idiotez?

—Lo averiguamos y eso es todo. No necesitas saber más, Eirien. Partiremos hacia Ászaron mañana mismo. Solo nos falta recobrar el trono.

—¿Dónde está Ezhan? —exigió saber ella.

—Ese muchacho no puede venir con nosotros mientras los élars no despejen la incógnita que se cierne sobre él. Podría ponernos en peligro.

—¿Y el Ászar? Llevaba el medallón del rey, padre.

—La nigromancia es una magia muy poderosa. Tanto como para atraer al Ászar.

—¡Eso no es cierto!

—¡Basta! Los élars te curarán, podrás quitarte esa venda sin temor a estar frente a Aldan y regresaremos a nuestra ciudad. Convocaremos el Concilio y con él, a los nigromantes. La Alianza volverá a forjarse.

*****

Llevaban ya más una semana de camino y se encontraban cerca de la senda de niebla que debía conducirles hasta al misterioso bosque. Cuando ya empezaba a vislumbrarse la gruesa capa de neblina Riley se mostró inquieto.

—¿Ocurre algo? —preguntó Yara.

El nigromante desmontó a su valar sin mediar palabra y desenvainó su espada lentamente.

—Riley —dijo de nuevo Yara.

—Creí que los nigromantes no teníais nada de que preocu...

Vrigar se presentó frente a ellos, interrumpiendo a Arsen. Detrás, un enorme escuadrón de dragnars, y, avanzando entre ellos, hasta situarse frente a Vrigar, Leith, la hermana de Arsen.

—Buenos días, señores —los saludó Vrigar—; guardad las armas, os lo ruego. No es un bonito recibimiento.

—¿Adónde vas con esta gente, Arsen? —preguntó Leith con acritud.

—Tú misma me desterraste de Ódeon, hermana. Mi suerte o mi destino ya no son cosa de tu incumbencia

—Las cabezas de todos los desterrados de Ódeon tiene muy buen precio, y nosotros hemos encontrado la tuya.

—Ya viste rodar la cabeza de mi hermano y te importó muy poco. —La acusación hirió a Leith y el malestar se dejó entrever en su rostro—. No creo que te importe ver rodar la mía.

—Si le ponéis una sola mano encima, juro que os arrepentiréis —intervino Yara, desenvainando su espada.

—¿Cómo es posible que una élar te defienda? Tiene muy poco sentido, ¿no creéis, mi señor? —le preguntó a Vrigar.

—No es una élar, mi querida Leith —respondió este—; es una hermana de mi pueblo —añadió ante la perplejidad de la dragnar.

—¿Nigromante?

—Así es —confirmó Yara—. Y ya sabéis lo que ocurrirá si osáis tocarnos. Dóngur entrará de lleno en la guerra si nos hacéis daño —respondió la joven.

—Tal vez a vosotros sí, pero a él... —murmuró Vrigar.

—Él viene con nosotros —confirmó Yara de nuevo.

—¿Quiere esto decir que el pueblo de Dóngur es amigo de los dragnars? —preguntó Vrigar.

—En absoluto —intercedió Riley.

—Arsen, estoy segura de que nuestro señor, Vrigar, volvería a admitirte en Ódeon si le pides... perdón —volvió a decir Leith.

Arsen esbozó una leve sonrisa.

—¿Perdón? ¿Por qué? ¿Por negarme a servir al asesino de mi hermano? Escúchate, Leith. No te reconozco.

—Vamos, no quiero que dos hermanos discutan —intervino Vrigar— Arsen ha elegido su camino, Leith. Debemos respetarlo.

—Pero...

El nigromante sujetó a la joven dragnar por el pelo, prendiendo la tensión en el cuerpo de Arsen que, sin embargo, se mantuvo inmóvil.

—He dicho que si quiere irse con mis hermanos, puede hacerlo.

Con un fuerte empujón la soltó y la hizo caer al suelo. Ella bajó la mirada y Arsen reconoció la mezcla de odio y rabia que en ella se cocinaba.

—Escucha, muchacha, ¿cuál es tu nombre? —preguntó Vrigar. Yara, que lo miraba con soberbia, siguió guardando silencio—. Está bien, no respondas, pero escucha al menos. Los nigromantes se han mantenido neutrales durante mucho tiempo y yo mismo me he encargado de respetar esa neutralidad. Ninguno de los nuestros podrá decir que ha sido atacado por un dragnar. Sin embargo, ha llegado la hora de mover ficha en el tablero de Askgarth. Si Dóngur se une a nosotros, tendrá su parte del botín. Tu amigo no será ya perseguido; pertenecerá a nuestro mismo bando. ¿Qué dices? Tengo... algunos problemas para cruzar la puerta del Inframundo; Zor no me permite la entrada, pero tal vez tú puedas hacer las veces de intermediaria.

—No voy a interceder con mi padre por ti. Olvídalo, sucio traidor.

Vrigar miró fijamente a Riley, que se había mantenido prácticamente en silencio durante todo el encuentro.

—¿Eres hija de Zor? —preguntó Vrigar, devolviendo la atención a Yara.

—Así es, pero eso ahora no importa. Riley, vámonos. Arsen.

—Adiós, Riley —sentenció Vrigar.

Leith los vio alejarse conteniendo en su interior una amalgama de sentimientos que le impedía pensar con claridad.

—Debimos tomarla como prisionera —murmuró sin dejar de mirarlos—; teniendo cautiva a la hija del primer señor de Dóngur, hubiéramos podido lograr cualquier favor de él.

—¡No seas estúpida, dragnar! —escupió Vrigar—. Lo único que lograríamos es su odio. Zor me tiene ganas desde hace mucho tiempo. No quiero darle ninguna excusa para que entre en la guerra si no es a nuestro favor.

—Pues debemos hacer algo ya. Sabes que esa gente de la Alianza no parará hasta prender de nuevo las llamas en las almenaras.... Y cada vez están más cerca.

—Sabes perfectamente que necesitan a los míos y a los tuyos. Zor no permitirá que Dóngur entre en la guerra; hombres, élars y óhrdits llevan siglos intentándolo y nunca lo han conseguido. Mi pueblo también ha sufrido el deshonor de esas razas inmundas. También hace falta un dragnar y no creo que tu hermano vaya a ser tan estúpido como para condenar a su propio pueblo. Además, tampoco él podría hacerlo. Solo tú, Leith.

—Arsen no es ningún traidor y respecto a mí, no creo que deba demostrarte nada a estas alturas.

—Tienen todo lo preciso, pero les falta lo esencial, algo imposible de conseguir —concluyó el nigromante.

*****

Yara, Arsen y Riley caminaban a través del largo pasillo que conducía al salón de los tronos de Dóngur.

Atrás había quedado el juicio del guardián y todas las dificultades que los habían llevado hasta Thion, bastantes menos que la primera vez que Yara había efectuado aquel trayecto, acompañada sólo por Ezhan y heridos ambos. Con Riley, su conocimiento del terreno y las habilidades del nigromante, así como el dragnar y ella misma, todo había resultado mucho más sencillo.

Yara empujó con fuerza las hojas de los portones, que cedieron sin resistencia alguna, para presentarse ante Zor. El primer señor de Dongur se incorporó y clavó su mirada en su hija; aún tardó unos segundos en hablar pero su voz, que retumbó en la estancia, sonó a dura sentencia.

—Los dragnars no pueden entrar en el Inframundo sin mi previo consentimiento.

—Arsen me acompaña desde hace varias semanas —explicó ella— Y me temo que no hay tiempo que perder. Tengo que hablar contigo, y también él tiene algo que decirte.

—Habrá tiempo para tantas conversaciones como sean necesarias, pero no ahora. Riley —dijo dirigiéndose a su soldado—, has hecho un buen trabajo y veo que has cuidado bien de mi hija. Te lo agradezco.

—Gracias, majestad.

El nigromante hizo una reverencia y se marchó, al igual que el propio Arsen, que siguió las instrucciones de un sirviente de Zor, agradecido en buena parte de poder tomar un merecido descanso pese a las reticencias que el primer señor del Inframundo había demostrado tener por su presencia allí.

—Padre, me urge hablar contigo —insistió Yara, una vez a solas con Zor.

—Podremos hablar más tarde.

Yara resopló, resignada, cuando el nigromante abandonó la sala.

*****

Había pasado varias semanas lejos de Dóngur y, sin embargo, tenía la sensación de que no se había movido nunca de allí. Todo continuaba igual. Los nigromantes seguían adelante con sus vidas, ajenos a la destrucción que devastaba Askgarth y que había podido atestiguar con sus propios ojos. Ya lo había vivido antes de pisar el Inframundo por vez primera pero las cosas habían empeorado mucho tras su regreso, y de Ezhan no había logrado hallar más que un efímero rastro que, de ningún modo, podría conducirla hasta él en la vastedad de Askgarth.

—¡Yara!

La voz de Dolfang la sacó de sus pensamientos y la hizo incorporarse. Corrió hacia él y lo abrazó, sorprendiendo al que había sido su mentor, pues nunca había recibido de la nigromante el más mínimo gesto de cariño. No era algo que le reprochase; aquel era el carácter de los hijos de la muerte.

—¿Cuándo has regresado? —preguntó él.

—Acabo de llegar.

—Te marchaste sin despedirte...

—Igual que tú.

El nigromante sonrió.

—Tienes razón.

—No trato de reprocharte nada. Tú tenías tus razones y yo... yo tenía las mías.

—¿Encontraste lo que buscabas? —preguntó él, tras un largo silencio.

—En parte sí... y en parte no. Sé que Ezhan es importante para Ászaron por algo que tiene que ver con la forja de la Alianza, pero no sé exactamente por qué.

Dolfang guardó silencio durante unos segundos hasta que al fin habló de nuevo:

—He sabido que hay un dragnar en Dongur. Definitivamente vienes decidida a revolucionarlo todo; primero, un humano y ahora, un dragnar.

—Dolfang, he insistido tanto en esto que posiblemente no vayáis a escucharme, pero sé que este es el momento en que los nigromantes deben entrar en la guerra.

—No empieces otra vez. Sabes que este tema ha motivado muchas peleas con tu padre y...

—¡Esta vez sé que sí! Será relativamente fácil que hombres, élars y óhrdits se pongan de acuerdo en la forja de la Alianza, y por algún motivo Arsen se ha cruzado en mi camino. Era prácticamente imposible pensar que un dragnar pudiera ayudar, pero Arsen ha sido desterrado de Ódeon por su propia hermana. Es el hermano del último rey legítimo de los dragnars; lleva sangre real, por tanto. Dolfang, nosotros siempre decimos que las cosas no ocurren porque sí.

—¿Está ese muchacho de acuerdo en traicionar a los suyos?

—No se trata de que los traicione. Vrigar mató a su hermano y se apoderó del trono aludiendo a una ley dragnar. Tal vez los hijos de Ódeon le obedezcan, pero no están de su lado; al menos no todos. Tenemos un enemigo común y es así como hemos de verlo. El enemigo a vencer no son los dragnars, sino Vrigar, y la implicación de nuestro pueblo no sería con el objetivo de derrotar a unos u otros, sino de poner fin a la guerra.

—Aun suponiendo que tengas razón, será prácticamente imposible que logres convencer a tu padre y a los demás señores de entrar en la guerra.

—Ese es el problema, Dolfang —respondió la muchacha, dejándose caer en el suelo con aire abatido.

Él le dedicó una larga mirada y aunque algo en su interior le advertía de que se arrepentiría de sucumbir a los pensamientos que le golpeaban, acabó por ceder:

—Tal vez... haya una manera...

Yara se irguió y fijó en Dolfang toda su atención:

—¿Cómo?

—Ni el mismo Zor podrá negarse a entrar en la guerra si los dioses de Dóngur, a través del Oráculo, así lo disponen.

—El Oráculo... —murmuró ella, pensativa.

—Yara, hay dos cosas que has de tener en cuenta. La primera de ellas es que el Oráculo despierta de su sueño una vez cada 350 años. Le faltan más de cien para eso. Si el Oráculo estima que la causa para la que se ha despertado no es suficientemente importante, podría costarnos muy caro. La otra cosa es que para poder invocar al Oráculo deberás convocar antes un Círculo de Sangre en el que expondrás tus argumentos; después los señores de Dóngur votarán a favor o en contra; ten en cuenta que es muy poco probable que alguno de ellos vote a tu favor. Si no obtienes la mayoría, la invocación del Oráculo no se llevará a cabo.

—Confío en que Dyras y Endya se pongan de mi parte; siempre han demostrado mucha confianza y amistad hacia mí. Cielos, Dolfang, si esto sale bien, te deberé todo —concluyó Yara, poniéndose de nuevo en pie.

✶✶✶✶✶

—Eso que me pides es imposible, dragnar —le respondió Zor a Arsen, después de escuchar la petición que le había llevado hasta el Inframundo.

—¿Por qué? Los nigromantes sois los únicos que podéis hacerlo. Además, ya te he dicho que mi petición es totalmente ajena a la guerra que se está desarrollando en Askgarth.

—La presencia de los dragones influiría inevitablemente en la guerra. Tal vez tú no los utilizarías, pero Vrigar sí, y ya conoces de sobra la imparcialidad de mi pueblo.

—Imparcialidad que deberá finalizar algún día.

—¿Has venido a pedirme el retorno de los dragones o ayuda en la guerra? Porque en cualquiera de los dos casos, lamento que hayas hecho un viaje tan largo para nada.

—Os soy sincero del todo con el motivo que me trae hasta aquí, pero vos os empeñáis en relacionarlo con la guerra. Los dragones fueron injustamente exterminados. Hasta que Vrigar se hizo con el control de Ódeon nunca se habían utilizado para la guerra más allá de ser para nosotros un medio de transporte. Jamás uno de ellos atacó población alguna.

—No añadiré más, muchacho. La muerte es un paso que no tiene marcha atrás. Los dragones perecieron y continuaron su camino.

Arsen ni siquiera se detuvo al cruzarse con Yara, que lo vio perderse pasillo a través.

—No debiste traer a ese dragnar si conocías sus intenciones. Sabes de sobra que no puedo devolver la vida a nadie.

—Como poder, sí puedes.

—Sabes que no se debe, Yara. Y sabes también que no lo haré.

—Él quería hacerte una petición y estaba en todo su derecho. Sin embargo debo admitir que lo traje hasta aquí porque también me interesaba a mí.

—¿A ti? ¿Qué quieres decir?

—Deseo convocar un Círculo de Sangre para esta misma noche.

Zor la miró atónito.

—¿Un círculo de Sangre? ¿Para qué?

—Los motivos serán expuestos esta noche. Os ruego que no faltéis.

*****

Arsen permanecía pensativo, mientras observaba con atención la empuñadura con forma de dragón que coronaba su espada. La llegada de Yara ni siquiera lo inmutó.

—No he podido evitar escuchar tu conversación con mi padre.

—Entonces ya sabrás que mi viaje ha sido inútil.

—No vas a quedarte, ¿verdad? —preguntó ella, tras un largo silencio.

—No soy bienvenido en Dóngur y jamás me quedo allí donde no se me acepta.

—¿Por qué dices eso?

—He tenido ocasión de cruzarme con algún señor del Inframundo, además de Zor. Y lo que me traía hasta aquí era únicamente la petición de devolver a la vida a un dragón, solo eso.

—Volmark muestra antipatía hacia todo aquel que no sea un nigromante. Lo hizo con Ezhan y también contigo, lógicamente. En Dóngur se teme que cualquier muestra de ayuda hacia el miembro de un bando sea interpretado como la entrada en la guerra y el posicionamiento en la misma.

—Aun así no me siento cómodo.

—Arsen, no tienes ningún otro lugar al que ir. En Askgarth ahora mismo eres enemigo de todos.

El joven suspiró y guardó silencio, sabedor de que Yara tenía razón pero también de que prolongar su estancia allí, si bien había sido una opción que había barajado de inicio, era imposible.

CAPÍTULO 13

Cuando Yara entró en la sala, apenas le costó percibir la tensión que allí se respiraba. El propio Zor había sido el encargado de citar a los otros cuatro señores del Inframundo para llevar a cabo el Círculo de Sangre que Yara había solicitado y que no podía negársele a ningún nigromante. Pero las reticencias eran más que evidentes, a pesar de lo cual Yara se mostró resuelta y serena.

—Ante todo quiero agradeceros vuestra presencia aquí.

—Zor no nos ha explicado el motivo de esta convocatoria —respondió Volmark.

—Él tampoco lo conoce.

—Bien, Yara; estoy realmente ansioso por conocer las razones que nos tienen aquí —añadió Dyras con contenido nerviosismo.

—Llevo mucho tiempo sugiriendo la necesidad de que Dóngur entre en la guerra que se está desarrollando en Askgarth y...

—¿Ese es el motivo de tu convocatoria? —exclamó Volmark, incorporándose—. Ya deberías saber que un Círculo de Sangre es algo muy serio.

—Volmark, déjala hablar —intervino Endya—; después podrás exponer tu opinión.

—Como iba diciendo —prosiguió Yara—, muchas han sido las discusiones que he mantenido con mi padre y con algunos de vosotros por este asunto. A pesar de que la profecía establece la entrada de Dóngur en la guerra, la imparcialidad o, lo que es lo mismo, la indiferencia de nuestro pueblo sigue siendo una realidad. Creo que ha llegado el momento de poner fin a eso.

—Yara, si vas a pedirnos la entrada en la guerra otra vez —intervino Zor— no era necesario convocar un Círculo de Sangre.

—No voy a pedíroslo —respondió ella con resolución —. Mi intención es invocar al Oráculo y que sea él quien lo establezca. Si está de acuerdo conmigo, ni Zor ni Volmark ni ninguno de los aquí presentes tendrá nada que alegar.

—¡Pero te has vuelto loca! —exclamó Volmark, alzándose de nuevo.

—Aún no es el momento de despertar al Oráculo —respondió Zor, mucho más sosegado—; falta mucho tiempo para eso y adelantar el momento puede ser muy peligroso.

—Creo que el cumplimiento de una profecía es un asunto lo suficientemente importante como para que sea él quien nos guíe y confirme lo que creo —respondió Yara con mucha seguridad.

—¿Qué te hace pensar que este es el momento de entrar en la guerra? —preguntó Isia, que se había mantenido en silencio hasta ese momento.

—Las profecías hablan de todas las razas de Askgarth, dragnars incluidos. Si pensamos que la guerra nos enfrentará a ellos, sería una locura creer que podremos contar con su ayuda para vencerlos, pero ¿por qué un día me crucé con Arsen? ¿Por qué se le destierra de Ódeon? Nada ocurre porque sí. Los dioses que establecieron la profecía sabían que la guerra no nos enfrentaría a los dragnars, sino a Vrigar.

—¡Todo eso es absurdo! —exclamó Volmark.

—Absurdo o no es la petición que me trae hasta aquí, y lejos de importarme tu opinión, lo único que quiero es tu voto, afirmativo o negativo para invocar al Oráculo.

—Mi voto es rotundamente no —contestó Volmark volviendo a sentarse.

—Mi voto también es que no —dijo Zor—. Hace ya muchos años, el Oráculo estableció que no debíamos tomar parte en la guerra. Podríamos ser severamente castigados si la despertamos antes para preguntarle de nuevo lo mismo, y no estoy dispuesto a arriesgar a mi pueblo.

Yara miró a Dyras.

—Siempre te he apoyado en todo, Yara, pero siento decirte que estoy de acuerdo con Zor. Creo que estamos abusando del consejo del Oráculo y, en relación a este asunto, creo que su respuesta sería clara. Voto que no.

Yara recibió estas palabras como una puñalada en el corazón, pues vio desmoronarse todas sus esperanzas; los únicos votos que esperaba eran los de Dyras y Endya, pero el primero de ellos le había fallado.

—¿Endya? —preguntó.

—Yo voto que sí. Yara tiene razón. De un tiempo a esta parte estamos empezando a pensar como los humanos. Los odiamos, pero ya actuamos como ellos. El hecho de que tiempo atrás el Oráculo fijase nuestra neutralidad en la guerra, no significa que eso aún deba ser así. Sería absurdo que la profecía estableciese lo contrario solo porque sí.

Yara sonrió débilmente, agradecida por el apoyo de la cuarta señora de Dongur, aunque ya no fuese a servir de nada, pues del voto restante no esperaba más que una nueva negativa.

—Isia, solo faltas tú. ¿Qué piensas? —preguntó Zor.

La segunda reina del Inframundo permanecía pensativa.

—Yo voto que sí —respondió finalmente, para sorpresa de todos los demás.

—¿Pero qué estás diciendo? —inquirió Volmark, incrédulo—. ¿Acaso también tú has perdido la razón?

—Hasta hace poco estaba convencida de que no era el momento de que los nigromantes interviniéramos. Ahora no estoy tan segura y los argumentos de Yara me han convencido, así como los de Endya. Los hombres se quejan de todo aquello que no les parece favorable, así como hicimos nosotros durante el tiempo en que Zor estuvo con la madre de Yara. Nos quejamos de que ella regresase a Askgarth a buscar a ese muchacho, Ezhan, pero todo eso era necesario. Estamos empezando a pensar como esos hombres a los que tanto odiamos. No sé si es o no el momento de luchar, pero si alguien lo sabe solo puede ser el Oráculo.

—Está bien —intervino Dyras—; hay un empate, pues: Zor, Volmark y yo mismo contra Yara, Isia y Endya. Así que sería necesario contar con...

—¡Eso no es posible! —saltó Volmark—; él mismo...

—Mi voto es sí —intervino de pronto la voz de Riley.

Yara abrió la boca pero las palabras se negaron a abandonar su garganta, víctimas de su propia estupefacción.

—¿Qué significa esto? —logró preguntar al fin, sorprendida—, ¿por que puede Riley votar? No entiendo...

—Riley es hijo de Vrigar —respondió Isia—; solo los señores de Dóngur pueden votar en la Convocatoria de un Círculo de Sangre. Vrigar era un señor del Inframundo y, ante su marcha, Riley ocupa su lugar, al menos así podría hacerlo aunque se haya negado hasta ahora.

—Pero... entonces el sexto trono le pertenece a él...

—El sexto trono parece maldito...

Volmark se incorporó sin mediar palabra y abandonó la sala, seguido por el resto de señores de Dongur, sin que ninguno de ellos dijera nada más pero caracterizados cada uno de ellos por distintas expresiones. Sólo Riley y Yara continuaban allí.

—¿Por qué no me dijiste que eras el hijo de Vrigar? —quiso saber ella.

—No me lo preguntaste —respondió él, sonriendo.

Yara le devolvió la sonrisa.

—Gracias por todo. Te debo mucho.

—Solo me interesa comandar a mis ejércitos. No quiero agradecimientos ni tampoco el trono —respondió él. Después hizo una leve reverencia y desapareció, tras los pasos del resto de señores de Dongur.

*****

—¡No podemos permitir que invoque al Oráculo para algo de lo que hemos hablado cientos de veces! —le exigió Volmak a Zor—. Los dioses fijaron que no debíamos entrar en la guerra. ¡Zor, por lo que más quieras, es tu hija!

—¿Quieres contradecir la voluntad del Círculo de Sangre? —preguntó él con serenidad.

—¡Vamos! Riley es uno de nuestros mejores comandantes, pero no entiende más allá de eso. Ni siquiera él conoce las terribles consecuencias que puede acarrear despertar al Oráculo sin que sea el momento.

—Asumiremos las consecuencias, Volmark. Entienda o no entienda, Riley tiene tanto derecho a hacer oír su palabra como tú. Además no ha sido el único que ha votado a favor.

—De Endya podía esperarlo. Se ha puesto del lado de tu hija en varias ocasiones aun sin justificación alguna, pero de Isia...

—¿Hablabais de mí, caballeros? —interrumpió la hermosa dama.

—Sí —respondió Volmark—; nos preguntábamos dónde está tu sentido común.

—Tal vez haga falta poco sentido común para hacer frente a la situación en la que nos encontramos —respondió ella.

—¿Qué situación, Isia? —reclamó Volmark, enfurecido—. Nosotros no nos encontrábamos en ninguna situación extraordinaria. Es gracias a ti, Endya y Riley que nos hallamos en este trance.

—Debo admitir —intervino Zor— que me sorprendió que tomaras partido por Yara en un caso como el que nos atañe.

—Mi posición, caballeros, no es cerrarme en banda en una idea; sino ser lo más objetiva posible. Sabéis de sobra que os apoyo en todo aquello que considero justo, pero no puedo hacer lo mismo en esta ocasión. Durante largo tiempo nos preguntamos cómo pudiste estar viéndote con Keshya arriesgándote a ser descubierto en Askgarth y a que todos creyeran que el pueblo de Dóngur había elegido un bando en la guerra. Ahora lo entiendo. Sin Keshya, Yara no existiría y no habría una joven nigromante tan cabezota y testaruda como su padre intentando abrirnos los ojos.

—¿Dónde está Yara ahora? —preguntó Zor, tratando de eludir el tema de Keshya, que generalmente solía incomodarle.

—Invocando al Oráculo, claro está.

—No puedo creerlo... —murmuró Volmark mientras abandonaba la sala.

Zor dedicó una larga mirada a Isia.

—Hay algo más, ¿no es así? Algo que no has dicho delante de los demás.

La nigromante sonrió.

—¿Recuerdas cuando Ezhan estuvo aquí y fue a solicitarte que le enseñases nigromancia?

El señor del Inframundo se tensó, sin llegar a responder.

—¿De veras es necesario que te lo diga, Zor? Me consta que estuviste planteándote convocar un Círculo de Sangre para hacerle llegar el asunto al Oráculo. ¿Te habrías molestado si el capricho de tu hija hubiera sido un muchachito más?

Zor se volvió y observó a través de la ventana.

—Sigo sin entender qué tiene eso que ver con la petición de Yara.

—Sí que lo sabes, Zor. Fui a hablar con Marlock y me consta que ningún nigromante de Dóngur le enseñaría a Ezhan a hacer uso de nuestra magia, pero, aun así, ha aprendido a utilizarla y solo puede haberlo conseguido de una manera...

—Tú también lo has notado...

—Todos lo hemos notado, aunque imagino que lo habrán atribuido a Vrigar. ¿Quién más, a parte de él, iba a poder hacer uso de la magia oscura en Askgarth?

—Pero... ¿crees que ese chico...?

—Estoy convencida. Es uno de los cinco. Jamás había aparecido uno... ¿Sigues sin creer que algo está cambiando?

*****

Yara había bajado las largas y pronunciadas escalinatas que conducían hasta la estancia más baja de Dóngur, la sala en cuya oscuridad y silencio descansaba el Oráculo, la primera nigromante, según contaban las viejas leyendas.

A pesar de las ansias que sentía por despertarla y recibir su consentimiento para que el pueblo de Dóngur entrase en la guerra, Yara no podía evitar sentir un enorme nerviosismo ante la situación. Llegó a una sala circular, en cuyo centro se ubicaba la cripta del Oráculo: una fría roca con signos extraños grabados sobre su desgastada superficie.

Se acercó y caminó en círculos durante unos segundos, paseando los dedos sobre la piedra, mientras trataba de calmar su nerviosismo. Se detuvo y resopló, mientras observaba el viejo altar que se alzaba a los pies de la tumba.

Colocó allí las manos y su mente repitió el mantra que hacía las veces de ritual, una regia ceremonia que le puso los pelos de punta cuando la enorme losa de piedra que cubría la tumba de Saya, nombre al que había respondido en vida el Oráculo, empezó a desplazarse lentamente. Una mujer emergió de su interior. Su aspecto evidenciaba el paso de los años y la letal ofensiva de la muerte; de lo que antaño debía haber sido otra hermosa nigromante, como lo eran Isia, Endya o la propia Yara sólo quedaba podredumbre y deformación.

Yara la observó, tratando de no hacer evidentes las sensaciones que despertaba en ella; sensaciones que desaparecieron lentamente mientras Saya se recomponía, recuperando buena parte de lo que debía haber sido años atrás. Sólo la parte izquierda de su rostro y su brazo izquierdo continuaron mostrando el lado más horrendo de la muerte, mientras que todo lo demás en ella se había transformado. Sin embargo, su apariencia se asemejaba poco a la de cualquier otro nigromante. Saya no gozaba de la majestuosa belleza de las hijas de la muerte. Su piel, lejos de poseer la tersura y el brillo de la de las reinas de Dóngur, reflejaba un frío y mortecino aspecto. Sus ojos, de un intenso color rojizo, se mostraban vacíos y carentes de vida.

—¿Quién ha venido a perturbar mi paz? —pronunció con una grave voz de ultratumba en el idioma de los nigromantes..

—Mi nombre es Yara, hija de Zor —respondió ella, en la misma lengua.

—Yara..., no es mi momento. ¿Por qué me has invocado?

—La guerra ha estallado en Askgarth. Vos sois la única que puede aconsejarnos al respecto.

Saya cerró los ojos. Cuando respondió, no lo hizo ya en la lengua de los nigromantes.

—Estoy muy cansada...; me quedaban aún muchos años de descanso...

Abandonó su lápida y pasó junto a Yara, que se estremeció al sentir la frialdad que desprendía. Se dirigió hasta las escaleras que conducían de nuevo hasta la superficie de Dóngur y le dedicó a Yara una larga y dura mirada.

—Lamento haberos despertado, pero debo hablar con vos; necesitamos el consejo de los dioses...

La mujer no respondió y aquel silencio sumió a Yara en un miedo irracional. ¿Y si se había equivocado? ¿Y si el consejo del Oráculo no se requería en una situación que a prácticamente todos los nigromantes les parecía obvia?

CAPÍTULO 14

Davnir caminaba tras los pasos de Aley, proyectando ambos sus respectivas sombras contra las paredes del amplio salón. No estaban solos. A pesar de lo tardío de la hora, las urgencias de todo cuanto estaba aconteciendo apremiaban y la reunión se llevó a cabo siendo ya noche cerrada.

La reina Aley tomó asiento y dejó que fuese Davnir quien hablara:

—Compañeros —empezó este—, los acontecimientos se están precipitando a gran velocidad y urge hallar soluciones a los contratiempos que surgen. Gildar e Iraïl acceden a unirse a la lucha por la Alianza, al igual que Ászaron, a la que sólo le resta recuperar su trono.

—¿Y qué hay de los nigromantes? —interrumpió Valdrik.

—Les convocaremos en Ászaron una vez que hayamos tomado la ciudad —respondió Eriak.

—Eso no bastará —respondió la reina Aley—. Todos sabéis que los nigromantes están esperando una rectificación por nuestra parte. El trato que se les dispensó fue muy injusto; se los acusó, nada menos, que de traición. Las cosas tienen que empezar a cambiar y debemos llegar hasta Dóngur.

—¿Pero qué diablos estáis diciendo? —exclamó Eriak

—Y eso no es todo —añadió Aley—. Eirien no se sanará completamente si no es tratada en el Inframundo por un nigromante.

—¿Estáis segura de eso? —intervino Néder, por primera vez.

—Así es. Lo siento mucho. Hemos hecho todo cuanto está en nuestra mano pero no podemos eliminar por completo la magia de Vrigar si alguien de su mismo conocimiento no es quien lo hace.

—Considerando que todo esto sea tal y como decís —habló entonces Gaiar—, ¿debemos arriesgarnos por la sanación de una humana? Estoy muy agradecido a los hombres de Ászaron por luchar junto a mi pueblo en el último ataque, ataque que ellos mismos provocaron, pero creo que se han sacrificado muchas vidas en esta lucha y no me parece justo que debamos tomarnos tantas molestias por esa joven.

Néder lo miró con rabia.

—Me temo que no se trata únicamente de la salud de una joven, como vos decís —respondió de nuevo Aley—; la Alianza corre peligro si, tal como dijo Ezhan, Vrigar reconocerá al elegido a través de los ojos de Eirien.

—¿Y quién nos asegura que lo que el muchacho dijo es cierto? ¿No sospecháis, acaso, que también él pueda haber sufrido el efecto de la nigromancia? ¿Que sea un espía?

—¿De veras queréis correr el riesgo? —preguntó Eriak, con calma.

—Convocaremos a los nigromantes pero no iremos hasta Dongur —zanjó Néder, secamente—. Los nigromantes serán llamados de la misma forma en que lo fueron en el primer Concilio. No nos arriesgaremos a descender al Inframundo y a quedar presos allí mientras

Askgarth sucumbe. Mañana mismo partiremos rumbo a Ászaron.

—Entonces nosotros partiremos rumbo a Gildar —añadió el rey óhrdit.

—¿Os marcháis? —preguntó Valdrik, alarmado.

—Nada hacemos nosotros en Ászaron. Ese es un problema que solo os concierne a los hombres. No abandonaré a los míos para conquistar vuestra ciudad.

—Gaiar tiene razón —intervino Davnir—, recuperar el trono de Ászaron es algo que solo corresponde a los hombres. Los demás tenemos problemas más importantes que afrontar mientras ese momento llega.

—Parece que esta guerra solamente concierne al pueblo de Ászaron —espetó Valdrik con rabia.

Néder cerró los ojos y suspiró.

—¡Nosotros luchamos por vosotros! —exclamó Aldan, incorporándose—. Luchamos en Gildar y hemos luchado en el paso de Verdh.

—Es lo mínimo que podíais hacer tras traicionar como lo hicisteis a todos los demás —respondió Gaiar.

—¡Padre!— gritó entonces la nueva voz de una mujer.

Muriel entró de forma apresurada, ataviada con una capa oscura y el cabello desgreñado.

—¡Muriel! —exclamó el rey—, ¿qué estás haciendo aquí?

—Lo lamento, majestad —se disculpó un soldado élar —; he intentado impedir que entrase pero...

—Está bien, no te preocupes —respondió Aley.

—Padre, he venido a buscaros y a pediros que regreséis a Gildar. Los ataques no cesan y buena parte del ejército está con vos. No podéis dejarnos solos y dedicaros a defender a hombres y élars.

—Ha sido una insensatez que vengáis hasta aquí sola. Los caminos son peligrosos y algo podía haberos ocurrido —dijo Valdrik.

—El humano tiene razón, hija —respondió el rey—; ¿cómo te has atrevido a venir hasta aquí...?

*****

La noticia sobre el apresurado despertar de Saya había corrido como la pólvora entre la población nigromante, que no lo recibió con demasiada alegría. Contar entre ellos con alguien que hablaba de forma directa con sus dioses era algo que les confortaba generalmente, siempre y cuando Saya despertase el día convenido. En esas ocasiones Dóngur se vestía de gala y todos se esmeraban en prepararle un gran recibimiento a la que muchos calificaban, por su cercanía a los dioses, como la semidiosa de su raza. Los nigromantes eran seres inmortales, por lo que, a pesar de caer en combate o sufrir un accidente, la primera vez que morían, y solo la primera vez, continuaban viviendo de forma corpórea; en la segunda ocasión ya emprendían su camino por la senda del destino. De hecho había muchos nigromantes que adquirían mayor poder una vez muertos, ya que obtenían la energía de la muerte, de su propia muerte. Sin embargo, tener a Saya entre ellos de forma precipitada era algo que no agradaba tanto, pues sabían que no solía regresar de demasiado buen humor. Según se contaba, en toda la larga existencia de los nigromantes, solo se había despertado a Saya en dos ocasiones sin que su período de descanso hubiera transcurrido en su totalidad. Aquella sería, pues la tercera vez.

La primera ocasión fue con motivo de la traición de Vrigar. Los hijos de Dóngur no supieron cómo afrontar este hecho, ni si debían seguir tomando partido en la guerra, por lo que pidieron consejo a los dioses a través del Oráculo. La segunda vez sería recordada más claramente que la primera, pues Saya estimó que la razón

316

no había sido lo suficientemente importante y lo hizo pagar caro a los nigromantes. Aquella fue con motivo del engaño que Dañar, el hechicero, había sometido a Sila, su maestra, y a los magos del equilibrio. Su conocimiento de las dos magias fue considerado algo de extrema gravedad y por eso, los nigromantes quisieron consultar a los dioses. Saya determinó que aquello era un problema que debían haber solventado los magos, cuya misión era precisamente esa, y no ella. Una maldición cayó sobre el pueblo de Dóngur. Los nigromantes fueron privados de sus poderes durante diez años, lo que dificultó mucho sus vidas, ya que se volvieron tan frágiles como los humanos. Durante este tiempo sí fueron mortales. Por ese motivo, desde entonces, se había puesto suma cautela en sacar a Saya de su letargo, y los nigromantes tenían tan claro que no debían tomar parte en la guerra, que dieron por hecho que aquello no era un motivo lo suficientemente importante como para despertarla.

Los cuatro señores permanecían sentados alrededor de la mesa, mientras sus rostros mostraban una honda preocupación; salvo en Isia, que se parecía ajena a la angustia.

Zor era el único que se mantenía en pie, dando paseos nerviosos por la sala y convirtiéndose en objeto de la mirada de Yara, que también esperaba, sentada y tratando de retener los gestos nerviosos para no hacer evidente su estado.

Cuando Saya entró en la sala, todos se irguieron y la tensión se hizo más que palpable. Por un momento, Yara estuvo segura de que lo que los cinco señores de Dongur le profesaban al Oráculo no era respeto, sino miedo; un novedoso e inusitado terror.

—Mi señora —la saludó Zor, haciendo una reverencia.

Los demás lo imitaron.

—Saludos, señores de Dóngur —dijo mientras se sentaba en el sillón que presidía la mesa—. Estoy

317

impaciente por saber qué estoy haciendo aquí; recordaréis lo que ocurrió la última vez... Estoy convencida de que no habréis cometido el mismo error, así que decidme por qué razón hoy comparto audiencia con vosotros y no con nuestros dioses.

Zor buscó a Yara de reojo pero fue Volmark quien se adelantó, hablando:

—Ella es la responsable, mi señora; ella convocó un Círculo de Sangre y se empeñó en despertaros. Debo decir que ni yo ni Endya ni Zor estuvimos de acuerdo en...

La mujer alzó la mano, en una clara petición de silencio.

—Debo deducir que algunos creéis que el motivo que me trae hasta aquí carece, pues, de importancia.

—La mayoría de los aquí presentes, contando también a Riley, decidieron que el asunto a tratar era de vital importancia y por eso estáis aquí, mi señora —respondió Zor, intentando no despertar la ira de Saya antes de que esta conociera lo que ocurría.

—¿Entonces? —preguntó ella.

—Yo fui quien convocó el Círculo —intervino Yara, poniéndose en pie—. Los dioses establecieron tiempo atrás que no debíamos intervenir en la guerra que se lleva a cabo en Askgarth, entre los dragnars y los demás pueblos, pero la profecía dice que todas las razas de Askgarth, sin excepción, tomarán partido en la forja de la segunda Alianza. Eso nos incluye a nosotros, y estoy convencida de que ese día ha llegado.

Saya la miró en silencio sin que su rostro indicara si aquello le parecía o no una buena razón para invocarla.

—Los dioses dijeron que debíamos mantenernos neutrales —respondió entonces—; ¿por qué crees que ahora sí debemos intervenir?

—Creo firmemente que la Batalla Final está ya muy cerca. El destino ha querido que el hermano del difunto rey de Ódeon esté hoy con nosotros, en Dóngur. Y francamente, mi señora, no creo en la casualidad

—Entonces... ¿es solo una corazonada?

Yara se encogió ligeramente, alertada por la pregunta de la nigromante. ¿Lo consideraba, acaso, una nimiedad?

—Hay algo más —intervino Isia—. Estoy impaciente.

—Uno de los cinco se ha dado a conocer; concretamente el perteneciente a la raza de los hombres.

Yara la miró con el ceño fruncido y ajena a la información que Isia le ofrecía a Saya.

—El primero en toda la historia de la nigromancia —continuó Isia—. Se trata de Ezhan, un joven que, además, comparte un lazo muy especial con Yara. Como podéis ver, mi señora, muchas cosas han cambiado desde que los dioses designasen que no debíamos tomar parte en la guerra.

—Ya veo. ¿Qué opináis los demás? —preguntó Saya a los tres señores que aún no se habían pronunciado.

—Considero, mi señora —intervino Volmark—, que la razón por la que decidimos desentendernos de todo y por la que los dioses prohibieron nuestra entrada en la guerra, fue porque fuimos víctimas de una deshonrosa acusación que aún no ha sido resarcida y, por tanto, no tenemos por qué volver a Askgarth a resolver los problemas que ellos causan.

Tras la respuesta de Volmark, volvió a reinar el silencio.

Saya se levantó y, sin decir nada más, abandonó la estancia. —¿Por qué se ha ido? —preguntó Yara—. ¿Cuál es su respuesta?

—No lo sé, Yara —respondió Zor.

—Es evidente que considera que la hemos despertado por una estupidez. Pagaremos caro tu capricho con ese humano —le espetó Volmark a Yara.

La joven se adelantó hacia él, pero Zor la retuvo del brazo, originando que ella se zafase con fuerza y desapareciera corriendo de allí.

—¿Qué significa eso de que Ezhan es uno de los cinco? —exigió saber Volmark.

—Significa exactamente lo que tú sabes —respondió Isia.

—Pero ¿quién le ha enseñado el arte de la nigromancia? Eso está prohibido en Dóngur y debe ser castigado.

—No puede ser castigado —respondió Zor secamente —; aquel que le enseñó no obedece a las leyes nigromantes ni reside en Dóngur. Él puede elegir...

—¡Danar! —exclamó Dyras—; ¿cómo es posible?

—¿Cómo supo dónde encontrarlo? —añadió Endya.

—¿Los magos? —preguntó Volmark, sorprendido.

—Los magos jamás darían ningún tipo de facilidad para que un humano aprenda nigromancia —respondió nuevamente Isia.

—¿Entonces? —insistió Endya.

—¡Sila! —exclamó Volmark—. ¡Esa vieja hechicera debe ser castigada!

—¿Castigada por qué? —inquirió Dyras—. Suficiente castigo supuso ya despojarla de sus poderes. Ella solo le indicaría a Ezhan cómo llegar hasta Danar. Eso no es ningún delito.

—¡Pero le dio acceso a la nigromancia! —exclamó de nuevo Volmark.

—No, le permitió el llegar hasta alguien que sí podía enseñársela, no a la magia en sí. Eso no merece castigo —respondió Dyras.

—En cualquier caso —interrumpió Zor—, no es ese el asunto que nos trae hoy aquí. El Oráculo decidirá y nosotros acataremos lo que diga.

*****

El alba aún estaba lejana cuando la reina Aley encontró a Aldan bajo la clara luna, con el rostro enterrado entre las manos y el tormento planeando sobre su cabeza.

—Subestimamos el descanso —murmuró la élar, sobresaltando al muchacho—. Gozaremos de poco tiempo para tomarlo y sin embargo, ahora que podemos...

—Me resultaría imposible pegar ojo.

—¿Por qué? —preguntó ella, agachándose a su lado. Las manos de la élar aferraron las de Aldan, que aún necesitó unos segundos para reaccionar:

—Ezhan me pidió que me alejase de aquí pero todos dudan ahora de su posicionamiento. Si está mintiendo... si me marcho y aun así atacan Iraïl... quiero luchar aquí como no pude hacerlo en Yoth; no voy a pasar la vida huyendo mientras otros mueren por mí. Pero si me quedo y él dice la verdad...

—Mi padre solía decir que la verdad está en nosotros mismos.

Aldan sonrió y fijó sus ojos claros en las manos entrelazadas de los dos. Los ojos brillantes de Aley le sonreían, igual que lo hacían sus labios y allí, bajo la clara luz de la luna, se preguntó cómo había sido posible no reparar antes en su exótica belleza; cómo había sido capaz de no deleitarse en ella, de no desear mirarla cada segundo del tiempo que había pasado allí.

—Temo no ser tan profundo como un élar —observó al fin, apartando la mirada.

Aley la recuperó, sosteniendo su barbilla con un dedo.

—Sois capaz de encontrar la verdad en vos pero probablemente no os habéis parado a buscarla.

—Creo que no me he parado a hacer muchas cosas. No creo que Ezhan esté mintiendo. Si lo que dice fuese sólo una invención, habría resultado más sencillo callar y permitir que Eirien se encuentre frente a frente con el elegido, revelándole a Vrigar esa identidad que tanto ansía encontrar.

Aley hizo más amplia su sonrisa.

—Pues ahí la tenéis.

—Pero eso no es garantía de nada.

—No siempre podemos movernos sobre garantías, Aldan. A veces sólo podemos movernos bajo la seguridad de nuestra propia verdad.

—Un paso quebradizo...

—Un paso sobre seguro. Siempre.

La joven reina acarició la mejilla de Aldan mientras se incorporaba, al tiempo que también él lo hacía.

—Será mejor que me vaya —murmuró el muchacho—, que me aleje de aquí y rezaré a los dioses para que el nigromante opte por seguirme a mí y no por atacar vuestro reino.

—No podéis marcharos vos solo. Esta no es solo vuestra guerra, Aldan. A los élars nos concierne tanto como a los hombres.

—Temo que sois la única que piensa así.

—Suficiente. Soy la reina.

La élar se apartó de allí pero Aldan la sujetó de la mano, ocasionando un silencio extraño entre los dos.

—¿Adónde vais? —preguntó él.

—A buscar a Ezhan. Él es el único que sabe cómo llegar a Dóngur.

—Es muy arriesgado.

—No podré hacerlo sola; os necesito.

Aldan sonrió, incapaz de evitar el doble sentido que su mente, traicionera, le había concedido a aquellas palabras.

—Me tenéis —respondió.

El rubor en las níveas mejillas de Aley no pasó inadvertido para Aldan.

—Distraed a los guardias de las prisiones y yo me encargaré de sacarlo de ahí —le pidió él—. Nos encontraremos después en el patio posterior. Procurad que nadie lo vigile.

Ella asintió y caminó con determinación hasta las mazmorras, mientras Aldan se ocultaba entre las sombras de la noche. La vio hablar con los guardias, aunque a aquella distancia no conseguía distinguir qué estaban diciendo. Escrutó el entorno, tratando de asegurarse de que ninguna otra dificultad les salía al paso y sonrió tímidamente cuando vio cómo Aley caminaba, flanqueada por los dos guardias que habían estado apostados a las puertas de las prisiones. Aún aguardó unos pocos segundos más, concediéndoles distancia y tan pronto como le fue posible, corrió discreta y sigilosamente hasta allí. Después de asegurarse de que dentro no había nadie, no le costó demasiado encontrar a Ezhan en unas cárceles muy distintas a las de Ászaron y totalmente vacías, salvo por la excepción del propio Ezhan. Este permanecía sentado sobre el frío e irregular suelo, con las manos apresadas en dos grilletes que se anclaban en la pared. Alzó la cabeza al percatarse de la llegada de Aldan, aunque ni siquiera se inmutó, convencido como estaba de que Néder y los demás lo enviaban, tras haber tomado una decisión con él.

Aldan frunció el ceño al comprobar que guardaba la llave de la celda en el bolsillo. En ningún momento la había tomado y tampoco Aley se la había entregado. Sin embargo ahí estaba, un golpe de suerte o quizás algo más que en aquel momento no podía detenerse a entender.

Aldan accedió a la celda sin mediar palabra y, con nula dificultad, liberó las muñecas de Ezhan, que lo miraba esperando a que le aclarase algo.

—Me has salvado la vida más de una vez —dijo Aldan al fin—. Y creo tener motivos sobrados para creer en tu palabra. Además eres el único que puede llevarnos a Dóngur, así que levanta.

Ezhan sonrió mientras alzaba una ceja y observaba, perplejo, la mano que el propio Aldan le tendía.

—¿Me estás liberando por tu cuenta? —preguntó.

—Sal antes de que me arrepienta. Nos vamos a Dongur, ¿me oyes?

Ezhan asintió y tomó la mano que el otro joven le ofrecía.

—Debemos reunirnos con la reina Aley en el patio posterior —explicó Aldan mientras avanzaban—; espero que los soldados no hayan regresado aún.

—¿La reina?

—Eso he dicho.

Lograron abandonar las frías prisiones y cruzar los solitarios accesos de Iraïl hasta llegar al castillo, en cuyo patio posterior ya les aguardaba la reina. Pero no estaba sola. Se detuvieron, sorprendidos al comprobar que Eirien esperaba junto a ella. La hija de Néder mantenía sus ojos vendados en la cautela de no revelar la identidad del elegido en plena Iraïl y por contra, sí centrar la atención lejos de la ciudad de los élars.

—¿Nos vamos? —preguntó Aley.

—¿Estáis segura de esto? —intervino Aldan, adelantándose unos pasos—. Habláis de abandonar vuestro reino y llegar hasta el de los nigromantes.

—Yo no sé luchar pero dejo mi reino en las mejores manos. Davnir dirigirá bien al ejército si los dragnars nos atacan. Sé que si no son los reyes los que se molestan en llegar hasta el Inframundo, los nigromantes ni siquiera querrán escucharnos. Es hora de dejar de enviar emisarios.

—¿Y tú? —intervino Ezhan, acercándose más a Eirien—. ¿Vas a dejar aquí a tu padre?

—Mi padre escucha demasiado a Eriak en ocasiones. Y no es mal hombre pero tampoco es dueño indiscutible de la verdad. Recela de ti pero no hay más tiempo que perder.

—Recela de mí... ¿Tú no?

—Si recelase de ti no estaría aquí, dispuesta a largarme para llegar hasta Dongur.

Eirien extendió su brazo y Ezhan aún tardó unos segundos en reaccionar, sujetando la mano de la joven y apretándola con fuerza antes de que ella lo sorprendiera con un efusivo abrazo.

—Gracias por confiar en mí —murmuró él, contra el pelo dorado de la joven.

—¡Vamos! —exclamó Aley.

Bordearon la ciudad pegados prácticamente al muro exterior hacia el acceso Norte, que Aley conocía a la perfección. Y ya lo vislumbraban en la oscuridad cuando una voz les hizo detenerse:

—¿Adónde os dirigís si puede saberse? —preguntó Muriel.

—¿Quién es? —exclamó Eirien, alarmada.

—Un fantasma —dijo Aldan con ironía.

—Os pido que regreséis a vuestro lecho, princesa Muriel —respondió Aley—; incluso dentro de las fronteras de nuestra ciudad es peligroso salir de noche.

—No me iré sin que me digáis adónde os dirigís.

—¿Y qué demonios os importa? —preguntó Aldan.

—¡No oses ni tan siquiera dirigirte a mí! —respondió ella con soberbia—. ¡Escapan! —gritó Muriel—. ¡Los...!

Aldan se abalanzó sobre la óhrdit al tiempo que le tapaba la boca con la mano.

—¡Ayudadme! —bramó, pues la joven hija de Gaiar era más alta que él y también más fuerte.

—Por los dioses... —murmuró Ezhan, mientras acudía en su ayuda.

Entre los dos lograron sujetarla y arrastrarla pero Muriel exhibía una fiereza voraz que obligó a Aldan a golpearla para dejarle inconsciente.

—¡Aldan, por todos los dioses! —exclamó Aley—. Es la hija del rey de Gildar

—¿Qué está ocurriendo? —preguntó Eirien.

—Despreocúpate... creo —le sugirió Ezhan.

Solventado aquel pequeño contratiempo, retomaron la marcha con toda la rapidez que los contratiempos surgidos les permitían.

—¿Nos vamos a llevar de este modo a la hija del rey de Gildar? —insistió Aley.

—Bueno, es esto o dejar que nos delate.

El muchacho se deshizo de un jirón de su propia camisa y elaboró un rápido nudo con el que selló los labios de la óhrdit al tiempo que el propio Ezhan maniataba a la muchacha con su cinturón para que, si despertaba, no los pusiera en más aprietos.

—Por todos los dioses —murmuró el muchacho—. Esto no puede salir bien...

—¿Quién anda ahí? —gritó entonces un soldado.

Aldan sonrió al comprobar que la reina élar había preparado tres earas a la salida. Él mismo montó sobre el primero, portando a Muriel, mientras que Ezhan lo hizo en un segundo con Eirien y Aley, en el tercero sola.

*****

Yara preparaba su valar en los establos cuando Isia apareció.

—El Oráculo aún no se ha pronunciado —dijo la mujer.

—¡No me importa! Ha sido un error volver. No puedo esperar más. La guerra está empezando y aquí no tenemos prisa. Además, tampoco tengo demasiado claro que vaya a decidir que debemos tomar parte.

—No debes guiarte por las emociones que el Oráculo expresa, porque simplemente no revelan nada.

—Isia, no tengo tiempo para adivinanzas ni para esperar. Lo lamento pero regreso a Askgarth.

—Te estás precipitando.

—Tal vez —se limitó a decir ella.

Isia suspiró, resignada a no poder convencer a Yara par que permaneciese en Dongur, cuanto menos hasta que el Oráculo expresase su sentencia, algo en lo que ella misma la había apoyado.

—Isia —la llamó Yara, cuando la reina nigromante ya empezaba a alejarse—. Gracias. Por apoyarme en la invocación del Oráculo.

Isia asintió con la cabeza y sus pasos se perdieron lejos de allí. Yara aún se mantuvo durante unos segundos, observándola hasta que una voz tras de sí atrajo su atención.

—¿Te vas a alguna parte? —le preguntó Arsen.

—Como tú —respondió ella.

—Hice mi petición y tu padre se niega. En cualquier caso no me queda más que agradecerte el que me trajeses hasta aquí.

—¿Qué harás ahora?

—No lo sé. En Ódeon, los hijos de reyes tienen dos misiones claras durante su educación: luchar y reinar; esto último, claro, en caso de ser el heredero legítimo. Yo solo sé luchar y es lo que voy a hacer hasta el final.

—¿Luchar contra quién? ¿Por quién?

—Contra los que quieran hacer daño a los míos. Por mi hermano. Se lo debo a él y a mi pueblo. Los dragnars somos tan víctimas de Vrigar como el resto de Asgkarth.

—Ven conmigo —le solicitó Yara.

Arsen sonrió.

—¿A qué? ¿Seguirás buscando a ese chico? Me temo que yo no estoy enamorado de él.

—Hoy he sabido que Ezhan es uno de los cinco no nigromantes que ha superado el quinto nivel de nuestra magia. Sé que hay cinco personas destinadas a ello y él es el primer humano que lo ha logrado.

—¿Quieres decir que ese muchacho domina la nigromancia más allá de lo que cualquier aprendiz? —preguntó Arsen con sumo interés.

—Así es. Los grandes hechiceros nigromantes dominan hasta el décimo segundo nivel. Él no ha llegado a tanto pero...

—¿Cuál es tu nivel?

—El quinto. Nunca pude practicar con un maestro hechicero para llegar hasta el máximo. Además, sé que es difícil y no he tenido tiempo desde que llegué aquí. La verdad es que me gustaría pero...

—¿Crees que él pueda cumplir mi petición de devolver a la vida a un dragón?

—La resurrección de cualquier criatura es algo muy complicado. No sé si, además de Zor, alguien sea capaz de llevarla a cabo pero supongo que no pierdes nada con intentarlo.

*****

—La reina Aley tampoco está —exclamó alarmado un soldado élar.

—¡¿Cómo es esto posible!? —gritó Gaiar.

—Aldan, Aley, Eirien y Muriel. Ni rastro de ninguno los cuatro. Todo esto es muy extraño —observó Valdrik.

—¿Creéis que puedan haber sido secuestrados? —preguntó entonces Eriak.

—Eso es del todo imposible, majestad —intervino un soldado élar—; la ciudad es vigilada durante el día, y especialmente durante la noche. Nadie ha podido atravesar nuestras fronteras.

—Nadie ha podido entrar, pero ¿es posible que alguien haya podido salir? —preguntó el rey de los óhrdits en tono iracundo.

—¡Alguien debió guiarles! —exclamó nuevamente un soldado.

—¡Majestad! El preso ha sido liberado y no hay ningún signo de que la celda haya sido forzada —añadió otro soldad élar, que llegó corriendo a toda prisa.

—Esos muchachos han debido liberar a Ezhan y se han marchado —apuntó Valdrik.

—¡Pues yo puedo garantizaros que mi hija no ha partido de forma voluntaria! ¡Estoy convencido de que se la han llevado a la fuerza y me parece algo inadmisible!

—¿Y Aldan? —preguntó Eriak—; ¿por qué iba a haber partido ese joven con Ezhan? Él estuvo de acuerdo en mantenerlo encerrado hasta que estuviéramos seguros de quién era realmente.

—¡Exijo que los busquéis de inmediato y me devolváis a mi hija! —volvió a gritar Gaiar, visiblemente alterado.

*****

El gobernador permanecía inmóvil, observando a través del amplio ventanal que coronaba la sala del trono. Ászaron se movía en medio de su sempiterna rutina aunque los últimos acontecimientos inquietaban a la máxima autoridad de la ciudad humana más grande de Askgarth.

El hombre se volvió cuando los altos portones de la sala crujieron y cedieron, dejándole paso a Arazan, cuyo aspecto evidenciaba que había tomado parte en alguna contienda.

—Mi señor —lo saludó con una reverencia.

—¿Cuál es la situación, capitán?

—La zona oeste está perdida, mi señor. Los dragnars lo han destruido todo y confinan sus tropas en la vieja encrucijada. Luchamos contra ellos pero eran incontenibles. Di la Orden de regresar a Ászaron y...

—¿Cuántos habéis vuelto?

—Apenas unos cien hombres, mi señor. De los trescientos que partimos.

—¿Y con cien soldados regresáis a Ászaron? ¿¡Con cien soldados huis!?

—Eran más de quinientos, y nuevas tropas llegaban incesantemente. Hubiera sido una matanza, mi señor.

El gobernador le dio la espalda a Arazan y caminó de regreso hacia la ventana, paseando sus dedos entre su pelo en un gesto de visible nerviosismo.

—¿Y qué hay de Sireas? ¿Por qué demonios no llega la ayuda que les solicitamos?

Arel, que se había quedado rezagado en la puerta del gran salón real, avanzó unos pocos pasos ante la mirada de Arazan.

—He... llegado de Sireas hace escasamente un par de horas. No enviarán ayuda, mi señor. La ciudad intenta restablecerse del último ataque que sufrieron. En aquel momento ellos nos solicitaron ayuda y nosotros... se la negamos.

—¡Malditos sireos rencorosos! ¿Está ya apuntalada la muralla?

—Estamos en ello, mi señor —respondió Arazan—; es inexplicable cómo los dragnars abrieron esa enorme brecha en nuestra sólida muralla pero lo cierto es que...

—¡Pedid ayuda a los demás, a quien sea! No permitáis que los dragnars lleguen de nuevo hasta aquí, porque de conseguirlo nos encerrarán como a ratas. De todos modos, envía a un escuadrón hasta el refugio y que me lo preparen..., por si acaso.

—¿Preparamos un plan de evacuación para la ciudad? —preguntó Arazan.

—¿Acaso quieres que meta a todo el mundo en mi refugio particular? ¡Claro que no, Arazan! ¡Lárgate! ¡Largaos los dos y dejadme en paz!

Arazan caminó con aire abatido hasta el patio principal. El cansancio y el dolor tras lo que había sido una dura batalla amenazaban con hacerle doblar las piernas en cualquier sitio pero nada de eso podía compararse con la desesperanza que se esforzaba por anidar en su corazón.

—Ni Sireas ni nadie nos ayudará —observó, sentándose sobre la escalera de acceso al castillo—. Nos lo hemos ganado a pulso.

—Hace largo tiempo que Ászaron no sufría estos ataques tan virulentos —respondió Arel, observándolo—. ¿Cómo íbamos a imaginar algo así?

—De todos modos, nuestra ciudad nunca debió negar ayuda a aquellos que nos la solicitaron.

—Durante años Ászaron ha derramado su sangre por la causa de otros.

—Pues eso explícaselo a toda esta gente, Arel. Tal vez así entiendan por qué nadie acude ahora en nuestra ayuda. Nunca pensé que echaría en falta a la Orden de la Alianza.

—¿Cómo puedes decir algo así? Por esas mismas palabras muchos han sido ejecutados.

—¡¿Y quién «impartirá justicia» cuando no quede gente en Ászaron?! —gritó el capitán—. La Orden de la Alianza no era más que un grupo de bandoleros, pero a pesar de eso mantuvieron a los dragnars a raya durante mucho tiempo. Su ausencia se hace notar y lo sabes perfectamente.

Arel guardaba silencio.

—Luché junto a tu padre en numerosas ocasiones, muchacho. Néder era y es un gran guerrero. Tomó el camino equivocado, pero eso no merma sus habilidades ni su valía en la batalla.

—La traición le resta valor a todo. Es preferible que se hayan marchado. Y ojalá sea para siempre —zanjó el joven.

*****

El avance se hacía fatigoso, habida cuenta de lo inseguro que resultaba detenerse a descansar. Pero Ezhan sólo había llegado una vez hasta el pantano de Thion, en circunstancias muy accidentadas y con la ayuda determinante de Yara. Recordarla le provocó un aguijonazo en el corazón. Tanto se habían complicado las cosas desde que abandonase el Inframundo que apenas había tenido tiempo para detenerse a pensar pero los ojos grises de Yara seguían grabados en su memoria como un tatuaje invisible.

Aldan caminaba llevando las riendas de uno de los earas élars. Muriel lo montaba con las manos atadas a la espalda y una mordaza tapando su boca. La reina Aley montaba en otro earas, detrás de ella, mientras que Ezhan y Eirien ocupaban la montura del tercer animal.

—¡Mmmmmmm!

Los intentos de Muriel por decir algo empezaban a exasperar a Aldan, que se detuvo y resopló.

—¡¿Por qué demonios no la abandonamos aquí mismo?! —gritó. Aley chasqueó la lengua y avanzó con su earas hasta colocarse junto a la ohrdit para quitarle la mordaza.

—¡No soy ninguna prisionera ni merezco semejante trato! —gritó entonces la óhrdit—. ¡Os juro que Iraïl pagará muy cara esta ofensa y, en caso de que tú seas el rey de Ászaron, también tu ciudad saldará la deuda con...!

—¿Y todavía no entiendes por qué llevas una mordaza? —exclamó Aldan.

Muriel dio un salto, bajando del earas aún cocn las muñecas atadas, y aunque Aley trató de ayudarla, la óhrdit se zafó con un movimiento brusco.

—¡Cómo te atreves a hablarme así, maldito humano! Ni siquiera...

—Princesa, Muriel —insistió la reina élar—. De nuevo os insto a que comprendáis esta situación.

¿Y qué debo comprender, Aley? ¡Llego a Iraïl buscando a mi padre por la penosa situación en que vive mi ciudad y me encuentro con un secuestro en el que pretendéis arrastrarme a Dóngur como una maldita prisionera!

—Os soltaríamos si pudiéramos confiar en que no tratareis de huir — le dijo Ezhan, que también había desmontado.

—¡Yo no quiero ir a Dóngur! ¡No quiero ir con vosotros a ninguna parte! —gritaba la testaruda princesa.

—¡Por todos los dioses de Ászaron!

Aldan caminó unos pocos pasos y se cubrió la cara con sus manos.

—Muriel, la leyenda de los nigromantes ha crecido desproporcionada y equivocadamente —intervino de nuevo Aley, tratando de calmarla—. Nuestros antepasados les tuvieron un comprensible respeto aunque también un infundado miedo y jamás osaron acercarse a sus dominios, pero la situación en la que se encuentra vuestro reino y toda Askgarth exige un acto de valentía que pocos aceptan llevar a cabo. Es necesario que vayamos al Inframundo y hablemos con los nigromantes. Estamos aquí los representantes de los tres tronos de las profecías y todos somos necesarios. Ellos quieren resarcir su ofensa. Solo así nos ayudarán y tendremos la oportunidad de derrotar a los dragnars. Que vos vinierais con nosotros no estaba en nuestros planes. Fue un imprevisto que nos descubrierais al partir de Iraïl y solo os llevamos con nosotros para que no nos delataseis, pero pensándolo bien, vuestra presencia, como heredera al trono de Gildar, es muy necesaria. Os pido que intentéis comprenderlo, por favor.

—Ászaron traicionó a la Alianza hace mucho tiempo. Eso le costó la vida a mi abuelo, a muchos óhrdits y también a muchos élars. ¿Por qué tenemos que ayudarlos ahora en...?

—En aquel aciago día, Iraïl solicitó ayuda y vuestro reino cumplió —la interrumpió Aley—. Vuestro abuelo creía en la Alianza firmemente y dio la vida por ella. Incluso después de conocer la traición de Ászaron, sus batallones fueron hasta la ciudad de los hombres para luchar. Los élars creemos que no se muere mientras alguien mantenga vivos los valores y las creencias de aquellos que parten y entregan su vida. Si vos mantenéis vivos los de vuestro abuelo, él seguirá vivo. No lo condenéis al olvido. No hagáis que su muerte fuese en vano.

Muriel guardó silencio y trató de contener su evidente emoción. Aldan y Ezhan la observaban, tratando de escudriñar si las palabras de Aley habían surtido efecto en ella y sólo Eirien ignoraba todo cuanto acontecía más allá de las palabras, pues sus ojos azules seguían envueltos en un jirón de tela, esperando al momento preciso para revelar la identidad y el paradero del elegido.

—Los hombres quebraron la Alianza —volvió a decir la reina Aley— pero ahora están luchando por reparar su error. Es nuestra obligación ayudarlos.

—No niego que tengáis razón en eso. Mi abuelo dio la vida por esa causa, pero muchas cosas han cambiado.

—Recomponer la Alianza es la única manera que tenemos de darnos una oportunidad a todos, Muriel. ¿Qué perdéis con intentarlo? Acompañadnos a Dóngur, por favor.

La óhrdit guardó un largo silencio antes de alzar de nuevo la cabeza y asentir.

—Está bien. Os acompañaré a Dóngur. No me da miedo el Inframundo. Pero solo accederé con una condición…

—¿Cuál?

334

—Que ese humano no se dirija a mí. No puedo soportarlo. No quiero que me mire ni que me hable. No quiero que respire cerca de mí. Nada.

Aldan negó con la cabeza mientras sonreía de manera irónica.

—Me destrozáis la vida...

Aley rió y desamarró las ligaduras que aún mantenían a Muriel maniatada.

—¿Qué estáis haciendo? —exclamó Aldan, acercándose de nuevo—. Si la soltáis huirá.

—Nos ha dado su palabra y la cumplirá —repuso Aley.

—Vos buscáis una corona —le dijo la óhrdit al muchacho—; yo ya la tengo, así pues, vos iréis andando —zanjó la óhrdit mientras montaba sobre el earas.

Ezhan alzó una ceja, divertido.

—No sé hasta qué punto es aconsejable que sigamos marchando por los caminos habituales —dijo entonces Aldan, tratando de no prestar más atención a Muriel.

—Si mal no recuerdo —intervino Ezhan, montando sobre su earas—, el lugar en el que nos desviamos para acceder al bosque de niebla no queda ya demasiado lejos. Pero como bien dices, será mejor que abandonemos los viejos caminos.

*****

El grueso del ejército de Gildar regresaba hacia su ciudad y con ellos, el rey. Solo su consejero personal y su guardia permanecerían en la tierra de los élars hasta tener alguna noticia de la hija mayor de Gaiar.

—Tan pronto como haya cualquier noticia de Muriel quiero que se me haga saber —exigió Gaiar.

—Así será, majestad —respondió Davnir—. Pero...

—No os esforcéis en darme más excusas. Si lo que buscáis es forjar viejas alianzas, secuestrar a mi hija es un mal inicio. Creo que mi visita hasta aquí ha demostrado sobradamente mis intenciones de olvidar viejas rencillas y unir fuerzas pero no me he visto correspondido en mi esfuerzo y he de decir que me apena enormemente esta situación.

—Esa postura me parece muy injusta, si me lo permitís, majestad —intervino Néder—; mucha sangre y mucho dolor costó a los míos llegar hasta Gildar y el hecho de que retrocedáis solo entorpece la oportunidad de paz que tenemos gracias a Aldan.

—No añadiré nada más, capitán.

—Déjalo, Néder —dijo entonces Eriak—. El egoísmo de los óhrdits ha quedado sobradamente demostrado desde que Glindar murió.

Gaiar se acercó a Eriak, examinándolo con una severa mirada.

—No oséis ni tan siquiera mencionar a mi padre.

—Vuestro padre luchó por aquello que vos odiáis y despreciáis. ¡Él dio su vida por eso! —gritó Néder—. Ayer fue Séldar y hoy sois vos quien nos traiciona. ¡Largaos a Gildar y proteged vuestras forjas mientras los demás libran batallas!

Néder ni siquiera esperó una nueva respuesta por parte de Gaiar, que emprendió la marcha junto a sus hombres. Valdrik lo siguió hasta los barracones donde habían descansado los hombres de la Alianza y vio cómo se sentaba sobre su camastro, con el rostro escondido entre las manos.

—Néder, ¿estás bien?

—No, Valdrik. Hemos tenido la Alianza al alcance de nuestra mano y en una sola noche se nos ha escapado. Aldan ha desaparecido y no sabemos dónde está y los óhrdits retroceden en su decisión de colaborar. El trato con los nigromantes es aún algo muy lejano y solo Ezhan podía ayudarnos en eso.

—¿Crees que es posible que nos equivocáramos con él?

—Ya no sé qué creer. Desde que Seizan murió he vivido por y para la Alianza. Teníamos que encontrar a un chico cuyo paradero y cuyo rostro desconocíamos y jamás desfallecí, pero ahora... lo hemos tenido tan cerca...; hemos pasado de dos posibles elegidos a no tener ninguno.

—Néder, tú mismo lo has dicho. Nuestra misión fue siempre muy difícil y jamás nos dimos por vencidos. No podemos hacerlo ahora.

—¿Y qué vamos a hacer, amigo mío? No podemos hacer esto solos, pero parece que no contamos con la ayuda de nadie. También Eirien ha desaparecido. Es realmente desolador.

—Aldan, la reina Aley y Eirien conocen de la importancia de que la Alianza vuelva a forjarse. Ignoramos cuál es su paradero pero estén donde estén, sabemos que están luchando por nuestra misma causa. No podemos abandonarlos.

—¿Adónde pueden haber ido? —musitó Néder, pensativo.

—Lo que es seguro es que se han marchado con Ezhan. Parece que ellos sí confían en él a pesar de que nosotros no dudamos en encarcelarlo y...

—Pero viste lo mismo que yo, Valdrik. Ezhan tenía algo que pudo habernos facilitado la identidad del elegido y no nos dijo nada. ¿Por qué callar? ¿Por qué guardar silencio con algo así?

—Néder, Eirien fue victima de la nigromancia y nosotros la trajimos a Iraïl para que los élars la curasen; en cambio, cuando creímos que Ezhan podía haber sido víctima de lo mismo, lo trajimos como un esclavo y lo encerramos en las prisiones.

—Eirien no era consciente del daño que podía ocasionar de forma involuntaria.

—¿Y por qué Ezhan sí? No es un nigromante. Si fuera un espía de Vrigar sería tan víctima como Eirien.

—Pero con mi hija sabíamos de qué manera podíamos contener su poder destructivo.

—¿Y por qué lo sabíamos, Néder? ¿Quién nos lo dijo? Ni tan siquiera sabemos si realmente Ezhan pudiera haber resultado un espía. Lo acusamos solo por no contarnos sobre los dones de los nigromantes. ¿Hubieras desvelado tú una amistad con la raza más odiada de Askgarth? Tal vez él guardó silencio precisamente por miedo a que actuásemos como lo hicimos. No lo sabemos, Néder; no le dimos la oportunidad de explicárnoslo.

—Tienes razón, Valdrik. Ezhan tuvo durante años el Ászar y, sin embargo, en una sola noche lo obviamos todo. Actuamos igual que aquellos contra los que luchamos en Ászaron —sentenció con tristeza.

*****

El enorme portón, situado en medio de la muralla, se abrió dejando paso al rey y al ejército, que regresaban por fin a la ciudad de Gildar. Fiorel, la hija menor de Gaiar, aguardaba con impaciencia la llegada de su padre y su hermana en la escalera de acceso al castillo. Se incorporó, como un resorte, cuando vio llegar a los suyos y corrió entre los soldados, abalanzándose sobre su padre.

—¡Padre! —exclamó la joven al verle llegar.

—¡Fiorel, hija! Te he dicho mil veces que no merodees fuera del castillo ni aun en pleno día. Es peligroso.

La joven ignoró las palabras de Gaiar y trató de buscar entre las numerosas cabezas, todas más altas que ella, un rostro con el que no lograba dar:

—¿Dónde está mi hermana? —preguntó al fin.

El rey suspiró e intentó evitar su mirada, sin conseguirlo.

—Padre, ¿dónde está Muriel? —insistió Fiorel.

—Desapareció de Iraïl, junto con algunas personas más: los dos humanos, entre ellos y también la reina Alcy.

—¿Cómo que desaparecieron?

—Es probable que los humanos y la reina élar se marchasen de forma voluntaria, pero estoy seguro de que Muriel fue obligada a acompañarlos.

—No entiendo nada, ¿adónde iban a haberse marchado?

—Lo ignoro pero es preciso que mantengamos la calma. Mi consejero y su guardia se han quedado en Iraïl; ellos nos mantendrán informados de todo lo que...

—¿Qué ocurrió? —gritó la joven—. Estoy cansada de que intentéis mantenerme al margen de todo.

El rey se volvió y observó, con sorpresa, la irritación de su hija.

—Fiorel, creemos que Ezhan podría ser un... espía de Vrigar y le...

—¿Espía de Vrigar? ¿Ese muchacho?

—Llevaba consigo una serie de objetos nigromantes; uno de ellos de extrema importancia y no nos dijo nada. Era peligroso que nos acompañase a Iraïl tranquilamente, así que lo llevamos hasta allí pero lo mantuvimos cautivo en las prisiones. Aparentemente fueron a buscarlo y lo liberaron, aunque estoy seguro de que Muriel no lo habría hecho, así que...

—¿Encerrasteis a ese muchacho? —exclamó la joven óhrdit, incrédula.

—Ya te he dicho que disponía de objetos nigromantes…

—¡Padre! Ese joven luchó con nosotros y os salvó la vida. Si realmente hubiera tenido algo de nigromante, ¿creéis que hubiera permanecido en las prisiones todo el tiempo que le tuvimos allí? Hubiera sabido escapar. Hubiera podido hacerlo.

—Eso que dices es cierto pero...

—¿Pero qué? —gritó la joven.

—¡Basta Fiorel! —bramó también el rey—. Hemos retirado nuestro apoyo a la Alianza. Los problemas de Ászaron deben ser resueltos por los hombres. Nosotros ya tenemos suficientes.

—¿Cómo podéis ser tan egoísta? Vos solo os preocupáis de vuestros problemas, pero ese joven, al igual que Aldan, arriesgó su vida por vos. Y eso no es todo; en vuestra ausencia, el capitán Néder llegó hasta aquí mientras sufríamos otro ataque. Apenas disponíamos de hombres y ellos lucharon nuevamente con nosotros. Sin ellos no hubiéramos podido hacer nada.

Gaiar la escuchó sin interrumpirla, sorprendido ante aquel último dato que nadie le había revelado al ir a buscarlo a Iraïl pero Fiorel se marchó y ya no fue necesario para Gaiar seguir excusándose, algo que en aquel momento iba a costarle mucho más.

*****

Ezhan se mantenía sentado en el suelo, con el cuerpo echado hacia adelante y el rostro hundido entre sus manos. El cansancio empezaba a hacer mella en él, sumándose a la incertidumbre y la responsabilidad para con los demás. Confiaban en él y en el hecho de que haber sido el único que había estado en el Inframundo pero ni siquiera podía estar seguro de estar siguiendo el camino correcto. No pudo evitar pensar en Dolfang y en la facilidad con la que este había recorrido aquellos terrenos para acompañarlo pero el nigromante debía conocer aquel lugar como la palma de su mano, algo que no le sucedía a él mismo. Se incorporó, suspirando profundamente y caminó hacia el río, en cuyas márgenes, permanecía agachada Eirien. La joven dio un respingo al percatarse de que alguien había llegado hasta su lado.

—Lo siento —se disculpó Ezhan—. No pretendía asustarte.

— Tranquilo. En este estado hasta una ardilla me sobresalta.

—Te entiendo. Lo cierto es que gozas de toda mi admiración; debe ser un calvario.

—Es desconcertante. No saber dónde pondrás el pie en el próximo paso o... adónde te llevará este. Pero entiendo que es necesario. La Alianza bien vale una ceguera temporal, ¿no crees?

Ezhan sonrió y observó a la muchacha, aprovechándose de que ella no podía percatarse de ello. Tan deprisa habían sucedido las cosas que prácticamente no había tenido ni tiempo para conocer mejor a Eirien. La joven lo había ayudado al llegar a Ászaron, advirtiéndole del peligro de fiarse de mercaderes y soldados. A pesar de aquel accidentado encuentro en el que ella misma había puesto una daga sobre su cuello, Ezhan no tardó en comprobar que Eirien era una buena muchacha, luchadora, decidida y poco dada a quejarse a pesar de las circunstancias. Aquella no debía ser la vida que llevase una joven de apenas 20 años, cuyas grandes preocupaciones deberían ser buscar un buen marido y... no —se interrumpió a sí mismo en sus propios pensamientos —. Eirien no era una mujer como las demás, destinada a encerrarse en su casa, educar niños y contentar a un marido; ella estaba hecha de otra pasta y eso, junto a su hermosura, llamaban sobremanera la atención de Ezhan.

El silencio que se había prolongado por varios segundos, acabó por poner nerviosa a la joven, que se movió haciendo evidente su tensión.

—¿Qué pasa? —preguntó ella—. ¿Estás ahí?

—Sí. Estoy aquí.

—¿Y por qué estás tan callado?

—Te estaba... te estaba mirando.

Ver a una joven de la determinación de Eirien sonrojarse de la forma en la que lo hizo, dibujó una sonrisa en los labios de Ezhan pero pronto ella modificó el tema de conversación, tratando de normalizar las cosas:

—¿Y qué piensas hacer ahora? —preguntó—. Cuando lleguemos al Inframundo, quiero decir.

—Después de hablar con los nigromantes —respondió Ezhan, mientras sus dedos jugueteaban con la tierra—, lo siguiente será regresar a Ászaron y poner las cosas en su sitio.

—¿Temes el juicio del guardián? —preguntó Eirien tras un largo silencio.

—No. Ya lo superé una vez. Y no creo haber hecho nada que pueda haber ensuciado lo que soy, lo que siento.

—Yo sí lo temo, Ezhan —le confesó la muchacha.

Él se sacudió las manos y colocó sus codos sobre sus rodillas, entrelazando sus propios dedos.

—¿Por qué?

—He luchado contra los míos, contra Ászaron. Mi hermano forma parte del ejército y en más de una ocasión he luchado contra él. No sé si el guardián del Inframundo pueda estimar dignas tales acciones.

—Todo cuanto has hecho ha sido honorable, Eirien. Has peleado por mantener unos valores que se están corrompiendo, no por ambición ni por maldad.

Los dedos de Ezhan alzaron la barbilla de Eirien y ella pudo sentir que él estaba más cerca.

—Has demostrado un extraordinario valor y has luchado por aquello que has creído justo —añadió él, con un tono de voz más bajo—. El guardián te juzgará digna de entrar en el Inframundo. Estoy convencido.

Ella sonrió y alzó sus manos, buscando a tientas el rostro de Ezhan, que no lograba apartar su mirada de los labios de la joven, que sonreía.

—¿Qué estás haciendo? —le preguntó.

—No puedo verte, de modo que no puedo saber si realmente crees en lo que estás diciendo o sólo tratas de tranquilizarme. Si pudiera mirarte a os ojos te resultaría imposible mentirme.

Sentir las manos de Eirien acariciándole el rostro lo sumió en una sensación extraña y cuando quiso darse cuenta había quedado embelesado con ella, con su imponente belleza en la que ya había reparado en Ászaron, pero en la que no había podido volver a perderse dadas las circunstancias que le había tocado vivir.

—¿Y qué crees? —preguntó él, con un hilo de voz—. ¿Crees que miento?

—Es difícil de decir —murmuró ella.

La sonrisa se había atenuado en su rostro sin llegar a desaparecer y Ezhan dejó a un lado la contención para acercarse más a ella y pasear sus dedos sobre sus labios. Eirien se mantuvo inmóvil y en silencio aun cuando la boca de Ezhan buscó la suya propia, atrapándolos a ambos en una sensación extraña. Acostumbrado a los fogonazos de furia de Yara, la dulzura de Eirien lo hizo estremecer. Ezhan se odió a sí mismo por compararlas y trató de desterrar la imagen de la nigromante, sujetando el rostro de Eirien y perdiéndose en aquel beso inesperado y cálido.

Los pulgares del muchacho se deslizaron bajo el jirón de ropa que seguían manteniendo ciega a Eirien y subieron lentamente, despojándola de tan angustiosa sensación. La muchacha trató de adaptar los ojos a la escasa pero novedosa luz del día, mientras miraba a Ezhan, confusa y sorprendida.

—¿Qué has hecho? —preguntó, con un hilo de voz.

El aún tardó unos segundo sen responder.

—Estamos lejos de Iraïl —susurró él mientras acariciaba su rostro. Sus ojos suplicaban en silencio a los labios de la muchacha, aunque trató de contenerse y no hacer evidente su urgencia por volver a besarla.

—Ahora puedes mirarme a los ojos. ¿Crees que te miento?

Eirien sonrió mientras negaba con la cabeza y esta vez era ella la que se acercaba más a Ezhan, prendiendo en el roce de sus labios un estallido que lo arrastró a embestir su boca con ansia.

Los interrumpió bruscamente el sobresaltado despertar de Muriel.

—¿Os encontráis bien? —preguntó la reina Aley.

—Sí... sí, claro. Solo que... me inquieta estar lejos de Gildar conociendo la situación por la que atravesamos —respondió ella, poniéndose en pie.

—Muriel, lamentamos...

—Aley, sé que es necesario llegar al Inframundo. No es ningún reproche.

Ezhan y Eirien llegaron hasta allí, sujetos de la mano, gesto que no pasó inadvertido ni para Aley ni para Aldan. Este último se incorporó como un resorte al descubrir que la muchacha ya no llevaba vendados los ojos.

—¿Por qué la has...?

—Porque ya nos hemos alejado lo suficiente —lo interrumpió Ezhan—. Y no podemos exigirle que siga avanzando a ciegas. Que te vea, que le revele a Vrigar quién eres y que centren esfuerzos aquí; tal vez así se olviden de Iraïl y otros lugares.

—¿Iraïl? —preguntó la élar en tono de preocupación.

—¿Y no nos hemos apresurado demasiado? —preguntó Muriel—; no sabemos cuánto nos queda para llegar al pantano ni los peligros que pueden acecharnos.

—No existe lugar sobre Askgarth en el que no corramos peligro —respondió Ezhan—. Este es tan buen momento como cualquier otro. Ahora Vrigar ya sabe quién eres, Aldan. Debemos estar alerta y retomar ya la marcha.

Poco convencida ante las palabras de Ezhan, la princesa óhrdit se encaró con él. Su aspecto, altura y envergadura resultaban sobrecogedores.

—Espero que no os hayáis apresurado demasiado en quitarle esa venda a Eirien... mi señor

—Y yo espero que Aley no se haya apresurado demasiado en quitaros a vos la mordaza —respondió Ezhan, molesto.

—Eso ya puedo confirmártelo yo —intervino Aldan, dirigiéndose hacia uno de los earas.

Muriel lo miró, enfurecida.

—Si Vrigar os quiere a vos, ¿por qué no os largáis por vuestra parte? —exclamó la óhrdit, mientras seguía a Aldan.

—¿Y creéis que cuando Vrigar me mate y arrase con Askgarth os convertirá en su adorada esposa? ¡Vuestra compañía es tan grata!

—¿En serio? Esa es la razón por la que me secuestrasteis en Iraïl, ¿cierto?

—A decir verdad os confundí con un ent; ya sabéis lo que se dice: quien a buen árbol se arrima....

Muriel propinó una fuerte patada en la pierna a Aldan.

—¿Pero qué demonios estás haciendo?

—¿Vas a devolvérmela? Demuestra lo caballero de Ászaron que eres, ¡vamos, rey de pacotilla!

—¡Te la devolvería si no fueses a tardar tres días en levantarte del suelo, palitroque!

Eirien, Aley y Ezhan observaban la simpática discusión con una sonrisa hasta que Muriel, indignada por las palabras de Aldan, se perdió a través del laberíntico bosque, tomando asiento algo más apartada.

—Este va a ser un viaje muy largo —observó Ezhan.

*****

Ezhan observaba el entorno mientras avanzaba, tratando de dar con alguna referencia que le indicase que se estaban moviendo por el lugar adecuado. Sin embargo, lejos de ganar seguridad, aquel paseo no hizo sino aumentar su inquietud. El bosque estaba sumido en un profundo silencio y la noche se había presentado oscura y sin estrellas. La creciente luna se ocultaba tras un espeso manto de nubes intermitentes que apenas dejaban pasar su clara luz. Las sombras de los sibilinos árboles se proyectaban a cada paso, disparando la imaginación en un fantasmagórico despliegue de criaturas.

Inquieto, el joven desenvainó su espada aunque ya apenas tuvo tiempo de recular con un par de pasos cuando cuatro dragnars aparecieron de la nada, cayendo de las altas copas de los árboles y rodeándolo.

—Mirad, debemos estar de suerte —apuntó uno de ellos—. Por fin un poco de diversión.

Sin mediar palabra, Ezhan lo atravesó con su espada y reculó de nuevo, tratando de asegurarse una huida si las cosas se ponían aún más feas.

—Parece que el humano tiene intención de ponernos las cosas difíciles —observó otro de ellos.

—No tengo intención de caer ante cuatro... perdón, tres repulsivos dragnars —respondió él, provocador.

El cruce de miradas entre los tres adversarios fue el prolegómeno al inicio de la contienda. Uno de los dragnars se adelantó y Ezhan cruzó con él su acero, conteniendo su estocada y empujándolo para poder hacer lo mismo con el segundo. Sin embargo, Ezhan sabía que tendría pocas posibilidades mientras hubiera de luchar solo, de modo que arrancó a correr, seguido muy de cerca por los dragnars.

Se detuvo de pronto cuando una flecha surcó el aire, pasando justo al lado de su cabeza y clavándose de forma

346

certera en el pecho de uno de los dragnars, que cayó desplomado al suelo. Ezhan sonrió al comprobar que se trataba de Aldan. Este se acercó rápidamente y desenvainó su espada mientras Ezhan se ponía en guardia, esperando —ahora sí— a los dos dragnars que aún seguían con vida.

—No has debido alejarte tanto —le dijo Aldan.

—Sí, bueno; los hubiéramos encontrado de todos modos.

Los cruces de acero interrumpieron la conversación para que cada uno de ellos se enzarzase con un rival distinto. Pocos minutos después ambos habían concluidos sus respectivos combates de forma satisfactoria, sin tiempo, no obstante, para disfrutar del triunfo.

El suelo retumbaba bajo sus pies cuando ya se disponían a regresar con Eirien, Aley y Muriel. Y entonces pudieron verlo: un gigante de los que solían acompañar a los dragnars apareció destrozando todo tipo de árboles y vegetación a su paso. Al llegar hasta donde se encontraban ellos, emitió un fuerte alarido.

—Genial —murmuró Aldan.

Ezhan se abalanzó sobre el gigante y le ocasionó una herida en la cadera, mientras Aldan le disparaba flechas, apuntando continuamente hacia su cuello. La bestia, sin embargo, continuaba tratando de zafarse de Ezhan, quien se adhería a él como un molesto insecto al que había que aplastar.

Cuando las flechas se terminaron en su aljaba, Aldan recuperó su espada y se unió a la lucha cuerpo a cuerpo con Ezhan. Cayó al suelo, como consecuencia de un fuerte empujón y el gigante trató de colocar su enorme pie encima. El rápido movimiento de Ezhan, hundiendo una daga sobre su cuello, fue lo único que lo evitó. La mole emitió un desgarrador alarido, dolorido en apariencia por vez primera, al tiempo que lanzaba a Ezhan contra el suelo.

Aldan se puso en pie y de nuevo hundió el frío acero de su espada en el cuello del gigante, que ya había empezado a desangrarse. No obstante, el monstruo tomó al joven del cuello y lo alzó en peso, colocándole frente a su rostro.

De pronto una nueva flecha se clavó en la cabeza del gigante, y otra después y otra y otra más. Al volverse, Ezhan comprobó que era Eirien quien disparaba con su arco, haciendo gala de una fantástica puntería. Ezhan aprovechó también el momento de distracción y cortó con su espada el enorme brazo que mantenía a Aldan suspendido en el aire, ya casi falto de oxígeno y al borde del desmayo. Pocos minutos después el gigante caía al suelo, golpeando con dureza su pétreo cuerpo sobre la tierra.

Eirien corrió hacia Aldan y, con la ayuda de Ezhan, lograron ponerlo en pie.

—Te dije que te quedases con Aley —le recriminó a la joven.

—No hay de qué —sentenció Eirien con dureza.

Ezhan la miró pero ya no dijo nada.

—Vamos —apremió a Aldan—, debemos irnos de aquí cuanto antes. No creo que los dragnars estuvieran solos.

Aley y Muriel ya los esperaban cuando regresaron, para empacar rápidamente los pocos enseres que portaban consigo y montar sobre los earas para avanzar en el transcurso de la noche.

Durante el avance habían logrado divisar al grueso del escuadrón con el que los cuatro rivales a los que habían dado muerte debían avanzar. Eran por lo menos un centenar y a buen seguro, habían llegado hasta allí buscando ya al elegido, pues de lo contrario, carecía de sentido que Vrigar dispusiera a tantos efectivos para merodear por las cercanías de los pantanos, en cuyo paraje apenas vagaba un alma.

—Por lo menos hay un centenar —susurró Aldan, de regreso al claro donde Aley, Muriel y Eirien los esperaban.

Ezhan caminaba a su lado.

—Hay que evitar la confrontación —concluyó—. Debemos tener cuidado con dónde pisamos. Este lugar esta repleto de trampas dragnars, fabricadas con hojas de Ódeon. Si pisáis alguna, sufriréis altas fiebres y dolores muy intensos.

—Parecéis conocer muy bien sus efectos —respondió Muriel, recelosa—. ¿Habéis pisado alguna?

El joven miró a la óhrdit y no respondió. No había sido él quien había pisado alguna pero sí Yara y aun siendo una nigromante que había mostrado debilidad ante muy pocas cosas, le resultaría imposible olvidar la angustia vivida tras meter el pie en un traicionera trampa.

Ezhan y Aldan montaron sobre sus respectivos earas: Aldan, junto a Aley y Eirien; Muriel lo hizo de nuevo sola, reacia a compatir montura. Los animales se mostraban nerviosos e inquietos, por lo que debían extremar aún más si cabía la cautela.

Los estallidos de las carcajadas de los dragnars se hacían sentir constantemente, lo que les ofrecía una idea aproximada de la cercanía en que estos se encontraban. No obstante, les resultaría imposible alejarse más, dado que el bosque conformaba un embudo con un único acceso hacia los pantanos.

El tenso silencio que envolvía el lugar no tardó en hacer evidente el nerviosismo de los earas, algo de los que los dragnars terminaron por percatarse.

—¿Qué ha sido eso? —pregunto uno de ellos.

—Parecía un caballo.

—¿Un caballo por aquí? En estas tierras no hay caballos salvajes.

—¡Despertad! —gritó un tercero.

—¡Vamos, deprisa! —gritó Ezhan.

La cabalgada dejó atrás cautelas y discreciones. Los habían descubierto y la única salida posible pasaría por alcanzar pronto los pantanos y dejar atrás a los dragnars, algo que no era sencillo pero que, de poder lograrse, estaría precisamente en patas de los earas, los más veloces caballos de Askgarth.

Ezhan detuvo a su montura cuando vio a Aldan hacer lo mismo y presentar dificultades para manejar sus riendas.

—¿Qué pasa? —preguntó Ezhan.

—Están asustados —respondió Aley, anticipándose a Aldan.

Muriel dio un salto y bajó del lomo del earas:

—¡Basta de huir! —gritó la princesa óhrdit—. ¡Luchemos!

—¿Pero qué estás diciendo? —gritó Aldan—. No podremos contra ellos.

—Conoces la cobardía de los hombres, pero no el valor de los óhrdits. ¡Huir es indigno!

—¡Y morir es inútil!—gritó él de nuevo.

—Muriel, montad y vámonos —la apremió Ezhan.

Pero ella ignoró la voz del muchacho y la de todos aquellos que la azuzaban para continuar con la huida. La princesa de Gildar desenvainó su espada y se detuvo, aguardando la llegada de los dragnars.

—¡Muriel! —gritó Eirien.

La única respuesta que la joven pudo dar fue un grito desgarrador cuando su pie quedó engullido por una de las trampas dragnars, haciéndola caer al suelo y retorcerse de dolor.

—¡Maldita sea! —gritó Aldan, desmontando del earas.

Los voces de los dragnars se acercaban rápidamente.

Aley tomó las riendas del animal y cabalgó en la misma dirección por la que habían venido, desde donde podían escucharse los gritos enemigos.

—¡Aley! —gritó Aldan—, ¿adónde vas? ¡Aley, por todos los dioses!

—No puedo creerlo —protestó Eirien—. ¿Qué clase de locos suicidas se han sumado a esto?

—¡Tenemos que sacarla de ahí cuanto antes! —exclamó Ezhan, bajando también de su earas.

Se arrodilló junto a Aldan y trató de buscar un mecanismo que no había sabido encontrar la vez anterior; un mecanismo que, probablemente ni siquiera existía.

Aldan trataba inútilmente de hacer palanca con su espada pero la trampa no cedía lo más mínimo.

—¡Vamos, Ezhan: Aley corre peligro!

Eirien se unió a ellos, intentando también encontrar el modo de que aquel cepo cediera pero las urgencias apremiaban por todas partes y la claridad de ideas se hacía imposible.

Aldan se puso en pie, incapaz de disimular su nerviosismo.

—Sacadla de ahí; yo voy con Aley. Es una locura enfrentarse sola a todos esos dragnars. Ni siquiera sabe luchar.

—Es una élar; no lo olvides —repuso Eirien, sin mirarlo.

—Eso no es garantía de nada —protestó él.

—Descuida —intervino Ezhan, poniendo fin a lo que amenazaba con ser la enésima discusión—. Nosotros nos encargamos de Muriel.

Aldan le echó un último vistazo a la princesa óhrdit, que cubría su rostro con sus propias manos, llorando y presa de un fuerte dolor. Sin embargo, Ezhan y también Eirien estaban con ella, mientras que Aley se había marchado sola.

Corrió montado sobre el earas y se introdujo bosque a través. Cuando la encontró, detuvo su montura, sorprendido: la joven había acabado con la vida de cinco de ellos, no sin lograr ahorrarse algún que otro mamporro que le abría diversas heridas en el rostro y en los brazos.

La joven élar se volvió al detectar la presencia de Aldan y corrió hacia él.

—Hay que irse de aquí; vienen más.

—¿Cómo demonios te has cargado a cinco tú sola? —preguntó él, mientras le tendía la mano para que montase.

—No me subestimes, humano —concluyó, sonriendo—. Soy una élar. Y ahora vamos.

*****

Ezhan se provocó el enésimo corte al tratar de abrir la trampa y cuando fue a decir algo, una flecha cruzó entre él y Eirien, advirtiéndoles de la inminente llegada de más dragnars.

—¡Marchaos! —gritó entonces Muriel, con el rostro bañado en lágrimas.

—¡No vamos a dejaros aquí! —exclamó Ezhan. Cerró los ojos y trató de recordar todo lo aprendido con Danar. Ninguna táctica humana serviría para hacer ceder el mecanismo de la trampa y no podía olvidar que la única manera en que Yara lo había logrado había sido mediante la nigromancia. Era arriesgado; lo sabía pero no había más opción y aunque ni siquiera estaba seguro del modo de lograrlo, trató de seleccionar un hechizo. Mientras Eirien lo miraba, azorada, él musitaba palabras sin dejar, no obstante, de intentar abrir la trampa con sus propias manos.

Ezhan reculó, al igual que la propia Eirien cuando el metal del cepo se iluminó y Muriel gritó.

—¡Quema! —bramaba entre sollozos.

—¡Páralo! —le ordenó Eirien.

—¡No sé cómo!

Eirien se incorporó al ver llegar a Aldan y Aley, seguidos de cerca por un nutrido grupo de dragnars. La joven desenvainó su espada y se unió a la lucha mientras la trampa se derretía y liberaba, de forma dolorosa, el pie de la princesa óhrdit.

—¡Ya está! —gritó Ezhan.

Pero la única respuesta que obtuvo fue el inesperado ataque de un dragnar, que no acertó a golpearlo por la rápida intervención de Eirien, desviando la espada enemiga con la suya propia.

Ezhan logró ponerse en pie y ayudar a los otros tres jóvenes a despejar el camino para poder fraguarse una nueva huida, pues de sobra sabían que no podrían plantar cara a un escuadrón entero.

—¡Hay que irse! —gritó Aldan.

Aley corrió junto a Eirien y, con la ayuda de la muchacha, alzó a Muriel y la ayudó a montar sobre un earas.

Aldan y Ezhan trataban de mantener a los dragnars a raya para concederles un tiempo que, sin embargo, escaseaba y mucho.

—¡Llévatela! —le gritó Eirien a Aley.

—¿Y tú?

—Tú también te vas —exclamó Ezhan—. Eirien, sin heroicidades. Nos vamos todos— zanjó al atravesar al último de los dragnars que había llegado hasta allí. Vendrían más, sin duda. Pero aquella pequeña tregua la aprovecharon todos para montar sobre los earas y alejarse rápidamente de allí.

Después de un largo y fatigoso avance, aminoraron la marcha y se aseguraron de que los dragnars ya no los seguían.

—Parece que les hemos perdido —dijo Aldan, montado detrás de Aley.

— Diría que estamos a punto de abandonar el bosque y entrar en la zona de los pantanos. Puede ser definitivo para dejarlos atrás.

—Hay que descansar —dijo Aley, mientras colocaba su mano sobre la frente de Muriel, sentada a su vez, delante de ella, sobre el lomo del earas—. Está ardiendo en fiebre; si no la ayudo, morirá.

Aldan iba a hablar pero la elocuente mirada de la élar le hizo guardar silencio. Desmontó del earas y ayudó a la muchacha a bajar también; después, Ezhan y él mismo sostuvieron a Muriel para tenderla en el suelo. La óhrdit sufría espasmos y deliraba pero nada parecía capaz de despertarla de su angustioso sueño.

Aley colocó su mano sobre la frente de la princesa óhrdit.

—Que descanse un poco, pero no tardaremos demasiado en reemprender la marcha —le dijo Ezhan—. Estamos en una zona peligrosa.

*****

Aldan se acercó caminando, despacio y se agachó junto a Aley, que permanecía sentada en el suelo, con la mirada fija en la princesa Muriel, algo más apartada y con aire taciturno.

—Ya está despierta —dijo él.

Ella lo miró y asintió.

—Lleva allí un buen rato.

—Si ya está bien, ¿por qué no nos vamos?

—No ha pronunciado ni una palabra desde que despertase —murmuró Aley, sin prestar atención a la sugerencia de Aldan—. Creo que se siente culpable. Tal vez sería bueno que hablases con ella y la tranquilizases.

—¿Yo? ¿Para qué?

—En su estado de ánimo, significaría mucho que precisamente tú intentases animarla.

—¿Y por qué precisamente yo? Es lógico que se sienta culpable, porque lo es. Su testarudez con afrontar una lucha que teníamos perdida la llevó a meterse en esa trampa y el detallito de no abandonarla allí casi nos mata a nosotros.

—Eres quien más tensiones tiene con ella y creo que es porque le agradas. Que precisamente seas tú quien hable con ella, significaría mucho, créeme.

—¿Que le agrado? —preguntó Aldan, sonriendo.

Aley volvió a mirarlo y le devolvió la sonrisa.

—Eso creo.

—A mí no me agrada ella.

—Eso no debería ser impedimento para que hables con ella. Puede que ese gesto lo valore alguien que sí te agrade.

Aldan fijó su mirada en la élar, sorprendido por aquel último comentario. ¿Tan evidente había hecho lo que le sucedía con Aley? Suspiró, resignado y trató de incorporarse pero la reina élar lo sujetó de la mano y lo besó en los labios.

—Eres mucho mejor de lo que intentas hacer ver —le murmuró.

Aldan tragó saliva y besó la mano de la joven antes de incorporarse y acercarse —ahora sí— a Muriel.

Ella ni siquiera lo miró cuando se sentó junto a ella y carraspeó, tratando inútilmente de atraer su atención.

—¿Os duele mucho? —le preguntó sin más.

—¿Os importa acaso? —respondió ella con acritud y sin tan siquiera mirarlo.

Aldan resopló profundamente.

—Muriel, no os negaré que no me habéis caído bien desde el primer momento...

—Debo decir lo mismo —interrumpió ella, ahora sí, mirándolo.

—Pero ya que por el momento nuestros pasos nos llevan por el mismo camino, creo que ambos deberíamos hacer un esfuerzo por sobrellevar la situación de la mejor manera posible.

—Me parece razonable —respondió ella.

—En cuanto a lo ocurrido en el bosque...

—Ya me parecía extraño que vinieseis en son de paz. Lo sé, mi impulsividad casi nos lleva a todos a la muerte y no volveré a hacerlo. Lo lamento, lo siento mucho y punto y final. ¿De acuerdo?

Aldan chasqueó la lengua y se incorporó, dando por imposible algo que hubiera querido solucionar. Aley se lo había pedido y había valorado su gesto al aceptar pero con Muriel le resultaba imposible la mera acción de hablar.

—¡Aldan! —le llamó la óhrdit cuando ya se alejaba—. Me salvasteis la vida en el bosque y os lo agradezco.

Él se volvió y asintió.

—Lo que hicisteis fue alocado y temerario. Pero sois igual que yo en ese sentido y sólo puedo admirar vuestro valor y determinación. Puede que Gaiar no tuviera a un hijo varón, como deseaba pero tiene en vos a una digna heredera.

Muriel sonrió, gratamente sorprendida por las palabras del muchacho.

—Gracias.

*****

Habían retomado la marcha tan pronto como el dolor remitió en el pie de Muriel. Aley ya les había advertido acerca de la gravedad de la herida a pesar de que su magia sirviera para mitigar el efecto y concederles algo de tiempo.

En la zona de los pantanos, el avance se había tornado más lento y pesado. El fango engullía sus pies por completo y dar un paso exigía el máximo esfuerzo por parte de todos.

Ezhan guiaba a su earas con las mismas dudas que los habían llevado hasta allí. Por suerte, a pesar de las pocas certezas con las que contaba, había logrado conducir a los demás por el camino correcto pero allí, la extensa vastedad de los pantanos complicaba aún más las cosas.

Eirien viajaba con la barbilla apoyada sobre su hombro y las manos rodeándole la cintura. Lo habían hecho en silencio durante todo el trayecto pero la voz de la joven lo despertó de las dudas que martilleaban su cabeza con respecto al itinerario a seguir:

—¿Cómo conseguiste llegar aquí la vez anterior? —preguntó al fin.

—No vine solo —respondió él, tras un largo silencio.

—¿Quién te acompañaba?

—Una nigromante.

—¿Llegaste hasta Dongur de la mano de una nigromante? —preguntó ella, alzando la cabeza.

—Eso es.

—¿Y qué hacía ella en Askgarth? Siempre tuve entendido que habían abandonado este mundo hace mucho tiempo.

—Bueno, la suya es una historia larga pero lo cierto es que se crió en Askgarth.

—Entiendo. ¿Y qué aspecto tienen? ¿Son tan escalofriantes como las describen las viejas historias?

Ezhan sonrió.

—Lo cierto es que no. He tenido ocasión de conocer a muchos de ellos y... no tienen nada de escalofriantes. Quizás sí de imponentes... pero nada que aterre.

—¿Era hermosa? —preguntó Eirien en tono jocoso.

Ezhan se mostró incómodo ante la pregunta.

—Lo era —murmuró al fin.

—¿Hubo algo entre ella y tú? —añadió Eirien.

357

Ezhan no respondió y su silencio fue igual de elocuente que el más vehemente 'sí'.

—¿Queda algo entre vosotros? —insistió la joven.

—No.

Un pellizco le retorció el estómago al responder pero no podía afirmar otra cosa. A pesar del amago de confesión que había obtenido de la nigromante antes de abandonar Dongur, ella misma le había asegurado que lo olvidaría tan pronto como cruzase la frontera con Askgarth, algo que —no dudaba— se habría dado hacía ya mucho tiempo.

Eirien no siguió preguntando y aunque a Ezhan le hubiera agradado tranquilizarla al respecto, las palabra optaron por no brotarle de los labios.

—Ezhan —la llamada de Aldan se tornó en un reclamo salvador para él.

—¿Qué ocurre?

—Tengo la sensación de que nos están siguiendo —respondió el muchacho—. Deberíamos apresurar la marcha.

Una inusitada inquietud se adueñó de Ezhan. Centrado en la conversación con Eirien, había descuidado la cautela y había bajado la guardia pero no debían olvidar que los dragnars debían andar detrás de ellos y que habían podido aprovechar las paradas que ellos se habían visto obligados a efectuar para recortar la distancia que los separaba.

Aceleraron, dispuestos a recorrer el último tramo de aquel itinerario, que no debería separarles ya demasiado del pantano de Thion. Pero cuando ya creían estar cerca, las cosas se complicaron: Poco dados al sigilo, el vocerío de los dragnars dándoles caza les advirtió con sobrado tiempo para prepararse.

El avance resultaba cada vez más penoso y las patas de los earas quedaban clavadas en las farragosas tierras pantanosas a cada paso. Así las cosas, no tardaron en tenerlos pisándoles los talones.

Fue entonces cuando el earas sobre el que montaban Aldan, Aley y Muriel quedó atrapado en el lodazal, resultándole imposible recular o avanzar.

Aldan bajó de un salto y trató de tirar de las riendas, ayudado por Ezhan, que intentó empujarlo para sacarlo de allí.

—No se puede —concluyó el muchacho.

—Hay que irse —añadió Aldan, al ver llegar ya al os primeros dragnars.

—No voy a abandonarlo aquí —gritó Aley, alterada.

—No se puede hacer nada —repuso de nuevo Aldan—. Está atrapado y moriremos si nos quedamos.

—Creo que estoy viendo el pantano de Thion —añadió Eirien, aportando un rayo de luz a la desesperante situación en la que se encontraban.

Aley se introdujo en el fango sin escuchar a Eirien y acarició al earas, tratando de dar con la forma de sacar al animal de allí, pero este no hacía sino sumergirse lenta e inexorablemente en el fango.

—¡Por todos los dioses, hay que sacarlo! —gritaba la joven reina.

—Aley, vámonos.

Ezhan desenvainó su espada al ver acercarse a los primeros dragnars pero, como solía ocurrir, sabía que detrás llegarían más y sabía también que no estaban capacitados para plantar cara con una mínimas garantías.

—Hay que irse, Aldan —lo apremió Ezhan—. Son demasiados y lo sabes. El pantano está cerca; un último esfuerzo y estaremos a salvo.

—Aley —exclamó Aldan, tratando de sacarla de allí. Pero ella se mostraba reacia a abandonar allí a su earas.

Ezhan se vio pronto en la necesidad de cruzar su acero con el de un dragnar. Eirien acudió en su ayuda y juntos, mantuvieron a raya a los primeros hijos de Ódeon, pero el panorama no se presentaba nada halagüeño cuando otros cinco asomaron desde la espesura.

—¡Se acabó! —gritó Aldan.

El muchacho se introdujo en el fango y sostuvo a Aley en volandas.

—¡Vámonos!

Ezhan ayudó a Muriel a montar sobre el otro earas, pues la óhrdit aún se sentía muy débil.

—Eirien —gritó—, sube tú también.

—Yo puedo luchar.

—No vamos a luchar; vamos a largarnos.

Pese a las exigencias del muchacho, ella corrió detrás del earas, luchando junto a Ezhan cuando la ocasión lo requería.

Se detuvieron momentáneamente cuando los siguientes dragnars hicieron lo propio para atravesar brutalmente al earas que había quedado atrapado con espadas, flechas, dagas y lanzas. La visión paralizó a Aley por completo, que en aquel momento dejó de oponer resistencia al agarre de Aldan. Cuando el animal sucumbió, presa del ensañamiento dragnar, los otros dos relincharon, como si de algún modo fuesen conscientes de lo que acababa de ocurrirle a su congénere. Muriel cayó al suelo cuando el earas se encabritó y regresó, cabalgando a toda prisa y a punto de arrollar a Ezhan y Eirien, que también vieron a su earas huir.

—¿Adónde van? —exclamó esta última.

Ezhan fue incapaz de articular palabra. Echándole un poco de frialdad a la situación, sólo pudo pensar en que la maniobra de los earas les serviría para distraer la atención de los dragnars el tiempo suficiente como para llegar al pantano.

—Vámonos —murmuró, mientras la sujetaba de la mano y tiraba de ella.

Sólo pudieron alcanzar a ver cómo el destino de aquellos earas se convertía en un calco del de su compañero con la salvedad de que estos no había sucumbido por no poder huir, sino que habían decidido regresar y luchar, de algún modo, contra la causa que había acabado con la vida del primer earas y que haría lo mismo con la suya propia. Aquellos majestuosos animales los habían llevado hasta allí, cortando el viento durante las rápidas carreras y extremando la cautela en los avances más penosos. Y en aquel aciago lugar, verían rubricado su fin.

Ezhan había visto a muchos caballos morir en los enfrentamientos contra los dragnars pero en aquella ocasión, no pudo reprimir una angustia interna que no pudo hacer evidente. Corrió de la mano de Eirien hasta llegar a la altura en la que Muriel seguía tendida en el suelo. Allí la recogieron y cargaron con ella, prácticamente arrastras, hasta alcanzar, por fin, las oscuras aguas del enorme e inconfundible pantano de Thion.

PARTE 4

LA ÚLTIMA VOLUNTAD

CAPÍTULO 15

Eirien se dejó caer de rodillas y observó su propio reflejo en las oscuras aguas del pantano. Tragó saliva y se aferró con fuerza a la mortecina hierba, tratando de contener el temblor de sus manos.

Ezhan la observó, cargando aún con Muriel, cuyo estado empezaba a empeorar de nuevo, víctima aún del veneno de las trampas dragnars en que había caído su pie.

Aldan lo había ayudado a traerla hasta allí pero en aquel momento buscó a Aley, que lloraba sin descanso.

—Vamos, ¿qué hay que hacer? —preguntó el muchacho.

—Ayúdame —solicitó.

Eirien acudió y, juntos, arrastraron el cuerpo de Muriel, dejándola caer al agua hasta que lo perdieron de vista.

—Saltar —respondió Ezhan, sin más.

—¿Y qué pasa si el guardián juzga que alguno de nosotros no es digno...?

—No es un buen momento para plantear esa pregunta, Aldan —lo interrumpió Ezhan—. Pasaremos. Los cinco.

Aldan asintió con poco convencimiento y mayor nerviosismo.

—Aley... —murmuró—, tenéis que... tienes que...

Ella se apartó y avanzó un par de pasos hasta agacharse frente al agua. Aldan la observó, incapaz de seguir azuzándola pero, para su tranquilidad, la joven se volteó y lo miró, con una sonrisa apenas perceptible trazada en sus bonitos labios. Extendió el brazo y Aldan sujetó su mano sin vacilar. No hizo falta palabra alguna para que los dos saltasen al agua y, al igual que había sucedido con la princesa óhrdit, el cuerpo de ambos desapareciese bajo la oscuridad del pantano.

Ezhan se agachó junto a Eirien y acarició su rostro.

—Recuerda lo que hablamos. No debes tener ningún miedo.

—¿Qué me pasará si no soy digna?

—Eres digna, Eirien.

—No lo sabes.

—Sí lo sé.

Sujetó su rostro entre sus manos y la obligó a mirarlo a los ojos, tratando de transmitirle toda la seguridad que él mismo sentía. Las lágrimas le surcaban las mejillas a la joven y Ezhan era capaz de percibir el miedo en cada centímetro de su piel, ella que no había titubeado ante las situaciones más peligrosas, se mostraba aterrada ante el implacable juicio del guardián.

—Eirien, te juro que llegaremos juntos a Dongur, ¿me oyes?

—Ezhan...

—Te lo estoy jurando. Nunca juro en vano.

Ella lo miró sin decir nada y él volvió a besarla como ya había hecho antes, algo más lento y menos pasional, más destinado a generar una transmisión de confianza, de certeza que el deseo que atestiguaba nacer dentro de él. Aquel no era el momento.

Ezhan sujetó la mano de Eirien con fuerza.

—Juntos —le repitió—. ¿De acuerdo?

Pero ella negaba con la cabeza al tiempo que reculaba.

—Por todos los dioses —exclamó la muchacha—. No puedo hacerlo.

Los dragnars asomaron en el claro y corrieron hacia allí, henchidos en ira.

—Eirien, por el cielo...

—Salta —le sugirió entre sollozos—. Vamos, márchate.

—No voy a dejarte aquí sola.

Eirien lo empujó, furiosa, haciéndolo quedar sentado en el suelo.

—¡Salta!

—¡No sin ti! —gritó él, incorporándose—. Te he visto enfrentarte a bestias que te doblaban el tamaño, ¿cómo no has de ser capaz de plantarle cara a tus propios actos? ¡No los llevarías a cabo si creyeras que están mal!

Eirien observaba, nerviosa cómo los dragnars se acercaban cada vez más y más.

—Ezhan...

—Tú decides. O afrontamos el Juicio... o morimos aquí.

La muchacha se puso en pie.

—¿Cómo vas a morir por mí? ¡No me conoces de nada!

—Ponme a prueba —murmuró él.

—Ezhan, por favor...

Los dragnars les habían dado ya alcance y Ezhan no lo dudó a la hora de agarrar a Eirien por la cintura y saltar al agua sin previo aviso, luchando con el forcejeo de ella, que trataba de zafarse mientras se sumergían.

Cuando abrió los ojos, su mano aún seguía aferrada a la de Ezhan. Lo miró, incapaz de sacudirse el temblor y lo empujó, furiosa, le cruzó la cara de un bofetón y se puso en pie, temblando aún y empapada, totalmente congelada pero a salvo.

Ezhan se puso en pie ante la sorprendida mirada de Aldan y Aley, cuya mano se mantenía sobre la frente de una inconsciente Muriel.

—Eres un... —mascullaba Eirien—. Te dije que no... Te exigí que...

Ezhan avanzó un par de pasos y la abrazó con fuerza, consiguiendo que ella se derrumbase y acabase aferrándose a su cintura con fuerza mientras estallaba en llanto. Alzó la cabeza y sus ojos vidriosos toparon con la serena mirada de Ezhan, que sonreía.

—Lo he conseguido, Ezhan —balbuceaba ella.

Él asintió.

—Te lo dije, Eirien —respondió Ezhan, mientras le acariciaba el pelo—. Te lo dije, preciosa.

La joven lo besó con fuerza, con ímpetu, dueña ya de una seguridad que le devolvía su férreo y determinante carácter, aquel que siempre había exhibido en las peores circunstancias, aquel que la había convertido en una valerosa guerrera en la lucha por la causa. Atrás quedaron los miedos y las dudas; atrás la culpa que siempre había planeado sobre su cabeza por luchar contra su hermano. Algo tan implacable y objetivo como el juicio del guardián del Inframundo, la había liberado, en apenas unos pocos segundos, del peso con el que había cargado durante años.

—Lo siento —murmuró ella después—. Perdóname.

Ezhan la besó en la frente, infundiéndole tranquilidad. Ni siquiera se inmutaron cuando, al separarse, toparon con la hoja de una espada entre los dos. Voltearon la mirada y toparon con la imponente figura de un extraño: un guardia nigromante, pensó Ezhan para sí.

—No se puede entrar en Dongur sin permiso de Zor —dijo únicamente—; a menos que seáis nigromantes, cosa que, evidentemente, no sois.

Ezhan se mantuvo firme, sin soltar a Eirien de la mano.

—Zor me dará permiso si le informáis de mi llegada. Ya he estado en el Inframundo. Mi nombre es Ezhan.

El nigromante frunció el ceño y escrutó con la mirada a Aldan y Aley, que se mantenían en un segundo plano, al igual que la propia Muriel, inconsciente y bajo la tutela de la reina élar, que acariciaba su fría frente con preocupación. Las lágrimas aún surcaban su bonito semblante pero Aley había relegado la pena por la pérdida de sus earas para cuidar a Muriel.

—Necesita sanación —dijo la joven élar—. Pisó una trampa dragnar y el veneno corre por sus venas. Decidle a Zor que es la hija del rey Gaiar. Y yo soy Aley, reina de Iraïl.

—¿Y quién eres tú? —quiso saber el guardia, con curiosidad.

—Mi nombre es Aldan, rey de Ászaron —respondió el joven, con soberbia.

El nigromante esbozó un amago de sonrisa y reculó un par de pasos.

—Aguardad aquí, reyes y reinas... —sentenció con mofa.

*****

La espera en aquella angosta celda se hizo larga y pesada, especialmente porque encerrados los cinco allí, el espacio se tornaba aún más estrecho y asfixiante. Sin embargo, el guardia no tardó en regresar y conducirlos hasta el corazón de Dongur, mientras otro de ellos se llevaba a Muriel para tratar su alta fiebre.

369

—Esperad aquí —les pidió el nigromante.

Pocos minutos después, Isia salió a recibirlos.

—Ezhan, bienvenido de nuevo a Dóngur. No creímos volver a verte tan pronto.

El muchacho saludó con un la cabeza.

—Señora, os presento a Aley, reina de Iraïl; Aldan, heredero al trono de Ászaron y Eirien, hija de Néder de Ászaron y capitán de la Orden de la Alianza, que durante largos años han buscado al elegido del que hablan las profecías. La princesa Muriel de Gildar está siendo tratada por vuestros sanadores, ya que pisó una trampa en el camino hasta aquí.

La mujer caminó despacio hasta situarse frente a Aldan, que sostuvo la mirada de la regia soberana de Dongur.

*****

Después de las presentaciones, cada uno de ellos había sido conducido a una habitación en la que pudieron tomar debido descanso.

Transcurridas unas cuantas horas —difíciles de calibrar en el mundo nigromante—, Aley llegó hasta el cuarto de Aldan y entró sin llamar al encontrar al muchacho despierto y sentado sobre su lecho, con pose preocupada. Entró despacio y tomó asiento a su lado. Él la miró y sonrió débilmente, mientras ella deslizaba sus dedos entre el cabello del muchacho.

—¿Estás bien? —le preguntó ella.

—Hacía mucho tiempo que no descansaba con tanta tranquilidad.

—¿Viste el modo en el que la nigromante te miraba?

Aldan se puso en pie.

—Posiblemente se sorprendiera de que hayamos encontrado al heredero al trono de Ászaron.

Aley se incorporó y caminó tras los pasos de Aldan; llegó a su lado y besó su hombro, mientras él observaba a través de la ventana el rojizo cielo de Dongur, si es que aquello podía llamarse así.

—¿Por qué tan preocupado, si hemos llegado a nuestro destino?

—Estamos aquí mientras Askgarth sucumbe lentamente ante los dragnars —observó él—. Quiero que hablemos cuanto antes con los nigromante para poder regresar de inmediato.

—Este viaje es necesario —observó ella—. Todo lo que hemos vivido lo era —añadió con un timbre de nostalgia en su voz.

Aldan la miró y paseó un dedo a través de su rostro.

—¿Cómo estás tú? Ni siquiera te he preguntado...

—Cada pérdida resulta dolorosa —respondió Aley—. Pero hemos sufrido tantas.... Los dragnars defienden la majestuosidad de sus dragones pero nunca han entendido ni respetado la de los earas.

—Cuanto antes acabemos con esto, menos pérdidas habrá. Lamento no haber podido evitarte estas.

Aley sonrió y depositó un cálido beso sobre los labios de Aldan, incapaz de moverse cada vez que de la élar partía un gesto así.

*****

Ezhan observaba a través del arco que conducía desde el interior del castillo hasta las escaleras principales por las que poco rato antes habían accedido a su interior. No podía negar que se sentía nervioso y que aunque su mente luchase contra lo contrario, su corazón llevaba rato buscando un rostro entre los señores nigromantes.

—Isia me dijo que habías regresado —le dijo entonces una voz familiar.

Endya apareció, despacio y sigilosa y caminó hasta su lado.

—Esta vez vengo con un objetivo claro y no con la incertidumbre que me acompañaba en mi última visita.

—Una élar, una óhrdit y dos humanos te acompañan también.

—Así es.

—¿Y por qué esa tristeza en tu mirada?

Ezhan tomó asiento y resopló.

—Simplemente estoy cansado, mi señora. Cansado de una guerra eterna, de vagar de un lado al otro sin llegar a ninguna parte.

—Cada camino que recorras te conducirá a algún lugar. Muchos pueden parecer desiertos o sin destino, pero todos se cruzan en tu vida por algún motivo, Ezhan.

Él asintió.

—¿Dónde está...?

Cuando volvió la cabeza se encontró con su propia soledad y de nuevo la pregunta murió en sus labios.

*****

—Dijo que era el heredero al trono de Ászaron —le dijo Isia a Zor—; hay algo extraño en todo esto.

—¿Cómo saben que ese muchacho, Aldan, es el heredero de Séldar?

—El don del pasado ha sido utilizado. Con toda seguridad él se lo ha revelado.

—Trae a Ezhan a mi presencia. Más tarde hablaré con los demás.

*****

Ezhan percibía el agarre de Eirien con más fuerza que en otras ocasiones y el sentimiento de incomodidad pugnaba con el de culpa dentro de él. Por un lado, hubiera preferido que el padre de Yara no lo viera sujeto de la mano de otra mujer pero por otro, se repetía a sí mismo que había sido la propia Yara quien nunca había dado pie a la más mínima esperanza con él, por mucho que el propio Ezhan se hubiera empeñado o hubiese sido incapaz de luchar con su castillo en el aire de ilusiones. Pero fuese como fuere, Eirien no merecía pensamientos para nadie más, máxime en aquel momento, cuando hacía pocos minutos había sido sanada por los curanderos nigromantes para eliminar el don de Vrigar, que había servido, a la postre, para que ella le revelase al señor de los dragnars la identidad y el paradero del elegido.

Mientras caminaba de frente hacia Zor, se repetía continuamente que Eirien había demostrado ser una joven valiente, decidida y con las ideas claras, mientras que Yara se había dejado arrastrar por su propia cobardía y sus miedos. Ella había cerrado las puertas a un mundo con él y nadie podría reprocharle que él las abriera a un nuevo mundo con cualquier otra mujer.

Aquellos pensamientos se esfumaron cuando al fin estuvieron ante los cinco señores del Inframundo, regios, imponentes y centrados en aquello que los había llevado hasta allí, sorteando mil peligros.

—Y bien, ¿qué asuntos os han traído hasta la tierra de los nigromantes? —preguntó Zor.

—El momento de recomponer la Alianza ha llegado, y esta vez vuestro pueblo no podrá obviarlo —respondió Aldan.

—¿Tú eres el heredero al trono de Ászaron?

—Así es —respondió el muchacho con soberbia.

—¿Y dónde está tu Ászar?

Aldan buscó a Ezhan con la mirada.

—Lo... perdí en Iraïl; a decir verdad, alguien me lo robó...

—El Ászar está aquí —intervino la voz serena de Isia.

Aldan alzó la mirada, confuso y frunció el ceño, observando de nuevo a Ezhan. Este avanzó un par de pasos y extrajo el Ászar de debajo de su camisa.

—Cuando llegué a la explanada, cerca del Sirith, me crucé con Zingar. Se le cayó...

—¿Por qué no dijiste nada? —le recriminó Aldan.

—Porque no me dejasteis hablar. Me tomasteis por un espía de Vrigar y me encerrasteis en las prisiones de Iraïl. Después... ha habido otras prioridades.

—¿Por qué íbamos a tener que ayudar a vuestros pueblos? —interrumpió Volmark poniéndose en pie.

—Nunca ganaremos esta guerra si las profecías de los magos no se cumplen —respondió Eirien—. Mi pueblo ha luchado toda su vida para dar a todos esta oportunidad.

—Fue tu pueblo el que provocó la situación que hoy os castiga —volvió a decir Volmark—; y es tu pueblo aquel contra el que luchas.

La joven guardó silencio y bajo la mirada, avergonzada ante el comentario del tercer señor de Dongur.

—La Orden de la Alianza no lucha contra Ászaron, sino contra aquellos que la corrompen —intervino Ezhan.

—Hemos venido hasta aquí para redimiros de la ofensa que os hicimos —aseveró Aldan.

—Yo solo veo frente a mí soberbia y vanidad; no la humildad de un perdón —respondió Volmark.

—Resulta difícil ser humilde cuando aquellos a quienes se recurre para pedir ayuda ignoran el dolor y el sufrimiento de aquellos que un día lucharon a su lado —exclamó Aldan.

Isia, Volmark y Zor lo observaron con detenimiento.

—Las profecías de los magos no se escribieron en vano, señores —intervino Aley—; Askgarth está sufriendo y vosotros sois parte de ella. He venido en representación del pueblo de Iraïl para solicitaros ayuda. No obramos bien con Dongur y su gente y, si es cierto que podéis leer la mente, tal como siempre he pensado, conoceréis de la sinceridad de todo cuanto os he referido.

—Significa mucho para nosotros que el pueblo de Iraïl acepte lo que nos dices, muchacha. Eres digna hija de tus padres, aunque ni siquiera ellos osaron descender al Inframundo para hacer lo que vos habéis hecho. Tenéis un gran valor —le dijo Endya.

—¿Y vos, Muriel de Gildar? ¿Qué mensaje habéis venido a traernos? —quiso saber Isia.

—Las nefastas consecuencias que trajo consigo la Gran Guerra hicieron que mi padre enterrase en el olvido todo cuanto tenía que ver con la Alianza. Sin embargo... —dijo mirando a Aley—, temo que la única esperanza para todos resida en el cumplimiento de esa profecía y, en cualquier caso, nada se pierde por intentarlo. Si Gildar debe poner de su parte, así lo hará. Estamos dispuestos a olvidar viejas rencillas.

Isia asintió y sonrió.

—Por último, ¿tiene el heredero al trono de Ászaron algo que decir?

—La traición de mi padre —empezó a decir Aldan— le ha costado a Ászaron muy caro. Antaño nuestra ciudad era sinónimo de grandeza y poder. Ahora solo es la ciudad que quebrantó la Alianza. Las circunstancias me han llevado a vivir lejos de mi verdadero hogar, de mi gente y de mi posición, pero en mi corazón siempre ha existido el peso de sentirme un traidor por la acción que mi padre cometió. Por eso puedo entenderos mejor de lo que creéis. Quisiera que llegado este momento, pudierais despojaros de esa carga y ayudarnos así en la guerra que se está preparando en Askgarth.

Isia miró a Volmark con una leve sonrisa.

—Todas vuestras palabras —dijo Zor poniéndose en pie— me han parecido realmente sinceras. Aplaudo y admiro vuestra valentía. Ninguno de vuestros antepasados fue capaz de adentrarse en la explanada de la niebla, el

Bosque del Silencio y la extensión de los Pantanos para llegar hasta Dóngur. Muy pocos han osado enfrentarse al juicio del Guardián del Inframundo y superarlo, y, por supuesto, nadie lo ha hecho con la intención de redimir la ofensa de la que fuimos víctimas cuando acudimos en ayuda de aquellos que nos lo habían solicitado.

—¿Nos ayudareis entonces? —preguntó Muriel

—Lo lamento —respondió Zor—, pero no es suficiente.

—¿Qué más queréis? —preguntó Eirien.

—¡Zor! —exclamó Ezhan.

—¡Solo estáis jugando con nosotros! —gritó entonces Aldan—. ¡La redención de la ofensa, la guerra en Askgarth, el trayecto hasta Dóngur! ¡Solo son juegos para vosotros! ¡Ver caer a hombres, élars y óhrdits os divierte! —gritó el muchacho enfurecido.

—Aldan, cálmate —le pidió Aley.

—¡No quiero calmarme! ¡Para nosotros esto es una cuestión de vida o muerte! ¡Hombres, mujeres y niños están muriendo cada día en Askgarth! ¡Y mientras tanto vosotros os divertís poniéndonos pruebas y obstáculos que podrían costarnos la vida! ¡Todo esto es absurdo! ¡No debimos haber venido!

—Nunca hubo demasiada esperanza de que esto fuera a funcionar — dijo Muriel.

—Sí hay esperanza —zanjó Ezhan de forma tajante, mientras daba media vuelta y se marchaba de allí.

Los demás lo siguieron, convencidos de que nada lograrían frente a los cinco señores del Inframundo, que ni siquiera se movieron.

—Ezhan, ¿qué estás diciendo? —preguntó Eirien cuando él ya bajaba los peldaños de acceso al castillo.

—Si los nigromantes no van a ayudarnos, lucharemos solos.

—¡Eso es absurdo! —exclamó Aldan—; es una guerra perdida.

—Hombres, élars y óhrdits debemos luchar unidos. Solo así tendremos una oportunidad.

—Las profecías requieren al pueblo de Dóngur, Ezhan —intervino Aley.

—¡Pues lucharemos sin ellos! —gritó el muchacho, dejando ir toda la ira que llevaba contenida—. ¡No va a salvarnos la magia de los nigromantes, sino nuestro valor! ¡Con profecías o sin ellas, lucharemos, y si Askgarth cae, lo hará con honor!

—¿Y de qué nos servirá ese honor? —dijo Muriel—; estaremos todos muertos.

—Está bien —murmuró Ezhan finalmente al ver los rostros de desánimo de sus compañeros—, haced lo que os plazca. Regresad a vuestras ciudades, si eso es lo que queréis. Marchaos y sentaos a esperar vuestra muerte, pero si nosotros hemos sido capaces de olvidar las diferencias entre nuestros pueblos y unirnos, eso debe querer decir algo. Tal vez haya pocas esperanzas pero tampoco había demasiadas durante la Gran Guerra. ¿Cómo se recuerda a tu padre, Aley? ¿Cómo se recuerda a tu abuelo, Muriel? ¿Cómo hablan los ászaros del rey Valian, del príncipe Seizan? ¿Acaso se dice de ellos que fueron unos necios que lucharon en una guerra que no tenía caso? ¿Contaron de ellos que eran unos locos que llevaron a los suyos a la muerte? >>¡No! Todos son recordados como poderosos reyes y grandes guerreros que no se rindieron y que a punto estuvieron de acabar para siempre con los dragnars. Creo que les debemos lo mismo. La solemnidad en el discurso de Ezhan hacía difícil que ninguno de ellos pudiera reponer nada; más bien, al contrario. La desesperanza y el agotamiento quedaron relegados en pos de una renovada ilusión.

—Ezhan tiene razón —dijo finalmente Eirien—. Si de todos modos vamos a morir, prefiero morir luchando.

—Supongo que tienes razón. Si vamos a morir, que sea matando —añadió Aldan.

Aley se encogió de hombros y sonrió.

—Volvemos a Askgarth —concluyó Ezhan.

Los cuatro señores del Inframundo les observaban desde lo alto del balcón principal. Volmark permanecía apoyado sobre la balaustrada, algo más retrasado.

La actitud de aquellos muchachos, representantes de tres de los cinco tronos de Askgarth, les había llevado, por primera vez en mucho tiempo, a plantearse si realmente estaban haciendo lo correcto. Sin embargo, existían ciertos aspectos que los nigromantes no podían obviar. La palabra de los dioses siempre había estado por encima de la del mismísimo Zor y a través del Oráculo, estos aún no se habían pronunciado.

—Tienen un extraordinario valor –dijo al fin el primer señor de Dóngur .

—Solos nunca lo conseguirán —añadió Dyras.

—Tal vez deberíamos contárselo todo —intervino Endya.

—Aún no es el momento.

Al volverse, los rostros serenos de los reyes de Dongur se tornaron tensos e inquietos. El Oráculo vagaba por el castillo nigromante sin hablar con nadie, sin mediar palabra y en aquel momento los miraba con inusitado interés. ¿Pensaría también la vieja Saya que había llegado la hora de luchar en la Guerra?

*****

Ezhan se volvió y observó el reino nigromante que quedaba ya atrás. Sabido ya que los reyes de Dongur no accederían a tomar parte en la guerra, poco o nada les quedaba por hacer allí, de modo que urgía regresar a Askgarth y tomar cartas en el asunto. A medida que avanzaban, él mismo cuestionaba en su cabeza sus propias palabras: había apremiado a todos a luchar aun sin la presencia de los nigromantes que vaticinaban las profecías pero sabía perfectamente que sin ellos, lo máximo que podrían ofrecer sería una caída digna.

—¡Ezhan!

Una voz lo llamó a su espalda y al volverse, topó con el familiar rostro de Dolfang, con el que se fundió en un sincero abrazo.

—Acabo de saber que estabas la ciudad. Me alegro mucho de volver a verte.

—Lo mismo digo —respondió el joven, sonriendo.

—¿Os marcháis ya?

Ezhan asintió.

—Zor no accederá a que Dongur entre en la guerra. Hemos venido para nada.

—Lo hemos traído todo para que nos dieran su apoyo —intervino Aldan—. Y aun así, tus señores se niegan.

—¿Qué quieres decir? —preguntó Dolfang.

—Él es Aldan —respondió Ezhan— hijo de Séldar de Ászaron y heredero a su trono; ella es Aley, reina de Iraïl, y ella Muriel, hija del rey de Gildar. Ella es Eirien, hija de Néder, capitán de los antiguos ejércitos de Ászaron. Todos han ofrecido a Zor sus disculpas por la acusación de traición que pesaba sobre vosotros, pero no ha servido de nada, Dolfang.

—Vuestro señor —intervino Muriel— afirma que lo que hemos hecho no es suficiente.

—Para nosotros no es tan fácil tomar esta decisión. Debéis saber esperar.

—¡Esperar! ¿A qué? —gritó Aldan de nuevo—. ¿A que estemos todos muertos y la guerra termine?

—Cálmate, muchacho —respondió Dolfang.

—¡No quiero cal...!

—¡Aldan! —gritó Aley.

Aldan se zafó del agarre de la muchacha y continuó avanzando camino a través.

—Disculpadle —solicitó Aley—. Está muy nervioso, pero no le falta razón. Nos hemos arriesgado mucho viniendo hasta aquí en busca de vuestra ayuda y solo hemos encontrado palabras, buenas intenciones, pero ninguna colaboración. Es la sangre de nuestros pueblos la que se está derramando en Askgarth.

—¿Qué es lo que quiere tu señor, Dolfang? —preguntó Ezhan—, ¿qué nos queda por hacer?

—Hay cosas que no puedo decirte, muchacho.

Eirien suspiró, resignada y retomó también el camino tras los pasos de Aldan; Aley y Muriel la siguieron, en silencio. Ezhan las vio alejarse y la pregunta estalló en sus labios, devorada por su propia ansia.

—¿Dónde está Yara?

Dolfang sonrió.

—Yara se marchó hace días.

—¿Marcharse?¿Adónde?

—A Askgarth. Sabes bien que la suerte de ese mundo no le resulta indiferente. Nunca fue capaz de mantenerse neutral y...

—Pero es peligroso, Dolfang. ¿Cómo se lo habéis permitido?

—¿Y cómo íbamos a impedírselo? Yara es lo suficientemente mayor como para tomar sus propias decisiones. La relación con su padre se hacía insostenible por momentos y finalmente acabó por irse.

Ezhan asintió y ya no se atrevió a preguntar nada más.

—Permitid que os acompañe hasta la salida del bosque, como ya hice contigo —le pidió Dolfang—. Creo que es lo menos que podemos hacer por vosotros, en agradecimiento al gesto que habéis tenido, llegando hasta aquí.

CAPÍTULO 16

Tras dos jornadas más de viaje llegaron por fin a los límites de los viejos caminos, habiendo dejado ya atrás los pantanos, el bosque y la explanada de la niebla. Tal y como ya aconteciese la primera vez que Dolfang había acompañado a Ezhan, sin sobresaltos y, en esta ocasión, además, sin topar con ningún dragnar.

—Seguid hacia el norte y llegaréis a Ászaron —dijo Dolfang en aquel punto—. A partir de aquí deberéis continuar solos.

—A partir de este momento nuestra suerte no es asunto tuyo, nigromante —respondió Aldan de mala gana.

El cabalgar de unos caballos llamó la atención de todos, aunque no los puso sobre alerta, pues los dragnars no se movían sobre monturas.

—¡Reina Aley! —gritó de pronto una voz.

—¡Eirien! ¡Aldan! —exclamó Valdrik, acompañando a varios jinetes élars—, ¿dónde diablos habéis...?

—Majestad, estábamos preocupados por vos. Desaparecisteis de esa forma. Davnir nos envió a buscaros y...

—Nada me ha ocurrido como podéis ver —respondió ella.

—¿Dónde está mi padre? —preguntó Eirien.

—Néder partió hacia Ászaron. Según las noticias que nos han llegado la situación se agrava por momentos en Askgarth. Debemos lograr que Arazan se una a nosotros. Todos deberemos luchar juntos. Si lo logramos y podemos llamar a los nigromantes...

—Los nigromantes no nos ayudarán —intervino Aldan.

—¿Cómo lo sabéis...? —preguntó Valdrik, mirando a Ezhan.

Cuando el muchacho se volvió, la figura de Dolfang ya se había esfumado.

—Porque venimos del Inframundo —respondió Eirien —; hemos hablado con los señores de Dóngur y nos han dejado claro que esta no es su guerra. No podemos contar con ellos.

—Majestad —intervino nuevamente el soldado élar—, debemos regresar a Iraïl.

Ella se volvió y miró a todos y cada uno de aquellos rostros con los que había viajado hasta el Inframundo:

—El próximo Concilio deberá celebrarse en Ászaron —dijo—, pues fue allí donde se quebró la Alianza. Cuando me llaméis —añadió, acercándose a Aldan— acudiré; no lo dudes. Ahora debo regresar a Iraïl, pues es cierto que la forma en que partí de allí no fue la más correcta. Además, la guerra que debe librarse ahora en Ászaron, es solo vuestra. Debéis lograr la unión de los vuestros antes de lograrla con los demás.

—Aley tiene razón —dijo entonces Muriel—; de igual manera partí yo de Iraïl y sé que mi padre estará muy preocupado, pues jamás podría imaginar que esté con vosotros de forma voluntaria. También Gildar acudirá a la llamada de la Alianza. Por el momento, defenderé y lucharé por mi reino.

—Sea pues —zanjó el soldado élar—: iremos hasta Iraïl. Allí os esperan algunos soldados de vuestro padre —le dijo a Muriel— con la intención de encontraros y llevaros de regreso a Gildar.

Aley caminó hacia Aldan y acarició su rostro.

—Volveremos a vernos muy pronto. —Él asintió, mientras colocaba su mano sobre la de la élar—. Antes, recupera tu trono.

—Cuídate —le pidió el muchacho.

La reina élar lo besó en los labios, con dulzura y, sin más demora, montó sobre el earas que los suyos habían preparado para ella, reanudando de inmediato la marcha. Muriel la acompañó, tras despedirse de todos con un gesto.

—Supongo que nos equivocamos contigo —murmuró Valdrik, aun sobre su caballo.

Ezhan lo miró.

—Poco puedo decirte sobre mí, sobre mi origen o sobre quién soy realmente, pero sí puedo asegurarte que no soy ningún traidor.

—Lamento el modo en que te tratamos en Iraïl.

—No es tiempo de reproches, Valdrik. Nos queda un largo camino por recorrer y cada segundo cuenta.

El hombre asintió y le indicó a uno de los suyos que les cediesen sendos caballos al propio Ezhan y también a Aldan y Eirien

—¡Rumbo al norte! ¡Vamos a Ászaron! —gritó Valdrik.

*****

Néder y sus hombres entraron por fin en tierras de Ászaron y vislumbraron, en la lejanía, las columnas de humo que se alzaban en la gran ciudad. Se aproximaron algo más, sin llegar a salir del bosque que encubría su presencia, y entonces pudieron percatarse de que los dragnars habían descargado su furia sobre la alta muralla, que se veía seriamente dañada.

—¡Ojalá no sea demasiado tarde! —exclamó uno de los hombres.

—¿Y qué propones ahora, capitán? Si ponemos un solo pie en Ászaron, estaremos colgados en la plaza antes del anochecer —dijo otro hombre.

—Tenemos que hablar con Arazan. Es un hombre sensato. Si le explicamos todo... —respondió él.

—¿Y cómo vamos a acceder a él? Ninguno de nosotros puede entrar en la ciudad.

—Pues habrá que hacerlo.

—Capitán —intervino un muchacho joven—, a vos os reconocerían enseguida, pues incluso habéis luchado al lado de Arazan, pero a mí y a mi hermano no. Si entramos en Ászaron, nadie nos reconocerá.

Néder permaneció pensativo.

—Tienen razón —añadió Eriak, interrumpiendo sus cavilaciones—, y tanto valor como tú, yo o cualquiera de nosotros. Confía en los muchachos. Colgado de una soga en la plaza no nos servirás de mucho.

—Está bien —respondió él, tras unos segundos—, pero tened mucho cuidado. Si no habéis regresado en media hora, sabremos que algo os ha ocurrido e iremos a buscaros.

Los muchachos sonrieron y se despojaron de todas aquellas prendas de ropa que pudieran relacionarlos con la Orden de la Alianza. Dejaron también los caballos y pusieron rumbo a la ciudad.

El barullo en Ászaron era más que evidente. Los soldados iban y venían a toda prisa, al igual que los ciudadanos, que corrían a cargar provisiones, obedeciendo las órdenes del ejército de encerrarse en casa y mantenerse tranquilos mientras lograban reparar los daños causado en la muralla, que dejaban la ciudad vulnerable de cara a un nuevo ataque.

Los muchachos no tardaron en divisar a Arazan, hablando con algunos de sus hombres y dándoles indicaciones.

—Capitán —lo llamó uno de los muchachos—, hemos estado de viaje y al regresar nos hemos encontrado con todo este revuelo. ¿Qué ha ocurrido?

—Los dragnars, hijo. Atacaron con violencia y sin descanso y a duras penas pudimos repeler su ataque. Volverán y no tardarán en hacerlo, así que id rápidamente a buscar provisiones y encerraos en casa.

—Capitán... —intervino el otro joven.

—Perdonad, muchachos pero no tengo más tiempo que perder.

—Pero, señor, tenemos información de vital importancia acerca de los dragnars.

—Sí —añadió el otro—; de regreso a Ászaron nos topamos con un escuadrón y los oímos hablar. Pudimos escapar de milagro.

Arazan se volvió y los miró fijamente.

—¿Qué clase de información tenéis?

—No nos gustaría contároslo aquí con toda la gente. Alguien podría oírnos y realmente la situación es angustiosa. ¿Podríais acompañarnos a las afueras de la ciudad y escuchar lo que tenemos que deciros?

—Podemos ir a los cuarteles; allí...

—Allí podría oírnos algún soldado…

—Sí, además, hay algo en la arboleda que quisiéramos que vierais.

El capitán permaneció pensativo unos segundos.

—Está bien, pero deprisa. Tengo muchas cosas que organizar aquí. ¡Veldar! —gritó entonces—, te dejo al mando. ¡Enseguida vuelvo!

—¡Sí, capitán!

Salieron de Ászaron ante la atenta mirada de algunos soldados que montaban guardia en la puerta y se encaminaron hasta el bosque.

—¿Y bien? ¿Qué es lo que habéis visto?

—Pues veréis, era justo por aquí...

Al adentrarse en la espesura, Arazan se encontró con un gran número de espadas apuntándole.

—¿Qué significa esto?

Dos hombres lo sujetaron por sendos brazos, intentando así evitar que pudiera retroceder o correr hacia la ciudad. Otro de ellos, lo amordazó.

—Lamento las formas, Arazan —dijo Néder bajando de su caballo— , pero es de vital importancia que hablemos contigo y que tú nos escuches.

Se adentraron más en la espesura, asegurándose de que ningún soldado pudiera verlos y de que nadie pudiera interrumpirlos.

—Te quitaremos la mordaza, si prometes que no gritarás ni pedirás ayuda —le dijo uno de los hombres de Néder—. Y bien, ¿qué dices?

El hombre se mantuvo firme y no respondió. Néder se acercó y quitó la mordaza de la boca del capitán.

—Esto os costará muy caro, Néder —dijo entonces—. Admito que bajamos la guardia con vuestra marcha y he caído en esta absurda y ridícula trampa como un imbécil.

—Más caro puede costarle a Ászaron que no lo hagamos, amigo mío. Escucha: a pesar de servir al gobernador sabemos que eres uno de los pocos hombres de honor que quedan en la ciudad. Por eso recurrimos a ti.

—¿Qué sabréis vosotros del honor?

—Probablemente más que tú —respondió Eriak con soberbia—. Nosotros no nos vendimos a nadie, sino que mantuvimos los principios que siempre distinguieron a nuestra ciudad y a nuestro ejército.

—Durante años, vosotros...

—¡Basta! —gritó Néder—. Conocemos las diferencias que nos han separado durante años y no es momento de ponerlas en discusión. Arazan, el hijo de Séldar se ha dado a conocer y tenemos la total seguridad de que es él. Aldan reclamará el trono de Ászaron y la Alianza entre hombres, élars y óhrdits volverá a forjarse para que juntos podamos luchar contra los dragnars y tener alguna posibilidad. Solos nunca lo lograremos, y sin la Alianza tampoco.

—¿Aldan? Arel me dijo que vuestro elegido, era un tal Ezhan. ¿Habéis cambiado de candidato? ¿Qué le ocurrió al anterior?

—Nos equivocamos. Ezhan llevó el Ászar durante mucho tiempo y creímos que él debía ser el hijo de Séldar, pero un artefacto nigromante nos mostró la verdad. Aldan es el hijo de Séldar y Lisbeth.

Arazan no podía disimular su asombro, a pesar de intentarlo enérgicamente.

—Un... artefacto nigromante. ¿Habéis entablado relación con los hijos de Dóngur?

—No..., no exactamente. Pero Aldan, mi propia hija, la reina de Iraïl y la de Gildar desaparecieron mientras estábamos en la ciudad de los élars y tenemos razones para creer que se dirigieron al Inframundo. Aldan logrará que los nigromantes nos ayuden y las profecías de los magos se cumplirán.

—Y vosotros no podréis hacer nada para impedirlo, Arazan —intervino Eriak—; al contrario. Serviste en el ejército de Valian y sabes lo importante que era para él la Alianza. Sabes que si no volvemos a forjarla no tendremos ninguna esperanza.

—¿Y qué pinto yo en todo esto?

—Eres el capitán de los ejércitos de Ászaron y es necesario que Aldan recupere el trono. Si os ponéis de nuestro lado, todo será más fácil.

—¡Ni lo sueñes! ¡Vosotros lucháis contra aquello que mi ejército y yo defendemos! Allanaros el camino sería traicionar todo aquello a lo que juré lealtad. Yo no soy como vosotros.

—¡Maldita sea, Arazan! ¡Todos luchamos por Ászaron! ¡Por la paz de nuestras tierras! Conoces cómo ocurrió todo y sabes perfectamente que no somos traidores. Nuestra ciudad debe recuperar a su rey.

—Aunque yo accediera a ayudaros, estoy convencido de que gran parte del ejército se opondría incluso a mí. Se nos declararía también como traidores y se pondría precio a nuestras cabezas. No quiero pasar la vida huyendo como vosotros. No os ayudaré.

—Si no nos ayudas, deberemos tomar el trono por la fuerza y eso supondrá una guerra interna en Ászaron —añadió otro de los hombres de Néder—. ¿Crees que la ciudad lo soportará?

—Si de verdad amáis vuestra cuidad —dijo Arazan—, no la atacaréis.

—Si de verdad amamos nuestra ciudad, lucharemos contra lo que haga falta por darle una oportunidad, y lucharemos por devolver al rey al trono del que injustamente fue despojado —respondió otro de ellos.

—Hemos venido aquí a ayudaros, Arazan —prosiguió Néder—, pero esa ayuda pasa por recuperar el trono y, con o sin vosotros, vamos a hacerlo. Contamos con los élars y los óhrdits. Creo que es más de lo que vosotros podéis decir.

—Aun suponiendo que yo estuviera de acuerdo con todo lo que contáis, ¿dónde está el supuesto elegido?, ¿dónde están los nigromantes?

—¡Vendrán! —gritó un hombre entre la multitud.

—Cuando vengan, hablaremos. Mientras que todos vuestros argumentos se basen en vanas esperanzas y meras palabras no contéis conmigo. Y ahora os aconsejo que me dejéis marchar, pues mi ciudad me necesita.

—¡No! —gritó alguien—; si le dejamos marchar nos delatará y vendrán a por nosotros.

—Te garantizo que en estos momentos tenemos problemas mucho mayores que vosotros. Al fin y al cabo también lucháis contra los dragnars. Mientras el asedio a Ászaron persista, tenéis mi palabra de que nada se os hará, pero si logramos repelerlo os aconsejo que os marchéis.

—¿Y si Aldan y los nigromantes vienen? —preguntó Eriak—, ¿nos ayudareis? ¿Tenemos vuestra palabra?

—Si ese muchacho demuestra ser el elegido con pruebas convincentes, ya veremos...

—¡Soltadlo! —gritó Néder.

—¡Pero Néder...!

—¡He dicho que le soltéis!

El propio Eriak soltó las ligaduras que mantenían las manos de Arazan prisioneras y nadie movió un dado cuando el hombre dio media vuelta y caminó e regreso a la ciudad. Apenas necesitó unos pocos minutos para traspasar de nuevo el umbral de los portones que se abrían en las murallas.

—Capitán, ¿ocurre algo? —le preguntó uno de los guardias.

El hombre permaneció en silencio durante un breve instante y fijó su mirada en el cercano bosque.

—No... No ocurre nada. ¡Reorganizaos! ¡Hay que cerrar la brecha de la muralla!

Néder permanecía pensativo, dándole vueltas a lo ocurrido con Arazan. Había luchado durante muchos años a su lado y lo conocía bien. Sabía que era un hombre sensato y justo, pero con un inquebrantable sentido del deber. Ahora, el máximo responsable del ejército en Ászaron iba a verse frente a una difícil elección. ¿Habría olvidado Arazan todo aquello por cuanto luchó? ¿Antepondría ahora sus obligaciones con el gobernador?

—¿Qué haremos ahora, Néder? —la voz de Eriak lo sacó de sus pensamientos.

—Solo podemos esperar a que Aldan y Eirien regresen con los nigromantes.

—¿Y si no...?

—¡Volverán! —zanjó el hombre.

*****

Llevaban ya tres días avanzando, durante los cuales, al contrario de lo que ellos creyeran, no encontraron ningún peligro. Sin embargo, el cuarto día de viaje, la suerte los abandonó. Solo les restaban dos días más de camino para llegar a la ciudad de los hombres cuando en la explanada de Garlak, toparon con un numeroso escuadrón de dragnars.

—¡Valdrik! Hay al menos un centenar acampando en la explanada.

—¿Un centenar? —exclamó el hombre—; nosotros somos apenas una veintena.

—Nos será imposible evitarlos. La explanada se extiende durante varias millas a lo largo y ancho de estas tierras.

—Lo importante es que Aldan llegue a Ászaron —respondió Valdrik—; nosotros los distraeremos y vosotros tres —dijo dirigiéndose a Aldan, Eirien y Ezhan— os marcharéis sin deteneros hasta llegar a Ászaron.

—¡No! —respondió tajante Aldan—, ya huimos en la Selva de Goth y no volveremos a hacerlo. Si vosotros vais a luchar, nosotros lo haremos con vosotros.

—¡Nada de eso! —gritó Valdrik—. Aquí lo importante no es ganar esta batalla, sino llegar a Ászaron. No quiero heroicidades, muchacho. En la Alianza también hay jerarquías y deberás obedecer. Quiero que aprovechéis la confusión para marcharos; nosotros os seguiremos después. Será imposible derrotarlos, pues son demasiados, pero lo principal es alejar a Aldan del peligro. ¿Lo habéis entendido?

—Pero...

—¡Aldan! —exclamó Eirien—, ya lo has oído. En Ászaron también hacemos falta. Puedes estar seguro.

El joven guardó silencio, aunque hizo evidente una mueca molesta.

—¡Bien, muchachos! —dijo Valdrik dirigiéndose a sus hombres—, arriesgaos lo menos posible. Lo importante es dar tiempo a Aldan para que se aleje. Manteneos alerta a mi señal correremos rumbo a Ászaron. Aldan, Ezhan, Eirien —les solicitó a los tres—, corred y no miréis atrás ¡Por Ászaron! —gritó justo antes de que todos sus hombres se lanzasen al ataque de los dragnars.

—¡Un momento! —exclamo Ezhan—. No voy a acompañarlos a Ászaron. Ahora que sabemos que Aldan es el elegido, debo quedarme a luchar.

—Necesitaremos que alguien lo cubra y...

—¡No! Que él y Eirien corran lo más deprisa que puedan sus caballos. Yo me quedo.

Los cruces de miradas buscaron una respuesta en Valdrik que, finalmente llegó cuando el hombre asintió.

Tan pronto como los jinetes de Valdrik quedaron expuestos ante los dragnars, estos empezaron a recomponerse, formando el dibujo de su ataque, mientras que la tensión se dibujaba en los semblantes de los miembros de la orden de la Alianza. Sabían que aquello no sería una lucha, sino solo una maniobra de distracción, pero era evidente que costaría muchas vidas.

Valdrik buscó a Eirien y Aldan con a mirada y comprobó que estaban algo más retasados, igualmente tensos y nerviosos. Suspiró y cerró los ojos, rezando interiormente por que pudieran conseguirlo, pues allí podía estar en juego el destino de Askgarth.

El choque fue titánico entre ambos ejércitos cuando los hombres de Valdrik arrancaron en una veloz acometida hacia los dragnars, que ya los esperaban, espada en mano.

A pesar del miedo existente y de la certeza de que pocos iban a salir con vida de allí, ninguno dio muestras del menor titubeo. La decisión con la que avanzaban hacia los siervos de Vrigar llegó a imponer a estos últimos, que sin embargo, desplegaron todo su arsenal de guerra contra ellos.

Cuando las primeras espadas empezaron a chocar, Aldan y Eirien se lanzaron a la carrera, desviándose considerablemente hacia el este para tratar de flanquear el campo de batalla. Algunos dragnars se lanzaron a por ellos pero, por suerte, pudieron librarse de sus enemigos sin ver entorpecida su marcha.

—¡Vamos! —gritaba Ezhan—, ¡no os detengáis!

Las sombras de Eirien y Aldan se perdían ya en el lejano horizonte, cuando Valdrik dio la orden de retirada. Prolongar más la lucha, hubiera supuesto invertir un mayor número de vidas perdidas en una causa que iba a necesitarlas a todas.

—¡Retirada! ¡Rápido! —gritaba repetidamente.

El hombre recorría en línea el campo de batalla, azuzando a los suyos a huir cuando de pronto, sintió como algo le rompía las entrañas. El sabor metálico de la sangre inundó su boca y el líquido escarlata chorreó desde sus labios cuando comprobó que una gruesa lanza lo atravesaba de lado a lado. Sólo tuvo tiempo de alzar la mirada y comprobar que había sido una dragnar la que lo había hecho.

Ezhan azuzó a su caballo para correr tanto como pudiera en ayuda de Valdrik. Desmontó de un salto y sujetó el cuerpo inerte del ászaro, que yacía tendido en el suelo, con un hilo de vida dotando a sus ojos de un brillo cristalino que se perdía en el azul del cielo.

—Valdrik, por todos los dioses... No puedes irte. Te necesitamos.

El hombre movió la boca pero no logró que de ella saliera una sola palabra. Henchido en rabia, Ezhan miró a la mujer que lo observaba con curiosidad y algo en su interior prendió una necesaria reacción. Una de las tantas espadas que había tiradas sen el suelo, se alzó sin que nadie la tocase y salió proyectada contra el cuerpo de la mujer, que logró esquivarla con pocos problemas.

—¡Vaya! —murmuró—. ¿Cómo has hecho eso? A simple vista diría que eres solo un humano..., ¿acaso me equivoco?

—Te equivocas desde el primer día que pensaste que tu pueblo iba a ganar esta guerra —respondió él aún de rodillas en el suelo.

—¿Cómo te llamas? —preguntó ella.

—Vete... —logró balbucear Valdrik.

—No pienso dejarte aquí.

—Es inútil que cargues con él. Morirá en pocos minutos —dijo recogiendo la daga.

—¡Lárgate! —gritó Ezhan, repleto de rabia.

—Debería matarte a ti también...

Ezhan se incorporó como un resorte y caminó hacia la dragnar, llegando a sujetarla de la pechera sin que esta fuese capaz de generar el menor movimiento.

—¿Y por qué demonios no lo haces?

—¡¿Qué diablos eres?! —exigió saber la dragnar.

—¡Ayúdalo! —exclamó Ezhan.

—¡Leith! —gritó una voz lejana.

Ezhan la miraba con rabia, sin poder reprimir las lágrimas mientras ella lo miraba fijamente.

—¡Haz algo, maldita sea! Sálvale la vida.

Sabía que la petición era absurda; ella misma se la había arrebatado y en mitad de la guerra, debía haberlo hecho, seguramente, con muchos otros más, quién sabía si mujeres y niños no habrían sucumbido bajo sus asesinas manos por igual.

—Bastante hago dejándote con vida —sentenció ella, con frialdad.

La mujer se zafó del muchacho con un brusco movimiento y desapareció de allí.

Ezhan regresó junto a Valdrik y, de un seco tirón, extrajo la lanza que le había provocado una importante herida. El joven trató de taponarla mientras observaba a su alrededor para comprobar que había sido el único superviviente. Las lágrimas continuaban surcándole el rostro mientras recogía a Valdrik y, aun sabiendo que la vida lo abandonaría en cualquier momento, si no lo había hecho ya, decidió cargar con él hasta Ászaron. No podía llevarlos a todos y aquello generaba en él un sentimiento de impotencia y culpa con el que trataba de lidiar pero a Valdrik lo había conocido primero en las prisiones ászaras y algo dentro de sí mismo reclamaba un sepelio digno para él, en representación de sí mismo y de todos cuantos quedarían para siempre en aquella explanada maldita.

*****

Néder y sus hombres habían acampado en el bosque que quedaba frente a las murallas de Ászaron, oculto entre los árboles pero pendientes en todo momento de los peligros que pudiesen acechar a la ciudad de plata. Regresar a las montañas no se presumía como una opción, habida cuenta de que en aquel momento eran otras las urgencias que los apremiaban y una de ellas, pasaba por recuperar el trono; un trono para el que, no obstante, necesitaban a Aldan de regreso, sano y salvo.

—Néder, ¿hasta cuándo vamos a estar aquí esperando? —le preguntó uno de sus hombres, inquieto igual que el resto.

—No podemos dar ningún paso más hasta que el trono de Ászaron se haya restablecido —respondió el hombre.

—No tenemos ninguna garantía de que todo haya salido bien en Dóngur. ¿Y si no regresan?

—¡Deberíamos llamar a Gildar e Iraïl y luchar! ¡Esta espera me mata! —añadió otro de sus hombres.

394

Eriak se acercó y se sentó al lado del capitán.

—Tienen razón, Néder. Ni siquiera sabemos si lo que estamos esperando llegará, y mientras tanto el brazo de Ódeon se alarga, sus sombras se extienden.

—Si mañana no han llegado, llamaremos a élars y óhrdits.

—¡Dragnars! —gritó entonces la voz de un soldado ászaro.

Arazan se asomó a través de la alta muralla, debilitada aún por la última acometida enemiga y observó las grietas que se abrían en la roca como arañazos letales.

—¡Componed filas! —gritó la voz lejana de Néder.

Arazan los vio y, junto a él, los soldados que se apostaban en sus respectivos lugares tras la imponente muralla.

—¡Son los bandidos de la Alianza! —exclamó uno de ellos.

—¡Maldita sea! —murmuró otro—. ¡No han podido elegir peor momento para...!

—¡Matadlos antes de que los dragnars...!

—¡Alto! —gritó Arazan—. Ahora lo importante son los dragnars y en eso están de nuestro lado.

Néder llegó cabalgando hasta las puertas de Ászaron, seguido por medio centenar de sus hombres.

—¡Acabad de apuntalar la muralla! —le gritó a Arazan.

—¡Apuntalad la muralla! ¡Rápido! ¡Cerrad las puertas! —gritó el capitán de los ejércitos—. ¡Cubridles! ¡Arqueros! ¡Cubrid a la Alianza!

Los soldados no ocultaron su sorpresa por las órdenes de su capitán pero aunque las cabezas de todos aquellos que en aquel momento se exponían sin ningún tipo de protección ni cuidado ante ellos tenían precio, tal y como Arazan había indicado, las urgencias en aquel momento eran otras.

—Son pocos —dijo Eriak, preparándose para la dura batalla.

—Sin duda se trata de un escuadrón de reconocimiento —respondió Néder—. Detrás de ellos vendrán más y te garantizo que serán bastantes más.

—Y Aldan no llega.

—¡Arqueros! —gritó Néder—, ¡preparad un descarga!

—¡Obedeced! —exclamó Arazan—. ¡Una descarga!

Los dragnars estaban ya cerca del alcance para los arqueros

La primera descarga cayó sobre los hijos de Ódeon como una fina llovizna que bañó en sangre las últimas fronteras de la ciudad de Ászaron. Pronto las espadas se unieron a la contienda y el choque del acero rompió el tranquilo silencio que solía dominar en aquel lugar.

Los soldados de la ciudad permanecían en alerta. Los hombres de Néder parecían mantener la situación controlada, pero en cualquier momento podrían necesitar refuerzos.

Arazan se mantenía en una tensa espera, expectante y observador ante las evoluciones de los miembros de la Orden de la Alianza, que luchaban con una ferocidad y un valor que nadie podía poner en duda.

—¿Por qué no mandáis disparar, mi señor? —preguntó Arel—. Otra descarga ahora mataríamos dos pájaros de un tiro.

—Es tu padre quien está luchando allí abajo, Arel.

El joven cerró el puño con fuerza.

—Es ante todo un traidor de Ászaron. No debéis tener reparos.

—Tú los has tenido muchas veces frente a tu hermana —respondió él, sin mirarlo.

Aratahan caminó hacia los altos portones sin detenerse ya en la expresión helada de Arel. Siempre había dado por hecho que los encuentros con su hermana, a la que nunca se había atrevido a matar eran algo secreto pero no debía sorprenderle que alguien como Arazan estuviese al corriente, aunque nunca, hasta aquel día, le hubiese dicho nada.

—¡Abrid las puertas! —grito el capitán—. ¡Espadas, vamos a luchar!

Desconcertados aún ante el hecho de haber de prestar ayuda a los miembros de la Orden de la Alianza, los soldados obedecieron y siguieron a Arazan hasta el claro, en la firme intención de acabar con los dragnars.

Y en mitad de la contienda, cuyo horizonte se había esclarecido con la intervención del ejército ászaro, aparecieron ellos, luchando igual que el resto.

—¡Eirien! ¡Aldan! —exclamó Néder.

Sin embargo, las urgencias del momento impidieron que el reencuentro se produjese con el ímpetu que todos deseaban. La lucha se alargó aún durante unos minutos más pero pronto, del escuadrón de reconocimiento de Ódeon no quedaron más que los vestigios de los cadáveres que se esparcían por la explanada; un nuevo reguero de sangre y terror. El enésimo.

Eirien se abalanzó sobre Néder tan pronto como pudieron tomar contacto visual entre los soldados.

—¡Hija! ¡Estaba preocupado por ti! Desaparecisteis...

—Lo lamento, padre. Tenía que ser así; creímos que no lo comprenderíais. Además, pensabais que Ezhan era un traidor y...

Los ojos de Néder buscaron a Aldan con discreción.

—¿Dónde está él? —preguntó—. ¿Dónde están los demás?

—Topamos con más dragnars en la explanada de Garlak. Ellos se quedaron luchando para que nosotros pudiéramos llegar hasta aquí. No tenían ninguna posibilidad de vencerles pero... sí de darnos tiempo— explicó Eirien.

Néder sintió que algo se revolvía en su interior al recordar a todos los que faltaban allí y en el oscuro panorama que Eirien le dibujaba. Trató de recomponerse cuando reparó en la figura de Arazan, que se aproximaba, flanqueado por sus hombres. y los suyos permanecían frente a ellos, en silencio.

—Arazan —lo saludó—, creo que ya conoces a Aldan.

—Claro que me conoce —respondió el joven con soberbia—; él mismo me eligió como candidato para morir en la horca.

Arazan le mantuvo la mirada, fría y distante.

—¿Qué pruebas tenemos de que él sea el elegido?

Aldan le lanzó la ampolla que contenía el líquido del don de Dyras, el mismo que habían consultado días atrás y cuyo enigmático contenido regresaba a su interior una vez utilizado, mostrando ya la misma imagen una y otra vez.

—Es el ungüento del pasado —explicó Aldan—, un don nigromante que revela aquel acontecimiento del pasado que desees ver. Solo puede ser utilizado una vez y cuando pedí ver mi pasado, la imagen de Séldar de Ászaron se mostró nítida en él. Podéis comprobarlo vosotros mismos.

Arazan emuló lo que el propio Aldan había llevado a cabo días atrás, distinguiendo las mismas imágenes y hechos.

—Y... ¿los nigromantes? —preguntó con un hilo de voz al terminar la secuencia de visiones.

—Los nigromantes no nos ayudarán —respondió Eirien.

—¿Cómo? —preguntó Eriak.

—Fuimos hasta el Inframundo y hablamos con los cinco señores de Dóngur, pero Zor no va a implicar a los suyos en esta guerra por mucho que las profecías lo establezcan así —explicó la joven.

—Según tengo entendido —intervino Arazan—, la acusación que se lanzó sobre ellos debe ser rectificada.

—Lo fue —respondió Aldan.—; Muriel de Gildar, Aley de Iraïl y yo mismo resarcimos la ofensa que nuestros pueblos les hicieron, pero afirman que no es suficiente. No quieren complicarse la vida y no nos ayudarán.

El desánimo fue notable en el rostro de todos.

—Debemos aceptarlo y luchar sin ellos —intervino entonces Eirien—; juntos tendremos una oportunidad.

—Sin la protección de la Alianza no tenemos nada que hacer —dijo uno de los hombres de Néder.

—Mi señor —habló uno de los soldados de Arazan—, estos hombres son enemigos declarados de Ászaron. Sinceramente, y con todo respeto, no sé qué hacemos aquí hablando con ellos en lugar de detenerlos y enviarlos frente al Gobernador.

Eriak hizo además de desenvainar pero Néder lo contuvo.

—Si no nos unimos frente a los dragnars, no tendremos ninguna esperanza —continuó él—. Sabemos que habéis solicitado ayuda y nadie os la ha cedido. Nosotros contamos con los élars y los óhrdits y podemos conseguir más.

—Señor... —insistió el soldado.

—¿De qué os servirá el precio que pongáis a nuestras cabezas cuando no quede nada ni nadie? —exclamó Néder, molesto—. ¿No es mejor que luchemos juntos y le demos a Ászaron una oportunidad?

—¡No lucharé a vuestro lado! —gritó el soldado nuevamente.

—¡Maldito estúpido! —exclamó Aldan.

El soldado, que respondía al nombre de Baral, desenvainó.

—¡Guarda tu espada! —le ordenó Arazan.

—¡Capitán!

La conversación se vio interrumpida por la llegada de un solitario caballo.

—¡Valdrik! —exclamó Néder.

Ezhan sólo se detuvo cuando estuvo al abrigo de las murallas ászaras, que no lo abrazaban aún pero se alzaban imponentes frente a él. Su rostro, bañado en lágrimas hizo innecesario pararse a comprobar el estado en el que se encontraba Valdrik, cuyo cuerpo inerte, viajaba sobre el mismo caballo, bocabajo y con brazos y piernas colgando.

Eirien tragó saliva, incapaz de articular palabra, mientras Aldan y Néder ayudaban al muchacho a descargar a Valdrik.

Ezhan desmontó y ya no tuvo fuerzas sino para dejarse caer de rodillas sobre el suelo. Aldan se agachó a su lado y colocó su mano sobre el hombro del muchacho mientras los lamentos y murmullos se prendían en torno al cadáver de Valdrik.

Arel se abrió paso entre los soldados de Ászaron y asistió, incrédulo a la escena que todos atestiguaban en un regio silencio. Sus ojos se encontraron con los de su padre pero la atención estaba puesta en aquel momento en otra parte.

—Una mujer... —murmuró Ezhan—. Una dragnar...

Eirien lloraba, abrazada a uno de los hombres de Néder.

—Un tal Leith —prosiguió Ezhan, con la voz entrecortada.

—Leith... —masculló Eriak—, la hermana del último rey dragnar. Era la legítima heredera al trono de Ódeon. Oí que su hermano murió... Vrigar ocupa ahora su lugar... —explicó el hombr

—Valdrik se ha sacrificado para que Aldan pudiera llegar a Ászaron —intervino Néder—. Y bien, Arazan, no tenemos todo el día. Debes tomar una decisión para bien o para mal.

CAPÍTULO 17

Arazan y los suyos entraron a la ciudad con el nulo convencimiento de muchos de los que lo seguían, Arel entre ellos.

—El gobernador tomará serias medidas si llega a saber lo que ha ocurrido hoy —le advirtió el muchacho a Arazan—. Por primera vez en mucho tiempo hemos tenido a todos los miembros de la Orden de la Alianza frente a nuestras narices y, lejos de capturarles, no hemos hecho más que charlar con ellos.

—Estábamos sufriendo un ataque de los dragnars y mi prioridad es la seguridad de Ászaron. Si Néder y los suyos luchan también contra ellos, no enzarzaré a mis hombres en dos guerras al mismo tiempo que expongan la seguridad de la ciudad.

—El ataque de los dragnars ha sido fácil de repeler.

—Gracias a la Alianza.

—¿Cómo puedes decir eso, Arazan? Me parece vergonzoso que...

—¡Cállate! —gritó él, visiblemente alterado—; acabo de ver morir frente a mis ojos a un hombre que luchó conmigo en cientos de batallas y que me salvó la vida en más de una ocasión. Valdrik ha dado su vida en pos de una causa en la que siempre creyó. Ha muerto luchando contra nuestros mismos enemigos. Me consta que vio morir a su hijo frente a sus ojos, así que deja de darme lecciones de moral y no olvides que estás hablando con tu capitán.

Arel enmudeció y, por un momento, fue incapaz de seguirle el paso, al igual que le sucediera a varios hombres más.

Arazan se caracterizaba por ser un hombre de carácter templado y sereno; rara era la vez que alzaba la voz para dar órdenes a un soldado. Y es que a pesar de ser un capitán, la mano derecha del gobernador y el mayor exponente del ejército en la ciudad de Ászaron, todos veían en él a un amigo al que podían contarle cualquier cosa con la mayor confianza y discreción. Por eso, a todos cogió desprevenidos el modo en el que había reaccionado aquella mañana.

$$*****$$

Los hombres de Néder empezaron a situarse frente a la muralla de la ciudad con la clara intención de tomarla. La conversación con Arazan no había dejado las cosas claras pero el desarrollo de los últimos acontecimientos había obligaba a muchos a empezar a jugárselo a todo o nada. Los dragnars atacaban sin descanso cada rincón de Askgarth y el cerco era cada vez menor.

—¡Capitán! —gritó uno de los soldados desde lo alto de la muralla—, ¡esa escoria de la Alianza se está preparando para atacar! ¿Qué hacemos?

Arazan se asomó y resopló, mientras se llevaba los dedos a los ojos, en actitud cansada.

—¿Qué ordenáis, capitán? —insistió el soldado.

Néder avanzó unos pocos pasos y clavó la espada de Valdrik frente a las puertas de Ászaron. Luego retrocedió y volvió a colocarse junto a sus hombres. Él, Aldan, Ezhan y todos los demás, continuaban inmóviles frente a las grandes murallas. En apariencia, su fuerza resultaría insuficiente para abordar la ciudad pero el mero hecho de atreverse a intentarlo ya prendía la admiración en el corazón de Arazan.

—¡Capitán!

Arazan continuaba con la mirada fija en la línea de hombres que seguía en paralelo a la muralla. Ante esta situación el soldado decidió actuar por su cuenta.

—¡Preparaos para el ata...!

—¡Abrid las puertas! —gritó entonces el capitán.

—Pero... capitán, qué...

—¡Abrid las puertas! —repitió ante el asombro de propios y extraños

—¡Capitán! Esos hombres quieren atacar la ciudad y...

—He dicho que abráis las puertas. —¡¿Qué diablos te ocurre, Arazan?! —gritó Arel, que llegó hasta allí corriendo—. ¡Sabes de sobra que esos hombres pretenden tomar la ciudad y sin embargo...! ¡No te permitiré que les dejes el camino libre!

—Abrid las puertas —respondió él con inusitada serenidad. O quizás le debía aquel tono al abatimiento, a la superación de unas circunstancias que siempre habían batallado con él en su propia cabeza y en su propio corazón.

Arazan se dirigió hacia los portones mientras los soldados los abrían. El hombre salió de la ciudad y no tardó en tener a Néder frente a sí, a apenas unos pocos metros.

Los ojos de Arazan buscaron la espada de Valdrik y, tratando de contener la emoción, la arrancó con una sola mano para entregársela después al propio Néder.

—Os llevaré frente al gobernador —dijo—. Los problemas que debéis solventar son con el gobierno de Ászaron, no con su gente. No permitiré que se derrame ni una gota de sangre. Me aseguraré de que ninguno de mis hombres os haga nada, pero asegúrate tú de lo mismo.

—Tienes mi palabra —respondió Néder.

—No es aconsejable que todos os presentéis en el castillo. Hacedlo Aldan y tú.

—¡No vamos a dejar a Néder y Aldan solos y arriesgarlos a que tu gobernador y tu ejército les capturen o algo peor! —gritó Eriak.

—Os he dado mi palabra de que nada les ocurrirá.

—Tú sí, pero no tu gobernador. Tu voluntad no está por encima de la suya.

—Está bien. Tus hombres entrarán también y te esperarán entonces en los patios traseros. Pero insisto, Néder, si intentáis utilizar las armas, estaréis solos.

—No estarán solos —intervino de pronto una voz.

Un grupo de hombres se acercaba a caballo desde la arboleda.

—¿Quiénes sois? —preguntó Arazan.

—¡Qué curioso! —exclamó el recién llegado mientras desmontaba—. Yo te he visto cada día de mi vida durante veinte años y tú ni siquiera recuerdas quién soy.

Arazan entrecerró los ojos y luego los abrió de par en par.

—¡Lethard! —exclamó por fin.

—Así es.

—Te creí muerto.

—Lo estuve durante todo el tiempo que permanecí encerrado, pero alguien me devolvió la luz que tú y tu gobernador, mi querido hermano, me arrebatasteis.

—¿Cómo pudiste escapar?

—Esa es una larga historia y no es ahora el momento de contarla.

—¿Y qué es lo que quieres, Lethard? No has debido regresar a Ászaron.

—He regresado a luchar por los míos. Estos hombres pertenecen a aldeas de los alrededores; aldeas a las que Ászaron les negó ayuda en su momento.

—¿Y entonces a qué han venido? —preguntó inquieto un soldado ászaro—. Tú eres tan ászaro como nosotros a pesar de ser un vulgar traidor.

—Yo represento a un Ászaron muy distinto al que representas tú. El tuyo es un reino egoísta, huraño e injusto con los suyos; leales a un gobernador al que solo mueve la codicia. Yo represento a un Ászaron legendario, luchador y solidario. Ese Ászaron tiene muchos amigos dispuestos a luchar por él.

—Eso es realmente enternecedor —respondió el soldado con ironía—, pero si quieres que...

—¡Basta! El asunto que nos incumbe es que Néder quiere hablar con el gobernador, así que no perdamos más tiempo. ¿Qué me decís a las condiciones impuestas, Néder? Os permitiré entrar si prometéis no atacar a nadie.

—No moveremos ni una espada si tu ejército se compromete a lo mismo.

—Que así sea, pues.

—¡Arazan! ¿y esos hombres? —preguntó un soldado, refiriéndose a los recién llegados.

—Tampoco nosotros atacaremos a nadie, pero quiero hablar con mi hermano, el gobernador.

La confusión y el recelo cubrían por completo el panorama en aquella tensa conversación pero Arazan parecía dispuesto a hacer gala de una condescendencia que ni compartían los suyos ni había sido habitual en él mismo tiempo atrás.

—El trato es que los hombres de la Alianza entren en la ciudad —respondió Arazan—, no vosotros.

—He pasado casi veinte años encarcelado en la oscuridad de una celda viendo morir a ancianos, muchachos, mujeres y hombres por el hecho de poseer un ideal y atreverse a expresarlo. Mi mismo ideal. Su mismo ideal —dijo mirando a Néder y los suyos. Unas lágrimas de rabia empezaron a asomar por sus oscuros ojos—. ¡Mi propio hermano me condenó a morir en vida, Arazan! Tu ejército y tú me habéis negado comida, agua... Me lo habéis negado todo. Ahora solo pido mirarlo a los ojos y saber si él es capaz de hacerlo también. Eso no puedes negármelo.

Arazan suspiró y asintió al tiempo que bajaba la mirada.

Habían recorrido la ciudad bajo un silencio extraño, roto únicamente por los murmullos de la gente, los dedos acusadores y las miradas curiosas. Flanqueados por los propios soldados del ejército de Ászaron, apenas necesitaron unos pocos minutos para llega hasta los patios del castillo, donde se detuvieron.

—No podéis entrar todos —dijo Arazan.

—Aldan, Ezhan y Eriak, quisiera que me acompañaseis. Los demás esperad aquí y manteneos alerta por si algo extraño ocurre —respondió Néder.

—Padre... —intervino Eirien.

—Es mejor que permanezcas aquí, hija. ¡Permaneced alerta! —concluyó, dirigiéndose a todos sus hombres.

Arel tomó asiento en el muro externo de los jardines sin quitarle ojo a su hermana.

*****

El gobernador permanecía sentado con la cabeza apoyada sobre sus manos. La situación en Ászaron se complicaba por momentos con los continuos ataques dragnars y las negativas de posibles aliados para ayudar.

Alzó la cabeza, entre hastiado y sorprendido cuando Arazan se personó frente a él sin previo aviso.

—¡Por todos los dioses, Arazan! Apenas ha salido el sol y ya...

Ni siquiera había podido concluir la frase cuando Néder, Aldan, Ezhan y Eriak entraron en la sala, colocándose junto a Arazan y frente a Arel, que llegó en última instancia, situándose al lado del gobernador.

—¿Qué significa esto, capitán? Espero que tengáis una buena explicación a por qué estos hombres han entrado en Ászaron y han podido llegar de vuestra mano hasta mí.

—Estos hombres desean hablar con vos, señor — respondió él.

—Si me lo permitís, señor —intervino Arel—, el capitán está perdiendo el juicio por completo. Él ha ordenado abrir las puertas y les ha traído hasta vos, asegurándose de que el ejército no vaya a tocarles ni un pelo. No creo que Arazan esté ya capacitado para seguir dirigiendo a los soldados de Ászaron, mi señor.

—¿Qué está ocurriendo, capitán? —preguntó el gobernador—; ¿acaso os estáis situando en el bando contrario?

Arazan guardó silencio, dolido con Arel, al que había tratado muchas veces como un hijo.

—Es evidente que sí, mi señor —volvió a decir este—. En las últimas horas la actitud del capitán ha sido de gran ayuda para estos...

Antes de que pudiera acabar de hablar, Aldan avanzó apenas un par de pasos para agarrarlo por la pechera al tiempo que el gobernador reculaba, sobresaltado

—¡No hemos venido desde Iraïl para escuchar a un niñato estúpido! ¡Nos estás haciendo perder demasiado tiempo!

—Aldan —murmuró Ezhan.

Este lo soltó de un empujón y dirigió una mirada de soslayo a Néder, que no se había movido de su sitio.

—Aldan tiene razón. No perdamos más tiempo —dijo entonces Eriak.

—Tú misión, Zeol —intervino Néder—, era salvaguardar el trono hasta que el hijo de Séldar fuese

407

encontrado y ese momento ha llegado. Por tanto debes cederle tu lugar al rey.

—¿Y quién de tus acompañantes es el hijo de Séldar, si puede saberse? —preguntó él con ironía.

—Yo —respondió Aldan, con soberbia.

—¿Tú? ¡Vamos, Néder! Si dejáramos Ászaron en sus manos, la estaríamos condenando.

—No nos importa lo que digas —respondió él, mientras sujetaba a Aldan, visiblemente alterado—. El destino de Ászaron no se ha puesto en tus manos. Aldan es el legítimo heredero al trono de la ciudad, así lo fijan las leyes ászaras, y lo que es más importante, las profecías de los magos.

—¡Profecías! ¡Sandeces! La mayor época de paz de Ászaron la he traído yo.

—La época de paz de la que hablas fue consecuencia del daño ocasionado por Seizan y los suyos en el reino de Ódeon. Tú no tienes nada que ver.

—Aun así, ¿quién me asegura a mí que este... muchacho sea el hijo de Séldar? Muchos lo han afirmado a lo largo de estos años.

—Ha pruebas fehacientes de ello —respondió Eriak—. Artilugios nigromantes que lo han confirmado. No tenemos ningún interés en sentar en el trono a quien no sea el elegido.

—¡Nigromancia! —exclamó Arel, sorprendido.

—¡Nigromancia en Ászaron! —repitió el gobernador —. Podríais pagarlo con la vida.

—No más vidas para deshacerte de aquello que no te resulta agradable, Zeol —intervino de pronto una nueva voz.

Al verlo, el gobernador se quedó atónito.

—Hermano... —balbuceó.

—No oses ni tan siquiera utilizar ese término, Zeol. Mi hermano murió el día en que nació el gobernador.

—Debo admitir que me sorprende verte con vida —fue capaz de decir, ya algo más recompuesto—. Nunca has sido hombre de mucho valor. Te hacía muerto en cualquier agujero de un bosque olvidado.

—Toda muestra de valor contra ti queda olvidada en las prisiones o yace colgando de una soga.

—Siempre he sabido que eras un traidor de la Alianza y aun así te he perdonado la vida. ¿Cómo te atreves a venir hasta mi casa a reprocharme nada?

—Debo reconocer que el lugar que me has dado en Ászaron ha sido mucho más digno que el que has ocupado tú durante todos estos años.

El gobernador estalló en carcajadas.

—¿Así te lo parece? Pues déjame decirte que... tu lugar digno sigue esperándote en las prisiones. ¿Por qué no vas a ocuparlo y me dejas en paz?

—¡Solo puedo sentir asco hacia ti! Realmente debo dar gracias a que nuestra madre haya fallecido, pues de lo contrario no podrías haberle causado mayor decepción que verte convertido en lo que eres; a no ser, claro está, que también a ella la hubieras ahorcado.

La sonrisa se esfumó del rostro contenido del gobernador, dibujando en su semblante una mezcla de odio y desprecio.

—El tiempo nos apremia —intervino Néder—; la Alianza debe ser forjada de nuevo y vos no podéis ser un impedimento para algo tan importante, así que devolved el trono a Aldan.

—¡Antes muerto! No daré gloria a la Alianza.

—¡Maldito estúpido ambicioso! —gritó Aldan.

—La Alianza es el única arma que tenemos para luchar contra los dragnars y tener una oportunidad. Nos urge tanto a nosotros como a vos — intervino Ezhan por primera vez.

—¿Y este quién demonios es?

—Es el traidor que liberó a los presos de las cárceles la primera vez —respondió Arel.

—¡Claro! Tú eres el infiltrado que se internó en la ciudad y luego huyó hacia las montañas con las demás comadrejas.

—¿Cuánto tiempo vamos a estar escuchando a esta sucia rata? —preguntó Aldan, iracundo.

—Tú no quieres ceder tu trono, y Aldan no va a renunciar a lo que por derecho le pertenece; así pues, que sea el pueblo de Ászaron el que elija.

—Eso es ridículo. La mayoría de los ászaros son simples campesinos, pobretones que no entienden de política. Además el gobierno de esta ciudad es mío y no es necesario que lo ponga en manos de terceros ni que sean otros quienes decidan. El gobernador soy yo.

—¿Qué teméis? —preguntó Ezhan, adelantándose. El gobernador clavó en él su mirada.

—Yo no temo nada.

—Si tan seguro estáis de la magnífica gestión que estáis haciendo, deberíais dar por seguro que el pueblo de Ászaron estará con vos. Poner esa elección en sus manos y resultar vencedor os estaría ratificando en vuestro puesto. ¿O acaso no estáis tan seguro de estar haciendo las cosas bien?

—Tú eres otro campesino como ellos. No me importa lo que digáis. Yo soy el gobernador y nadie va a arrebatarme el gobierno de Ászaron. El acto que hoy estáis llevando a cabo os costará la vida. ¡Soldados, detenedlos!

Aldan hizo ademán de desenvainar la espada ante el avance de los soldados pero Néder lo detuvo. También Arazan se sobresaltó.

—¡Alto! —gritó el capitán de los ászaros—. Di mi palabra a estos hombres de que nada se intentaría en su contra.

—¡Claro, Arazan! Perdona —respondió con sorna el gobernador—, olvidaba decirte que desde este mismo instante quedas relegado de tu puesto. Arel será ahora capitán de los ejércitos de Ászaron. En cuanto a ti, recibirás el mismo trato que cualquier basura traidora de la Alianza. Y ahora sí, detenedlos.

Ninguno de los allí presentes osó mover un solo dedo. Los soldados mostraban su desconcierto, en batalla con la lealtad que le guardaban al propio Arazan, convertido de pronto en un traidor. Así las cosas, el único que reaccionó fue Arel, que no obstante, sólo llegó a dar unos pocos pasos antes de que Ezhan lo sujetase, impidéndole marcharse. El joven se revolvió y trató de golpearle pero quien lo logró fue el propio Ezhan, que lo hizo caer al suelo.

—Lo siento —le dijo a Néder.

Este asintió y, con la sempiterna mueca de dolor trazada en su rostro, dio un paso hacia el enorme balcón que coronaba la sala del trono y desde el que podía divisarse buena parte de la regia Ászaron.

Los hombres de la Alianza y los soldados que aguardaban en los patios se pusieron en pie rápidamente, fijando allí su atención. Una inmensa multitud de gente se agolpaba también al otro lado del arco que daba acceso al castillo.

Aldan y Eriak se asomaron a su lado, reteniendo al gobernador. Arazan lo hizo poco después.

—¡Ászaros! —gritó Néder—, todos habéis oído hablar de mí, aunque pocos sabéis quien soy. Permitidme que os dé a todos la oportunidad de conocerme, y juzgadme entonces.

»Todo cuanto habréis escuchado de Néder es que es el cabeza de un grupo de bandoleros que se dedican a asaltar a los ciudadanos de bien en los caminos y a robarles todas sus pertenencias. Que alce la mano aquel que haya sufrido un ataque nuestro. —Todos se miraron entre sí pero nadie alzó la mano—. Sabed ahora quién soy, quiénes somos. Mi padre luchó junto al rey Valian en numerosas batallas hasta que en una de ellas cayó. Antes de morir le pidió al rey que cuidase de mí y me convirtiera en un soldado de Ászaron. Hoy puedo decir con orgullo que luché servilmente al lado del hijo del rey, el príncipe Seizan, del que estoy seguro todos habréis oído hablar. Aquellos que lo conocisteis y los que no. Hace largo tiempo que se nos decretó traidores en Ászaron a mí y a los hombres que tenía bajo mi mando y que me siguieron fielmente el día en que el rey Valian, en su lecho de muerte, nos pidió que encontrásemos a su hijo Seizan. Muchos lo creímos muerto y lloramos su pérdida, pero él estaba vivo y quisimos luchar por darle a Ászaron una oportunidad de mantener vivas las llamas de la Alianza. Seizan dio su vida por ello y eso quiere decir que merecía la pena. Con la extinción de sus llamas, no se extinguió, sin embargo, esa esperanza.

»Encontrar al heredero al trono de Ászaron era la única forma de recuperar la posibilidad de vencer a los dragnars y de acabar esta guerra de una vez por todas, y a ese empeño hemos dedicado todas nuestras vidas. Hemos renunciado a todo, incluso a nuestras familias, por dar a Askgarth una oportunidad.

»Y finalmente hemos sido recompensados. Seizan dejó su vida en la guerra en Ódeon y también su hijo pereció. Quizás algunos ni siquiera sabíais que su esposa estaba embarazada. —Los murmullos de sorpresa corrieron de boca en boca—. Pero por deseo de los dioses o del destino, encontramos a aquel que puede devolvernos la paz. Este joven que tengo a mi derecha es Aldan, el verdadero hijo del rey Séldar, el verdadero nieto de Valian. ¡Ha llegado la hora de recuperar el Ászaron de antaño! De continuar la línea de sucesión al trono que se vio bruscamente interrumpida.

—¿Y qué pruebas tenemos de que ese muchacho sea el nieto de Valian? —preguntó una voz entre la multitud.

—La mayor prueba que tendréis es ver esa almenara prendida de nuevo, pues solo el verdadero rey de Ászaron podrá conseguirlo. Sé que muchos de vosotros ansiáis el retorno de la Alianza. ¡Yo ahora os digo, hijos de Ászaron: gritad sin miedo a represalias, expresad con total libertad aquello que sintáis, pues yo os juro ante los mismos dioses que no lo pagaréis con vuestra vida ni con vuestra libertad!

Muchas fueron las personas que no pudieron evitar una expresión de alegría en su rostro; otras más desconfiadas y con mayor temor a lo que pudiera ocurrirles, intentaron disimularlo, aunque a duras penas lo lograban. Desde que el gobernador se hiciera con el poder en Ászaron, los habitantes de la noble ciudad habían visto mermadas sus expectativas de vida; la pobreza se había esparcido por doquier y solo los soldados conservaban un nivel de vida más que digno. Eran muchos los que añoraban los tiempos de Valian y sus antecesores en los que Ászaron era una ciudad próspera a la que llegaban cada día más y más extranjeros con la esperanza de labrarse un futuro allí.

Con la llegada de Néder y el heredero al trono regresaba la posibilidad de recuperar todo aquello y de poder dejar de ver, por fin, cómo día tras día morían ejecutados en la plaza sus hijos, padres y familiares por el hecho de defender un ideal justo. Pronto la alegría no pudo disimularse y los gritos y risas estallaron frente al palacio del rey de Ászaron.

—¡Larga vida al rey! —gritaba la gente.

Los soldados asistían incrédulos a la escena. La gran mayoría se dedicaba solo a obedecer las órdenes que llegaban desde el gobernador, pero desconocían cuál iba a ser su situación en caso de que aquel muchacho rubio, con gesto soberbio y mirada penetrante, se alzase como rey de Ászaron.

—¡Si sois la mitad de benévolo que vuestro abuelo o vuestro tío, majestad, seréis un gran rey! —gritó un hombre entre la multitud.

—¡Que hable el rey! —exclamó una mujer.

Néder miró a Aldan, visiblemente incómodo ante aquella petición. Sin embargo, el muchacho carraspeó y dio un par de pasos al frente:

—¡Ciudadanos de Ászaron! —gritó por fin—Las circunstancias de la última guerra hicieron que mi madre, Lisbeth, tuviera que huir. —De nuevo los rumores de sorpresa recorrieron el lugar, pues muchos de ellos ni siquiera conocían que la mujer que esperaba un hijo de Séldar fuese la dama de compañía de la princesa Léaren —. Nací en Cahdras y allí crecí, pero puedo aseguraros que dentro de mí los valores de Ászaron arraigaron muy fuerte. Muchos de los que huyeron de aquí se establecieron en Cahdras y no pasaba ni un día sin que me hablasen con añoranza de Ászaron, de sus gentes, de su grandeza. Y siendo solo un niño aprendí a amar a esta ciudad.

»Al llegar encontré algo muy distinto; un reino oprimido y privado de toda libertad donde solo unos pocos gozaban de privilegios. Yo mismo he estado encarcelado en sus lúgubres prisiones, condenado a muerte, igual que muchos de vosotros o de los que lamentablemente ya no están. Pero eso se acabó. De nada nos servirá mirar hacia atrás. Tampoco pude conocer a mi abuelo, pues murió antes de que yo naciera, pero sé que fue un buen hombre. Sobre mi padre, cada uno de vosotros tendrá su opinión y yo la respetaré. No deseo parecerme a él; ni siquiera parecerme a mi abuelo. Solo deseo hacerlo lo mejor que sepa y devolveros todo aquello que os arrebataron. Y desde hoy os digo que las llamas de la Alianza fijarán el inicio de una nueva era y devolverán a Ászaron la luz tras la oscuridad en la que ha estado sumida.

—¡Majestad! —gritó un hombre—, esa Alianza… ¿no nos pondrá de nuevo en el punto de mira de Ódeon?

—Ászaron ya está en el punto de mira de los dragnars, amigo mío —respondió Néder—; lo demuestran sus continuos ataques, asestados con mayor dureza en nuestra ciudad que en cualquier otra. Unas profecías hablan de Ászaron como la ciudad elegida; es aquí donde deben prenderse de nuevo las llamas, ya que fue aquí donde se extinguieron. Los dragnars nos atacan con fiereza y lo hacen porque temen el regreso de la Alianza, la única que puede ayudarnos.

—¿Y qué ocurrirá con el gobernador? —preguntó una mujer—; ¿quién nos asegura que no regresará y se hará de nuevo con el control de Ászaron, tomando represalias contra todos?

—No debéis preocuparos por eso. Zeol ocupará su lugar en las mismas prisiones a las que tanta gente envió.

—¿Y el ejército? ¿A quién se mantendrá leal?

—El ejército le debe lealtad al rey, como ha hecho siempre. Aquellos que no cumplan serán considerados traidores y se los exiliará de Ászaron. Así lo dice la ley.

—¡Vos no fuisteis leal al rey Séldar! —gritó un soldado desde el jardín.

—Séldar ascendió al trono a través de una conspiración. Para nosotros el último rey legítimo de Ászaron fue Valian.

—De todos modos —añadió Eriak—, nosotros fuimos declarados traidores al no servir a Séldar y se nos desterró de Ászaron. Ese es el mismo destino que daremos a quienes se nieguen a servir al rey.

—Esta noche —continuó Néder— Aldan será coronado. Será también entonces cuando los capitanes de los ejércitos deban hablar con el rey y decidir. Ahora marchaos a vuestros hogares y disfrutad del inicio de la nueva era.

*****

La noche había caído en Ászaron y solo las antorchas y la luna llena esparcían luz sobre la majestuosa ciudad.

Una multitud de gente se había reunido en la plaza blanca, escenario de grandes acontecimientos antaño y de las ejecuciones de todos los acusados por traición en tiempos no tan remotos.

Néder alzaba en sus manos la corona que habían lucido en las cabezas los antiguos reyes de la ciudad. Aldan, arrodillado frente al capitán de la Alianza, esperaba convertirse en el próximo rey de Ászaron, aquel que debía devolver todo su esplendor y esperanza a los ciudadanos de la ciudad de plata.

—Hace casi veinte años, en esta misma plaza —empezó Néder— el rey Valian coronaba a su hijo Séldar, con la esperanza de estar haciendo lo correcto; de que este supiera ser un buen rey y mantener a Ászaron en su lugar, tal y como había sido hasta ese momento. No juzgaré la labor de Séldar, que es de sobras conocida para todos. Solo puedo aseguraros que hoy yo corono a este muchacho, Aldan, con mucha más tranquilidad y alegría, porque en el tiempo en que le conozco, ha demostrado gozar de una extraordinaria nobleza, comparable a la de su abuelo Valian o a la de su tío Seizan, a los que hoy recordamos. La desprotección que cayó sobre nosotros con la extinción de las llamas de la Alianza solo ha podido ser sustituida por la de los antiguos reyes de Ászaron, que allá donde estén han velado por nosotros, pero ellos ya lucharon en vida y ahora nos corresponde a nosotros hacerlo y dejarles a ellos descansar. Por eso en el día de hoy Ászaron recupera a su rey, Aldan de Ászaron.

El hombre concluyó su regio discurso posando la plateada corona sobre la cabeza de Aldan, que la recibió con el mayor de los honores, bajo los aplausos de los ciudadanos que presenciaban el acto.

—No puedo añadir más a lo que os dije esta mañana —intervino Aldan poniéndose en pie—; solo juraros que daré mi vida por Ászaron si es necesario, y por la Alianza.

Ezhan se acercó hasta Aldan.

—Felicidades —le dijo mientras le extendía la mano.

Aldan le correspondió.

—Ezhan, sé que durante un tiempo dudamos sobre cuál de los dos debía ocupar este lugar. Me ha correspondido a mí, pero quiero que sepas que hubiera estado orgulloso de que tú fueras el rey de Ászaron. Hemos luchado juntos y has demostrado siempre un extraordinario valor. Te debo más de una y eso jamás lo olvido.

Ezhan asintió y sonrió.

—Ászaron tiene el mejor rey posible —concluyó él.

Pronto Aldan fue requerido por todos aquellos que querían saludarlo y conocerlo.

Ezhan lo vio mientras se alejaba despacio, reparando de pronto en la presencia de Lethard, el hermano del gobernador.

—¿Estás bien? —le preguntó al verlo ligeramente compungido.

—Siempre creí que sentiría mayor felicidad al ver a mi hermano ocupando la celda en que pasé casi toda mi vida, pero no es así —respondió él, alzando la mirada del suelo.

—Tu hermano y tú no sois iguales.

El hombre asintió con una triste sonrisa dibujada en sus labios.

*****

Aldan aguardaba en la sala interior del patio del castillo, junto a Néder. Arazan, Arel y tres hombres más, que entraron posteriormente.

—Estos son los capitanes del ejército de Ászaron. Hombres leales al servicio de la ciudad —dijo Arazan, después de entrar y saludarlos.

—Bien —respondió Aldan—. Necesito conocer vuestra postura y la de vuestros hombres ante los cambios que se avecinan en Ászaron, el primero de lo cuales se ha hecho patente esta noche.

—Mi nombre es Kor, majestad. He hablado con mis hombres. Siempre hemos servido a Ászaron, independientemente de quién haya gobernado y así vamos a seguir haciéndolo. Podéis contar con nuestra lealtad y nuestras vidas si fuera necesario. Lo juraremos ante quien haga falta.

Aldan asintió.

—Mi nombre es Vrael. Puedo presumir de capitanear al batallón más veterano de Ászaron. La mayoría de mis hombres estuvieron durante largos años al servicio del rey Valian, y hoy lo harán con el mayor de los orgullos ante su nieto. Juramos lealtad al rey y a Ászaron.

—Yo soy Kimbal, majestad. Mis hombres viven por y para Ászaron. Serviremos a todo aquel que ame y respete a nuestra ciudad y que quiera darle lo mejor. No hay ningún hombre que opine lo contrario en nuestro escuadrón. Serviremos al rey, como servimos al gobernador.

—Yo soy Arel y no serviré a ningún traidor —sentenció el hijo de Néder, que bajó la mirada, apesadumbrado.

Aldan asintió de nuevo.

—¿Y vos, Arazan? —preguntó

—He sido relegado de mi cargo hace tan solo unas horas, majestad. No capitaneo a ningún escuadrón en Ászaron.

—Capitán o no, eres un soldado de Ászaron. ¿Qué actitud adoptas?

—También serví al rey Valian e incluso a su hijo Séldar el poco tiempo que este permaneció en el trono. Discrepé en muchas cosas pero tras la guerra era necesario recomponer Ászaron. Cuando Néder y los suyos fueron desterrados no lo creí justo, pero tenía mucho por lo que luchar aquí y me quedé al servicio del gobernador. Admito que muchas cosas no me han gustado, aunque he obedecido siempre. Para mí es un orgullo recuperar parte de lo que murió con Valian y con Seizan. Tenéis mi lealtad.

—¿Podéis dejarnos solos a Arel y a mí? —intervino Néder.

—No creo que sea buena idea... —respondió Aldan.

—Por favor —insistió él.

—No tengo nada que hablar contigo —repuso el muchacho.

Sin embargo, se mantuvo inmóvil cuando todos abandonaron el lugar.

—¿Por qué los hombres de la Alianza son unos traidores para ti? Tu pueblo les ha aceptado.

—Ászaron estuvo bien gobernada por Zeol a pesar de vuestra constante oposición. Os recuerdo que no fue el gobernador quien os desterró, sino el rey Séldar, con Valian aún vivo. Si este hubiera estado en contra, ¿crees que lo hubiera permitido?

—Valian sabía que su hijo iba a declararnos traidores, pero teníamos una misión que cumplir; su tiempo se acababa y no se podía hacer nada.

—Entonces ¿estuvo o no estuvo de acuerdo en que erais traidores?

—¡Las cosas son mucho más complicadas de lo que crees, hijo, por todos los dioses!

—¡No me llames hijo! ¡Yo no soy tu hijo! ¡Nos abandonaste por irte a hacer tu maldita guerra! ¡Mi madre murió sola! ¡Y tú me abandonaste en Ászaron! ¡Te llevaste a Eirien pero no a mí!

Néder lo miró boquiabierto. La ira con la que hablaba no era nueva para él pero sí las palabras que la acompañaban.

—¿Es eso lo que realmente me reprochas? Arel, tu madre creía en la Alianza, por eso fue la primera en apremiarme a partir. Cuando me enteré de que había muerto, volví a buscaros, pero tu abuelo me echó a patadas. Eirien ya era mayor y tenía uso de razón. Quiso acompañarme a toda costa y no pudieron oponerse, pero tú eras más pequeño y solo veías en mí a un desconocido. No podía arrastrarte conmigo; querías quedarte con tus abuelos. No quise obligarte.

—¡Solo era un niño, maldita sea! ¡Tu hijo! ¡Tenías que haberme llevado contigo! ¡Hubiera llorado, hubiera gritado, pero hubiera crecido junto a mi padre y mi hermana! Me abandonaste, me dejaste solo.

—Tienes razón. No supe ver lo que me estás diciendo ahora, hijo. Quise ser un buen soldado, un buen hombre, un buen marido... y probablemente me olvidé de ser un buen padre.

—No lo fuiste —respondió Arel, entre sollozos—. No lo eres.

—Tal vez tengas razón —admitió Néder, vencido—. Pero eso no me convierte en un traidor a Ászaron ni en alguien que merezca la muerte. Es posible que me equivocase, pero nada de lo que hice fue con intención de dañarte.

Eirien escuchaba con el rostro bañado en lágrimas y sin fuerzas para tratar de retener a su hermano cuando este se cruzó con ella, marchándose de allí.

Néder la abrazó con fuerza y, juntos, regresaron con los demás.

*****

—Enhorabuena, majestad —intervino de pronto la voz de un hombre.

Néder acababa de regresar, de la mano de su hija, cuando sus ojos toparon con los de un rostro familiar, imposible de olvidar aunque muy lejano ya en el tiempo.

—Largo tiempo sin vernos, Néder —lo saludó el mago Nurn

—¿Cómo te has enterado de la buena nueva? —le preguntó él, acercándose y tendiéndole la mano.

—En la Cima de Odín no existen los secretos, amigo mío. Así que este muchacho es el hijo de Séldar…

Aldan se puso en pie y saludó al recién llegado.

—Mi nombre es...

—Aldan, lo sé, hijo. Tienes mucho trabajo por hacer. La guerra le ha hecho mucho daño a Ászaron. Hay tanto que reparar…

—No me asusta el reto.

Nurn observó a Ezhan, que lo miraba con curiosidad.

—¿Nos ayudarás, Nurn? —preguntó Néder, recuperando su atención.

—Lo lamento, capitán. Los hombres son los únicos que tropiezan dos veces con la misma piedra y yo no soy un hombre. Una vez os ayudé y eso obligó a Fär a tomar partido por los dragnars, lo cual puede ser muy peligroso. Es mejor que no nos arriesguemos.

—Bien, Néder; no necesitamos ayuda —dijo Aldan—. He mandado a llamar a élars y óhrdits. Con los nigromantes ya sabemos los que hay, de modo que... sólo queda esperar.

CAPÍTULO 18

Cuando Eirien llegó, Arel continuaba sentado en el banco de piedra que se situaba justo frente a los cuarteles del ejército. La joven tomó asiento a su lado y comprobó que su hermano lloraba.

—Arel...

—Déjame en paz. Lárgate.

—Te he oído hablando con nuestro padre. Tal vez todo hubiera sido más fácil si desde el primer momento nos hubieras dicho qué te angustiaba. ¿Cómo íbamos a imaginar eso?

—No quiero hablar de esto, Eirien.

—Arel, llevas demasiado tiempo guardándotelo y te hará bien hablarlo.

—¡Pues no me apetece! —gritó el muchacho, poniéndose en pie— Llevo veintiún años guardándolo y nadie se ha preocupado de si yo necesitaba o no hablar.

—Estas siendo injusto, hermano. Nuestro padre no quiso obligarte, y por aquel entonces tú no quisiste venir. Tal vez tengas razón, solo eras un niño sin capacidad de decisión, pero prácticamente no lo conocías. Él no quiso separarte de tu familia, de tu ciudad… SU intención no fue abandonarte y olvidarse de ti.

El joven tardó unos segundos en responder:

—Puede que apenas le conociera pero era mi padre. No sabéis todo lo que tuve que soportar por defender a mi padre frente al abuelo, cada vez que él lo insultaba; los golpes, las palizas... Él me obligó a alistarme en el ejército con catorce años. En todo este tiempo nadie vino nunca a buscarme, Eirien; nadie. Posiblemente el abuelo no estuviera tan equivocado. Néder solo se preocupa de sí mismo, decía. La guerra es lo único importante para él, decía.

—No sabíamos nada de eso, Arel. Vinimos a buscarte muchas veces y nunca quisiste venir con nosotros.

—A ojos de toda Ászaron, Néder y tú erais unos traidores y me dejasteis solo aquí, creciendo rodeado de la humillación de ser el hijo de un traidor y el hermano de una traidora. Día tras día mi abuelo se encargó de recordármelo. Y acabé por pensar lo mismo. Os odié, Eirien; a ti y, sobre todo, a él.

*****

El sol brillaba en el cielo azul de Askgarth cuando Ezhan salió al balcón para comprobar cómo Aldan recibía a los óhrdits, que acababan de llegar a la ciudad. En la jornada anterior, el flamante rey de Ászaron había efectuado un llamamiento a los reinos elegidos con la esperanza de poder forjar cuanto antes las llamas de la nueva Alianza y tal como habían anunciado los emisarios, Gildar había respondido.

Ezhan sonrió al ver a Aldan charlar con Muriel, con quien tantas diferencias había mantenido durante el trayecto hacia Dongur. No podía negar que le congratulaba la desaparición de las fricciones que habían existido hasta ese momento entre unos y otros, pues la lucha que se avecinaba exigía de la máxima unión.

Al caer la noche fueron los élars los que cruzaron los elevados portones de Ászaron, encabezados por la reina Aley, cuyo reencuentro con Aldan mantenía un tono más íntimo.

Ezhan no había podido atestiguarlo en esa ocasión pero sí había sido informado por guardias y soldados de que el rey de Ászaron llevaba ya un buen rato conversando a solas con la soberana de los élars. La chispa que había empezado a surgir entre ambos no era ajena para el propio Ezhan; probablemente no era ajena para nadie y él no podía sino congratularse por ello, pues en el poco tiempo que llevaba conociendo a uno y a otra, estaba seguro de que ambos se merecían el espacio de la tregua para el amor.

Pensar en ello le hizo también pensar en Eirien. Desde su llegada a Ászaron y con el desarrollo de los acontecimientos que habían proclamado a Aldan como rey de la ciudad de plata, la joven no se había despegado de él y esa continua cercanía lo había llevado a plantearse qué estaba ocurriendo entre Eirien y él. Al marcharse del Inframundo, el propio Ezhan le había asegurado a Yara que algún día encontraría a una joven en Ászaron a la que convertir en su esposa y madre de sus hijos. ¿Sería acaso ella? Pensar en eso le había resultado utópico hasta entonces pero Eirien había logrado despertar en él aquel anhelo que se presumía absurdo ante la situación que los amenazaba.

*****

Los soldados se acomodaron en los cuarteles del ejército de Ászaron y los reyes, en el castillo del rey.

A pesar de lo tardío de la hora, los pasos mostraban una frenética actividad en la sala de armas, donde Aldan había convocado a los soberanos de Iraïl y Gildar, así como a otros hombres de confianza en el desarrollo de los acontecimientos producidos y de aquellos que se avecinaban:

—Bueno, pues ya estamos todos —exclamó Gaiar.

—Mucho me temo que todos no —respondió Néder.

—¿Han sido convocados los nigromantes? —quiso saber la princesa Muriel.

—¿Y cómo íbamos a llegar de nuevo hasta ellos? —preguntó Aldan—. Estuvimos allí hace escasas semanas y nada conseguimos. No merece la pena perder el tiempo en vanas ilusiones.

La desesperanza era la nota predominante en los rostros de los allí asistentes. Aquella noche trataba de emular la vivida hacía ya tantos y tantos años en la Cima de Odín pero a pesar del hilo de esperanza que prendía en sus corazones, sabían que nada de lo que llevasen a cabo serviría si los nigromantes no accedían a luchar a su lado.

Concluida la reunión, accedieron hasta lo alto de la almenara en la que, tiempo atrás, había brillado, regia y amenazante la llama de la Alianza. Ahora sólo un espacio oscuro yo ennegrecido por el brillo de antaño se mostraba como el preciado legado de un pasado que clamaba por convertirse en presente para así, poder concederles una oportunidad para el futuro. Aldan, Aley y Gaiar rodearon la imponente construcción de piedra mientras Ezhan, Néder, Eirien y algunos soldados más observaban algo apartado.

—Procedamos —murmuró la reina élar—. Esta fue la llama que traicionó a la Alianza, de modo que, según tengo entendido, al encenderla aquí, brillará automáticamente en el resto de reinos elegidos.

—Así sería si las cosas estuvieran en su sitio —respondió Aldan con resignación.

Suspiró y dio un paso al frente para asomarse hasta la almenara ante la atención de todos los allí presentes:

—Como rey de Ászaron —empezó a hablar— me comprometo a cumplir con la Alianza que hoy forjamos y mantenerla a través de mi descendencia hasta el fin de la guerra.

La tensión que se respiraba iba en aumento con cada segundo que discurría, envuelto en un silencio nuevo y extraño, un silencio expectante y traicionero que, por un instante, prendió la esperanza en sus corazones. Pero ese mismo transcurso de los implacables segundos, acabó por mostrarles aquello que habían esperado: nada.

Aldan le dio un patada a la almenara al tiempo que reculaba, furioso.

—¡Maldita sea! —gritó—. Nada lograremos sin los nigromantes. Es inútil —dijo abandonando la estancia.

El muchacho abandonó la sala y ni siquiera el intento de Aley por sujetarlo sirvió de nada.

Gaiar y sus hijas caminaron despacio tras los pasos del rey de Ászaron y después lo hicieron los demás soldados. Eirien los siguió tras despedirse de Ezhan con un beso en la mejilla y sólo él mismo y el propio Néder permanecieron allí, compungidos.

—¿Qué ocurrió en Dóngur? —preguntó este último—. ¿Por qué se niegan a ayudarnos? ¿Acaso no redimisteis la ofensa que se les hizo?

—Pensamos que sí. Hasta las mismas entrañas del Inframundo fuimos con los representantes de los reyes de los hombres, los élars y los óhrdits pero dijeron que no era suficiente.

—¿Crees que lo que necesitaban era que Aldan también fuera rey? Es decir, cuando fuisteis, ya sabíamos que él era el heredero al trono de Ászaron, pero oficialmente no...

—Ahora lo es, Néder —lo interrumpió Ezhan—. No creo que esa nimiedad tenga nada que ver.

—¿Y qué crees que pueda ser entonces?

Ezhan se mantuvo en silencio y Néder entrecerró los ojos, observándolo.

—Ezhan... —insistió el hombre.

—No sé, Néder; hay algo extraño en todo esto —respondió él al fin—. Las profecías hablan de todas las llamas hermanas y consideran entre ellas a la de Dóngur. ¿Por qué no iban a considerar a la de Ódeon? ¿No son los dragnars hijos de Askgarth?

—¿Qué estas insinuando, Ezhan? Sería absurdo que también ellos debieran tomar parte en la forja de la Alianza; jamás lo harían. Entonces sí estaríamos perdidos. ¿Cómo iban a luchar contra ellos mismos? Damos por sentado que las profecías hablan de las llamas que están enfrentadas a la otra, a la que lo está destruyéndolo todo.

Ezhan lo miró pero ya no dijo nada más.

*****

Aldan estaba en su habitación sentado sobre su lecho, con la mirada perdida. Aley permanecía arrodillada a su lado.

—Debe existir alguna forma de que podamos recuperar la amistad que alguna vez existió con los nigromantes —le dijo la élar—; tal vez si buscamos en los libros antiguos...

—No existe tal ofensa, Aley —interrumpió él—; ¿no te das cuenta de que todo esto es un juego para ellos? Tan solo somos las fichas de su tablero. Es uno de ellos quien gobierna a los dragnars. Estoy convencido de que todo esto es un plan para conquistar Askgarth.

—Cuando partimos de Dóngur ya contábamos con que los nigromantes no iban a ayudarnos y aun así estábamos resueltos a luchar. No dejes que te venza el desánimo, Aldan.

—Sabes que sin la Alianza tendremos muy pocas oportunidades. Podemos elegir una forma más o menos digna de morir, pero nunca tendremos la opción de vencer.

Aley casi se vio agradecida con la oportuna interrupción de uno de los sirvientes del castillo, que anunciaba una inesperada visita.

—Majestad, una mujer pregunta por vos. Le he dicho que regrese mañana, que es muy tarde, pero insiste en que vos la recibiréis. Su nombre es Sarah.

—Sarah —murmuró él poniéndose en pie—. Discúlpame, Aley —le pidió a la élar, antes de abandonar la estancia a toda prisa.

El muchacho corrió hasta la sala en que la mujer lo aguardaba pero al llegar, no topó con una, sino con dos: una mujer que lo esperaba de pie y una anciana, sentada y encorvada.

—¡Sarah!

—¡Aldan! —exclamó la más joven de ellas, abrazando fuertemente al muchacho.

—¡Prima! ¿Qué estás haciendo aquí?

—Las noticias tardan en llegar hasta la remota aldea de Cahdras, pero finalmente llegan. Supimos de tu ascenso al trono y quisimos venir lo antes posible.

Aldan observó a la anciana y se agachó frente a ella. La mujer parecía no reconocerle cuando él tomó su temblorosa mano y le sonrió.

—Tía... —susurró

—Su enfermedad ha avanzado a pasos agigantados. Hay días en que ni siquiera sabe quién soy yo; el curandero de Cahdras la ve muy debilitada, pero sé que en el fondo de su corazón sentía enormes deseos de verte... de verte ocupando por fin el lugar que te corresponde.

—Siempre quiso que yo ascendiera al trono y pudiera también darle su lugar. Mucho temo que sea demasiado tarde para eso último. Lamento no haber podido ir a buscaros todavía —se disculpó con Sarah—. Las cosas se han complicado mucho en los últimos días y...

—Lo sé, Aldan. No tienes que dar explicaciones...

—¿Cómo habéis llegado hasta aquí solas? Los caminos son cada vez más peligrosos y Cahdras no está precisamente cerca.

—Los caminos son tan peligrosos como cualquier otro lugar de Askgarth. Cahdras ha sufrido varios ataques en los últimos meses. Un grupo de aldeanos organizó una partida hasta Ászaron y vimos la oportunidad de salir de allí y, de paso, volver a verte.

—¡Soldado! —gritó Aldan, incorporándose—. Quiero que les preparéis una habitación. Ellas son mi tía y mi prima, que es como hablar de mi madre y mi hermana. Quiero que se pongan sirvientas a su disposición y que sean tratadas como las mismas reinas de Ászaron.

—¡Aldan! —sonrió Sarah.

—Es mejor que os vayáis a descansar, Sarah. El vuestro ha sido un viaje largo y peligroso. Diré que os lleven algo de comer y os preparen un baño caliente.

—Gracias.

Aldan las despidió con un fraternal beso y las acompañó hasta el pasillo, donde observó cómo los sirvientes las ayudaban a llegar hasta sus respectivas habitaciones.

Ezhan llegó en aquel momento, cruzándose con ambas. Aunque sus rostros le resultaban vagamente familiares en aquel momento no supo dónde las había visto antes, aunque lo que sí tenía claro era que para ellas —o al menos para la más joven— él tampoco era un complete desconocido. La mujer bajó la mirada y abrazó a la anciana cuando pasaron por su lado.

—Mi tía y mi prima —murmuró Aldan, prendiendo en la memoria de Ezhan los recuerdos concernientes a aquellas dos extrañas.

—¿Qué hacen ellas aquí? —preguntó él

—Han sabido de mi coronación y han querido venir a verme y a ocupar su lugar, claro está. Sarah y Beldreth son como mi hermana y mi madre. Cuidaron siempre de mí y son las dos únicas personas de mi familia que he conocido.

Ezhan asintió sin añadir ya nada más y caminó hacia la ventana para embriagarse de los aromas y visiones de la noche:

En lo alto de las murallas algunos soldados montaban guardia. Las antorchas iluminaban sus puestos y en el horizonte tan solo la negra oscuridad se levantaba frente a ellos. Era una noche oscura y cerrada y ni una lejana estrella se dejaba vislumbrar en el firmamento. El viento se colaba entre las copas de los frondosos árboles del bosque que se extendía a los pies de Ászaron, dando siempre la primera bienvenida al viajero que buscaba la protección de las murallas más sólidas de Askgarth.

El aire movía a su antojo las llamas de las teas, que bailaban caprichosamente, proyectando inquietantes y misteriosas sombras en la fría roca de las paredes. La calma era relativa en tiempos de guerra, pero se agradecía pese a su fragilidad. La paz había sido algo relativamente efímero para los más ancianos del lugar. Los más jóvenes estaban empezando a sufrir ahora los efectos de la guerra de la que tanto habían oído hablar. Tan solo el periodo que coincidió con el fin de la conocida como la última «Gran Guerra" trajo consigo un poco de paz. Los ászaros recordaban con nostalgia aquel corto espacio de tiempo en que las puertas de Ászaron permanecían abiertas tras caer la noche y les permitían adentrarse, sin correr peligro alguno, en el bosque. Los niños solían hacerlo para capturar en sus jaulas artesanales alguna que otra luciérnaga despistada. Realmente solía ser un espectáculo para la vista, introducirse en el viejo bosque, con el arrullo de la fresca agua del río descendiendo alegre y vigoroso por su cauce, mientras cientos de luces parpadeantes revoloteaban de un lado al otro, como pequeñas estrellas caídas del firmamento.

También los amantes utilizaban el cobijo del bosque nocturno para dar rienda suelta a sus encuentros furtivos.

Sin embargo, de un tiempo a esta parte, las puertas se cerraban tras el ocaso, hora fijada para todos los ciudadanos y viajeros para entrar o salir de la ciudad y era extraño que los soldados hicieran una excepción fuera de esas horas para dejar entrar o salir a algún rezagado. Con los últimos ataques sufridos, algunos de ellos a plena luz del día, la puerta permanecía siempre cerrada, siendo necesaria la identificación y el permiso de los soldados que hacían guardia para poder entrar y salir.

✴✴✴✴✴

El día había amanecido gris y lluvioso en Ászaron. Las reuniones y encuentros se sucedían, prolongando durante horas conversaciones vacuas que trataban de dar con distintas soluciones sin llegar a alcanzar ninguna.

Aldan se llevó las manos a la cara y resopló hastiado, mientras Ezhan continuaba sentado en un segundo plano, con la espalda pegada a la pared y el cansancio desdibujándole el rostro.

—La única solución que nos queda es afrontar la guerra solos —dijo, tratando de acabar ya con las disparatadas posibilidades que muchos proponían.

—No se trata simplemente de luchar en una guerra, sino de que se cumpla una profecía —repuso el rey óhrdit.

—Los nigromantes no van a ayudarnos, y no podemos sentarnos a esperar —exclamó Aldan.

—Debemos hallar otra solución —intervino Aley—; ¿acaso no sería posible consultar los viejos libros y ver si existe alguna otra forma, alguna otra profecía a la que poder aferrarnos?

—Los viejos libros no ofrecen solución a todos los problemas, Aley —respondió Gaiar—; existe una profecía que podría darnos una oportunidad, pero si no se cumple todo lo que se exige en ella, deberemos hallar otra solución.

—Será un suicidio —dijo Arazan, interviniendo por primera vez—; no existe ejército sobre la tierra de Askgarth capaz de hacer frente a los dragnars. El liderazgo del nigromante que los gobierna los ha dotado de extraordinarios poderes.

Néder permanecía en silencio, junto a Ezhan, con gesto pensativo pero al volverse, reparó en el rostro de una mujer, alguien que no había sido invitada a aquella reunión pero que, no obstante, escuchaba furtivamente.

La voz de un soldado recuperó su atención.

—¿Por qué no recurrimos a los magos del equilibrio?

—¡Imposible! —intervino por fin Néder—; la ayuda de Nurn en la última gran batalla pudo habernos costado muy cara. La intervención de un mago en un bando, obliga a otro a ayudar al otro bando. El poder de los magos es enorme; es tan bueno tenerlo a favor, como malo tenerlo en contra. Nurn juró neutralidad para beneficio de todos, así que esa no es una opción.

—¡Entonces es mejor que nos rindamos! —respondió un soldado.

—¿Cómo puedes siquiera insinuar tal idea? —gritó Ezhan, enfurecido—.

¿Es eso lo que queréis? ¿Rendiros? ¡No tenéis derecho! ¡Los que lucharon antes que nosotros no nos trajeron la victoria, pero sí una oportunidad! Les debemos lo mismo a quienes vengan después.

—Si nos rendimos, tal vez los dragnars sean benévolos con nosotros —intervino de nuevo el soldado—. ¡Esta guerra eterna solo trae destrucción, muerte y devastación. Lo único que les estaremos ofreciendo a quienes nos sucedan será continuar con esta carnicería.

El silencio se alzó amenazante como una sombra que sopesaba tal posibilidad.

—¿Es eso lo que todos queréis? —exclamó Néder, incrédulo.

Un guardia entró por la puerta con el rostro desencajado y temblando, atrayendo la atención de todos.

—¿Qué es lo que ocurre? —preguntó Aldan, sin moverse.

—Ni... nigro... nigromantes, majestad.

—¿Qué ocurre con los nigromantes? —preguntó Ezhan. —Han... llegado dos nigromantes... Los acompaña un humano.

Ezhan alzó la mirada, manteniéndose de brazos cruzados pero preso, al igual que el resto, de una notable inquietud.

—Que pasen —respondió Aldan, incorporándose.

El silencio reinó en toda la sala hasta que el guardia regresó, tembloroso y con el rostro cubierto de sudor. No iba solo.

—Mi nombre es Yara —dijo la joven nigromante, captando la atención de todos, especialmente de Ezhan, que se puso en pie, boquiabierto—. Él es Riley y él, Arsen.

—¿Quiénes sois? —preguntó Aldan, adelantándose ligeramente.

—Soy la hija de Zor y he venido en representación suya.

—¿Acceden, pues, los nigromantes a prestarnos ayuda? —preguntó Eriak, esperanzado.

—Ellos han consultado a nuestros dioses y temo que estos no han dado aún su respuesta, pero sé que no podemos esperar más. Soy heredera al trono y, por tanto, quiero ayudaros a forjar la nueva Alianza.

El silencio tenso y receloso dejó paso a la emoción contenida, a la alegría exaltada de los que empezaron a abrazarse y a gritar, a reír y a celebrar.

Aldan alzó el brazo, solicitando calma.

—¿Quiénes son ellos? —preguntó, en alusión a sus acompañantes.

—Riley es capitán de los ejércitos de Dóngur y Arsen es un amigo.

—Está bien. Si de veras sois la hija de Zor, vuestra ayuda debería bastarnos —añadió Aldan—. Forjemos ahora mismo las llamas de la Alianza.

—Acabamos de llegar desde Dongur —intervino Riley —.Y lo cierto es que la hospitalidad de Ászaron deja mucho que desear. ¿No se nos permite ni siquiera descansar?

Aldan abrió la boca pero guardó sus palabras en un intento por no ofender de nuevo a los nigromantes. Habían llegado hasta allí tanto tiempo después que supuso podían permitirse una noche más.

—Está bien. Descansemos todos por hoy. Ahora podemos hacerlo con la tranquilidad de saber que tenemos todo cuanto necesitamos.

La reunión se disolvió rápidamente y todos se retiraron, incapaces de ocultar su alegría. Las sonrisas y los abrazos, los gestos con el puño o los murmullos esperanzados sustituyeron por primera vez a la desazón.

Ezhan se mantuvo inmóvil frente a Yara, que no apartaba de él sus ojos grises.

—¿Venís? —preguntó Aldan.

—Enseguida —respondió ella, sin tan siquiera mirarlo

La nigromante caminó hasta recortar considerablemente la distancia que los separaba y Ezhan tragó saliva, víctima de una sensación extraña. No creyó volver a verla nunca más y, desde luego, de haber sabido que sí volvería a hacerlo, no imaginó que algo en su interior daría un vuelco semejante. Había llegado a enamorarse de ella y así se lo había reconocido a la propia Yara pero la actitud de esta lo había empujado a olvidar, a borrar esperanzas y seguir adelante en el trazado de un camino que nunca más habría de cruzarlos.

—Estuve en Dóngur hace pocas semanas —confesó él — pero me dijeron que te habías marchado.

—Había cosas que hacer en Askgarth.

—Accedes a ayudarnos aun enfrentándote a Zor. ¿Por qué?

Yara se encogió de hombros.

—Supongo que nada bueno deparará a Dongur el hecho de que Askgarth sucumbá.

El muchacho asintió.

—Me alegra volver a verte —murmuró.

A él mismo le sorprendió la timidez que teñían sus palabras, él que siempre había hablado abiertamente con ella de sus sentimientos y emociones; él, que la había empujado siempre a reconocer lo mismo. Pero ella le había advertido que en cuanto cruzase la frontera del Inframundo, lo habría olvidado y él se había mostrado ilusionado con Eirien, así que no tenía sentido retomar lo que fuese que había quedado pendiente tiempo atrás.

—¿Ocurre algo? —preguntó ella.

Yara había terminado por admitirse sus sentimientos hacia él pero de nuevo el orgullo o quizás el miedo se alzaban de nuevo ante ella, prolongando la apariencia de un desinterés que necesitaba él rompiera. Ezhan no había aludido a aquello que tiempo atrás los había unido; no había hecho ninguna referencia y pensar que lo había olvidado todo le impedía ser ella quien mostrase le debilidad de necesitarlo a él. No lo haría.

—Hay algo de las profecías que muy pocos tienen en cuenta —respondió él, para decepción de Yara—. Dudo que alguien lo conozca aquí.

—No estamos todos —respondió ella—. Lo sé. Hace falta alguien más. Un dragnar. Por eso he querido ganar tiempo.

—¿Qué quieres decir?

—Sé que los dragnars son necesarios.

—Lo sospechaba, aunque te confieso que me parece algo realmente absurdo.

—Lo sé. Pero si no me equivoco en descifrar la profecía, es posible que lo que los dioses quieran es que tratéis de entender que el camino no es seguir luchando y derrotar a los dragnars, sino que todas las razas se unan contra Vrigar y por primera vez en mucho tiempo, todas luchen juntas para, después, restablecer la paz.

—Si es así, la profecía nunca se cumplirá. Nunca pondremos a un dragnar de nuestro lado.

—Existiría una posibilidad pero es muy remota.

—¿Qué posibilidad? —preguntó él, frunciendo el ceño.

—El muchacho que me acompañaba, Arsen. Es un dragnar.

—¿Cómo? —exclamó el muchacho, mientras se aseguraba de que nadie les hubiese escuchado.

Sujetó a Yara del brazo y la apartó de la puerta, gesto que de forma incomprensible para ella misma, la hizo sentir escalofríos; el contacto de Ezhan con el suyo propio, algo que había echado en falta más de lo que estaba dispuesta a admitirse a sí misma.

—Es el hermano del último rey dragnar.

—¡El hermano de Leith!

—Veo que conoces a mi hermana —interrumpió una voz.

Ezhan y Yara se volvieron de repente y toparon con la sigilosa figura de Arsen.

—¿De qué conoces tú a Leith?

La mirada de Ezhan se ensombreció.

—Topé con ella cuando venía hacia aquí... Mató a un buen amigo.

Arsen guardó silencio, al igual que la propia Yara.

—¿Vas a ayudarnos en la forja de la Alianza? —volvió a preguntar Ezhan.

—Yo no puedo ayudaros en eso.

—Pero eres el hermano de la legítima heredera de Ódeon. Por tus venas corre sangre de reyes.

—Eso no os será suficiente. Según tengo entendido, debe ser el propio rey o, en su defecto, el heredero; no cualquiera sirve. De todos modos y, como ya le dije a Yara, nunca traicionaría a los míos.

Ezhan observó a la nigromante, cuyos ojos toparon con loso suyos sin llegar a decir nada.

—Solo acepté acompañar a Yara porque hay algo que quiero pedirte —prosiguió Arsen.

—¿A mí?—exclamó Ezhan.

—Según tengo entendido has sido el primero en aprender a utilizar la nigromancia, más allá de su quinto nivel.

Ezhan no pudo ocultar su sorpresa.

—¿Quién te lo ha dicho?

—Isia se lo contó al Oráculo en Dóngur —intervino Yara—. Trataba de ayudarme para poder iniciar nuestra entrada en la guerra.

—¿Y cómo llegó a saberlo ella?

Yara se encogió de hombros.

—Es una reina de Dongur. Supongo que hay pocas cosas que no sabe.

—Como te decía —prosiguió Arsen—, si posees el conocimiento de la nigromancia, es posible que puedas devolver el don de la vida. —Ezhan frunció el ceño, confuso ante las palabras del dragnar—. Los dragones —continuó diciendo él— fueron injustamente exterminados en la guerra. Vrigar quiso utilizarlos como armas y lo pagaron muy caro. En Ódeon habita Ragnark, el último dragón. Sin una hembra con la que pueda procrear, la especie se extinguirá. Solicité a Zor que nos devolviese el alma de un dragón hembra pero se negó. Ayúdame, por favor. Mi petición es totalmente ajena a la guerra.

—Pero yo... yo no puedo...

—¡¡¡Shhhhh!!! —Yara les hizo callar con un gesto.

De pronto la joven se volvió hacia un oscuro rincón de la amplia sala.

—¿Qué ocurre? —preguntó Ezhan.

—Había alguien ahí fuera.

—¿Quién...?

—No lo sé... —susurró ella.

El movimiento en el exterior del castillo se hizo extraño para Ezhan y sus contertulios.

—¿Qué está pasando? —preguntó Arsen—. ¿Crees que nos hayan oído?

Ni siquiera hubo tiempo para obtener respuestas cuando Riley se plantó en la sala de forma repentina.

—Hay que irse —le dijo a Yara.

—Ni se os ocurra moveros.

Aldan apareció tras de él, junto a Néder y Eirien. En apenas unos pocos segundos después, Eriak y hasta cinco soldados de Ászaron rodearon a Yara, Riley y al propio Ezhan.

Eirien lo sujetó de la mano y lo apartó de allí, haciéndolo recular, un gesto que no pasó inadvertido para la nigromante.

—¿Qué significa esto? —preguntó Ezhan.

—No es un humano. Es un dragnar y estos dos nigromantes lo encubrían.

—¿Es eso cierto, Ezhan? —preguntó Aldan.

—Soy un dragnar, sí —intervino Arsen.

Yara le indicó a Riley que bajase el arma, evitando así más conflictos con el rey de Ászaron y sus soldados. A regañadientes, el nigromante obedeció.

—La forja de la Alianza requiere de la raza de Ódeon para poder llevarse a cabo —explicó después la propia Yara.

—¡¿Pero qué clase de broma es esa?! —exclamó Eriak.

—¿Qué estás diciendo? Los dragnars son el enemigo —repuso Aldan.

—El enemigo es Vrigar, no los dragnar —explicó Ezhan—. Cuanto antes entendamos eso, mejor para todos.

—Arsen es el hermano del último rey dragnar, Noreth —añadió Yara.

—Si eso así tenemos un valioso prisionero en nuestras manos —intervino Arel, que acababa de llegar.

Néder lo miró, confundido también ante lo que estaba ocurriendo.

—¿Ezhan, tú lo sabías?

—Él acaba de enterarse —respondió Yara.

—¡Debemos encerrarlos cuanto antes! —propuso Eriak.

Riley volvió a alzar la espada y los soldados retrocedieron ligeramente.

—¿Cómo te atreves, nigromante, a alzar una espada frente al rey de Ászaron? —intervino de nuevo Eriak—. Los dragnars son nuestros enemigos; si no le encerramos, correrá a Ódeon a contarle todo cuanto está ocurriendo aquí a Vrigar.

Arsen sonrió.

—¡Ojalá pudiera hacerlo! —exclamó.

—Arsen ha sido desterrado de Ódeon —explicó Yara —; no supone ningún peligro para vosotros.

—Supone tanto peligro como tú, nigromante —añadió Arel—; ambos deberían estar encerrados. Ella lo ha traído hasta aquí y nos ha mentido sobre su origen. Nos ha dicho que era un hombre. Lo está ayudando.

—Todo esto es una locura —intervino Ezhan, zafándose de la mano de Eirien.

—¡Locura será si dejamos que esta gente se marchen con impunidad! —gritó también Arel.

—¿Por qué demonios no volvemos a Dóngur y dejamos que estas apestosas criaturas sucumban ante el destino que ellos mismos se han labrado? —intervino Riley por primera vez.

Las espadas le apuntaron con mayor intención pero, lejos de amedrentarse, Riley se adelantó.

—¡Encerradlos! —exclamó Aldan sin alzar la voz.

La mirada de Ezhan osciló desde Yara hasta el propio Aldan.

—¿Qué crees que estás haciendo?

—Estarás de acuerdo conmigo en que todo esto es muy confuso. Deberemos tratar el tema, pero la gente no se sentirá segura si los nigromantes y el dragnar no están encerrados.

—¿Crees que esta es la mejor manera de que los nigromantes nos ayuden, encerrar a la hija de su primer señor y a uno de sus soldados? —intervino Aley, abriéndose paso a través de los hombres del rey Aldan.

—Majestad, os ruego que no os involucréis —pidió Eriak.

Cuando los soldados les sujetaron para llevarles hasta las prisiones, Riley trató de impedirlo pero Yara le arrebató la espada y la dejó caer al suelo, dejando claro, molesta, que aceptarían la voluntad de aquellos hombres.

Ezhan se llevó las manos a la cara y aceptó el abrazo de Eirien cuando esta buscó su calidez.

*****

Cuando Ezhan llegó a la sala del trono, Aldan permanecía sentado, con el rostro hundido entre las manos y las ideas bombardeándole en la mente.

—¡No puedes encerrarlos, Aldan! —gritó el muchacho antes de llegar a su lado—. No han hecho nada. Si les mantienes encerrados, te estarás convirtiendo en otro Zeol.

—Ezhan, la situación es muy confusa ahora mismo. No sé cuál es la verdad pero había demasiada gente allí. Lo mejor es que permanezcan encerrados; así todos estarán más tranquilos. Hemos de pensarlo con calma.

Ezhan se detuvo a su lado, exasperado.

—Para empezar —continuó diciendo Aldan—, ¿qué relación tienes con los nigromantes?

—¡A él ni siquiera lo conozco! No lo vi cuando estuve en Dongur.

—¿Y ella?

Ezhan respiró profundamente.

—Ella y yo... hace tiempo...

Aldan se puso en pie.

—¿Ella y tú? Es una nigromante.

—Ni lo sabía cuando ocurrió ni hubiera sido impedimento alguno. Pero nada de esto tiene que ver con lo que nos atañe. No nos harán daño, de modo que suéltalos.

—¿Y el dragnar? ¿Qué hace aquí?

—Tampoco lo conozco, maldita sea.

—¿Y qué está haciendo aquí?

—Sea lo que sea, es un golpe de suerte que no deberíamos desaprovechar de la forma en la que lo estamos haciendo, Aldan.

—¿Crees en serio que los dragnars han de tomar parte en la forja de la Alianza? Cae por su propio peso, Ezhan.

—Si lo que ella cree es cierto, los dioses, al dictar las profecías, no pretendían que un bando u otro venciese, sino que se unieran todos juntos frente a una amenaza común: Vrigar.

—De ser cierto eso, lo tendríamos todo.

—No estoy seguro...

Aldan lo miró dubitativo.

—Arsen, el dragnar no es el heredero legítimo al trono. Noreth, el último rey designó a su hermana como su sucesora, no a él.

—¿Y si es una trampa?

—¿Cómo?

—¿Y si los nigromantes se han aliado con los dragnars y los han enviado a porque saben que tú confiarías en ella?

—¡Eso es absurdo! Los nigromantes son neutrales y Yara no es ninguna traidora.

—¿Estás seguro? No sé qué demonios te unió exactamente a ella pero ¿no es algo parecido a lo que te une ahora a la hija de Néder? ¿Y si has hecho enfadar a tu amiguita nigromante?

Ezhan le dedicó una mirada asesina y abandonó el lugar con paso firme y decidido.

*****

Riley y Arsen estaban sentados en el fondo de la celda, mientras Yara permanecía arrodillada, sujeta a los barrotes con gesto pensativo.

—Voy a empezar a echar de menos las prisiones ászaras cuando salga de aquí —dijo Arsen con ironía.

Riley sonrió y negó con la cabeza.

—La primera vez que acabamos encerrados en estas ratoneras —dijo después— fue para encontrar información sobre ese humano, el amable muchacho que no ha movido un dedo para evitar esto. ¿Puedo conocer el motivo que nos tiene aquí otra vez? Los humanos acabarán pensando que no tenemos ningún tipo de poder y que pueden encerrarnos cada vez que quieran. Es humillante.

—Fue tu elección acompañarme de nuevo, Riley, así que no tienes derecho a quejarte —repuso Yara, sin moverse—. Pero confío en que recapaciten y reculen. Si desencadenamos un enfrentamiento con ellos, será imposible forjar la Alianza de nuevo. Hay que darles tiempo.

—Sigo sin entender esa absurda obsesión de ayudar a esta gente —zanjó el nigromante.

Arsen le dedicó una mirada impasible pero no dijo nada.

CAPÍTULO 19

E zhan abandonó la ciudad. A aquella hora todos los accesos a la ciudad estaban cerrados pero había estado allí el tiempo suficiente como para recordar que en los antiguos barrios marginales, la muralla ofrecía un sinfín de recovecos para abandonar el reino ászaro. Con toda probabilidad aquella situación cambiaría ahora que era Aldan quien gobernaba pero solucionar los incontables problemas de Ászaron solicitaría mucho tiempo.

Caminaba a través del bosque mientras un sinfín de pensamientos le nublaban la mente: el regreso de Yara, el dragnar que lo acompañaba; lo cerca que se vislumbraba la Alianza y lo lejana que, a su vez, esta parecía; sus sentimientos para con la nigromante y con la propia Eirien. Demasiados asuntos en su cabeza como para no necesitar una tregua en medio de todo eso. A las márgenes del riachuelo se dejó caer de rodillas e introdujo las manos en una aliviadora sensación. Después, enjugó su cara y la paz duró lo mismo que él en abrir sus ojos y topar con la hoja de una espada sobre su cuello.

—Alto —gritó una voz.

Apenas tuvo tiempo para volverse y comprobar que otro dragnar se acercaba caminando, con paso indolente —. No lo mates —le ordenó a aquel que amenazaba su vida—. Su energía es distinta. Puede que se trate del imbécil del que Leith habló. Cógelo.

El muchacho fijó su atención en la espada que había dejado en el suelo, apenas unos pocos metros más allá.

—Si la tocas, estás muerto —le advirtió el dragnar.

Ezhan comprobó que tras de él, además de los dos que acababan de llegar, había un tercer dragnar, apuntándolo con la flecha que se posicionaba sobre su arco. Intentar huir sería absurdo; luchar, aún más.

*****

Aley entró en las mazmorras, aún bien entrada la noche. Yara y Riley permanecían sentados en el frío suelo, hombro con hombro, esperando. Arsen se había puesto en pie y daba paseos nerviosos por la celda, harto ya de esta allí. La llegada de la joven élar, atrajo su atención y le hizo detenerse, mientras que ninguno de los nigromante se movió de su sitio.

—Hola —murmuró, sin obtener respuesta—. Os pido que tengáis un poco de paciencia.

—¿Más? —la interrumpió Riley.

—Vuestra llegada ha sido más que inesperada y Aldan no sabe cómo gestionarla para no inquietar a la gente.

—No te hemos pedido ningún tipo de explicación —respondió Yara fríamente.

—No es necesario que me hables así. Estoy de vuestro lado.

—Yo no sé de qué lado estás tú ni de qué lado está nadie —replicó Riley, poniéndose en pie—. Solo sé que, por segunda vez en muy poco tiempo, permanecemos encerrados en estas prisiones.

—Vuelvo a pediros sólo un poco de paciencia. Estoy convencida de que Aldan os liberará, pero debe hacerlo con cuidado y manejar la situación de forma que su gente esté tranquila.

—¿Por qué has venido? —preguntó Arsen.

—Solo quería que supierais que no estáis solos y que confío en vosotros.

—Soy un dragnar. He matado a muchos de los tuyos. ¿Por qué confías en mí?

—Arsen, no ayudas... —murmuró Yara, indolente.

Tras un breve silencio, Aley respondió:

—Esto es una guerra. Tú has matado a muchos de los nuestros y nosotros hemos matado a muchos de los tuyos. Solo quisiera que esto terminase de una vez por todas —concluyó tristemente.

El dragnar asintió.

*****

Kaisth observaba a Ezhan sin quitarle ojo. El muchacho había opuesto más resistencia de la deseada para los dragnars y los golpes le habían llovido como advertencias que ahora le trazaban el rostro en una dolorosa represalia. Tal había sido la golpiza que el muchacho había acabado sucumbiendo en la oscuridad para despertar rato después en una oscura y fría celda, amordazado y encadenado a la pared.

Cuando lo tuvo frente a sí, gozó de la total certeza de que era la primera vez que lo veía pero, a pesar de eso, también supo con plena convicción que aquel era Vrigar.

—¿Y bien? —preguntó, acercándose.

—Cuando lo encontramos, percibimos una extraña energía en él; distinta a la de cualquier otro humano, por

447

lo que creímos que podía tratarse del hombre que Leith mencionó. Tal vez tenga algún tipo de valor.

—No —confirmó Vrigar—. No es un humano común. Dime,¿cuál es tu nombre? —preguntó mientras se aproximaba aún a él.

Ezhan le mantuvo la mirada al nigromante, pero no respondió; mitad provocación, mitad víctima del hechizo en el que los fascinantes ojos del nigromante lo atrapaban.

—¿Dónde está Leith? —preguntó Vrigar, sin apartar la mirada de Ezhan.

—La he mandado a llamar. Debe estar al llegar.

—¿Qué tipo de magia utilizas, humano? —Nuevamente Ezhan dio el silencio por respuesta—. Orgulloso, eh. Un valor que empieza a escasear en el enemigo pero que, lamentablemente, no va a servirte de nada aquí.

Los pasos que se aproximaban anunciaron la llegada de la joven dragnar, que se detuvo bajo el umbral de acceso a las prisiones al encontrarse con los ojos orgullosos de Ezhan.

—¿Qué hace él aquí? —preguntó sin más.

—Quiero saber qué tipo de magia es la que utiliza. Ignoro cuál es pero la nigromancia no puede penetrar en su mente. Si no conseguís sonsacárselo antes del atardecer, dejádmelo a mí. No quiero que muera. De momento.

Vrigar se incorporó y se alejó a paso lento, desentendiéndose por completo del asunto.

Kaisth avanzó unos pasos, pero Leith lo detuvo, alzando el brazo.

—¡Largaos! Yo me ocupo...

—¡Pero es mi prisionero, Leith! Yo lo capturé y...

La dragnar le dedicó una inquisitiva mirada y no hicieron falta más palabras para que, de mala gana y a regañadientes, los soldados allí presentes obedecieran.

—Supongo que te sobrevaloré —dijo ella, acercándose a Ezhan—; no les ha costado mucho atraparte.

Él la miró desafiante pero no dijo nada.

—¿Quién eres? —preguntó ella de nuevo.

Ezhan se limitó a escupir y generar una sonrisa en las bonitas facciones de la dragnar.

—Escucha, te garantizo que vas a proporcionarnos toda la información que mi señor precise. Solo de ti depende cuánto sufrimiento vaya a costarte. Si te empeñas en que sea él quien te interrogue, te aseguro que suplicarás tu muerte a gritos.

—Tu señor —murmuró Ezhan, por fin—. Tengo entendido que mató a tu hermano y aun así le rindes pleitesía... ¿Has oído hablar de la dignidad?

Leith le dio un sonoro bofetón que hizo sangrar el labio de Ezhan.

—Tú lo has querido, humano. Me alegro de no haberte matado aquel día en el bosque; te habría ahorrado todo el sufrimiento que vas a soportar hoy.

*****

Las puertas de las prisiones se abrieron repentinamente haciendo que Arsen, Yara y Riley se pusieran rápidamente en pie. Eriak, Aldan, Néder y Arazan accedieron hasta allí, deteniéndose lejos de la celda.

—¡Los prisioneros están aquí! —exclamó Eriak.

—¿Entonces dónde está Ezhan? —preguntó Aldan.

—¿Qué ha ocurrido con Ezhan? ¿Dónde está él? —preguntó Yara, sin poder disimular su angustia.

Eirien y Aley llegaron en segundo término.

—Hemos buscado en todos los distritos —explicó un soldado—; no hay rastro de él.

—¿Qué ha ocurrido? —exigió saber Yara de nuevo.

—Ezhan ha desaparecido —explicó Aley—; no hay rastro de él en toda la ciudad.

—¿Quién fue el último en verlo? —preguntó Néder.

—Yo estuve hablando con él anoche sobre lo ocurrido con ellos —respondió Aldan, señalando a los prisioneros —; creí que se habría marchado a dormir. Era tarde y...

—¡Pero todas las puertas estaban cerradas! —exclamó Néder de nuevo—. ¡No pudo salir de la ciudad!

—¡No! —intervino Arazan, captando la atención de todos—. No todo está cerrado. En el distrito abandonado hay zonas donde la muralla presenta algunas oquedades. Es el único lugar por el que pudo salir.

—¡Un momento! —gritó entonces Eriak—. Me consta que muchos de vosotros sentíais cariño por él, pero ¿por qué tenemos que molestarnos en buscarlo? Tenemos entre manos algo mucho más importante, la Forja de la Alianza. La ausencia de ese muchacho no influye para nada.

Riley abrió las barrotes de la celda sin ninguna dificultad y los tres prisioneros salieron libremente.

—¿Pero qué...? —balbuceó Arazan.

—Ehm... ¿Adónde... adónde creéis que vais? —exclamó Aldan, incrédulo.

—A buscar a Ezhan, naturalmente —respondió Yara.

—¡No podemos dejar que se vayan! —intervino Eirien —. Ni siquiera sabemos por qué ese interés en dar con él. Puede que Vrigar se lo haya encargado o...

—Los nigromantes no somos aliados de nadie —la interrumpió Riley.

—Tal vez para vosotros Ezhan solo sea alguien cuya ausencia no influye en el asunto de la Alianza —repuso Yara— pero para mí es mucho más y no voy a quedarme de brazos cruzados.

Eirien la sujetó del brazo.

—¿Mucho más? ¿A qué te refieres, nigromante?

—Es el hombre del que estoy enamorada. No necesito nada más —zanjó Yara, zafándose de una incrédula Eirien.

*****

Cuando Leith regresó al castillo, la noche había llegado y un manto de oscuridad se extendía sobre la vasta Ódeon. La nieve caía de forma copiosa y el viento helado del norte soplaba desde los lejanos páramos.

Los centinelas, como cada noche, montaban guardia sobre las altas murallas.

Al llegar, Leith encontró a Vrigar muy concentrado en unos libros, mientras una especie de neblina, procedente de algún tipo de conjuro levitaba a su lado.

El nigromante ni siquiera alzó la cabeza para hablar:

—Mi querida Leith, ¿dónde te habías metido?

—El humano no me dio información sobre la magia que utiliza, así que fui hasta Ászaron a ver si podía averiguar algo pero no...

—¿Tú sola?

—No iba a atacar. Necesitaba pasar inadvertida, así que decidí ir sola.

—Bueno, es muy difícil que el humano te dijera nada. Según me han informado, no le has puesto una mano encima, Leith —dijo, mirándola al fin.

—Ese humano me saca de mis casillas; preferí que fueras tú quien se encargase de él. ¿Has... has conseguido que hable?

—No... —dijo volviendo a su labor—; como bien dices, tendré que encargarme yo.

—¿Cómo? ¿Acaso no te has encargado ya?...

—Leith, Leith, Leith... Estoy preparando la Batalla Final. No puedo ocuparme de todo... Lo dejé en manos de Vasser pero ese inútil no consiguió nada. Dragnars...

451

Los ojos de Leith se abrieron de par en par.

—¿Vasser?

—Así es.

Leith se retiró con una leve reverencia y se encaminó hasta las prisiones. Cuando llegaba, dos dragnars salían arrastrando el cuerpo inerte de Vasser.

La joven lo miró sobrecogida.

—¿Qué ha pasado?

—Parece que Vasser ha vuelto a... emocionarse. Casi mata al humano y Vrigar... lo ha matado a él. Sea quien sea ese humano está claro que lo quiere con vida. Espero que valga la pena —zanjó el dragnar con gravedad.

Leith entró despacio en las prisiones, mientras Ezhan continuaba sentado en el mismo sitio en que lo dejase por la mañana. Su cuerpo y su cara estaban llenos de golpes, arañazos, cortes y moretones que debían haberlo dejado completamente exhausto.

El muchacho alzó la barbilla cuando sus ojos se encontraron de nuevo con la mirada de Leith. Ella caminó hasta agacharse frente a él y trató de acariciarle el rostro. Ezhan se apartó y ella lo agarró del pelo, olibgándolo a mirarla.

—Te lo advertí. Tienes suerte de seguir con vida. Vasser es... era el peor torturador de Ódeon. Es un milagro que sigas vivo.

—¿En serio? —sonrió Ezhan, con esfuerzo—. Entonces mucho me temo que vais a quedaros sin saber lo que queríais.

—¡No seas estúpido! Podía habértelo hecho pasar mucho peor pero, por alguna razón, Vrigar no quiere arriesgar tu vida. Si insistes en no decirnos el origen de tu magia, él mismo te torturará y créeme, puede hacértelo pasar mucho peor que Vasser y asegurarse de que no mueras.

Ezhan hizo más amplia su sonrisa aunque esta vez las muecas de dolor batallaron con ella.

—¿Por qué tu señor se toma tantas molestias conmigo? ¿O esto es lo que hacéis habitualmente con los prisioneros?

—Habitualmente no hay prisioneros. Todo hombre, óhrdit o élar que se cruza en nuestro camino es eliminado en ese momento.

—¡Qué honor, entonces! —respondió con ironía.

—Tienes un buen corte en el costado —observó ella, tras soltarlo de su agarre—. Habría que curarlo, ¿sabes? Porque si no...

—¡No me toques! —gritó Ezhan.

Las lágrimas,consecuencia de la rabia, el dolor y la impotencia, le concedían un brillo sobrenatural a sus ojos verdes.

—¡No pasarás de esta noche si no dejas que te cure esa herida!

—¿Y no os interesa que muera, no? ¿Por qué?

—Eso no lo sé, y tampoco es asunto mío. Vrigar lo ha ordenado así. Esa herida está envenenada y si no ...

—¿Como lo estaba la de Valdrik? —Ella leo miró sin entender. —El hombre al que dejaste morir en la explanada. El hombre al que mataste.

—He matado a muchos hombres; no puedo recordarlos a todos. Esto es una guerra, humano. Si no le hubiera matado yo a él, él me habría matado a mí.

—¡Estaba muriéndose! —gritó Ezhan, con lágrimas en los ojos—. ¡Te pedí que lo ayudases; no tenía ninguna posibilidad de hacerte daño!

—No puedo ir perdonando la vida a todos los enemigos con los que me cruzo. No seas estúpido.

Ezhan guardó silencio y la entereza se resquebrajó en su rostro, dándole rienda suelta al llanto. Una parte de sí mismo se detestaba por estar mostrándose ante un enemigo de aquella guisa pero otra parte sentía que no podía más, que había visto morir a demasiadas personas y había tratado de mantener una esperanza que se había esfumado hacía ya mucho tiempo.

Leith lo miraba, compungida. De nuevo, colocó su mano sobre el costado del muchacho, que esta vez ni siquiera tuvo fuerzas para intentar impedirlo.

Una presencia tras de ella, la hizo detenerse en su labor de sanación. Cuando se volvió, comprobó que Vrigar la miraba con atención y en silencio.

—¡Mi señor! —exclamó mientras se ponía en pie—. Sé que lo quieres con vida y esta herida acabará con él rápidamente, de modo que...

—¡Claro, Leith!

—¿Quién es? ¿Por qué nos molestamos en tenerlo como prisionero en lugar de... matarlo? —preguntó.

—¿Quieres matarlo, Leith? —preguntó Vrigar.

Ella sintió que su corazón se aceleraba.

—Me encantaría...

—¿Estás segura?

Ella miró a Vrigar mientras este abandonaba de nuevo el lugar.

*****

Aley había logrado convencer a Yara, Riley y Arsen para que no se marchasen todavía, pues, al fin y al cabo, tampoco sabían dónde estaba Ezhan ni qué había podido ocurrirle.

Además, de por medio estaba, nada menos, que la forjaj de la Aliana. Estaban demasiado cerca de conseguirlo como para mandarlo todo al traste.

Los dos nigromantes y el dragnar murmuraban algo más apartados. Frente a ellos desfilaba una hilera de soldados que los vigilaban de forma discreta. Ellos sabían perfectamente que esos hombres estaban ahí para custodiar la salvaguardia del lugar pero, por orden del propio Aldan, trataban de no hacer evidente su labor para no molestar a Yara y sus dos acompañantes.

—No podemos quedarnos de brazos cruzados sin saber qué le ha pasado a Ezhan —dijo Yara en primer lugar.

—¿Y qué pretendes entonces, que vayamos a buscarlo? —preguntó Riley—. ¿Adónde? Creen tener la Alianza a un paso, de modo que...

—¡La Alianza no podrá llevarse a cabo! —exclamó Arsen, tratando de no alzar la voz demasiado—. ¡Os hace falta un dragnar y no lo tenéis! —añadió.

—¡¿Qué estás diciendo, dragnar?! —bramó Eriak—. ¡Eso es absurdo!

Los soldados llevaron las manos a sus empuñaduras y Riley hizo avanzó un paso en actitud amenazante pero Yara le indicó que se abstuviese para no empeorar la situación.

—La profecía dice que todas las razas de Askgarth deben participar —intervino Aley—; los dragnars también.

—Debéis llegar a entender que esta guerra ya no es contra los dragnars, sino contra Vrigar —insistió Yara—. Arsen fue desterrado de su tierra; tampoco en Ódeon lo quieren.

—¡No entiendo nada! —intervino Arazan—, ¿que la guerra ya no es contra los dragnars?

—Señores, no perdamos la calma —intercedió Néder —; ¿dónde está el problema? ¿No es este muchacho el hermano del último rey de Ódeon?

Arsen rió.

—Sois incapaces de descifrar vuestras propias profecías. No basta con tener sangre real; es necesario ser rey o legítimo heredero. Yo no soy una cosa ni otra, pero aunque lo fuese, lo último que haría sería traicionar a los míos.

De nuevo los soldados se movieron en actitud amenazante.

—Nos vamos de inmediato —zanjó Yara.

—¡No puedes irte! —intervino Eirien—. Tenemos que forjar la Alianza.

—¡Ya has oído al dragnar! —añadió Eriak—: no va a ayudarnos.

—¿Nos ayudarás tú, en representación de los nigromantse? —le preguntó Eirien a Yara.

—De nada servirá sin la intervención de los dragnars.

—¡No perdemos nada con intentarlo! —intervino Aldan, acercándose a Yara—. Si lo intentamos sin los dragnars y no funciona, todos tendremos la certeza de que, por alguna extraña razón, la profecía también quiere al pueblo de Ódeon en todo esto.

Yara guardó silencio y calibró interiormente la situación.

$$*****$$

Cuando Ezhan despertó se encontró en el mismo lugar, pero el dolor había remitido y había dejado de sangrar. No conseguía recordar qué era lo que había ocurrido después de la última conversación que mantuvo con Leith.

La puerta se abrió bruscamente alertando al joven cuando dos soldados dragnars accedieron hasta allí y situaron a cada lado de Ezhan, flanqueando el paso a Vrigar.

—Leith ha hecho un buen trabajo contigo... Puedes estarle agradecido.

Ezhan guardó silencio.

—Y para que veas que la fama que se me ha otorgado a lo largo del vasto territorio de Askgarth no es del todo justa, voy a darte otra oportunidad. Mis hombres afirman que desprendes un poder extraño, cosa que es fácilmente perceptible. ¿Qué tipo de poder albergas? —Ezhan seguía mirándolo sin abrir la boca, sonriendo incluso hasta que Vrigar le sujetó bruscamente de la cara y le obligó a mirarle a los ojos—. Si no me lo dices por las buenas, lo harás por las malas; estoy cansado de tu soberbia, humano.

Leith llegó hasta allí, como siempre, visiblemente atenazada.

—Ven aquí —le ordenó Vrigar—. Me ayudarás a sonsacarle al humano la información que precisamos.

La dragnar caminó hasta allí y le indicó a los soldados que se marchasen.

—Quiero que lo mantengas inmóvil mientras yo lo... convenzo.

—Eso puedes hacerlo tú mismo. No me precisas para...

Vrigar clavó en ella su mirada y Leith enmudeció.

—Es un prisionero importante. Quiero compartir contigo el honor de someterle a tortura... Además ayer me expresabas tus deseos de matarlo. No puedo darte ese gusto de momento, así que he pensado... en resarcirte de alguna manera...

—No deberíamos perder el tiempo con esto.

Vrigar sujetó a Leith del cabello con fuerza ante la inexpresiva mirada de Ezhan.

—Vas a ayudarme a hacerle ver el mismísimo infierno. No me importa lo que veas en él, Leith.

—¿Qué quieres decir?

—Mantenlo inmóvil —concluyó Vrigar.

Mientras ella lo sujetaba con una fuerza imposible en una mujer humana, Vrigar dio inicio a una serie de hechizos dolorosos, originando en la gargante de Ezhan unos gritos que pusieron los pelos de punta a Leith y a muchos de los soldados que alcanzaron a oírlos.

—¿Por qué Vrigar se ensaña tanto con él? ¿Quién es? —preguntó uno de los soldados dragnars.

—No lo sé... En tantos años de guerra jamás se habían hecho prisioneros. Debe ser alguien importante.

—Solo es un humano. ¿Qué importancia puede tener un humano?

—Lo ignoro pero se me está revolviendo el estómago. Ojalá lo mate pronto. Pobre infeliz...

*****

El sol había empezado a ponerse cuando Vrigar abandonó las prisiones, seguido de Leith, que mostraba evidentes signos de cansancio. Los soldados le dedicaron una cruda mirada en la que Leith leyó el reproche.

Incapaz de seguir cubriéndose de las mudas réplicas de su gente, la dragnar abandonó el castillo y se perdió entre las sombras del atardecer.

*****

Yara permanecía sentada en el alféizar de la ventana, con la mirada clavada en el suelo. Arsen se acercó tímidamente y se apoyó sobre la pared, a su lado.

—No te prometí nada, Yara —murmuró sin apenas voz.

—Lo sé. Y nada te reprocho. Acompañarme hasta aquí solo te ha traído problemas. Lo lamento.

—Sabes que no puedo ayudaros. Yo no soy el heredero al trono de Ódeon.

—Supongo que nunca ha habido demasiadas esperanzas para la Alianza. Ahora solo me importa averiguar dónde está Ezhan.

—El humano puede haber huido —intervino Riley acercándose.

—No —sonrió Yara—, Ezhan no ha huido. Le ha ocurrido algo.

—Estamos demasiado lejos de Dóngur para utilizar la nigromancia. Si queréis encontrar a ese humano por la vía rápida debemos matar a alguien.

Arsen y Yara lo miraron sin pestañear.

—Es la forma más rápida —añadió el nigromante.

—No vamos a matar a nadie —zanjó ella.

*****

Al caer la noche, Leith continuaba perdida en el pequeño bosque de Valduarth, que se alzaba al Este de la muralla de Ódeon. La nieve había dejado de caer, pero el viento seguía soplando con fuerza, transportando las negras nubes que cubrían el cielo de los dragnars.

Kivorn, capitán del ejército de Ódeon y, además amigo de Leith, llegó caminando lentamente y se sentó a su lado.

—Llevamos un buen rato buscándote.

Ella permanecía en silencio con la mirada perdida en el oscuro horizonte.

—¿Quién es ese humano? —insistió él.

—No lo sé, aunque lo sospecho.

—¿Por qué Vrigar leo sometió a semejante tortura? No hay un solo soldado que no haya oído sus gritos.

Leith se puso en pie, inquieta y se adelantó unos pocos pasos.

—Dicen que estuviste allí; que lo ayudaste.

—Solo obedezco a mi señor, como hemos hecho siempre.

—Leith, ese muchacho debe haber suplicado la muerte.

—Vrigar tiene la información que quería. Lo dejará tranquilo por ahora.

—La cuestión no es esa.

—¡¿Qué hubieras hecho tú?! —preguntó ella, derramando lágrimas de rabia e impotencia.

—Es difícil de decir..., pero por primera vez en mi vida siento vergüenza de ser un dragnar.

El soldado dio media vuelta y sus pisadas se perdieron entre el seco crujido de la nieve.

Leith lloró amargamente. Hacía ya mucho tiempo que su conciencia y su sentido del deber caminaban por sendas distintas y alejadas. Su conciencia y su ética chocaban de frente con todo cuanto había tenido que llevar a cabo desde que Vrigar se alzase con el gobierno de Ódeon tras asesinar a su propio hermano, el rey Noreth. Los dragnars eran un pueblo guerrero, habituado a luchar. Desde muy pequeños les habían inculcado los ideales de obediencia ciega al rey de Ódeon pero cumplir con esas premisas cuando aquel que ostentaba la corona era el nigromante se hacía especialmente difícil y no todos los dragnars estuvieron dispuestos a hacerlo.

El primer golpe llegó con la extinción de los dragones. Estos imponentes animales, venerados por los dragnars, jamás se habían utilizado para la guerra. Con la llegada de Vrigar solo Ragnark, el último dragón había permanecido con vida, pues a Vrigar no le importó que los dragnars mantuvieran al dragón allí, como un triste recuerdo de lo que antaño los representarse.

Lo ocurrido aquella tarde con Ezhan volvía a reabrir un debate interno entre los dragnars: por un lado estaba el deber de obedecer a quien se había hecho con el trono de forma lícita en Ódeon y por otro, el sentir de los dragnars, que distaba mucho de la forma de actuar de Vrigar, pues no mostraba ni estima ni respeto por el pueblo de Ódeon, premisas que se ponían en liza incluso con los enemigos en tiempos de guerra: nada de torturas; nada de prisioneros. Siempre habían sido las señas de Noreth y de sus antecesores.

La guerra llevaba muchos años acabando con sus vidas y las de sus enemigos, pero siempre había sido una guerra limpia, o al menos ellos lo habían creído así. Lo ocurrido con Ezhan distaba mucho del sentido del honor y el trato que para ellos merecía un enemigo. Al fin y al cabo, todos luchaban en la guerra. El enemigo debía morir pero no sufrir. No había necesidad de prolongar el dolor y la agonía de aquellos que, también en su sentido del deber habían caído defendiendo su causa. Por ese motivo, la tortura de Ezhan había corrido de boca en boca y las reacciones no se hicieron esperar. Nadie osaba decirlo en voz alta por miedo a Vrigar, pero una vez más los dragnars no se sintieron orgullosos ni identificados con aquel al que llamaban rey. Leith menos que nadie. No podía sentirse orgullosa de lo que había hecho; se odiaba por haber participado en el martirio del muchacho. El nigromante había conseguido lo que buscaba: entrar en la mente del debilitado Ezhan y descubrir, para su sorpresa, que la magia que utilizaba era la nigromancia, la magia de su propio pueblo. Y lo que más le sorprendió fue que la había aprendido en el Bosque de las Ánimas. Vrigar averiguó también que Ezhan había sobrepasado el quinto nivel y que, por tanto, era uno de los cinco elegidos.

CAPÍTULO 20

C on la primera luz del nuevo día Leith entró en la celda, encontrándose a Ezhan ya despierto. Las heridas y golpes continuaban dando buena muestra del sufrimiento vivido, algo que se hacía aún más evidente si cabía en el vacío de su mirada.

—Lo siento —murmuró la dragnar.

—Lárgate —respondió él secamente.

—No tenía otra opción. Hace mucho que los dragnars no tenemos otra opción.

—¡Ya sabéis lo que queríais! ¡Déjame en paz! —gritó el joven fuera de sí.

—Escucha, no estoy orgullosa de lo que he hecho pero no tengo elección. Ni yo misma ni mi pueblo nos reconocemos en actos así pero...

Leith se dejó caer a su lado y las lágrimas le abrasaron las mejillas.

—No supe cómo manejar la situación —continuó diciendo—. Nunca me he encontrado ante nada igual.Nunca habíamos tenido prisioneros, pero no sabes lo que implica contradecir a Vrigar.

Ezhan sintió un escalofrío. Ni siquiera estaba mirando a la dragnar pero podía captar a la perfección la angustia que destilaban sus palabras.

—¿Cuándo vais a matarme?

Ella lo miró con gravedad.

—¿Dónde ha quedado tu orgullo? ¿Ya te das por vencido?

—La forja de la Alianza está a punto de llevarse a cabo en Ászaron. Si lo consiguen, daré por bien invertida mi muerte.

Leith guardó un largo silencio.

—Nunca lo conseguirán —dijo al fin.

—Claro que lo conse...

—No lo conseguirán, Ezhan.

—Haces falta tú, ¿no es cierto? —preguntó él con desánimo.

—¿Yo?

—Hombres, élars, óhrdits y nigromantes están allí.

—¿Nigromantes? Ellos juraron neutralidad.

—Zor y los otros cuatro señores sí, pero... no voy a decirte nada más. Si lo que quieres es sacarme información, ya he visto que tenéis otros métodos. Deberás recurrir a ellos.

—¿Por qué demonios eres tan testarudo? ¿En serio prefieres volver a pasar por lo mismo? No quiero ninguna información, pero si Vrigar la quiere, ¡dásela! Va a conseguirla de todos modos; ¿por qué sufrir más?

—¿Me lo preguntas a mí?

Leith se incorporó y enjugó sus propias lágrimas.

—Eres un humano estúpido y no mereces que tenga la más mínima consideración contigo.

—¿Consideración conmigo? —espetó Ezhan, riendo con ironía—. Cielos, gracias...

Leith inspiró profundamente y se marchó.

*****

El sol empezaba a despuntar tras las lejanas montañas. Sus rayos se reflejaban sobre el blanco manto de nieve que cubría toda la explanada; una visión que tenía a Leith totalmente atrapada. Ni siquiera la voz de Kivorn la sobresaltó:

—Una noche tranquila. No nos quedan muchas así.

—¿Qué crees que pensaría Noreth si viese el Ódeon de hoy, Kivorn? —preguntó ella, sin mirarlo.

—Noreth era alguien muy impulsivo y muchas veces se equivocaba pero... dudo mucho que se sintiera orgulloso de esto...

La joven se irguió y, esta vez sí miró al soldado:

—¿Qué estamos haciendo? Hace mucho tiempo que justifico todos y cada uno de los actos de Vrigar, pero lo ocurrido con ese humano ya es demasiado.

—Ódeon sigue a Vrigar porque lo teme, Leith, pero todos son leales a Noreth y tu familia.

—¿Qué quieres decir con eso?

—Lo único que quiero decir es que Arsen intentó hacer algo para cambiar la situación y lo desterraste. Si en lugar de eso te hubieras unido a tu hermano, todos os hubieran seguido.

—¿Acaso crees que yo no temo a Vrigar? Arsen es tan inconsciente como lo fue Noreth en sus últimos días de mandato.

—Probablemente tengas razón, pero ahora las cosas pueden ser muy distintas.

Ella frunció el ceño y tragó saliva.

—Humanos, élars, nigromantes y óhrdits necesitan de nosotros para que se cumpla la profecía. Averiguar eso es una de las pocas cosas positivas que nos ha dado Vrigar. ¿No te das cuenta, Leith? Contaríamos con todo Askgarth para enfrentarnos a Vrigar y librarnos por fin de él.

—Nuestra guerra es también contra todos ellos.

—Sin Vrigar, tú volverías a ser la reina de Ódeon y en tu mano estaría firmar la paz con todos. Sabes que esta guerra no tiene ya razón de ser. Ya no es la lucha de los dragnars contra los asesinos de un dragón y aquellos que lo justificaron. Es la venganza de Vrigar contra el mundo.

—Nuestros dragones...

—El primer dragón lo derribaron hombres y óhrdits, y Noreth declaró la guerra a todo Askgarth. No te engañes más, Leith. Lo ocurrido fue la excusa perfecta para luchar contar todos los que durante años nos miraron con recelo y menosprecio. Nada más. ¿Hasta cuándo va a durar todo esto?

Leith tardó unos segundos en responder:

—¿En serio crees que los demás pueblos de Askgarth nos ayudarían? Hemos luchado durante mucho tiempo. Nos odian.

—Tienes a un muchacho humano en las prisiones que cuenta con élars, nigromantes y óhrdits, pero te necesitan a ti. Y tú los necesitas a ellos. ¿Puede haber una ocasión más clara? ¡Ni siquiera estarías quebrantando una ley dragnar! Vrigar ocupa el trono porque mató a tu hermano. Si en esta guerra, tú matas a Vrigar, el trono será tuyo, según nuestras propias leyes.

—Es... absurdo... Son demasiados años de enfrentamiento.

—Leith, si alguna vez tuvimos algo que vengar, creo que eso está de sobra zanjado.

*****

Ezhan alzó la cabeza, sobresaltado cuando la puerta de las prisiones se abrió, estampándose contra la pared. Leith se movía de forma apresurada y desviando su atención continuamente hacia el camino que había dejado tras de sí. Caminó con determinación hasta la celda en la que

466

Ezhan continuaba preso y le lanzó una gruesa llave a través de los barrotes.

—Voy a ayudarte a salir de aquí, de modo que esconde esa llave y cuídate mucho de que nadie la vea; especialmente Vrigar.

—¿Por qué?

—Debes esperar hasta el anochecer —continuó diciendo ella—. Cuando el sol se ponga todos estarán distraídos. Sal por el pasadizo y baja las escaleras. Tan solo un piso. Entra por la puerta que quedará frente a ti y sal por la ventana. Espérame en los patios. Nos llevará más de un día salir de Ódeon sin que nadie se dé cuenta, especialmente él, pero sé que está preparando una expedición de vigilancia y no estará.

—¿Por qué quieres ayudarme? —interrumpió él

—Porque es lo correcto y hace mucho tiempo que en Ódeon no se hace lo correcto. Mi hermano, Noreth, se equivocó al matar a uno de los magos. Aquello fue el inicio, pero antes uno de nuestros dragones había sido abatido por los tuyos de forma injusta y cruel. Todos hemos cometido muchos errores, pero los dragnars no somos lo que has visto aquí estos días. Mi hermano Arsen tenía razón; mis solados también. Todos tenían razón y no lo quise ver. He intentado ocultármelo durante muchos años. Demasiados. He querido convencerme a mí misma de que hacía lo correcto, pero lo cierto es que desde que Noreth murió no he vuelto a tener la sensación de estar haciendo las cosas bien. No me he sentido orgullosa de mí misma.

—Y si hace tanto tiempo que lo sabes, ¿por qué no habías hecho antes...?

—No preguntes más y obedece cuanto te he dicho. De lo contrario, todos moriremos. Sigue mis instrucciones; no habrá nadie pendiente de ti.

*****

La noche había esparcido su manto por el cielo de Ódeon. Ezhan lo sabía gracias a una pequeña ventana enrejada que había cerca de su celda. Apenas entraba luz; tan solo el pálido resplandor de la creciente luna que se erguía majestuosa sobre los verdes pastos de las tierras del norte de Askgarth.

El muchacho permanecía sentado en el frío suelo de su celda, inquieto y nervioso. En su mano movía continuamente la llave que Leith le había entregado aquella tarde; todo lo parecía tan extraño que no podía evitar que las dudas le coartasen. ¿Y si era una trampa? ¿Cómo lograría abandonar Ódeon si se encontraba en pleno corazón de la ciudad dragnar? Fuese como fuera, lo que estaba claro era que si se quedaba ahí sin hacer nada, morir sería sólo cuestión de tiempo, de modo que ¿por qué no intentarlo? ¿Por qué no arriesgarse?

Unos gritos en el exterior lo sacaron de sus pensamientos. Ezhan se puso en pie y caminó de forma costosa hasta la cerradura de la celda, que crujió al introducir la llave que Leith le había dado hacía sólo unas pocas horas.

El barullo fuera era incesante, pero el muchacho no era capaz de distinguir qué era lo que ocurría.

Tratando de recordar las instrucciones que la dragnar le había dado, subió las pequeñas escalinatas por las que se salía de la lúgubre prisión y abrió la puerta que conducía a los pasillos. Observó con cautela a ambos lados antes de atreverse a salir, y solo vio a un soldado que pasaba corriendo. Abandonó el lugar rápidamente, siguiéndolo con discreción y en apenas unos pocos segundos había logrado llegar hasta los patios. En la lejanía pudo ver lo que le antojaron los fulgores de multitud de antorchas que se movían de forma desordenada.

De pronto alguien puso la mano sobre su hombro, sobresaltándolo. Leith y Kivorn le hicieron gestos con las manos en un completo silencio y, aunque dubitativo aún, Ezhan acabó obedeciendo. Corrieron a través del extenso patio, pasando a través de un viejo portón de madera hasta la salida del castillo para perderse, después, en la negra oscuridad.

Tras una larga carrera, toparon al fin con la imponente muralla de Ódeon.

—¡Vamos! —le instó Leith a Ezhan.

Exhausto por la carrera, él los siguió sin decir nada mientras trepaban sobre la escarpada roca de la montaña que se alzaba al Este del reino dragnar. Una apertura en la fría piedra les sirvió de refugio y al fin pudieron respirar sin temor a ser descubiertos.

Ezhan observaba, maravillado, la roca tallada que se alzaba en paredes y techos; tan absorto estaba que la mano de Leith sobre su brazo lo sobresaltó.

—Nosotros tenemos que regresar —le dijo la dragnar —; cuando todo esté más calmado volveremos. Hazme caso y no te muevas de aquí. No te internes más en la cueva ni salgas de ella. ¿Entendido?

Ezhan asintió y permaneció inmóvil observando cómo las figuras de Leith y Kivorn se perdían de regreso al exterior.

*****

Los cinco señores del Inframundo permanecían en la Sala de los Tronos, totalmente en silencio. Solo Zor, Dyras e Isia estaban sentados, mientras que Volmark y Endya permanecían de pie.

De pronto la puerta se abrió y una ráfaga de aire cruzó de lado a lado la habitación.

El Oráculo accedió a su interior y escrutó los rostros de los allí presentes.

—Los dioses han hablado conmigo —dijo únicamente.

*****

—¿Qué está ocurriendo? —preguntó Leith. La dragnar respiraba aceleradamente, como conscuencia de la carrera que la había llevado hasta allí.

Vrigar guardaba silencio con la mirada fija en el lugar donde los soldados parecían haber detectado un intento de ataque.

—¿Dónde estabas, Leith? Cuando la ciudad es atacada espero que uno de mis más... leales soldados dé la cara.

—Algunos creyeron presenciar movimiento en el flanco Oeste, pero parece que fue una falsa alarma —trató de explicar ella.

—Parece que también esto ha sido una falsa alarma... Los humanos aún no han perdido la cabeza hasta el punto de atacar Ódeon sin haber logrado forjar la Alianza, cosa que no lograrán. Espero que tampoco los dragnars pierdan la cabeza.

—¿Por qué dices eso?

—¡Oh, por nada, Leith! Por nada... ¡Kivorn! —gritó.

—¿Sí, mi señor?

—Ve a asegurarte de que el prisionero está... cómodo.

—Sí, mi señor.

*****

Ezhan se había acurrucado contra la lisa pared de la cueva. El frío arreciaba al caer la noche, pero no sabía que prender una fogata sería de todo menos cauto.

Un sonido en el interior de la cueva le hizo alzarse, sobresaltado. Miró hacia el interior, pero solo encontró un espeso velo de oscuridad. No obstante, algo lo inquietaba y fue incapaz de apartar su atención de allí. Se irguió, alterado al escuchar unos pasos acercarse en la dirección opuesta y respiró, aliviado, al comprobar que se trataba de Leith.

—¿Qué demonios hay ahí? —preguntó él sin más.

—Sígueme.

Cuando se hubieron internado algo más en la cueva, Leith recurrió a un hechizo que iluminó el lugar, un fulgor parecido a la luz nigromante que él mismo había aprendido a utilizar tiempo atrás. Descendieron a través de una ladera hasta llegar a una amplia explanada de roca bajo la montaña. Al final de la misma se abría una pequeña salida. El Mar de los Augurios se extendía a lo largo del horizonte, y allí, encaramado a lo alto de una roca, permanecía majestuoso y aterrador a la vez.

Ezhan se quedó perplejo ante lo que veían sus ojos:

—Ragnark —murmuró ella, mientras observaba al negro dragón en la distancia.

Ezhan no podía sino regocijarse en la fantástica visión que presentaba aquella increíble criatura. Había oído hablar de los dragones en mil fábulas y cuentos pero jamás había visto a uno de verdad.

—¡Es increíble!

—Sí... —murmuró ella con tristeza—. Increíble... y el último.

Ezhan la miró mientras ella dejaba caer al suelo algo con lo que había cargado a sus espaldas. Sujetó una gruesa capa de piel y se la lanzó a Ezhan para que pudiera abrigarse. Y eso no era todo:

—Te he traído algo de comer —le dijo mientras extraía de la bolsa unos filetes de carne—. Están fríos pero algo es algo.

—Te estás arriesgando mucho; ¿por qué?

Ella continuó sin mirarle.

—El trato que te hemos dado no ha sido justo, por muy enemigo nuestro que seas, y aunque sea tarde, quiero empezar a hacer las cosas bien. Ya te lo dije.

Ezhan se echó la capa por encima y tomó asiento a su lado.

—¿Vrigar sabe que existe?

—Sí, claro... Vrigar lo sabe todo.

Ezhan la observó, mientras dejaba de masticar.

—O casi todo —rectificó—. No sabe que estás aquí, ni siquiera que has escapado. Desconfía de mí, pero nunca desconfiaría de Kivorn.

—¿Por qué desconfía de ti?

—Como todo hechicero nigromante sabe bucear en las mentes ajenas, y en los sentimientos...

Ezhan fijó en ella su mirada.

—¿Y qué esconden los tuyos?

—Una secreta ansia de rebelión... —murmuró pensativa—. Desacuerdo. Odio.

—¿Qué nivel de nigromancia alcanzaste? —le preguntó Leith, algo más relajada.

Él no respondió.

—¿Aún no te fías de mí? —exclamó ella—. ¡Esto podría costarme la vida! —El prolongado silencio de Ezhan la hizo suspirar—. No importa. Saldrás de Ódeon y todos seguiremos nuestro camino en esta guerra; no tienes por qué confiar en mí ni...

—Hasta el octavo.

Ella le miró con sorpresa.

—¡Te quedaste en los niveles prohibidos!

—Sabes mucho de nigromancia.

—Llevo sirviendo a uno de ellos desde hace trecientos años. Algo sé.

—Hay algo que no entiendo. Tus sentido del deber para con los dragnars te llevó a desterrar a tu propio hermano; sin embargo ahora estás dispuesta a dar la vida por ayudarme a mí. Entiendo que puedas creer que te has equivocado y quieras rectificar, pero eso es pasar de un extremo a otro. ¿Por qué?

Leith no supo qué responder y guardó silencio.

—Me cuesta trabajo pensar que seas la misma que mató Valdrik.

—Volvería a hacerlo —respondió ella sosteniéndole la mirada.

—¿Sabes? —preguntó él, observando de nuevo al dragón—. Tu hermano me pidió que resucitara a un dragón hembra.

Leith lo miró muy sorprendida.

—Eso... eso es absurdo.

El muchacho no dijo nada; parecía hipnotizado ante la imponente criatura.

—No... no podrías hacerlo, ¿verdad?

—Poseo el don de la resurrección de Zor, pero creo que podría darle bastante mejor uso.

Leith no pudo ocultar su sorpresa, pero pronto se serenó.

—Sería una locura. Si fueras un dragnar ni siquiera lo dudarías, pero eres un hombre. No deberías hacerlo. Yo no lo haría. Arsen es un inconsciente; no deberías escucharlo.

—¿A ti no te gustaría volver recuperar a los dragones?

—Nada me gustaría más, pero hace tiempo que acepté que con Ragnark los dragones morirían para siempre. Lo tengo asumido. Es mejor así.

Una lágrima resbaló por la mejilla de la dragnar.

—También hace tiempo que asumiste que obedecerías a Vrigar ciegamente y ahora estás rectificando.

—Es distinto.

—Yo creo que mientras exista un dragnar, los dragones no habrán muerto del todo.

Ella lo miró, sonriendo.

—Si hace un mes me hubieran dicho que iba a estar hablando de dragones con un humano, habría matado a quien osase decirlo...

Ezhan había odiado a Leith con todo su ser por haber dejado morir a Valdrik de forma cruel y terrible, pero en ese momento, sin saber por qué, verla sonreír le agradó.

—Tampoco yo lo hubiera dicho, pero hace tiempo aprendí que las personas no se juzgan por la raza a la que pertenecen, sino por quiénes son. Supongo que cada uno tiene una percepción muy subjetiva de los demás.

—Eso está claro... Si no esta guerra no tendría sentido...

—¿Y crees que la tiene? —preguntó Ezhan pensativo.

Ella tardó en responder, sin apartar de él su mirada.

—Si no tuviera sentido, no habría durado más de trescientos años.

—Y trescientos años después, tú y yo, bandos enfrentados, estamos aquí hablando. ¿También eso tiene sentido?

—Muchas de las cosas que ocurren no lo tienen...

—Leith...

—¿Entonces por qué luchamos? —volvió a preguntar ella en voz baja.

*****

Al amanecer emprendieron el camino cobijados bajo las sombras de los frondosos bosques de Ódeon. Avanzaron sin descanso, aprovechando que Leith conocía perfectamente dónde estaban ubicados los distintos puestos de vigilancia dragnar. Sabían que Vrigar partiría ese mismo día en una expedición de rastreo, y pretendían aprovechar todo el tiempo posible para alejar a Ezhan de la ciudad, levantando las menos sospechas posibles entre el resto del ejército, pues ni Leith ni Kivorn sabían con certeza cómo podrían reaccionar los soldados.

Al anochecer se detuvieron, ya lejos de Ódeon y fuera de los límites de Gasstarsh, la tierra de los dragones. Habían rodeado la Explanada de los Glaciales de Likk, pues era un lugar demasiado expuesto y por la mañana prosiguieron hasta haber rebasado las Montañas del Caos, que lindaban al sur con los bosques de Ászaron. En apenas otro día de viaje, Ezhan habría llegado a la ciudad de los hombres.

La noche del segundo día de viaje la pasaron en una estrecha cueva situada en un valle, cerca del pie de la montaña. Una estremecedora tormenta iluminaba sus rostros de forma intermitente al son de los fuertes truenos y relámpagos.

Leith permanecía pensativa, con la mirada clavada en las llamas de la pequeña fogata que habían prendido.

—¿Estás bien? —le preguntó a la dragnar, tras observarla largamente.

Ella sonrió y asintió. Sin mediar palabra se volvió y extrajo algo de entre las ropas con las que cargaba para el viaje: un libro.

—¿Por qué luchas con esa gente de la Alianza? —le preguntó a Ezhan sin más.

El la miró, confuso ante la cuestión.

—Su causa me parece noble. He estado en Ászaron y lo que vi allí dista mucho de aquello que considero justo.

—¿Por nada más?

—¿Hay mejor motivo que una causa justa?

—No tienes ni idea de quién eres, ¿verdad?

Ezhan siguió mirándola pero esta vez, el silencio fue la única respuesta que se sintió capaz de darle.

—Al principio —prosiguió ella— creí que simplemente querías ocultarme información, pero cada vez estoy más convencida de que tú mismo ignoras quién eres. Por eso no entiendo qué te llevó a unirte a Néder y los suyos.

—¿Y quién soy, según tú?

—Eres el heredero al trono de Ászaron; el nieto de Valian.

Ezhan sonrió. Había esperado cualquier especulación salvo aquella.

—Estás equivocada. Eso es lo que creí en un principio, pero todo fue una confusión.

Ella negó con la cabeza.

—¿Recuerdas la batalla en la Selva de yoth? —preguntó la dragnar.

Éll asintió.

—Vrigar aplicó un hechizo sobre la hija de Néder. Ese hechizo lo llevaría a ver el rostro del elegido, del heredero al trono de Ászaron. Te vio a ti.

—No. Vio a Aldan. Él y yo estábamos juntos, camino a Dóngur, pero lo vio a él. Él es el hijo de Séldar de Ászaron, el heredero al trono de la ciudad, no yo.

—No, Ezhan. Si tú no fueras el elegido, Vrigar te habría matado enseguida, pero ha puesto mucho empeño en mantenerte con vida y eso es porque sabe que eres una codiciada mercancía.

—Precisamente si yo fuera quien tú crees, Vrigar no habría dudado en matarme. Nunca se hubiera arriesgado a que yo pudiera salir con vida de Ódeon para participar en la forja de la Alianza.

—Eso a él no le importa. En la forja de la Alianza también los dragnars son necesarios.

Ezhan bajó la mirada y tragó saliva.

—Cuando veas a mi hermano...

—¿Cuando vea a tu hermano? ¿Tú no vas a venir a...?

Ella negó con la cabeza.

—No puedo. Mi pueblo me necesita. Con Noreth muerto y Arsen en el destierro, si también yo los abandono, será su final. A pesar del miedo que mi gente siente hacia Vrigar, siguen siendo leales a mi familia. No sé como acabará todo esto pero... no puedo dejarlos solos.

—Si Vrigar se entera de que me ayudaste a huir, te matará.

—No te preocupes por mí.

Ezhan la miraba con gravedad.

—Quiero que le des esto a mi hermano —le dijo mientras le tendía el libro.

—¿Qué es esto?

—Es el libro de sucesión de Ódeon. Todos los reinos de Askgarth tienen uno.

El muchacho abrió el libro y leyó:

<<Noreth — Leith — Arsen>>

—Has nombrado a tu hermano como sucesor tuyo...

—Yo no puedo ir a Ászaron a participar en la forja de la Alianza. Debo regresar a Ódeon, pero... si mi hermano es mi legítimo heredero, él sí podrá hacerlo. Vrigar es ahora nuestro señor, pero confío en que la interrupción en la línea de sucesión no haya perjudicado vuestros propósitos.

Ezhan era incapaz de ocultar sus sorpresa. De pronto, la forja de la Alianza estaba más cerca que nunca.

—Tu... tu hermano no querrá...

—Dale ese libro y os ayudará. Te lo aseguro.

La muchacha se incorporó apresuradamente y recogió sus cosas.

—No puedo acompañarte más allá, Ezhan. Debo regresar a Ódeon antes de que Vrigar lo haga, si es que no ha vuelto ya. Dirígete hacia el sur, siguiendo el descenso de la loma y estarás en Ászaron antes de que termine el día de mañana.

—¡Leith! —la llamó él, antes de que la dragnar abandonase la cueva. Ella se volvió y le miró—. Te debo la vida y la única oportunidad que Askgarth ha tenido en más de trescientos años de acabar con todo esto. Tu hermano estará muy orgulloso de ti.

Ella sonrió, visiblemente emocionada.

—Dile que le quiero.

La tensión continuaba creciendo en Ászaron, tras varias jornadas sin saber nada de Ezhan. Yara, Riley y Arsen deseaban marcharse pero nadie allí estaba dispuesto a permitirlo, habida cuenta de lo cerca que atisbaban la forja de la nueva Alianza, contando con la presencia de Yara, heredera al trono de Dongur y un dragnar, que si bien no aspiraba a gobernar en Ódeon sí tenía sangre real, lo más cercano que seguramente lograrían encontrar a aquello que ellos mismos necesitaban.

—¿Qué es lo que tenemos que discutir, Aldan? —gritó Eriak fuera de sí—. Eres el rey de Ászaron y tu misión consiste en velar por tu reino. Tienes aquí a dos nigromantes y un dragnar, enemigos declarados de nuestra raza y llevamos ya tres días debatiendo sobre si dejarles o no marchar. ¿Qué demonios te pasa?

—Las cosas no son tan sencillas, Eriak —intervino Néder—. Si la Alianza necesita de ellos, deberás dejar de verlos como enemigos.

—Hace menos de una semana que Ászaron sufriera el último ataque —añadió Arazan—; es un poco difícil dejar de verlos como enemigos, ¿no te parece, Néder?

—Aldan...—murmuró este.

—El dragnar dice que no nos ayudará —volvió a intervenir Eriak—; ¿qué más prueba necesitáis de que también ellos nos en como enemigos? No nos ayudarán.

—En las circunstancias en que nos encontramos, hay dos cosas que debéis tener muy claras —respondió Yara —: la primera es que debemos buscar otro camino para enfrentarnos a los dragnars con posibilidades, y la segunda es que ahora mismo lo único que me importa y me urge es ir a buscar a Ezhan.

Las puertas se abrieron con un crujido seco y cortante, antesala perfecta a la llegada de los cinco señores del Inramundo. Zor encabezaba la marcha, flanqueados todos ellos por un importante séquito de nigromantes, perfectamente ataviados con una negra indumentaria.

—Saludos, damas y caballeros —sonrió Zor.

—Padre —murmuró Yara.

—¿Qué estáis haciendo aquí? —preguntó Aldan—; creí que no ibais a ayudarnos.

—Bueno, parece que no todos los nigromantes pensaban como nosotros... —respondió Zor, mirando a Yara.

—Vuestra hija fue la única que accedió a ello —dijo Néder.

—Durante el tiempo que ha estado en Askgarth ha adquirido vuestros mismas faltas... —añadió Volmark.

—¿Faltas? —volvió a preguntar Néder— ¿Qué...?

Zor alzó una mano, solicitando silencio.

—No hemos venido aquí a pelear, y a estas alturas es un poco absurdo que removamos el pasado pero...

—Dóngur entró en esta guerra porque vuestros pueblos nos solicitaron ayuda —intervino de nuevo Volmark—. No era nuestra guerra. Como respuesta al mal pago que nos disteis juramos neutralidad y...

—Volmark... —intervino Isia—, si hasta el día de hoy no hemos entrado en esta guerra es porque nuestros dioses así lo establecían. Todo tiene su momento y hay que saber esperar. Los dioses no hacen nada porque sí. Tú misma, Yara, invocaste al Oráculo y luego ni siquiera esperaste a su respuesta. Y ahora estáis aquí, estancados y sin poder avanzar.

Yara sintió que se tensaba ante aquel reproche efectuado frente a tantas personas. Sin embargo, le sostuvo la mirada a Isia y alzó la barbilla, orgullosa.

—Nos falta el pueblo de Ódeon —dijo entones Aley, tratando dar un vuelco a la conversación—. Sin su ayuda no podremos prender las llamas.

Isia obseró a Aldan con sum atención, llegando incluso a poner nervioso al muchacho, que tragó saliva y cambió el peso de su cuerpo, apoyado sobre una pierna.

—El pueblo de Ódeon no está ausente del todo —respondió Zor, en clara alusión a Arsen.

—Yo no puedo hacer nada y tú lo sabes, Zor —replicó el interpelado—.

—Si tú no pudieras hacer nada, no estarías aquí.

—Vine solo porque Yara me lo pidió, y porque tenía un asunto que tratar con ese muchacho, Ezhan.

—Está aquí —interrumpió la voz de Endya.

—¿Quién...? —intervino Aldan.

La misma puerta que los nigromantes habían dejado abierta al llegar proyectó la sombra de Ezhan cuando este llegó hasta allí. Su ropa estaba completamente sucia y destrozada; su cara, llena de barro y heridas pero en sus ojos brillaba una luz renovada y esperanzadora.

Yara dio un paso al frente, deteniéndose cuando la esbelta figura de Eirien la rebasó para abalanzarse sobre el muchacho y cubrir su rostro de besos. Los ojos de Ezhan se cruzaron fugazmente con los de la nigromante pero no se detuvo y continuó caminando mientras cargaba con la hija de Néder, sujetándola por la cintura.

—Muchacho, ¿dónde demonios estabas? —preguntó Néder.

—Es una larga historia y ahora no hay tiempo...

Ezhan caminó hacia Arsen y le tendió el libro que Leith le había dado el día anterior. Los ojos del dragnar se abrieron de par en par al reconocer de inmediato aquel grueso volumen de negra portada y amarillentas páginas.

—¿De dónde...?

—Tu hermana me lo dio para ti. Solo tú puedes ayudarnos.

Los dedos de Arsen recorrieron las rugosas tapas del libro, emocionado ante su sola visión. Sus ojos brillaron al observar el escudo de Ódeon grabado en el centro y las lágrimas se le hicieron ya incontenibles al abrirlo y reconocer su nombra bajo el de su hermana Leith en la línea de sucesión al trono

—Tu hermana está intentando reparar todo el daño causado.¿Nos ayudarás ahora, Arsen?

El dragnar cerró los ojos y asintió, mientras apretaba el libro contra su pecho y daba rienda suelta a todo el dolor que había acumulado desde su destierro... No. Desde la muerte de su hermano Norteh a manos de Vrigar, el nigromante. Desconocía cuál era la situación de su hermana Leith y ni siquiera se atrevió a preguntarle a Ezhan, por temor quizás pero esta le hacía llegar la forma de darle un vuelco definitivo a la cosas, luchando en favor de aquello contra lo que siempre habían estado y él no la desaprovecharía.

CAPÍTULO 21

Caminaron de nuevo hacia la almenara de Ászaron en un silencio regio y sepulcral. La noche se había afianzado como mudo testigo de lo que solicitaba ser un momento histórico y las teas que iluminaban la ciudad salpicaban la lejanía como diminutas motas de luz. Aquella noche todo parecía preparado para la ocasión: Aldan y Aley ocuparon sus respectivos lugares, seguidos por Zor, Gaiar y Arsen.

Ezhan se mantuvo en un segundo plano, sujeto aún de la mano de Eirien y sin ser capaz de esquivar la continuas miradas de Yara, que asistía de brazos cruzados a la ceremonia, junto a Riley.

También Néder, Eriak y algunos soldados de Ászaron y otros reinos, asistían nerviosos y emocionados a lo que estaba a punto de suceder.

Cada uno de los reyes o herederos legítimos a sus respectivos tronos, pronunció las palabras indicadas en espera de que la llama de la Alianza respondiese, iluminando de nuevo a aquel mundo sumido en tinieblas y resarciendo, de ese modo, el error cometido por Seldar

483

hacía ya 20 años. Sin embargo y para sorpresa de propios y extraños, nada sucedió tras los pertinente discursos y juramentos.

—¿Qué es lo que falla ahora?—preguntó Arazan, confuso.

—¡Todos los reyes o sucesores de Askgarth están aquí! ¡No lo entiendo! —exclamó Aldan.

Ezhan apretó la mano de Eiren de forma inconsciente y la muchacha le acarició el rostro ante su sonrisa forzada. De forma involuntaria las palabras de Leith regresaron a su mente, golpeándolo con insistencia. La inquisitiva mirada de Isia no ayudaba a su tranquilidad.

—¡Seguro que el dragnar nos ha tendido alguna trampa! —intervino Eriak.

Arsen le lanzó una mirada de soslayo pero se mantuvo en silencio, ajeno a aquel absurdo intento de provocación.

La atención de todos se desvió de pronto cuando el asustadizo rostro de Sarah asomó desde el acceso por el que habían llegado hasta allí.

—Sarah, ahora no es un buen momento —dijo Aldan al verla.

—Mi madre... —murmuró ella, contenida—. Ha salido de su habitación y no sé donde está —explicó angustiada. —¡Este castillo es enorme! Puede haberle pasado algo, Aldan, por favor.

—¡Está bien, cálmate! A la hora de cenar volveremos a reunirnos y a tratar de averiguar qué está ocurriendo...

—¡No podemos seguir demorando esto más! —exclamó Eriak.

—Pues en ese caso, a ver cómo te las ingenias para forjar la Alianza tú solo —respondió Aldan, con acritud —. Tomaos un descanso —zanjó— De todos modos ya lo habéis visto, esta maldita antorcha no prende. Algo falla y hasta que encontremos de qué se trata es absurdo seguir aquí. Hospedad a los nigromantes y al dragnar —le ordenó a un soldado—. Quiero que busquéis por todo el castillo a mi tía Beldreth.

El bullicio estalló en el castillo tan pronto como soldados y sirvientes iniciaron la búsqueda de aquella anciana mujer que Aldan veía como a su propia madre. Y él fue, precisamente el que la encontró, asomada a uno de los amplios balcones del castillo, con su enmarañado cabello suelto y un largo camisón blanco, agitándose suavemente con el viento.

—Tía... —murmuró, acercándose—. Nos has dado un buen susto. Llevamos un rato buscándote y lo cierto es que no deberías estar aquí porque es peligroso. Si te asomas...

—¿Quién eres tú? —lo interrumpió la mujer.

Sus ojillos pequeños lo miraban con curiosidad pero Aldan sintió como mil cuchillos se clavaban en su corazón.

—Soy yo, tía. Aldan.

—¡Aldan! ¿Dónde está Sarah?

—Te está buscando. Todos te estamos buscando; nos tenías muy preocupados.

—Sarah debe ir a asegurarse de que nadie conozca la identidad de aquel niño; podría arrebatarnos el trono en Ászaron... —susurró Beldreth, mientras observaba a un lado y otro, como si temiera ser escuchada. Sus manos temblorosas sujetaban las de Aldan, incapaz como era de sostener su propio equilibrio.

—¿De qué estás hablando? —preguntó Aldan, preocupado—. Vamos, será mejor que regresemos.

—¡No! No podemos volver hasta asegurarnos de que el niño ha muerto. Sarah no quiere, pero es lo mejor. Esa estúpida de Lisbeth lo abandonó allí. Si averiguan quién es será el final.

Aldan tragó saliva y se mantuvo inmóvil, tratando de averiguar en la mirada de su tía cuánto había de verdad o divagación en aquellas palabras que parecían devolverla a un pasado muy lejano, cuando Lisbeth, la madre del propio Aldan, aún vivía.

—¿De qué niño hablas?

—Es el hijo de la princesa Léaren. ¿Te imaginas? Si alguien llega a averiguarlo, nuestro niñito nunca llegará al trono y moriremos ahogados en esta asquerosa miseria.

—¿Qué niñito os sacará de esto, tía? —insistió, compungido.

—El bastardo de Lisbeth. Ese niño del que ni siquiera su padre quiso saber.

Aldan fue incapaz de moverse cuando Sarah llegó hasta allí y se llevó las manos a la boca, consciente de todo cuanto su madre había dicho.

*****

Con la salida del sol, los mismos que habían sido convocados para prender nuevamente las llamas de la Alianza, acudían a un nuevo llamamiento del rey de Ászaron. Aldan fue el último en llegar, acompañado de su prima Sarah, cuya presencia generaba una notable confusión entre todos los allí presentes.

—Aldan, ¿qué es lo que ocurre? —preguntó Eriak—. Creí que nos habías llamado porque habías encontrado la solución a nuestro problema, pero esta mujer... ¿Qué tiene ella que ver con todo esto?

—Mi prima tiene algo que contaros —respondió él, secamente.

Sus ojos se encontraron con los de Ezhan, que aguardaba de pie, con los brazos cruzados y la espalda apoyada sobre la fría pared. De nuevo Eirien estaba a su lado y de nuevo Yara trataba de no hacer evidente una acentuada atención en la pareja.

—Mi... mi nombre es Sarah... —La voz le brotaba entrecortada y temblorosa, mientras sus mejillas, cubiertas en lágrimas, se teñían con de rubor—. Soy la prima del rey Aldan. Mi madre, Beldreth, es hermana de la que fuera dama de compañía de la princesa Léaren de Ászaron. Durante largos años he guardado un secreto que me ha torturado enormemente..., pero mi madre no me permitía...

—¿Qué demonios es esto, Aldan? —preguntó Eriak de nuevo.

—Ve al grano, Sarah, por favor —zanjó Aldan.

—Cuando la Gran Guerra estalló —prosiguió ella—, Lisbeth vino a mi casa a pedirnos ayuda. Estaba embarazada. Mi madre le negó esa ayuda, pues desde que Lisbeth partiese a Ászaron a servir en el castillo nunca más había vuelto a Cahdras a ver a su familia. Ni siquiera cuando su padre se estaba muriendo. Mi madre jamás se lo perdonó. Sin embargo, Lisbeth nos reveló algo que lo cambió todo: el niño que esperaba era el hijo del rey Séldar de Ászaron. Teníamos en casa al nieto del rey Valian. Mi madre vio la posibilidad de empezar una vida mejor si en verdad ese chiquillo era hijo de un rey, pues podría reclamar el trono en Ászaron. Poco tiempo después, en su lecho de muerte, mi tía nos confesó algo más: dijo que la princesa Léaren había dado a luz en el bosque y que ella misma le había confiado su bebé a un hombre que aseguró lo criaría en Ayión. Nos advirtió de que los seguidores del príncipe Seizan verían en ese chiquillo al legítimo heredero del trono de Ászaron, motivo por el cual nunca debería conocerse su existencia.

>>De igual manera, mi tía Lisbeth nos pidió que cuando su hijo fuese mayor le entregásemos una carta y un medallón, algo que nunca encontramos entre sus pertenencias. Debió perderlo en algún lugar.

>> Cuando Ezhan se presentó allí hará algunos meses supe qué fue lo que había pasado con esa carta y ese medallón. Mi tía había huido de Ászaron con la princesa Léaren, de modo que debió perder las cosas allí y el

hombre que se hizo cargo del bebé, debió llevárselas con él.

Hacía rato que Ezhan escuchaba la voz de Sarah como si esta estuviese hablando en una de las grutas de Ódeon, lejana, distorsionada, envuelta en un eco persistente que le repetía todo aquello que su mente se negaba a creer.

—¿Estás diciendo que Ezhan es el hijo de... Seizan? —preguntó Néder, sin poder salir de su asombro.

—No es posible... —murmuró Eriak.

—¿Tú no sabías nada? —le preguntó Arazan a Aldan.

El muchacho negó con la cabeza.

—Cuando encontré a mi tía... Está enferma y... todo aquello que ha intentado ocultarme durante toda su vida, ahora sale de su boca sin ninguna dificultad, sin pensarlo... Sarah me lo confirmó todo. Por eso os he reunido aquí.

—¡Un momento! —exclamó Eriak—. Debo admitir... debo admitir que todo esto es sorprendente pero..., ¿qué tiene que ver con el problema que nos atañe? Que Ezhan sea el hijo de Seizan no cambia nada. Nos guste o no, el legítimo heredero de Valian era Séldar, no Seizan.

—¿Estáis seguros de eso? —intervino Zor.

El primer señor de Dongur había escuchado la explicación de Sarah con la misma atención que el resto aunque ahora su rostro destilaba una serenidad difícil de alcanzar para los demás.

—¡Claro que lo estamos! Todos asistimos a la coronación de Séldar —respondió Eriak—; Valian mantuvo la esperanza de que Seizan siguiese vivo hasta el final, pero él sabía bien que Ászaron necesitaba un rey que velase por su gente y por la Alianza. Nunca hubiera...

—Solo tenéis una forma de confirmarlo —intervino Arsen, mientras les mostraba el libro de sucesión que su hermana le había hecho llegar.

—¡¿Pero qué...?! —balbuceó Eriak

—¡Traed el libro de sucesión! —ordenó Aldan.

Mientras el libro llegaba, la tensión y el silencio se alzaron como telones invisibles. Néder observaba a Ezhan y ratificaba, enmudecido, cada facción que le recordaba a su amigo. Por un lado no pudo evitar sentirse mal consigo mismo, culpable, pues a pesar de que el propio Seizan le había encomendado la búsqueda de su hijo, Néder no tardó en centrar esfuerzos en hallar al hijo de Seldar. El hallazgo del cadáver de Léaren, junto al relato de algunos testigos que hablaban de la muerte de su bebé, a manos de los dragnars, cargaron toda desesperanza en su corazón pero ahora que sabía que Ezhan vivía, se maldijo por no haber buscado mayores evidencias para seguir buscando al hijo de aquel hombre que él consideraba su hermano.

—No sabes cuánto me alegro de que seas el hijo de Seizan y de que estés vivo... —murmuró acercándose a él.

—Leith me dijo algo, pero yo no la creí... No sé qué decir —respondió él con timidez.

Eirien sonrió y apretó su brazo con fuerza para tratar de infundirle ánimo.

—Alégrate, muchacho —respondió Néder de nuevo—. Por fin sabes quién eres y de dónde procedes, y créeme, no podías haber hallado un origen más noble.

Un sirviente regresó con un viejo libro de tapas marrones y el escudo de Ászaron en su portada, muy similar al que Arsen sostenía entre sus manos pero algo más largo y polvoriento.

Aldan casi se lo arrebató de las manos al sirviente y hojeó las páginas, buscando la última escrita. Sus ojos se clavaron en la tinta oscura que se había deslizado bajo el nombre de Valian. Alzó la mirada, atónito y apenas acertó a pestañear.

—¿Qué ocurre? —preguntó Eirien.

—El heredero de Valian... fue Seizan, no Séldar.

Las miradas desconcertadas hicieron evidentes las dudas y la confusión reinante.

—Deadón Varelian Valian... Seizan —continuó leyendo Aldan—. No puedo creerlo —murmuró para sí.

—¿Pero qué clase de desvarío llevó a Valian a designar a Seizan como su heredero mientras coronaba a Séldar? —preguntó Arazan.

—Valian siempre conservó la esperanza de que su hijo viviera. Lo hizo hasta el día de su muerte... —respondió Néder, sonriendo.

—Aun así, Arazan tiene razón —intervino Eriak—; aquel día en que la llama se apagó, Séldar no hubiera podido volver a prenderla. Creer que nuestro rey era otro hubiera podido costarnos muy caro.

—Entonces hubiéramos descubierto aquel día que Seizan era nuestro rey y posiblemente no hubiéramos tenido que llegar hasta aquí —respondió Néder de nuevo.

—Todo el camino que habéis recorrido era necesario —intervino Zor, avanzando unos pocos pasos— ; tal vez habríais descubierto que Seizan era vuestro rey, pero no habríais contado con la ayuda de los dragnars ni de los nigromantes. Todo ha ocurrido tal y como debía ocurrir.

—Pero Valian debió... —musitó Eriak.

La risa de Isia interrumpió la voz del hombre, que la miró, molesto.

—¿Qué es lo que os hace tanta gracia? —preguntó.

—Acabáis de averiguar qué es lo que fallaba en la forja de la Alianza y en lugar de llevarla a cabo de una vez por todas, os sentáis a intentar averiguar el por qué de las cosas, el por qué alguien hizo lo que hizo... Los humanos no tenéis remedio.

—Isia tiene razón —intervino de nuevo Zor—. Ahora sabéis que el error residía en vuestro propio heredero. No es Aldan, sino Ezhan. De todos modos, ya que tanto os intriga por qué Valian hizo lo que hizo, y teniendo en cuenta la importancia del acontecimiento que estamos a punto de vivir, haré una excepción y permitiré que se lo preguntéis a él mismo.

La contención en todos y cada uno de los que había allí dejó la sala sin aire, impactados ante lo que Zor estaba a punto de llevar a cabo. El primer señor del Inframundo se situó en el centro de la sala, junto a la enorme almenara y entre sus manos, un viento arremolinado empezó a crecer; su fuerza aumentaba, cobrando intensidad y obligando a algunos de los allí presentes a recular.

Ezhan pudo distinguir cómo una figura humana se materializaba frente a él hasta acabar conformando la imagen de un hombre de avanzada edad y regio porte. No llevaba corona ni capa, tampoco cetro ni ningún otro objeto que lo distinguiese como rey pero su sola figura desprendía una majestuosidad que no permitía la duda: era el rey Valian.

A través de su etérea silueta, Ezhan distinguió los ojos llorosos de Néder, Arazan y algunos otros soldados.

Valian sonrió y observó a todos los que allí había.

—Sé que muchos de vosotros os estáis preguntando el por qué de mi decisión —empezó a decir. Su voz sonaba lejana y distorsionada, como un leve susurro arrastrado por la brisa hasta llegar a cada oído—. Tal vez ni yo mismo sepa responderos a eso. Algo dentro de mi corazón me decía que mi hijo vivía y que Séldar no era la mejor opción para vosotros, pero tampoco podía exponeros a la posibilidad de que Seizan estuviera muerto y que Ászaron quedase con un trono vacío, lo que acabaría de forma irremediable con la Alianza. Mi final estaba próximo y debía ofreceros una seguridad, un rey. Solo Séldar podía serlo... o parecerlo. Pero había intentado matar a su propio hermano. ¿Cómo iba a cederle el trono? Aun así, partí de este mundo con la seguridad de que el menor de mis hijos vivía en alguna parte... y no me equivoqué.

—¿Pero y si os hubierais equivocado, majestad? —preguntó Arazan—; ¿qué hubiera ocurrido si Seizan hubiera estado muerto?

—No lo sé, amigo mío pero... ¿crees que las cosas podían haber ido peor de lo que han ido? Las llamas se extinguieron. Ászaron traicionó a la Alianza y eso ha costado mucha sangre durante largos años. No os preguntéis qué hubiera pasado en otras circunstancias. Tal y como os ha dicho Zor, la cosas son como son y todo ha ocurrido tal como debía. Tengo poco tiempo para estar aquí —añadió, tras un largo silencio— pero quisiera aprovecharlo en hablar con mis nietos, si me lo permitís.

Zor hizo una reverencia y la etérea figura de Valian avanzó hasta situarse junto a Aldan, que lo miró emocionado.

—Mucho hice por intentar evitar que tu padre ascendiera al trono pero tú no te pareces a él. Eres un joven valeroso y aguerrido, y me siento muy orgulloso de ti. Al contrario que con Séldar, hubiera estado muy tranquilo si hubieras sido el heredero al trono de Ászaron. No sientas vergüenza por tu padre; tú no eres él. Eres un digno guerrero de esta ciudad y hubieras sido un digno rey.

Aldan asintió, mientras Valian se desplazaba hasta colocarse frente a Ezhan:

—Lamento profundamente que el vacío que ha rodeado toda tu vida te haya privado de conocer el valor de tu padre de una forma más directa. Porque te miro y lo veo a él. Has recorrido prácticamente todo Askgarth, sorteando numerosos obstáculos. Tienes un noble corazón, Ezhan, y si alguna vez pude tener dudas al escribir el nombre de Seizan en el libro de sucesión, verte a ti y saber que eso te convierte en rey de Ászaron, las disiparía todas y cada una de ellas. Eres el fruto de un amor poderoso y a prueba de fuego. Seizan y Léaren dispusieron de poco tiempo juntos tras casarse pero tú eres el mejor legado que ambos pudieron dejar.

Los ojos verdes de Ezhan se encharcaron al oír hablar de sus padres y del amor que estos se profesaban. La guerra no les había permitido disfrutar de él pero el propio Ezhan era la mayor prueba de ese amor, una prueba que debía erigirse en inquebrantable. Si siempre se había apremiado a sí mismo y a los demás a luchar sin desfallecer, ahora lo haría con mayor razón.

—Es la hora, Valian —interrumpió la voz de Zor.

El hombre reculó y su reverencia precedió a una lenta y paulatina desaparición. La marcha de Valian alzó un silencio extraño y emocionado en el lugar, un lugar que había olvidado demasiado rápido la esencia de los regios reyes de Ászaron y que el viejo Valian había devuelto en apenas unos pocos minutos de presencia allí.

—Volveréis a verlo —zanjó Zor.

Aldan se despojó de la corona que portaba sobre su cabeza y caminó hasta Ezhan para colocarla sobre la suya.

—Esto es tuyo... —murmuró con la voz rota.

—Aldan...

—Y esto también —zanjó mientras se despojaba del Ászar que pendía en su cuello.

—Aldan...

—Lo siento. No puedo decir nada más. La ambición de mi madre y mi tía te privaron de conocer tu verdad; tu historia. Siempre ansié esa corona por darles a ellas el lugar que creía que merecían pero... ni el trono ni nada de lo que él me pueda ofrecer tienen ya sentido. No hemos pasado poco juntos y... puedo asegurarte que no hay nadie más merecedor de esa corona. Tú eres el rey de Ászaron y me alegro enormemente de ello, aunque lamento que las cosas hayan ocurrido así.

Ezhan colocó su mano sobre el hombro de Aldan.

—Ya has oído a nuestro abuelo. Tú no eres tu padre. Ászaron te debe mucho... No nos conocimos en las circunstancias más cordiales y, a pesar de eso, has sido el único que ha confiado en mí en todo momento, aunque los propios miembros de la Orden de la Alianza me consideraran un espía del enemigo. Te debo mucho y, por lo que a mí respecta, esta corona está compartida.

Un emotivo y sincero abrazo rompió la tensión que los últimos acontecimientos habían generado en torno a a forja de la Alianza. Y al fin esta aconteció.

Por tercera vez en poco tiempo, pero con una nueva y renovada seguridad en sus corazones, Zor, Arsen, Aley, Gaiar y Ezhan retomaron sus respectivos lugares y de sus bocas salió el mismo juramento que más de tres siglos atrás pronunciasen los reyes de la primera Alianza en la Cima de Odín. El suelo de la sala vibró y de pronto, del interior de la enorme pira, una viva llama brotó, haciéndolos recular. Su calor resultaba sofocante y la fuerza que desprendía simbolizaba todo el empuje y determinación que debería llevarlos a afrontar de una vez y para siempre la última batalla anunciada: la Batalla Final.

Néder abrazó a su hija mientras trataba de contener la emoción, pues ante sí se alzaba la causa que había regido su vida. En aquel momento, las imágenes de todo cuanto había sufrido para alcanzar aquella meta desfilaron en su mente, incidiendo de forma especial en el día en que Seizan murió; su fe inquebrantable en la Alianza.

—Desde este momento —dijo entonces Zor— las llamas están brillando en lo alto de vuestras almenaras, en las ciudades elegidas.

—¿Sin necesidad de llevar el fuego hasta allí? —preguntó Arazan.

—Las llamas prendieron con la primera forja. Con la traición de Ászaron se debilitaron, pero la unión entre los dioses de nuestros pueblos estaba ya viva —explicó el nigromante—. Cuando antiguamente se recurría a la Alianza, el pueblo que lo hacía avivaba las llamas de su almenara y automáticamente el fuego se intensificaba también en las demás, en señal de llamamiento. Lo mismo ha ocurrido ahora. Solo era necesario avivar la almenara de aquel que nos había traicionado y las demás responderían como si de un llamamiento se tratara. Podéis estar tranquilos. La Alianza ha sido restablecida y así lo indican las cinco almenaras ardiendo.

La alegría de todos los allí presentes, fundidos en abrazos, felicitaciones y risas, contrastaba con la preocupación de Ezhan. Aquel había sido un primer paso necesario pero sólo el primero. Como elegido de las profecías, la responsabilidad que su padre creyó suya un día, le correspondía ahora y él debería guiar a todo Askgarth hasta la victoria contra Vrigar.

Yara interrumpió sus pensamientos, situándose frente a él.

—Enhorabuena, majestad.

Ezhan sonrió tímidamente.

—Gracias.

La nigromante reculó un paso cuando Eirien se colgó del cuello de Ezhan y cubrió su rostro de besos.

—¡Lo hemos conseguido! —exclamaba—. Sabía que eras tú, Ezhan. Sabía que tú eras el elegido.

*****

Leith atravesó el patio principal a la carrera, sorteando con dificultad la gruesa capa de nieve que la cubría. Cuando llegó al acceso al castillo, Kivorn ya corría en su busca.

—¡Leith! —gritó.

—¿Ha llegado ya Vrigar? —preguntó ella, resollando.

—Hace apenas un par de horas.

—¿Ha preguntado por mí?

—Creo que puedes estar tranquila. He puesto al día sobre nuestros planes a Celern, capitán del primer escuadrón. Están de nuestro lado, así que los he mandado a hacer un simulada misión de reconocimiento y le he dicho a Vrigar que partiste con ellos. De todos modos deberías reunirte con él para no alzar sospechas.

Leith llegó hasta la torre que Vrigar había convertido en su particular centro de operaciones. Allí pasaba las horas planificando minuciosamente la conquista de Askgarth.

Cuando Leith entró encontró al nigromante dándole la espalda y asomado a la ventana, desde donde entraba la brisa fría del norte.

—Pasa, mi querida Leith —murmuró sin voltearse.

—Mi señor, he venido tan pronto como he tenido noticia de tu regreso.

—¿Con qué órdenes partiste? –preguntó él, dándose la vuelta.

—Hubo un avistamiento de hombres cerca del bosque. Hay algo que no me gusta en todo esto —dijo ella con disimulo.

—Es la segunda vez en poco tiempo que ocurre... ¿No te parece extraño? Hombres que parecen meterse en las mismas entrañas de Ódeon y luego... desaparecen. Porque imagino que no habéis encontrado nada.

Leith se tensó mientras negaba con la cabeza y sentía que la boca se le secaba.

—¿Tampoco al prisionero?

—¿El prisionero?

—¿No sabías que ha huido, Leith? Sin forzar ninguna puerta, sin enfrentarse a ningún soldado, sin ser visto por...

—¡Mi señor! —Un dragnar entró rápidamente en la sala, interrumpiendo la tensa conversación.

—No has llamado a la puerta —respondió él—. No me gusta que me interrumpan así cuando estoy hablando con... mi más leal servidora.

—Lo lamento, mi señor pero...

Vrigar sujetó al soldado por el cuello y apretó con fuerza pero antes de que pudiera efectuar el menor movimiento, Leith se abalanzó sobre él.

—¡Déjalo!

El dragnar cayó al suelo, al igual que la propia Leith, aunque ambos se incorporaron rápidamente, fija su atención en el rostro inescrutable de Vrigar.

—Márchate —le ordenó al soldado.

—No —respondió este, tembloroso.

—Vete —dijo en esta ocasión Leith.

—Pero...

—Márchate, vamos.

El soldado reculó, dubitativo y desapareció a través de la puerta, dejando a Leith y Vrigar solos, frente a frente y con un notoria tensión contenida. Sin embargo y para alivio de la propia Leith, algo distrajo la atención del nigromante: las vivas llamas emergieron en la almenara con forma de cabeza de dragón que se alzaba sobre el elevado portón de Ódeon.

Vrigar se volvió de nuevo y topó con la débil e incrédula sonrisa de Leith.

—Tu traición ha llegado mucho más lejos de lo que creí —musitó sin inmutarse.

Leith se mantuvo firme a pesar del temor que la embargaba. Durante muchos años había visto dragnars sucumbiendo bajo la espada de Vrigar cuando las cosas no eran como este quería.

En aquella ocasión, tal y como el propino nigromante aseveraba, la traición había sido demasiado importante como para que fuese a perdonarle la vida. Pero tampoco lo deseaba.

Había puesto en manos de su hermano Arsen la salvación para Askgarth y sucumbir no le importaba. Lo que sí tenía claro era que ningún dragnar más volvería a inclinar la cabeza ante él. Nunca más.

—Durante años el pueblo dragnar te ha servido con total lealtad y tú no has hecho más que tratarnos como a basura. Mi hermano declaró la guerra a todo Askgarth porque las demás razas no nos valoraban y tú nos has tratado mucho peor. Demasiado te hemos aguantado, Vrigar. Sin nosotros, jamás hubieras llegado a poder plantearte si quiera la Batalla Final.

Vrigar la miró torciendo la cabeza.

—Me alegra saber que tienes sangre en el cuerpo, mi querida Leith. Ya comprobaré más adelante cuánta. Sin embargo... ¿sabes una cosa? Tienes razón. No me he portado bien con vosotros... Lo admito. En mi propio mundo fui solo segundo señor; aquí, pese a haber despellejado a tu hermano delante de ti, me disteis la oportunidad de ser primero y único señor de Ódeon. —Leith sentía que le hervía pero trató de contenerse—. Además me proporcionasteis buena maquinaria de guerra con esos animalejos, los dragones. Os debo mucho y no os lo he agradecido. Sin embargo, tu traición es mayúscula, Leith. Así que para compensar un poco las cosas, estoy dispuesto a daros una segunda oportunidad. Mi destino en esta guerra será tu destino. ¿Qué te parece?

—Un lazo de vida... —murmuró ella, incrédula.

—Así es. He trazado entre tú y yo un lazo de vida. Yo no puedo morir porque soy un nigromante y estoy muerto desde hace ya mucho tiempo, pero estoy seguro que, de perder esta guerra, Zor me tendrá preparado algo más... original. Y tú lo vivirás conmigo, del mismo modo que tu gente lo pagará, te lo aseguro. Pero soy un ser justo, Leith, y si venzo en esta guerra, también tú vencerás. Yo no seré ya señor de Ódeon, sino de Askgarth, y tú podrás quedarte con este pedazo de tierra en la que pastaban los dragones. Perdonaré la vida a los tuyos.

—Ganes o pierdas esta guerra, mi destino será el mismo. No me dejarás gobernar Ódeon en paz ni te olvidarás de mí así como así. No liberarás a los dragnars de tu tiranía.

—Leith, Leith, Leith... ¡me ofendes! —respondió con una sonrisa—. ¡En fin! La elección es tuya. Sé que podrías poner al ejército de tu lado, pero sopesa un poco las cosas y elige qué os conviene más.

La joven tragó saliva y abandonó el salón a largas zancadas, encontrándose a Kivorn por el pasillo. El soldado la siguió mientras ella continuaba adelante como una embestida.

—¡Leith! ¿Qué ha pasado? La almenara se ha prendido y...

Se detuvo al verla desaparecer pasillo a través y la tensión se acentuó en su interior. Ver el fuego de la Alianza brillando en Ódeon se tomaba con recelo entre los dragnars pero el rostro de Leith no había expresado nada de lo que él esperaba encontrar y aquello era más que de sobra motivo de preocupación.

*****

Aldan contemplaba la vigorosa llama meciéndose al antojo de la suave brisa que soplaba en la noche de Ászaron.

Sarah se acercó despacio y tomó asiento a su lado.

—Sé que todo lo que ha ocurrido puede hacerte pensar que... Siempre te he querido como si fueras mi hermano y sé que mi madre te quiere como si fueras su propio hijo —le decía mientras lloraba—. Tal vez al principio... Sé que lo que...

—Si yo no fuera hijo de Séldar —la interrumpió él, sin mirarla aún—, ¿os hubierais hecho cargo de mí?

—No voy a engañarte. Admito que la causa por la que mi madre aceptó hacerse cargo de ti fue la posibilidad de salir de la miseria, de que reclamases el trono y nos llevases contigo, pero todo cambió rápidamente, Aldan. Pronto nos encariñamos contigo y, por lo que a mí respecta, lo importante era tenerte a mi lado.

—No me has respondido —replicó él, mirándola—. Si yo no hubiera sido hijo del que todos creían rey de Ászaron, ¿os hubierais hecho cargo de mí o hubierais dejado a mi madre morir sola y embarazada?

—Mi madre estaba muy resentida con Lisbeth por su actitud de los últimos años pero... puedo garantizarte que no fue la ambición lo que me llevó a encariñarme contigo. Yo apreciaba a tu madre y no creo que hubiera tenido corazón para abandonarla a su suerte; mucho menos esperando un hijo.

—Ya. Todo este tiempo he luchado por daros un lugar, a ti, a Beldreth y a mi madre. Y ninguna de las tres lo merecíais. Mi madre abandonó a la princesa Léaren en medio de una guerra preocupándose sólo de llevarse un medallón que la distinguiría como futura reina de Ászaron. Y vosotras no sois mejores que ella.

—Aldan...

—Puedo entender un momento de ceguera, Sarah, de ambición. Puedo entender que gente que ha vivido rodeada de pobreza y con lo básico vea la posibilidad de salir de eso y luche por ello, pero no puedo entender toda una vida de mentiras y falsedades. Me engañasteis a mí y engañasteis a Ezhan. Para vosotras solo fui un instrumento para salir de Cahdras, y Ezhan fue el gran sacrificado. Tuviste el valor de mirarlo a los ojos y negarle la posibilidad de conocer quién era, aunque lo sabías perfectamente.

Las lágrimas morían continuamente en los labios de Sarah, que no acertó a alzar la cabeza ni tampoco a moverse cuando Aldan se marchó.

*****

Kivorn se acercó lentamente hasta el lugar en que Leith observaba la llama de la Alianza. Su fulgor anaranjado proyectaba sombras en el rostro de la joven dragnar, emitiendo una calidez necesaria en el frío reino de los hombres—dragón pero sin ser capaz tampoco de desproveerla de otro tipo de sensación fría, nada relacionado con el clima helado del reino dragnar.

—Todo está preparado —dijo mientras la observaba—. Debemos marcharnos esta noche, antes de que Vrigar se dé cuenta de que Ezhan...

—Ya lo sabe.

—No es posible —respondió Kivorn, confuso—. Ha llegado hace poco y ni se ha asomado a las prisiones. Le dije que todo estaba bien y...

—Sabe que lo he traicionado –lo interrumpió ella. Sus ojos empezaron a llenarse de lágrimas.

—Pero no puede ser, Leith. Vrigar debe creer que Arsen ha ayudado a la Alianza a...

—Nos ofrece una última oportunidad, Kivorn —respondió ella, pensativa—. Una oportunidad para Ódeon y los dragnars.

—¿De qué estás hablando?

—¿Por qué crees que sigo viva?

—¿Qué oportunidad?

—En luchar a su lado.

Kivorn negó con la cabeza mientras se ponía en pie. Leith lo imitó

—¡No! Hemos arriesgado demasiado para poner fin a esta esclavitud. Ahora no puedes echarte atrás.

Leith se enjugó las lágrimas con el dorso de la mano y guardó silencio.

*****

Los fuegos de la Alianza centraban la atención de los más nostálgicos aquella noche; también de los más curiosos. De todos en general. Ezhan permanecía sentado sobre una de las torres más altas del castillo, observando el fuego vivaz con el estómago encogido, habida cuenta de todo lo que aún quedaba por delante. Al alba, partirían con rumbo a Ódeon, como ya se hiciese antaño, una decisión que había tomado él mismo y que arrastraría a élars, óhrdits y hombres a un destino que le pesaba demasiado.

Volvió la cabeza al encontrarse con la figura de Eirien, que se acercaba con los brazos cruzados, frotándoselos con sus manos. El viento soplaba suave pero frío cuando el invierno daba aún sus últimos coletazos en la regia Ászaron.

—¿Tú tampoco puedes dormir? —preguntó la muchacha.

Eirien llegó hasta él y rodeó su cintura con sus brazos, colocando su barbilla sobre el hombro de él.

—Lo he intentado pero me resulta imposible.

—Nos vamos al amanecer. Deberías esforzarte más por dormir o ni siquiera te aguantarás sobre tu caballo.

—¿Nos vamos? ¿Vas a venir?

—¿Lo dudas? Llevo toda mi vida luchando por la Alianza. Ahora que al fin lo hemos conseguido, ¿crees que voy a hacerme a un lado?

Ezhan se puso en pie y sujetó la mano de la muchacha.

—Supongo que no.

—Lucharemos juntos. Por un futuro juntos.

—Eirien, hay algo más... Puede que no sea el mejor momento para decírtelo pero... Estoy enamorado de alguien, de otra persona.

Eirien alzó una ceja y reculó un paso, soltándole la mano al joven.

—¿De quién?

—Yara.

—¿La nigromante?

Ezhan inspiró profundamente, mientras asentía y trató de sostenerle la mirada a la muchacha; era lo menos que le debía, una explicación sincera con ella y consigo mismo.

—Antes de conocerte, ella y yo...

—No puedo creerlo...

—Antes de conocerte —repitió él—. Ella no... No creo que ella sienta ya lo mismo porque siempre fue reacia a dejarse llevar y yo creí que todo había quedado atrás pero... me ha bastado volver a verla para entender que no, que sigo sintiendo lo mismo y no sería justo contigo si... si no te lo dijera.

Eirien se llevó una mano a la frente y suspiró.

—Puede... Es absurdo que esperes algo con ella... si no siente lo mismo por ti.

—No importa si lo siente o no. Sé que moriría... si pudiera antes que reconocer sentimientos hacia mí y sé que no hay ninguna opción con ella pero yo estoy enamorado y sería un malnacido si siguiera adelante contigo.

—Algún día tendrás que olvidarla...

—Algún día. Pero aún no he podido.

La hija de Néder asintió mientras daba la vuelta y desaparecía, despacio, de regreso al interior del castillo.

—Eirien... —murmuró él, sin apenas voz.

Resopló y una nubecilla de vapor acompañó a su respiración.

*****

La mañana se presentó fría y el viento también quiso ser testigo de la marcha de los soldados. La Batalla Final les esperaba y, esta vez, tal y como predecían las profecías, se llevaría a cabo en las negras puertas de Ódeon, tal y como ya aconteciese tiempo atrás aunque en aquellas ocasiones, sin grandes esperanzas de vencer, un ánimo que se percibía distinto en todos aquella fría mañana.

Soldados de Iraïl, Gildar y otros tantos grandes reinos habían llegado hasta allí, ataviados con elegantes armaduras, muchas de las cuales habían permanecido guardadas durante el largo periodo de paz.

En Ászaron, la noticia de que el hijo de Seizan vivía no tardó en extenderse y la coronación de Ezhan se llevó a cabo apenas dos días después de conocerse toda la verdad. No obstante, lejos de lo que los corazones ászaros solicitaban, no habría tiempo para celebraciones ni festejos; al menos, no todavía. La guerra contra los dragnars había castigado a la ciudad humana con más dureza que a ninguna otra y la prioridad pasaba por enfrentar a sus enemigos de forma definitiva.

Yara entró en la sala donde Ezhan se preparaba. La armadura que un día fuese de su padre se ajustaba a su cuerpo a la perfección y enfundado en ella, casi podía sentir todo aquello que había agrandado la leyenda de Seizan de Ászaron, todo el valor, toda la fuerza, el coraje y la determinación que habían hecho del hijo menor de Valian uno de los más valerosos guerreros de Ászaron. Por otra parte, sin embargo, temía que aquella armadura, aunque perfecta, le quedara grande; temía no ser capaz de conducir a los ejércitos de Askgarth a la victoria, de actuar de forma equivocada e, interiormente se preguntaba qué habría hecho Seizan en aquella misma situación.

Unió sus manos y se las llevó sobre sus labios mientras observaba su propio reflejo en el espejo. Sobre la tersa superficie de este fue donde distinguió a la recién llegada.

Yara lo observaba en silencio, con un amago de sonrisa dibujado en sus labios.

—La última batalla —murmuró, mientras avanzaba unos pocos pasos más—. La batalla de la que hablan los libros de los dioses de Askgarth desde tiempos inmemoriales. Desde que la guerra contra los dragnars empezase, todos y cada uno de los guerreros que han tomado parte en ella lo hicieron con el objetivo de llegar a este momento.

—Si buscas ponerme nervioso, debes saber que ya lo estoy —respondió él—. No me hace falta ayuda en eso.

Yara tomó las manos de Ezhan y las apretó con fuerza.

—No lo pretendía. Me alegro de que finalmente hayas encontrado tu lugar —añadió tras un largo silencio—. Estoy orgullosa de ti.

—Orgullosa... —musitó él—. ¿Te encuentras bien?

—Anoche te oí hablar con la chica. Eirien.

Ezhan bajó la mirada y volvió a alzarla para fijar sus ojos en Yara.

—¿Y? —preguntó.

Yara se acercó a él y lo besó de un modo muy distinto a lo que habían sido los choques entre sus labios hasta aquel momento; no hubo rastro de deseo o pasión. Sólo de ternura, nostalgia por el tiempo separados y, posiblemente, algo más a lo que Ezhan no se atrevía a ponerle nombre. Tragó saliva, más nervioso aún.

—No me fui de Dongur para resolver problemas en Askgarth; me fui buscándote a ti.

—¿Buscándome?

—Cruzaste la frontera, tal y como tenías establecido. Pero no fui capaz de olvidarte, tal y como establecí yo misma. El paso de los días no hizo sino acentuar la añoranza y la rabia conmigo misma por haberte dejado ir de ese modo. Y necesitaba encontrarte. Llegué hasta Ászaron pero ya te habías ido.

Ezhan sonrió.

—No puedo creerlo... —respondió, mientras observaba las manos entrelazadas de los dos.

—Llegar hasta aquí y pensar que estabas con ella... hizo que me congratulase por no haberte confesado nada. Pero lo que oí anoche me hizo darme cuenta de lo equivocada que estaba.

—¿Confesado el qué?

—Que te quiero. Que estoy enamorada de ti.

Ezhan hizo más amplia su sonrisa y se aproximó aún más a Yara.

—Ahora yo debería pensar que sólo me quieres porque soy rey.

Yara sonrió y aquel gesto tan poco habitual en ella logró transmitirle a Ezhan parte de la calma que necesitaba.

—Eres aún más preciosa cuando sonríes.

—Admitir todo esto me cuesta sobremanera, de modo que... no te emociones. Tal y como dices, sólo te quiero por tu corona.

—Pero me quieres y eso es suficiente.

Ezhan rió y abrazó a la nigromante, fundiéndose ambos en un beso que, por un efímero instante, logró abstraerlos del futuro más próximo, de aquel que en pocas horas habría de llevarlos hasta Ódeon.

—La dragnar te entregó el libro de sucesión —observó Yara, sin separarse de Ezhan—. ¿Crees que te ayudará también desde allí?

—La ayuda de Leith supuso una grave traición contra Vrigar. Temo que algo malo pueda haberle ocurrido; y en caso de que esté bien, entiendo que su postura es muy complicada. No sé qué va a ocurrir durante la batalla, Yara.

—Ocurra lo que ocurra —susurró ella, mientras le abrazaba— lo afrontaremos juntos. Si quieres.

—Supongo que no hay forma de mantenerte a un lado.

Ella negó con la cabeza.

—Entonces, juntos hasta el final.

—Concédele siempre valor a tu palabra.

—Juntos hasta el final —repitió él.

*****

Arsen aguardaba sentado en la fontana de la plaza que quedaba frente al Arco de Plata, en la salida de la ciudad.

Eirien se presentó frente a él, trayendo consigo a un robusto caballo de negro pelaje.

—Sé que los dragnars no utilizáis montura —le dijo, sacándolo de sus pensamientos— pero te será muy complicado llegar hasta Ódeon sin una de ellas.

Arsen se puso en pie y acarició al imponente animal.

—Temes por tu hermana, ¿no es cierto?

—Por mucho menos Vrigar ha ejecutado a varios dragnars. Lo que Leith hizo es muy grave y el nigromante lo sabe todo.

—El acto de tu hermana ha sido de una enorme valentía, pero si se atrevió a regresar a Ódeon debía de ser por algo. No creo que volviese a una muerte segura.

—Una muerte segura. ¿Nos espera acaso otra cosa? —Eirien lo miró con gesto serio—. Lo siento. No quería decir eso. Es un buen ejemplar —observó—; cuidaré bien de él.

—No lo dudo. Oye —añadió ella—, sé lo que es eso de tener a un hermano en el bando opuesto. Es otra de las razones para acabar con todo esto, que deje de haber bandos.

Arsen asintió y observó a Eirien perderse entre las sombras.

*****

Aldan caminó entre los soldados hasta llegar al establo, donde debían estar preparando a su caballo. Sarah lo siguió tímidamente y él no tardó en percatarse. Mientras ultimaban los preparativos de su corcel, el joven observaba con los brazos en jarra y el dolor dibujado aún en sus bonitos rasgos.

—Esta misma tarde parte una caravana rumbo a Cahdras —le dijo la voz rota de Sarah—. Mi madre y yo regresaremos allí.

—No tenéis por qué hacerlo —respondió él, pendiente aún de las labores del soldado para con su caballo—. Beldreth está muy enferma. Hablad con Ezhan. Yo no soy quién para ofreceros hospedaje en este castillo, pero a pesar de todo, no creo que él os lo niegue.

—No... no te preocupes. A mi madre le queda poco tiempo y quisiera que termine sus días en el lugar en que nació.

Aldan hacía verdaderos esfuerzos por no derrumbarse ante la ostensible debilidad de Sarah. Se le partía el alma con el llanto de aquella mujer a la que había sentido como su hermana pero las mentiras y codicias de la que lo habían hecho víctima no dejaban de repetirse en su mente.

—Sé que nada de lo que diga o haga cambiará las cosas, Aldan. Todas nos equivocamos y dos muchachos lo pagasteis pero... te quiero mucho. También mi madre, no lo olvides nunca, por favor.

Cuando la mujer hubo desaparecido, convirtiendo en estallido de lágrimas la contención de la que había tratado, inútilmente de hacer gala, Aldan le propinó una fuerte patada a la portezuela del establo, alterando al caballo y sobresaltando al soldado que lo preparaba.

*****

Néder hablaba con Arazan, Eriak y otros capitanes de los demás ejércitos, ultimando los detalles estratégicos sobre el asedio en el mapa de Ódeon que se abría encima la mesa.

—El bosque de Valduarth se extiende al Este —observó un capitán élar—. Pero será mejor que entremos por el flanco Oeste, pues el bosque no es muy frondoso e incluso podría ser predecible un ataque por allí.

—Yo no descartaría destinar a un escuadrón al Este —añadió Riley, que estaba al mando del ejército nigromante.

Néder se percató entonces de la presencia de Arel, que lo observaba apoyado en el quicio de la puerta. Al encontrarse sus miradas, el muchacho desapareció y, tras unos segundos, Néder lo siguió.

El paso apresurado con el que había abandonado la sala de reunión del ejército aminoró al darse cuenta de que su hijo estaba allí, inmóvil y observando, en silencio, la llama de la almenara, que aún a la luz del día desprendía una fogosa vivacidad.

—Eras muy pequeño la última vez que la llama prendía de esa almenara —observó Néder, con un hilo de voz, como si temiera, casi, espantar a su hijo con su sola presencia.

—Lo recuerdo —respondió Arel, sin volverse.

—¿En serio?

El muchacho asintió.

—Recuerdo el día en que me dijiste que todo iría bien mientras esa llama brillase. Que estaríamos a salvo y no correríamos nunca peligro.

Néder lo miró, sorprendido por el hecho de que recordase todos aquellos hechos a pesar de la corta edad con la que Arel contaba por aquel entonces.

—Luego se apagó y tú te marchaste —sentenció el joven—. Siempre te marchabas, pero siempre regresabas. Aquel día supe que no volverías, que nada volvería a ir bien.

Néder avanzó unos pocos pasos, manteniéndose aún detrás de su hijo.

—Lo siento. Toda mi vida he vivido por y para la Alianza. Posiblemente ni siquiera Eirien crea que soy un buen padre. Le inculqué todos los valores que siempre me guiaron en la vida y ella me admira por ello; por ser un buen capitán, por alentar a mis hombres, por no desfallecer. Pero no por ser un buen padre; no por estar ahí para escucharla. Cuanto menos tú, que ni siquiera me has tenido cerca.

—La llama vuelve a brillar... —murmuró Arel, volviéndose.

—Arel, todo cuanto he hecho en mi vida ha sido con el único objetivo de daros una oportunidad, a Eirien y a ti por encima de todo. Por eso para mí esa llama significa mucho más que el retorno de la Alianza. Significa que no he perdido toda mi vida en pos de nada; que he sacrificado la vida de mis hijos por algo y que gracias a ese algo, tal vez ellos no tengan que hacer lo mismo con los suyos.

—Padre...

Néder no pudo evitar que su corazón diera un vuelco al escuchar esa palabra de boca de Arel.

—Toda mi vida he dejado que la ira y el odio hacia ti y todo lo que significabas me guiasen —confesó el muchacho—. Odié a la Alianza y a todos los que creían en ella. Sé que sin vuestra intervención, Ászaron seguiría sumida en su rutina; Zeol seguiría gobernando; los que odian a la Alianza seguirían ignorando el pasado, y los que la aman seguirían muriendo en las prisiones o en la plaza. Si las cosas ya no son así es gracias a vosotros. Ahora miro esa llama y me llena de esperanza. Estás aquí y creo que todo volverá a ir bien —añadió con tristeza. El problema está —añadió Arel— en que yo maté a muchos de los que hoy piensan como nosotros.

Néder avanzó hacia él tímidamente y aún sosteniendo el temor al enésimo rechazo, atrapó a su hijo en la prisión de su abrazo, un abrazo en el que Arel se derrumbó y lloró como el niño que Néder sentía nunca había dejado de ser.

Los brazos de Eirien se unieron al sentido instante en el que el silencio y la noche atestiguaron un momento anhelado y único, como si las llamas de la Alianza hubieran renovado mucho más que las esperanzas de victoria en la Batalla Final.

CAPÍTULO 22

Una fina llovizna bajo el cielo plomizo de Ászaron acompañaba a hombres, élars, nigromantes y óhrdits en su marcha hacia la tenebrosa Ódeon. Sin sobresaltos ni dificultades añadidas, no tardarían más de tres jornadas en cubrir la distancia que los separaba de allí. El trayecto que Leith le había mostrado a Ezhan al escapar del reino dragnar les hubiera permitido cubrirla en mucho menos tiempo pero el acceso por el angosto bosque no era el idóneo para los voluminosos ejércitos que conglomeraba la Alianza.

Todos ellos avanzaban en una larga hilera, a paso lento pero constante. Ezhan montaba al lado de Zor.

—¿Puedo hablar con vos? —le preguntó el muchacho.

—Claro. ¿De qué se trata?

—Hay alguien... que creo que podría ayudarnos mucho en esta batalla y podría inclinar la balanza a nuestro favor.

—¿Y quién...?

—Danar.

El rostro de Zor se ensombreció.

—Eso es totalmente imposible. Danar fue desterrado hace mucho tiempo. El dominio conjunto de la magia élar y la nigromante está prohibido. Él infringió esa ley.

—Pero estamos en medio de la guerra, Zor. No podemos estar pensando en qué es lícito y qué no lo es. Además, conocí a Danar y es un buen hombre. Es el hechicero más poderoso de todos; el único que domina las dos magias. Tenerlo de nuestro lado podría ser muy conveniente.

—Lo lamento, Ezhan.

Dando por zanjada la conversación, el primer señor de Dongur se adelantó, jalando la riendas de su valar para unirse a Volmark y Dyras, que avanzaban algo más allá.

*****

Leith observaba el horizonte en lo alto de las murallas de Ódeon con gesto ausente cuando Vrigar se acercó, fijando también su mirada en la lontananza.

—Se acerca la hora —dijo el nigromante—. Se aproximan y no tardarán en llegar.

Leith guardó silencio.

—¿Has pensado en mi oferta?

—Yo más bien lo consideraría un ultimátum —respondió ella sin mirarlo.

—Bien... Entonces, ¿has pensado en mi ultimátum?

Leith suspiró y sin mediar palabra, dio media vuelta, perdiéndose entre los oscuros muros del castillo.

*****

Al anochecer del segundo día de viaje, los cuatro ejércitos acamparon en la explanada de Vassar, cerca ya de las tierras dragnars. Algunos soldados montaban guardia y vigilaban los alrededores, pues la ciudad de Ódeon estaba a unas pocas millas tras la espesura del bosque. Los demás aprovechaban para descansar, comer algo y reponer fuerzas.

Ezhan y Aldan charlaban de forma distendida, sentados en el suelo, mientras masticaban.

—Es la batalla más extraña a la que he acudido —comentó Aldan—; ni siquiera sabemos qué actitud tomará el enemigo. Vamos a luchar contra los dragnars, pero es una de ellos la que mayor ayuda nos ha ofrecido.

—No cuentes con que vayan a luchar a nuestro lado —respondió Ezhan.

—Pero esa dragnar te ayudó, ¿no? Por ella es que pudimos encender las llamas de la Alianza. ¿Por qué iba a haberse arriesgado tanto para ahora luchar en contra nuestra?

—Para Leith podía haber resultado más fácil traicionar a Vrigar y unirse a nosotros, pero no tanto abandonar a su gente con el nigromante. Regresar a Ódeon con Vrigar conociendo su traición, no habrá sido fácil para ella. Sólo espero que esaté bien pero no puedo pedirle nada más.

—En cualquier caso, los dragnars han sido siempre nuestros enemigos. Si van a luchar contra nosotros, no debe importarnos la suerte de esa mujer. Nos ha ayudado, pues ya está —concluyó Aldan con indiferencia.

—Es la hermana de Arsen —repuso Ezhan, observando al dragnar, que tomaba asiento junto a Yara y Riley, algo más apartados.

—¿Y qué? No lo conocemos de nada, pero ella es la mujer que mató a Valdrik, ¿No?

—Desde luego que no seré yo quien justifique eso pero, esto es una guerra, Aldan. ¿A cuántos de los suyos no habremos atado tú o yo?

Aldan guardó silencio y tardó unos segundos en volver a hablar:

—¿Por qué crees que tte ayudó?

515

—Tal vez los dragnars no sean tal y como siempre nos los han pintado.

—¿Qué quieres decir?

—¿Te has parado alguna vez a pensar qué siente o piensa un dragnar? ¿Qué hace que esta guerra sea justa para ellos? ¿Por qué la iniciaron? ¿Por qué la siguen?

Aldan dejó de masticar mientras fijaba toda su atención en Ezhan. Néder llegó en ese momento y tomó asiento junto a ellos.

—Eriak te estaba buscando, Aldan.

El muchacho se incorporó.

—Iré a verlo y después me marcharé a dormir. Al alba partimos, ¿no es así?

Néder asintió.

Ezhan continuaba sumido en sus pensamientos, buscando respuestas a las preguntas que él mismo le había formulado a Aldan.

—¿En qué piensas? —preguntó Néder.

—En muchas cosas para las que no encuentro respuesta.

—¿Te asusta ser el elegido?

—Ni siquiera he tenido tiempo de hacerme a la idea de eso. Tan solo iré a luchar, como todos los demás.

—En eso no te pareces a tu padre.

Ezhan le miró, espoleado por la mención de Seizan.

—Recuerdo el día en que pensamos que él era el elegido. Estaba hecho un mar de dudas.

—Tal vez, en el fondo sabía que no lo era.

En esta ocasión fue Néder quien clavó en él su mirada.

—Si conocía la profecía, debía tener la certeza de que no era el elegido.

—Tienes razón. Aunque a mí no me dijo nada, era probable que Seizan lo supiese. Supongo que calló para no desanimar a sus hombres y a todos los que lo acompañaron hasta Ódeon en aquella ocasión. Descansa, muchacho —añadió mientras se ponía en pie—. Nos esperan días muy duros.

*****

A pesar de los intentos de los dragnars por concederle normalidad a sus vidas, la tensión en sus calles podía cortarse con un cuchillo. El aviso del inminente ataque era una realidad para todos y la postura del ejército, un misterio sin resolver.

Los rumores sobre la traición de Leith hacia el nigromante se habían extendido rápidamente, prendiendo distintas percepciones en los hombres y mujeres dragón. Esperanza, en algunos; miedo y recelo, en otros. ¿Adónde conduciría esa inestable unión entre los hijos de Ódeon? —se preguntaban muchos.

—¡Ya están aquí! ¡Son cientos de ellos!

Un soldado dragnar cruzó la explanada a toda prisa y corrió en dirección al castillo mientras, en su avance, gritaba todo tipo de alertas y maldiciones.

En pocos minutos los ejércitos de hombres, élars, óhrdits y nigromantes se detuvieron frente a las negras murallas de Ódeon.

Ezhan adelantó su montura unos pasos, seguido de Aldan, Zor, Davnir, en representación de los élras, Gaiar, Arsen y Néder.

El viento había arrecido de forma considerable y helaba hasta la sangre, arrastrando consigo unas gruesas nubes blancas que amenazaban tormenta de nieve.

La tensión aumentó súbitamente cuando los portones de la ciudad cedieron, abriéndole paso a Vrigar, Leith y tres soldados más, entre quienes estaba Kivorn. Como era habitual en los dragnars, avanzaron a pie y, al verlos acercarse, Ezhan desmontó de su caballo. Con la mano en la empuñadura de su espada, avanzó unos pocos pasos, al encuentro de sus enemigos y con especial atención fija en

Leith. La dragnar estaba bien y aquello ya suponía un pequeño alivio pero su expresión inescrutable no acompañaba a esa sensación.

—Bienvenidos, caballeros. Habéis acudido puntuales a vuestra cita con el destino —lo saludó Vrigar.

Los acompañantes de Ezhan se mantenían sobre sus caballos, algo por detrás del rey de Ászaron.

Las miradas de Arsen y Leith se encontraron de forma fugaz, aunque ella parecía reacia a mantenerla.

—No es contigo con quien queremos hablar —intervino el joven dragnar, adelantándose—, sino con mi pueblo.

Vrigar sonrió.

—¿Y cuál es ahora tu pueblo, traidor? —le preguntó el nigromante.

—Tiene gracia que seas tú quien dirija a alguien ese calificativo —intervino Néder.

La sonrisa de Vrigar se esfumó con lentitud, dejando patente que la acusación seguía molestándolo sobremanera.

—Volvemos a encontrarnos en una batalla, Néder. Me aseguraré de que no haya una tercera vez.

Arsen bajó de su caballo y caminó hasta situarse junto a Ezhan. Sus ojos permanecían clavados en las figuras de los capitanes dragnars que flanqueaban a Vrigar.

—Luchad a nuestro lado y liberemos a Ódeon de la mano negra de este tirano que no ha hecho más que humillarnos y despreciarnos.

Kivorn buscó a Leith, que seguía sin alzar la vista del suelo.

—Nuestra postura está clara, Arsen. Haremos lo que tenemos que hacer —respondió ella.

—¿Vas a luchar al lado del nigromante? —le preguntó Aldan—. Sea lo que sea lo que te haya prometido a cambio de respetar tu vida, no lo cumplirá. Lo traicionaste y eso te ha sentenciado, a menos que luches a nuestro lado. ¡Vamos, no seas estúpida!

—¡Basta! —gritó Ezhan—. Dejadla en paz.

Por fin, Leith alzó la cabeza y miró al muchacho, transmitiéndole de algún modo un mudo agradecimiento.

—Toda Askgarth está aquí dispuesta a no dejar nada de ti, Vrigar —añadió Ezhan—. Tienes la opción de rendirte.

El nigromante estalló en carcajadas.

—Tú debes ser el hijo de Seizan... Debo admitir que eres digno hijo de tu padre. Me parece estar reviviendo la misma batalla de aquel día... Ojalá sea el mismo desenlace.

—Mi padre casi te venció con su ejército, junto a los élars y los óhrdits. Ahora también los nigromantes están con nosotros. ¿Qué te hace pensar que tu destino vaya a ser mejor?

Vrigar atenuó su sonrisa.

—Sí —respondió—. También admito que tu entrada en esta guerra me sorprende, Zor. Juraste neutralidad.

—Así lo exigían mis dioses. También ellos han cambiado de parecer, cosa que no ocurrió durante la batalla que te enfrentó al padre del muchacho. Muchas de las cosas que no estaban entonces en tu contra, ahora sí lo están. ¿No te da eso que pensar?

—La forja de la Alianza os ha otorgado mucha seguridad a todos. Para mí es solo luz que le permitirá ver a vuestros dioses con mayor claridad que una profecía es rebatible.

—¿Te rindes o no? —interrumpió Ezhan secamente.

El nigromante negó con la cabeza.

—Jamás. ¿Verdad, Leith?

Antes de que la muchacha pudiera responder, Ezhan habló de nuevo:

—Todos a vuestros puestos.

El joven dedicó una última mirada a la dragnar y montó de nuevo sobre su caballo, cabalgando de regreso hasta su posición, al tiempo que los dragnars avanzaban de regreso al cobijo de la muralla.

Kivorn no podía evitar sentir el estómago encogido, como si un férreo puño lo estrujase a voluntad. Todo cuanto habían planeado aquellos días parecía irse al traste ante la extraña actitud de Leith. Los ejércitos habían estado de acuerdo en rebelarse contra el nigromante pero la princesa de Ódeon parecía haber cambiado de opinión y, sin concederles explicación alguna, ni Kivorn ni los demás capitanes se atrevieron a mover ficha en otro sentido. Sin embargo, ¿cómo iban a entregar sus vidas en pos de la causa de alguien a quien detestaban? Muy sencillo —se respondió a sí mismo—, como lo habían hecho siempre desde la muerte de Noreth.

Pronto la batalla estalló con toda su furia y los aceros prendieron una siniestra melodía de choques y sangre. Los ejércitos de la Alianza eran muy numerosos, pero también los dragnars.

Además Vrigar había dado vida a gigantes y otras criaturas invocadas a través de la nigromancia, cuya presencia dificultaba sobremanera la lucha a sus enemigos.

Los nigromantes eran los que más fácilmente podían deshacerse de sus enemigos, ya que además de utilizar sus artes para el combate, también empleaban la magia. Sin embargo, todos ofrecían una resistencia a la altura, lanzando ofensivas que esta vez respaldaba la luz de la llama que también en Ódeon brillaba, como una aliada más silenciosa y altanera cuya simple visión servía para imprimir calor a los corazones enemigos de la propia Ódeon.

Vrigar aún no había tomado parte en la batalla y se limitaba a observar desde la parte más cercana a la muralla de la ciudad. La sangre dibujando un lienzo bajo el manto de la nieve no lo hizo sentir regocijo como le había ocurrido otras veces; sabía que en esta ocasión, algo era distinto y aunque tenía confianza en las fuerzas que había sido capaz de convocar, no menospreciaba lo más mínimo el poder de una profecía.

Zor se abrió paso apartando a numerosos rivales sin excesiva dificultad, tanto así que muchos de los que lo veían no podían evitar pensar que si los nigromantes hubieran tomado partido antes, las cosas se habrían solucionado hacía mucho tiempo.

Con la respiración entrecortada por el esfuerzo realizado, el primer señor del Inframundo logró plantarse ante Vrigar. Su cuerpo y rostro presentaban múltiples heridas pero nada parecía capaz de oponer una verdadera resistencia para él, que seguía empuñando su imponente espada con la mano.

—No debiste quebrantar tu juramento, Zor —le dijo Vrigar.

—No he quebrantado nada, traidor. Solo he obedecido a mis dioses, aquellos a los que tú diste la espalda hace mucho tiempo.

Por primera vez, Vrigar desenvainó su acero y lo aferró con fuerza antes de abalanzarse sobre Zor en un duelo titánico que atrajo la atención de muchos por la magn. El poder de la magia de Dóngur devastaba todo alrededor de los dos nigromantes, dejando patente que lo único equiparable en fortaleza a un señor de Dongur era otro señor de Dongur y, de forma inexplicable, Vrigar no había dejado de ser uno de ellos. Logró desarmar a Zor en un veloz movimiento y la sucesión de golpes que lo siguió, logró poner en aprietos, por primera vez al rey del Inframundo. Su espada amenazó con hundirse en su corazón cuando otro acero se interpuso, desviándolo.

—Riley... —murmuró Vrigar, sorprendido—. Has mejorado mucho como guerrero...

—No puedo decir lo mismo. Veo mucha nigromancia, pero muy poco arte con la espada.

Vrigar rió mientras Zor permanecía sentado en el suelo. Riley le devolvió la embestida a Vrigar y logró desarmarlo, generando una mayor sorpresa y rabia en el inescrutable rostro de Vrigar, cuya sonrisa se había esfumado.

—Tú eres mi heredero, hijo —balbuceó cuando la espada del joven nigromante se posó sobre su cuello—. Si luchases a mi lado serías dueño de toda Askgarth.

—Cuando acabemos con esto —respondió Riley, sereno— ni siquiera vas a ser dueño de tu alma, maldito traidor. Y no vuelvas a llamarme hijo.

Un sencillo conjuro nigromante le bastó a Vrigar, visiblemente dolido por la respuesta de su hijo, para desaparecer de allí cuando este trató de sesgarle el cuello.

Riley se volvió y observó a Zor.

—¿Os encontráis bien? —le preguntó, mientras le tendía la mano.

El señor del Inframundo asintió al tiempo que aceptaba la ayuda de su joven congénere.

Algo más apartado, Ezhan había logrado tomarse una tregua tras acabar con numerosos dragnars. Lejos de la adrenalina conquistando cada rincón de su ser, sensación que lo había embargado en anteriores batallas, esta vez algo era distinto; había esperado la ayuda del pueblo de Ódeon tras lo sucedido con Leith y acabar con la vida de soldados dragnars despertaba en él un malestar impropio.

Sin embargo, lo que estaba claro era que no podía respetarse la vida de aquellos que trataban de acabar con la suya.

Tal vez sólo fuese el hastío de una guerra eterna —se dijo a sí mismo—, pues no podía considerarse traicionado por aquellos que siempre habían luchado contra él y que, además, en esta ocasión, habían puesto en sus manos su propia salvación.

Ezhan percibió una presencia tras de él y se volvió rápidamente, blandiendo la espada que Danar le había regalado. El choque del acero contra la espada rival hizo que su brazo se resintiera. Fue entonces cuando Ezhan se dio cuenta de que estaba luchando con Leith y se detuvo.

La espada de la dragnar se quebró y ella cayó de rodillas, agotada y vencida. Una herida en su hombro sangraba, dibujándole un rojizo collar sobre el pecho.

Ezhan se arrodilló a su lado y le apartó el cabello, tratando de averiguar el alcance de la gravedad de aquel sangrante trazado.

—No estás herida —observó con el ceño fruncido.

Ella le sujetó la mano con fuerza.

—Lo siento... —musitó—. Lo siento mucho.

—Vamos, Leith, no te reprocho nada. Ninguno de los nuestros puede reprocharte nada. Al contrario.

La sangre seguía manando desde la parte posterior de su cuello, calando cada prenda de ropa, a pesar de que ninguna herida justificaba tal consecuencia.

—Él te ha hecho esto, ¿verdad? —preguntó al fin, tratando de descifrar lo que estaba sucediendo—. Este es el precio de tu traición, ¿no es cierto?

—El precio es mucho más alto... —respondió ella, llorando.

Ezhan la miraba sin comprender.

—¿Qué pasa, Leith? —preguntó—. ¿Qué te está ocurriendo?

—Esta es la espada de Danar —interrumpió de pronto la voz grave de Zor. El nigromante estaba tras de ellos, observando con atención la hoja de la espada que Ezhan había dejado caer al suelo.

Leith hizo ademán de alzarse al ver al nigromante, pero Ezhan la retuvo, sujetándola del brazo con suavidad.

—Tranquila.

—¿Cómo es posible que te la entregase?

—¿Qué le ocurre, Zor? ¿Por qué está así? ¿Qué es lo que Vrigar le ha hecho?

—No me has respondido...

—¿¡Qué diablos le ocurre?! —gritó Ezhan fuera de sí.

Se puso en pie y se encaró con Zor, harto de que los nigromantes sólo buscasen respuestas a sus propias preguntas.

Arsen llegó corriendo hasta allí y se dejó caer en el suelo para abrazar con fuerza a su hermana. El rostro del joven dragnar estaba impregnado en sangre.

—¡Leith! ¿Te han herido?

Arsen reculó, sobresaltado cuando un corte en el antebrazo se le abrió a Leith, salpicándolo.

—Zor, por todos los dioses —gritó Ezhan— sangra por heridas que nadie le ha hecho. ¿Qué es lo que está pasando?

—¿Cómo... cómo se puede derrotar a un nigromante? —preguntó Leith, poniéndose en pie.

—Si te refieres a Vrigar... —respondió Zor— no se puede. Él ya está muerto.

—¿Entonces para qué diablos estamos luchando? —gritó Ezhan, iracundo.

—Tú mejor que nadie deberías saber saber responder a esa pregunta —respondió de nuevo Zor, con calma.

El rey de Dongur sostuvo la espada de Danar y la observó con admiración.

—¿Cómo? —insistió Ezhan.

—Un lazo de vida... —musitó Leith.

—¿Qué es eso? —preguntó Arsen.

—Un lazo de vida es un hechizo nigromante de décimo primer nivel —volvió a decir Zor—. Une la vida de un nigromante a la de una persona, pero rara vez ese lazo perjudica al nigromante, que es mucho más poderoso. Todo cuanto le ocurre a uno, le ocurre al otro. Sus destinos se cruzan.

—¿Vrigar ha trazado un lazo de vida entre él y tú? —preguntó Ezhan, alarmado.

Ella asintió de forma casi imperceptible.

—Las heridas que ella está sufriendo —prosiguió Zor — se las están causando a Vrigar. Hojas envenenadas, probablemente. A él no lo afectan ya, pero a ti te destrozarán.

Leith negó con la cabeza.

—¿Cómo se puede romper ese lazo? —preguntó Arsen.

—No se puede —intervino Zor..

—Tiene que haber alguna manera —le dijo Ezhan, acercándose a él.

—No hay nada más poderoso que un nigromante —respondió él—; olvídalo.

Ezhan se apartó y dio paseos nerviosos mientras observaba a Leith.

—Matadme... —solicitó ella, exhausta—. Por favor.

Arsen la miró sin responder, igual que Ezhan.

—No se puede —sentenció Zor—. Estás ligada a él y él es inmortal, un nigromante, con todo el poder de un nigromante. Sólo si él muriera tú podrías morir también. Pero él es inmortal.

—¡Cállate! —le ordenó Arsen, desesperado.

Leith lloró, consciente de que Zor tenía razón y de que ni siquiera la muerte podía liberarla de aquel sufrimiento. La dragnar tosió y la sangre volvió a emerger desde su garganta, haciendo que su hermano la abrazase con más fuerza.

—Tiene que haber una manera de parar esto, por todos los dioses —intervino Ezhan, furioso.

—No la hay —respondió Zor con calma.

El desgarrador grito de la dragnar ante la enésima herida originó una tardía reacción en Ezhan, que apartó a Zor con un empujón y se dejó caer de rodillas junto a Leith y Arsen. Se paseó la mano por la cara, impactado como nunca se había sentido ante el sufrimiento que destilaban los ojos de los dos hermanos dragnars; ella agonizando y clamando por una muerte que no llegaría; él, impotente al verla morir en vida.

—Le devolveré la vida —murmuró Ezhan, atrayendo la atención de Arsen, que no dijo nada—. No tengo garantías, Arsen pero debo intentarlo... tu hermana vivirá, te lo juro.

El dragnar lo miró sin comprender mientras él se ponía en pie y se alejaba corriendo de allí para introducirse de nuevo en el campo de batalla, buscando a un lado y otro con desesperación. <<Un nigromante con todo el poder de un nigromante>>. Eso había dicho Zor al referirse a Vrigar y una última esperanza anidó en su corazón, incapaz como era su cabeza de elucubrar con nitidez.

Los choques de espada y los gritos se apagaban poco a poco pero aún había combates en marcha, vidas luchando por sus propios destinos, implacables al sucumbir del silencio. Los ejércitos más numerosos de Askgarth lograrían esta vez la victoria sobre los temibles dragnars pero ¿qué ocurriría con Vrigar si no había forma de acabar con él? Mientras el nigromante viviera, el triunfo nunca sería total o al menos, así lo sentía Ezhan, apremiado además por la dramática situación de Leith.

Lo encontró al fin luchando contra Isia. Al verlo llegar, ella y Vrigar se detuvieron.

—Todo ha acabado —masculló Ezhan con rabia—. Ríndete ya.

—Estás solo —intervino Zor, acercándose—. Apenas quedan soldados en Ódeon. No tienes ninguna posibilidad de prolongar esta guerra inmunda.

Vencido, Vrigar observó a su alrededor y pudo constatar que el primer señor de Dongur tenía razón: apenas quedaban dragnars en pie, insuficientes los que aún vivían para acometer de nuevo la guerra.

De pronto la multitud de soldados que había empezado a agolparse allí fue abriendo paso y una mujer avanzó lentamente hasta encontrarse de frente con el nigromante.

—¡Saya! —exclamó Zor.

El Oráculo, aquella a la que todos conocían como el primer nigromante, ascendía por primera vez al mundo de los vivos. Llegaba bajo la apariencia de una hermosa joven, ensangrentada, de cabello oscuro y desgreñado pero aun así, todos la reconocieron.

Vrigar sintió que le faltaba el aliento. El nigromante cayó de rodillas al suelo, con las manos temblorosas y la mirada vacía.

—Los dioses tienen un mensaje para ti —continuó diciendo Saya—: Vivirás en el Bosque de las Ánimas para toda la eternidad, Vrigar pero no dentro de la torre. Eres indigno de custodiar una corona de Dóngur y desde este mismo momento dejas de ser un Señor del Inframundo.

Vrigar mantuvo la cabeza alta aunque la inexpresividad en sus ojos fue, paradójicamente, más expresiva que nunca. No se atrevió a pronunciar una palabra pero su rictus lo decía todo.

El Oráculo buscó a Riley con sus inquietantes ojos y una leve sonrisa se dibujó en los labios de la ensangrentada joven.

—Nos veremos en el Inframundo —zanjó antes de esfumarse frente a todos.

El silencio que siguió a la marcha de Saya se alzó como un fiero anunciador de la victoria. Sin embargo, llevaban tanto tiempo luchando por ver cumplido aquel momento que las reacciones distaron mucho de lo que todos imaginaron algún día. No sentían alegría ni exaltación. No podían hacerlo cuando al volverse, cada cuerpo sin vida les recordaba el peso de un precio excesivo. Y aquella era sólo una ínfima parte de todo cuanto la guerra había costado.

Ezhan alzó la cabeza y frunció el ceño cuando algo lo alertó en la expresión de Vrigar, un último destello de ira, un postrero latigazo de furia y orgullo. Sin embargo, en apenas una fracción de segundo, lo que tuvo ante sí fue el cuerpo de Yara, sujetándolo del antebrazo y mirándolo de una forma extraña.

Cuando Ezhan bajó la mirada comprobó que la hoja de una espada asomaba a través del pecho de la nigromante, sin llegar a tocar el suyo propio. Lo que estaba ocurriendo detrás de ella ni siquiera le interesó. Los nigromantes sujetaban a Vrigar después de haberlo desarmado y gritaban, mientras trataban de inmovilizarlo, envuelto en maldiciones e insultos.

Ezhan sujetó el cuerpo de Yara mientras un hilillo de sangre resbalaba desde su boca hasta perderse por su cuello y el interior de su ropa. El muchacho se arrodilló con ella cuando sus piernas se doblaron, mientras las órdenes de Zor, azuzando a su gente a llevarse de allí a Vrigar, sonaban difusamente en sus oídos.

Ezhan se puso en pie y sujetó su espada, corriendo tras los pasos de los nigromantes que arrastraban a Vrigar.

—¡Soltadlo! —gritó—. ¡Dejadlo!

—Muchacho, aléjate —le apremió uno de los soldados nigromantes—. No puedes hacer nada contra él.

—¡Soltadlo! —ordenó Ezhan de nuevo, con la cara abrasada en lágrimas.

Zor no dijo nada cuando sus hombres buscaron su palabra pero fue Vrigar quien se zafó con un gesto brusco, encarando a Ezhan, con soberbia.

—¿No te habían dicho que un nigromante sí puede morir? —le preguntó—. Hay ocasiones en la que...

Ezhan se abalanzó sobre él, gritando y descargando la espada hacia el nigromante con una furia infernal. Vrigar reculó, deteniendo el golpe con el brazo, en absoluto exento de dificultad. Y aquella sólo había sido la primera arremetida; tras ella llegó otra, y otra más y otra. Vrigar sangraba con cada latigazo de la hoja, guiada por una ira ciega que lo inquietaba sobremanera. Porque sentía un dolor agudo y lacerante, un cansancio propiciado por la falta de sangre que le generaba cada nuevo corte, cada nueva punzada, cada herida más profunda.

Zor los siguió, con el ceño fruncido y confuso.

—Puede que seas un maldito nigromante —gritó Ezhan, sin detenerse— y que una espada dragnar no pueda matarte; tampoco una élar ni una óhrdit; mucho menos una humana. Pero hay una que sí puede destrozarte: la espada de aquel que domina dos magias, la élar... y la tuya propia, malnacido —zanjó antes de hundir su acero en el pecho de un incrédulo Vrigar.

La sangre brotó desde su boca, ahogándolo por momentos. Cayó de rodillas al suelo y trató de hablar aunque de su garganta sólo emergió un ridículo gorgoteo.

—La nigromante —gritó Ezhan de nuevo—. Y la élar.

Aquellas palabras precedieron al latigazo final, aquel en el que la espada del muchacho voló, sesgando la cabeza de Vrigar, que rodó por el suelo hasta que el cuerpo del nigromante se desplomó frente a él.

El último aguijonazo de furia lo descargó Ezhan hundiendo su espada sobre el pecho de su enemigo, y ensartándolo en el suelo aunque este ya estaba inmóvil y sin signo alguno de vida.

Las miradas asombradas de Zor o el resto de señores nigromantes no inmutó si quiera a Ezhan, que corrió de regreso junto a Yara y, con manos temblorosas, acarició su rostro.

—Yara... vamos, despierta. Despierta, Yara. Si no lo haces, me recostaré a tu lado y veremos juntos la maldita puesta de sol —gritó—. ¿Podrás con un momento así? ¿Podrás aguantar un abrazo sin algo más de por medio? ¡Vamos, maldita seas!

—¿Cómo ha podido Vrigar morir? —preguntó Dyras, acercándose a Zor.

—La espada de Danar... —murmuró este.

El señor del Inframundo le dio la espalda a Ezhan y apenas pudo caminar un par de pasos antes de que la desgarrada voz del muchacho lo obligase a detenerse.

—¿¡Te vas?!? —gritó con rabia— ¡Yara se está muriendo! ¡Tienes que hacer algo por ella! ¡Es tu hija!

—Ella ha elegido su camino.

Zor ni siquiera se volvió antes de seguir andando.

—¡Isia! ¡Endya! —El joven se incorporó, incrédulo—. ¡¿Qué diablos os pasa?! ¿No vais a ayudarla? ¡Dyras!

Ninguno de los reyes de Dóngur articuló palabra alguna.

—¡Dolfang! —insistió Ezhan— ¡Tienes que hacer algo! ¡Yara se ha criado contigo! No podéis…

—No somos humanos, muchacho, sino nigromantes. Hay ciertas cosas que creí que entenderías… pero como bien ha dicho Zor, ella ha elegido su camino.

Ezhan abrió la boca, incapaz de dar respuesta a Dolfang ni de insistir por la ayuda de un nigromante. Se volvió y observó a Yara tendida en el suelo, con la cristalina mirada clavada en el cielo gris de Ódeon y los primeros copos haciendo acto de presencia. Y por primera vez sintió frío.

*****

La noche había tomado el relevo al gris vespertino en el cielo de Ódeon y sólo la llama de la Alianza continuaba brillando en la boca de aquel imponente dragón de piedra, símbolo de tantas cosas, otrora olvidadas; ahora, plenamente latentes en los corazones de Askgarth.

En los cuarteles del ejército los soldados de todos los lugares sanaban sus heridas gracias a los cuidados de los curanderos de Ódeon y los suyos propios. Por primera vez en mucho tiempo, existía una causa común en el quehacer de todos.

Ezhan no se había movido del lado de Yara, cuyo cuerpo helado permanecía tendido sobre uno de los camastros que se habían dispuesto para la ocasión. Sus manos entrelazadas destilaban un contacto diferente, frío, aunque igualmente férreo, como si el hecho de no soltarla pudiera impedir que ella acabase volando muy lejos de allí. Su respiración era apenas un hilo que la ataba aún a la vida pero todos le habían dicho que sería solo cuestión de tiempo y que el hecho de que no hubiera muerto aún se debía a su origen.

La puerta se abrió y a pesar de ser Isia la que entró, Ezhan ni siquiera le prestó atención, pues ya le había quedado claro que nadie movería un dedo por salvar a la joven.

—Creí que os habíais marchado —dijo con voz inexpresiva.

—Soy la única que sigue aquí… aunque solo he venido a despedirme.

—Pues adiós.

—Piensa bien las cosas —respondió la nigromante con serenidad—. No somos los únicos que podemos hacer algo por ella; si tú tampoco lo has hecho es porque no estás seguro de ello. Es eso lo que te está torturando.

El muchacho se incorporó, incrédulo ante las palabras que escuchaba.

—¿Crees que si pudiera sacarla de este estado, no estaría haciéndolo? —gritó, enfurecido—. ¡Salvadla, maldita sea! Si es lo que hay entre ella y yo lo que os impide hacerlo, os juro por los dioses de Askgarth que la dejaré en paz, que no volveré a verla nunca más. No volveré a cruzarme en su camino pero salvadla.

Arrastrado por la rabia que generaba en él la indolencia de Isia, Ezhan abandonó la habitación a largas zancadas, embistiendo a todo lo que se cruzaba en su camino. Sólo el choque con Eirien logró detenerlo y, vencido, apoyó la espalda en la pared y bajó la mirada. Entonces reparó también en la presencia de Aldan.

—Lo siento —murmuró Ezhan.

—¿Cómo está? —preguntó ella.

—Se está muriendo —respondió con el rostro bañado en lágrimas.

—Pero es una nigromante, ¿no? —inquirió Aldan—. ¿Cómo puede estar muriéndose?

—No lo sé. La hirió Vrigar, él es mucho más conocedor de la nigromancia que ella. Ha vivido toda su vida en Askgarth, ni siquiera domina la magia en su totalidad y...

—Eh, cálmate, hermano —lo interrumpió Ezhan, sujetándolo de la cara.

Ezhan lo apartó despacio y fue entonces cuando Aldan se dio cuenta de que el muchacho portaba algo en su mano.

—Eso es...

—El don de la resurrección que Zor me entregó la primera vez que estuve en Dóngur —le aclaró él.

—¿Entonces dónde está el problema? Si esa nigromante muere, podrás devolverle la vida, ¿no?

Ezhan necesitó unos segundos para responder:

—No es tan sencillo, Aldan —respondió, con la mirada perdida en la nada—. Ella tiene razón —murmuró, como si hablase para sí—. Porque no sé si deba utilizarlo con ella o...

—¿O qué? —preguntó Eirien, confusa.

—Leith... —susurró.

Aldan no pudo disimular su sorpresa.

—¿Bromeas?

La respuesta de Ezhan fue una mirada afilada, como la hoja de una espada.

—Esa dragnar nos ayudó mucho, sí —volvió a decir Aldan— pero no olvides nunca que fue ella quien mató a Valdrik. Ella ha cumplido su parte en esta misión, y muerta, paga de alguna forma por lo que le hizo a Valdrik. Concentra esfuerzos en la mujer a la que supuestamente amas y olvídate de todo lo demás.

—Se lo juré a su hermano—gritó él—. Le juré que su hermana viviría.

—Como tantos otros juraron a sus familias que regresarían y no lo hicieron nunca.

—Le concedo valor a mi palabra —murmuró él, recordando algo que le había prometido a la propia Yara.

—¡No fue un sacrificio!—gritó Aldan, enfurecido—. Ella no quería morir para arrastrar a Vrigar, sino para no sufrir, un acto sumamente egoísta. Tú la mataste a través de Vrigar y ahora te sientes culpable. Es lo más ridículo que he oído en mi vida.

—¡Se lo juré! —gritó Ezhan, empujando a Aldan—. No puedo ser tan asquerosamente egoísta como para recular cuando es Yara la que está en peligro de muerte.

—¡Claro que puedes serlo si estás enamorado! Pero hace dos días la besabas a ella —replicó Aldan, señalando a Eirien con la cabeza—. Y ahora te importa una mierda si es una u otra la que vive. ¿También quieres probar a la dragnar?

Ezhan le asestó un soberbio puñetazo a Aldan, que apretó los puños, conteniendo las ganas de devolvérselo. En lugar de eso, se marchó sin esperar respuesta y Eirien no fue capaz de añadir nada más, mientras observaba a Ezhan.

—Supongo que tú tampoco lo entiendes —le dijo a la joven.

—Se supone —respondió ella— que estás enamorado de esa nigromante, ¿no? No hay más que verte y sin embargo, te estás planteando dejarla morir para que alguien que hasta hace escasos días era tu enemiga, recupere la vida que Valdrik nunca volverá a poseer. Ni tu padre. Ni todos aquellos que murieron por la Alianza.

—Yara es una nigromante. La muerte no podrá con ella.

—Confiarse a eso puede no ser suficiente, Ezhan. Pero haz lo que creas.

Ezhan se irguió y continuó caminando por el pasillo del oscuro castillo. Durante unos segundos se detuvo frente a un amplio ventanal. La calma era total en la ciudad y en esta ocasión, por primera vez en mucho tiempo, no se trataba de una tregua o de la tensión previa al inicio de la enésima batalla. Esta vez, simple y llanamente se respiraba paz.

Retomó la marcha hasta que algo algo le hizo detenerse de nuevo: la puerta entreabierta de un cuarto le dejó entrever la figura de Danar azuzando la llama de un vivo fuego. Entró, sin llamar ni pronunciar palabra, incrédulo y sorprendido:

—¿Qué estás haciendo tú...?

Danar se volvió y sonrió, sin moverse pero al topar con el rostro bañado en lágrimas de Ezhan, se incorporó y su sonrisa e esfumó:

—Me alegra volver a verte... —lo saludó el hechicero—. Aunque no tienes muy buen aspecto. ¿Ocurre algo?

—¿Cómo has llegado hasta aquí? ¿Acaso Zor...?

—¿Qué importa eso ahora? Cuéntame lo que te ocurre, muchacho.

Ezhan guardó un largo silencio, tratando de comprender qué podía estar haciendo un hechicero que había vivido sus últimos años entre el mundo de los vivos y el de los muertos en Ódeon. Sin embargo, tenía la cabeza tan embotada que sentía que ni eso importaba realmente.

—Yara se está muriendo y Leith está muerta —confesó al fin—. Yo dispongo del don de la resurrección de Zor. Estoy enamorado de Yara desde la primera vez que la vi, a pesar de su frialdad, de su rechazo, de cada frase cortante... La quiero: Pero no sé si debería devolverle la vida a ella o a la mujer que mató a Valdrik frente a mí, la misma que nos dio la oportunidad de cumplir la profecía. Sólo porque me comprometí con su hermano. Nadie es capaz de entenderme, ni siquiera yo mismo.

El mago tomó asiento, envuelto en la serenidad que solía caracterizarlo.

—Creo que en el fondo sí lo sabes, Ezhan. Sabes por qué no lo tienes claro, pero te asusta equivocarte y devolverle la vida a la persona incorrecta.

—Si le devuelvo la vida a Leith, nadie lo entenderá; ni siquiera yo. No sé por qué dudo.

—Entonces creo que ya has decidido.

—¡No! No es eso...

Danar lo miró, alzando una ceja.

—¡¿Qué?! —preguntó Ezhan, molesto por el silencio de su amigo.

—Nada... Solo tú tienes el poder para decidir, pero si aceptas un consejo, no permitas que lo que vayan a pensar o decir los demás te lleve a tomar la decisión equivocada. Recuerda que tu dama es una nigromante.

Ezhan guardó silencio.

—¡Es increíble! —exclamó Danar, mirándolo—. Tu corazón te ha gritado tantas verdades a lo largo de tu vida y le has prestado tan poca atención... ¿Cuándo aprenderás a escucharte a ti mismo, a esa voz interna que te de dicta lo que debes hacer? Cuando estabas en el Bosque de las Ánimas conmigo te veía como a un muchacho seguro de ti mismo, de las decisiones que debías tomar. Ahora, vuelves a estar en Askgarth y vuelves a ser el muchacho inseguro que llegó a mí.

>>Eres el único humano sobre la faz de Askgarth que dispone de una parte nigromante, aunque sea solo por el conocimiento de su magia. Haz uso de esa parte y de todo cuanto te enseñé y tomarás, sin duda, la decisión acertada.

Ezhan asintió, aunque las lágrimas que le surcaban aún la cara le impedían hablar.

Se puso de nuevo en pie y caminó hacia la puerta. Cuando se volvió, sólo encontró tras de sí una habitación en penumbra, cubierta de polvo y telarañas, y una extraña confusión se apoderó de él.

*****

Por la mañana, sin haber logrado pegar ojo ni moverse del lado de Yara, Ezhan bajó las peldaños que conducían hasta la sala del trono, donde yacía el cuerpo sin vida de Leith, velado por todo su séquito.

Arsen la observaba, sentado al lado del trono, incapaz de ocuparlo y jugueteando en su mano con algo.

—¿Cómo está Yara? —le preguntó sin alzar la mirada.

—Se muere. ¿Y tú, cómo estás? —preguntó Ezhan, tomando asiento a su lado.

—¿Tú qué crees?

—Leith tenía razón. Vivir a merced de un Lazo de Vida no era una posibilidad, Arsen. El nombre de tu hermana será recordado con la misma grandeza que el de los otros reyes de Ódeon. Y en tu mano está honrar el legado que te han dejado.

—¿Crees que voy a poder gobernar Ódeon con todo cuanto cargo, Ezhan? Han pasado demasiadas cosas y yo ya no tengo fuerza.

Arsen se puso en pie y observó a Ezhan con el rostro bañado en lágrimas.

—Esta tarde serán los funerales por mi hermana —le dijo—. No he pedido a ningún rey que acuda, pero... me agradaría que al menos el rey de Ászaron estuviera allí.

—No estaré allí —respondió él, tras un largo silencio.

Arsen asintió e hizo ademán de marcharse.

—Lo entiendo y....

—No habrá funerales —concluyó Ezhan—. Toma.

536

Arsen frunció el ceño y observó con desconcierto la ampolla que el muchacho le había entregado.

—¿Qué es?

—El don de la resurrección de Zor. Dáselo a tu hermana.

—¿Y Yara? —quiso saber Arsen, incrédulo.

—Te di mi palabra.

—Es sólo una palabra, Ezhan y la situación de Yara...

—No es sólo una palabra. Traicionar aquello a lo que nos comprometemos nos ha traído siglos de guerra y muerte.

—Esta vez no será igual...

—No lo será porque concederemos honor a nuestras palabras, estoy convencido.

—No puedo aceptarlo, Ezhan. Ambos estamos en una situación parecida. No sería justo.

—Yo no voy a utilizarlo con Yara, Arsen —respondió él poniéndose en pie—. Haz lo que quieras con él pero no permitas que sea demasiado tarde. Eso sí sería un peso con el que no podrías vivir.

*****

El sol se ocultaba ya tras las montañas de Ódeon y Ezhan permanecía sentado sobre su lecho. Ni siquiera había oído la insistencia con la que alguien llamaba a la puerta hasta que finalmente, Leith entró sin invitación alguna. Su rostro era un mapa de heridas que sanaban lentamente, a diferencia de las cicatrices del alma, que nunca se borrarían por completo. Ezhan no se movió de su sitio al verla entrar.

—Arsen me ha contado lo que hiciste. No puedo creerlo. Ni entenderlo.

—Así es como debía ser, Leith. Demostraste un enorme valor. ¿Cómo estás?

537

—Bien —respondió mientras observaba, a través del balcón el cielo vespertino de Ódeon desde lo alto del castillo.

Ezhan caminó tras de ella.

—Las heridas tardarán un poco en sanar —dijo él, intentando romper el silencio.

—La más grave está sanada —respondió ella con una sonrisa.

De pronto, en lo alto del firmamento, un enorme e imponente dragón cruzó la enorme ciudad, batiendo sus alas en un vuelo majestuoso.

Ezhan lo miró fascinado.

—Ragnark —exclamó.

Ella asintió.

Pero entonces, una preciosa hembra de dragón blanca surcó el cielo tras el rastro del enorme dragón negro. Sobre las imponentes cimas de Ódeon rugían como truenos en juegos que abrían la sonrisa en los labios de Leith, al tiempo que la fascinación crecía en la expresión serena de Ezhan.

—Zor consideró justo el intercambio del alma de Vrigar por la de un dragón hembra —le aclaró ella antes de que él pudiera preguntarle nada.

*****

Con la noche cerrada, Aldan preparaba su caballo en los establos, preso de la firme determinación de regresar a Ászaron lo antes posible o tal vez, a Cahdras. La llegada de Leith lo interrumpió momentáneamente pero una vez corroborado que se trataba de la dragnar, retomó su tarea.

—¿Qué demonios haces aquí? —preguntó de mala gana.

—Esta es mi casa —respondió ella.

Aldan sonrió mientras negaba con la cabeza.

—Tranquila. No es necesario que me lo recuerdes.

—No te estoy reprochando nada. Solo quiero hablar contigo.

—No te esfuerces, dragnar. Era una mera formalidad que tuviéramos que colaborar. A partir de ahora, seguid con vuestras vidas y olvidaos del resto de Askgarth.

—Somos parte de Askgarth y no tenemos por qué olvidarnos de nadie.

La joven sujetó a Aldan por el brazo, obligándolo a prestarle atención.

—No me importa el trato que quieras tener hacia los dragnars. Asumo que va a costarnos mucho que dejéis de vernos como enemigos; tampoco para nosotros va a ser fácil, pero no quiero que seas injusto con Ezhan.

—¿Injusto? ¡Tú mataste a Valdrik! Tal vez con él te hayan valido dos lagrimitas para que te perdone, pero conmigo no van a servirte de nada.

—¿Me reprochas que en una guerra matase a mi enemigo? Él me hubiera matado a mí si hubiera podido.

—¡Tú merecías la muerte! —gritó Aldan.

—Tú mataste a mi primo —respondió ella con serenidad—, un muchacho de dieciséis años que cayó bajo tu espada en un río cerca de Iraïl.

Aldan la miró, sorprendido ante aquella inesperada confesión. Claro que sabía que los dragnars tenían familia, igual que ellos mismos pero ponerle identidad o, peor aún, edad a alguien cuya vida él había finiquitado le concedía una visión de las cosas muy distinta y más dolorosa.

—Murió delante de mí —siguió diciendo Leith—. No podría olvidar tu cara, pero no por ello creo que merezcas la muerte. Era una guerra; tú luchabas en un bando y él, en otro. Meses después hemos firmado la paz y te acojo en mi casa.

Aldan guardó silencio y apoyó su espalda sobre el caballo que preparaba.

—Si Ezhan me ha devuelto la vida a mí y no a Yara es porque ella es una nigromante. Supongo que hay muchas cosas que ignoras sobre ellos pero cuando un nigromante muere por primera vez, su alma se hace mucho más poderosa. Zor, Isia y Volmark están muertos ya; también Endya y Dyras. Todos los señores de Dongur lo están. Vrigar también lo estaba. La diferencia para ellos es que un nigromante regresa a la vida, surtido de su propio fallecimiento. Es por eso que son inmortales.

La marcha de Leith sumió a Aldan en un silencio incómodo que, de pronto, prendía en su mente multitud de reproches hacia él mismo. Ezhan había estado en Dongur y había aprendido a utilizar la nigromancia. No hasta la totalidad de sus niveles pero sí lo suficiente como para que aun sin saberlo, algo en el tuviera claro que Leith lo necesitaba más que Yara.

*****

Ezhan afilaba su espada a la luz de la chimenea que había en su habitación, una tarea en la que se detuvo con la llegada de Aldan, que entró sin llamar.

—Odio este tipo de ñoñerías, de modo que iré al grano. Siento lo que te dije ayer. Fui injusto contigo.

Ezhan lo miró, sorprendido.

—¿Qué te ha hecho cambiar de opinión?

—Tal vez esa dragnar no sea tan mala como parece...

—¿Has hablado con Leith?

—Ella tiene razón. ¿Quién establece que nuestra causa era más justa que la suya? Además...

Aldan fijó la mirada sobre el hombro de Ezhan, que se volvió, tratando de averiguar qué había llamado la atención del muchacho. Yara permanecía en pie, observándolos en silencio y con una mueca sonriente trazada en sus labios.

—Ya hablaremos —dijo entonces Aldan—. Bienvenida de nuevo.

Yara asintió con la cabeza.

—¡Aldan! —le dijo Ezhan antes de que se marchase—. Gracias por todo. Y perdona por el golpe.

—¿Esto? ¿A esto le llamas golpe?

Aldan sonrió y desapareció, cerrando la puerta tras de sí.

Ezhan fue incapaz de moverse, dubitativo ante la actitud que podía esperar de Yara. Ella siempre había logrado desconcertarlo, ser fría cuando esperaba calidez o al contrario. Conocer que él había optado por utilizar el don de la resurrección con Leith y no con ella podría ser algo que la nigromante no estuviera dispuesta a entender, como por momentos le costaba hacerlo a él mismo.

Yara se acercó despacio y acarició el magullado rostro de Ezhan.

—¿Sabías que la primera muerte de un nigromante sólo lo fortalece? —preguntó.

Él negó con la cabeza.

—Si es así —respondió— ¿por qué tratáis de evitarla?

—Somos algo más temerarios que los demás pero tratamos de evitarla porque implica empezar de cero en la nigromancia. Es una pérdida de tiempo que muchos prefieren evitar aunque rara vez se consigue; al menos en un mundo en guerra. La salvaste a ella.

Ezhan bajó la mirada.

—La salvé a ella.

—¿Por qué?

—Le di valor a mi palabra.

—Entregué mi vida por salvarte.

—Lo sé, Yara. E independientemente de que considere o no justo lo que hice por Leith, créeme que esto es algo con lo que cargaré toda mi vida. Sé que no te merezco, que lo nuestro siempre estuvo en el filo y lo he empujado al vacío.

Yara sonrió y besó a Ezhan, sosteniendo su cara entre sus manos.

—Idiota —murmuró, después—. Soy una malnacida por disfrutar torturándote. Pero no puedo prolongarlo más. Me mata verte sufrir.

Ezhan la miró, con el ceño fruncido pero incapaz de articular palabra.

—No te recrimino nada. Morí por ti y lo haría mil veces más, aun sabiendo que después le devolverías la vida a una dragnar. Porque te quiero. Y has conseguido que no me cueste decírtelo.

—Pero yo...

—Tú hiciste lo que tenías que hacer, aun sin que nadie lo entendiera. Me encanta esa determinación que te arrastra contra el mundo, Ezhan. Hiciste lo que tenías que hacer —repitió—. En el fondo sabías que yo no lo necesitaba. Lo sabías porque siempre has conocido la nigromancia más allá de lo que debieras. Y ante todo y sobre todo, mantuviste tu palabra.

—Te quiero —le susurró él—. Y si esto ha encendido alguna duda en ti, te juro que invertiré cada día de mi vida, mientras tú me dejes, en disiparlas todas.

—No dudo, Ezhan.

*****

Al contrario de lo que Arsen pudiera pensar, todos y cada uno de los reyes de Askgarth permanecieron en Ódeon hasta el día de su coronación. El dragnar no se lo había solicitado a nadie, habida cuenta de la compleja situación y del tiempo que esta exigiría para suavizarse después de tantos años de rivalidad. Pero todos se mostraban consciente de la necesidad de un esfuerzo unánime y colectivo. Incluso Zor, Señor del Inframundo, regresó el día indicado para asistir al multitudinario acto, acompañado de Isia, Endya, Volmark y Dyras. También de Riley.

Con la corona ya sobre su cabeza, Arsen dedicó unas palabras a todos:

—En primer lugar quiero daros las gracias por estar aquí. Durante muchos años hemos estado enfrentados en una guerra que se ha eternizado. Pero no es momento de volver la vista atrás. Lo único importante es que hemos sabido olvidarlo todo y unirnos. Juntos hemos restablecido la paz en Askgarth y juntos debemos hacerla perdurar. También quiero pedir perdón a mi gente por todo estos años sometidos al yugo de Vrigar. Y cómo no, recordar a mi hermano Noreth. Equivocada o acertadamente siempre hizo lo mejor para su pueblo.

Leith, que estaba a su lado, puso su mano sobre su hombro.

—Para finalizar, quiero dar las gracias a dos personas. Una de ellas es mi hermana Leith. Todos conocéis de lo que fue capaz por la paz de Askgarth. Ella me cedió su trono, pero quiero que veáis en ella a vuestra reina. La otra persona es Zor porque nos ha devuelto nuestra esencia.

Los dragones seguían sobrevolando los cielos de Ódeon.

Con las palabras de Arsen y el postrero abrazo con Yara, la coronación oficial se dio por finalizada, aunque no habría celebración ni jolgorio para conmemorarlo, pues la última batalla aún estaba muy reciente y el dolor causado por las muertes en uno y otro bando se alzaba como un invisible telón que relegaría en el tiempo las intenciones que las palabras habían dejado patentes.

Aldan se acercó a Leith, abriéndose paso entre el barullo de gente que se había conglomerado allí, muchos de los cuales partirían ya de regreso a sus respectivos reinos.

—Quería pedirte perdón por lo que te dije el otro día.

—Estás perdonado —respondió ella con una sonrisa.

—¡Ejem, ejem! —carraspeó una voz conocida.

Aldan se volvió y sonrió al reconocerla.

—¡Qué raro! —exclamó en tono jocoso—, aquí no hay nadie. Tal vez debiera subirme a este árbol y divisar mejor...

—¡Muy simpático! —respondió Muriel—. He oído que has perdido tu corona —le dijo con cierta sorna.

Aldan sonrió mientras negaba con la cabeza.

—Así es.

—Bueno, que te consuele saber que hay algo que no has perdido.

—¿Y qué puede ser?

—Mi respeto. Con o sin corona, la paz de Askgarth te debe mucho, humano.

El muchacho hizo más amplia su sonrisa.

—Os lo agradezco... majestad.

—Tampoco has perdido tu encanto. Si no andases con la élar...

Aley se sonrojó al escuchar el comentario, mientras Aldan enmudecía, lamentando interiormente la desfachatez de la princesa óhrdit al espetar aquel tipo de comentarios.

Eirien y Aldan rieron, mientras Muriel se marchaba.

*****

Ezhan observaba al último batallón élar partir de regreso a Iraïl. Antes que ellos lo habían hecho todos los demás y sólo unos pocos hombres quedaban en el reino de Ódeon. Le hizo sentir escalofríos plantease cómo vivir en un mundo sin guerra.

La tregua había sido larga y él apenas había empezado a sufrir los fragores de la batalla hacía poco tiempo pero la guerra siempre había sido un eco persistente, una continua amenaza que pendía sobre sus cabezas.

Sonrió al ver a Isia acercarse, consciente la nigromante del objeto con el que Ezhan jugueteaba en su mano.

—No lo has utilizado —dijo ella.

—No, no he utilizado el don del futuro —le confirmó él—. Cuando estuve en el Bosque de las Ánimas —le explicó él con aire melancólico—, Danar me preguntó por qué creía ser uno de los cinco elegidos para hacer uso de la nigromancia. —Isia lo escuchaba con suma atención—. Le respondí que confiaba en que llegar a pasar del quinto nivel de la magia de Dóngur no dependiera del capricho de los dioses, sino de poseer la voluntad y la decisión suficientes. Lo mismo me ocurre con el futuro. Confío en que no sea algo escrito por los dioses, sino algo que está en nuestras manos.

Isia asintió, satisfecha y él le devolvió a la nigromante su don.

—Has hecho un buen uso de todos ellos. Vuelve a Dóngur cuando quieras, Ezhan. Las puertas del Inframundo vuelven a estar abiertas.

Isia saludó a Yara con una leve reverencia a la que la joven nigromante respondió antes de abrazar a Ezhan.

—¿Volverás a Dóngur? —le preguntó él.

—Lo cierto es que no lo he pensado.

—Me había planteado la posibilidad de cederle el trono a Aldan pero... sé del esfuerzo de mi abuelo para que mi padre reinase, y también sé que él hubiera querido que yo ocupase el trono. Ninguno de los dos objetaría nada a que Aldan gobernase pero... me siento en deuda con ellos. Y creo que tratar de restablecer todo el desastre en Ászaron es una forma de pagarles.

—Entonces iré contigo a Ászaron, si tú quieres...

—¿Bromeas? Te necesito todo lo cerca que puedas estar de mí. Pero ¿qué hay de tu trono?

—Riley ocupará el sexto trono. Vrigar era su padre.

—Los nigromantes sois una caja de sorpresas —respondió Ezhan, mientras acariciaba el cabello de la joven.

EPÍLOGO

Con la nueva era que se inició tras la guerra, la actitud respecto a dragnars y nigromantes varió ostensiblemente, pues sin la ayuda de esas dos razas, jamás hubieran conseguido vencer en la Batalla Final.

Hombres, élars, óhrdits, nigromantes y dragnars volvieron a cruzarse por los caminos del amplio Askgarth sin recelos ni murmuraciones, aunque, como todos los principios, aquel tampoco iba a resultar sencillo. Pronto los dragones poblaron de nuevo los cielos de Askgarth, bajo la admiración y el respeto de todos.

Lentamente las heridas de la larga guerra fueron cicatrizando, aunque todos sabían que olvidar iba a resultar imposible.

Los nombres de aquellos que habían caído luchando, así como sus recuerdos, persistirían por siempre en las memorias de todos. Personas que habían perdido la vida en pos de la causa en la que creían y cuya entrega sirvió para brindarles una oportunidad a quienes ahora habitaban en el hermoso continente de Askgarth.

A pesar de que la hipotética extinción de las cinco llamas que aún brillaban en las almenaras ya no iba a suponer un nuevo enfrentamiento, todos acordaron mantenerlas encendidas, recordando el dolor vivido, pero también aquella paz que tanto había costado conseguir.

Made in the USA
Coppell, TX
10 December 2021

67889836R00319